**BIBLIOTECA**

# STEP
# KIN

HEN
NG

# TROCAS MACABRAS

## STEPHEN KING

**TRADUÇÃO**
Regiane Winarski

*3ª reimpressão*

Copyright © 1992 by Stephen King

Publicado mediante acordo com o autor através da The Lotts Agency.

*Grafia atualizada segundo o Acordo Ortográfico da Língua Portuguesa de 1990, que entrou em vigor no Brasil em 2009.*

*Título original*
Needful Things

*Capa*
Alceu Chiesorin Nunes

*Imagem de capa e miolo*
SvetaZi/ Shutterstock

*Mapa e ilustrações*
Angelo Abu

*Preparação*
Manu Veloso

*Revisão*
Márcia Moura
Clara Diament

Dados Internacionais de Catalogação na Publicação (CIP)
(Câmara Brasileira do Livro, SP, Brasil)

King, Stephen
    Trocas macabras / Stephen King ; tradução Regiane Winarski. — 1ª ed. — Rio de Janeiro : Suma, 2020.

    Título original: Needful Things.
    ISBN 978-85-5651-100-3

    1. Ficção – norte-americana. I. Título.

20-44348                 CDD-813

Índice para catálogo sistemático:
1. Ficção : Literatura norte-americana   813
Aline Graziele Benitez – Bibliotecária – CRB-1/3129

Todos os direitos desta edição reservados à
EDITORA SCHWARCZ S.A.
Praça Floriano, 19, sala 3001 — Cinelândia
20031-050 — Rio de Janeiro — RJ
Telefone: (21) 3993-7510
www.companhiadasletras.com.br
www.blogdacompanhia.com.br
facebook.com/editorasuma
instagram.com/editorasuma
twitter.com/Suma_BR

Para Chris Lavin, que não tem
todas as respostas — só as que importam

*Ladies and gentlemen, attention, please!*
*Come in close where everyone can see!*
*I got a tale to tell, it isn't gonna cost a dime!*
*(And if you believe that,*
*we're gonna get along just fine.)*

Steve Earle
"Snake Oil"

*Ouvi falar de muitos que se perderam mesmo nas*
*ruas do vilarejo, quando a escuridão era tão densa que*
*dava para cortar com uma faca, como se diz...*

Henry David Thoreau
*Walden*

VOCÊ JÁ ESTEVE AQUI

Claro que esteve. Com certeza. Eu nunca me esqueço de um rosto.

Venha aqui, aperte a minha mão! Tenho que lhe dizer uma coisa: eu te reconheci pelo jeito de andar antes mesmo de ver seu rosto direito. Você não poderia ter escolhido um dia melhor para voltar a Castle Rock. Não é uma cidade maravilhosa? A temporada de caça vai começar em breve, a floresta vai ficar cheia de cretinos atirando em tudo que se mexe e não usa laranja berrante, depois vêm a neve e a geada, mas tudo isso é depois. Agora estamos em outubro, e em Rock nós deixamos outubro ficar pelo tempo que quiser.

Na minha opinião, essa é a melhor época do ano. A primavera é boa aqui, mas sempre vou preferir outubro a maio. O oeste do Maine é uma parte do estado que fica bem esquecida quando o verão vai embora e todas aquelas pessoas que têm chalés perto do lago e em View voltam para Nova York e Massachusetts. As pessoas aqui as assistem vir e ir todos os anos: oi, oi, oi; tchau, tchau, tchau. É bom quando elas vêm porque trazem os dólares de suas cidades, mas é bom quando vão porque também levam as chateações de suas cidades.

É sobre as chateações que quero falar; você pode ficar um pouco comigo? Aqui, nos degraus do coreto está ótimo. O sol está quente e daqui, do meio da praça da cidade, dá para ver todo o centro. Só tome cuidado com as farpas, só isso. Os degraus precisam ser lixados e pintados. Isso é trabalho do Hugh Priest, mas Hugh ainda não chegou a cuidar disso. Ele bebe, sabe. Não é segredo. Segredos podem e são guardados em Castle Rock, mas você tem que se esforçar muito para isso, e a maioria de nós sabe que tem muito tempo que Hugh Priest e o trabalho árduo não andam de mãos dadas.

O que você disse?

Ah! *Isso!* Ora, garoto... não é uma pérola? Os folhetos estão por toda a cidade! Acho que Wanda Hemphill (o marido dela, Don, é dono do Mercado Hemphill) distribuiu a maioria sozinha. Tire ali do pilar e me dê aqui. Não seja tímido, ninguém tem que prender folhetos no coreto da praça da cidade, para começar.

Caramba! Olha *só* essa coisa! OS DADOS E O DIABO impresso bem no alto. Com letras grandes e vermelhas saindo *fumaça*, como se essas coisas tivessem sido enviadas como uma entrega especial lá de Tofete! Rá! Alguém que não soubesse o lugarzinho sonolento que esta cidade é acharia que estamos indo para o buraco, imagino. Mas você sabe como as coisas acabam ficando fora de proporção numa cidade deste tamanho. E o reverendo Willie está com alguma coisa na cabeça desta vez, com certeza. Sem dúvida nenhuma. As igrejas nas cidades pequenas... bom, acho que não preciso dizer como *isso* funciona. Elas se dão bem, mais ou menos, mas nunca estão verdadeiramente *felizes* umas com as outras. Tudo fica tranquilo por um tempo e de repente acontece uma briga.

Mas foi uma briga bem grande agora, e com muitos ressentimentos. Os católicos, sabe, estão planejando uma coisa que estão chamando de Noite do Cassino no Salão dos Cavaleiros de Colombo, do outro lado da cidade. Na última quinta-feira do mês, pelo que sei, com a renda sendo usada para ajudar a pagar o conserto do telhado da igreja. Essa é a Nossa Senhora das Águas Serenas; você deve ter passado por ela ao entrar na cidade, se veio por Castle View. Uma igrejinha linda, não é?

A Noite do Cassino foi ideia do padre Brigham, mas foram as Filhas de Isabella que realmente pegaram a bola e correram com ela. Mais especificamente, Betsy Vigue. Acho que ela gosta da ideia de colocar o vestido preto mais grudado que tem e dar as cartas no blackjack ou girar a roleta e dizer "Façam suas apostas, senhoras e senhores, façam suas apostas". Ah, mas até que todos gostaram da ideia, eu acho. São só apostas de valor baixo, inofensivas, mas parece um pouquinho pecaminoso para eles mesmo assim.

Só que o reverendo Willie não acha inofensivo e parece bem mais do que um pouquinho pecaminoso para ele e sua congregação. Ele é, na verdade, o reverendo William Rose, e ele nunca gostou muito do padre Brigham, nem o padre gosta dele. (Na verdade, foi o padre Brigham que começou a chamar o reverendo Rose de "Steamboat Willie" e o reverendo Willie sabe disso.)

Esses dois feiticeiros sempre soltam umas faíscas, mas essa história da Noite do Cassino é um pouco mais do que faíscas; acho que está mais para um incêndio. Quando Willie soube que os católicos pretendiam passar uma noite jogando no Salão, ele pulou tão alto de raiva que quase furou o teto com a cabecinha pontuda. Ele pagou por esses folhetos dizendo OS DADOS E O DIABO do próprio bolso e Wanda Hemphill e suas amigas do grupo de costura espalharam por toda a cidade. Desde então, o único lugar onde os católicos e os batistas se falam é na coluna de cartas do jornalzinho semanal, onde resmungam e reclamam e dizem que o outro vai para o inferno.

Olha ali e você vai ver o que eu quero dizer. Aquela saindo do banco é Nan Roberts. Ela é dona da Lanchonete da Nan e acho que é a pessoa mais rica da cidade agora que o velho Pop Merrill foi para aquele grande mercado de pulgas no céu. Além disso, ela é batista desde que Hector era filhote. E vindo ali do outro lado está o grande Al Gendron. Ele é tão católico que faz o Papa parecer kosher e seu melhor amigo é o irlandês Johnny Brigham. Agora, fica olhando! Está vendo os narizes se levantando? Rá! Não é uma comédia? Aposto o que você quiser que a temperatura deve ter caído uns dez graus quando eles passaram um pelo outro. É como a minha mãe dizia: as pessoas se divertem mais do que todo mundo, menos os cavalos, e eles não conseguem se divertir.

Agora, olhe ali. Está vendo aquele carro de xerife estacionado junto ao meio-fio perto da loja de vídeo? Quem está dentro é John LaPointe. Ele tem que ficar de olho se alguém está ultrapassando o limite de velocidade, o centro é área de velocidade baixa, principalmente no horário da saída da escola. Mas, se você olhar bem, vai ver que o que ele está *mesmo* fazendo é olhando para uma foto que tirou da carteira. Não consigo ver daqui, mas sei o que é tão bem quanto sei o nome da minha mãe. É a foto que Andy Clutterbuck tirou de John e Sally Ratcliffe na Feira Estadual de Fryeburg, cerca de um ano atrás. John está com o braço em volta dela na foto e ela está segurando um urso de pelúcia que ele ganhou para ela no estande de tiro, e os dois parecem tão felizes que poderiam explodir. Mas as coisas mudam, como dizem; atualmente, Sally está noiva de Lester Pratt, o professor de educação física da escola de ensino médio. Ele é batista até a raiz do cabelo, como ela. John ainda não superou o choque de a perder. Viu o suspiro que ele deu? Está sofrendo de um caso grave de tristeza. Só um homem ainda apaixonado (ou que acha que está) pode dar um suspiro profundo desses.

Problemas e chateações são principalmente coisas comuns, já reparou? Coisas nada dramáticas. Vou te dar um exemplo. Está vendo aquele sujeito subindo a escada do fórum? Não, não o cara de terno; aquele é Dan Keeton, nosso conselheiro municipal principal. Estou falando do outro; o negro de uniforme de trabalho. É Eddie Warburton, o zelador do Prédio Municipal no período da noite. Fique de olho nele por uns segundos e veja o que ele faz. Pronto! Viu quando ele parou no degrau mais alto e olhou para cima, na rua? Eu apostaria mais grana que ele está olhando para o posto Sunoco. O Sunoco é de propriedade e gerenciado por Sonny Jackett, e os dois se estranham desde que Eddie levou o carro para lá dois anos atrás para que olhassem o sistema de transmissão.

Eu me lembro bem daquele carro. Era um Honda Civic, sem nada de especial além do fato de ser especial para o Eddie, já que foi o primeiro e único carro zero que ele teve na vida. E Sonny não só fez um trabalho ruim como cobrou caro demais pelo que fez. Esse é o lado do *Eddie* da história. Warburton está usando a cor de sua pele para ver se consegue me fazer não cobrar — esse é o lado do *Sonny* da história. Você sabe como é, não sabe?

Bom, Sonny Jackett levou Eddie Warburton ao tribunal de pequenas causas e houve uma gritaria, primeiro no tribunal e depois no corredor do lado de fora. Eddie disse que Sonny o chamou de crioulo burro e Sonny disse: Bom, eu não chamei ele de crioulo, mas o resto é verdade. No final, nenhum dos dois ficou satisfeito. O juiz fez Eddie pagar cinquenta pratas, que Eddie disse que passava do limite em cinquenta pratas e Sonny disse que não chegava nem perto de cobrir o problema. Pouco tempo depois, houve um incêndio de origem elétrica no carro novo do Eddie e, no fim, o Civic do Eddie foi parar no ferro-velho que fica na Estrada Municipal 5 e agora o Eddie está dirigindo um Oldsmobile 1989 com vazamento de óleo. Eddie nunca superou a ideia de que Sonny Jackett sabe bem mais sobre aquele incêndio de origem elétrica do que falou.

Rapaz, as pessoas se divertem mais do que todo mundo, menos os cavalos, e eles não conseguem se divertir. Isso não é mais do que dá para aguentar em um dia quente?

Mas é só vida de cidade pequena; seja Peyton Place ou Grover's Corner ou Castle Rock, são só pessoas comendo torta, tomando café e falando sobre os outros por trás das mãos. Ali está Slopey Dodd, completamente sozinho porque os outros garotos debocham da gagueira dele. Ali está Myrtle Keeton, e se ela parece um pouco solitária e confusa, como se não soubesse direito onde está e nem o que está acontecendo, é porque o marido dela (o sujeito que você viu subindo a escada do fórum atrás do Eddie) está estranho há uns seis meses, mais ou menos. Está vendo como os olhos dela estão inchados? Acho que andou chorando, ou não está dormindo bem, ou as duas coisas, não acha?

E lá vai Lenore Potter, parecendo ter acabado de sair de uma caixa. Ela está indo até a loja Western Auto, sem dúvida, para ver se o fertilizante orgânico especial dela já chegou. Aquela mulher tem mais tipos de flores crescendo em volta de casa do que a Carter faz pílulas para o fígado. Morre de orgulho delas. Ela não é muito querida entre as mulheres desta cidade; elas a acham arrogante, com as flores e as miçangas que mudam de cor com o humor e o permanente de setenta dólares lá de Boston. Elas a acham arrogante e vou contar um segredo, já que estamos só sentados aqui lado a lado nessa escada cheia de farpas do coreto. Eu acho que as mulheres estão certas.

Tudo bem comum, acho que você diria, mas nem todos os nossos problemas em Castle Rock são comuns; tenho que deixar isso bem claro. Ninguém esqueceu Frank Dodd, o guarda que ficou maluco aqui doze anos atrás e matou aquelas mulheres, e ninguém esqueceu o cachorro, o que pegou raiva e matou Joe Camber e o velho veterano que morava perto. O cachorro também matou o bom xerife George Bannerman. Alan Pangborn está nessa função atualmente e ele é um bom homem, mas nunca vai chegar aos pés do Big George aos olhos da cidade.

E também não houve nada de comum no que aconteceu com Reginald "Pop" Merrill; Pop era o velho pão-duro dono daquela loja de tralhas. O Emporium Galorium, esse era o nome. Ficava naquele terreno baldio ali do outro lado da rua. O local pegou fogo um tempo atrás, mas tem gente na cidade que viu (ou alega ter visto, pelo menos) e que pode te contar, depois de umas cervejas no Tigre Meloso, que foi bem mais do que um simples incêndio que destruiu o Emporium Galorium e tirou a vida de Pop Merrill.

O sobrinho dele, Ace, diz que aconteceu uma coisa sinistra com o tio antes do tal incêndio, uma coisa no estilo *Além da imaginação*. Claro que Ace nem estava aqui quando o tio bateu as botas; ele estava terminando a pena de quatro anos na prisão Shawshank por invasão de domicílio. (Todo mundo sempre soube que Ace Merrill não seria boa coisa; quando estava na escola, ele foi um dos piores valentões que esta cidade já viu e deve haver uns cem garotos e garotas que atravessavam para o outro lado da rua quando viam Ace andando na direção deles com as fivelas e zíperes da jaqueta de motoqueiro tilintando e os saltos das botas de motoqueiro estalando na calçada.) Mas as pessoas acreditam nele, sabe; talvez tenha havido mesmo algo de estranho no que aconteceu com Pop naquele dia, ou talvez seja só mais uma dessas conversas na Nan acompanhadas de xícaras de café e fatias de torta.

Aqui é igual ao lugar onde você passou a infância, provavelmente. As pessoas ficam de cabeça quente por causa de religião, as pessoas carregam tochas, as pessoas guardam segredos, outras guardam ressentimentos... e tem até uma história sinistra de vez em quando, como o que pode ou não ter acontecido no dia em que Pop morreu na loja de tralhas, para animar um ocasional dia tedioso. Castle Rock ainda é um bom lugar para viver e crescer, como diz a placa que você vê quando chega à cidade. O sol brilha lindo no lago e nas folhas das árvores, e num dia limpo dá para ver até Vermont do alto de Castle View. Os veranistas brigam por causa dos jornais no domingo e há uma briga ocasional no estacionamento do Tigre Meloso nas noites de sexta ou sábado (às vezes, nas duas), mas eles sempre vão embora e as brigas sempre terminam. Rock sempre foi um dos *bons* lugares, e quando as pessoas ficam irritadas, sabe o que dizemos? Nós dizemos *Ele vai superar* ou *Ela vai superar*.

Henry Beaufort, por exemplo, está cansado de Hugh Priest chutando a juke-box quando fica bêbado... mas Henry vai superar. Wilma Jerzyck e Nettie Cobb estão com raiva uma da outra... mas Nettie vai superar (provavelmente), e ficar com raiva é só um estilo de vida para Wilma. O xerife Pangborn ainda sente falta da esposa e do filho mais novo, que morreram antes da hora, e foi uma grande tragédia mesmo, mas ele vai superar com o tempo. A artrite de Polly Chalmers não está melhorando; na verdade está piorando aos poucos. E ela talvez não supere, mas vai aprender a viver com o problema. Milhões aprenderam.

Nós nos esbarramos de vez em quando, mas em geral as coisas vão bem. Ou sempre foram, até agora. Mas tenho que contar um segredo *de verdade*, camarada; foi por isso que chamei você aqui quando vi que tinha voltado para a cidade. Acho que tem um problema, um problema *de verdade*, chegando aqui. Sinto o cheiro vindo do horizonte, como uma tempestade fora de época cheia de relâmpagos. A briga entre os batistas e os católicos por causa da Noite do Cassino, os garotos que debocham do pobre Slopey por causa da gagueira, a tocha de John LaPointe, a dor do xerife Pangborn... Acho que essas coisas vão parecer pequenas perto do que está por vir.

Está vendo aquele prédio do outro lado da rua Principal? O que fica três casas depois do terreno baldio onde ficava o Emporium Galorium? Com um toldo verde na frente? É, aquele. As janelas estão embaçadas porque ainda não abriu. ARTIGOS INDISPENSÁVEIS, diz a placa; o que isso quer dizer? Também não sei, mas é de lá que a sensação ruim parece vir.

Bem de lá.

Olhe para a rua mais uma vez. Está vendo aquele garoto, né? O que está andando com a bicicleta e parece estar tendo a fantasia mais doce que um garoto pode ter? Fique de olho nele, camarada. Acho que é ele que vai começar.

Não, como eu disse, eu não sei o quê... não exatamente. Mas fique de olho no garoto. E fique aqui mais um tempo, está bem? As coisas parecem *erradas*, e se algo acontecer, pode ser bom haver uma testemunha.

Eu conheço aquele garoto, o que está empurrando a bicicleta. Talvez você também conheça. O nome dele é Brian alguma coisa. O pai dele instala molduras e portas em Oxford ou South Paris, eu acho.

Fique de olho nele, estou dizendo. Fique de olho em *tudo*. Você já esteve aqui, mas as coisas estão prestes a mudar.

Eu sei.

Eu *sinto*.

Tem uma tempestade chegando.

# PARTE UM
# A GRANDE INAUGURAÇÃO

# UM

1

Em cidades pequenas, a inauguração de uma loja é um grande acontecimento.

Embora não fosse tão importante para Brian Rusk como era para alguns; a mãe dele, por exemplo. Ele a tinha ouvido falando sobre o assunto (ele não podia chamar de fofoca, ela dissera, porque fofoca era um hábito feio que ela não tinha) pelo telefone com a melhor amiga, Myra Evans, durante o último mês, mais ou menos. Os primeiros pedreiros chegaram ao prédio antigo que tinha abrigado por último a Western Maine Imóveis e Seguros na época em que as aulas começaram e ficaram trabalhando sem parar desde então. Não que as pessoas tivessem ideia do que estavam fazendo lá; o primeiro ato deles foi botar uma vitrine enorme e o segundo foi deixá-la opaca.

Duas semanas antes, uma placa apareceu na porta, pendurada por um barbante preso em uma ventosa transparente.

INAUGURAÇÃO EM BREVE!,

dizia a placa.

ARTIGOS INDISPENSÁVEIS
UM NOVO TIPO DE LOJA
*"Você não vai acreditar nos seus olhos!"*

— Vai ser só mais uma loja de antiguidades — disse a mãe de Brian para Myra. Cora Rusk estava reclinada no sofá na ocasião, segurando o telefone com uma das mãos e comendo cerejas cobertas de chocolate com a outra enquanto assistia à novela *Santa Barbara* na televisão. — Mais uma loja de antiguidades com muitos móveis antigos falsos e telefones à manivela mofados. Espere só pra ver.

Isso foi pouco depois que a nova vitrine foi instalada e deixada opaca, e sua mãe falou com tanta segurança que Brian teve certeza de que o assunto estava encerrado. Só que, com a sua mãe, nenhum assunto parecia ficar encerrado de vez. As especulações e suposições pareciam tão infinitas quanto os problemas dos personagens de *Santa Barbara* e *General Hospital*.

Na semana anterior, a primeira linha da placa pendurada na porta foi alterada:

INAUGURAÇÃO DIA 9 DE OUTUBRO — TRAGAM SEUS AMIGOS!

Brian não estava tão interessado na loja nova quanto a mãe (e alguns professores; ele os ouviu conversando sobre a loja na sala dos professores da escola primária de Castle Rock quando foi sua vez de trabalhar de carteiro), mas ele tinha onze anos, e um garoto saudável de onze anos se interessa por qualquer novidade. Além do mais, o nome do lugar o fascinava. Artigos Indispensáveis: o que exatamente isso queria dizer?

Ele tinha lido a primeira linha trocada na terça-feira anterior, na volta da escola. As tardes de terça eram quando ele voltava tarde. Brian nasceu com lábio leporino, e apesar de ter passado por uma cirurgia corretiva aos sete anos, ele ainda precisava fazer terapia com uma fonoaudióloga. Alegava com firmeza que odiava aquilo para todo mundo que perguntasse, mas na verdade não odiava. Estava profundamente apaixonado pela srta. Ratcliffe e esperava a semana toda que a aula especial chegasse. A terça-feira na escola parecia durar mil anos e ele sempre passava as últimas duas horas com um frio gostoso na barriga.

Só havia mais quatro alunos na turma e nenhum deles morava do mesmo lado da cidade que Brian. Ele achava isso bom. Depois de uma hora na mesma sala com a srta. Ratcliffe, se sentia exaltado demais para ter companhia. Preferia voltar para casa devagar no fim da tarde, normalmente empurrando a bicicleta em vez de pedalando, sonhando com ela enquanto folhas amarelas e douradas caíam em volta dele nos raios inclinados do sol de outubro.

O caminho o levava por três quarteirões da rua Principal do outro lado da praça da cidade, e no dia em que viu a placa anunciando a abertura da loja, ele botou o nariz no vidro da porta, na esperança de ver o que tinha substituído as mesas pesadas e as paredes amarelas industriais da falecida Western Maine Imóveis e Seguros. Sua curiosidade foi derrotada. Havia uma persiana, puxada até embaixo. Brian não viu nada além do rosto e das mãos refletidas.

Na sexta-feira, dia 4, colocaram uma propaganda da loja nova no jornal semanal de Castle Rock, o *Call*. Estava com uma moldura de babados e abaixo da parte impressa havia um desenho de anjos, um de costas para o outro, tocando trompetes compridos. A propaganda não dizia nada que não pudesse ser lido na placa pendurada na ventosa: o nome da loja era Artigos Indispensáveis, abriria para atendimento às dez horas da manhã do dia 9 de outubro e, claro, "Você não vai acreditar nos seus olhos". Não havia a menor dica de que tipo de mercadoria o proprietário ou os proprietários da Artigos Indispensáveis pretendiam comercializar.

Isso pareceu deixar Cora Rusk bem irritada... o suficiente, pelo menos, para ela fazer uma rara ligação de sábado de manhã para Myra.

— Eu vou acreditar sim nos *meus* olhos — dissera ela. — Quando vir as *camas de balaústres* que em teoria têm *duzentos anos*, mas apresentam Rochester, *Nova York*, carimbado nas *molduras* para quem se der ao trabalho de baixar a *cabeça* e olhar embaixo da *colcha* ver, eu vou acreditar nos meus olhos *direitinho*.

Myra disse alguma coisa. Cora escutou enquanto pegava amendoins em uma lata e mastigava rapidamente. Brian e seu irmãozinho, Sean, estavam sentados no chão da sala vendo desenho. Sean estava completamente imerso no mundo dos Smurfs, e Brian não estava totalmente alheio à comunidade de pessoinhas azuis, mas ficou com um ouvido ligado na conversa.

— *Ce-erto!* — exclamara Cora Rusk, com mais segurança e ênfase do que o habitual, quando Myra fez algum comentário particularmente afiado. — Preços altos e telefones de manivela mofados!

No dia anterior, segunda-feira, Brian tinha atravessado o centro logo depois da aula com dois ou três amigos. Eles estavam do outro lado da rua da loja nova e ele viu que durante o dia alguém tinha instalado um toldo verde-escuro. Na frente, com letras brancas, havia as palavras ARTIGOS INDISPENSÁVEIS. Polly Chalmers, a dona da loja de costura, estava parada na calçada com as mãos nos quadris admiravelmente estreitos, olhando para o toldo com uma expressão que parecia ser igualmente de perplexidade e admiração.

Brian, que sabia um pouco sobre toldos, também o admirou. Era o único toldo *de verdade* na rua Principal e dava à loja nova uma aparência especial. A palavra "sofisticada" ainda não fazia parte do vocabulário ativo dele, mas ele soube na mesma hora que não havia outra loja igual em Castle Rock. O toldo a fazia parecer uma loja que poderia ser vista num programa de televisão. A loja Western Auto do outro lado da rua parecia deselegante e interiorana em comparação.

Quando chegou em casa, sua mãe estava no sofá, assistindo a *Santa Barbara*, comendo biscoitos recheados Little Debbie e tomando Coca Diet. Sua mãe sempre tomava refrigerante diet enquanto assistia aos programas da tarde. Brian não sabia bem o porquê, considerando o que ela comia junto, mas achava que seria perigoso perguntar. Ela talvez até acabasse gritando com ele, e quando sua mãe começava a gritar, era melhor procurar abrigo.

— Ei, mãe! — disse ele, jogando os livros na bancada e tirando o leite da geladeira. — Adivinha! Tem toldo na loja nova.

— Todo o quê? — A voz dela veio da sala.

Ele serviu leite no copo e apareceu na porta.

— *Toldo* — disse ele. — Na loja nova na rua Principal.

Ela se sentou mais ereta, procurou o controle remoto e apertou o botão do mudo. Na tela, Al e Corinne estavam falando sobre os problemas de Santa Barbara em seu restaurante favorito em Santa Barbara, mas agora só um leitor de lábios poderia saber quais exatamente eram esses problemas.

— O quê? Aquela tal de Artigos Indispensáveis?

— Aham — disse ele, e tomou um pouco de leite.

— Não faz *barulho* — disse ela, enfiando o resto do biscoito na boca. — É *nojento*. Quantas vezes eu já falei?

A mesma quantidade de vezes que me mandou não falar de boca cheia, pensou Brian, mas não disse nada. Tinha aprendido o controle verbal bem cedo.

— Desculpa, mãe.

— Que tipo de toldo?

— Verde.

— De alumínio ou de metal?

Brian, cujo pai era vendedor de revestimentos da Companhia Dick Perry de Revestimentos e Portas em South Paris, sabia exatamente de que ela estava falando, mas se fosse *aquele* tipo de toldo, ele não teria nem reparado. Os toldos de alumínio e de metal estavam em toda parte. Metade das casas de Rock tinha um na janela.

— Nenhum dos dois — disse ele. — De pano. Acho que é lona, fica com sombra embaixo. E é redondo, assim. — Ele curvou as mãos (com cuidado, para não derramar leite) em um semicírculo. — O nome foi impresso na ponta. É realmente incrível.

— Macacos me mordam!

Essa era a expressão com a qual Cora costumava manifestar empolgação ou exasperação. Brian deu um passo cauteloso para trás, para o caso de ser a segunda opção.

— O que você acha que é, mãe? Um restaurante, será?

— Não sei — disse ela, e pegou o telefone na mesa de canto. Ela teve que afastar o gato Squeebles, a revista *TV Guide* e um quarto de Coca Diet para pegá-lo. — Mas parece questionável.

— Mãe, o que Artigos Indispensáveis quer dizer? Parece...

— Não me incomode agora, Brian, a mamãe está ocupada. Tem bolinho recheado Devil Dog na caixa de pão, se quiser. Mas só um, senão você não vai jantar. — Ela já estava discando para Myra, e em pouco tempo elas começaram a discutir o toldo verde com grande entusiasmo.

Brian, que não queria bolinho recheado (amava muito a mãe, mas, às vezes, vê-la comer tirava seu apetite), se sentou à mesa da cozinha, abriu o livro de matemática e começou a fazer os problemas de dever de casa; ele era um garoto inteligente e responsável e o dever de matemática era o único que ele não tinha terminado na escola. Enquanto movia decimais metodicamente e fazia divisões, ele ouvia as falas da mãe na conversa. Ela estava novamente contando para Myra que em pouco tempo eles teriam *outra* loja vendendo frascos de *perfume* velhos e fedidos e quadros dos *parentes* mortos de alguém, e era uma pena como essas coisas iam e vinham. Havia gente demais por aí, Cora dissera, cujo lema na vida era pegar o dinheiro e fugir. Quando ela falou do toldo, parecia que alguém a tinha tentado ofender pessoal e deliberadamente e teve um sucesso esplêndido na missão.

Acho que ela pensa que alguém tinha que contar para ela, Brian pensou enquanto o lápis se movia com firmeza, descendo e fechando a conta. Sim, era isso. Estava curiosa, essa era a primeira coisa. E estava irritada, essa era a segunda. A combinação das duas coisas estava acabando com ela. Bom, ela descobriria em breve. Quando descobrisse, talvez contasse o grande segredo para ele. E, se ela estivesse ocupada demais, ele se viraria só ouvindo uma das conversas vespertinas dela com Myra.

Mas, no fim das contas, Brian descobriu muita coisa sobre a Artigos Indispensáveis antes da sua mãe ou de Myra ou de qualquer outra pessoa em Castle Rock.

2

Ele mal pedalou na volta para casa depois da aula na tarde anterior ao dia marcado para a inauguração da Artigos Indispensáveis; estava perdido em uma fantasia quente (que não confessaria nem se estivesse sendo coagido com carvões quentes e tarântulas peludas) na qual convidava a srta. Ratcliffe para ir com ele à Feira do Condado de Castle e ela aceitava.

— *Obrigada, Brian* — diz a srta. Ratcliffe, e Brian vê pequenas lágrimas de gratidão nos cantos dos olhos azuis, olhos tão escuros que parecem quase tempestuosos. — *Eu ando... bom, meio triste ultimamente. É que perdi meu amor, sabe.*

— *Vou te ajudar a esquecer ele* — diz Brian, a voz grossa e carinhosa ao mesmo tempo — *se você me chamar de... Bri.*

— *Obrigada* — sussurra ela e, chegando perto o suficiente para ele sentir o perfume, um aroma sonhador de flores do campo, ela diz: — *Obrigada... Bri. E como, ao menos esta noite, nós vamos ser menina e menino em vez de professora e aluno, pode me chamar de... Sally.*

*Ele segura as mãos dela. Olha em seus olhos.*

— *Eu não sou apenas um garoto* — diz ele. — *Posso te ajudar a esquecer ele... Sally.*

*Ela parece quase hipnotizada por essa compreensão inesperada, por essa maturidade inesperada; ele pode ter só onze anos, ela pensa, mas é mais homem do que Lester era! As mãos dela apertam as dele. Os rostos se aproximam... ainda mais...*

— *Não* — murmura ela, e agora os olhos estão tão arregalados e tão próximos que ele parece quase se afogar neles —, *você não pode fazer isso, Bri... é errado...*

— *É o certo, gata* — diz ele, e toca os lábios nos dela.

*Ela se afasta depois de uns momentos e sussurra com carinho:*

— Ei, garoto, olha pra onde anda!

Arrancado do devaneio, Brian percebeu que tinha entrado na frente da picape de Hugh Priest.

— Desculpa, sr. Priest — disse ele, ficando muito vermelho.

Hugh Priest era uma pessoa que ninguém nunca queria irritar. Ele trabalhava para o Departamento de Serviços Públicos e tinha a reputação de ter o pior temperamento de Castle Rock. Brian o observou com atenção. Se ele começasse a sair da picape, Brian planejava pular na bicicleta e sumir pela rua Principal na velocidade da luz. Não tinha interesse em passar um mês no hospital só porque estava fantasiando sobre ir à Feira do Condado com a srta. Ratcliffe.

Mas Hugh Priest estava com uma garrafa de cerveja entre as pernas, Hank Williams Jr. no rádio cantando "High and Pressurized" e a situação toda estava meio confortável demais para algo tão radical quanto dar uma surra num garotinho numa tarde de terça.

— Abre teu olho — disse ele, tomando um gole de cerveja e olhando para Brian com expressão sombria —, porque, da próxima vez, não vou parar. Vou te atropelar no meio da rua. Vou te fazer gritar, rapazinho.

Ele engatou a marcha da picape e saiu dirigindo. Brian sentiu uma vontade insana (e misericordiosamente breve) de gritar *Macacos me mordam!* para ele. Esperou até a picape laranja da manutenção de estradas entrar na rua Linden e seguiu caminho. Mas a fantasia com a srta. Ratcliffe já tinha sido estragada. Hugh Priest tinha trazido a realidade de volta. A srta. Ratcliffe não tinha brigado com o noivo, Lester Pratt; ela ainda usava o anel de noivado com o diamante azul e dirigia o Mustang azul dele enquanto esperava que seu carro voltasse da oficina.

Brian tinha visto a srta. Ratcliffe e o sr. Pratt na noite anterior, pregando aqueles pôsteres que diziam OS DADOS E O DIABO nos postes telefônicos da parte inferior da rua Principal junto com algumas outras pessoas. Elas estavam cantando hinos religiosos. Só que os católicos passaram por lá assim que eles acabaram e arrancaram tudo. Era engraçado, de certa forma... mas, se fosse maior, Brian teria se esforçado para proteger os pôsteres que a srta. Ratcliffe prendeu com suas mãos sagradas.

Brian pensou nos olhos azul-escuros, nas pernas compridas de bailarina, e sentiu o mesmo assombro melancólico que sempre sentia quando se dava conta de que, chegando janeiro, ela pretendia mudar de Sally Ratcliffe, que era lindo, para Sally Pratt, que, para Brian, parecia o nome de uma mulher gorda caindo por um lance curto de escadas.

Bom, pensou ele, chegando do outro lado e descendo lentamente a rua Principal, talvez ela mude de ideia. Não é impossível. Pode ser também que Lester Pratt sofra um acidente de carro ou tenha um tumor cerebral ou alguma coisa assim. Pode até ser que ele seja viciado em drogas. A srta. Ratcliffe nunca se casaria com um viciado em drogas.

Esses pensamentos deram a Brian um consolo estranho, mas não mudaram o fato de que Hugh Priest tinha abortado a fantasia um pouco antes do apogeu (beijar a srta. Ratcliffe e *tocar no seio direito dela* quando eles estivessem no Túnel do Amor, na feira). Era uma ideia bem louca, um garoto de onze anos levando a professora à Feira do Condado. A srta. Ratcliffe era bonita, mas também era velha. Ela tinha dito para as crianças da fonoterapia uma vez que faria vinte e quatro anos em novembro.

Assim, Brian dobrou cuidadosamente a fantasia, como um homem dobraria um documento muito manuseado e valioso, e a guardou na prateleira no fundo da mente, onde era seu lugar. Então se preparou para montar na bicicleta e pedalar o resto do caminho até em casa.

Mas estava passando pela loja nova naquele momento e a placa na porta chamou sua atenção. Alguma coisa tinha mudado. Ele parou a bicicleta e olhou.

INAUGURAÇÃO DIA 9 DE OUTUBRO — TRAGAM SEUS AMIGOS!

Essa parte, que ficava no alto, tinha sumido. Tinha sido substituída por uma plaquinha quadrada, com letras vermelhas sobre um fundo branco.

ABERTO, dizia.

ABERTO era tudo que estava escrito. Brian ficou parado, a bicicleta entre as pernas, olhando, e seu coração começou a bater um pouco mais rápido.

Você não vai entrar, vai?, ele perguntou a si mesmo. Mesmo que *esteja* abrindo um dia antes, você não vai entrar, certo?

Por que não?, ele respondeu a si mesmo.

Bom… porque a vitrine ainda está opaca. A persiana da porta ainda está fechada. Se você entrar, qualquer coisa pode acontecer com você. *Qualquer coisa.*

Claro. Como se o dono fosse o Norman Bates, sei lá, usando as roupas da mãe para esfaquear os clientes. *Claaaaro.*

Bom, esquece isso, disse a parte tímida da mente dele, embora essa parte já parecesse saber que tinha perdido. Tem *alguma coisa* estranha nisso.

Mas então Brian pensou sobre contar aquilo para a mãe. Dizer distraidamente: "Aliás, mãe, sabe aquela loja nova, a Artigos Indispensáveis? Bom, abriu um dia antes. Eu entrei e dei uma olhada".

Ela apertaria o mudo do controle remoto correndo, com certeza! Ia querer saber tudo!

Esse pensamento foi demais para Brian. Ele baixou o descanso da bicicleta e foi lentamente até a sombra do toldo; parecia uns dez graus mais fresco ali. E se aproximou da porta da Artigos Indispensáveis.

Quando botou a mão na maçaneta antiquada de metal, passou pela cabeça dele que a placa devia estar errada. Devia estar virada para dentro, esperando o dia seguinte, e alguém mexeu nela sem querer. Ele não ouvia ruído nenhum atrás da persiana fechada; o lugar parecia deserto.

Mas, como tinha ido até ali, experimentou a maçaneta… que girou facilmente na mão dele. A lingueta se soltou e a porta da Artigos Indispensáveis se abriu.

3

O interior estava na penumbra, mas não escuro. Brian viu que spots de luz em trilho (especialidade da Companhia Dick Perry de Revestimentos e Portas) tinham sido instalados e alguns deles estavam acesos. Estavam apontados para várias estantes de vidro, espalhadas pela sala grande. A maioria das estantes estava vazia. Os spots estavam direcionados aos poucos *pontos ocupados* por objetos expostos.

O piso, que era de madeira na época da Western Maine Imóveis e Seguros, tinha sido coberto de parede a parede com um carpete vinho. As paredes tinham sido pintadas de branco casca de ovo. Uma luz fraca, tão branca quanto as paredes, entrava pela vitrine opaca.

Bom, foi engano mesmo, pensou Brian. Ele nem botou a mercadoria em exposição ainda. Quem botou a placa de ABERTO na porta por engano também deixou a porta destrancada por engano. A coisa educada de se fazer nessas circunstâncias seria fechar a porta, subir na bicicleta e ir embora.

Mas ele estava relutante em ir embora. Afinal, estava *vendo* o interior da loja nova. Sua mãe conversaria com ele o resto da tarde quando soubesse disso. A parte irritante era que ele não sabia bem o que estava vendo. Havia umas seis

(*evidências*)

coisas nas estantes e os spots estavam apontados para elas, uma espécie de teste, provavelmente, mas ele não sabia o que eram. Só sabia o que *não eram*: camas de balaústres e telefones de manivela mofados.

— Oi — disse ele com insegurança, ainda parado na porta. — Tem alguém aí?

Ele estava prestes a segurar a maçaneta de novo e fechar a porta quando uma voz respondeu:

— *Eu* estou aqui.

Uma figura alta, que a princípio pareceu ser *impossivelmente* alta, surgiu por uma porta atrás de uma das estantes. A passagem ficava protegida por uma cortina de veludo escuro. Brian sentiu uma câimbra momentânea e monstruosa de medo. Mas o brilho de um dos spots atingiu o rosto do homem e o medo passou. O sujeito era bem velho e tinha um rosto muito gentil. Ele olhou para Brian com interesse e prazer.

— Sua porta estava destrancada — disse Brian —, então achei...

— *Claro* que está destrancada — disse o homem alto. — Decidi abrir um pouco esta tarde como uma espécie de... prévia. E você é meu primeiro cliente. Entre, meu amigo. Entre livremente e deixe um pouco da felicidade que você traz!

Ele sorriu e esticou a mão. O sorriso era contagiante. Brian gostou instantaneamente do proprietário da Artigos Indispensáveis. Ele precisou passar pela porta e entrar na loja para apertar a mão do homem alto e fez isso sem a menor hesitação. A porta se fechou atrás dele sozinha. Brian não reparou. Estava ocupado demais reparando que os olhos do homem alto eram azul-escuros... exatamente do mesmo tom dos olhos da srta. Sally Ratcliffe. Eles poderiam ser pai e filha.

O aperto do homem alto era forte e seguro, mas não machucou. Ao mesmo tempo, houve algo de desagradável no toque. Algo... *liso*. Duro demais, parecia.

— É um prazer conhecer o senhor — disse Brian.

Os olhos azul-escuros observaram seu rosto como lanternas.

— Estou igualmente satisfeito em conhecer você — disse o homem alto, e foi assim que Brian Rusk conheceu o proprietário da Artigos Indispensáveis antes de todo mundo em Castle Rock.

4

— Meu nome é Leland Gaunt — disse o homem alto. — E você é...?

— Brian. Brian Rusk.

— Muito bem, sr. Rusk. E como você é meu primeiro cliente, acho que posso oferecer um preço muito especial em qualquer item que chame sua atenção.

— Ah, obrigado, mas acho que não posso comprar nada em um lugar assim. Só vou receber minha mesada na sexta-feira e... — Ele olhou com dúvida para as estantes de vidro novamente. — Bom, parece que o senhor não botou todo o seu estoque na loja ainda.

Gaunt sorriu. Seus dentes eram tortos e pareciam bem amarelos na luz fraca, mas Brian achou o sorriso encantador mesmo assim. Mais uma vez, se viu quase obrigado a retribuí-lo.

— Não — disse Leland Gaunt. — Não botei. A maioria do meu... estoque, como você diz, vai chegar no fim da tarde. Mas já tenho alguns itens interessantes. Dê uma olhada, jovem sr. Rusk. Eu adoraria ouvir sua opinião, pelo menos... e imagino que você tenha mãe, não é? Claro que tem. Um rapazinho ótimo como você não pode ser órfão. Estou certo?

Brian assentiu, ainda sorrindo.

— Claro. Minha mãe está em casa agora. — Uma ideia surgiu na cabeça dele. — Quer que eu traga ela aqui?

Mas assim que a proposta saiu, ele se arrependeu. Não *queria* levar a mãe até lá. No dia seguinte, o sr. Leland Gaunt pertenceria à cidade inteira. A partir daí, sua mãe e Myra Evans ficariam em cima dele, assim como todas as outras mulheres de Castle Rock. Brian achava que o sr. Gaunt deixaria de parecer tão estranho e diferente antes do fim do mês, talvez até antes do fim da *semana*, mas no momento ainda *era*, e no momento pertencia a Brian Rusk e só a Brian Rusk, e ele queria que continuasse assim.

Por isso, ficou satisfeito quando o sr. Gaunt levantou a mão (os dedos eram muito finos e muito longos, e Brian reparou que o primeiro e o segundo eram exatamente do mesmo tamanho) e balançou a cabeça.

— De jeito nenhum — disse ele. — É isso que eu *não* quero. Ela sem dúvida ia querer trazer uma amiga, não é?

— É — disse Brian, pensando em Myra.

— Talvez até *duas* amigas ou três. Não, assim é melhor, Brian. Posso te chamar de Brian?

— Claro — disse Brian, achando graça.

— Obrigado. E você vai me chamar de sr. Gaunt, já que sou mais velho, embora não necessariamente superior. Combinado?

— Claro.

Brian não sabia bem o que o sr. Gaunt queria dizer com esse papo de mais velho e superior, mas estava *adorando* ouvir aquele cara falar. E os olhos dele eram incríveis; Brian não conseguia desviar os dele.

— Ah, assim é bem melhor. — O sr. Gaunt esfregou as mãos compridas e o som que saiu foi um chiado. Disso Brian não gostou tanto. As mãos do sr. Gaunt esfregadas daquele jeito pareciam uma cobra chateada, pensando em picar. — Você vai contar pra sua mãe, quem sabe até mostrar pra ela o que comprou, se comprar alguma coisa...

Brian pensou em contar ao sr. Gaunt que tinha um total de noventa e um centavos no bolso, mas decidiu não falar nada.

— ... e ela vai contar pras amigas *dela*, e elas vão contar pras amigas *delas*... entende, Brian? Você vai ser uma propaganda melhor do que o jornal da cidade poderia *pensar* em ser! Eu não poderia fazer melhor se te contratasse pra andar pelas ruas da cidade usando um painel sanduíche!

— Bom, se o senhor acha — concordou Brian. Ele não tinha ideia do que era um painel sanduíche, mas tinha quase certeza de que não usaria um nem morto. — *Seria* divertido mesmo dar uma olhada. — *No pouco que tem para olhar* foi o que ele não disse porque era um menino educado.

— Então pode começar a olhar! — disse o sr. Gaunt, indicando as estantes. Brian reparou que ele estava usando um paletó comprido de veludo vermelho. Achava que talvez fosse um paletó do tipo que Sherlock Holmes usava nas histórias que ele lia. Era muito elegante. — Fique à vontade, Brian!

Brian andou lentamente até a vitrine mais perto da porta. Olhou para trás, seguro de que o sr. Gaunt estaria indo junto, mas o sr. Gaunt ainda estava junto à porta, olhando para ele achando graça. Era como se tivesse lido a mente de Brian e descoberto o quanto ele detestava que um dono de loja ficasse andando atrás enquanto ele olhava as coisas. Achava que a maioria dos lojistas tinha medo de que quebrassem alguma coisa, pegassem alguma coisa, ou ambos.

— Leve o tempo que precisar — disse o sr. Gaunt. — Comprar é uma alegria quando se tem tempo, Brian, e um saco quando não se tem.

— O senhor é de outro país? — perguntou Brian. O uso que o sr. Gaunt fez de "se" em vez de "você" o interessou. Lembrava o coroa bonitão que apresentava o programa *Masterpiece Theatre*, que sua mãe assistia às vezes se a revista *TV Guide* dissesse que seria uma história romântica.

— Eu sou de Akron.

— Isso é na Inglaterra?

— É em Ohio — disse Leland Gaunt com seriedade, mas logo mostrou os dentes fortes e irregulares em um sorriso iluminado.

Brian achou engraçado, da mesma forma que falas de programas de televisão como *Cheers* lhe pareciam engraçadas. Na verdade, aquela *coisa* toda dava a sensação de que ele tinha entrado num programa de televisão, um programa meio misterioso, mas não ameaçador. Ele caiu na gargalhada.

Por um momento, teve medo de que o sr. Gaunt o achasse grosseiro (talvez porque sua mãe estivesse sempre o acusando de grosseria, e como resultado Brian tinha passado a acreditar que vivia em uma teia de aranha enorme e quase invisível de etiqueta social), mas logo o sujeito se juntou a ele. Os dois riram juntos, e Brian não conseguia lembrar quando tinha tido uma tarde tão agradável como aquela estava sendo.

— Pode ir olhar — disse o sr. Gaunt, balançando a mão. — Vamos trocar histórias outra hora, Brian.

Brian olhou. Só havia cinco itens na vitrine maior, onde parecia que caberiam uns vinte ou trinta. Um era um cachimbo. Outro era uma fotografia do Elvis Presley usando o lenço vermelho e o macacão branco com o tigre nas costas. O Rei (era assim que sua mãe sempre se referia a ele) estava segurando um microfone junto aos lábios carnudos. O terceiro item era uma câmera Polaroid. O quarto era uma pedra polida com um buraco cheio de pontinhos de cristal no meio. Eles captavam a luz e brilhavam lindamente sob a iluminação do spot. O quinto era uma lasca de madeira do comprimento e grossura de um dos dedos de Brian.

Ele apontou para o cristal.

— Isso é um geodo, não é?

— Você é um jovem sabido, Brian. É exatamente isso. Tenho plaquinhas pra maioria dos meus itens, mas ainda não foi desempacotada… como a maior parte do estoque. Vou ter que trabalhar como um louco pra poder abrir amanhã. — Mas ele não pareceu preocupado e sim perfeitamente satisfeito em ficar onde estava.

— O que é aquilo? — perguntou Brian, apontando para a lasca de madeira.

Estava pensando que era um estoque bem estranho para uma loja de cidade pequena. Ele tinha passado a gostar muito de Leland Gaunt assim que o conheceu, mas se o resto da mercadoria dele fosse assim, Brian achava que ele não ficaria em Castle Rock como comerciante por muito tempo. Quando se queria vender coisas como cachimbos e fotos do Rei e lascas de madeira, Nova York era o lugar para se abrir uma loja… ou pelo menos foi nisso que ele passou a acreditar depois dos filmes que tinha visto.

— Ah! — disse o sr. Gaunt. — *Esse* item é interessante! Vou te mostrar!

Ele atravessou a sala, contornou a vitrine, puxou um chaveiro volumoso do bolso e escolheu uma chave sem nem olhar direito. Abriu a porta da vitrine e tirou a lasca de madeira com cuidado.

— Estique a mão, Brian.

— Nossa, acho melhor não — disse Brian.

Como nativo de um estado onde o turismo é a maior indústria, ele já tinha entrado em muitas lojas de suvenires e já tinha visto muitas placas com um poeminha impresso: *Lindos de olhar/um prazer segurar/mas se você quebrar/ vai ter que pagar.* Imaginava a reação horrorizada da sua mãe se ele quebrasse a lasca ou o que quer que fosse e o sr. Gaunt, não mais tão simpático, dissesse que o preço era quinhentos dólares.

— Por que não? — perguntou o sr. Gaunt, erguendo as sobrancelhas… mas só havia uma, na verdade; era peluda e passava por cima do nariz em uma linha sem interrupção.

— Bom, eu sou desastrado.

— Besteira. Eu reconheço um garoto desastrado quando vejo. Você não é *desse* tipo.

Ele botou a lasca na palma da mão de Brian. O menino a olhou com uma certa surpresa; não tinha nem percebido que estava com a mão aberta até ver a lasca em cima dela.

A sensação não era de uma lasca de madeira; parecia mais…

— Parece uma pedra — disse ele em dúvida e ergueu os olhos até o sr. Gaunt.

— É madeira *e* pedra — disse o sr. Gaunt. — Está petrificada.

— Petrificada — repetiu Brian, maravilhado. Ele olhou para a lasca de madeira com atenção e passou o dedo pela lateral. Era lisa e irregular ao mesmo tempo. Não era uma sensação totalmente desagradável. — Deve ser velha.

— Mais de dois mil anos — concordou o sr. Gaunt com seriedade.

— *Caramba!* — exclamou Brian.

Ele pulou e quase deixou a lasca de madeira cair. Fechou a mão em volta dela para que não caísse no chão... e na mesma hora uma sensação de estranheza e distorção tomou conta dele. De repente, se sentiu... o quê? Tonto? Não; não tonto, mas *distante*. Como se uma parte dele tivesse sido erguida do corpo e levada.

Ele viu o sr. Gaunt o observando com interesse e achando graça e seus olhos de repente pareceram crescer para o tamanho de dois pires. Mas essa sensação de desorientação não foi assustadora; foi emocionante e mais agradável do que a sensação escorregadia da lasca de madeira no dedo que a explorou.

— Feche os olhos! — convidou o sr. Gaunt. — Feche os olhos, Brian, e me diga o que está sentindo!

Brian fechou os olhos e ficou parado um momento sem se mexer, o braço direito esticado, o punho segurando a lasca de madeira. Não viu o lábio superior do sr. Gaunt se erguer como o de um cachorro por cima dos dentes grandes e tortos por um momento, no que podia ser uma careta de prazer ou expectativa. Ele teve uma sensação vaga de movimento, um movimento espiral. Um som, rápido e leve: *tutum... tutum... tutum*. Ele soube o que era o som. Era...

— Um barco! — gritou ele com prazer, sem abrir os olhos. — Parece que eu estou num barco!

— Parece mesmo — disse Gaunt, e aos ouvidos de Brian ele pareceu impossivelmente distante.

As sensações se intensificaram; agora ele sentia como se estivesse subindo e descendo em ondas longas e lentas. Ouvia o grito distante de pássaros e, mais perto, os sons de muitos animais; vacas mugindo, galos cacarejando, o grito grave e rosnado de um felino muito grande, não um som de fúria, mas de tédio. Naquele um segundo, ele quase sentiu a madeira (a mesma da qual aquela lasca já tinha sido parte, ele tinha certeza) debaixo dos pés e soube que aqueles pés não estavam usando tênis All Star, mas algum tipo de sandália, e...

De repente, começou a passar, foi diminuindo até um ponto brilhante, como a luz de uma tela de televisão quando falta energia, e sumiu. Ele abriu os olhos, abalado e eufórico.

Sua mão estava apertando tanto a lasca de madeira que ele precisou se concentrar para abrir os dedos e as juntas estalaram como dobradiças enferrujadas.

— Ah, *cara* — disse ele baixinho.

— Legal, né? — perguntou o sr. Gaunt com alegria e tirou a lasca da mão de Brian com a habilidade distraída de um médico tirando uma farpa da pele. Ele a colocou no lugar e trancou a estante com um floreio.

— Legal — concordou Brian em uma expiração longa que foi quase um sussurro.

Ele se inclinou para olhar a lasca de madeira. Sua mão ainda estava formigando um pouco no lugar onde ele a segurou. As sensações: a subida e descida do convés, a batida das ondas no casco, a madeira debaixo dos pés... essas coisas ficaram com ele, apesar de ele achar (com um sentimento de lamento) que passariam, assim como os sonhos passam.

— Você conhece a história da arca de Noé? — perguntou o sr. Gaunt.

Brian franziu a testa. Tinha quase certeza de que era uma história da Bíblia, mas ele tinha a tendência de se distrair durante os sermões de domingo e as aulas da Bíblia nas noites de quinta.

— Aquela do barco que percorreu o mundo em oitenta dias? — perguntou ele.

O sr. Gaunt sorriu de novo.

— Mais ou menos isso, Brian. Bem perto. Bom, essa lasca é supostamente da arca de Noé. Claro que não posso dizer que *seja* da arca de Noé porque as pessoas achariam uma mentira absurda. Deve haver umas quatro mil pessoas no mundo atualmente tentando vender pedaços de madeira que alegam ser da arca de Noé... e talvez umas quatrocentas mil tentando vender pedaços da verdadeira cruz da crucificação, mas *posso* dizer que essa lasca tem mais de dois mil anos porque foi datada com teste do carbono e *posso* dizer que veio da Terra Santa, embora não tenha sido encontrada no monte Ararat, mas sim no monte Boram.

Brian se perdeu na maior parte das coisas que ele disse, mas não no fato que mais se destacava.

— Dois mil anos — sussurrou ele. — Uau! Tem certeza?

— Tenho, sim — disse o sr. Gaunt. — Tenho um certificado do M.I.T., onde foi feito o teste do carbono, e o certificado acompanha o item, claro. Mas, sabe, eu realmente acredito que *pode* ser da arca. — Ele olhou para a lasca de forma especulativa por um momento e ergueu os olhos azuis deslumbrantes para os cor de mel do garoto. Brian ficou novamente hipnotizado pelo olhar. — Afinal, o monte Boram fica a menos de trinta quilômetros em linha reta do monte Ararat, e erros maiores do que o local de destino final de um barco, mesmo um grande assim, já foram cometidos nas muitas histórias do mundo, principalmente quando as histórias são passadas de boca em boca por gerações antes de serem finalmente registradas em papel. Não é?

— É — disse Brian. — Parece lógico.

— Além do mais… a lasca produz uma sensação estranha quando segurada. Você não acha?

— *Acho!*

O sr. Gaunt sorriu e bagunçou o cabelo do garoto, quebrando o feitiço.

— Gosto de você, Brian. Queria que todos os meus clientes pudessem se impressionar como você. A vida seria bem mais fácil pra um humilde comerciante como eu se o mundo fosse assim.

— Por quanto… por quanto o senhor venderia uma coisa assim? — perguntou Brian.

Ele apontou na direção da lasca de madeira com um dedo não muito firme. Só agora estava começando a perceber como a experiência o tinha afetado. Foi como segurar uma concha perto do ouvido e ouvir o som do mar… só que em 3D e som ambiente. Queria muito que o sr. Gaunt o deixasse segurar a lasca de novo, talvez por mais tempo, mas não sabia como pedir e ele não ofereceu.

— Ah, bom — disse o sr. Gaunt, apoiando os dedos embaixo do queixo e olhando para Brian com malícia. — Com um item assim… e com a maioria das coisas *boas* que eu vendo, as coisas realmente *interessantes*, isso dependeria do comprador. Do que o *comprador* estaria disposto a pagar. Quanto *você* estaria disposto a pagar, Brian?

— Não sei — disse Brian, pensando nos noventa e um centavos que tinha no bolso, e engoliu em seco. — *Muito!*

O sr. Gaunt inclinou a cabeça para trás e riu com gosto. Brian reparou quando ele fez isso que tinha cometido um erro sobre o homem. Quando entrou, achou que o cabelo do sr. Gaunt era grisalho. Agora, viu que era prateado só nas têmporas. Ele devia estar embaixo de um dos spots, pensou Brian.

— Bom, isso foi muito interessante, Brian, mas eu tenho *mesmo* um monte de trabalho à frente antes das dez da manhã, então…

— Claro — disse Brian, levado de volta aos bons modos pelo susto. — Eu também tenho que ir. Desculpe ter incomodado por tanto tempo...

— Não, não, não! Você não me entendeu! — O sr. Gaunt colocou uma das mãos compridas no braço de Brian. O garoto puxou o braço. Esperava que o gesto não parecesse indelicado, mas não podia evitar. A mão do sr. Gaunt era dura e seca e meio desagradável. A sensação não foi muito diferente da lasca de madeira petrificada que supostamente era da arca de Noé, ou o que quer que fosse. Mas o sr. Gaunt estava concentrado demais para reparar no retraimento instintivo de Brian. Agiu como se ele, não Brian, tivesse cometido uma falha de etiqueta. — Eu só achei que devíamos seguir em frente. Não faz sentido você ficar olhando as outras poucas coisas que consegui desembrulhar; não são muitas e você já viu as mais interessantes. Mas tenho um bom conhecimento do meu estoque, mesmo sem uma lista na mão, e talvez haja alguma coisa que você deseja, Brian. O que você *deseja*?

— Caramba — disse Brian.

Havia *mil* coisas que ele desejaria e isso era parte do problema; quando a pergunta era aberta assim, ele não sabia dizer qual das mil ele desejaria mais.

— É melhor não pensar muito sobre essas coisas — disse o sr. Gaunt. Ele falou distraidamente, mas não havia nada de distraído nos olhos dele, que observavam o rosto de Brian com atenção. — Quando eu digo "Brian Rusk, o que você quer mais do que qualquer outra coisa no mundo neste momento?", qual é sua resposta? Rápido!

— Sandy Koufax — respondeu Brian imediatamente.

Da mesma forma que não estava ciente de que a palma da sua mão estava aberta para receber a lasca de madeira até a lasca estar lá, também não estava ciente do que ia dizer em resposta à pergunta do sr. Gaunt até ouvir as palavras saindo da boca. Mas, assim que as ouviu, ele soube que estavam certíssimas.

<br>

5

— Sandy Koufax — disse o sr. Gaunt, pensativo. — Que interessante.

— Bom, não o Sandy Koufax em *pessoa* — esclareceu Brian —, mas o card de beisebol dele.

— O card da Topps ou da Fleers?

Brian não achava que a tarde pudesse ficar melhor, mas de repente ficou. O sr. Gaunt conhecia cards de beisebol da mesma forma que conhecia lascas de madeiras e geodos. Era incrível, realmente incrível.

— Da Topps.

— Deve ser no card dele em início de carreira que você está interessado — disse o sr. Gaunt com lamento na voz. — Acho que não posso ajudar, mas...

— Não — disse Brian. — Não de 1954. De 1956. É o que eu gostaria de ter. Tenho uma coleção de cards de beisebol de 1956. Meu pai que começou. É divertido e só uns poucos são caros: Al Kaline, Mel Parnell, Roy Campanella, de caras assim. Já tenho mais de cinquenta. Inclusive do Al Kaline. Custou trinta e oito dólares. Cortei muita grama pra comprar o Al.

— Posso imaginar — disse o sr. Gaunt com um sorriso.

— Bom, como falei, a maioria dos cards de 1956 não é muito cara. Eles custam cinco ou sete dólares, às vezes dez. Mas um Sandy Koufax em boas condições custa noventa ou até cem dólares. Ele não foi uma grande estrela *naquele* ano, mas acabou se tornando ótimo, e isso quando os Dodgers ainda ficavam no Brooklyn. Todo mundo chamava eles de Da Bums na época. É o que o meu pai diz, pelo menos.

— Seu pai está duzentos por cento correto — disse o sr. Gaunt. — Acho que tenho uma coisa que vai te deixar feliz, Brian. Espere aqui.

Ele passou pela porta com a cortina e deixou Brian ao lado da estante com a lasca de madeira e a Polaroid e a foto do Rei. Brian estava quase pulando de um pé para o outro de tanta esperança e expectativa. Ele disse para si mesmo que era para deixar de ser pateta; mesmo que o sr. Gaunt *tivesse* um card do Sandy Koufax, mesmo que *fosse* um card da Topps dos anos 1950, provavelmente seria de 1955 ou 1957. E se fosse de 1956? De que adiantava se ele não tinha grana no bolso?

Bom, eu posso olhar, não posso?, pensou Brian. *Olhar* não custa nada, certo? Esse também era um dos ditos favoritos da mãe dele.

Da sala atrás da cortina veio o som de caixas sendo movidas e baques leves quando eram colocadas no chão.

— Só um minuto, Brian — disse o sr. Gaunt lá de dentro. Ele pareceu meio sem fôlego. — Sei que tem uma caixa de sapatos por aqui...

— Não precisa ter trabalho por minha causa, sr. Gaunt! — gritou Brian, torcendo como louco para que o sr. Gaunt tivesse o trabalho que fosse necessário.

— Pode ser que a caixa esteja em uma das remessas que ainda não chegaram — disse o sr. Gaunt com dúvida na voz.

O coração de Brian afundou.

E:

— Mas eu tinha certeza... espere! Aqui está! Bem aqui!

O coração de Brian inflou, mais do que inflou. Levantou voo e fez um mortal para trás.

O sr. Gaunt passou pela cortina. O cabelo estava meio desgrenhado e havia uma mancha de poeira na lapela do paletó. Nas mãos ele trazia uma caixa que já tinha guardado um par de tênis Air Jordan. Ele a colocou no balcão e tirou a tampa. Brian ficou ao lado do braço esquerdo dele e olhou para dentro. A caixa estava cheia de cards de beisebol, cada um dentro de um envelope plástico, como os que Brian comprava às vezes na Loja de Cards de Beisebol em North Conway, New Hampshire.

— Achei que haveria uma lista aqui dentro, mas não tive essa sorte — disse o sr. Gaunt. — Mesmo assim, tenho uma ideia bem razoável do que tenho guardado, como falei. É a chave pra se ter um negócio em que se vende um pouco de tudo. Tenho quase certeza de que vi…

Ele parou de falar e começou a mexer rapidamente entre os cards.

Brian viu os cards passarem, sem palavras de tão atônito que estava. O cara que tinha a Loja de Cards de Beisebol tinha o que seu pai chamava de "uma bela variedade" de cards antigos, mas o conteúdo da loja inteira não chegava aos pés dos tesouros guardados naquela caixa de tênis. Havia cards de tabaco de mascar com imagens de Ty Cobb e Pie Traynoe. Havia cards de cigarro com fotos do Baby Ruth e Don DiMaggio e Big George Keller e até Hiram Dissen, o arremessador de um braço só que jogou no White Sox nos anos 40. LUCKY STRIKE GREEN FOI À GUERRA!, muitos dos cards de cigarro diziam. E ali, vislumbrado agora, um rosto largo e sério acima de uma camisa de uniforme do Pittsburgh…

— Meu Deus, aquele não era um Honus Wagner? — comentou Brian, ofegante. Seu coração parecia um passarinho que subiu até a garganta e ficou lá batendo as asas, preso. — É o card de beisebol mais caro do *universo!*

— Sim, sim — disse o sr. Gaunt distraidamente. Os dedos longos se moveram com velocidade pelos cards, rostos de outra era presos debaixo de capas de plástico transparente, homens que rebateram e arremessaram bolas e percorreram bases, heróis de uma era dourada grandiosa e passada, uma era com a qual aquele garoto tinha sonhos alegres e vivazes. — Um pouco de tudo, é assim que um comércio tem sucesso, Brian. Diversidade, prazer, surpresa, realização… é assim que uma *vida* tem sucesso, na verdade… não dou conselhos, mas, se desse, seria bom você se lembrar disso… agora, vejamos… por aqui… por aqui… *ah!*

Ele puxou um card do meio da caixa como um mágico fazendo um truque e o colocou de forma triunfante na mão de Brian.

Era Sandy Koufax.

Era um card da Topps de 1956.

E estava *autografado*.

— Para o meu bom amigo Brian, com carinho, Sandy Koufax — leu Brian com um sussurro rouco.

E não conseguiu dizer mais nada.

## 6

Ele olhou para o sr. Gaunt, a boca se movendo. O sr. Gaunt sorriu.

— Eu não plantei o card e nem planejei, Brian. É só coincidência... mas uma coincidência *boa*, você não acha?

Brian ainda não estava conseguindo falar e decidiu só mover a cabeça. O envelope plástico com o cartão precioso parecia estranhamente pesado na mão dele.

— Pode tirar — convidou o sr. Gaunt.

Quando a voz de Brian finalmente saiu pela boca novamente, foi o gemido de um inválido muito velho.

— Não tenho coragem.

— Bom, *eu* tenho.

O sr. Gaunt tirou o envelope da mão de Brian, enfiou a unha bem cuidada de um dedo dentro e puxou o card. Colocou-o na mão de Brian.

Ele viu as marquinhas na superfície. Tinham sido feitas pela ponta da caneta que Sandy Koufax usara para assinar o nome... o nome *deles*. O autógrafo de Koufax era quase igual à assinatura impressa, só que a impressa dizia Sanford Koufax e o autógrafo dizia *Sandy* Koufax. Além disso, era mil vezes melhor porque era *real*. Sandy Koufax tinha segurado aquele card na mão e feito sua marca nele, a marca de sua mão viva e do seu nome mágico.

Mas havia *outro* nome ali também... o de Brian. Um garoto com o mesmo nome que ele ficou perto da grade do Ebbets Field antes do jogo e Sandy Koufax, *o Sandy Koufax de verdade*, jovem e forte, os anos gloriosos ainda à frente, pegou o cartão, provavelmente ainda com o cheiro do chiclete rosa, e deixou sua marca nele... *e a minha também*, pensou Brian.

De repente ele teve de novo a mesma sensação de quando segurou a lasca de madeira petrificada. Só que, desta vez, foi bem mais forte.

*Cheiro de grama doce e recém-cortada.*

*O taco de freixo batendo no couro.*

*Gritos e risadas da área de treino de rebatedor.*

— Oi, sr. Koufax, pode assinar este card pra mim?

*Rosto estreito. Olhos castanhos. Cabelo escuro. O boné é retirado brevemente, ele coça a cabeça acima da testa e bota o boné novamente.*

— Claro, garoto. — *Ele pega o card.* — Qual é seu nome?

— Brian, senhor. Brian Seguin.

*Rabisco, rabisco, rabisco no card. A magia: fogo inscrito.*

— Você quer ser jogador quando crescer, Brian? — *A pergunta passa a sensação de mecânica e ele fala sem afastar o olhar do card que segura na mão direita grande para poder escrever com a mão esquerda que em breve fará magia.*

— Sim, senhor.

— Pratique o básico. — *O card é devolvido.*

— Sim, senhor!

*Mas ele já está se afastando e começa a correr na grama cortada na direção do banco de reservas com a sombra correndo ao lado.*

— Brian? Brian?

Dedos longos estalaram embaixo do seu nariz, os dedos do sr. Gaunt. Brian saiu do torpor e viu o sr. Gaunt olhando para ele, achando graça.

— Está aí, Brian?

— Desculpe — disse Brian e ficou vermelho.

Ele sabia que devia devolver o card, devolver logo e sair dali, mas não conseguia soltá-lo. O sr. Gaunt estava olhando nos olhos dele — para dentro da *cabeça* dele, ao que parecia — mais uma vez, e mais uma vez ele achou impossível desviar o olhar.

— Então — disse o sr. Gaunt baixinho. — Digamos, Brian, que *você* seja o comprador. Vamos imaginar. Quanto você pagaria por esse card?

Brian sentiu um desespero, como uma pedra fazendo peso no coração.

— Eu só tenho…

O sr. Gaunt levantou a mão esquerda.

— Shhh! — fez ele com severidade. — Morda a língua! O comprador nunca deve dizer ao vendedor quanto dinheiro tem! Seria a mesma coisa que dar a carteira para o vendedor e virar tudo que você tem no bolso no chão na negociação! Se você não sabe mentir, fique parado! É a primeira regra do negócio justo, Brian, meu garoto.

Os olhos dele… tão grandes e escuros. Brian sentiu como se estivesse nadando neles.

— Há dois preços pra esse card, Brian. Metade… e metade. Uma das metades é em dinheiro. A outra metade é uma ação. Você entende?

— Entendo — disse Brian.

Ele se sentiu *distante* de novo... distante de Castle Rock, distante da Artigos Indispensáveis, até distante de si. As únicas coisas reais naquele lugar distante eram os olhos bem arregalados e escuros do sr. Gaunt.

— O preço em dinheiro pra um card autografado de Sandy Koufax de 1956 é oitenta e cinco centavos — disse o sr. Gaunt. — Parece justo?

— Parece — disse Brian. Sua voz estava distante e fraca. Ele se sentiu diminuindo, desaparecendo... e se aproximando do ponto onde qualquer lembrança clara sumiria.

— Que bom — disse a voz acariciante do sr. Gaunt. — Nossa negociação está indo bem até agora. Quanto à ação... você conhece uma mulher chamada Wilma Jerzyck, Brian?

— Wilma, claro — disse Brian do meio da escuridão crescente. — Ela mora do outro lado do quarteirão da minha casa.

— Sim, acredito que sim — concordou o sr. Gaunt. — Escute com atenção, Brian. — Ele provavelmente continuou falando, mas Brian não se lembrava do que ele disse.

7

A próxima coisa que ele percebeu foi o sr. Gaunt o guiando gentilmente para a rua Principal, dizendo o quanto tinha gostado de conhecê-lo e pedindo que ele contasse à mãe e a todos os amigos como tinha sido bem tratado e negociado de forma justa.

— Claro — concordou Brian.

Ele estava meio desnorteado... mas também se sentindo muito bem, como se tivesse acabado de acordar de um cochilo revigorante no começo da tarde.

— E volte sempre — disse o sr. Gaunt antes de fechar a porta.

Brian olhou para trás. A placa pendurada lá agora dizia

FECHADO.

8

Brian tinha a sensação de que tinha passado horas na Artigos Indispensáveis, mas o relógio em frente ao banco dizia que eram só quatro e dez. Foram menos de vinte minutos. Ele se preparou para subir na bicicleta, mas apoiou o guidão na barriga enquanto enfiava a mão no bolso da calça.

De um, tirou seis moedas de um centavo.

Do outro, tirou o card autografado do Sandy Koufax.

Ao que parecia, eles *tinham* feito algum tipo de negociação, embora Brian não conseguisse lembrar de jeito nenhum qual tinha sido, só que o nome de Wilma Jerzyck tinha sido mencionado.

*Para o meu bom amigo Brian, com carinho, Sandy Koufax.*

O que quer que tivesse sido combinado tinha valido a pena.

Um card daqueles valia praticamente qualquer coisa.

Brian o guardou com cuidado na mochila para que não amassasse, subiu na bicicleta e saiu pedalando para casa rapidamente. Sorrindo durante o caminho todo.

# DOIS

1

Quando uma loja nova abre em uma cidadezinha da Nova Inglaterra, os moradores, por mais caipiras que sejam em muitas coisas, exibem uma atitude cosmopolita que raramente se vê nas cidades maiores. Em Nova York ou Los Angeles, uma nova galeria pode atrair um grupinho de possíveis clientes e outros curiosos antes de as portas se abrirem pela primeira vez; uma nova boate pode até ter fila e barricadas policiais com *paparazzi*, armados com bolsas de equipamentos e lentes teleobjetivas, parados com expectativa atrás. Há um zumbido animado de conversas, como acontece na plateia da Broadway antes do começo de uma peça nova que, sucesso ou fracasso absoluto, é garantia de comentários.

Quando uma loja nova abre em uma cidadezinha da Nova Inglaterra, raramente se forma uma multidão antes de a porta ser aberta e nunca há fila. Quando as persianas são abertas, as portas destrancadas e o novo estabelecimento é declarado aberto para o comércio, os clientes vêm e vão aos poucos, de uma forma que sem dúvida pareceria a um forasteiro como apática... e provavelmente como mau presságio da prosperidade futura do lojista.

O que parece falta de interesse costuma mascarar uma expectativa apurada e uma observação mais apurada ainda (Cora Rusk e Myra Evans não foram as duas únicas mulheres de Castle Rock a manterem as linhas telefônicas ocupadas falando sobre a Artigos Indispensáveis nas semanas antes que a loja abrisse). Mas esse interesse e expectativa não alteram o código de conduta conservador do consumidor de cidade pequena. Certas coisas simplesmente não são feitas, particularmente nos enclaves ianques rígidos ao norte de Boston. Essas sociedades existem por nove meses todos os anos de forma quase autossuficiente e é considerado ruim demonstrar interesse demais cedo demais, ou indicar de alguma forma que alguém sentiu mais do que um interesse passageiro, por assim dizer.

Investigar uma loja nova em uma cidade pequena e frequentar um grupo de prestígio social em uma cidade grande são atividades que causam uma certa dose de animação entre os que têm probabilidade de participar e há regras para as duas coisas — regras tácitas, imutáveis e estranhamente parecidas. A principal entre elas é que *não se deve chegar primeiro*. Claro, alguém tem que violar essa regra básica, senão ninguém apareceria, mas uma loja nova pode ficar vazia por pelo menos vinte minutos depois que a placa de FECHADO na vitrine tiver sido virada para ABERTO pela primeira vez, e um observador sábio se sentiria seguro em apostar que os primeiros visitantes chegariam em grupo: talvez um par ou um trio, mas mais provavelmente um grupo de quatro senhoras.

A segunda regra é que os clientes investigativos exibem uma educação tão rígida que beira a frieza. A terceira é que ninguém deve perguntar (ao menos na primeira visita) a história ou os antecedentes de um novo lojista. A quarta é que ninguém deve levar um presente de boas-vindas à cidade, principalmente se for algo brega como um bolo ou uma torta caseira. A última regra é tão imutável quanto a primeira: *não se deve ser o último a sair*.

Essa dança imponente, que poderia se chamar Dança da Investigação Feminina, dura entre duas semanas e dois meses e não se aplica quando alguém da cidade abre um negócio. *Esse* tipo de inauguração pode acabar sendo como um jantar de igreja: informal, alegre e bem chato. Mas quando o novo comerciante é De Fora (sempre é dito assim, para que se perceba as maiúsculas), a Dança da Investigação Feminina é tão certa quanto a morte e a força da gravidade. Quando o período de testes chega ao fim (ninguém coloca propaganda no jornal para avisar isso, mas, de alguma forma, todo mundo sabe), das duas uma: ou o fluxo de comércio se torna mais normal e os clientes satisfeitos levam presentes tardios de boas-vindas e convites para visita, ou o novo comércio fracassa. Em cidades como Castle Rock, os pequenos comércios costumam ser rotulados como "falidos" semanas ou até meses antes de o infeliz dono chegar a essa conclusão.

Havia pelo menos uma mulher em Castle Rock que não seguia essas regras estabelecidas, por mais imutáveis que parecessem aos outros. Era Polly Chalmers, dona da loja Sempre Costurando. Não se esperavam comportamentos comuns da parte dela; Polly Chalmers era considerada pelas senhoras de Castle Rock (e por muitos dos senhores) uma Excêntrica.

Polly apresentava vários problemas para os árbitros sociais autoindicados de Castle Rock. Primeiro de tudo, ninguém conseguia decidir sobre o fato mais básico de todos: Polly era Da Cidade ou De Fora? Ela nasceu e foi criada quase o tempo todo em Castle Rock, era verdade, mas tinha ido embora com o bebê de Duke Sheehan na barriga aos dezoito anos. Isso foi em 1970 e ela só voltou uma vez antes de se mudar definitivamente para a cidade em 1987.

Essa breve visita começou no final de 1975, quando seu pai estava morrendo de câncer no intestino. Depois da morte dele, Lorraine Chalmers sofreu um ataque cardíaco e Polly ficou para cuidar da mãe. Lorraine sofreu um segundo ataque cardíaco, desta vez fatal, no começo da primavera de 1976, e depois que sua mãe foi enterrada no Homeland, Polly (que àquelas alturas já tinha um genuíno Ar de Mistério, na opinião das mulheres da cidade) foi embora de novo.

*Foi de uma vez agora*, esse foi o consenso, e quando a última Chalmers que restava, a velha tia Evvie, morreu em 1981 e Polly não foi ao enterro, isso pareceu ser uma prova final. Mas, quatro anos antes, ela *voltou* e abriu a loja de costura. Apesar de ninguém ter certeza, parecia provável que ela tivesse usado o dinheiro da tia Evvie Chalmers para pagar o novo empreendimento. Para quem mais a velha maluca teria deixado o dinheiro?

Os seguidores mais ávidos da cidade de *la comédie humaine* (a maioria da população) tinham certeza de que, se Polly tivesse sucesso com a lojinha e ficasse, a maioria das coisas que eles tinham curiosidade de saber seria revelada com o tempo. Mas, no caso de Polly, muitas questões permaneceram obscuras. Era muito exasperante.

Ela tinha passado *alguns* dos anos fora em San Francisco, isso era sabido, mas não muito mais; Lorraine Chalmers era fechada como uma ostra sobre a filha rebelde. Polly estudou lá ou em algum outro lugar? Ela cuidava da loja como quem fez cursos de administração e aprendeu muito neles, mas ninguém tinha certeza. Era solteira quando voltou, mas tinha sido casada, em San Francisco ou algum dos lugares onde pode (ou não) ter passado uma parte do tempo entre o Antes e o Agora? Ninguém sabia isso também, só sabiam que ela não tinha se casado com o garoto Sheehan; ele entrou para os fuzileiros, passou alguns anos lá e agora vendia imóveis em algum lugar de New Hampshire. E por que ela tinha voltado para ficar depois de tantos anos?

Mais do que tudo, eles se perguntavam o que tinha acontecido com o bebê. A bela Polly tinha feito um aborto? Deu o bebê para adoção? Ficou com ele? Se sim, ele morreu? Estaria (a falta de um pronome de gênero era enlouquecedora) vivo agora, estudando em algum lugar e escrevendo cartas ocasionais para a mãe em casa? Ninguém sabia essas coisas também e de muitas formas as perguntas não respondidas sobre o "bebê" eram as mais irritantes. A garota que foi embora em um ônibus Greyhound com um bebê na barriga era agora uma mulher de quase quarenta anos que tinha voltado, morava e tinha um comércio na cidade havia quatro anos e ninguém nem sabia o sexo da criança que a fez ir embora.

Recentemente, Polly Chalmers deu à cidade uma nova demonstração da sua excentricidade, como se fosse necessário: ela andava acompanhada de Alan Pangborn, xerife do condado de Castle, e o xerife Pangborn tinha enterrado a esposa e o filho mais novo apenas um ano e meio antes. Esse comportamento não era bem um Escândalo, mas era Excêntrico, e ninguém ficou surpreso de ver Polly Chalmers andando pela calçada da rua Principal da porta dela até a da Artigos Indispensáveis às dez horas e dois minutos da manhã de 9 de outubro. Ninguém ficou surpreso com o que ela estava carregando nas mãos enluvadas: um pote Tupperware que só podia conter um bolo.

Discutindo mais tarde, os moradores disseram que aquilo era a cara dela.

2

A vitrine da Artigos Indispensáveis tinha perdido a camada opaca e uns dez itens tinham sido expostos lá: relógios, um conjunto de jantar de prata, um quadro, um lindo tríptico esperando que alguém o preenchesse com fotografias amadas. Polly olhou esses itens com aprovação e foi até a porta. A placa pendurada lá dizia ABERTO. Quando ela fez o óbvio depois de ler a placa, um sininho tocou acima da cabeça dela. O sino tinha sido instalado depois da visita prévia de Brian Rusk.

A loja tinha cheiro de carpete novo e tinta fresca. Estava tomada pelo sol e, quando ela entrou e olhou ao redor com interesse, um pensamento claro surgiu em sua mente: *Isto é um sucesso. Nenhum cliente passou pela porta ainda, a não ser que eu seja uma, e já é um sucesso. Impressionante.* Uma avaliação precoce assim não era a cara dela, nem o sentimento de aprovação instantânea, mas eram sentimentos inegáveis.

Um homem alto estava inclinado por cima de um dos mostruários de vidro. Ele olhou para a frente quando o sininho de prata tilintou e sorriu para ela.

— Olá — disse ele.

Polly era uma mulher prática que conhecia muito bem a própria mente e costumava gostar do que encontrava lá. Por isso a confusão imediata que a acometeu quando ela encarou o estranho foi uma enorme confusão por si só.

*Eu o conheço.* Esse foi o primeiro pensamento claro a surgir no meio da nuvem inesperada. *Já vi esse homem. Onde?*

Mas não tinha visto e essa informação, essa certeza, surgiu um momento depois. Era déjà-vu, achava ela, aquele sentimento de lembrança falsa que todo mundo tem de tempos em tempos, um sentimento desorientador porque é simultaneamente tão sonhador e tão prosaico.

Ela ficou abalada por um momento e só conseguiu dar um sorriso bobo. Foi mover a mão esquerda para segurar melhor o pote de bolo que tinha trazido e uma onda de dor subiu das costas da mão até o pulso em duas pontadas intensas. Parecia que os dentes de um garfo cromado enorme estavam cravados no fundo da carne dela. Era artrite e doía pra cacete, mas pelo menos ajudou-a a focar a atenção de novo e ela respondeu sem um atraso notável... só que ela achava que o homem *talvez* tivesse notado, mesmo assim. Ele tinha intensos olhos cor de mel esverdeados que pareciam capazes de notar muita coisa.

— Oi — disse ela. — Meu nome é Polly Chalmers. Sou dona da lojinha de vestidos e costura que fica duas lojas depois da sua. Achei que, como somos vizinhos, era uma boa ideia eu vir dar as boas-vindas a Castle Rock antes que o movimento começasse.

Ele sorriu e seu rosto inteiro se iluminou. Ela sentiu um sorriso de resposta mover seus próprios lábios, apesar de a mão esquerda ainda estar doendo muito. *Se eu já não estivesse apaixonada pelo Alan,* pensou ela, *acho que cairia aos pés desse homem sem reclamar. "Me mostre o quarto, mestre, vou em silêncio."* Achando uma certa graça, ela se perguntou quantas das senhoras que apareceriam para dar uma olhadinha antes do fim do dia iriam para casa com uma paixonite avassaladora por ele. Ela viu que ele não usava aliança; mais combustível no fogo.

— É um prazer conhecer você, sra. Chalmers — disse ele, se aproximando. — Sou Leland Gaunt. — Ele esticou a mão direita quando chegou perto, mas franziu a testa quando ela deu um pequeno passo para trás.

— Me desculpe — disse ela. — Eu não aperto mãos. Não me ache mal--educada, por favor. Eu tenho artrite.

Ela colocou o pote sobre o mostruário de vidro mais próximo e ergueu as mãos, cobertas de luvas de pelica. Não havia nada de bizarro nelas, mas eram claramente deformadas, a esquerda um pouco mais do que a direita.

Havia mulheres na cidade que achavam que Polly sentia orgulho da doença. Por que outro motivo, argumentavam, ela a exibiria tão rapidamente? A verdade era o oposto. Embora não fosse uma mulher vaidosa, ela tinha uma preocupação tão grande com a aparência que a feiura das mãos a constrangia.

Ela as mostrava o mais rapidamente que pudesse e o mesmo pensamento surgia brevemente, tão brevemente que quase sempre passava despercebido, na mente dela em todas as vezes: *Pronto. Acabou. Agora podemos continuar com o que quer que seja.*

As pessoas costumavam demonstrar um certo incômodo e constrangimento quando ela mostrava as mãos. Gaunt não. Ele segurou o braço dela com mãos que pareciam extraordinariamente fortes e o apertou no lugar da mão. Poderia ter parecido algo muito íntimo e inapropriado de se fazer num primeiro contato, mas não pareceu. O gesto foi simpático, breve e até engraçado. Ao mesmo tempo, ela ficou feliz de ter sido rápido. As mãos dele tinham um toque seco e desagradável mesmo sobre o casaquinho leve que ela usava.

— Deve ser difícil ter uma loja de costura com esse problema, sra. Chalmers. Como você consegue?

Era uma pergunta que poucas pessoas faziam e, com exceção de Alan, ela não conseguia se lembrar de ninguém que tivesse perguntado de forma tão direta.

— Eu continuei costurando em tempo integral enquanto pude — explicou ela. — Sorria e aguentava, acho que poderíamos dizer dessa forma. Agora, tenho seis funcionárias em meio período e fico mais no design. Mas ainda tenho meus dias bons. — Isso era mentira, mas ela achou que não faria mal, considerando que falou mais para se sentir melhor.

— Bom, fico feliz de você ter vindo. Pra dizer a verdade, estou sofrendo de um caso sério de medo de palco.

— É mesmo? Por quê? — Ela se apressava ainda menos em julgar pessoas do que em julgar lugares e eventos e ficou sobressaltada, até um pouco alarmada, com a rapidez e naturalidade com que se sentiu à vontade com aquele homem que tinha conhecido um minuto antes.

— Fico imaginando o que vou fazer se ninguém vier. Absolutamente ninguém, o dia todo.

— As pessoas virão — disse ela. — Vão querer ver o que você tem. Parece que ninguém sabe o que uma loja chamada Artigos Indispensáveis poderia vender, mas o mais importante é que vão querer dar uma olhada em você. É que, em um lugarzinho como Castle Rock...

— ... ninguém quer parecer ansioso demais — concluiu ele por ela. — Eu sei, já tive experiência em cidades pequenas. Minha mente racional garante que o que você acabou de dizer é a verdade absoluta, mas tem outra voz que fica dizendo: "Eles não virão, Leland, aahhh, não, eles não virão, vão ficar de longe olhando em grupos, espere e verá".

Ela riu e lembrou de repente que sentiu a mesma coisa quando abriu a Sempre Costurando.

— Mas o que é isto? — perguntou ele, tocando no pote Tupperware com uma das mãos. E ela reparou no que Brian Rusk já tinha visto: o primeiro e o segundo dedo daquela mão eram exatamente do mesmo tamanho.

— É um bolo. E se eu conheço esta cidade tão bem quanto acho que conheço, garanto que vai ser o único que você vai ganhar hoje.

Ele sorriu para ela com satisfação.

— Obrigado! Muito obrigado, sra. Chalmers. Estou comovido.

E ela, que nunca pedia a ninguém para usar seu primeiro nome em um primeiro contato e nem mesmo depois de conhecer por algum tempo (e que desconfiava de todo mundo: corretores de imóveis, corretores de seguros, vendedores de carros, que se apropriavam desse privilégio sem pedir licença), ficou surpresa de se ouvir dizer:

— Se vamos ser vizinhos, você não deveria me chamar de Polly?

## 3

O bolo era de chocolate, como Leland Gaunt descobriu só por levantar a tampa e cheirar. Ele pediu que ela ficasse e comesse um pedaço com ele. Polly recusou. Gaunt insistiu.

— Você tem quem cuide da sua loja — disse ele — e ninguém vai ousar botar o pé na minha por pelo menos meia hora. Isso deve bastar para os protocolos. E tenho mil perguntas sobre a cidade.

Assim, ela aceitou. Ele desapareceu pela porta com cortina que levava aos fundos da loja e ela o ouviu subindo uma escada para buscar talheres e pratos; a parte de cima, supôs ela, devia ser a moradia dele, ainda que temporária. Enquanto esperava que ele voltasse, Polly andou pela loja e olhou as coisas.

Uma placa emoldurada junto à porta pela qual ela tinha entrado dizia que a loja ficaria aberta das dez da manhã às cinco da tarde às segundas, quartas, sextas e sábados. Ficaria fechada "exceto por hora marcada" às terças e quintas até o fim da primavera… ou, Polly pensou sorrindo por dentro, até os turistas e veranistas loucos e desvairados chegarem de novo, com as mãos cheias de dólares.

A Artigos Indispensáveis, concluiu ela, era uma loja de curiosidades. Uma loja luxuosa de curiosidades, ela diria depois de um olhar rápido, mas um exame mais minucioso dos itens à venda sugeriu que não era um lugar fácil de categorizar.

Os itens que tinham sido arrumados quando Brian passou lá na tarde anterior (o geodo, a câmera Polaroid, a foto do Elvis Presley e os poucos outros) ainda estavam lá, mas mais de quarenta tinham sido acrescentados. Um pequeno tapete que devia valer uma pequena fortuna estava pendurado nas paredes off-white; era persa e antigo. Havia uma coleção de soldadinhos de chumbo em um dos mostruários, possivelmente antiguidades, mas Polly sabia que todos os soldadinhos de chumbo, mesmo os feitos em Hong Kong uma semana antes, tinham aparência de antiguidade.

As mercadorias eram bem variadas. Entre a foto do Elvis, que pareceu o tipo de coisa que seria vendida em qualquer parque de diversões dos Estados Unidos por quatro dólares e noventa e nove centavos, e um cata-vento nada interessante com uma águia-calva em cima, havia um abajur de vidro carnival antigo que devia valer uns oitocentos dólares, mas podia chegar a cinco mil. Um bule de chá surrado e sem graça estava ladeado de um par de lindas *poupées*, e ela não era capaz nem de tentar adivinhar o quanto as lindas bonecas francesas com as bochechas vermelhas e os trajes enfeitados podiam valer.

Havia uma seleção de cards de beisebol e de tabaco, uma pilha de revistas *pulp* dos anos 30 (*Weird Tales, Astounding Tales, Thrilling Wonder Stories*), um rádio de mesa dos anos 50 que tinha aquele tom repugnante de rosa-claro que as pessoas da época pareciam apreciar nos eletrodomésticos, ainda que não na política.

A maioria dos itens, mas não todos, tinha plaquinhas na frente: GEODO DE TRÊS CRISTAIS, ARIZONA, dizia uma. KIT DE CHAVES SOQUETE PERSONALIZADO, dizia outra. A que ficava na frente da lasca de madeira que tanto impressionou Brian dizia MADEIRA PETRIFICADA DA TERRA SANTA. As placas na frente dos cards e das revistas *pulp* diziam: MAIS VARIEDADE DISPONÍVEL A PEDIDOS.

Todos os itens, fossem lixos ou tesouros, tinham uma coisa em comum, ela observou: não havia etiqueta de preço em nenhum deles.


4


Gaunt voltou com dois pratinhos — louça simples Corning Ware, nada chique —, uma faca de bolo e dois garfos.

— Está tudo uma bagunça lá em cima — confidenciou ele, tirando a tampa do pote e colocando-o de lado (ele o virou de cabeça para baixo para não deixar marca de cobertura em cima do armário onde apoiou tudo). — Vou procurar uma casa assim que acertar as coisas aqui, mas por enquanto vou morar em cima da loja. Tudo está em caixas de papelão. Meu Deus, eu odeio caixas de papelão. Quem diria…

— Não *tão* grande — protestou Polly. — Minha nossa!

— Tudo bem — disse Gaunt, achando graça, e colocou a fatia grossa de bolo de chocolate em um dos pratos. — Este vai ser o meu. Coma, Rowf, coma, eu digo! Assim está bom pra você?

— Mais fino do que isso.

— Não consigo cortar mais fino do que isso — disse ele e cortou uma fatia fina de bolo. — O cheiro está divino. Obrigado de novo, Polly.

— De nada.

O cheiro *estava* bom e ela não estava de dieta, mas sua recusa inicial foi mais do que educação de primeiro encontro. As três semanas anteriores haviam sido um período de veranico delicioso em Castle Rock, mas na segunda--feira o tempo esfriou e suas mãos sofriam com a mudança. A dor provavelmente diminuiria um pouco quando as juntas se acostumassem com a temperatura mais baixa (pelo menos rezava por isso, e sempre tinha sido assim, mas ela não ignorava a natureza progressiva da doença), mas desde aquela manhã estava bem ruim. Quando ficava assim, ela nunca sabia o que conseguiria fazer com as mãos traidoras e sua recusa inicial tinha sido por preocupação e pelo constrangimento em potencial.

Ela tirou as luvas e flexionou a mão, hesitante. Uma pontada de dor ávida subiu pelo antebraço até o cotovelo. Ela a flexionou de novo, os lábios apertados de expectativa. A dor veio, mas não foi tão intensa desta vez. Então relaxou um pouco. Ficaria bem. Não ótima, não seria tão agradável quanto comer bolo deveria ser, mas ficaria bem. Ela pegou o garfo com cuidado, dobrando os dedos o mínimo possível. Quando levou o primeiro pedaço até a boca, viu Gaunt olhar para ela com solidariedade. *Agora ele vai se condoer*, pensou ela com tristeza, *e vai me contar como a artrite do avô dele era horrível. Ou da ex-esposa. Ou de alguém.*

Mas Gaunt não se condoeu dela. Ele provou o bolo e revirou os olhos de forma cômica.

— Esqueça a costura e a modelagem. Você devia ter aberto um restaurante.

— Ah, não fui eu que fiz, mas vou transmitir o elogio a Nettie Cobb. Ela é minha empregada.

— Nettie Cobb — disse ele, pensativo, pegando outra garfada de bolo.

— Sim. Você a conhece?

— Ah, duvido. — Ele falou com o ar de um homem que é trazido de volta de repente para o presente. — Não conheço *ninguém* em Castle Rock. — Ele olhou para ela maliciosamente com os cantos dos olhos. — Alguma chance de ela poder ser contratada?

— Nenhuma — disse Polly, rindo.

— Eu ia perguntar a você sobre os corretores de imóveis — disse ele. — Quem você diria que é o mais confiável por aqui?

— Ah, eles são todos ladrões, mas Mark Hopewell deve ser um dos melhores.

Ele engoliu uma gargalhada e botou a mão na boca para impedir um jorro de migalhas. Em seguida, começou a tossir, e se as mãos dela não estivessem doendo tanto, ela teria batido nas costas dele algumas vezes com camaradagem. Primeiro encontro ou não, ela *gostou* dele.

— Desculpe — disse ele, ainda rindo um pouco. — Mas eles *são* todos ladrões mesmo, não são?

— Ah, sem dúvida.

Se Polly fosse outro tipo de mulher, do tipo que não guarda os fatos do passado só para si, teria começado a fazer perguntas a Leland Gaunt naquele momento. Por que ele tinha ido para Castle Rock? Onde morava antes? Ficaria por muito tempo? Tinha família? Mas ela não era esse tipo de mulher e ficou satisfeita em responder às perguntas dele... ficou feliz da vida, na verdade, pois nenhuma era sobre ela. Ele queria saber sobre a cidade e como era o tráfego na rua Principal durante o inverno e se havia um lugar por perto onde ele poderia comprar um bom fogão a lenha e sobre seguros e mil outras coisas. Ele tirou um caderninho de couro preto do bolso do blazer azul que estava usando e anotou cada nome que ela citou.

Ela olhou para o prato e viu que tinha terminado o bolo. Suas mãos ainda doíam, mas estavam melhores do que quando tinha chegado. Ela lembrou que quase tinha decidido não ir porque estavam doendo demais. Agora, estava feliz de ter ido mesmo assim.

— Tenho que ir — disse ela, olhando para o relógio. — Rosalie vai achar que morri.

Eles tinham comido de pé. Agora, Gaunt empilhou os pratos com cuidado, colocou os garfos em cima e tampou o pote do bolo.

— Vou devolver isto assim que o bolo acabar — disse ele. — Tudo bem?

— Claro.

— Acho que no meio da tarde já levo de volta — disse ele com seriedade.

— Não precisa ser *tão* rápido — disse ela enquanto Gaunt a acompanhava até a porta. — Foi ótimo te conhecer.

— Obrigado pela visita — disse ele. Por um momento, ela achou que ele ia segurar seu braço e teve uma sensação de consternação ao pensar no toque dele (besteira, claro), mas ele não fez nada. — Você tornou o que eu esperava que fosse um dia assustador em algo prazeroso.

— Você vai ficar bem. — Polly abriu a porta e parou. Não tinha perguntado nada sobre ele, mas *estava* curiosa sobre uma coisa, curiosa demais para ir embora sem perguntar. — Você tem uma variedade de coisas interessantes...

— Obrigado.

— ... mas nada tem preço. Por quê?

Ele sorriu.

— É uma pequena excentricidade minha, Polly. Eu sempre acreditei que uma venda que valha a pena ser feita vale uma negociação. Acho que devo ter sido vendedor de tapetes do Oriente Médio na minha última encarnação. Provavelmente no Iraque, se bem que acho que não devia dizer uma coisa dessas atualmente.

— Então você cobra o que o mercado aguentar? — perguntou ela, brincando.

— Podemos dizer que sim — concordou ele com seriedade, e novamente ela ficou surpresa com o quanto os olhos cor de mel eram profundos, estranhamente lindos. — Prefiro pensar nisso como definir o valor pela indispensabilidade.

— Entendi.

— Mesmo?

— Bom... *acho* que sim. Explica o nome da loja.

Ele sorriu.

— É possível. Acho que é possível, sim.

— Bom, tenha um ótimo dia, sr. Gaunt...

— Leland, por favor. Ou só Lee.

— Leland, então. E não se preocupe com os clientes. Acho que até sexta-feira você vai ter que contratar seguranças pra mandar eles embora no fim do dia.

— É mesmo? Seria ótimo.

— Adeus.

— *Ciao* — disse ele, e fechou a porta quando ela saiu.

Ele ficou parado por um momento, vendo Polly Chalmers andar pela rua, calçando as luvas nas mãos, tão deformadas e em contraste tão impressionante com o resto dela, que era elegante e bonita, ainda que não muito impressionante. O sorriso de Gaunt cresceu. Quando seus lábios se repuxaram, expondo os dentes irregulares, o sorriso ficou desagradavelmente predador.

— Você serve — disse ele baixinho na loja vazia. — Serve muito bem.

# 5

A previsão de Polly foi na mosca. Na hora de fechar daquele dia, quase todas as mulheres de Castle Rock — ao menos as que importavam — e vários homens tinham passado pela Artigos Indispensáveis para dar uma olhada rápida. Quase todos fizeram questão de dizer a Gaunt que só tinham um momento porque estavam indo para outro lugar.

Stephanie Bonsaint, Cynthia Rose Martin, Barbara Miller e Francine Pelletier foram as primeiras; Steffie, Cyndi Rose, Babs e Francie chegaram em um grupo protetor menos de dez minutos depois que Polly foi vista saindo da loja nova (a notícia de sua partida se espalhou rapidamente por telefone e pela fofoca eficiente que acontece nos quintais da Nova Inglaterra).

Steffie e as amigas olharam. Fizeram oooohs e aaaahs. Garantiram a Gaunt que não podiam ficar muito porque era dia de bridge (mas sem contar a ele que a jogatina da semana só começava por volta das duas da tarde). Francie perguntou de onde ele era. Gaunt disse que era de Akron, Ohio. Steffie perguntou se havia muito tempo que ele estava no ramo de antiguidades. Gaunt disse que não considerava aquilo um comércio de antiguidades… propriamente. Cyndi Rose queria saber se o sr. Gaunt estava na Nova Inglaterra havia muito tempo. Um tempinho, respondeu Gaunt; um tempinho.

As quatro concordaram depois que a loja era interessante — tantas coisas estranhas! —, mas que a entrevista não teve sucesso. O homem era tão fechado quanto Polly Chalmers, talvez mais. Babs listou tudo que elas sabiam (ou achavam que sabiam): que Polly foi a primeira pessoa da cidade a entrar na loja nova e que ela *levou um bolo*. Talvez, especulou Babs, ela conhecesse o sr. Gaunt… daquela Época Anterior, a época que ela passou Fora.

Cyndi Rose manifestou interesse em um vaso Lalique e perguntou ao sr. Gaunt (que estava perto, mas não em cima, todas repararam com aprovação) quanto custava.

— Quanto você acha que custa? — perguntou ele, sorrindo.

Ela sorriu para ele de forma provocativa.

— *Ah* — disse ela. — É *assim* que você faz negócio, sr. Gaunt?

— É assim que eu faço — concordou ele.

— Bom, você vai acabar perdendo mais do que ganha se vai negociar com ianques — disse Cyndi Rose enquanto as amigas olhavam com o interesse de espectadores em uma partida de Wimbledon.

— Isso nós veremos — disse ele. A voz continuava simpática, mas agora carregava um certo tom de desafio também.

Cyndi Rose olhou com mais atenção para o vaso. Steffie Bonsaint sussurrou alguma coisa no ouvido dela. Ela assentiu.

— Dezessete dólares — disse. O vaso poderia valer cinquenta, e ela achava que nos antiquários de Boston o preço seria cento e oitenta.

Gaunt apoiou os dedos embaixo do queixo em um gesto que Brian Rusk teria reconhecido.

— Acho que eu teria que receber pelo menos quarenta e cinco — disse ele com certo pesar.

Os olhos de Cyndi Rose se iluminaram; havia possibilidades ali. Ela tinha visto o vaso Lalique primeiro como uma coisa só ligeiramente interessante, apenas mais um pé de cabra retórico para usar com o misterioso sr. Gaunt. Agora, olhou com mais atenção e viu que realmente *era* uma bela peça, que ficaria ótima na sala da casa dela. A borda de flores em volta do pescoço comprido do vaso era da mesma cor do seu papel de parede. Até Gaunt responder à sua sugestão com um preço que estava só um pouco fora do alcance, ela não tinha percebido que queria tanto o vaso quanto achava que queria agora.

Ela consultou as amigas.

Gaunt as observou, sorrindo com gentileza.

O sininho de prata acima da porta tilintou e mais duas senhoras entraram.

Na Artigos Indispensáveis, o primeiro dia de comércio tinha começado.

6

Quando o Clube de Bridge da Rua Ash saiu da Artigos Indispensáveis dez minutos depois, Cyndi Rose estava carregando uma sacola de compras pelas alças. Dentro estava o vaso Lalique, embrulhado em papel de seda. Ela o comprou por trinta e um dólares mais impostos, quase todo o dinheiro que tinha, mas ficou tão feliz que estava quase ronronando.

Normalmente, ela sentia dúvida e um pouco de vergonha depois de uma compra tão impulsiva como aquela, certa de que havia sido convencida, se não enganada, mas não naquele dia. Aquela foi *a* compra em que ela saiu por cima. O sr. Gaunt até pediu que ela voltasse, dizendo que tinha outro vaso igual, que chegaria em um carregamento no fim da semana... talvez até no dia seguinte! Aquele ficaria lindo na mesinha da sala dela, mas se ela tivesse dois, poderia botar um em cada ponta da prateleira acima da lareira, e isso ficaria *maravilhoso*.

As três amigas também achavam que ela tinha se saído bem e, apesar de estarem um pouco frustradas de terem arrancado tão pouco sobre o passado do sr. Gaunt, a opinião delas sobre ele foi, de um modo geral, muito boa.

— Ele tem os olhos verdes mais lindos do mundo — disse Francie Pelletier, um pouco sonhadora.

— Eram *verdes*? — questionou Cyndi Rose, um pouco sobressaltada. Ela achou que eram cinzentos. — Não reparei.

7

À tarde, Rosalie Drake da Sempre Costurando passou pela Artigos Indispensáveis durante o intervalo, acompanhada da empregada de Polly, Nettie Cobb. Havia várias mulheres olhando a loja e, no canto de trás, dois garotos da Castle County High estavam mexendo em uma caixa de papelão com gibis, murmurando com empolgação um com o outro; era incrível, os dois concordaram, a quantidade de itens naquela caixa dos quais eles precisavam para completar as respectivas coleções. Eles só esperavam que o preço não fosse alto demais. Era impossível saber sem perguntar, porque não havia etiqueta de preço nos sacos plásticos que protegiam os gibis.

Rosalie e Nettie cumprimentaram o sr. Gaunt e ele pediu a Rosalie que agradecesse novamente a Polly pelo bolo. Seu olhar seguiu Nettie, que tinha se afastado depois das apresentações e estava olhando com melancolia para uma pequena coleção de vidro carnival. Ele deixou Rosalie olhando a foto do Elvis ao lado da lasca de MADEIRA PETRIFICADA DA TERRA SANTA e foi até Nettie.

— Você gosta de vidro carnival, srta. Cobb? — perguntou ele baixinho.

Ela deu um pequeno pulo; Nettie Cobb tinha o rosto e o jeito quase dolorosamente tímidos de uma mulher feita para pular ao ouvir vozes, por mais suaves e simpáticas que fossem, quando faladas de trás da área do cotovelo dela. Ela deu um sorriso nervoso.

— É sra. Cobb, sr. Gaunt, apesar de o meu marido estar morto há um tempo, já.

— Sinto muito.

— Não precisa. Tem catorze anos. Muito tempo. Sim, eu tenho uma pequena coleção de vidro carnival. — Ela pareceu quase tremer, como um rato tremeria à aproximação de um gato. — Não que eu possa pagar por algo tão bonito quanto essas peças. São lindas. Como as coisas devem ser no céu.

— Bom, vou contar uma coisa. Comprei várias peças de vidro carnival quando comprei estas, e não são tão caras quanto você pode pensar. E as outras são *mais* bonitas. Você não gostaria de voltar amanhã e dar uma olhada?

Ela deu um pulo de novo e um passo para o lado, como se ele tivesse sugerido que ela pudesse querer aparecer no dia seguinte para ele beliscar seu traseiro algumas vezes... talvez até ela chorar.

— Ah, não... Quinta é meu dia mais ocupado, sabe... na Polly... nós temos que virar tudo de cabeça pra baixo às quintas, sabe...

— Tem certeza de que não pode dar uma passadinha? — perguntou ele, persuasivo. — Polly me disse que você fez o bolo que ela trouxe hoje...

— Estava bom? — perguntou Nettie com nervosismo.

Seus olhos diziam que ela esperava que ele dissesse: Não, *não* estava bom, Nettie, me deu cólica, me deu *diarreia*, na verdade, e por isso vou machucar você, Nettie, vou te arrastar até a sala dos fundos e torcer seus mamilos até você pedir arrego.

— Estava maravilhoso — disse ele com voz tranquilizadora. — Me fez pensar nos bolos que a minha avó fazia... e isso foi muito tempo atrás.

Foi a coisa certa a se dizer para Nettie, que tinha amado a própria mãe profundamente, apesar das surras que ela lhe dava depois das noites frequentes nos bares e botequins. Ela relaxou um pouco.

— Ah, que bom, fico feliz que você tenha gostado. Claro que foi ideia da Polly. Ela é a mulher mais doce do mundo.

— Sim — disse ele. — Depois de a conhecer, consigo acreditar nisso. — Ele olhou para Rosalie Drake, mas ela ainda estava vagando pela loja. Olhou novamente para Nettie e disse: — Só achei que lhe devia uma coisinha...

— Ah, não! — disse Nettie, alarmada novamente. — Não me deve nada. Nem uma coisinha sequer, sr. Gaunt.

— Por favor, dê uma passada aqui. Vejo que você tem um bom olho para vidro carnival... e assim, posso devolver o pote de bolo da Polly.

— Bom... acho que *poderia* dar uma passada no meu intervalo... — Os olhos de Nettie diziam que ela não acreditava no que estava ouvindo sair da própria boca.

— Maravilha — disse ele e a deixou rapidamente, antes que ela pudesse mudar de ideia de novo.

Ele andou até os garotos e perguntou como eles estavam. Eles mostraram com hesitação vários exemplares antigos de *O Incrível Hulk* e *X-Men*. Cinco minutos depois, estavam saindo com a maior parte dos gibis nas mãos e expressões de alegria perplexa no rosto.

A porta mal tinha se fechado atrás deles quando se abriu de novo. Cora Rusk e Myra Evans entraram. Elas olharam em volta, os olhos brilhantes e ávidos como os de esquilos na época de coleta de nozes, e foram imediatamente até a estante de vidro com a foto do Elvis. Cora e Myra se inclinaram, fazendo ruídos de interesse, exibindo seus traseiros enormes.

Gaunt as observou, sorrindo.

O sininho de prata da porta tilintou de novo. A recém-chegada era tão grande quanto Cora Rusk, mas Cora era gorda e aquela mulher parecia *forte*, da forma como um lenhador com barriga de cerveja parece forte. Havia um bóton grande e branco preso na blusa dela. As letras vermelhas declaravam:

NOITE DO CASSINO — PURA DIVERSÃO!

O rosto da mulher era tão encantador quanto uma pá de neve. O cabelo, um tom de castanho comum e sem vida, estava quase todo coberto por um lenço amarrado severamente embaixo do queixo. Ela observou o interior da loja por um momento, os olhos pequenos e fundos indo para lá e para cá como os olhos de um atirador que observa o interior de um saloon antes de empurrar as portas de vaivém e começar a confusão. E então entrou.

Algumas das mulheres que circulavam entre os mostruários deram mais do que uma olhada rápida na direção dela, mas Nettie Cobb olhou para a recém-chegada com uma expressão extraordinária de consternação e ódio misturados. Ela se afastou do vidro carnival. Seu movimento chamou a atenção da recém-chegada. Ela olhou para Nettie com uma espécie de desprezo absoluto e a deixou de lado.

O sininho de prata acima da porta tilintou quando Nettie saiu da loja.

O sr. Gaunt observou tudo isso com grande interesse.

Ele andou até Rosalie e disse:

— A sra. Cobb foi embora sem você, infelizmente.

Rosalie pareceu sobressaltada.

— Por que… — começou ela, mas seus olhos pousaram na recém-chegada com o bóton da Noite do Cassino preso com determinação entre os seios. Ela estava observando o tapete persa pendurado na parede com o interesse fixo de um estudante de arte em uma galeria. Suas mãos estavam apoiadas nos quadris largos. — *Ah*. Com licença, eu tenho que ir.

— Essas duas não morrem de amores uma pela outra, eu diria — comentou o sr. Gaunt.

Rosalie deu um sorriso distraído.

Gaunt olhou para a mulher de lenço de novo.

— Quem é ela?

Rosalie franziu o nariz.

— Wilma Jerzyck. Com licença… eu tenho mesmo que ir com a Nettie. Ela é muito nervosa, sabe.

— Claro — disse ele e levou Rosalie até a porta. Para si mesmo, acrescentou: — Não somos todos?

Cora Rusk lhe deu um tapinha no ombro.

— Quanto custa a foto do Rei? — perguntou ela.

Leland Gaunt virou o sorriso deslumbrante para ela.

— Bom, vamos conversar sobre isso — disse ele. — Quanto você acha que vale?

# TRÊS

1

A loja nova de Castle Rock estava fechada havia quase duas horas quando Alan Pangborn rodou lentamente pela rua Principal na direção do Prédio Municipal, onde ficavam o posto do xerife e a delegacia de polícia de Castle Rock. Ele estava atrás do volante do carro mais comum do mundo: uma caminhonete Ford 1986. O carro da família. Ele se sentia para baixo e meio bêbado. Só tinha tomado três cervejas, mas bateram pesado.

Ele olhou para a Artigos Indispensáveis ao passar, aprovando o toldo verde-escuro que se projetava sobre a rua, assim como Brian Rusk. Sabia menos sobre essas coisas do que Brian (afinal, não tinha parentes que trabalhavam para a Companhia Dick Perry de Revestimentos e Portas em South Paris), mas achava que *dava mesmo* um toque de classe à rua Principal, onde a maioria dos comerciantes tinha acrescentado fachadas falsas e pronto. Ele ainda não sabia o que o lugar vendia; Polly saberia, se tivesse mesmo ido naquela manhã, como planejava. Mas parecia aos olhos de Alan um daqueles restaurantes franceses aconchegantes aonde você levava a garota dos seus sonhos antes de tentar levá-la para a cama com boas cantadas.

O lugar sumiu da mente dele logo que ele passou. Ele deu seta para a direita dois quarteirões depois e entrou na passagem estreita entre a construção baixa de tijolos do Prédio Municipal e as ripas de madeira branca do prédio do Serviço de Águas e Saneamento. Essa pista estava marcada com APENAS VEÍCULOS OFICIAIS.

O Prédio Municipal tinha a forma de um L de cabeça para baixo e havia um pequeno estacionamento no ângulo formado entre as duas alas. Três das vagas estavam marcadas com POSTO DO XERIFE. O fusca velho de Norris Ridgewick estava estacionado em uma delas. Alan estacionou em outra, apagou os faróis e o motor e levou a mão à maçaneta.

A depressão que o espreitava desde que ele saíra do The Blue Door em Portland, rodeando-o como lobos costumam rodear fogueiras nas histórias de aventura que ele lia quando garoto, caiu de repente sobre ele. Ele soltou a maçaneta e ficou sentado atrás do volante do carro, torcendo para que passasse.

Tinha passado o dia no Fórum do Distrito de Portland, testemunhando pela acusação em quatro julgamentos. O distrito englobava quatro condados, York, Cumberland, Oxford e Castle, e de todo os homens da lei que serviam nesses condados, Alan Pangborn era o que tinha uma distância maior para viajar. Os três Juízes do Distrito, portanto, se esforçavam para marcar os casos dele agrupados, para que ele só fizesse a viagem uma ou duas vezes por mês. Isso tornava possível que ele passasse um tempo no condado que tinha jurado proteger em vez de na estrada entre Castle Rock e Portland, mas também significava que, depois dos dias de tribunal, ele se sentia um estudante de ensino médio cambaleando para fora do auditório onde tinha acabado de fazer o vestibular. Ele devia saber que não era boa ideia beber depois disso, mas Harry Cross e George Crompton estavam indo para o The Blue Door e insistiram para que Alan se juntasse a eles. Houve um bom motivo para isso: uma série de roubos a casas claramente relacionados tinha ocorrido nas áreas de todos eles. Mas o verdadeiro motivo para ele ter ido foi o que muitas decisões ruins têm em comum: pareceu uma boa ideia na hora.

Agora, ele estava sentado atrás do volante do que tinha sido o carro da família, colhendo o que tinha plantado por vontade própria. Sua cabeça doía de leve. Estava sentindo mais do que só um pouco de náusea. Mas a depressão era o pior; tinha voltado com um senso de vingança.

*Olá!*, gritava com alegria de dentro da fortaleza em sua cabeça. *Aqui estou eu, Alan! Que bom te ver! Adivinha? Aqui está, o fim de um longo dia, e Annie e Todd ainda estão mortos! Lembra daquela tarde de sábado em que Todd derramou o milk-shake no banco da frente? Embaixo de onde está sua pasta agora, não foi? E você gritou com ele? Uau! Não se esqueceu disso, não foi? Esqueceu? Ah, tudo bem, Alan, porque estou aqui para lembrar! E lembrar! E lembrar!*

Ele ergueu a pasta e olhou fixamente para o assento. Sim, a mancha estava lá e, sim, ele tinha gritado com Todd. *Todd, por que você é sempre tão estabanado?* Algo assim, nada de mais, mas o tipo de coisa que você nunca diria se soubesse que seu filho tinha menos de um mês de vida.

Passou pela cabeça dele que as cervejas não eram o verdadeiro problema; era o carro, que nunca tinha sido limpo de forma adequada. Ele tinha passado o dia andando por aí com o fantasma da esposa e do filho mais novo.

Ele se inclinou, abriu o porta-luvas para pegar o bloco de multas (carregá-lo mesmo quando estava indo para Portland passar o dia testemunhando no tribunal era um hábito imutável) e enfiou a mão dentro. Sua mão encostou em um objeto tubular, que caiu no chão do carro com um ruído. Ele colocou o bloco em cima da pasta e se inclinou mais para pegar o que tinha derrubado de dentro do porta-luvas. Levantou o objeto para que estivesse no brilho da lâmpada e olhou por muito tempo, sentindo a dor horrível da perda e da tristeza tomar conta dele. A artrite de Polly estava nas mãos dela; a dele, ao que parecia, estava no coração, e quem poderia dizer qual dos dois estava pior?

A lata pertencera a Todd, claro; Todd, que sem dúvida *moraria* na Loja de Novidades de Auburn se pudesse. O garoto era vidrado nos objetos vendidos lá: campainhas de choque, pó que fazia espirrar, copos que babam, sabonete que deixava a mão do usuário da cor de cinza vulcânica, cocô de cachorro de plástico.

*Essa coisa ainda está aqui. Tem dezenove meses que eles morreram e ainda está aqui. Como deixei passar? Meu Deus.*

Alan virou a lata redonda nas mãos, lembrando como o garoto alegou ter comprado aquele item específico com seu dinheiro da mesada, e como Alan tinha duvidado e citado o provérbio favorito do pai: o tolo e seu dinheiro se separam rapidamente. E como Annie o contradisse com seu jeito gentil:

*Olha só você, sr. Mágico Amador, falando como um puritano. Eu adorei! De onde você acha que veio esse amor maluco por pegadinhas e truques, para começar? Ninguém na minha família tinha foto emoldurada do Houdini na parede, pode acreditar. Você quer me dizer que não comprou um copo que baba nos dias agitados da sua juventude? Que não era doido para ter o truque da cobra dentro da lata de nozes se tivesse encontrado em uma estante por aí?*

Hesitando e gaguejando, ele ficou parecendo cada vez mais um idiota cabeça oca. Finalmente, teve que levar a mão à boca para esconder um sorrisinho de constrangimento. Mas Annie tinha visto. Annie sempre via. Esse foi o presente dela... e mais do que uma vez, foi sua salvação. O senso de humor e o senso de perspectiva dela sempre foram melhores do que os dele. Mais precisos.

*Deixa ele, Alan... ele só vai ser jovem uma vez. E até que é engraçado.*

Ele deixou. E...

*... e três semanas depois disso ele derramou milk-shake no banco e quatro semanas depois, estava morto! Os dois estavam mortos! Uau! Imaginem só! O tempo voa mesmo, não é, Alan? Mas não se preocupe! Não se preocupe porque vou continuar te lembrando! Sim, senhor! Vou continuar te lembrando porque esse é meu trabalho e eu pretendo* fazê-lo!

A lata tinha o rótulo de MIX DE CASTANHAS TASTEE-MUNCH. Alan girou a tampa e um metro e meio de cobra verde comprimida pulou para fora, bateu no para-brisa e voltou para o seu colo. Alan olhou para ela, ouviu a risada do filho morto dentro da cabeça e começou a chorar. O choro foi sem drama, silencioso e exausto. Parecia que suas lágrimas tinham muito em comum com os bens dos seus entes queridos mortos; nunca se chegava ao fim. Havia muitos e quando você começava a relaxar e achar que tinha finalmente acabado, que o ambiente estava limpo, você encontrava outro. E outro. E mais outro.

Por que ele deixou Todd comprar aquela porcaria? Por que ainda estava no maldito porta-luvas? E por que ele foi na porcaria da van da família?

Ele tirou o lenço do bolso de trás e secou as lágrimas do rosto. Lentamente, enfiou a cobra, de papel crepom verde barato com uma mola de metal dentro, de volta na lata de castanhas falsa. Enroscou a tampa e ficou jogando a lata para cima, pensativo.

*Joga essa porcaria fora.*

Mas ele achava que não podia fazer isso. Não naquela noite, pelo menos. Jogou a pegadinha, a última que Todd tinha comprado na loja que ele considerava a melhor do mundo, de volta no porta-luvas e o fechou. Então segurou a maçaneta de novo, pegou a pasta e saiu.

Ele respirou fundo o ar do fim da tarde, torcendo para que isso ajudasse. Não ajudou. Sentia o cheiro de madeira decomposta e produtos químicos, um odor sem encantos que descia regularmente das fábricas de papel em Rumford, uns cinquenta quilômetros ao norte. Ele podia ligar para Polly e perguntar se podia ir lá, decidiu. Ajudaria um pouco.

*Nunca um pensamento tão verdadeiro foi pensado!*, a voz da depressão concordou com energia. *A propósito, Alan, você se lembra do quanto essa cobra o deixou feliz? Ele brincou com todo mundo! Quase fez Norris Ridgewick ter um ataque cardíaco e você riu até quase molhar a calça! Lembra? Ele não era cheio de vida? Não era ótimo? E Annie… lembra como ela riu quando você contou? Ela era cheia de vida e ótima também, não era? Claro, não estava tão cheia de vida no finalzinho, também não tão ótima, mas você nem reparou direito, não é? Porque tinha coisas na cabeça. A história com Thad Beaumont, por exemplo… você não conseguia tirar aquilo da cabeça. O que aconteceu na casa do lago e, depois que acabou, quando ele bebia e ligava para você. A esposa dele pegou os gêmeos e o deixou… tudo isso junto com as coisas habituais da cidade te mantiveram bem ocupado, não foi? Ocupado demais para ver o que estava acontecendo em casa. Pena que você não viu. Se tivesse visto, ora, talvez eles ainda estivessem vivos! E isso é uma coisa que você também não devia esquecer, por isso vou ficar lembrando… e lembrando… e lembrando. Tá bom? Tá bom!*

Havia um arranhão de trinta centímetros na lateral do carro, acima da abertura do reservatório de gasolina. Aquilo aconteceu depois que Annie e

Todd morreram? Não conseguia lembrar e não importava muito mesmo. Ele passou os dedos pelo arranhão e pensou que tinha que levar o carro até o Sunoco do Sonny para que fosse consertado. Por outro lado, para quê? Por que não levar aquela porcaria para a Ford do Harrie em Oxford e trocar por algo menor? A quilometragem ainda estava relativamente baixa; ele provavelmente conseguiria uma boa troca...

*Mas Todd derramou o milk-shake no banco da frente!*, a voz da sua cabeça falou com indignação. *Ele fez isso quando estava* vivo, *Alan, amigão! E Annie...*

— Ah, cala a boca — disse ele.

Ele chegou ao prédio e parou. Estacionado ali perto, tão perto que a porta o teria amassado na lateral se estivesse toda aberta, estava um Cadillac Seville vermelho. Ele não precisava olhar para a placa para saber o que dizia: keeton 1. Ele passou a mão no capô liso do carro, pensativo, e então entrou.

2

Sheila Brigham estava sentada no cubículo de paredes de vidro do atendimento, lendo a revista *People* e bebendo um Yoo-Hoo. A combinação de posto do xerife e delegacia de polícia de Castle Rock estava vazia, exceto por ela e por Norris Ridgewick.

Norris estava atrás de uma máquina de escrever elétrica ibm velha, trabalhando em um relatório com a concentração sofrida e sem fôlego que só Norris conseguia fazer com a papelada. Ele olhava fixamente para a máquina, então se inclinava abruptamente como um homem que tivesse levado um soco na barriga e batia nas teclas em uma explosão barulhenta. Ficava na posição encolhida por tempo suficiente para ler o que tinha escrito e gemia de leve. Havia o som de *clique-rap! Clique-rap! Clique-rap!* de Norris usando a fita corretiva da ibm para apagar algum erro (ele usava uma fita por semana, na média) e então se empertigava. Havia uma pausa grávida e o ciclo se repetia. Depois de uma hora disso, mais ou menos, Norris botava o relatório concluído na cesta de entrada de Sheila. Uma ou duas vezes por semana, esses relatórios eram até inteligíveis.

Norris ergueu o rosto e sorriu quando Alan atravessou a pequena área cercada.

— Oi, chefe, como está?

— Bom, só vou precisar voltar a Portland em duas ou três semanas. Aconteceu alguma coisa aqui?

— Não, só o habitual. Sabe, Alan, seus olhos estão vermelhos à beça. Você andou fumando aquele cigarro do demônio de novo?

— Haha — fez Alan em tom azedo. — Eu parei pra beber uma coisinha com dois policiais e fiquei olhando pro farol alto das outras pessoas por cinquenta quilômetros. Tem aspirina aí?

— Sempre — disse Norris. — Você sabe.

A gaveta de baixo de Norris continha sua farmácia particular. Ele a abriu, remexeu dentro, tirou um frasco gigantesco de Kaopectate sabor morango, olhou para o rótulo por um momento, balançou a cabeça, colocou-o de volta na gaveta e remexeu mais um pouco. Finalmente, tirou um frasco de aspirina genérica.

— Tenho um trabalhinho pra você — disse Alan, pegando o frasco e virando duas aspirinas na mão. Um pó branco caiu junto com os comprimidos, e ele se viu questionando por que aspirina genérica sempre produzia mais pó do que a de marca. Perguntou-se também se podia estar ficando maluco.

— Ah, Alan, tenho mais duas dessas porcarias de E-9 pra fazer e…

— Calma aí. — Alan foi até o garrafão de água e pegou um copo de papel no cilindro preso na parede. *Blub-blub-blub*, fez o garrafão enquanto ele enchia o copo. — Você só precisa atravessar a sala e abrir a porta pela qual acabei de passar. É tão simples que até uma criança poderia fazer, não é?

— O que…

— Só não esqueça de levar o bloco de multas — disse Alan, e engoliu as aspirinas.

Norris Ridgewick fez uma expressão de cautela na mesma hora.

— O seu está bem ali na mesa, ao lado da sua pasta.

— Eu sei. E é lá que vai continuar, ao menos por hoje.

Norris olhou para ele por um longo momento. Finalmente, perguntou:

— Buster?

Alan assentiu.

— Buster. Estacionou na vaga de deficientes de novo. Falei da última vez que não ia mais ficar avisando.

O conselheiro municipal de Castle Rock, Danforth Keeton III, era chamado de Buster por todos que o conheciam… mas os funcionários municipais que queriam continuar no emprego sempre o chamavam de Dan ou sr. Keeton quando ele estava por perto. Só Alan, que tinha sido eleito, ousava chamá-lo de Buster na cara dele, e só o tinha feito duas vezes, estando em ambas muito zangado. Mas achava que faria de novo. Dan "Buster" Keeton era um homem com quem Alan Pangborn ficava facilmente irritado.

— Ah, *não*! — exclamou Norris. — *Você* faz isso, Alan, está bem?

— Não posso. Tenho aquela reunião sobre verbas com os conselheiros municipais na semana que vem.

— Ele já me odeia — disse Norris morbidamente. — Sei que odeia.

— Buster odeia todo mundo, menos a esposa e a mãe — disse Alan —, e mesmo assim não tenho tanta certeza sobre a esposa. Mas é fato que o avisei pelo menos seis vezes no mês passado sobre estacionar na nossa única vaga pra deficientes e agora vou parar de falar e vou agir.

— Não, você vai parar de falar e *eu* vou agir. Isso é sacanagem, Alan. Eu sou sincero. — Norris Ridgewick parecia uma propaganda de *Quando coisas ruins acontecem às pessoas boas*.

— Relaxa — disse Alan. — Deixa uma multa de cinco dólares no para-brisa dele. Ele vem me procurar e me manda primeiro despedir você.

Norris gemeu.

— Eu me recuso. Ele me diz pra rasgar a multa. Eu também recuso. Mas, amanhã ao meio-dia, depois que ele tiver a chance de espumar pela boca por um tempo, eu deixo passar. E quando for à próxima reunião sobre as verbas, ele vai estar me devendo um favor.

— Tá, mas o que ele vai dever a mim?

— Norris, você quer um radar Doppler novo ou não?

— Bom...

— E que tal uma máquina de fax? Estamos falando sobre termos uma máquina de fax há pelo menos dois anos.

*Sim!*, gritou a voz falsamente alegre na mente dele. *Você começou a falar sobre isso quando Annie e Todd ainda estavam vivos, Alan! Lembra? Lembra quando eles estavam vivos?*

— É — disse Norris. Ele pegou o bloco de multas com tristeza e a resignação ficou estampada na cara dele.

— Bom sujeito — disse Alan com um entusiasmo que não sentia. — Vou ficar um pouco na minha sala.

3

Ele fechou a porta e discou o número de Polly.

— Alô — atendeu ela, e ele soube na mesma hora que não contaria a ela sobre a depressão que tomara conta dele de forma suave e completa.

Polly tinha seus próprios problemas naquela noite. Foi preciso só aquela palavra para ele saber como ela estava. O som do *l* no alô foi meio arrastado.

Isso só acontecia quando ela tinha tomado um Percodan (ou talvez mais de um), e ela só tomava um Percodan quando a dor estava muito ruim. Apesar de não falar abertamente, Alan achava que ela vivia morrendo de medo do dia em que o remédio fosse parar de fazer efeito.

— Como está, moça bonita? — perguntou ele, se encostando na cadeira e cobrindo os olhos com a mão. As aspirinas pareciam não estar ajudando muito com a cabeça. *Talvez eu devesse pedir a ela um Percodan*, pensou ele.

— Estou bem. — Ele notou o jeito cuidadoso como ela falou, indo de uma palavra para a seguinte como uma mulher acostumada a usar pedras para atravessar um riacho. — E você? Está com uma voz de cansado.

— Os advogados fazem isso comigo sempre. — Ele arquivou a ideia de ir vê-la. Ela diria "Claro, Alan", e ficaria feliz de vê-lo, quase tão feliz quanto ele de vê-la, mas seria mais trabalho do que ela precisava naquela noite. — Acho que vou pra casa mais cedo. Você se importa se eu não passar aí?

— Não, querido. Na verdade, talvez seja melhor se você não vier.

— Está ruim hoje?

— Já esteve pior — disse ela com cautela.

— Não foi isso que eu perguntei.

— Não está tão ruim, não.

*Sua própria voz entrega que você está mentindo, minha querida*, pensou ele.

— Que bom. E aquela terapia de ultrassom que você mencionou? Descobriu alguma coisa?

— Bom, seria ótimo se eu pudesse pagar um mês e meio na Clínica Mayo pra ver se dá certo, mas não posso. E não me diga que você pode, Alan, porque estou meio cansada demais pra te chamar de mentiroso.

— Achei que você tivesse dito que o Boston Hospital…

— Ano que vem — disse Polly. — Vão abrir uma clínica usando terapia de ultrassom ano que vem. Talvez.

Houve um momento de silêncio e ele estava prestes a se despedir quando ela falou de novo. Desta vez, o tom estava um pouco mais animado.

— Passei na loja nova hoje de manhã. Pedi a Nettie pra fazer um bolo e levei. Pura teimosia, claro. Senhoras não levam bolos em inaugurações. Isso está praticamente entalhado em pedra.

— Como é lá? O que vende?

— Um pouco de tudo. Se você apontasse uma arma na minha cabeça, eu diria que é uma loja de curiosidades e artigos colecionáveis, mas na verdade desafia descrições. Você vai ter que ir lá ver pessoalmente.

— Você conheceu o dono?

— Sr. Leland Gaunt, de Akron, Ohio — disse Polly, e agora Alan ouvia o toque de sorriso na voz dela. — Ele vai provocar suspiros na mulherada de Castle Rock este ano. É a minha previsão, pelo menos.

— O que *você* achou dele?

Quando voltou a falar, o sorriso na voz dela ficou ainda mais claro.

— Bom, Alan, vou ser sincera. Você é meu amor e espero que eu seja o seu, mas...

— Você é — disse ele. A dor de cabeça estava melhorando um pouco. Ele duvidava que fosse a aspirina do Norris Ridgewick executando esse pequeno milagre.

— ... mas ele fez o *meu* coração disparar também. E você devia ter visto Rosalie e Nettie quando elas voltaram...

— *Nettie?* — Ele tirou os pés de cima da mesa e se levantou. — Nettie tem medo da própria sombra!

— É verdade. Mas como Rosalie a convenceu de ir junto, porque você sabe que a coitada não vai a *lugar nenhum* sozinha, eu perguntei a Nettie o que *ela* achou do sr. Gaunt quando cheguei em casa à tarde. Alan, os olhinhos sem vida se iluminaram. "Ele tem vidro carnival!", ela disse. "Um vidro carnival maravilhoso! Até me convidou pra voltar amanhã e olhar mais!" Acho que foram as frases mais longas que ela disse pra mim de uma vez só em uns quatro anos. E eu falei: "Que gentileza dele, Nettie!". E ela disse: "É, e quer saber?". Eu perguntei o que era, claro, e Nettie disse: *"Eu acho que vou!".*

Alan riu alto e com gosto.

— Se Nettie está disposta a ir vê-lo sem companhia, eu *devia* mesmo dar uma olhada nele. O cara deve ser um charme.

— Bom, é engraçado. Ele não é bonito, pelo menos não no estilo galã de cinema, mas tem olhos cor de mel esverdeados *lindos*. Que iluminam o rosto dele todo.

— Olha lá, moça — rosnou Alan. — Meu ciúme está começando a despertar. Ela riu um pouco.

— Acho que você não precisa se preocupar. Mas tem uma outra coisa.

— O quê?

— Rosalie disse que Wilma Jerzyck foi lá quando Nettie estava lá dentro.

— Aconteceu alguma coisa? Elas trocaram palavras?

— Não. Nettie olhou de cara feia pra Jerzyck, que repuxou os lábios pra Nettie, ou ao menos foi assim que Rosalie descreveu a situação, e depois Nettie foi embora. Wilma Jerzyck ligou pra reclamar do cachorro da Nettie ultimamente?

69

— Não — disse Alan. — E nem teve motivo. Já passei pela casa da Nettie depois das dez várias noites nas últimas seis semanas. O cachorro não late mais. Foi só o tipo de coisa que filhotes fazem, Polly. Cresceu um pouco e tem uma boa dona. Nettie pode ter poucos parafusos na cabeça, mas fez o que tinha que fazer com aquele cachorro. Como é o nome que ela deu?

— Raider.

— Bom, Wilma Jerzyck vai ter que encontrar outra coisa pra reclamar, porque Raider está treinado. E ela vai encontrar. Mulheres como Wilma sempre encontram. Nunca foi sobre o cachorro, na verdade; Wilma era a única pessoa do bairro todo que reclamava. Era sobre Nettie. Pessoas como Wilma têm o nariz como fraqueza. E tem muita coisa a se farejar em Nettie Cobb.

— É. — Polly parecia triste e pensativa. — Sabia que Wilma Jerzyck ligou pra ela uma noite e disse que, se Nettie não calasse o cachorro, ela iria lá e cortaria a garganta dele?

— Bom — disse Alan com voz firme —, sei que Nettie disse isso pra você. Mas também sei que Wilma assustou muito a Nettie e que Nettie tem tido… problemas. Não estou dizendo que Wilma Jerzyck não seja capaz de fazer uma ligação dessas, porque ela é. Mas *pode* ter sido coisa da cabeça de Nettie.

Dizer que Nettie tinha tido problemas era pegar leve, mas não havia necessidade de dizer mais; os dois sabiam do que estavam falando. Depois de anos de inferno, casada com um brutamontes que abusava dela de todas as formas que um homem pode abusar de uma mulher, Nettie Cobb enfiou um garfo de carne no pescoço do marido quando ele estava dormindo. Ela tinha passado cinco anos em Juniper Hill, uma instituição mental perto de Augusta. Foi trabalhar para Polly como parte do programa de soltura. Para Alan, ela não podia ter ido parar em mãos melhores, e o estado mental cada vez melhor de Nettie confirmava a opinião dele. Dois anos antes, Nettie fora morar numa casinha na rua Ford, a seis quarteirões do centro.

— Nettie tem problemas, é verdade — disse Polly —, mas a reação dela ao sr. Gaunt foi impressionante mesmo. Foi muito fofo.

— Eu tenho que ver esse cara.

— Me diga o que acha. E dê uma olhada nos olhos cor de mel.

— Duvido que causem a mesma reação em mim que parecem ter provocado em você — disse Alan secamente.

Ela riu de novo, mas desta vez pareceu um riso meio forçado.

— Tenta dormir um pouco — disse ele.

— Pode deixar. Obrigada por ligar, Alan.

— De nada. — Ele fez uma pausa. — Eu te amo, moça bonita.

— Obrigada, Alan. Eu também te amo. Boa noite.

— Boa noite.

Ele desligou o telefone, virou o abajur para que lançasse um facho de luz na parede, apoiou os pés na mesa e uniu as mãos na frente do peito, como se estivesse orando. Esticou os dedos indicadores. Na parede, um coelho de sombra ergueu as orelhas. Alan enfiou os polegares entre os dedos esticados e o coelho de sombra remexeu o nariz. Alan fez o coelho pular pelo holofote improvisado. O que voltou foi um elefante, movendo a tromba. As mãos de Alan se moviam com facilidade ágil e sinistra. Ele nem reparou direito nos animais que estava criando; esse era um antigo hábito, seu jeito de olhar para a ponta do nariz e dizer "Om".

Ele estava pensando em Polly; Polly e suas pobres mãos. O que fazer com Polly?

Se fosse só questão de dinheiro, ele a estaria internando em um quarto na Clínica Mayo até a tarde seguinte; serviço completo. Teria feito aquilo mesmo que significasse prendê-la em uma camisa de força e dar um sedativo para levá-la até lá.

Mas *não era* só questão de dinheiro. O ultrassom como tratamento para artrite degenerativa ainda estava nascendo. Podia até acabar sendo tão eficiente quanto a vacina Salk, mas também tão falso quanto a ciência da frenologia. De qualquer modo, não fazia sentido agora. As chances eram de mil para uma de que não fosse dar em nada. Não era a perda de dinheiro que ele temia, mas a perda das esperanças de Polly.

Um corvo, tão ágil e cheio de vida quanto um corvo em um desenho da Disney, bateu as asas lentamente por cima do diploma de formatura da Academia de Polícia de Albany. As asas se esticaram e ele virou um pterodátilo pré--histórico, a cabeça triangular inclinada enquanto voava pelos arquivos no canto, até sumir.

A porta foi aberta. O rosto melancólico de basset hound de Norris Ridge-wick apareceu.

— Já fiz, Alan — disse ele, parecendo um homem confessando o assassinato de várias crianças pequenas.

— Que bom, Norris — disse Alan. — Você não vai sofrer por causa disso. Prometo.

Norris olhou para ele um momento a mais com os olhos úmidos e assentiu com dúvida. Ele olhou para a parede.

— Faz o Buster, Alan.

Alan sorriu, balançou a cabeça e pegou o abajur.

— Ah, vai — pediu Norris. — Eu multei a porcaria do carro dele, eu mereço. Faz o Buster, Alan. *Por favor*. Eu morro de rir.

Alan olhou por cima do ombro do Norris, não viu ninguém e curvou uma das mãos sobre a outra. Na parede, um homem sombra atarracado andou pelo holofote, a barriga balançando. Ele parou para puxar a calça sombra atrás e continuou andando, a cabeça virando de forma truculenta de um lado para o outro.

As gargalhadas do Norris soaram agudas e felizes, gargalhadas de criança. Por um momento, Alan se lembrou de Todd, mas afastou o pensamento. Já tinha havido muito daquilo por uma noite, Senhor.

— Caramba, isso *acaba* comigo — disse Norris, ainda rindo. — Você nasceu tarde, Alan. Podia ter feito carreira no *The Ed Sullivan Show*.

— Vai — expulsou Alan. — Sai daqui.

Ainda rindo, Norris fechou a porta.

Alan fez Norris, magrelo e um pouco arrogante, andar pela parede, mas logo apagou o abajur e tirou um caderno surrado do bolso de trás. Folheou até encontrar uma página em branco e escreveu *Artigos Indispensáveis*. Embaixo, anotou: *Leland Gaunt, Cleveland, Ohio*. Era isso mesmo? Não. Ele riscou *Cleveland* e escreveu *Akron*. Talvez eu esteja mesmo ficando doido, ele pensou. Na terceira linha, ele escreveu: *Dar uma olhada*.

Ele guardou o caderno no bolso de trás, pensou em ir para casa, mas acendeu o abajur de novo. Em pouco tempo, o desfile de sombras tinha voltado para a parede: leões e tigres e ursos... Como a neblina de Sandburg, a depressão voltou com patinhas leves de felino. As vozes começaram a falar de Annie e Todd de novo. Depois de um tempo, Alan Pangborn começou a prestar atenção. Fez isso contra a vontade... mas com uma atenção crescente.

4

Polly estava deitada na cama e, quando terminou de falar com Alan, se virou para o lado esquerdo para desligar o telefone, que caiu da mão dela no chão. A base do telefone deslizou pela beirada da mesa, querendo se juntar à outra metade. Ela esticou a mão para pegá-la e bateu na beirada da mesa. Uma pontada monstruosa de dor surgiu na teia fina que o analgésico tinha criado sobre os nervos e subiu até o ombro. Ela precisou morder os lábios para sufocar um grito.

A base do telefone caiu pela beirada da mesa e bateu no chão com um único *cling!* do sininho dentro. Ela ouviu o zumbido regular e idiota da linha. Parecia uma colmeia de insetos sendo transmitida por ondas curtas.

Ela pensou em pegar o telefone com as garras que agora estavam aninhadas junto ao peito, tendo que fazer isso não agarrando (naquela noite seus dedos não se dobravam de jeito nenhum), mas *apertando*, como uma mulher tocando acordeão, e de repente foi demais, até uma coisa simples como pegar um telefone que tinha caído no chão era demais, e ela começou a chorar.

A dor estava completamente desperta novamente, desperta e furiosa, transformando as mãos dela, principalmente a que ela tinha batido, em poços borbulhantes. Ela ficou deitada na cama, olhando para o teto pelos olhos embaçados, e chorou.

*Ah, eu daria qualquer coisa para ficar livre disso*, pensou ela. *Eu daria qualquer coisa, qualquer coisa mesmo.*

## 5

Às dez horas em uma noite de meio de semana de outono, a rua Principal de Castle Rock ficava tão fechada quanto um cofre Chubb. Os postes de luz geravam círculos de luz branca na calçada e na frente do comércio em perspectiva cada vez menor, fazendo o centro parecer um cenário de teatro deserto. Em pouco tempo, se poderia pensar, uma figura solitária usando casaca e cartola (Fred Astaire ou talvez Gene Kelly) apareceria e dançaria de um círculo de luz até o outro, cantando sobre a solidão que um sujeito poderia sentir quando sua garota lhe dava um pé na bunda e todos os bares estavam fechados. Do outro lado da rua Principal, outra figura apareceria (Ginger Rogers ou talvez Cyd Charisse), usando um vestido de noite. Ela dançaria na direção de Fred (ou Gene), cantando sobre a solidão que uma garota poderia sentir quando seu homem lhe dava um bolo. Eles se veriam, fariam uma pausa artística e dançariam juntos na frente do banco ou talvez da Sempre Costurando.

Mas, em vez disso, quem apareceu foi Hugh Priest.

Ele não se parecia com Fred Astaire nem com Gene Kelly, não havia nenhuma garota do outro lado da rua Principal avançando na direção de um encontro acidental romântico com ele, e ele definitivamente não dançava. Mas bebia, e tinha ficado bebendo sem parar no Tigre Meloso desde as quatro da tarde. Àquelas alturas das festividades, caminhar já era complicado, quanto mais executar passos de dança elaborados. Ele andou lentamente, passando por uma área iluminada atrás da outra, a sombra comprida na frente da barbearia, da loja Western Auto, da videolocadora. Estava oscilando de leve, os olhos vermelhos voltados para a frente, a barriga grande esticando a camiseta azul suada (na frente havia o desenho de um mosquito enorme acima das palavras AVE ESTADUAL DO MAINE) em uma curva comprida.

A picape do Departamento de Serviços Públicos de Castle Rock que ele costumava dirigir ainda estava nos fundos do estacionamento de terra do Tigre. Hugh Priest era o dono nada orgulhoso de várias violações por dirigir embriagado e depois da última, que resultou na suspensão de seis meses do seu privilégio de dirigir, o filho da mãe Keeton, seus companheiros filhos da mãe Fullerton e Samuels e a companheira vaca Williams deixaram claro que tinham chegado ao limite da paciência com ele. A próxima infração resultaria na perda permanente da habilitação, provavelmente, e acabaria resultando na perda do emprego.

Isso não fez com que Hugh parasse de beber; nenhum poder na Terra poderia fazer isso. Mas fez com que tomasse uma resolução firme: nada de beber e dirigir. Ele tinha cinquenta e um anos e era meio tarde na vida para mudar de emprego, principalmente com um longo registro de dirigir embriagado que o seguia como uma lata amarrada no rabo de um cachorro.

Era por isso que ele estava indo a pé para casa, uma caminhada longa pra caralho, e havia um certo funcionário do Serviço Público chamado Bobby Dugas que teria que explicar um monte de coisas no dia seguinte, a não ser que quisesse ir para casa com menos dentes do que tinha chegado.

Quando Hugh passou pela Lanchonete da Nan, um chuvisco leve começou a cair. Isso não melhorou seu humor.

Ele tinha perguntado a Bobby, que tinha que passar de carro pela casa de Hugh todas as noites no caminho de casa, se ele ia passar no Tigre naquela noite para tomar umas brejas. Bobby Dugas dissera *Ora, claro, Hubert* — Bobby sempre o chamava de Hubert, que não era a porra do seu *nome*, e *aquela* merda também ia mudar logo. *Claro, Hubert, acho que vou lá pelas sete, como sempre.*

Então, Hugh, confiante de que teria uma carona caso ficasse alterado demais para dirigir, parou no Tigre por volta de quatro horas e cinco minutos (tinha saído cedo, quase uma hora e meia antes do seu horário, na verdade, mas e daí, Deke Bradford não estava por lá mesmo) e entrou. E deu sete horas e o que aconteceu? Nada de Bobby Dugas! Caramba! Deu oito e nove e nove e meia e o que aconteceu? Mesma coisa, por Deus!

Às vinte para as dez, Henry Beaufort, barman e dono do Tigre Meloso, convidou Hugh para picar a mula e cair fora, bancar o leão da montanha e fazer uma saída estratégica pela direita, dar uma de pulga e pular fora... ou seja, ir embora logo de uma vez. Hugh ficou furioso. Era verdade que ele tinha chutado o jukebox, mas foi porque o maldito disco do Rodney Crowell estava pulando de novo.

— O que eu devia ter feito, ficado sentado ouvindo? — perguntou ele a Henry. — Você devia tirar aquele disco, isso sim. Parece que o cara está tendo um ataque epipolético.

— Você não bebeu o suficiente, dá pra perceber — disse Henry —, mas não vai beber mais aqui. Vai ter que conseguir o resto na sua própria geladeira.

— E se eu disser não? — perguntou Hugh.

— Eu ligo pro xerife Pangborn — respondeu Henry tranquilamente.

Os outros clientes do Tigre, e não eram muitos tão tarde em uma noite do meio da semana, estavam observando a conversa com interesse. Os homens tinham o cuidado de serem educados perto de Hugh Priest, principalmente quando ele tinha entornado, mas ele nunca venceria o concurso de Sujeito Mais Popular de Castle Rock.

— Eu não gostaria — continuou Henry —, mas *vou* fazer isso, Hugh. Estou de saco cheio de você chutando minha máquina.

Hugh pensou em dizer *Então acho que vou ter que chutar VOCÊ algumas vezes, seu sapo filho da puta.* Mas pensou naquele gordo filho da mãe do Keeton lhe dando um papel rosa por criar caso no bar da cidade. Claro, se ele realmente fosse demitido, o papel rosa chegaria pelo correio, era sempre assim, porcos como Keeton nunca sujavam as mãos (nem se arriscavam a ganhar um lábio inchado) fazendo isso pessoalmente, mas pensar nisso ajudou, fez com que ele ficasse menos nervoso. E ele *tinha* umas cervejas em casa, um engradado na geladeira e outro na despensa.

— Tudo bem — disse ele. — Não preciso mesmo disso. Me dá minhas chaves. — Pois ele as tinha entregue para Henry como precaução quando se sentou no bar, seis horas e dezoito cervejas antes.

— Não. — Henry secou as mãos num pano de prato e encarou Hugh sem piscar.

— *Não?* O que você quer dizer com *não?*

— Quero dizer que você está bêbado demais pra dirigir. Eu sei disso, e quando você acordar amanhã de manhã, também vai saber.

— Escuta — disse Hugh pacientemente. — Quando te dei a porcaria das chaves, achei que tinha carona pra casa. Bobby Dugas disse que vinha tomar umas cervejas. Não é culpa minha o escroto não ter aparecido.

Henry suspirou.

— Eu entendo isso, mas não é problema meu. Eu poderia ser processado se você matasse alguém. Duvido que signifique muita coisa pra você, mas significa pra mim. Tenho que me proteger, cara. Neste mundo, ninguém faz isso por você.

Hugh sentiu ressentimento, autopiedade e uma infelicidade estranha e em desenvolvimento subirem até a superfície da mente como um líquido podre escorrendo de uma lata enterrada de lixo tóxico. Olhou para as chaves, penduradas atrás do bar ao lado da placa que dizia SE NÃO GOSTA DA NOSSA CIDADE, PROCURE O HORÁRIO DOS ÔNIBUS e para Henry. Ficou alarmado de perceber que estava quase chorando.

Henry olhou para trás dele, para os poucos outros clientes no local no momento.

— Ei! Algum de vocês vai pra Castle Hill?

Os homens olharam para as mesas e não disseram nada. Um ou dois estalaram os dedos. Charlie Fortin foi na direção do banheiro masculino com lentidão elaborada. Ninguém respondeu.

— Está vendo? — disse Hugh. — Vamos lá, Henry, me dá a chave.

Henry balançou a cabeça com determinação lenta.

— Se você quiser voltar aqui e beber em outra ocasião, é melhor ir embora.

— Tudo bem, eu vou! — disse Hugh.

A voz dele foi a de uma criança birrenta quase dando chilique. Ele atravessou o salão com a cabeça baixa e as mãos apertadas em punhos. Esperou que alguém risse. Quase desejou que alguém risse. Ele faria um estrago e que se fodesse o emprego. Mas o local estava em silêncio, exceto por Reba McEntire, que estava choramingando alguma coisa sobre o Alabama.

— Você pode pegar suas chaves amanhã! — gritou Henry para ele.

Hugh não disse nada. Se segurou com enorme esforço para não enfiar uma bota amarela surrada na Rock-Ola velha do Henry quando passou pela máquina. Com a cabeça baixa, saiu para a escuridão.

6

Agora, a neblina tinha virado um chuvisco, e Hugh achava que o chuvisco viraria uma chuva regular e pesada quando ele estivesse chegando em casa. Era o tipo de sorte que ele tinha. Ele seguiu andando, sem oscilar tanto agora (o ar o deixou um pouco mais sóbrio), os olhos se deslocando com inquietação de um lado para o outro. Sua mente estava perturbada e ele desejou que alguém aparecesse e fizesse alguma gracinha. Até uma minúscula gracinha serviria hoje. Ele pensou brevemente no garoto que entrou na frente da picape dele no dia anterior e desejou com mau humor que tivesse atropelado o pentelho e o jogado do outro lado da rua. Não teria sido culpa dele, não mesmo. Na sua época, as crianças olhavam para onde estavam indo.

Ele passou pelo terreno baldio onde ficavam o Emporium Galorium antes de pegar fogo, a Sempre Costurando, a Loja de Ferragens Castle Rock... e chegou na Artigos Indispensáveis. Olhou para a vitrine, para a rua Principal (só faltavam dois quilômetros e meio agora, talvez ele chegasse antes que a chuva ficasse forte) e parou de repente.

Seus pés o tinham levado para além da loja nova e ele teve que voltar. Havia uma única luz no alto da vitrine, espalhando o brilho suave nos três itens expostos ali. A luz também jorrou no rosto dele e fez uma transformação incrível lá. De repente, Hugh parecia um garotinho cansado que já tinha passado da hora de dormir, um garotinho que tinha acabado de ver o que queria de Natal... o que *tinha* que ganhar de Natal, porque, de repente, nada mais no mundo de Deus serviria. O objeto central da janela estava ladeado de dois vasos compridos e estreitos (do amado vidro carnival de Nettie Cobb, embora Hugh não soubesse disso e não fosse se importar se soubesse).

Era um rabo de raposa.

De repente, era 1955 de novo, ele tinha acabado de tirar a habilitação e estava dirigindo para o jogo do Campeonato de Estudantes do Oeste do Maine, Castle Rock contra Greenspark, no Ford conversível 1953 do pai. Era um dia incomumente quente de novembro, quente o suficiente para abrir a capota velha e queimar o asfalto (se você fosse um bando de garotos de sangue quente, prontos e capazes de causar confusão, claro), e eles eram seis no carro. Peter Doyon tinha levado uma garrafinha de uísque Log Cabin, Perry Como estava tocando no rádio, Hugh Priest estava atrás do volante branco e, na antena do rádio, havia um rabo de raposa comprido pendurado, como o que ele estava vendo agora na vitrine daquela loja.

Ele se lembrava de ter olhado para aquele rabo de raposa ondulando e pensado que, quando tivesse um conversível, teria um igual.

Lembrava-se de recusar o uísque quando chegou nele. Estava dirigindo e não se bebia quando se estava dirigindo porque você era responsável pela vida dos outros. E ele se lembrava de mais uma coisa: a certeza de que estava vivendo a melhor hora do melhor dia da vida dele.

A lembrança o surpreendeu e o magoou com total clareza e intensidade sensorial: o aroma defumado de folhas queimadas, o sol de novembro batendo nos refletores das muretas da estrada, e agora, ao olhar para o rabo de raposa exposto na vitrine da Artigos Indispensáveis, ficou claro que *foi* o melhor dia da vida dele, um dos últimos antes de o álcool o agarrar com sua mão borrachuda e flexível e o transformar em uma variação estranha do rei Midas: tudo em que ele tocou depois daquilo, ao que parecia, tinha virado merda.

Ele pensou de repente: *Eu posso mudar.*

Essa ideia tinha uma clareza fascinante e própria.

*Eu posso recomeçar.*

Esse tipo de coisa era possível?

*Sim, acho que às vezes é. Posso comprar aquele rabo de raposa e amarrar na antena do meu Buick.*

Mas eles ririam. Os caras ririam.

*Que caras? Henry Beaufort? Aquele insignificante do Bobby Dugas? E daí? Que se fodam. Compre aquele rabo de raposa, amarre na antena e dirija...*

Dirigir para onde?

*Ora, que tal para aquela reunião do AA de quinta à noite em Greenspark, para começar?*

Por um momento, a possibilidade o atordoou e empolgou, da forma como um prisioneiro com uma longa sentença poderia ficar atordoado e empolgado com a visão da chave esquecida na fechadura da cela por um carcereiro descuidado. Por um momento, ele se viu agindo, pegando uma ficha branca, uma ficha vermelha e depois uma azul, ficando sóbrio dia após dia e mês após mês. Nada de Tigre Meloso. Que pena. Mas também nada de dias de pagamento passados com o pavor de encontrar o papel rosa no envelope junto com o cheque, e isso até que não era ruim.

Naquele momento, enquanto olhava para o rabo de raposa na vitrine da Artigos Indispensáveis, Hugh viu um futuro. Pela primeira vez em anos ele viu um futuro, e aquela linda cauda laranja de raposa com a ponta branca ondulava por ele como uma bandeira de batalha.

Mas a realidade voltou com tudo, e a realidade tinha cheiro de chuva e de roupas sujas e úmidas. Não haveria rabo de raposa para ele, nem reuniões do AA, nem fichas, nem futuro. Ele tinha *cinquenta e um anos, porra*, e cinquenta e um era velho demais para ter sonhos de futuro. Aos cinquenta e um anos, você tinha que seguir em frente só para fugir da avalanche do próprio passado.

Mas, se fosse horário comercial, ele teria tentado mesmo assim. Claro que teria. Entraria lá, com postura de quem podia fazer aquilo, e perguntaria quanto custava o rabo de raposa na vitrine. Mas eram dez horas, a rua Principal estava toda fechada como o cinto de castidade de uma rainha do gelo, e quando ele acordasse na manhã seguinte, se sentindo como se alguém tivesse enfiado um picador de gelo entre seus olhos, ele teria esquecido o lindo rabo de raposa com a cor alaranjada vibrante.

Ainda assim, ele ficou ali mais um momento, passando dedos sujos e calejados pelo vidro como uma criança olhando uma vitrine de loja de brinquedos. Um sorrisinho tocava os cantos de sua boca. Era um sorriso gentil e parecia deslocado no rosto de Hugh Priest. De repente, em algum lugar em Castle View, um carro soltou vários estouros pelo escapamento, que pareceram tiros no ar chuvoso, e Hugh levou um susto e voltou a si.

*Porra. O que você está pensando?*

Ele se virou para longe da vitrine e voltou o rosto na direção de casa de novo, isso se desse para chamar de casa aquele seu barraco de dois aposentos com o depósito improvisado atrás. Ao passar debaixo do toldo, ele olhou para a porta... e parou de novo.

A placa, claro, dizia

ABERTO.

Como um homem em um sonho, Hugh esticou a mão e tentou a maçaneta. Girou livremente na mão dele. Acima, um sininho de prata tilintou. O som pareceu vir de uma distância impossível.

Havia um homem parado no meio da loja. Ele estava passando um espanador de penas por cima de um mostruário e assobiando. Virou-se na direção de Hugh quando o sininho de prata tilintou. Não pareceu nem um pouco surpreso de ver uma pessoa parada na porta às dez e dez de uma noite de quarta. Naquele momento confuso, a única coisa que chamou a atenção de Hugh no homem foram os olhos: eram pretos como os de um indiano.

—Você esqueceu de virar a placa, amigão — Hugh se ouviu dizendo.

—Não foi isso — respondeu o homem educadamente. — Eu não durmo muito bem, infelizmente, e em algumas noites acabo gostando de manter a loja aberta até mais tarde. Nunca se sabe quando um sujeito como você pode aparecer... e gostar de alguma coisa. Quer entrar e dar uma olhada?

Hugh Priest entrou e fechou a porta ao passar.

7

—Tem um rabo de raposa... — começou Hugh, mas teve que parar, limpar a garganta e recomeçar. As palavras saíram num murmúrio rouco e ininteligível. —Tem um rabo de raposa na vitrine.

—Tem — disse o proprietário. — Uma beleza, não é?

Ele estava segurando o espanador na frente do corpo agora e seus olhos pretos de indiano observavam Hugh com interesse por cima do buquê de penas que escondia a parte de baixo do rosto. Hugh não conseguia ver a boca do sujeito, mas achava que ele estava sorrindo. Ele costumava ficar incomodado quando as pessoas, principalmente as que não conhecia, sorriam para ele. Fazia com que tivesse vontade de brigar. Mas, naquela noite, não pareceu incomodá-lo. Talvez porque ele ainda estivesse meio bêbado.

— É, sim — concordou Hugh. — É uma beleza. Meu pai tinha um conversível com um rabo de raposa igualzinho pendurado na antena, quando eu era criança. Tem muita gente nesse burgo ridículo que não acreditaria que eu já *fui* criança, mas fui. Assim como todo mundo.

— Claro.

Os olhos do homem permaneceram fixos nos de Hugh e uma coisa estranha estava acontecendo: eles pareciam estar *crescendo*. Hugh não conseguia afastar o olhar deles. Contato visual direto demais era outra coisa que costumava fazer com que ele sentisse vontade de brigar. Mas aquilo também pareceu perfeitamente normal naquela noite.

— Eu achava que aquele rabo de raposa era a coisa mais bacana do mundo.

— Claro.

— Bacana… essa era a palavra que a gente usava na época. Nada era *radical*, como hoje. Nem *irado*… não tenho a menor ideia do que isso quer dizer. Você tem?

Mas o proprietário da Artigos Indispensáveis ficou em silêncio, parado ali, olhando para Hugh Priest com os olhos pretos indianos por cima da folhagem do espanador de penas.

— Bom, eu quero comprar. Você vende pra mim?

— Claro — disse Leland Gaunt pela terceira vez.

Hugh sentiu alívio e uma felicidade súbita e crescente. De repente, teve certeza de que tudo ficaria bem, tudo mesmo. Era maluquice; ele devia dinheiro para praticamente todo mundo em Castle Rock e nas três cidades mais próximas, estava prestes a perder o emprego havia seis meses, o Buick estava de pé à base de cola e oração… mas também era inegável.

— Quanto? — perguntou ele.

De repente, se perguntou se poderia pagar por um objeto tão lindo e sentiu um toque de pânico. E se estivesse fora de seu alcance? Pior, e se ele conseguisse o dinheiro no dia seguinte ou dois dias depois e acabasse descobrindo que o sujeito já o tinha vendido?

— Bom, isso depende.

— Depende? Depende de quê?

— Do quanto você estiver disposto a pagar.

Como um homem em um sonho, Hugh pegou a carteira Lord Buxton surrada no bolso de trás.

— Guarda isso, Hugh.

*Eu falei meu nome para ele?*

Hugh não conseguia lembrar, mas guardou a carteira.

— Tire tudo que tem nos bolsos. Coloque aqui, em cima deste mostruário.

Hugh revirou os bolsos. Colocou o canivete, um tubinho de pastilha Certs, o isqueiro Zippo e cerca de um dólar e cinquenta em moedas sujas de tabaco em cima do mostruário. As moedas tilintaram no vidro.

O homem se inclinou para a frente e observou a pilha.

— Certinho — observou ele e passou o espanador por cima da coleção pobre. Quando o tirou, o canivete, o isqueiro e a pastilha ainda estavam lá. As moedas tinham sumido.

Hugh observou isso sem surpresa. Ficou silencioso como um brinquedo sem pilha enquanto o homem ia até a vitrine e voltava com o rabo de raposa. Ele o colocou em cima do mostruário ao lado da menor pilha da parafernália de bolso de Hugh.

Lentamente, Hugh esticou a mão e fez carinho no pelo. Estava frio e intenso; estalou com eletricidade estática sedosa. Acariciar o rabo de raposa foi como acariciar uma noite limpa de outono.

— Bom? — perguntou o homem alto.

— Bom — concordou Hugh com voz distante e se mexeu para pegar o rabo de raposa.

— Não faça isso — disse o homem com rispidez, e Hugh afastou a mão na mesma hora. Olhou para Gaunt com uma mágoa tão profunda que parecia a dor da morte de alguém. — Nós não acabamos de negociar ainda.

— Não — concordou Hugh. *Estou hipnotizado*, pensou ele. *Duvido que esse cara não tenha me hipnotizado.* Mas não importava. Na verdade, era meio... bom.

Ele levou a mão à carteira de novo, movendo-se com a lentidão de um homem embaixo da água.

— Deixe isso aí, babaca — disse o sr. Gaunt com impaciência e botou o espanador de lado.

Hugh baixou a mão para a lateral do corpo de novo.

— *Por que* é que tanta gente pensa que todas as respostas estão na carteira? — perguntou o homem com irritação.

— Não sei — disse Hugh. Ele nunca tinha pensado nessa questão antes. — Parece mesmo meio bobo.

— *Pior* — vociferou Gaunt. A voz dele tinha assumido a cadência irritante e meio irregular de um homem que está muito cansado ou muito zangado. Ele *estava* cansado; o dia tinha sido longo e exaustivo. Muito tinha sido conquistado, mas o trabalho mal tinha começado. — É *bem* pior. É de uma *burrice* criminosa! Quer saber uma coisa, Hugh? O mundo está cheio de gente carente que não entende que tudo, *tudo* está à venda... se você estiver disposto a pagar o preço. Elas falam demais sobre o conceito, mas só isso, e se orgulham do cinismo saudável. Bom, falação é baboseira! Total... *baboseira*!

— Baboseira — concordou Hugh mecanicamente.

— Para as coisas de que as pessoas *realmente* precisam, Hugh, a carteira não é resposta. A carteira mais gorda desta cidade não vale o suor da axila de um trabalhador. Pura *baboseira*! E almas! Se eu ganhasse cinco centavos, Hugh, pra cada vez que ouvi alguém dizer "Eu venderia minha alma por tal e tal coisa", eu poderia comprar o Empire State Building! — Ele se inclinou para mais perto agora e repuxou os lábios sobre os dentes irregulares em um sorriso enorme e doentio. — Me conte uma coisa, Hugh: o que, em nome de todos os demônios rastejando embaixo da terra, eu poderia querer fazer com a sua alma?

— Provavelmente nada. — A voz dele parecia distante. Parecia estar vindo do fundo de uma caverna funda e escura. — Acho que não está nas melhores condições atualmente.

O sr. Gaunt relaxou de repente e se empertigou.

— Chega de mentiras e meias verdades. Hugh, você conhece uma mulher chamada Nettie Cobb?

— A Nettie Maluca? Todo mundo na cidade conhece a Nettie Maluca. Ela matou o marido.

— É o que dizem. Agora, me escute, Hugh. Escute com atenção. Aí você vai poder pegar seu rabo de raposa e ir pra casa.

Hugh Priest escutou com atenção.

Lá fora, estava chovendo mais forte e o vento tinha começado a soprar.

8

— *Brian!* — disse a srta. Ratcliffe com rispidez. — *Ora, Brian Rusk! Eu não acreditava que você era capaz! Venha aqui! Agora!*

*Ele estava sentado na fila de trás da sala de porão onde as aulas de fonoterapia aconteciam e tinha feito algo errado... terrivelmente errado, pelo som da voz* da srta. Ratcliffe. Mas ele não sabia o que era até se levantar. Aí, ele viu que estava nu. Uma onda horrível de vergonha tomou conta dele, mas ele também sentiu excitação. Quando olhou para o pênis e viu que estava começando a ficar duro, se sentiu ao mesmo tempo alarmado e emocionado.

— Venha aqui, eu disse!

Ele avançou lentamente até a fileira da frente enquanto os outros (Sally Meyers, Donny Frankel, Nonie Martin e o pobre e lento Slopey Dodd) olhavam para ele.

A srta. Ratcliffe estava na frente da mesa, as mãos nos quadris, os olhos chamejantes, o lindo cabelo castanho-escuro em volta da cabeça como uma nuvem.

— Você é um menino mau, Brian. Um menino muito mau.

Ele moveu a cabeça assentindo, mas o pênis estava levantando SUA cabeça e parecia que havia uma parte dele que não se importava de ser má. Que, na verdade, GOSTAVA de ser má.

Ela botou um pedaço de giz na mão dele. Ele sentiu uma leve corrente de eletricidade quando suas mãos se tocaram.

— Agora — disse a srta. Ratcliffe severamente —, você vai escrever VOU TERMINAR DE PAGAR PELO MEU CARD DO SANDY KOUFAX quinhentas vezes no quadro.

— Sim, srta. Ratcliffe.

Ele começou a escrever, ficando nas pontas dos pés para alcançar o alto do quadro, ciente do ar quente nas nádegas expostas. Tinha terminado VOU TERMINAR DE PAGAR quando sentiu a mão macia e leve da srta. Ratcliffe envolver seu pênis duro e começar a mexer nele delicadamente. Por um momento, achou que ia desmaiar, de tão bom que era.

— Continue escrevendo — disse ela com severidade atrás dele — e vou continuar fazendo isso.

— S-srta. Ruh-ruh-Ratcliffe, e meus exercícios de l-língua? — perguntou Slopey Dodd.

— Cala a boca senão eu te atropelo no estacionamento, Slopey — disse a srta. Ratcliffe. — Vou fazer você gritar, amiguinho.

Ela continuou massageando o bilau de Brian enquanto falava. Ele estava gemendo agora. Era errado, ele sabia que era, mas era bom. Era incrível, para ser sincero. Era do que ele precisava. A coisa certinha.

Ele se virou e não era a srta. Ratcliffe parada atrás dele, mas Wilma Jerzyck com o rosto grande, redondo e pálido e os olhos castanhos fundos, como duas passas enfiadas numa bolota de massa de pão.

— Ele vai pegar de volta se você não pagar — disse Wilma. — E isso não é tudo, amiguinho. Ele vai...

# 9

Brian Rusk acordou tão de repente que quase caiu da cama. O corpo estava coberto de suor, o coração disparado como uma britadeira e o pênis uma haste pequena e dura dentro da calça do pijama.

Ele se sentou, tremendo todo. Seu primeiro impulso foi abrir a boca e gritar pela mãe, como fazia quando era pequeno e um pesadelo invadia seu sono. Mas se deu conta de que *não era* mais tão pequeno, tinha onze anos... e aquele não era exatamente o tipo de sonho sobre o qual se contava para a mãe, era?

Ele se deitou novamente, os olhos arregalados, observando a escuridão. Olhou para o relógio digital na mesa ao lado da cama e viu que era meia-noite e quatro. Ouvia o som da chuva, agora forte, batendo na janela do quarto, carregada por sopros intensos de vento. Quase parecia granizo.

*Meu card. Meu card do Sandy Koufax sumiu.*

Não tinha sumido. Ele sabia que não tinha, mas também sabia que não conseguiria voltar a dormir enquanto não tivesse verificado para ter certeza de que ainda estava lá, no fichário onde ele guardava a coleção cada vez maior de cards da Topps de 1956. Ele tinha verificado antes de ir para a escola no dia anterior e fez a mesma coisa quando voltou para casa, e à noite, depois do jantar, ele desistiu de jogar bola com Stanley Dawson no quintal para dar outra olhada. Disse para Stanley que tinha que ir ao banheiro. Deu uma última olhada antes de ir para a cama e apagar a luz. Reconhecia que tinha se tornado uma espécie de obsessão, mas esse reconhecimento não o fez parar.

Ele saiu da cama, mal percebendo a forma como o ar frio provocou um arrepio no corpo quente e fez o pênis murchar. Andou silenciosamente até a cômoda. Deixou a forma do corpo no lençol que cobria o colchão, marcado em suor. O fichário grande estava em cima da cômoda, iluminado pela luz do poste lá fora.

Ele o pegou, abriu e virou rapidamente as folhas de plástico transparente com bolsos para guardar os cards. Passou por Mel Parnell, Whitney Ford e Warren Spahn, tesouros dos quais ele já tinha se vangloriado muito, sem nem olhar. Teve um momento de pânico terrível quando chegou às folhas do final, as que ainda estavam vazias, sem ver Sandy Koufax. Mas então percebeu que, na pressa, tinha virado várias páginas juntas. Ele voltou e, sim, ali estava ele: o rosto estreito, os olhos levemente sorridentes e dedicados olhando por baixo da aba do boné.

*Para o meu bom amigo Brian, com carinho, Sandy Koufax.*

Seus dedos percorreram as linhas inclinadas do texto. Seus lábios se moveram. Ele se sentiu em paz de novo... ou *quase*. O card ainda não era dele.

Era só uma espécie de... experiência. Havia uma coisa que ele tinha que fazer para que se tornasse realmente dele. Brian não tinha certeza absoluta do que era, mas sabia que tinha alguma coisa a ver com o sonho do qual tinha acabado de acordar e estava confiante de que saberia quando a hora

(*amanhã? mais tarde?*)

chegasse.

Ele fechou o fichário, com COLEÇÃO DO BRIAN, NÃO TOQUE! escrito na ficha colada na capa, e botou de volta na cômoda. Depois, voltou para a cama.

Só havia uma coisa perturbadora sobre ter o card do Sandy Koufax. Ele queria mostrar para o pai. Ao voltar para casa da Artigos Indispensáveis, imaginou como seria quando mostrasse. Ele, Brian, com um jeito propositalmente casual: *Ei, pai, comprei um card de 56 hoje na loja nova. Quer ver?* Seu pai diria que sim, mas sem muito interesse, só indo até o quarto para fazer o filho feliz... mas seus olhos se acenderiam quando ele visse o que Brian tinha tido a sorte de encontrar! E, quando visse a dedicatória...!

Sim, ele ficaria impressionado e feliz, mesmo. Provavelmente daria um tapinha nas costas de Brian e um *high-five* na mão dele.

Mas e *depois?*

Depois viriam as perguntas, isso sim... e esse era o problema. Seu pai ia querer saber primeiro onde ele tinha conseguido o card e depois onde tinha conseguido o dinheiro para comprar um card assim, que (a) era raro, (b) estava em excelente condição e (c) era autografado. A assinatura *impressa* no card dizia Sanford Koufax, que era o nome verdadeiro do famoso arremessador. A assinatura *autografada* dizia *Sandy* Koufax, e no mundo estranho e muitas vezes caro demais dos colecionadores de cards de beisebol isso queria dizer que o valor de mercado chegaria a cento e cinquenta dólares.

Em pensamento, Brian experimentou uma resposta possível.

*Comprei na loja nova, pai, a Artigos Indispensáveis. O cara me deu um desconto* BIZARRO... *disse que as pessoas ficariam mais interessadas em irem à loja dele se soubessem que os preços eram baixos.*

Parecia um bom argumento, mas mesmo um garoto que ainda estava a um ano de pagar inteira no cinema sabia que não era suficiente. Quando se dizia que alguém tinha feito um bom preço em alguma coisa, as pessoas sempre ficavam interessadas. Interessadas *demais.*

*Ah, é? Quanto ele deu de desconto? Trinta por cento? Quarenta? Ele ofereceu o card pela metade do preço? Mesmo assim, ainda seriam sessenta ou setenta pratas, Brian, e eu SEI que você não tem esse dinheiro no seu porquinho.*

*Bom... na verdade foi um pouco menos do que isso, pai.*

*Tudo bem, então me conta. Quanto você pagou?*

*Bom... oitenta e cinco centavos.*

*Ele te vendeu um card de beisebol de Sandy Koufax de 1956 autografado e em perfeitas condições por oitenta e cinco centavos?*

Pois então, era aí que o problema começaria.

Que *tipo* de problema? Ele não sabia exatamente, mas haveria alguma coisa, ele tinha certeza. De alguma forma, ele levaria a culpa; do seu pai talvez, mas da sua mãe com certeza.

Talvez até tentassem fazer com que ele devolvesse e não havia *como* ele devolver o card. Não estava só autografado; estava dedicado *a Brian*.

Não *mesmo*.

Caramba, e ele não pôde nem mostrar a Stan Dawson quando o amigo foi lá jogar bola, apesar de querer. Stan teria tido um troço. Mas Stan ia dormir na casa dele na sexta e era bem fácil imaginá-lo dizendo para seu pai: *Gostou do card do Sandy Koufax do Brian, sr. Rusk? Radical, né?* O mesmo valia para os outros amigos. Brian tinha descoberto uma das grandes verdades das cidades pequenas: muitos segredos — na verdade todos os segredos *importantes* — não podem ser compartilhados. Porque as palavras acabam se espalhando, e rapidamente.

Ele se viu em uma situação estranha e incômoda. Tinha conseguido uma coisa incrível, mas não podia mostrar e nem compartilhar. Isso deveria ter estragado o prazer da nova aquisição, e realmente estragava um pouco, mas também lhe dava uma satisfação furtiva e mesquinha. Ele se viu mais do que gostando do card, se viu *exultante* por ele, e acabou descobrindo uma outra grande verdade: a exultação em particular oferece um prazer peculiar. Era como se um canto de sua natureza basicamente boa e generosa tivesse sido isolado e depois iluminado com uma luz negra especial que distorcia e incrementava o que estava escondido lá.

E ele não abriria mão disso.

De jeito nenhum, hã-hã, *negativo*.

*Então é melhor você terminar de pagar*, sussurrou uma voz grave em sua mente.

Ele faria isso. Não havia problema ali. Achava que o que tinha que fazer não era uma coisa muito boa, mas também tinha certeza de que não era nada muito nojento. Era só... só...

*Só uma pegadinha*, sussurrou uma voz em sua mente, e ele viu os olhos do sr. Gaunt, azul-escuros, como um mar em um dia limpo, estranhamente tranquilizadores. *Só isso. Só uma pegadinha.*

É, o que quer que fosse, era só uma pegadinha.

Não tinha problema.

Ele se acomodou embaixo da colcha de penas de ganso, virou de lado, fechou os olhos e pegou no sono na mesma hora.

Uma coisa passou pela cabeça dele enquanto dormia próximo do irmão. Uma coisa que o sr. Gaunt dissera. *Você vai ser uma propaganda melhor do que o jornal da cidade poderia PENSAR em ser!* Só que ele não podia mostrar para ninguém o card maravilhoso que tinha comprado. Se pensar um pouco fazia isso parecer tão óbvio para ele, um garoto de onze anos que não era nem inteligente o bastante para ficar fora do caminho de Hugh Priest quando estava atravessando a rua, um cara inteligente como o sr. Gaunt não deveria ter percebido?

Bom, talvez. Ou talvez não. Adultos não pensavam como pessoas normais, e, além do mais, ele estava com o card, não estava? E estava no fichário dele, bem onde deveria, não estava?

A resposta às duas perguntas era sim, então Brian deixou tudo para lá e voltou a dormir enquanto a chuva batia na janela e o vento agitado de outono gritava nos ângulos embaixo das calhas.

# QUATRO

1

A chuva já tinha parado quando amanheceu na quinta e, às dez e meia, quando Polly olhou pela vitrine da Sempre Costurando e viu Nettie Cobb, as nuvens já estavam começando a sumir. Nettie estava carregando um guarda-chuva fechado e foi andando pela rua Principal com a bolsa debaixo do braço como se sentisse a bocarra de uma nova tempestade se abrindo logo atrás dela.

— Como estão suas mãos hoje, Polly? — perguntou Rosalie Drake.

Polly deu um suspiro interno. Teria que encarar a mesma pergunta, mas de forma mais insistente, feita por Alan naquela tarde, imaginava. Tinha prometido encontrá-lo para um café na Lanchonete da Nan por volta das três. Não dava para enganar pessoas que você conhecia havia muito tempo. Elas notavam a palidez e as olheiras escuras. Mais do que tudo, notavam a expressão assombrada *nos* olhos.

— Bem melhores hoje, obrigada — disse ela. Isso era exagerar a verdade mais do que só um pouco. Estavam melhores, mas *bem* melhores? Hã hã.

— Achei que com a chuva e tudo...

— É imprevisível o que as faz doer. Isso é o pior. Mas deixa isso pra lá, Rosalie, vem logo olhar pela janela. Acho que estamos para testemunhar um pequeno milagre.

Rosalie se juntou a Polly na vitrine a tempo de ver a figura pequena e rápida com o guarda-chuva bem firme na mão (possivelmente para ser usado como porrete, a julgar pela forma como estava sendo segurado) se aproximar do toldo da Artigos Indispensáveis.

— É a Nettie? É mesmo? — Rosalie quase engasgou.

— É mesmo.

— Meu Deus, ela vai entrar!

Mas, por um momento, pareceu que a previsão de Rosalie tinha estragado o evento. Nettie se aproximou da porta... e recuou. Ela mudou o guarda-

-chuva de mãos e olhou para a fachada da Artigos Indispensáveis como se fosse uma cobra que podia picá-la.

— Vai, Nettie — disse Polly baixinho. — Vai com tudo, querida!

— A placa de FECHADO deve estar na porta — disse Rosalie.

— Não, ele colocou outra que diz TERÇAS E QUINTAS SÓ COM HORA MARCADA. Eu vi quando passei hoje de manhã.

Nettie estava se aproximando da porta de novo. Esticou a mão até a maçaneta e puxou a mão de volta.

— Meu Deus, isso está me *matando* — disse Rosalie. — Ela me disse que talvez voltasse e sei o quanto ela gosta de vidro carnival, mas nunca achei que fosse cumprir o que disse.

— Ela me perguntou se haveria problema sair de casa no intervalo pra poder ir buscar meu pote de bolo no que chamou de "loja nova" — murmurou Polly.

Rosalie assentiu.

— Essa é a nossa Nettie. Ela me pedia permissão até pra usar o banheiro.

— Acho que uma parte dela estava torcendo pra que eu dissesse não, que havia muita coisa pra ela fazer. Mas acho que uma parte dela também queria que eu dissesse sim.

Os olhos de Polly não se afastaram da luta feroz em pequena escala que estava acontecendo a menos de quarenta metros, uma miniguerra entre Nettie Cobb e Nettie Cobb. Se ela realmente *entrasse*, que passo à frente isso seria para ela!

Polly sentiu uma dor embotada e quente nas mãos, olhou para baixo e viu que as estava retorcendo. Obrigou-se a baixá-las para as laterais do corpo.

— Não é o pote de bolo e nem o vidro carnival — observou Rosalie. — É *ele*.

Polly olhou para ela.

Rosalie riu e ficou um pouco corada.

— Ah, não quero dizer que o coração de Nettie está batendo mais forte por ele nem nada assim, apesar de ela *estar* com os olhos meio vidrados quando a encontrei lá fora. Ele foi *gentil* com ela, Polly. Só isso. Honesto e gentil.

— Muitas pessoas são gentis com ela — disse Polly. — Alan faz o que pode pra ser gentil com ela, mas mesmo assim ela foge dele.

— Nosso sr. Gaunt tem um jeito especial de ser gentil — disse Rosalie simplesmente e, como se para provar isso, Nettie segurou a maçaneta e girou. Ela abriu a porta e ficou parada na calçada segurando o guarda-chuva, como se aquele poço raso de determinação tivesse chegado ao fim. Polly teve uma certeza repentina de que Nettie fecharia a porta de novo e sairia correndo. Suas mãos, com ou sem artrite, se cerraram.

*Vai, Nettie. Entra. Se arrisca. Volta para o mundo.*

Nettie sorriu nesse momento, uma resposta óbvia a alguém que nem Polly e nem Rosalie estava vendo. Ela abaixou o guarda-chuva da frente do peito... e entrou.

A porta se fechou atrás dela.

Polly se virou para Rosalie e ficou emocionada ao ver que havia lágrimas nos olhos dela. As duas mulheres se olharam por um momento e se abraçaram, rindo.

— Muito bem, Nettie! — disse Rosalie.

— Dois pontos pro nosso lado! — concordou Polly, e o sol se libertou das nuvens na cabeça dela umas duas horas antes de finalmente fazer o mesmo no céu acima de Castle Rock.

2

Cinco minutos depois, Nettie Cobb estava sentada em uma das cadeiras acolchoadas de encosto alto que Gaunt tinha colocado junto a uma parede da loja. O guarda-chuva e a bolsa estavam no chão ao seu lado, esquecidos. Gaunt estava sentado ao lado dela, segurando suas mãos, os olhos penetrantes grudados em seus olhos vagos. Havia um abajur de vidro carnival ao lado do pote de bolo de Polly Chalmers, sobre um dos mostruários de vidro. O abajur era um objeto moderadamente bonito e talvez pudesse ser vendido por trezentos dólares ou mais em um antiquário de Boston; mas Nettie Cobb o comprou por dez dólares e quarenta centavos, todo o dinheiro que tinha na bolsa quando entrou na loja. Bonito ou não, o abajur estava, ao menos naquele momento, tão esquecido quanto o guarda-chuva.

— Uma ação — disse ela.

Parecia uma mulher sonâmbula falando. Moveu as mãos de leve para segurar as do sr. Gaunt com mais força. Ele retribuiu o aperto e um sorrisinho de prazer surgiu no rosto dela.

— Sim, isso mesmo. É uma coisinha pequena. Você conhece o sr. Keeton, não conhece?

— Ah, conheço — confirmou Nettie. — Ronald e o filho, Danforth. Conheço os dois. De qual você está falando?

— Do mais novo — disse o sr. Gaunt, fazendo carinho na palma das mãos dela com os polegares longos. As unhas eram meio amareladas e estavam um pouco compridas. — O conselheiro municipal.

— Chamam ele de Buster pelas costas — disse Nettie e deu uma risadinha. Foi um som áspero, meio histérico, mas Leland Gaunt não pareceu alarmado. Ao contrário; o som da gargalhada não muito engraçada de Nettie pareceu o agradar. — Desde que ele era menino.

— Quero que você termine de pagar pelo abajur pregando uma peça no Buster.

— Peça? — Nettie pareceu vagamente alarmada.

Gaunt sorriu.

— Só uma coisa inofensiva. E ele nunca vai saber que foi você. Vai achar que foi outra pessoa.

— Ah. — Nettie olhou para trás de Gaunt, para o abajur de vidro carnival, e por um momento algo se apurou no olhar dela; ganância, talvez, ou só simples desejo e prazer. — Bom...

— Vai ficar tudo bem, Nettie. Ninguém vai ficar sabendo... e você vai ter o abajur.

Nettie falou com voz lenta e pensativa.

— Meu marido pregava muitas peças em mim. Talvez fosse bom fazer isso com outra pessoa. — Ela olhou para ele e agora o que se apurou no olhar dela foi alarme. — Se não *machucar* ele. Não quero *machucar* ele. Eu machuquei meu marido, sabe.

— Não vai machucar ele — disse Gaunt suavemente, fazendo carinho nas mãos de Nettie. — Não vai machucar nem um pouco. Eu só quero que você coloque umas coisas na casa dele.

— Como posso entrar...

— Aqui.

Ele colocou uma coisa na mão dela. Uma chave. Ela fechou a mão com o objeto dentro.

— Quando? — perguntou Nettie. Os olhos sonhadores se voltaram para o abajur novamente.

— Em breve. — Ele soltou as mãos dela e se levantou. — E agora, Nettie, preciso embrulhar esse lindo abajur pra você. A sra. Martin vem ver uns vasos Lalique em... — Ele olhou para o relógio. — Nossa, em quinze minutos! Mas não consigo nem começar a explicar como estou feliz de você ter decidido entrar. Poucas pessoas apreciam a beleza de vidro carnival atualmente; a maioria só vende e tem uma caixa registradora no lugar do coração.

Nettie também se levantou e olhou para o abajur com a expressão suave de uma mulher apaixonada. O nervosismo sofrido com o qual tinha se aproximado da loja sumira completamente.

— É *mesmo* lindo, não é?

— Muito lindo — concordou o sr. Gaunt calorosamente. — E não consigo dizer... não consigo nem começar a explicar... como fico feliz de saber que vai ter um bom lar, um lugar onde alguém vai fazer mais do que só tirar o pó dele nas tardes de quarta e, depois de anos assim, vai quebrá-lo em um momento de descuido e juntar os caquinhos pra jogar no lixo sem pensar duas vezes.

— Eu nunca faria isso! — exclamou Nettie.

— Eu sei que não — disse o sr. Gaunt. — É um dos seus encantos, Netitia. Nettie olhou para ele, impressionada.

— Como você sabia meu nome?

— Tenho um talento pra isso. Nunca esqueço um nome e nem um rosto.

Ele passou pela cortina e foi para os fundos da loja. Quando voltou, estava segurando uma caixa branca desmontada em uma das mãos e um montinho de papel de seda na outra. Ele colocou o papel de seda ao lado do pote de bolo (começou a se expandir na mesma hora, com estalos e ruídos secretos, e virou uma coisa que parecia uma flor gigante) e começou a montar a caixa de papelão, que era do tamanho exato para o abajur.

— Sei que você vai ser uma boa dona do item que acabou de comprar. Foi por isso que vendi pra você.

— É mesmo? Eu achei... o sr. Keeton... e a peça...

— Não, não, não! — disse Gaunt, meio rindo e meio exasperado. — *Qualquer um* pode pregar uma peça! As pessoas adoram pregar peças! Mas juntar objetos e as pessoas que os amam e precisam deles... é completamente diferente. Às vezes, Netitia, acho que o que vendo *de verdade* é felicidade... o que você acha?

— Bom — disse Nettie com sinceridade —, eu sei que você *me* fez feliz, sr. Gaunt. Muito feliz.

Ele expôs os dentes tortos e irregulares em um sorriso largo.

— Bom! Que bom! — O sr. Gaunt colocou o papel de seda na caixa, envolveu o abajur na brancura do papel, fechou a caixa e colou com um pedaço de fita e um floreio. — E aqui estamos! Mais uma cliente satisfeita encontrou seu artigo indispensável!

Ele entregou a caixa para ela. Nettie a pegou. E quando seus dedos tocaram nos dele, ela sentiu um tremor de repulsa, embora os tivesse segurado com grande força e até ardor alguns momentos antes. Mas aquele interlúdio já começava a parecer confuso e irreal. Ele botou o pote de bolo em cima da caixa branca. Ela viu que tinha alguma coisa dentro dele.

— O que é isso?

— Um recado pra sua empregadora.

O rosto de Nettie foi tomado de alarme na mesma hora.

— Não é sobre *mim*, é?

— Céus, não! — disse Gaunt, rindo, e Nettie relaxou na mesma hora. Quando ria, era impossível resistir ao sr. Gaunt e desconfiar dele. — Cuide do seu abajur, Netitia, e volte em outra ocasião.

— Pode deixar — disse Nettie, e essa resposta servia para as duas coisas, mas ela sentiu no coração (o depósito secreto onde necessidades e medos se cutucavam sem parar como passageiros espremidos em um metrô lotado) que, embora fosse possível que ela voltasse, o abajur seria a única coisa que ela compraria na Artigos Indispensáveis.

Mas e daí? Era um objeto *lindo*, o tipo de coisa que ela sempre quis, a única coisa de que precisava para completar sua modesta coleção. Ela pensou em dizer ao sr. Gaunt que seu marido talvez ainda estivesse vivo se não tivesse quebrado um abajur de vidro carnival bem parecido com aquele catorze anos antes, que tinha sido a gota d'água para finalmente fazê-la estourar. Ele tinha quebrado muitos dos ossos dela durante seus anos juntos e ela deixou que ele ficasse vivo. Mas quando ele quebrou uma coisa de que ela *realmente* precisava, ela tirou a vida dele.

Ela decidiu que não precisava contar isso ao sr. Gaunt.

Ele parecia o tipo de homem que talvez já soubesse.

3

— Polly! Polly, ela está saindo!

Polly deixou o manequim no lugar, no qual estava prendendo uma barra cuidadosa e lentamente, e correu até a janela. Ela e Rosalie ficaram lado a lado, vendo Nettie sair da Artigos Indispensáveis em um estado que só podia ser descrito como carregada. A bolsa estava debaixo de um braço, o guarda--chuva debaixo do outro, e nas mãos ela segurava o pote Tupperware de Polly equilibrado em cima de uma caixa branca quadrada.

— Acho que eu devia ir ajudar — ponderou Rosalie.

— Não. — Polly esticou a mão e a segurou com delicadeza. — Melhor não. Acho que ela só ficaria constrangida e tensa.

Elas ficaram olhando enquanto Nettie seguia pela rua. Não estava mais andando rapidamente, como se fugisse de uma tempestade; agora, ela parecia quase deslizar.

*Não*, pensou Polly. *Não, isso não está certo. Está mais para... flutuar.*

Sua mente fez de repente uma daquelas conexões estranhas que eram quase como referências cruzadas e ela caiu na gargalhada.

Rosalie olhou para ela, as sobrancelhas erguidas.

—O que foi?

—É a expressão no rosto dela—disse Polly, vendo Nettie atravessar a rua Linden em passos lentos e sonhadores.

—O que você quer dizer?

—Ela parece uma mulher que acabou de transar... e teve uns três orgasmos.

Rosalie ficou vermelha, olhou para Nettie mais uma vez e soltou uma gargalhada estridente. Polly riu junto. As duas se abraçaram e se balançaram para a frente e para trás, rindo como loucas.

—Nossa—disse Alan Pangborn da frente da loja.—Moças rindo bem antes do meio-dia! Está cedo demais pra champanhe, então o que foi?

—Quatro!—disse Rosalie, rindo como louca. Havia lágrimas escorrendo pelas bochechas dela.—Pra mim parecem mais quatro!

Elas começaram a gargalhar de novo, se balançando nos braços uma da outra, uivando de tanto rir, enquanto Alan olhava para elas com as mãos nos bolsos da calça do uniforme e um sorriso intrigado.

<br>

4

Norris Ridgewick chegou ao posto do xerife com roupas civis uns dez minutos antes de o apito do meio-dia soar na fábrica. Estava com o turno do meio, de meio-dia às nove da noite, bem no meio do fim de semana, e era assim que ele gostava. Que outra pessoa limpasse a bagunça nas rodovias e outras vias do condado de Castle depois que os bares fechassem à uma da manhã; ele podia fazer aquilo, já *tinha* feito em muitas ocasiões, mas quase sempre vomitava. Às vezes vomitava até se as vítimas estivessem vivas, andando por aí e gritando que não tinham que fazer porra de teste do bafômetro nenhum, que conheciam seus direitos Constipacionais. Era assim que funcionava o estômago de Norris. Sheila Brigham brincava dizendo que ele era o policial Andy daquela série de televisão *Twin Peaks*, mas Norris sabia que não era. O policial Andy chorava quando via pessoas mortas. Norris não chorava, mas podia acabar vomitando nelas, como quase tinha vomitado em Homer Gamache naquela vez em que o encontrou caído numa vala perto do Cemitério Homeland, espancado até a morte com a própria prótese de braço.

Norris olhou para a escala, viu que Andy Clutterbuck e John LaPointe estavam na rua, em patrulha, e checou o quadro de avisos do dia. Nada lá para ele, e era assim que ele gostava. Para deixar seu dia completo, ao menos aquela parte, seu segundo uniforme tinha voltado da lavanderia... no dia prometido, pelo menos. Isso lhe pouparia uma ida até em casa para mudar de roupa.

Um bilhete preso ao saco plástico da lavanderia dizia: "Ei, Barney, você me deve 5,25 dólares. Não me dê calote desta vez, senão você vai ser um homem mais triste e mais sábio quando o sol for embora". Estava assinado *Clut.*

O bom humor de Norris seguia intacto mesmo com o cumprimento no bilhete. Sheila Brigham era a única pessoa da equipe do xerife de Castle Rock que pensava em Norris como um cara estilo *Twin Peaks* (Norris achava que ela era a única pessoa no departamento, além dele, claro, que assistia à série). Os outros, John LaPointe, Seat Thomas, Andy Clutterbuck, o chamavam de Barney por causa do personagem de Don Knotts no antigo *Andy Griffith Show*. Isso às vezes o irritava, mas não naquele dia. Quatro dias de turno do meio e três de folga. Uma semana inteira maravilhosa à frente. A vida às vezes podia ser esplêndida.

Ele tirou uma nota de cinco e uma de um da carteira e colocou na mesa de Clut. "Ei, Clut, viva um pouco", escreveu ele no verso de um formulário de relatório, assinou seu nome com um floreio e deixou ao lado do dinheiro. Em seguida, tirou o uniforme de dentro do saco e o levou para o banheiro masculino. Assobiou enquanto trocava de roupa e mexeu as sobrancelhas com aprovação quando viu seu reflexo no espelho. Ele estava preparado, por Deus. Cem por cento preparado. Era bom que os malvados de Castle Rock ficassem em alerta hoje, senão...

Ele percebeu um movimento atrás de si no espelho, mas antes que pudesse começar a virar a cabeça, foi agarrado, virado e jogado nos azulejos ao lado dos mictórios. Sua cabeça bateu na parede, o quepe caiu e ele ficou de cara para o rosto redondo e vermelho de Danforth Keeton.

— Que porra você acha que está fazendo, Ridgewick? — perguntou ele.

Norris já tinha se esquecido da multa que havia colocado debaixo do limpador de para-brisa do Cadillac de Keeton na noite anterior. Mas naquele momento ele se lembrou.

— Me solta! — disse ele. Tentou usar um tom de indignação, mas sua voz saiu com um tom agudo preocupado. Sentiu as bochechas ficando quentes. Sempre que ficava com raiva ou com medo, e agora estava sentindo as duas coisas, ele corava como uma garota.

Keeton, que era doze centímetros mais alto do que Norris e cinquenta quilos mais pesado, deu um sacolejo forte no policial e o soltou. Tirou a multa do bolso e a balançou debaixo do nariz de Norris.

— É seu nome aqui nesta porra ou não é? — perguntou ele, como se Norris já tivesse negado.

Norris Ridgewick sabia perfeitamente bem que era sua assinatura, carimbada, mas ainda perfeitamente reconhecível, e que a multa tinha sido tirada do bloco dele.

— Você estacionou na vaga de aleijado — disse ele, se afastando da parede e massageando a nuca. Achava que ficaria com um galo. Quando o susto inicial (e Buster o assustou pra cacete, ele não podia negar) passou, sua raiva cresceu.

— *O quê?*

— Na vaga de *deficientes!* — gritou Norris. *Além do mais, foi o próprio Alan que me mandou dar aquela multa!*, ele quase disse, mas não falou nada. Para que dar àquele porco gordo a satisfação de passar a culpa adiante? — Você já foi informado disso antes, Bu... Danforth, e você sabe.

— De *que* você me chamou? — perguntou Danforth Keeton de forma ameaçadora. Manchas vermelhas do tamanho de rosas tinham surgido nas bochechas e na papada.

— Essa multa é válida — disse Norris, ignorando a pergunta — e, no que me diz respeito, é melhor você pagar. Ora, você tem sorte de eu não te denunciar por agressão a um policial também!

Danforth riu. O som quicou na parede.

— Não vejo policial nenhum — disse ele. — Vejo um merdinha bem embrulhado pra parecer bonito.

Norris se inclinou e pegou o chapéu. Suas entranhas estavam contraídas de medo, pois Danforth Keeton era um inimigo ruim de se ter, e sua raiva tinha virado fúria. Suas mãos estavam tremendo. Mas ele esperou um momento para poder ajeitar o chapéu na cabeça.

— Você pode ir falar com o Alan se quiser...

— Estou falando com *você!*

— ... mas eu já encerrei o assunto. Não deixe de pagar em trinta dias, Danforth, senão vamos ter que ir te buscar. — Norris se empertigou com seu um metro e sessenta e oito e acrescentou: — Nós sabemos onde te encontrar.

Ele se mexeu para sair. Keeton, o rosto parecendo agora um pôr do sol em área de explosão nuclear, deu um passo à frente para bloquear a rota de fuga. Norris parou e apontou um dedo na cara dele.

— Se você tocar em mim, vou jogar você numa cela, Buster. Estou falando sério.

— Pronto, chega — disse Keeton com uma voz estranha e sem tom. — *Chega*. Você está demitido. Tira esse uniforme e começa a procurar outro e…

— Não — disse uma voz atrás deles, e os dois olharam.

Alan Pangborn estava parado na porta do banheiro masculino.

Keeton cerrou os punhos gordos e brancos.

— Fica fora disso.

Alan entrou e deixou a porta se fechar.

— Não — disse ele. — Fui eu que mandei o Norris te dar a multa. Também falei que ia perdoar a multa antes da reunião sobre as verbas. É uma multa de cinco dólares, Dan. O que deu em você?

A voz de Alan estava intrigada. Ele *estava* intrigado. Buster nunca fora um homem de natureza tranquila, nem nas melhores ocasiões, mas uma explosão daquela era exagerada até para ele. Desde o fim do verão, o sujeito parecia maltrapilho e sempre tenso; era comum que Alan ouvisse o grito distante de sua voz quando os conselheiros estavam nas reuniões do comitê. Seus olhos tinham assumido uma expressão quase assombrada. Ele se perguntou brevemente se Keeton estaria doente e decidiu que era uma consideração para outra hora. No momento, tinha uma situação moderadamente feia nas mãos.

— Nada — disse Keeton com mau humor e ajeitou o cabelo. Norris ficou um pouco satisfeito em reparar que as mãos de Keeton também estavam tremendo. — Só estou de saco cheio de babacas que se acham importantes como este sujeito aqui… Eu tento fazer muito por esta cidade… Porra, eu *faço* muito por esta cidade… E estou de saco cheio da perseguição constante… — Ele parou por um momento, a garganta gorda trabalhando, e explodiu: — Ele me chamou de Buster! Você sabe o que eu acho disso!

— Ele vai pedir desculpas — disse Alan calmamente. — Não vai, Norris?

— Não sei disso não — disse Norris. A voz estava trêmula e suas entranhas estavam embrulhadas, mas ele ainda estava com raiva. — Sei que ele não gosta, mas a verdade é que ele me pegou de surpresa. Eu estava parado aqui, me olhando no espelho pra ver se a gravata estava reta, quando ele me agarrou e me jogou na parede. Bati a cabeça com força. Caramba, Alan, eu não sei *o que* eu disse.

Alan desviou o olhar para Keeton.

— É verdade?

Keeton baixou o olhar.

— Eu estava com raiva — disse ele, e Alan achava que era o mais perto que um homem como ele podia chegar de um pedido de desculpas espontâneo e não direcionado. Ele olhou para Norris para ver se o policial entendia isso. Parecia que talvez entendesse. Isso era bom; era um passo longo para desarmar aquela bomba fedorenta horrível. Alan relaxou um pouco.

— Podemos considerar o incidente encerrado? — ele perguntou aos dois homens. — Jogar na conta da experiência e seguir em frente?

— Por mim, tudo bem — disse Norris depois de um momento.

Alan ficou emocionado. Norris era magrelo, tinha o hábito de deixar latas de Jolt e Nehi pela metade nas viaturas que usava e seus relatórios eram uns horrores… mas tinha um coração gigante. Ele estava recuando, mas não por estar com medo de Keeton. Se o corpulento conselheiro municipal achasse isso, estaria cometendo um erro horrível.

— Me desculpe por ter te chamado de Buster — disse Norris. Ele não se arrependia, mas não fazia mal nenhum *dizer* aquilo. Ele achava.

Alan olhou para o homem pesado de paletó esporte berrante e camisa polo aberta.

— Danforth?

— Tudo bem, não aconteceu — disse Keeton. Ele falou em um tom de magnanimidade exagerada, e Alan sentiu uma onda familiar de desprezo pelo sujeito. Uma voz no fundo da mente dele, a voz primitiva de crocodilo do subconsciente, falou breve e claramente: *Por que você não tem um ataque cardíaco, Buster? Por que não faz um favor para todo mundo e morre?*

— Tudo bem — disse ele. — Que bom…

— *Se* — disse Keeton, erguendo um dedo.

Alan ergueu as sobrancelhas.

— Se?

— Se pudermos fazer alguma coisa em relação a esta multa. — Ele esticou a mão segurando a multa na direção de Alan, presa entre dois dedos, como se fosse um trapo usado para limpar sujeira duvidosa.

Alan suspirou.

— Venha para o escritório, Danforth. Vamos conversar. — Ele olhou para Norris. — Você está de serviço, certo?

— Certo — confirmou Norris.

Seu estômago ainda estava embrulhado. Seus bons sentimentos tinham sumido, provavelmente pelo resto do dia, era culpa daquele porco gordo e Alan ia perdoar a multa. Ele entendia, era política, mas não significava que precisava gostar.

— Quer nos acompanhar? — perguntou Alan. Era o mais perto que ele chegaria de perguntar *Precisa conversar sobre isso?* com Keeton parado ali olhando de cara feia para os dois.

— Não — disse Norris. — Tenho umas coisas pra resolver. Falo com você depois, Alan.

Ele saiu do banheiro masculino, passando por Keeton sem nem olhar. E embora Norris não soubesse, Keeton controlou com um esforço enorme, quase heroico, uma vontade irracional e gigantesca de meter o pé na bunda dele para ajudá-lo a sair.

Alan fez questão de olhar o próprio reflexo no espelho para dar a Norris tempo de sair sem confusão, enquanto Keeton ficava parado junto à porta, olhando para ele impaciente. Alan voltou para a área das celas com Keeton logo atrás.

Um homem pequeno e arrumado de terno creme estava sentado em uma das duas cadeiras em frente à porta da sala dele, lendo ostensivamente um livro grande com capa de couro que só podia ser a Bíblia. O coração de Alan afundou. Ele tinha quase certeza de que mais nada desagradável *demais* poderia acontecer naquela manhã (daria meio-dia em dois ou três minutos e a ideia parecia razoável), mas tinha se enganado.

O reverendo William Rose fechou a Bíblia (com a lombada quase combinando com seu terno) e se levantou.

— Chefe, hã, Pangborn — disse ele. O reverendo Rose era um daqueles batistas radicais que começam a hesitar entre palavras quando estão emocionalmente abalados. — Posso falar com você, por favor?

— Me dê cinco minutos, por favor, reverendo Rose. Tenho uma questão a resolver.

— É, hã, extremamente importante.

Tenho certeza de que é, pensou Alan.

— Isso também é. Cinco minutos.

Ele abriu a porta e levou Keeton para dentro do escritório antes que o reverendo Willie, como o padre Brigham gostava de chamá-lo, pudesse dizer mais alguma coisa.

## 5

— Vai ser sobre a Noite do Cassino — disse Keeton depois que Alan tinha fechado a porta do escritório. — Pode anotar minhas palavras. O padre John

Brigham é um irlandês cabeça-dura, mas minha escolha sempre vai ser ele se a outra opção for aquele sujeito. Rose é um babaca incrivelmente arrogante.

O sujo falando do mal lavado, pensou Alan.

— Pode se sentar, Danforth.

Keeton se sentou. Alan contornou a mesa, pegou a multa e a rasgou em pedacinhos, que jogou no cesto de lixo.

— Pronto. Tudo bem?

— Tudo bem — disse Keeton e se moveu para se levantar.

— Não, fique sentado mais um momento.

As sobrancelhas peludas de Keeton se uniram abaixo de sua testa alta e rosada como uma nuvem de tempestade.

— Por favor — acrescentou Alan. Ele se sentou na cadeira de rodinhas. As mãos se uniram e tentaram fazer um corvo; Alan percebeu e as cruzou com firmeza no mata-borrão.

— Temos uma reunião do comitê de verbas na semana que vem para discutir as questões de orçamento da Assembleia da Cidade em fevereiro... — começou Alan.

— Isso mesmo — comentou Keeton.

— ... e isso é uma coisa política — prosseguiu Alan. — Eu admito e você admite. Eu acabei de rasgar uma multa de estacionamento perfeitamente válida por uma consideração política.

Keeton sorriu um pouco.

— Você está na cidade há tempo suficiente pra saber como as coisas funcionam, Alan. Uma mão lava a outra.

Alan se mexeu na cadeira. Fez com que as juntas gemessem e chiassem, sons que ele às vezes ouvia nos sonhos depois de dias longos e difíceis. O tipo de dia que aquele estava sendo.

— Sim — disse ele. — Uma mão lava a outra. Mas há um limite.

As sobrancelhas se uniram de novo.

— O que *isso* quer dizer?

— Quer dizer que existe um lugar, mesmo nas cidades pequenas, em que a política precisa terminar. Você tem que lembrar que não sou um funcionário indicado. Os conselheiros podem controlar as cordinhas da bolsa de dinheiro, mas os eleitores me escolhem. E eles me escolhem para protegê-los, para preservar e aplicar a lei. Eu fiz o juramento e tento segui-lo.

— Você está me ameaçando? Se estiver...

Nesse momento, o apito da fábrica soou. Soou abafado lá dentro, mas Danforth Keeton pulou como se tivesse sido picado por uma vespa. Seus olhos se arregalaram por um momento e suas mãos se fecharam em garras brancas nos braços da cadeira.

Alan sentiu aquela perplexidade de novo. *Ele está arredio como uma égua no cio. Qual é o problema dele?*

Pela primeira vez, ele se viu questionando se o sr. Danforth Keeton, que era Conselheiro Principal de Castle Rock desde bem antes de o próprio Alan ter ouvido falar da cidade, estava tramando alguma coisa não muito correta.

— Eu não estou te ameaçando — disse ele. Keeton estava começando a relaxar de novo, mas com cautela... como se tivesse medo de que o apito da fábrica soasse de novo, só para assustá-lo.

— Que bom. Porque não é só uma questão das cordinhas da bolsa de dinheiro, xerife Pangborn. O comitê de conselheiros, junto com os três comissários do condado, tem o direito de aprovação sobre a contratação e a demissão dos policiais do xerife. Dentre muitos outros direitos de aprovação dos quais sei que você está ciente.

— Isso é só um carimbo.

— Sempre foi — concordou Keeton. Do bolso interno ele tirou um charuto Roi-Tan. Rolou-o entre os dedos, fazendo o celofane estalar. — Mas não quer dizer que precisa continuar assim.

*Agora* quem está ameaçando quem?, pensou Alan, mas não falou nada. Só se encostou na cadeira e olhou para Keeton. O sujeito o encarou por alguns segundos, depois baixou o olhar para o charuto e começou a tirar a embalagem.

— Na próxima vez que você estacionar na vaga de deficientes, eu mesmo vou aplicar sua multa, e *essa* não vai ser desconsiderada — disse Alan. — E se você botar as mãos em um dos meus policiais de novo, vou denunciá-lo por agressão de terceiro grau. Isso vai acontecer independente de quantos supostos direitos de aprovação os conselheiros tiverem. Porque, comigo, existe um limite pra política. Entendeu?

Keeton olhou para o charuto por um longo momento, como se meditando. Quando ergueu os olhos para Alan de novo, tinham virado fagulhas pequenas e duras.

— Se você quiser descobrir o tamanho do meu colhão, xerife Pangborn, continue me pressionando.

Havia raiva no rosto de Keeton... sim, com certeza, mas Alan achava que havia outra coisa ali também. Achava que era medo. Podia ver? Sentir o cheiro? Não sabia e não importava. Mas de que Keeton tinha medo... *isso* podia ser importante. Podia ser muito importante.

— Entendeu? — repetiu ele.

— Sim — disse Keeton. Ele tirou o celofane do charuto com um movimento repentino e rápido e o largou no chão. Enfiou o charuto na boca e falou: — E *você, me* entendeu?

A cadeira gemeu e chiou quando Alan se inclinou para a frente de novo. Ele olhou para Keeton com severidade.

— Entendi o que você está dizendo, mas não entendi como você está *agindo*, Danforth. Nós nunca fomos melhores amigos, você e eu...

— *Isso* é certo — disse Keeton, e mordeu a ponta do charuto.

Por um momento, Alan achou que essa ponta também ia parar no chão e estava preparado para deixar de lado se fosse, por política, mas Keeton a cuspiu na palma da mão e colocou no cinzeiro limpo na mesa. Ficou lá como um cocozinho de cachorro.

— ... mas nós sempre tivemos uma boa relação de trabalho. E agora, isso. Tem alguma coisa errada? Se tiver e eu puder ajudar...

— Não tem nada errado — disse Keeton, se levantando abruptamente. Ele estava com raiva de novo. Mais do que apenas com raiva, na verdade. Alan quase conseguia ver o vapor saindo das orelhas dele. — É só que estou tão cansado dessa... *perseguição*.

Era a segunda vez que ele usava a palavra. Alan achou a palavra estranha, perturbadora. Na verdade, achava a conversa toda perturbadora.

— Bom, você sabe onde me encontrar — disse Alan.

— Meu Deus, *sim!* — disse Keeton, e foi até a porta.

— E, por favor, Danforth. Se lembre da vaga de deficientes.

— Que se *foda* a vaga de deficientes! — disse Keeton e bateu a porta.

Alan ficou sentado atrás da mesa olhando para a porta por muito tempo, uma expressão perturbada no rosto. Contornou a mesa, pegou o cilindro de celofane amassado no chão, jogou no cesto de lixo e foi até a porta convidar Steamboat Willie para entrar.

<br>

6

— O sr. Keeton parecia bem aborrecido — observou Rose.

Ele se sentou com cuidado na cadeira que o conselheiro municipal tinha acabado de liberar, olhou com desprezo para a ponta de charuto no cinzeiro e colocou a Bíblia branca com cuidado no meio do colo nada generoso.

— Há muitas reuniões de verbas no próximo mês — disse Alan vagamente. — Sei que é muito tenso para todos os conselheiros.

— Sim — concordou o reverendo Rose. — Pois Jesus nos disse: "A César o que é de César e a Deus o que é de Deus".

— Aham — disse Alan. Desejou de repente ter um cigarro, um Lucky Strike ou um Pall Mall lotado de alcatrão e nicotina. — Como posso ajudá-lo esta tarde, r… reverendo Rose? — Ele ficou horrorizado com o quanto chegou perto de chamar o sujeito de reverendo Willie.

Rose tirou os óculos sem aro, os limpou e os colocou no lugar, escondendo os dois pontinhos vermelhos no alto do nariz. O cabelo preto, grudado com algum tipo de creme capilar cujo cheiro Alan conseguia captar, mas não identificar, brilhava na luz das lâmpadas fluorescentes do teto.

— É sobre essa abominação que o padre John Brigham quer chamar de Noite do Cassino — anunciou o reverendo Rose por fim. — Você deve lembrar, chefe Pangborn, que o procurei pouco depois que ouvi sobre essa ideia horrível pra exigir que você se recusasse a autorizar um evento assim em nome da, hã, decência.

— Reverendo Rose, *você* deve lembrar…

Rose ergueu uma das mãos imperiosamente e enfiou a outra no bolso do paletó. Tirou um livreto quase do tamanho de um livro de bolso. Alan viu com consternação no coração (mas não com surpresa) que era a versão resumida do Código das Leis do Estado do Maine.

— Agora, eu volto — disse o reverendo Rose em tons agudos — para exigir que você proíba esse evento não só em nome da decência, *mas em nome da lei!*

— Reverendo Rose…

— Esta é a Seção 24, subseção 9, parágrafo 2 do Código de Leis do Estado do Maine — disse o reverendo Rose acima da voz dele. Suas bochechas agora ardiam com rubor e Alan percebeu que a única coisa que tinha conseguido fazer nos momentos anteriores foi trocar um maluco por outro. — "Exceto quando especificado, hã" — leu o reverendo Rose, a voz agora tomando o ritmo do púlpito que sua congregação dedicada conhecia tão bem —, "jogos de azar, como previamente definidos na Seção 23 do Código, hã, onde apostas em dinheiro são induzidas como condição para participar no jogo, devem ser considerados ilegais." — Ele fechou o Código e olhou para Alan. Seus olhos estavam chamejando. — *"Devem ser considerados, hã, ilegais!"* — gritou ele.

Alan sentiu uma breve vontade de levantar os braços e gritar *Glória, hã, a Jesus.* Quando passou, ele disse:

— Eu conheço essas seções do Código que falam sobre jogo, reverendo Rose. Pesquisei depois da sua visita anterior e mostrei para Albert Martin, que cuida da parte legal da cidade. A opinião dele foi que a Seção 24 não se aplica a funções como a Noite do Cassino. — Ele fez uma pausa e acrescentou: — Devo dizer que minha opinião foi igual.

— Impossível! — resmungou Rose com desprezo. — Eles querem transformar uma casa do Senhor em um lar de jogatina e você me diz que *isso é legal?*

— É tão legal quanto os bingos que acontecem no Salão das Filhas de Isabella desde 1931.

— Isso, hã, não é bingo! É, hã, roleta! É jogar cartas por dinheiro! É — a voz do reverendo Rose tremeu — *dado, hã!*

Alan percebeu que suas mãos estavam tentando fazer outro pássaro e desta vez as prendeu juntas sobre o mata-borrão da mesa.

— Pedi a Albert para escrever uma carta de averiguação para Tim Tierney, o Procurador Geral do Estado. A resposta foi a mesma. Lamento, reverendo Rose. Sei que isso o ofende. Já eu tenho um problema com garotos de skate. Por mim, consideraria a atividade fora da lei, mas não posso. Em uma democracia, às vezes, temos que aguentar as coisas que não aprovamos.

— Mas é *jogatina!* — insistiu o reverendo Rose, e havia sofrimento real na sua voz. — *É jogar por dinheiro!* Como uma coisa assim pode ser legal se o Código diz especificamente…

— Do jeito que eles fazem não é jogar por dinheiro. Cada… participante… paga um donativo na porta. Em troca, o participante ganha uma quantidade igual de dinheiro de brinquedo. No fim da noite, uma variedade de prêmios… não dinheiro, mas *prêmios*, é leiloada. Um videocassete, um forno elétrico, um aspirador, um conjunto de porcelana, coisas assim. — E um demônio dançarino interior o fez acrescentar: — Acredito que a doação inicial possa até ser dedutível do imposto de renda.

— É uma abominação pecaminosa — disse o reverendo Rose. O rubor tinha sumido das suas bochechas. As narinas estavam dilatadas.

— Essa é uma avaliação moral, não legal. É assim que é feito em todo o país.

— Sim — disse o reverendo Rose. Ele se levantou, segurando a Bíblia à frente do corpo como um escudo. — Pelos *católicos*. Os católicos *amam* jogar. Pretendo pôr um fim nisso, chefe, hã, Pangborn. Com sua ajuda ou sem.

Alan também se levantou.

— Umas coisinhas, reverendo Rose. É *xerife* Pangborn, não chefe. E não posso lhe dizer o que falar no seu púlpito tanto quanto não posso dizer ao padre Brigham que tipo de eventos ele pode fazer na igreja dele, nem no Salão das Filhas de Isabella, nem o Salão dos Cavaleiros de Colombo… desde que não sejam expressamente proibidos pelas leis estaduais, claro. Mas *posso* avisá-lo para tomar cuidado e acho que eu *tenho* que avisá-lo para tomar cuidado.

104

Rose olhou para ele friamente.

— O que você quer dizer?

— Quero dizer que você está aborrecido. Os pôsteres que seu pessoal anda espalhando pela cidade, tudo bem, as cartas para o jornal, tudo bem, mas há uma linha de infração que você não deve atravessar. Meu conselho é que deixe isso pra lá.

— Quando, hã, Jesus viu as prostitutas e os agiotas no, hã, Templo, Ele não consultou nenhum Código de Lei escrito, xerife. Quando, hã, Jesus viu os homens e mulheres maus corrompendo a casa do Senhor, hã, Ele não procurou linha de infração. *Nosso Senhor fez o que Ele, hã, sabia que era certo!*

— Sim — disse Alan calmamente —, mas você não é o Senhor.

Rose o encarou por um longo momento, os olhos ardendo como propulsores, e Alan pensou: Oh-oh. Esse cara está maluco como o Chapeleiro.

— Bom dia, chefe Pangborn — disse Rose friamente.

Desta vez, Alan não se deu ao trabalho de corrigi-lo. Só assentiu e esticou a mão, sabendo perfeitamente bem que não seria apertada. Rose se virou e foi na direção da porta, a Bíblia apertada contra o peito.

— Deixe isso pra lá, reverendo Rose, está bem? — repetiu Alan.

Rose não se virou nem respondeu. Saiu pela porta e a bateu com força suficiente para sacudir o vidro. Alan se sentou atrás da mesa e apertou as bases das palmas das mãos nas têmporas.

Alguns momentos depois, Sheila Brigham mostrou a cabeça timidamente pela porta.

— Alan?

— Ele foi embora? — perguntou Alan sem olhar.

— O pastor? Foi. Saiu botando fogo pelas ventas.

— Elvis deixou o prédio — disse Alan secamente.

— O quê?

— Deixa pra lá. — Ele ergueu o rosto. — Eu gostaria de umas drogas pesadas, por favor. Você pode remexer no armário de provas, Sheila, e ver o que temos para hoje?

Ela sorriu.

— Já fiz isso. O armário está vazio, infelizmente. Uma xícara de café serve?

Ele sorriu para ela. A tarde tinha começado e tinha que ser melhor do que a manhã, *tinha*.

— Serve.

— Boa pedida.

Ela fechou a porta e Alan finalmente libertou as mãos. Em pouco tempo, uma série de pássaros começou a voar por um raio de sol que entrava pela janela e batia na parede.

7

Às quintas, o último tempo da escola primária de Castle Rock era reservado para atividades. Como era aluno com honras e só se matricularia em uma atividade escolar depois que o elenco da peça de inverno fosse escolhido, Brian Rusk tinha permissão de sair mais cedo naquele dia. Era um bom equilíbrio para as terças em que ele saía tarde.

Naquela tarde de quinta, ele estava saindo pela porta logo antes de o sinal do sexto tempo parar de tocar. A mochila continha não só os livros, mas a capa de chuva que a mãe o obrigara a usar naquela manhã, que fazia um volume cômico nas suas costas.

Ele saiu pedalando rápido, o coração batendo forte no peito. Tinha uma coisa

(*uma ação*)

para fazer. Uma tarefa para tirar do caminho. Uma tarefa meio divertida, na verdade. Ele agora sabia o que era. Surgiu em sua mente com clareza quando ele estava fantasiando no meio da aula de matemática.

Quando Brian desceu Castle Hill pela rua da escola, o sol saiu de trás das nuvens pela primeira vez naquele dia. Ele olhou para a esquerda e viu um garoto sombra numa bicicleta sombra andando ao lado dele no chão molhado.

*Você vai ter que andar rápido para me acompanhar hoje, garoto sombra,* pensou ele. *Tenho coisas a fazer.*

Brian pedalou pelo bairro comercial sem nem olhar para a Artigos Indispensáveis do outro lado da rua, parando brevemente nos cruzamentos para dar uma olhada para cada lado antes de seguir em frente. Quando chegou no cruzamento da Pond (que era *sua* rua) com a Ford, ele virou para a direita em vez de continuar pela rua Pond até sua casa. No cruzamento da Ford com a Willow, ele virou para a esquerda. A rua Willow era paralela à rua Pond; os quintais das casas das duas ruas eram virados uns para os outros, separados na maioria dos casos por cercas de madeira.

Pete e Wilma Jerzyck moravam na rua Willow.

*Tenho que tomar um certo cuidado aqui.*

Mas ele sabia *como* tomar cuidado; tinha feito todo o planejamento mentalmente no caminho da escola e foi fácil, quase como se estivesse lá o tempo todo, como a informação do que tinha que fazer.

A casa dos Jerzyck estava silenciosa e a entrada de carros estava vazia, mas isso não necessariamente tornava tudo fácil e tranquilo. Brian sabia que Wilma trabalhava pelo menos em meio período no Mercado Hemphill na rodovia 117 porque já a tinha visto lá, cuidando da registradora com o lenço de sempre amarrado na cabeça, mas isso não queria dizer que ela estaria lá agora. O Yugo maltratado que ela dirigia poderia estar estacionado dentro da garagem, onde ele não conseguia ver.

Brian pedalou pela entrada de carros, desceu da bicicleta e baixou o descanso. Sentia os batimentos nos ouvidos e na garganta agora. Parecia um rufar de tambores. Ele foi até a porta, ensaiando as falas que diria se a sra. Jerzyck estivesse em casa.

*Oi, sra. Jerzyck, sou Brian Rusk, do outro lado do quarteirão. Estudo na escola primária e vamos começar a vender assinaturas de revistas para que a banda possa comprar uniformes novos, e estou perguntando às pessoas quem gostaria de uma revista. Para eu poder voltar quando estiver com o kit de vendas. Nós ganhamos prêmios se conseguirmos vender bastante.*

Pareceu bom quando elaborou em pensamento e ainda parecia bom, mas ele ficou tenso mesmo assim. Ficou parado na porta por um minuto, tentando captar sons dentro da casa, como um rádio, uma televisão passando uma das novelas (mas não *Santa Barbara*; essa só começaria em duas horas), talvez um aspirador. Não ouviu nada, mas isso não significava nada necessariamente, assim como a entrada de carros vazia.

Brian tocou a campainha. Lá dentro, nas profundezas da casa, ele ouviu:
*Dingdong!*

Ficou parado no degrau, esperando, olhando ao redor de vez em quando para ver se alguém reparava nele, mas a rua Willow parecia estar adormecida. E havia uma cerca viva na frente da casa dos Jerzyck. Isso era bom. Quando você estava tramando

(*uma ação*)

uma coisa que as pessoas, como sua mãe e seu pai, não exatamente aprovariam, uma cerca viva era a melhor coisa do mundo.

Meio minuto se passou e ninguém apareceu. Até aí, tudo bem... mas também era melhor prevenir do que remediar. Ele tocou a campainha de novo, apertando duas vezes, e o som vindo de dentro da casa foi *Dingdong!*

Nada ainda.

Tudo bem. Tudo estava perfeitamente bem. Tudo estava, na verdade, simplesmente incrível e totalmente radical.

Simplesmente incrível e totalmente radical ou não, Brian não resistiu a outra olhada ao redor, bem furtiva desta vez, enquanto empurrava a bicicleta, com o descanso ainda aberto, entre a casa e a garagem. Naquela área, que o pessoal simpático da Companhia Dick Perry de Revestimentos e Portas em South Paris chamava de corredor de vento, Brian estacionou a bicicleta de novo. Em seguida, foi para o quintal. Seu coração estava mais disparado do que nunca. Às vezes, sua voz tremia quando o coração estava batendo desse jeito. Ele esperava que, se a sra. Jerzyck estivesse lá atrás, plantando mudas de flores ou algo assim, sua voz não tremesse ao falar sobre as assinaturas de revistas. Se acontecesse, ela talvez desconfiasse que ele não estava contando a verdade. E isso poderia levar a vários tipos de problema nos quais ele não queria nem pensar.

Ele parou perto dos fundos da casa. Via uma parte do quintal dos Jerzycks, mas não todo. E, de repente, aquilo não pareceu mais tão divertido. De repente, pareceu uma maldade... não mais do que isso, mas certamente não menos. Uma voz apreensiva falou de repente na cabeça dele. *Por que você não sobe de novo na bicicleta, Brian? Volta para casa. Toma um copo de leite e pensa melhor sobre isso.*

Sim. Parecia uma ideia muito boa, muito *sã*. Ele até começou a se virar... mas uma imagem surgiu em sua mente, bem mais poderosa do que a voz. Ele viu um carro preto comprido, um Cadillac ou talvez um Lincoln Mark iv, parando na frente de sua casa. A porta do motorista se abriu e o sr. Leland Gaunt saiu de dentro. Só que o sr. Gaunt não estava mais usando um paletó como o que Sherlock Holmes usava em algumas histórias. O sr. Gaunt que agora atravessava a paisagem da imaginação de Brian usava um terno preto formidável, o terno de um diretor funerário, e seu rosto não estava mais simpático. Os olhos azul-escuros estavam ainda mais escuros de raiva e seus lábios estavam repuxados sobre os dentes tortos... mas não em um sorriso. As pernas longas e finas foram se deslocando pelo caminho até a porta de entrada dos Rusk e o homem sombra grudado nos calcanhares dele parecia um carrasco de filme de terror. Quando chegasse à porta, ele não pararia para tocar a campainha, ah, não. Ele simplesmente entraria. Se a mãe de Brian tentasse entrar na frente, ele a empurraria. Se o pai de Brian tentasse entrar na frente, ele o derrubaria. E se o irmãozinho de Brian, Sean, tentasse entrar na frente, ele o jogaria do outro lado da casa, como um quarterback fazendo um passe longo. Ele subiria a escada, gritando o nome de Brian, e as rosas no papel de parede murchariam quando a sombra do carrasco passasse em cima delas.

*E ele me encontraria*, pensou Brian. Seu rosto enquanto ele continuava parado na lateral da casa dos Jerzyck era um estudo sobre consternação. *Não importaria se eu tentasse me esconder. Não importaria se fosse até MUMBAIM. Ele me encontraria. E, quando encontrasse...*

Ele tentou bloquear a imagem, desligá-la, mas não conseguiu. Viu os olhos do sr. Gaunt crescendo, virando abismos azuis que desciam e desciam em uma eternidade azul horrenda. Viu as mãos longas do sr. Gaunt, com os dedos estranhamente iguais, virando garras ao se aproximarem dos ombros dele. Sentiu a pele se arrepiar com o toque repugnante. Ele ouviu o grito do sr. Gaunt: *Você está com uma coisa minha, Brian, e não pagou por ela!*

*Eu devolvo!*, ele se ouviu gritando para o rosto retorcido e ardente. *Por favor, ah, por favor, eu devolvo, eu devolvo, só não me faça mal!*

Brian voltou a si, tão atordoado como quando saiu da Artigos Indispensáveis naquela tarde de terça. O sentimento agora não foi tão agradável quanto na ocasião.

Ele não *queria* devolver o card do Sandy Koufax, essa era a questão.

Não queria porque era *seu.*

8

Myra Evans entrou embaixo do toldo da Artigos Indispensáveis na hora que o filho de sua melhor amiga estava finalmente entrando no quintal de Wilma Jerzyck. O olhar de Myra, primeiro para trás e depois para o outro lado da rua Principal, foi ainda mais furtivo do que o de Brian pela rua Willow.

Se Cora, que *era mesmo* sua melhor amiga, soubesse que ela estava ali e, mais importante, *por que* ela estava ali, provavelmente nunca mais falaria com Myra. Porque *Cora* também queria a foto.

*Isso não importa*, pensou Myra. Dois ditos ocorreram a ela, ambos parecendo encaixar na situação. *A prioridade é de quem chega primeiro* foi um. *O que os olhos não veem o coração não sente* foi o outro.

Mesmo assim, Myra tinha colocado um par de óculos de sol Foster Grant enorme antes de ir para o centro. *É melhor prevenir do que remediar* era outro dito valioso.

Agora, ela foi lentamente até a porta e observou a placa pendurada ali:

TERÇAS E QUINTAS SÓ COM HORA MARCADA

Myra não tinha hora marcada. Tinha ido no impulso, motivada por uma ligação de Cora menos de vinte minutos antes.

— Fiquei pensando nela o dia todo! Eu preciso ter aquela foto, Myra... Devia ter comprado na quarta, mas só tinha quatro dólares na bolsa e não tinha certeza se ele aceitaria cheque. Você sabe como é *constrangedor* quando as pessoas não aceitam. Mas estou irritada com isso. Ora, eu mal *preguei o olho* à noite. Sei que você vai achar besteira, mas é *verdade*.

Myra não achava besteira e sabia que era verdade porque *ela* mal tinha pregado o olho à noite também. E era errado da parte de Cora supor que a foto deveria ser dela só porque ela vira primeiro. Como se isso lhe desse alguma espécie de direito divino.

— Eu não acredito que ela tenha visto primeiro, de qualquer modo — disse Myra com voz baixa e mal-humorada. — Eu acho que *eu* vi primeiro.

A questão de quem tinha visto aquela foto absolutamente deliciosa primeiro era controversa. O que *não era* controverso era como Myra se sentiu quando pensou em ir à casa de Cora e ver aquela foto do Elvis pendurada acima da lareira, entre o boneco de porcelana do Elvis e a caneca de cerveja do Elvis. Quando pensou nisso, o estômago de Myra subiu até o coração e ficou lá, embrulhado em um pacotinho. Foi como ela se sentiu na primeira semana de guerra contra o Iraque.

Não era *certo*. Cora tinha várias coisas legais do Elvis, tinha até visto o Elvis em um show uma vez. Foi no Portland Civic Center, mais ou menos um ano antes de o Rei ser chamado ao céu por sua amada mãe.

— Aquela foto deveria ser *minha* — murmurou ela e, reunindo toda sua coragem, bateu na porta.

A porta foi aberta quase antes que ela pudesse baixar a mão e um homem de ombros estreitos quase a derrubou ao sair.

— Com licença — murmurou ele, sem levantar a cabeça, e ela mal teve tempo de registrar o fato de que era o sr. Constantine, o farmacêutico da LaVerdiere's Super Drug. Ele atravessou a rua correndo e entrou na praça da cidade, segurando um pacote pequeno embrulhado nas mãos, sem olhar para a direita e nem para a esquerda.

Quando ela se virou novamente, o sr. Gaunt estava na porta, sorrindo para ela com seus alegres olhos castanhos.

— Não tenho hora marcada... — começou ela com voz baixa. Brian Rusk, que tinha se acostumado a ouvir Myra pronunciando as coisas em um tom de total autoridade e segurança, não teria reconhecido aquela voz nem em um milhão de anos.

— Agora você tem, minha querida senhora! — disse o sr. Gaunt, sorrindo e chegando para o lado. — Bem-vinda de volta! Entre à vontade e deixe um pouco da felicidade que você traz!

Depois de uma última olhada rápida ao redor, que não revelou ninguém que ela conhecesse, Myra Evans entrou rapidamente na Artigos Indispensáveis.

A porta se fechou atrás dela.

Uma mão de dedos longos, branca como a de um cadáver, subiu na sombra, encontrou o aro do puxador e baixou a persiana.

## 9

Brian só percebeu que estava prendendo o ar quando o soltou em um suspiro longo e chiado.

Não havia ninguém no quintal dos Jerzyck.

Wilma, sem dúvida encorajada pelo tempo que melhorava, tinha pendurado as roupas lavadas antes de sair para o trabalho ou para onde quer que tivesse ido. Estavam balançando em três cordas no sol e na brisa fresca. Brian foi até a porta dos fundos e espiou dentro da casa, protegendo as laterais do rosto com as mãos para cortar o brilho. Só viu uma cozinha deserta. Ele pensou em bater e decidiu que essa seria só mais uma forma de enrolar para não fazer o que fora fazer. Não tinha ninguém em casa. A melhor coisa seria terminar sua tarefa e ir embora.

Ele desceu lentamente os degraus até o quintal dos Jerzyck. Os varais de roupas, com a carga de camisas, calças, roupas de baixo, lençóis e fronhas, ficavam à esquerda. À direita ficava um pequeno jardim no qual todos os legumes e verduras, com exceção de algumas abóboras, tinham sido colhidos. No final ficava uma cerca de tábuas de pinho. Do outro lado, Brian sabia que ficava a casa dos Haverhill, só quatro casas depois da dele.

A chuva pesada da noite anterior tinha deixado o jardim parecendo um pântano; a maior parte das abóboras que restavam estava meio submersa em poças. Brian se inclinou, pegou um punhado de lama em cada mão e foi para os varais de roupas com água marrom escorrendo entre os dedos.

O varal mais próximo do jardim tinha lençóis por todo o comprimento. Ainda estavam úmidos, mas secavam rápido na brisa. Faziam sons preguiçosos ao balançarem. Eram de um branco puro e imaculado.

*Vai*, sussurrou a voz do sr. Gaunt na mente dele. *Vai, Brian… como Sandy Koufax. Vai com tudo!*

Brian ergueu as mãos acima dos ombros, as palmas viradas para o céu. Não ficou totalmente surpreso de ver que estava com uma ereção, como no sonho. Estava feliz de não ter amarelado. Seria *divertido*.

Ele moveu as mãos para a frente com força. A lama voou das mãos dele em arcos longos e marrons que se espalharam antes de baterem nos lençóis ondulantes. Acertou-os em parábolas gosmentas e viscosas.

Ele voltou para o jardim, encheu as duas mãos de novo, jogou a lama nos lençóis, voltou, pegou mais e jogou de novo. Uma espécie de frenesi tomou conta dele. Ele ficou indo para lá e para cá, buscando a lama e depois a arremessando.

Talvez tivesse feito aquilo a tarde toda se alguém não tivesse gritado. Primeiro, achou que era com *ele* que estavam gritando. Encolheu os ombros, deixando escapar um gritinho apavorado. Mas percebeu que era só a sra. Haverhill, chamando o cachorro do outro lado da cerca.

Mesmo assim, ele tinha que sair dali. E rápido.

Mas parou por um momento, olhou para o que tinha feito e sentiu um tremor momentâneo de vergonha e inquietação.

Os lençóis tinham protegido a maior parte das roupas, mas eles estavam cobertos de lama. Havia só alguns pontos brancos isolados que mostravam de que cor eram originalmente.

Brian olhou para as mãos, cobertas de lama. Em seguida, correu para o canto da casa, onde havia uma torneira. Ainda não tinha sido desconectada; quando ele girou a válvula, um fluxo frio de água saiu pela boca. Ele enfiou as mãos embaixo e as esfregou com força. Lavou até a lama sair toda, inclusive a gosma embaixo das unhas, sem se importar com a dormência que se espalhava. Colocou até os punhos da camisa debaixo da água.

Ele fechou a torneira, voltou até a bicicleta, ergueu o descanso e a empurrou até a frente da casa. Teve um momento bem ruim em que viu um pequeno carro amarelo compacto se aproximando, mas era um Civic, não um Yugo. Passou sem desacelerar, o motorista alheio ao garotinho com as mãos vermelhas e ressecadas congeladas ao lado da bicicleta na entrada de carros dos Jerzycks, o garotinho cujo rosto era quase um outdoor com uma palavra — CULPADO! — estampada nele.

Quando o carro foi embora, Brian subiu na bicicleta e começou a pedalar com tudo. Só parou quando estava chegando na porta de casa. A dormência das mãos estava passando, mas coçavam e doíam... e ainda estavam vermelhas.

Quando ele entrou, sua mãe gritou da sala:

— É você, Brian?

— Sou, mãe.

O que ele tinha feito no quintal dos Jerzyck já parecia algo que poderia ter sido um sonho. É claro que o garoto parado naquela cozinha ensolarada e sã, o garoto que estava indo agora até a geladeira pegar o leite, não podia ser o mesmo garoto que mergulhara as mãos até os pulsos na lama do jardim de Wilma Jerzyck para jogá-la nos lençóis limpos dela várias vezes.

É claro que não.

Ele se serviu de um copo de leite e observou as mãos enquanto fazia isso. Estavam limpas. Vermelhas, mas limpas. Guardou o leite. Seu coração voltou ao ritmo normal.

— Teve um bom dia na escola, Brian? — A voz de Cora soou meio distante.

— Foi normal.

— Quer vir ver televisão comigo? *Santa Barbara* já vai começar e tem Hershey's Kisses.

— Claro, mas primeiro vou lá em cima um pouco.

— Não deixe o copo de leite lá em cima! Fica azedo e fedendo e o cheiro *nunca* sai na lava-louças!

— Eu trago de volta, mãe.

— Espero que sim!

Brian subiu e passou meia hora sentado à escrivaninha, sonhando com o card de Sandy Koufax. Quando Sean apareceu para perguntar se ele queria ir até a loja da esquina, Brian fechou o fichário de cards de repente e mandou Sean sair do quarto dele e só voltar quando aprendesse a bater na porta. Ele ouviu Sean chorando no corredor e não sentiu pena nenhuma.

Afinal, bons modos eram *importantes*.

10

*The warden threw a party in the county jail,*
*The prison band was there and they began to wail,*
*The band was jumpin and the joint began to swing,*
*You should've heard those knocked-out jailbirds sing!*

*O Rei está com as pernas afastadas, os olhos azuis ardendo, as bocas de sino do macacão branco balançando. A pedraria brilha e cintila na luz dos holofotes aci-*

*ma. Uma mecha de cabelo preto-azulado cai na testa dele. O microfone está perto da boca, mas não tanto que Myra não consiga ver a curva do lábio superior cheio.*

*Ela consegue ver tudo. Está na primeira fila.*

*E, de repente, quando a parte rítmica explode, ele estica a mão, estica a mão para ELA, como Bruce Springsteen (que nunca vai ser o Rei nem em um milhão de anos, por mais que tente) estica a mão para aquela garota no vídeo de "Dancing in the Dark".*

*Por um momento, ela fica atordoada demais para fazer alguma coisa, atordoada demais para se mover, e mãos de trás a empurram para a frente, e a mão DELE se fechou no pulso dela, a mão DELE a está puxando para o palco. Ela sente o CHEIRO dele, uma mistura de suor, English Leather e pele quente e limpa.*

*Um momento depois, Myra Evans está nos braços de Elvis Presley.*

*O cetim do macacão escorrega debaixo das mãos dela. Os braços em volta dela são musculosos. Aquele rosto, o rosto DELE, o rosto do Rei, está a centímetros do dela. Ele está dançando com ela… eles são um casal. Myra Josephine Evans, de Castle Rock, Maine, e Elvis Aaron Presley, de Memphis, Tennessee! Eles rebolam pelo palco amplo na frente de 4 mil fãs aos berros enquanto os Jordanaires cantam aquele refrão antigo contagiante dos anos 1950: "Let's rock… everybody let's rock…".*

*Os quadris dele se movem contra os dela; ela sente a tensão reunida no centro dele encostando na barriga. Ele a gira, a saia dela roda e mostra as pernas até a renda da calcinha da Victoria's Secret, a mão dela girando na dele como um eixo no suporte, e ele a puxa para perto de novo, a mão desce pela lombar dela até a curva das nádegas e a aninha com força perto dele. Por um momento, ela olha para baixo e ali, abaixo e em meio ao brilho dos holofotes, ela vê Cora Rusk olhando. O rosto de Cora está carregado de ódio e retorcido de inveja.*

*Elvis vira a cabeça dela para ele e fala com aquele sotaque meloso do Sul: "Nós não devíamos estar nos olhando, querida?".*

*Antes que ela possa responder, os lábios cheios dele estão nos dela; o cheiro e a sensação dele preenchem o mundo. De repente, a língua dele está em sua boca; o Rei do Rock and Roll está lhe dando um beijo de língua na frente de Cora e do mundo todo! Ele a aperta com força e os metais tocam com um berro sincronizado, ela sente um calor estático surgindo nas entranhas. Ah, nunca tinha sido desse jeito, nem mesmo em Castle Lake com Ace Merrill tantos anos antes. Ela quer gritar, mas a língua dele está bem fundo em sua boca e ela só consegue agarrar as costas lisas de cetim, movendo os quadris enquanto os metais começam a tocar "My Way".*

## 11

O sr. Gaunt se sentou em uma das cadeiras acolchoadas e ficou olhando para Myra Evans com um distanciamento clínico enquanto o orgasmo tomava conta dela. Ela estava tremendo como uma mulher vivenciando um colapso neural completo, a foto do Elvis nas mãos, os olhos fechados, os seios subindo e descendo, as pernas se apertando, se afrouxando, se apertando, se afrouxando. O cabelo tinha perdido o cacheado de salão de beleza e contornava a cabeça como um capacete não tão charmoso. A papada estava tão coberta de suor quanto a de Elvis quando ele girava pesadamente pelo palco nos últimos shows.

— Aaahhh! — exclamou Myra, tremendo como uma porção de gelatina em um prato. — Aaaah! Aaaaaaaah, meu *Deus!* Aaaaaaaaaaaaaaah, meu *Deeeeeeeus! AAAAHHHHHHH…!*

O sr. Gaunt puxou distraidamente o vinco da calça preta com o polegar e o indicador, fazendo-o voltar ao seu formato anterior, então se inclinou para a frente e arrancou a foto das mãos da Myra. Os olhos dela, cheios de consternação, se abriram na mesma hora. Ela tentou pegar a foto, mas já estava fora do seu alcance. Então começou a se levantar.

— Sente-se — disse o sr. Gaunt.

Myra ficou onde estava como se tivesse virado pedra durante o ato de se levantar.

— Se quiser voltar a ver esta foto, Myra… *sente-se.*

Ela se sentou e ficou olhando para ele em uma agonia muda. Havia grandes manchas de suor surgindo embaixo dos braços dela e nas laterais dos seios.

— Por favor — pediu ela. A palavra saiu em um grunhido tão rouco que parecia um sopro de poeira do deserto. Ela esticou as mãos.

— Me dê um preço — convidou Gaunt.

Ela pensou. Os olhos se reviraram no rosto suado. A garganta subiu e desceu conforme ela engolia.

— Quarenta dólares! — exclamou ela.

Ele riu e balançou a cabeça.

— Cinquenta!

— Isso é ridículo. Você não deve querer essa foto tanto assim, Myra.

— Eu quero! — Lágrimas começaram a descer pelos cantos dos olhos dela. Escorreram pelas bochechas e se misturaram com o suor. — Eu *queeeeero!*

— Tudo bem — disse ele. — Você quer. Aceito o fato de que você quer. Mas precisa, Myra? Você realmente *precisa* dela?

— Sessenta! É tudo que eu tenho! Cada centavo que eu tenho!

— Myra, eu pareço criança pra você?

— Não...

— Acho que devo parecer. Sou um velho... mais velho do que você acreditaria, eu envelheci muito bem, se é que posso dizer isso. Mas acho mesmo que devo parecer uma criança pra você, uma criança que vai acreditar que uma mulher que vive em um dúplex novinho a menos de três quarteirões de Castle View só tem sessenta dólares.

— Você não entende! Meu marido...

O sr. Gaunt se levantou, ainda segurando a foto. O homem sorridente que chegou para o lado para ela entrar não estava mais naquela sala.

— Você não tinha hora marcada, Myra, tinha? Não. Eu a recebi por bondade do meu coração. Mas agora, infelizmente, vou ter que pedir que vá embora.

— Setenta! Setenta dólares!

— Você insulta a minha inteligência. Por favor, vá.

Myra caiu de joelhos na frente dele. Estava chorando em soluços roucos cheios de pânico. Agarrou as panturrilhas dele enquanto se arrastava a seus pés.

— Por favor! Por favor, sr. Gaunt! Tenho que ter essa foto! Eu preciso! Ela faz... Você não *acreditaria* no que ela faz!

O sr. Gaunt olhou para a foto de Elvis e uma expressão momentânea de desprezo surgiu no rosto dele.

— Acho que não quero saber. Pareceu uma coisa muito... suada.

— Mas se for mais de setenta dólares, vou ter que fazer um cheque. Chuck descobriria. Ele ia querer saber com que eu gastei. E, se eu contasse, ele... ele...

— Isso não é problema meu. Sou comerciante, não terapeuta de casais. — Ele estava olhando para ela de cima, falando com o topo da cabeça suada. — Tenho certeza de que outra pessoa, como a sra. Rusk, vai poder pagar por esse item único do falecido sr. Presley.

Ao ouvir o nome de Cora, Myra ergueu a cabeça. Os olhos eram pontos fundos e cintilantes nas órbitas castanhas. Os dentes apareceram em um rosnado. Ela pareceu insana naquele momento.

— Você venderia para *ela*? — sibilou Myra.

— Eu acredito em comércio livre. Foi o que tornou este país grandioso. Eu gostaria que você me soltasse, Myra. Suas mãos estão *encharcadas* de suor. Vou ter que mandar essa calça pra tinturaria e mesmo assim não sei...

— Oitenta! Oitenta dólares!

— Vendo pelo dobro disso — disse o sr. Gaunt. — Cento e sessenta dólares. — Ele sorriu, revelando os dentes grandes e tortos. — E, Myra... um cheque seu está bom pra mim.

Ela soltou um uivo de desespero.

— Não posso! Chuck vai me *matar*!

— Pode ser, mas você morreria por um amor ardente, não é?

— Cem — choramingou Myra, segurando as panturrilhas dele de novo enquanto ele tentava se afastar dela. — Por favor, cem dólares.

— Cento e quarenta — ofereceu Gaunt. — É o menor valor que posso oferecer. É minha proposta final.

— Tudo bem — ofegou Myra. — Tudo bem, tudo bem, eu pago...

— E você vai ter que fazer um boquete também, claro — disse Gaunt, sorrindo para ela.

Ela olhou para ele, a boca em um O perfeito.

— O que você disse? — sussurrou ela.

— Me *chupar*! — gritou ele. — Praticar *felação*! Abrir essa boca linda cheia de metais que você tem e *mamar minha rola!*

— Ah, meu Deus — gemeu Myra.

— Como quiser — disse o sr. Gaunt e começou a se virar.

Ela o segurou antes que ele pudesse sair. Um momento depois, as mãos trêmulas estavam abrindo o zíper dele.

Ele deixou que ela tentasse por uns momentos, o rosto com expressão de quem estava achando graça, mas acabou dando um tapa nas mãos dela.

— Esqueça — disse ele. — Sexo oral me dá amnésia.

— O que...

— Deixa pra *lá*, Myra. — Ele jogou a foto. Ela juntou as mãos, conseguiu pegá-la e agarrou-a contra o peito. — Mas *tem* outra coisa.

— O quê? — sussurrou ela.

— Sabe o homem que cuida do bar do outro lado da ponte Tin?

Ela estava começando a balançar a cabeça, os olhos se enchendo de alarme de novo, mas percebeu de quem ele devia estar falando.

— Henry Beaufort?

— É. Acredito que ele seja dono do estabelecimento, que se chama Tigre Meloso. Um nome bem interessante.

— Bom, eu não o *conheço*, mas sei quem ele *é*, eu acho. — Ela nunca tinha ido ao Tigre Meloso na vida, mas sabia tanto quanto qualquer pessoa quem era o dono e trabalhava no estabelecimento.

— Sim. Ele. Quero pregar uma peça no sr. Beaufort.

— Que... que tipo de peça?

Gaunt esticou a mão, segurou uma das mãos suadas de Myra e a ajudou a se levantar.

— Isso é assunto pra conversarmos enquanto você preenche o cheque, Myra. — Ele sorriu e todo o charme voltou para o rosto. Os olhos castanhos cintilavam e dançavam. — A propósito, quer que embrulhe a foto pra presente?

# CINCO

### 1

Alan entrou em um reservado na Lanchonete da Nan em frente a Polly e notou na mesma hora que a dor dela ainda estava ruim... o bastante para ela ter tomado Percodan à tarde, o que era raro. Ele soube antes mesmo que ela abrisse a boca; foi alguma coisa nos olhos. Uma espécie de brilho. Ele tinha passado a conhecer aquele brilho... mas não a gostar dele. Achava que nunca gostaria. Perguntou-se não pela primeira vez se ela já estava viciada. No caso de Polly, ele achava que o vício era só mais um efeito colateral, algo esperado, observado e sublimado ao problema principal... que era simplesmente o fato de que ela estava vivendo com uma dor que ele provavelmente nem conseguia compreender.

A voz dele não demonstrou nada disso quando ele perguntou:

— Como vai, moça bonita?

Ela sorriu.

— Bom, foi um dia interessante. *Muuuuito... interessante*, como aquele cara dizia naquele programa *Laugh-in*.

— Você não tem idade pra se lembrar disso.

— Tenho, sim. Alan, quem é aquela?

Ele se virou na direção do olhar dela bem a tempo de ver uma mulher com um pacote retangular aninhado nos braços passar pela ampla vitrine da lanchonete. Os olhos estavam voltados para a frente e um homem que vinha na outra direção teve que desviar rapidamente para evitar uma colisão. Alan repassou rapidamente o enorme arquivo de nomes e rostos que tinha na cabeça e encontrou o que Norris, que amava profundamente a linguagem policial, sem dúvida teria chamado de "parcial".

— Evans. Mabel ou Mavis ou algo parecido. O marido dela é Chuck Evans.

— Ela parece ter fumado uma erva muito boa do Panamá — comentou Polly. — Estou com inveja.

Nan Roberts foi servi-los em pessoa. Ela era um dos Soldados de Cristo Batistas de William Rose e hoje estava usando um pequeno bóton amarelo acima do seio esquerdo. Era o terceiro que Alan via naquela tarde, e ele achava que veria muitos mais nas semanas seguintes. Tinha a imagem de um caça-níqueis dentro de um círculo preto com uma linha diagonal vermelha por cima. Não havia nada escrito no bóton; no entanto, deixava bem clara a opinião de quem o usava sobre a Noite do Cassino, mesmo sem palavras.

Nan era uma mulher de meia-idade com seios enormes e um rosto doce e bonito que fazia você pensar na sua mãe e em torta de maçã. A torta de maçã da Lanchonete da Nan era, como Alan e seus policiais sabiam bem, muito boa, principalmente com uma bola grande de sorvete de creme derretendo em cima. Era fácil julgar Nan pela aparência, mas muita gente do ramo do comércio — principalmente os corretores imobiliários — descobriu que fazer isso era má ideia. Por trás do rosto doce havia uma mente digna de computador e por baixo dos seios maternais havia uma pilha de livros de contabilidade no lugar do coração. Nan era dona de uma boa parte de Castle Rock, inclusive pelo menos cinco dos prédios comerciais da rua Principal, e agora que Pop Merrill estava debaixo da terra, Alan desconfiava que ela devia ser a pessoa mais rica da cidade.

Ela o lembrava uma dona de prostíbulo que ele prendeu uma vez em Utica. A mulher lhe ofereceu suborno e quando ele recusou, ela tentou arrancar o cérebro dele da cabeça usando uma gaiola. O morador da gaiola, um papagaio sarnento que às vezes dizia "Eu comi sua mãe, Frank" com uma voz morosa e pensativa, ainda estava na gaiola na ocasião. Às vezes, quando Alan via a linha vertical da testa franzida entre os olhos de Nan Roberts ficar mais funda, ele tinha a sensação de que ela seria perfeitamente capaz de fazer a mesma coisa. E achava perfeitamente natural que Nan, que não fazia quase nada atualmente além de ficar na registradora, fosse servir o xerife do condado em pessoa. Era o toque pessoal que se fazia tão importante.

— Oi, Alan — cumprimentou ela —, não te vejo há séculos! Por onde você anda?

— Por aí — disse ele. — Eu não paro, Nan.

— Bom, não se esqueça dos velhos amigos — disse ela, abrindo um sorriso brilhante e maternal. Era preciso passar um bom tempo perto de Nan, refletiu Alan, para começar a reparar como era raro que aquele sorriso chegasse aos olhos. — Venha nos ver de vez em quando.

— Pois então! Aqui estou! — exclamou Alan.

Nan soltou uma gargalhada tão alta e gostosa que os homens no balcão, a maioria madeireiros, se viraram brevemente. E, mais tarde, pensou Alan, eles vão contar aos amigos que viram Nan Roberts e o xerife rindo juntos. Melhores amigos.

— Café, Alan?

— Por favor.

— Que tal uma torta pra acompanhar? É caseira, com maçãs do pomar McSherry, em Sweden. Colhidas ontem. — Pelo menos ela não tentou dizer que foi ela mesma quem colheu, pensou Alan.

— Não, obrigado.

— Tem certeza? E você, Polly?

Polly balançou a cabeça negativamente.

Nan foi buscar o café.

— Você não gosta muito dela, né? — perguntou Polly com voz baixa.

Ele refletiu sobre isso, um pouco surpreso. Gostar ou não gostar não tinha exatamente passado pela cabeça dele.

— Da Nan? Ela é legal. É só que eu gosto de saber quem as pessoas são de verdade, se puder.

— E o que elas realmente querem?

— Isso é difícil demais — disse ele, rindo. — Me contento em saber qual é a delas.

Ela sorriu (ele amava fazê-la sorrir) e disse:

— Ainda vamos transformar você em um filósofo ianque, Alan Pangborn.

Ele tocou na parte de cima da mão enluvada dela e sorriu.

Nan voltou com uma caneca branca cheia de café preto e se afastou em seguida. Uma coisa que pode se dizer sobre ela, pensou Alan, é que ela sabe quando passamos das amenidades e não é mais para forçar a barra. Não era uma coisa que todo mundo com os interesses e ambições de Nan *sabia*.

— Agora — disse Alan, tomando um gole de café. — Conta tudo sobre seu dia muito interessante.

Ela contou em detalhes como ela e Rosalie Drake viram Nettie Cobb naquela manhã, como Nettie sofreu na frente da Artigos Indispensáveis e como finalmente reuniu coragem suficiente para entrar.

— Isso é maravilhoso — disse ele com sinceridade.

— É… mas não é tudo. Quando saiu, ela tinha *comprado* uma coisa! Eu nunca a vi tão alegre e… tão animada como estava hoje. É isso, *animada*. Sabe como ela costuma ser pálida?

Alan assentiu.

— Bom, ela estava com as bochechas vermelhas e o cabelo estava ajeitado e ela até gargalhou algumas vezes.

— Tem certeza de que eles só fizeram negócio? — perguntou ele e revirou os olhos.

— Não seja bobo. — Ela falou como se não tivesse sugerido a mesma coisa para a própria Rosalie. — Ela esperou do lado de fora até você sair, como eu sabia que faria, e entrou e nos mostrou o que tinha comprado. Sabe aquela pequena coleção de vidro carnival que ela tem?

— Não. Algumas coisas nesta cidade fugiram à minha observação. Acredite se quiser.

— Ela tem umas seis peças. A maioria veio da mãe dela. Ela me contou uma vez que havia mais, mas algumas se quebraram. Ela adora o que tem, e ele vendeu pra ela o abajur mais lindo de vidro carnival que vi em anos. Num primeiro olhar, achei que fosse Tiffany. Claro que não é... não poderia ser, Nettie não poderia pagar por nenhuma peça de vidro Tiffany. Mas é lindo.

— Quanto ela *pagou*?

— Não perguntei. Mas aposto que a meia onde ela guarda dinheiro está vazia hoje.

Ele franziu a testa.

— Tem certeza de que ela não foi engambelada?

— Ah, Alan... você tem que desconfiar o tempo todo? Nettie pode ser boba com algumas coisas, mas conhece vidro carnival. Ela disse que foi uma pechincha, e isso deve querer dizer que foi mesmo. E a deixou *tão* feliz.

— Ah, que ótimo. O Bilhete Certo.

— Como?

— Era o nome de uma loja em Utica — explicou ele. — Muito tempo atrás. Eu era criança. O Bilhete Certo.

— E tinha o *seu* Bilhete? — brincou ela.

— Não sei. Eu nunca entrei.

— Bom, ao que parece, nosso sr. Gaunt acha que pode ter o meu.

— O que você quer dizer?

— Nettie trouxe meu pote de bolo de volta e havia um bilhete dentro. Do sr. Gaunt. — Ela empurrou a bolsa por cima da mesa na direção dele. — Dá uma olhada. Não estou podendo abrir o fecho hoje.

Ele ignorou a bolsa por um momento.

— Como está de verdade, Polly?

— Ruim — respondeu ela simplesmente. — Já esteve pior, mas não vou mentir pra você; nunca esteve *muito* pior. Esta semana toda está assim, desde que o tempo mudou.

— Você vai ao dr. Van Allen?

Ela suspirou.

— Ainda não. Logo, logo, vem a trégua. Toda vez que fica ruim assim, melhora quando eu acho que estou prestes a ficar maluca. Pelo menos, sempre foi desse jeito. Acho que em algum momento a trégua não virá. Se não estiver melhor até segunda, vou nele. Mas ele só pode receitar remédios. Não quero ser viciada se puder evitar, Alan.

— Mas...

— Chega — pediu ela baixinho. — Chega por hoje, tá?

— Tudo bem — concordou ele, um pouco de má vontade.

— Olha o bilhete. É muito carinhoso... e meio fofo.

Ele abriu o fecho da bolsa e encontrou um envelope fino em cima da carteira. Pegou-o. O papel tinha uma sensação intensa, cremosa. Na frente, com uma caligrafia tão perfeitamente antiquada que parecia coisa de um diário antigo, estava escrito sra. *Polly Chalmers*.

— Esse estilo é meio gótico — disse ela, achando graça. — Acho que pararam de ensinar isso pouco depois da Era dos Dinossauros.

Ele pegou uma folha de papel de carta com borda irregular dentro do envelope. No alto estava impresso

ARTIGOS INDISPENSÁVEIS
Castle Rock, Maine
Leland Gaunt, proprietário

A caligrafia na carta não era tão formal e elegante quanto a do envelope, mas tanto ela quanto a linguagem em si eram agradavelmente antiquadas.

Prezada Polly,

Agradeço novamente pelo bolo de chocolate. É meu favorito e estava delicioso! Também gostaria de agradecer por sua gentileza e atenção — provavelmente você imaginou como eu devia estar nervoso no dia da inauguração, ainda mais fora da alta temporada.

Tenho um item, ainda não no estoque, mas vindo com várias outras coisas por transporte aéreo, que acredito que possa ser do seu interesse. Não quero dizer mais nada; prefiro que você mesma veja. Não passa de um bibelô, mas pensei nele assim que você foi embora, e ao longo dos anos eu raramente me engano nas minhas intuições. Espero a chegada do objeto na sexta-feira ou no sábado. Estarei na loja o dia todo, catalogando o estoque, e ficaria muito feliz de mostrá-lo a você. Não quero dizer mais nada agora; o item vai ou não se explicar sozinho. Pelo menos, me deixe compensar sua gentileza com uma xícara de chá!

Espero que Nettie goste do abajur novo. Ela é uma senhora especial e pareceu ter ficado muito feliz.

Cordialmente,

*L*

Leland Gaunt

— Misterioso! — declarou Alan, dobrando a carta, colocando dentro do envelope e o guardando de volta na bolsa. — Você vai lá dar uma verificada, como dizemos na polícia?

— Com um suspense desses e depois de ver o abajur de Nettie, como eu poderia recusar? Acho que vou passar lá, sim... se minhas mãos estiverem melhores. Quer ir, Alan? Pode ser que ele também tenha uma coisa pra você.

— Talvez. Mas talvez eu fique com os Patriots. Eles vão acabar ganhando alguma hora.

— Você parece cansado, Alan. Está com olheiras.

— Hoje está sendo um dia daqueles. Começou quando quase não consegui impedir que o conselheiro principal e um dos meus policiais caíssem na porrada no banheiro dos meninos.

Ela se inclinou para a frente, preocupada.

— Do que você está falando?

Ele contou sobre a confusão entre Keeton e Norris Ridgewick e encerrou o relato falando sobre o quanto Keeton pareceu estranho; o uso que ele fez da palavra *perseguição* ficou voltando à mente dele em momentos aleatórios do dia. Quando ele terminou, Polly ficou em silêncio por muito tempo.

— E aí? — perguntou ele. — O que você acha?

— Eu estava pensando que ainda vai demorar muitos anos até você saber tudo que precisa saber sobre Castle Rock. Isso também deve valer pra mim. Fiquei longe muito tempo e não falo sobre o lugar pra onde fui nem o que houve com meu "probleminha" e acho que muita gente na cidade não confia em mim. Mas você capta as coisas, Alan, e se lembra das coisas. Quando voltei a Rock, sabe qual foi a sensação?

Ele balançou a cabeça, interessado. Polly não era mulher de falar do passado, nem com ele.

— Foi como voltar a assistir a uma novela que você tinha perdido o hábito de assistir. Mesmo sem assistir durante uns dois anos, você reconhece as pessoas e os problemas na mesma hora, porque isso nunca muda. Ver um programa assim de novo é como calçar um par velho de sapatos confortáveis.

— O que você está dizendo?

— Que tem muita história de novela aqui que você ainda não identificou. Você sabia que o tio de Danforth Keeton estava em Juniper Hill na mesma época que Nettie?

— Não.

Ela assentiu.

— Por volta dos quarenta anos, ele começou a ter problemas mentais. Minha mãe dizia que Bill Keeton era esquizofrênico. Não sei se é o termo adequado ou só o que a minha mãe aprendeu na televisão, mas certamente havia *algo* de errado com ele. Eu me lembro de vê-lo parar gente na rua e começar a falar de forma agressiva sobre alguma coisa: a dívida nacional, que John Kennedy era comunista, não sei o que mais. Eu era só uma garotinha. Mas me assustava, Alan... *disso* eu sabia.

— Bom, claro.

— Ou às vezes ele andava pela rua com a cabeça baixa, falando sozinho com uma voz que era ao mesmo tempo alta e resmunguenta. Minha mãe me disse que eu nunca devia falar com ele quando ele estava se comportando assim, nem mesmo se estivéssemos indo para a igreja e ele também. Até que chegou o dia em que ele tentou atirar na esposa. Foi o que me disseram, mas você sabe como a fofoca ao longo do tempo distorce as coisas. Talvez ele só tenha balançado a pistola de trabalho para ela. Seja lá o que tenha sido, foi o suficiente para que ele fosse levado para a cadeia do condado. Houve algum tipo de audiência de avaliação e, quando acabou, ele foi enviado pra Juniper Hill.

— Ele ainda está lá?

— Já morreu. Seu estado mental se degenerou bem rápido depois que o internaram. Ele estava catatônico quando morreu. Foi o que ouvi.

— Meu Deus.

— Mas isso não é tudo. Ronnie Keeton, o pai de Danforth e irmão de Bill Keeton, passou quatro anos na ala mental no hospital dos veteranos em Togus em meados dos anos 70. Agora, está em um lar para idosos. Está com Alzheimer. E houve uma tia-avó ou prima, não sei bem, que se matou nos anos 50 depois de algum tipo de escândalo. Não sei bem o que foi, mas ouvi falar que ela gostava mais de moças do que de homens.

— Então é de família, é isso que você está dizendo?

— Não. Não tem nenhuma moral nisso, não tem tema. Sei um pouco de história da cidade que você não conhece, só isso, do tipo que não contam no discurso na praça da cidade no Quatro de Julho. Só a estou passando adiante. Tirar conclusões é trabalho da polícia.

Ela disse isso de forma tão cerimoniosa que Alan riu um pouco... mas ficou incomodado mesmo assim. Insanidade *era* coisa de família? Ele aprendeu em psicologia no ensino médio que essa ideia era crença popular. Anos depois, na Academia de Polícia de Albany, um professor disse que *era* verdade, ou ao menos podia ser, em certos casos: que algumas doenças mentais podiam ser encontradas em árvores genealógicas com a mesma clareza que características físicas como olhos azuis e hipermobilidade. Um dos exemplos que o professor usou foi o alcoolismo. Ele tinha falado sobre esquizofrenia também? Alan não lembrava. Seus dias de academia já tinham passado há muito tempo.

— Acho que é melhor eu começar a fazer perguntas sobre o Buster por aí — disse Alan com voz pesada. — Tenho que dizer, Polly, a ideia de que o conselheiro principal de Castle Rock pode estar virando uma granada humana não me deixa muito feliz.

— Claro que não. E não deve ser esse o caso. Eu só achei que você deveria saber. As pessoas daqui podem responder a perguntas... *se* você souber que perguntas fazer. Se não souber, vão ficar observando alegremente enquanto você tropeça por aí em círculos e nunca vão dizer nada.

Alan sorriu. Era verdade.

— Mas você nem ouviu tudo, Polly. Depois que o Buster foi embora, eu recebi uma visita do reverendo Willie. Ele...

— Shhh! — fez Polly, com tanta intensidade que Alan se calou pelo susto. Ela olhou em volta, pareceu concluir que ninguém estava ouvindo a conversa deles e se virou para Alan de novo. — Às vezes, fico desesperada com você, Alan. Se você não aprender a ser discreto, vai acabar sendo vencido na eleição daqui a dois anos... e vai ficar com um sorriso grande e intrigado no rosto dizendo "O que houve?". Você tem que tomar cuidado. Se Danforth Keeton é uma granada de mão, aquele homem é um lançador de foguetes.

Ele se inclinou para mais perto dela e disse:

— Ele não é um lançador de foguetes. É só um babaquinha pomposo e metido a dono da verdade.

— A Noite do Cassino?

Ele assentiu.

Ela botou as mãos sobre as dele.

— Pobrezinho. E parece uma cidade sonolenta vista de fora, né?

— Normalmente, é.

— Ele foi embora com raiva?

— Ah, foi — confirmou Alan. — Essa foi minha segunda conversa com o bom reverendo sobre a legalidade da Noite do Cassino. Acho que terei várias outras antes de os católicos finalmente fazerem a porcaria do evento e acabarem logo com isso.

— Ele *é* um babaquinha pomposo e metido a dono da verdade, não é? — perguntou ela com voz mais baixa ainda. O rosto estava sério, mas os olhos estavam cintilando.

— É. Agora ainda tem os bótons. São um toque a mais.

— Bótons?

— Máquinas caça-níqueis com linhas as atravessando em vez de carinhas sorridentes. Nan está usando um. Queria saber de quem foi *essa* ideia.

— Deve ter sido de Don Hemphill. Ele não é só um bom batista, também está no Comitê Republicano do Estado. Don sabe umas coisinhas sobre fazer campanha, mas tenho certeza de que está descobrindo que é bem mais difícil mudar a opinião pública quando a religião está envolvida. — Ela fez carinho nas mãos dele. — Vá com calma, Alan. Seja paciente. Espere. A vida em The Rock é basicamente isso: ir com calma, ser paciente e esperar que o fedor ocasional passe. Não é?

Ele sorriu para ela, virando as mãos e segurando as dela… mas com gentileza. Ah, muita gentileza.

— É. Quer companhia esta noite, moça bonita?

— Ah, Alan, não sei…

— Sem rala e rola — garantiu ele. — Vou acender a lareira, ficamos sentados na frente dela e você pode tirar mais alguns corpos do armário da cidade pra me entreter.

Polly deu um sorriso fraco.

— Acho que você já viu todos os corpos que conheço nos últimos seis ou sete meses, Alan, inclusive o meu. Se quiser ampliar seus estudos de Castle Rock, você devia fazer amizade com o velho Lenny Partridge… ou com *ela*. — Ela indicou Nan e baixou a voz mais um pouco. — A diferença entre Lenny e Nan é que Lenny fica satisfeito em apenas saber as coisas. Nan Roberts gosta de usar o que sabe.

— Isso quer dizer?

— Quer dizer que essa senhora não pagou o preço justo de mercado por *todas* as propriedades que ela tem — disse Polly.

Alan olhou para ela, pensativo. Nunca tinha visto Polly com aquele tipo de humor: introspectiva, falante e deprimida ao mesmo tempo. Perguntou-se pela primeira vez desde que ficou amigo dela e depois amante se estava conversando com Polly Chalmers... ou com os remédios.

— Acho que esta seria uma boa noite para ficar longe — disse ela, decidida de repente. — Não sou boa companhia quando estou assim. Consigo ver isso na sua cara.

— Polly, não é verdade.

— Vou pra casa tomar um banho quente demorado. Não vou tomar mais café. Vou desligar o telefone e me deitar cedo, e há chances de que, quando acordar amanhã, eu esteja me sentindo uma nova mulher. *Aí* talvez a gente possa... você sabe. Sem ralar muito, mas rolar à beça.

— Eu me preocupo com você — disse ele.

As mãos dela se moveram com delicadeza nas dele.

— Eu sei. Não adianta, mas eu agradeço, Alan. Mais do que você imagina.

2

Hugh Priest desacelerou ao passar pelo Tigre Meloso a caminho de casa depois de sair do estacionamento dos veículos do serviço público da cidade... E então acelerou novamente. Foi para casa, estacionou o Buick na frente da garagem e entrou.

Sua casa tinha dois aposentos: um onde ele dormia e outro onde fazia todo o resto. Uma mesa de fórmica lascada, coberta de embalagens de alumínio de comida congelada (guimbas de cigarro tinham sido apagadas em molho endurecido na maioria delas), ficava no meio do segundo aposento. Ele foi até o armário aberto, ficou nas pontas dos pés e tateou na prateleira de cima. Por um momento, achou que o rabo de raposa tinha sumido, que alguém tinha entrado na casa e roubado, e o pânico acendeu uma bola de calor em sua barriga. Mas sua mão encontrou a maciez sedosa e ele soltou o ar em um longo suspiro.

Ele tinha passado a maior parte do dia pensando no rabo de raposa, pensando que o amarraria na antena do Buick, pensando em como ficaria, ondulando alegremente lá em cima. Quase tinha feito isso de manhã, mas ainda estava chovendo, e ele não gostou da ideia de que aquilo virasse uma corda de pelo molhada pendurada como uma carcaça. Agora, ele o levou para o lado de fora, chutando distraidamente uma lata de suco vazia no caminho, e acariciou o pelo macio nos dedos. Deus, como era bom!

Entrou na garagem (que estava entulhada demais para que o carro dele coubesse, desde 1984, mais ou menos) e encontrou um pedaço grosso de arame depois de procurar por um tempo. Tinha decidido: primeiro, amarraria o rabo de raposa na antena, depois jantaria e finalmente iria até uma reunião do AA em Greenspark, no American Legion Hall de lá, às sete. Talvez *fosse* tarde demais para começar uma vida nova... mas não era tarde demais para descobrir com certeza, de qualquer modo.

Ele deu um nó firme no arame e o apertou na ponta grossa do rabo. Começou a enrolar o outro lado do fio na antena, mas seus dedos, que se moviam com uma rapidez segura no começo, ficaram lentos. Ele sentiu sua confiança diminuir e, preenchendo o buraco que ela deixou para trás, a dúvida começou a crescer.

Ele se viu parando no estacionamento do American Legion, e tudo bem. Viu-se indo para a reunião, e tudo bem *também*. Mas aí, viu um garotinho, como aquele babaquinha que entrou na frente da picape no outro dia, passando pelo Legion Hall quando ele estava lá dentro dizendo que seu nome era Hugh P. e que ele era impotente perante o álcool. Alguma coisa chama a atenção do garoto, um brilho de laranja na luz azulada das lâmpadas do estacionamento. O garoto se aproxima do Buick e examina o rabo de raposa... primeiro um toque, depois uma carícia. Ele olha em volta, não vê ninguém e arranca o rabo de raposa, arrebentando o arame. Hugh viu o garoto indo até o fliperama da região e dizendo para os amigos: *Ei, vejam o que arrumei no estacionamento do Legion. Nada mau, né?.*

Hugh sentiu uma raiva frustrada surgir no peito, como se essa imagem não fosse só uma especulação, mas uma coisa que já tivesse acontecido. Ele fez carinho no rabo de raposa e olhou ao redor, na escuridão crescente das cinco horas, como se esperasse ver um grupo de garotos de mãos leves já se reunindo do outro lado da estrada Castle Hill, esperando que ele entrasse e enfiasse dois jantares Hungry Man no forno para poderem roubar seu rabo de raposa.

Não. Era melhor não ir. As crianças não têm respeito hoje em dia, as crianças roubariam qualquer coisa só pelo prazer de roubar. Guardam por um ou dois dias, depois perdem o interesse e jogam numa vala ou num terreno baldio. A imagem — e foi uma imagem muito clara, quase uma visão — de seu lindo rabo de raposa caído abandonado no chão cheio de lixo, ficando molhado na chuva, perdendo a cor no meio de caixas de Big Mac e latas de cerveja vazias, encheu Hugh de agonia e raiva.

Seria *loucura* correr um risco assim.

Ele soltou o fio que prendia o rabo na antena, o levou para dentro de casa e o guardou na prateleira alta do armário de novo. Desta vez, tentou fechar a porta do armário, mas ela não fechava direito.

*Tenho que comprar um cadeado pra botar aí*, pensou ele. *As crianças invadem qualquer lugar. Não há respeito por autoridade hoje em dia. Nenhum respeito.*

Ele voltou para a geladeira, pegou uma lata de cerveja, olhou para ela por um momento e a guardou de volta. Uma cerveja, nem mesmo quatro ou cinco cervejas, não serviria para o acalmar. Não com o jeito como ele estava se sentindo naquela noite. Ele abriu um dos armários de baixo, mexeu na variedade de panelas e travessas de segunda mão empilhadas lá e encontrou a garrafa pela metade de Black Velvet que guardava para emergências. Encheu um copo de geleia até a metade, pensou por um momento e então o completou até a borda. Tomou uns goles, sentiu o calor explodir na barriga e encheu o copo de novo. Começou a se sentir melhor, um pouco mais relaxado. Ele olhou para o armário e sorriu. O rabo de raposa estava seguro lá e ficaria mais seguro assim que ele comprasse um cadeado Kreig robusto na loja Western Auto. Seguro. Era bom quando você tinha uma coisa que queria muito e de que precisava, mas era melhor quando essa coisa estava segura. Era o melhor de tudo.

O sorriso diminuiu um pouco.

*Foi para isso que você comprou? Para guardar em uma prateleira alta atrás de uma porta trancada?*

Ele bebeu de novo, lentamente. Tudo bem, pensou ele, talvez isso não seja tão bom. Mas é melhor do que perder para algum garoto de mão leve.

— Afinal — concluiu ele em voz alta —, não estamos mais em 1955. Estamos nos dias modernos.

Ele assentiu para enfatizar. Ainda assim, o pensamento permaneceu presente. De que adiantava aquele rabo de raposa lá dentro? De que adiantava para ele e para qualquer pessoa?

Mas dois ou três copos cuidaram daquele pensamento. Dois ou três copos fizeram guardar o rabo de raposa parecer a decisão mais razoável e racional do mundo. Ele decidiu adiar o jantar; uma decisão tão sensata merecia ser recompensada com mais umas bebidas.

Encheu o copo de geleia de novo, se sentou em uma das cadeiras da cozinha com pernas de tubos de aço e acendeu um cigarro. Enquanto estava lá sentado, bebendo e batendo as cinzas numa bandeja velha de jantar congelado, ele esqueceu o rabo de raposa e começou a pensar em Nettie Cobb. A Nettie Maluca. Ele ia pregar uma peça na Nettie Maluca. Talvez na semana seguinte, talvez na outra... mas era mais provável que naquela semana mesmo. O sr. Gaunt tinha dito que era um homem que não gostava de perder tempo e Hugh estava disposto a acreditar na palavra dele.

Estava ansioso para que chegasse.

Quebraria a monotonia.

Ele bebeu, fumou, e quando finalmente apagou no lençol imundo da cama estreita do outro aposento, às dez e quinze, foi com um sorriso no rosto.

3

O turno de Wilma Jerzyck no Mercado Hemphill terminava quando a loja fechava, às sete. Ela parou na porta de casa às sete e quinze. Uma luz fraca se espalhava no gramado saindo pelas cortinas puxadas da janela da sala. Ela entrou e fungou. Sentiu cheiro de macarrão com queijo. Até que parecia bom... ao menos até o momento.

Pete estava deitado no sofá sem sapatos, assistindo a *Roda da Fortuna*. O *Press-Herald* de Portland estava no colo dele.

— Eu li seu bilhete — disse ele, se sentando rapidamente e botando o jornal de lado. — Coloquei a travessa no forno. Vai estar pronto às sete e meia.

Ele olhou para ela com olhos castanhos sinceros e meio ansiosos. Como um cachorro com muita vontade de agradar, Pete Jerzyck fora treinado cedo e bem. Tinha seus lapsos, mas havia muito tempo que ela não chegava e o encontrava deitado no sofá de sapatos, mais tempo ainda que ele não ousava acender o cachimbo dentro de casa, e seria um dia de neve em pleno verão se ele mijasse e não lembrasse de baixar o assento da privada depois.

— Tirou as roupas do varal?

Uma expressão misturada de culpa e surpresa surgiu no rosto redondo e sincero.

— Caramba! Eu estava lendo o jornal e esqueci. Vou agora mesmo. — Ele já estava tentando calçar os sapatos.

— Deixa pra lá — disse ela, indo na direção da cozinha.

— Wilma, eu pego.

— Não precisa — disse ela docemente. — Eu não ia querer que você abandonasse seu jornal e nem Vanna White só porque passei as últimas seis horas de pé atrás de uma registradora. Pode ficar aí sentado, Peter. Divirta-se.

Ela não precisou olhar para ver a reação dele; depois de sete anos de casamento, realmente acreditava que Peter Michael Jerzyck não tinha mais como surpreendê-la. Sua expressão seria uma mistura de mágoa e vergonha fraca. Ele ficaria parado por alguns momentos depois que ela saísse, parecendo um homem que acabou de sair do banheiro e não consegue lembrar se limpou a bunda, depois iria botar a mesa e servir a comida. Faria muitas perguntas sobre o dia de trabalho no mercado, ouviria com atenção as respostas e não interromperia nenhuma vez com detalhes do seu dia na Williams-Brown, a grande corretora de imóveis em Oxford, onde ele trabalhava. E para Wilma estava ótimo, pois ela achava imóveis o assunto mais chato do mundo. Depois do jantar, ele tiraria a mesa e lavaria a louça sem que ela pedisse e *ela* leria o jornal. Todos esses serviços seriam executados por ele porque ele tinha esquecido uma tarefa pequena. Ela não se importava de tirar a roupa do varal, na verdade até *gostava* da sensação e do cheiro das roupas que tinham passado uma tarde alegre secando ao sol, mas não pretendia deixar que Pete soubesse disso. Era o segredinho dela.

Ela tinha muitos segredos assim e guardava todos pelo mesmo motivo: em uma guerra, você tinha que se agarrar a qualquer vantagem. Em algumas noites, ela voltava para casa e poderia haver uma hora ou até duas de escaramuça antes de ela finalmente poder levar Peter a um recuo total e substituir os pinos brancos dele no mapa de batalha que ela tinha na mente pelos seus, vermelhos. Naquela noite, o embate foi vencido menos de dois minutos depois que ela entrou pela porta, e por Wilma estava ótimo.

Ela acreditava do fundo do coração que o casamento era uma aventura agressiva de vida inteira, e em uma campanha tão longa, em que não se podia fazer prisioneiros, não se podia ceder território, nenhuma área marital ficava ilesa, vitórias fáceis assim podiam até perder o sabor. Mas essa época ainda não tinha chegado e ela foi até o varal com o balde debaixo do braço esquerdo e o coração leve debaixo dos seios fartos.

Estava na metade do pátio quando parou, intrigada. Onde estavam os lençóis?

Devia tê-los visto com facilidade, formas brancas grandes e retangulares flutuando na escuridão, mas não estavam lá. Tinham saído voando? Ridículo! Houve uma brisa naquela tarde, mas não um *vendaval*. Alguém tinha roubado?

Um sopro de vento surgiu no ar e ela ouviu um som alto e preguiçoso. Certo, estavam ali… *em algum lugar*. Quando se era a filha mais velha em um clã católico com treze filhos, você sabia muito bem qual era o som de um lençol voando no varal. Mas não estava certo aquele som. Estava pesado demais.

Wilma deu outro passo à frente. Seu rosto, que sempre tinha a expressão meio fechada de uma mulher que espera problemas, se fechou ainda mais. Agora, ela via os lençóis… ou as formas que *deveriam* ser os lençóis. Mas estavam *escuras*.

Ela deu outro passo menor à frente e a brisa cortou o pátio de novo. As formas voaram na direção dela desta vez, inflando, e antes que ela pudesse levantar a mão, uma coisa pesada e gosmenta respingou nela. Uma coisa gosmenta sujou suas bochechas; uma coisa densa e úmida se aderiu a ela. Era quase como se uma mão fria e grudenta estivesse tentando segurá-la.

Ela não era o tipo de mulher que gritava com facilidade nem com frequência, mas nesse momento deu um grito e largou a cesta de roupas. O som de coisa úmida balançando soou de novo e ela tentou se afastar da forma pendurada à frente. Seu tornozelo esquerdo bateu na cesta de vime e ela caiu sobre um joelho, evitando uma queda total só por uma combinação de sorte e reflexos rápidos.

Uma coisa pesada e molhada subiu pelas costas dela; a umidade densa escorreu pelas laterais do pescoço. Wilma gritou de novo e engatinhou para longe dos varais. Uma parte do cabelo tinha se soltado do lenço que ela usava e estava caindo na cara, fazendo cócegas nas bochechas. Ela odiava essa sensação... mas odiava ainda mais a carícia babada e grudenta da forma escura pendurada no varal.

A porta da cozinha se abriu e a voz alarmada de Pete se espalhou pelo pátio.

— Wilma? Wilma, você está bem?

Houve um som de batida de pano atrás dela, um som horrível, como uma risada de cordas vocais cheias de sujeira. No quintal ao lado, o vira-lata dos Haverhills começou a berrar histericamente com a voz aguda e desagradável — au! au! au! — e isso não ajudou em nada a melhorar o estado mental dela.

Ela se levantou e viu Pete descer cautelosamente os degraus dos fundos.

— Wilma? Você caiu? Está bem?

— Sim! — gritou ela furiosamente. — Sim, eu caí! Sim, eu estou bem! Acenda a porcaria da luz!

— Você machucou o...

— *Só acenda a maldita LUZ!* — gritou ela, passando a mão pela frente do casaco. Ficou cheia de gosma. Agora ela estava com tanta raiva que conseguia ver a própria pulsação como pontos brilhantes de luz na frente dos olhos... e com mais raiva ainda de si mesma, por sentir medo. Mesmo que por um segundo.

*Au! Au! Au!*

O maldito vira-lata no quintal ao lado estava tendo um surto. Deus, como ela odiava cachorros, principalmente os barulhentos.

Pete voltou para o alto dos degraus que levavam à cozinha. A porta se abriu, sua mão entrou na casa e a luz foi acesa, banhando o quintal de luz forte.

Wilma olhou para baixo e viu uma mancha larga e marrom na frente do casaco novo. Passou a mão no rosto furiosamente, esticou-a e viu que também tinha ficado marrom. Sentiu uma gosma lenta e densa escorregando pelas costas.

— Lama!

Ela estava atônita, sem acreditar; tanto que nem percebeu que tinha falado em voz alta. Quem poderia ter feito aquilo com ela? Quem *ousaria*?

— O que você disse, querida? — perguntou Pete.

Ele estava indo na direção dela, mas então parou, mantendo uma distância prudente. O rosto de Wilma estava se contorcendo de um jeito que Pete Jerzyck achou extremamente alarmante: era como se um ninho de cobras bebês tivesse sido chocado debaixo da pele dela.

— *Lama!* — gritou ela, esticando as mãos na direção dele... *para* ele. Pontinhos marrons voaram das pontas dos dedos. — *Lama, eu disse! Lama!*

Pete olhou para a cena atrás dela e finalmente entendeu. Sua boca se abriu. Wilma se virou na direção do olhar dele. A lâmpada acima da porta da cozinha iluminava o varal e o quintal com uma clareza impiedosa, revelando tudo que precisava ser revelado. Os lençóis limpos que ela tinha pendurado estavam agora pendurados pelos pregadores em amontoados desanimados e encharcados. Não estavam só respingados de lama; estavam cobertos, *encharcados*.

Wilma olhou para o jardim e viu marcas fundas onde a lama tinha sido retirada. Viu uma área batida na grama onde o lançador de lama tinha se deslocado, primeiro para encher as mãos, depois para voltar até os varais e arremessar, para depois voltar e pegar mais lama.

— Que *droga!* — gritou ela.

— Wilma... vem pra dentro de casa, querida, e eu... — Pete hesitou, mas pareceu aliviado quando uma ideia surgiu. — Vou fazer um chá pra nós.

— Que se *foda* o chá! — berrou Wilma no limite do seu alcance vocal, e na casa ao lado o vira-lata dos Haverhills começou a latir sem parar, *auauau*, ah, como ela odiava cachorros, ela ia acabar ficando maluca, que porra de cachorro *barulhento*!

A fúria explodiu e ela partiu para cima dos lençóis, agarrou-os e começou a puxar. Seus dedos prenderam no primeiro varal, que arrebentou como uma corda de violão. Os lençóis pendurados nele caíram em um movimento encharcado e pesado. Com os punhos fechados e os olhos apertados como uma criança dando ataque de birra, Wilma deu um único pulo de sapo e caiu em cima de um. O pano fez um som cansado e ondulou para cima, respingando lama nas meias de náilon. Foi a gota d'água. Ela abriu a boca e *berrou* de fúria. Ah, ela descobriria quem tinha feito aquilo. Ah, sim. Sem dúvida nenhuma. E, quando encontrasse...

— Está tudo bem aí, sra. Jerzyck? — Era a voz da sra. Haverhill, oscilando de alarme.

— Está sim, porra, estamos tomando Sterno e vendo Lawrence Welk, não dá pra você calar a boca desse seu vira-lata? — gritou Wilma.

Ela se afastou do lençol enlameado, ofegante, o cabelo caindo em volta do rosto vermelho. Empurrou-o com um movimento selvagem. Aquela porra de cachorro a deixaria louca. Porra de cachorro baru...

Seus pensamentos foram interrompidos por um estalo quase audível.

Cachorros.

Porras de cachorros barulhentos.

Quem morava quase depois da esquina, na rua Ford?

Correção: quem era a mulher maluca com uma porra de um cachorro barulhento chamado Raider que morava depois da esquina?

Ora, Nettie Cobb, quem mais.

O cachorro latiu a primavera toda, com aqueles latidos agudos irritantes de filhote, e finalmente Wilma ligou para Nettie e disse que se ela não fizesse aquele cachorro calar a boca, era para se livrar dele. Uma semana depois, como não tinha havido melhora (ao menos que Wilma estivesse disposta a admitir), ligou para Nettie de novo e disse que, se ela não conseguisse manter o cachorro quieto, Wilma teria que ligar para a polícia. Na noite seguinte, quando o maldito vira-lata começou a latir de novo, ela ligou mesmo.

Uma ou duas semanas depois *disso*, Nettie apareceu no mercado (diferentemente de Wilma, Nettie parecia ser o tipo de pessoa que precisava repassar as coisas mentalmente por um tempo, refletir sobre elas, até, antes de poder agir). Ficou na fila da registradora de Wilma, apesar de não estar segurando nenhum produto. Quando chegou sua vez, ela disse com uma vozinha guinchada e sem fôlego:

— Pare de criar caso comigo e com meu Raider, Wilma Jerzyck. Ele é um cachorrinho bom e é melhor que você pare de criar caso.

Wilma, sempre pronta para brigar, não ficou nem um pouco desconcertada com o confronto no local de trabalho. Na verdade, até gostou.

— Moça, você não sabe o que é criar caso. Mas, se não fizer seu maldito cachorro calar a boca, vai descobrir.

A tal Cobb estava pálida como leite, mas se empertigou, segurando a bolsa com tanta força que os tendões dos antebraços magrelos se projetaram dos pulsos até os cotovelos. Ela disse:

— Estou avisando. — E saiu correndo.

— Oh-oh, acho que fiz xixi na calça! — gritou Wilma escandalosamente (um gostinho de batalha sempre a deixava de bom humor), mas Nettie nem se virou, só saiu mais rápido.

Depois disso, o cachorro sossegou. Isso foi decepcionante para Wilma, porque a primavera estava um tédio. Pete não estava demonstrando sinais de rebelião e Wilma estava sentindo uma morosidade de fim de inverno que o verde novo nas árvores e na grama não parecia afetar. Precisava mesmo, para dar cor e tempero na vida, era de uma boa briga. Por um tempo, pareceu que a maluca da Nettie Cobb serviria admiravelmente a esse propósito, mas com o cachorro ficando quieto, parecia que Wilma teria que procurar distração em outro lugar.

Mas, em uma noite de maio, o vira-lata começou a latir de novo. Durou pouco tempo, mas Wilma correu para o telefone e ligou para Nettie mesmo assim; tinha anotado o número no caderno de telefones só para o caso de uma ocasião dessas surgir.

Ela não desperdiçou tempo com gentilezas e foi direto ao ponto.

— Aqui é Wilma Jerzyck, querida. Liguei pra dizer que, se você não calar esse cachorro, eu mesma vou aí calar.

— Ele já parou! — gritou Nettie. — Eu trouxe ele pra dentro assim que cheguei em casa e ouvi! Me deixa em paz e deixa o Raider em paz! Eu avisei! Se você não deixar a gente em paz, vai se arrepender!

— Só lembra o que eu falei — disse Wilma. — Não aguento mais. Na próxima vez que ele começar essa barulheira, não vou me dar ao trabalho de reclamar com a polícia. Eu vou até aí cortar a porcaria da garganta dele.

Ela desligou antes que Nettie pudesse responder. A regra principal que governava embates com o inimigo (parentes, vizinhos, cônjuges) era que o agressor *tinha* que dar a última palavra.

O cachorro não fez barulho depois disso. Bom, talvez tivesse feito, mas Wilma não tinha reparado; nunca foi tão incômodo mesmo, não *de verdade*, e, além do mais, Wilma tinha começado uma disputa mais produtiva com a mulher que cuidava do salão de beleza em Castle View. Quase tinha se esquecido de Nettie e de Raider.

Mas talvez Nettie não tivesse se esquecido *dela*. Wilma tinha visto Nettie no dia anterior, na loja nova. E, se um olhar matasse, pensou Wilma, eu estaria mortinha no chão de lá.

Parada agora na frente dos lençóis enlameados e estragados, ela se lembrou da expressão de medo e desafio que surgiu no rosto daquela vaca maluca, do jeito como o lábio se repuxou, exibindo os dentes por um segundo. Wilma conhecia muito bem a expressão do ódio e a viu no rosto de Nettie Cobb no dia anterior.

*Eu avisei… você vai se arrepender.*

— Wilma, entra — pediu Pete. Ele colocou a mão hesitante no ombro dela.

Ela se soltou bruscamente.

— Me deixa em paz.

Pete deu um passo para trás. Parecia que ele queria retorcer as mãos, mas não ousava.

*Talvez ela também tivesse esquecido*, pensou Wilma. *Isso até me ver ontem, naquela loja nova. Ou talvez estivesse planejando alguma coisa*

(*eu avisei*)

*o tempo todo naquela cabeça sem parafusos e me ver tenha feito com que ela agisse.*

Em algum momento naqueles últimos minutos ela teve certeza de que Nettie era a culpada… quem mais tinha olhado atravessado para ela nos últimos dois dias e podia ter ressentimento? Havia outras pessoas na cidade que não gostavam dela, mas esse tipo de peça, uma peça sorrateira e covarde, combinava com o jeito como Nettie olhou para ela no dia anterior. Aquela expressão de desprezo, medo

(*você vai se arrepender*)

e ódio. Ela parecia um cachorro, corajoso o suficiente para morder só quando a vítima está de costas.

Sim, tinha sido Nettie Cobb mesmo. Quanto mais Wilma pensava, mais certeza tinha. E era um ato imperdoável. Não só porque os lençóis estavam destruídos. Não só porque era covarde. Nem só porque era coisa de alguém com parafusos a menos.

Era imperdoável porque Wilma sentiu medo.

Só por um segundo, era verdade, aquele segundo em que a coisa marrom gosmenta voou da escuridão na cara dela, a acariciando friamente como a mão de um monstro… mas mesmo um segundo de medo era tempo demais.

— Wilma? — chamou Pete quando ela virou o rosto para ele. Ele não gostou daquela expressão que a luz do quintal mostrou, toda de superfícies brancas brilhantes e sombras pretas e enrugadas. Não gostou daquela expressão chapada nos olhos dela. — Querida? Você está bem?

Ela passou por ele, sem prestar a menor atenção. Pete saiu correndo atrás quando ela entrou na casa… e foi até o telefone.

# 4

Nettie estava sentada na sala com Raider deitado aos seus pés e o novo abajur de vidro carnival no colo quando o telefone tocou. Eram vinte para as oito. Ela deu um pulo e apertou o abajur nos braços, olhando para o telefone com medo e desconfiança. Teve uma certeza momentânea (tola, claro, mas ela não conseguia se livrar desse tipo de sentimento) de que seria Alguma Autoridade ligando para dizer que ela tinha que devolver o lindo abajur, que era de outra pessoa, que um objeto tão lindo não podia fazer parte do pequeno conjunto de bens de Nettie, que a ideia era ridícula.

Raider olhou para ela brevemente, como se para perguntar se ela ia atender ou não, mas voltou a apoiar o focinho nas patas.

Nettie deixou o abajur de lado com cuidado e pegou o telefone. Devia ser só Polly, ligando para perguntar se ela podia comprar alguma coisa no Mercado Hemphill para ela jantar antes de ir trabalhar no dia seguinte de manhã.

— Alô, residência Cobb — disse ela secamente.

A vida toda ela morreu de medo de Alguma Autoridade e tinha descoberto que a melhor maneira de lidar com esse medo era falar como uma pessoa de autoridade. Não fazia o medo sumir, mas pelo menos o controlava.

— Eu sei o que você fez, sua vaca maluca! — disse uma voz com desprezo. Foi tão repentino e horrendo quanto uma estocada de furador de gelo.

A respiração de Nettie entalou; uma expressão de horror encurralado congelou seu rosto e seu coração tentou subir pela garganta. Raider olhou para ela, sem entender.

— Quem... quem...

— Você sabe muito bem quem — disse a voz, e claro que Nettie sabia. Era Wilma Jerzyck. Era aquela mulher maligna.

— Ele não latiu! — A voz de Nettie soou alta e aguda e escandalosa, a voz de alguém que tinha acabado de inalar todo o conteúdo de um balão de hélio. — Ele cresceu e não está mais latindo! Está aqui aos meus pés!

— Você se divertiu jogando lama nos meus lençóis, sua escrota? — Wilma estava furiosa. A mulher estava tentando fingir que o problema ainda era o *cachorro*.

— Lençóis? Que lençóis? Eu... eu... — Nettie olhou para o abajur de vidro carnival e pareceu tirar forças dele. — Me deixa em paz! É *você* a maluca, não eu!

— Vou pegar você por isso. Ninguém entra no meu quintal e joga lama nos meus lençóis quando estou fora. Ninguém. NINGUÉM! Entendeu? Entrou por esse seu crânio rachado? Você não vai saber onde e não vai saber quando e principalmente não vai saber *como*, mas eu... vou... PEGAR você. Entendeu?

Nettie estava segurando o telefone com força perto do ouvido. O rosto tinha ficado completamente pálido, exceto por uma mancha vermelha na testa, entre as sobrancelhas e o cabelo. Os dentes estavam trincados, as bochechas se inflavam e murchavam como um fole e ela ofegava pela lateral da boca.

— Me deixa em paz ou você vai se arrepender! — gritou ela com a voz aguda, fraca de hélio. Raider estava de pé agora, as orelhas erguidas, os olhos brilhantes e ansiosos. Sentia a ameaça no ambiente. Ele latiu uma vez, severamente. Nettie não o ouviu. — Você vai se arrepender! Eu... eu *conheço* pessoas. Pessoas de Autoridade! Conheço *muito bem*! Não preciso aguentar isso!

Falando lentamente, com uma voz baixa e sincera e totalmente furiosa, Wilma disse:

— Se meter comigo foi o pior erro que você cometeu na vida. Você não perde por esperar.

Houve um clique.

— Não ouse! — berrou Nettie. Havia lágrimas descendo pelas bochechas dela agora, lágrimas de terror e fúria abismal e impotente. — Não ouse, sua coisa ruim! Eu... Eu...

Houve um segundo clique. E, em seguida, o zumbido da linha aberta.

Nettie desligou o telefone e ficou empertigada na cadeira por quase três minutos, olhando para o nada. E então começou a chorar. Raider latiu de novo e apoiou as patas na beirada da cadeira. Nettie o abraçou e chorou no pelo dele. Raider lambeu o pescoço dela.

— Não vou deixar que ela te machuque, Raider — disse Nettie. Ela inspirou o calor doce e limpo de cachorro dele, tentando se consolar. — Não vou deixar aquela mulher má te machucar. Ela não é uma Pessoa de Autoridade, nem um pouco. Só é uma coisa velha e má e se tentar te machucar... ou a mim... ela vai se arrepender.

Ela ficou ereta de novo, encontrou um lenço de papel entre a lateral da cadeira e a almofada e o usou para secar os olhos. Estava apavorada... mas também sentia a raiva zumbindo e penetrando nela. Foi como se sentiu antes de tirar o garfo de carne da gaveta embaixo da pia e o enfiar no pescoço do marido.

Ela pegou o abajur de vidro carnival na mesa, abraçando-o delicadamente.

— Se ela começar com alguma coisa, vai se arrepender muito, muito mesmo.

Ficou sentada assim, com Raider aos pés e o abajur no colo, por muito tempo.

## 5

Norris Ridgewick seguiu lentamente pela rua Principal na viatura policial, olhando as construções do lado oeste da rua. Seu turno terminaria em breve e ele estava aliviado por isso. Ainda se lembrava de como se sentia bem de manhã, antes que aquele idiota o agarrasse; lembrava-se de estar na frente do espelho do banheiro masculino, arrumando o chapéu e pensando com satisfação que parecia preparado. Ele lembrava, mas a lembrança parecia muito antiga e em tons de sépia, como uma foto do século XIX. A partir da hora em que aquele idiota do Keeton o agarrou até agora, nada tinha dado certo.

Ele almoçou no Cluck-Cluck Tonite, o restaurante de frango na rodovia 119. A comida costumava ser boa, mas daquela vez o deixou com uma azia horrível, seguida de uma diarreia danada. Por volta das três horas, ele passou por um prego na estradinha Estrada Municipal 7 perto da antiga casa dos Cambers e teve que trocar o pneu. Limpou os dedos na frente da camisa limpa do uniforme, sem pensar no que estava fazendo, querendo só secar as pontas para conseguir segurar melhor os parafusos soltos, e acabou riscando quatro listras cinza-escuras de graxa bem na frente. Enquanto olhava para isso com consternação, a cólica transformou seu intestino em água de novo e ele teve que correr para o mato. Foi uma corrida para ver se conseguia baixar a calça antes de sujá-la. *Essa* corrida Norris conseguiu ganhar... mas não gostou da aparência dos arbustos em que escolheu para se agachar. Tinha cara de sumagre venenoso e, considerando o desenrolar do seu dia até ali, provavelmente era.

Norris passou lentamente pelos prédios que formavam o centro de Castle Rock: o banco Norway, a loja Western Auto, a Lanchonete da Nan, o buraco negro onde o palácio de tralhas do Pop Merrill ficava, a Sempre Costurando, a Artigos Indispensáveis, a Loja de Ferragens Castle Rock...

Norris meteu o pé no freio de repente e parou. Tinha visto uma coisa incrível na vitrine da Artigos Indispensáveis... ou *achava* que tinha, pelo menos.

Ele olhou pelo retrovisor, mas a rua Principal estava deserta. O sinal no final do bairro comercial se apagou de repente e ficou escuro por alguns segundos enquanto transmissores clicavam pensativamente lá dentro. A luz amarela no meio começou a piscar. Nove horas, então. Nove horas em ponto.

Norris deu ré pela rua e parou junto ao meio-fio. Olhou para o rádio, pensou em ligar para avisar um 10-22, oficial saindo do veículo, mas decidiu não fazer isso. Só queria dar uma olhada rápida na vitrine da loja. Ele aumentou o volume do rádio um pouco e abriu a janela antes de sair. Isso devia bastar.

*Você não viu o que achou que viu*, avisou ele a si mesmo, puxando a calça enquanto andava pela calçada. *Não mesmo. Hoje o dia é de decepções, não de descobertas. Era só a vara e o molinete Zebco velhos de alguém…*

Só que não era. A vara de pesca na vitrine da Artigos Indispensáveis estava arrumada de um jeito bonitinho com uma rede e um par de galochas amarelas, e não era uma Zebco. Era uma Bazun. Ele não via uma assim desde a morte de seu pai, dezesseis anos antes. Norris tinha catorze anos na época e amava a Bazun por dois motivos: o que era e o que representava.

O que era? Só a melhor vara de pescar para lagos e riachos do mundo, só isso.

O que representava? Bons tempos. Simples assim. Bons tempos que um garotinho magrelo chamado Norris Ridgewick teve com seu velho. Bons tempos percorrendo os bosques perto de algum riacho nos limites da cidade, bons tempos no barquinho deles, sentados no meio do lago Castle enquanto tudo ao redor ficava branco com a neblina que subia do lago em pequenas colunas e os envolvia em seu mundo particular. Um mundo feito só para homens. Em algum outro mundo, as mães logo estariam fazendo café da manhã, e esse era um bom mundo também, mas não tão bom quanto aquele. Nenhum mundo foi tão bom quanto aquele, nem antes nem depois.

Depois do infarto fatal do pai, a vara e o molinete Bazun desapareceram. Ele se lembrava de ter procurado na garagem depois do enterro e tinham sumido. Procurou no sótão, procurou até no armário da mãe e no quarto do pai (apesar de saber que era mais provável sua mãe deixar Henry Ridgewick guardar um elefante lá do que uma vara de pescar), mas a Bazun tinha sumido. Norris sempre desconfiou do tio Phil. Várias vezes tentou reunir coragem de perguntar, mas cada vez que tinha oportunidade, acabava não perguntando.

Agora, ao olhar para aquela vara com molinete, que bem podia ser a mesma, ele esqueceu Buster Keeton pela primeira vez naquele dia. Foi sufocado por uma lembrança simples e perfeita: seu pai sentado na proa do barco, a caixa de iscas entre os pés, entregando a Bazun para Norris, para se servir de uma xícara de café da garrafa térmica vermelha com listras cinza. Ele sentia o cheiro do café, quente e gostoso, e sentia o cheiro da loção pós-barba do pai: Southern Gentleman era o nome.

De repente, uma dor antiga surgiu, envolvendo-o em um abraço cinzento, e ele quis o pai. Depois de tantos anos, aquela dor estava corroendo seus ossos de novo, tão intensa e faminta quanto no dia em que sua mãe voltou para casa do hospital, segurou as mãos dele e disse: *Temos que ser muito corajosos agora, Norris.*

O spot no alto da vitrine jogava raios luminosos no estojo de aço do molinete e todo o antigo amor, o amor escuro e dourado, surgiu nele de novo. Norris olhou para a vara de pesca Bazun e pensou no cheiro do café fresco saindo de uma garrafa térmica vermelha com listras cinza e na superfície calma e ampla do lago. Em sua mente, sentiu de novo a textura áspera do cabo de cortiça da vara e levantou a mão lentamente para secar os olhos.

— Guarda? — chamou uma voz baixa.

Norris soltou um gritinho e pulou para longe da vitrine. Por um momento louco, achou que ia sujar a calça, o que seria o fim perfeito para um dia perfeito. Mas a cólica passou e ele olhou em volta. Um homem alto de paletó de tweed estava parado na porta da loja, olhando para ele com um sorriso.

— Te assustei? — perguntou ele. — Sinto muito.

— Não — disse Norris e conseguiu abrir um sorriso. Seu coração ainda estava disparado como um martelo hidráulico. — Bom... talvez só um pouco. Eu estava olhando para aquela vara e pensando sobre os velhos tempos.

— Ela chegou hoje. É velha, mas está em excelente estado. É uma Bazun, sabe. Não é uma marca muito conhecida, mas é bem vista entre os pescadores sérios. É...

— Japonesa — completou Norris. — Eu sei. Meu pai tinha uma.

— Tinha? — O sorriso do homem se alargou. Os dentes que revelou eram tortos, mas Norris achou o sorriso agradável mesmo assim. — *Que* coincidência, não é?

— Com certeza — concordou Norris.

— Sou Leland Gaunt. Esta é a minha loja. — Ele esticou a mão.

Uma repulsa momentânea tomou conta de Norris quando aqueles dedos longos envolveram a mão dele. Mas o aperto de mão de Gaunt foi questão de momento, e quando ele soltou o sentimento passou na mesma hora. Norris concluiu que devia ser seu estômago, ainda afetado pelos mariscos estragados que ele tinha comido no almoço. Na próxima vez que fosse lá, ficaria só no frango, que, afinal, era a especialidade da casa.

— Eu poderia fazer um ótimo desconto por essa vara de pescar — disse o sr. Gaunt. — Por que você não entra, policial Ridgewick? Podemos conversar.

Norris levou um pequeno susto. Não tinha dito seu nome ao coroa, tinha certeza. Abriu a boca para perguntar como ele sabia, mas voltou a fechá-la. Lembrou que usava uma plaquinha com o nome acima do distintivo. Tinha sido isso, claro.

— Eu não devia — disse Norris, apontando com o polegar por cima do ombro na direção da viatura. Ainda ouvia o rádio, embora só houvesse o som de estática; ele não tinha recebido chamado nenhum a noite toda. — Estou de serviço, sabe. Bom, eu saio às nove, mas tecnicamente enquanto não entregar o carro...

— Só levaria um minuto — disse Gaunt, persuasivo. Seus olhos observavam Norris com alegria. — Quando decido fazer negócio com um homem, policial Ridgewick, eu não perco tempo. Principalmente quando o homem em questão está na rua no meio da noite protegendo minha loja.

Norris pensou em dizer para Gaunt que nove horas não era o meio da noite e que, em um lugar sonolento como Castle Rock, proteger os investimentos dos comerciantes locais não costumava ser uma grande tarefa. Mas olhou novamente para a vara com molinete Bazun e a velha vontade, tão surpreendentemente forte e intensa, tomou conta dele de novo. Ele pensou em ir para o lago com a vara no fim de semana, em sair bem cedo com uma caixa de minhocas e uma garrafa térmica grande de café fresco da Nan. Seria quase como estar com o pai de novo.

— Bom...

— Ah, venha — insistiu Gaunt. — Se eu posso vender depois do horário, você pode comprar durante o horário de serviço. E, falando sério, policial Ridgewick... acho que ninguém planeja roubar o banco hoje, você acha?

Norris olhou na direção do banco, que piscou primeiro em amarelo e depois em preto no piscar regular do sinal de trânsito, e riu.

— Duvido.

— E então?

— Tudo bem. Mas se não fecharmos negócio em poucos minutos, vou ter que ir embora.

Leland Gaunt gemeu e riu ao mesmo tempo.

— Acho que estou ouvindo o som suave dos meus bolsos sendo virados para fora. Venha, policial Ridgewick. Vão ser só dois minutinhos mesmo.

— Eu gostaria muito de ficar com a vara — disse Norris de repente. Era uma forma ruim de começar uma negociação e ele sabia, mas não pôde evitar.

— E vai ficar — garantiu o sr. Gaunt. — Vou oferecer a melhor proposta da sua vida, policial Ridgewick.

Ele levou Norris para dentro da Artigos Indispensáveis e fechou a porta.

# SEIS

1

No fim das contas, Wilma Jerzyck não conhecia o marido, Pete, tão bem quanto achava que conhecia.

Ela foi para a cama naquela noite de quinta planejando ir até a casa de Nettie Cobb logo cedo na manhã seguinte para "cuidar das coisas". As briguinhas frequentes dela muitas vezes simplesmente passavam, mas nas ocasiões em que chegavam ao ápice, era Wilma quem escolhia o local de duelo e as armas. A primeira regra do estilo de vida de confrontos dela era *Sempre tenha a última palavra*. A segunda era *Sempre faça a primeira jogada*. Fazer a primeira jogada era o que ela via como "cuidar das coisas", e ela pretendia cuidar de Nettie rapidamente. Ela disse para Pete que poderia muito bem contar quantas vezes podia girar a cabeça da vaca maluca antes que se soltasse do pescoço.

Wilma esperava passar a maior parte da noite acordada e nervosa, rígida como uma corda de arco puxada; não teria sido a primeira vez. Mas, em vez disso, caiu no sono menos de dez minutos depois de se deitar e acordou sentindo-se revigorada e estranhamente calma. Quando se sentou à mesa da cozinha de roupão na sexta de manhã, ocorreu a ela que talvez fosse cedo demais para "cuidar das coisas permanentemente". Tinha deixado Nettie morrendo de medo pelo telefone na noite anterior; por mais que Wilma estivesse com raiva, não estava com raiva demais para deixar isso passar. Só uma pessoa surda como uma pedra não teria percebido.

Por que não deixar a Miss Doença Mental de 1991 ficar como uma barata tonta por um tempinho? Que seja *ela* a passar a noite acordada, imaginando de que direção a Fúria da Wilma viria. Ela passaria de carro por lá algumas vezes, talvez desse mais alguns telefonemas. Enquanto bebericava o café (com Pete sentado do outro lado da mesa, observando-a apreensivamente por cima da seção de esportes do jornal), ocorreu a ela que, se Nettie fosse doida como todo mundo dizia, ela talvez não precisasse "cuidar das coisas". Essa podia acabar sendo uma daquelas raras ocasiões em que as "coisas se resolviam sozinhas". Ela achou esse pensamento tão animador que permitiu que Pete a beijasse quando ele pegou a pasta e se preparou para sair para o trabalho.

A ideia de que o ratinho assustado do seu marido pudesse tê-la drogado nunca passou pela cabeça de Wilma. Mas foi exatamente isso que Pete Jerzyck fez, e não pela primeira vez.

Wilma sabia que tinha intimidado o marido, mas não tinha ideia de até que ponto. Ele não só vivia com medo dela; vivia *assombrado*, como os nativos de certos climas tropicais supostamente já viveram com assombro e medo supersticioso do Grande Deus Montanha do Trovão, que podia ficar quieto observando a vida deles por anos ou até gerações para, de repente, explodir em um jorro assassino de lava ardente.

Esses nativos, reais ou hipotéticos, sem dúvida tinham seus próprios rituais de sacrifício e apaziguamento. Podiam não ajudar muito quando a montanha acordava e lançava seus trovões e rios de fogo nos vilarejos, mas sem dúvida melhoravam a paz de espírito de todos quando a montanha estava quieta. Pete Jerzyck não tinha rituais com os quais idolatrar Wilma; parecia que medidas mais prosaicas teriam que servir. Remédios controlados em vez de hóstias para comunhão, por exemplo.

Ele marcou uma consulta com Ray Van Allen, o único médico de família de Castle Rock, e disse que queria uma coisa que aliviasse seus sentimentos de ansiedade. Seu horário de trabalho era horrível, ele disse para Ray, e, com o aumento na comissão, ele achava cada vez mais difícil deixar os problemas de trabalho no escritório. Finalmente tinha decidido que era hora de ver se o médico podia receitar alguma coisa que aliviasse um pouco a tensão.

Ray Van Allen não sabia nada sobre as pressões do jogo imobiliário, mas tinha uma boa ideia de como deviam ser as pressões de viver com Wilma. Ele desconfiava que Pete Jerzyck teria bem menos ansiedade se jamais saísse do escritório, mas claro que não cabia a ele dizer isso. Ele prescreveu Xanax, citou as precauções de sempre e desejou boa sorte ao sujeito e que ele ficasse com Deus. Ele acreditava que, ao seguir pela estrada da vida com aquela companheira, ele precisaria bastante das duas coisas.

Pete usava o Xanax, mas não abusava. E também não contou a Wilma; ela daria um ataque se soubesse que ele estava USANDO DROGAS. Ele tomava o cuidado de guardar a receita do Xanax na pasta, que continha papéis nos quais Wilma não tinha interesse nenhum. E tomava cinco a seis comprimidos por mês, a maioria nos dias anteriores ao período menstrual de Wilma.

Mas, no verão anterior, Wilma se meteu em confusão com Henrietta Longman, que era dona e gerente do salão Sono de Beleza em Castle Hill. O assunto foi um permanente estragado. Depois da gritaria inicial, houve uma discussão entre elas no Mercado Hemphill no dia seguinte e uma gritaria na rua Principal uma semana depois. E uma que quase virou briga física.

Depois disso, Wilma ficou andando de um lado para o outro da casa como uma leoa enjaulada, jurando que ia *pegar* aquela vaca, que a mandaria para o hospital.

— Ela vai precisar de um descanso de beleza quando *eu* acabar com ela — resmungara Wilma entre dentes. — Pode contar com isso. Vou lá amanhã. Vou lá "cuidar das coisas".

Pete percebeu com um alarme crescente que não era só da boca para fora; Wilma estava falando sério. Só Deus sabia o que podia acabar fazendo. Ele teve visões de Wilma enfiando a cabeça de Henrietta numa bacia de gosma corrosiva que deixaria a mulher tão careca quanto Sinead O'Connor pelo resto da vida.

Ele esperava certo controle de temperamento de um dia para o outro, mas quando Wilma acordou no dia seguinte, ela estava com mais raiva ainda. Ele não acreditaria que seria possível, mas parecia que era. Os círculos escuros debaixo dos olhos dela atestavam a noite insone.

— Wilma — dissera ele com voz fraca —, acho que não é boa ideia você ir ao Sono de Beleza hoje. Sei que, se você pensar sobre isso…

— Eu pensei ontem à noite — respondera Wilma, virando aquele olhar assustadoramente raso para ele — e decidi que, quando eu terminar com ela, ela nunca mais vai queimar a raiz do cabelo de ninguém. Quando eu terminar com ela, ela vai precisar de um cão-guia só pra encontrar o caminho do banheiro. E se você se meter comigo, Pete, você e ela podem comprar os cachorros da mesma ninhada de pastores-alemães.

Desesperado, sem saber se daria certo, mas sem conseguir pensar em nenhum outro jeito de afastar a catástrofe iminente, Pete Jerzyck pegou o frasco do bolso interno da pasta e jogou um comprimido de Xanax no café de Wilma. Em seguida, foi para o escritório.

De uma forma bem real, essa foi a Primeira Comunhão de Pete Jerzyck.

Ele passou o dia na agonia do suspense e voltou para casa morrendo de medo do que poderia encontrar (Henrietta Longman morta e Wilma na cadeia era sua fantasia mais recorrente). Ficou satisfeito de encontrar Wilma na cozinha, cantando.

Pete respirou fundo, baixou o escudo emocional e perguntou o que tinha acontecido com a tal Longman.

— Ela só abre ao meio-dia e nessa hora eu já não estava mais com tanta raiva — explicou Wilma. — Mas fui até lá pra acertar as contas com ela mesmo assim; eu tinha prometido pra mim mesma que eu ia, afinal. E, quer saber, ela me ofereceu um copo de xerez e disse que queria devolver meu dinheiro!

— Uau! Que ótimo — dissera Pete, aliviado e feliz... e esse foi o fim de *l'affaire* com Henrietta. Ele passou dias esperando que a fúria de Wilma voltasse, mas não voltou. Pelo menos, não na mesma direção.

Ele pensou em sugerir que Wilma fosse ao dr. Van Allen para pegar uma receita de tranquilizante, mas descartou a ideia depois de uma reflexão longa e cuidadosa. Wilma faria picadinho dele se ele sugerisse que ela USASSE DROGAS. USAR DROGAS era coisa de viciados e tranquilizantes eram coisa de viciados fracos. *Ela* enfrentaria a vida nos termos da vida, muito obrigada. Além do mais, concluiu Pete relutante, a verdade era simples demais para negar: Wilma *gostava* de sentir raiva. Wilma em estado de fúria era uma Wilma satisfeita, uma Wilma imbuída de um propósito maior.

E ele a amava, assim como os nativos da hipotética ilha tropical sem dúvida amavam o Grande Deus Montanha do Trovão. O assombro e medo dele na verdade incrementavam seu amor; ela era WILMA, uma força por si só, e ele só tentava fazê-la desviar do rumo quando tinha medo de que ela pudesse se ferir... o que, pelas transubstanciações místicas do amor, também o feriria.

Ele só deu Xanax para ela em mais três ocasiões depois daquela. A terceira — e de longe a mais assustadora — foi na Noite dos Lençóis Enlameados. Ele ficou desesperado para lhe dar uma xícara de chá, e quando ela finalmente aceitou uma (depois do diálogo curto e extremamente satisfatório com a maluca da Nettie Cobb), ele fez um chá forte e misturou não só um Xanax, mas dois dentro. Ficou muito aliviado quando viu o quanto o termostato dela despencou na manhã seguinte.

Essas eram as coisas que Wilma Jerzyck, confiante de seu poder sobre a mente do marido, não sabia; também foram as coisas que impediram Wilma de simplesmente enfiar o carro pela porta de Nettie e deixá-la careca (ou ao menos tentar) na manhã de sexta.

2

Não que Wilma tivesse se esquecido de Nettie, ou perdoado, ou passado a ter a menor dúvida de quem tinha vandalizado sua roupa de cama; nenhum remédio na face da Terra teria feito uma coisa dessas.

Logo depois que Pete saiu para o trabalho, Wilma entrou no carro e passou lentamente pela rua Willow (no para-choque traseiro do pequeno Yugo amarelo havia um adesivo grudado que dizia para o mundo: SE NÃO GOSTOU DE COMO DIRIJO, LIGUE PARA 1-800-METE-NOCU. Ela virou à direita na rua Ford e desacelerou ao passar pela casinha de Nettie Cobb. Achou que tinha visto uma das cortinas balançar e achou que era um bom começo... mas só um começo.

Ela contornou o quarteirão (passando pela casa dos Rusk na rua Pond sem nem olhar), passou pela própria casa na Willow e percorreu a rua Ford uma segunda vez. Apertou a buzina do Yugo duas vezes ao se aproximar da casa de Nettie e estacionou na frente com o motor ligado.

A cortina balançou de novo. Dessa vez, não havia dúvida. A mulher estava olhando para ela. Wilma pensou nela atrás da cortina, tremendo de culpa e terror, e percebeu que gostava ainda mais dessa imagem do que daquela que tinha na cabeça quando foi para a cama, em que estava girando a cabeça da vaca maluca até virar para trás como a da garota de *O exorcista*.

— Estou te vendo — disse ela com voz sinistra quando a cortina voltou para o lugar. — Não pense que não estou te vendo.

Ela contornou o quarteirão e parou na frente da casa de Nettie uma segunda vez, buzinando para notificar a presa de sua chegada. Desta vez, ficou parada na frente por quase cinco minutos. A cortina balançou duas vezes. Ela foi embora, satisfeita.

*A maluca vai passar o resto do dia me procurando*, pensou ela quando parou na porta de casa e saiu do carro. *Vai ficar com medo de botar o pé para fora da porta.*

Wilma entrou, com passos e o coração leves, e se sentou no sofá com um catálogo. Em pouco tempo, estava comprando alegremente três novos jogos de lençol: um branco, um amarelo e um estampado.

## 3

Raider estava sentado no meio do tapete da sala, olhando para a dona. Finalmente, choramingou com inquietação, como se para lembrar a Nettie que era um dia de trabalho e ela já estava meia hora atrasada. Era dia de aspirar o andar de cima da casa de Polly e o homem do telefone levaria os aparelhos novos, os que tinham teclados em vez de discos. Supostamente, eram mais fáceis de manusear para pessoas com uma artrite tão terrível quanto a de Polly.

Mas como poderia sair de casa?

Aquela polaca maluca estava em algum lugar lá fora, andando com o carrinho dela.

Nettie se sentou na poltrona com o abajur no colo. Estava segurando o objeto desde que a polaca maluca passou pela casa pela primeira vez. Ela veio de novo, estacionou e buzinou. Quando foi embora, Nettie achou que poderia ter acabado, mas, não... a mulher veio uma terceira vez. Nettie tinha certeza de que a polaca maluca tentaria entrar. Sentou-se na poltrona, abraçando o abajur com um braço e Raider com o outro, imaginando o que faria se a polaca maluca tentasse... como se defenderia. Não sabia.

Finalmente, reuniu coragem para dar outra espiada pela janela, e a polaca maluca tinha ido embora. Seu primeiro sentimento de alívio foi sufocado pelo medo. Tinha medo de que a polaca maluca estivesse patrulhando as ruas, esperando que ela saísse; tinha mais medo ainda de que a polaca maluca entrasse lá depois que ela saísse.

Que ela entrasse e visse o lindo abajur e o estilhaçasse em mil pedacinhos no chão.

Raider choramingou de novo.

— Eu sei — disse ela com uma voz que era quase um gemido. — Eu *sei*.

Ela tinha que sair. Tinha uma responsabilidade e sabia qual era e a quem a devia. Polly Chalmers era boa para ela. Foi Polly quem escreveu a recomendação que a tirou de Juniper Hill de vez, e foi Polly quem assinou com ela o financiamento da casa no banco. Se não fosse Polly, cujo pai tinha sido melhor amigo do pai *dela*, ela ainda estaria morando em um quarto alugado do outro lado da ponte Tin.

Mas e se ela saísse e a polaca maluca voltasse?

Raider não tinha como proteger seu abajur; ele era corajoso, mas era só um cachorrinho. A polaca maluca poderia machucá-lo se ele tentasse impedi-la. Nettie sentiu que estava perdendo a sanidade em meio a esse dilema horrível. Ela gemeu de novo.

E, de repente, como um golpe de misericórdia, uma ideia lhe ocorreu.

Ela se levantou, ainda aninhando o abajur nos braços, e atravessou a sala, que ainda estava escura com as persianas fechadas. Passou pela cozinha e abriu a porta do outro lado. Lá havia um barracão, junto à lateral da casa. As sombras da pilha de lenha e de vários objetos se destacavam na penumbra.

Havia uma única lâmpada pendurada no teto pelo fio. Não havia interruptor e nem correntinha; para acender a luz, era preciso girar a lâmpada. Ela esticou a mão para fazer isso... e hesitou. Se a polaca maluca estivesse se escondendo no quintal, ela *veria* a luz se acender. E se visse a luz se acender, saberia exatamente onde procurar o abajur de vidro carnival de Nettie, não saberia?

— Ah, não, você não vai me pegar com tanta facilidade — sussurrou ela, tateando pelo armário da mãe e pela estante de livros para chegar na pilha de lenha. — Ah, não, Wilma Jerzyck. Não sou *burra*, sabe. Estou avisando.

Segurando o abajur junto à barriga com a mão esquerda, Nettie usou a direita para puxar o emaranhado de teias de aranha velhas na frente da única janela do barracão. Ela espiou o quintal, os olhos se movendo brilhantes de um ponto a outro. Ficou assim por quase um minuto. Nada no quintal se moveu. Uma vez, ela achou que tinha visto a polaca maluca agachada no canto mais distante do quintal, mas uma observação melhor a convenceu de que era só a sombra do carvalho no quintal dos Fearons. Os galhos mais baixos da árvore iam até o quintal dela. Estavam se movendo um pouco no vento e foi por isso que a sombra lá pareceu uma mulher maluca (uma *polaca* maluca, para ser precisa) por um segundo.

Raider choramingou atrás dela. Ela olhou para trás e o viu parado na porta do barracão, uma silhueta preta com a cabeça inclinada.

— Eu sei — disse ela. — Eu sei, garoto… mas a gente vai enganar ela. Ela acha que eu sou burra. Bom, vou ensinar pra ela.

Ela voltou tateando. Seus olhos estavam se ajustando à penumbra e ela decidiu que precisaria girar a lâmpada, sim. Ficou nas pontas dos pés e tateou pelo alto do armário até seus dedos encontrarem uma chave que trancava e destrancava o armário comprido do lado esquerdo. A chave que trancava as gavetas tinha sumido anos antes, mas tudo bem; Nettie tinha a chave de que precisava.

Ela abriu o armário baixo e comprido e guardou o abajur de vidro carnival dentro, em meio a bolotas de poeira e cocôs de rato.

— Merece estar em um lugar melhor e eu sei disso — justificou-se baixinho para Raider. — Mas está *seguro* e é isso que importa.

Ela botou a chave na fechadura, girou-a e tentou abrir a porta. Estava bem fechada, nem tremia, e ela sentiu de repente como se um peso enorme tivesse sido tirado de seus ombros. Tentou abrir a porta do armário de novo, assentiu bruscamente e guardou a chave no bolso do vestido. Quando chegasse à casa de Polly, ela a prenderia em um pedaço de barbante e penduraria no pescoço. Seria a primeira coisa que faria.

— Pronto! — disse para Raider, que tinha começado a balançar o rabo. Talvez sentindo que a crise tinha passado. — *Isso* está resolvido, garotão, e preciso ir para o trabalho! Estou atrasada!

Quando estava vestindo o casaco, o telefone começou a tocar. Nettie deu dois passos na direção dele e parou.

Raider deu um único latido severo e olhou para ela. Você não sabe o que tem que fazer quando o telefone toca?, perguntavam seus olhos. Até eu sei disso e eu sou só o *cachorro*.

— Não vou atender — disse Nettie.

*Eu sei o que você fez, sua vaca maluca, eu sei o que você fez, eu sei o que você fez e... vou... PEGAR você!*

— Não vou atender. Eu vou trabalhar. *Ela* é a maluca, não eu. Eu nunca fiz *nada* pra ela! *Nadinha!*

Raider latiu, concordando.

O telefone parou de tocar.

Nettie relaxou um pouco... mas seu coração ainda estava disparado.

— Seja um bom menino — disse ela para Raider, fazendo carinho. — Vou voltar tarde porque vou começar tarde. Mas eu te amo e, se você se lembrar disso, vai ser um bom cachorrinho o dia todo.

Era um encantamento antes do trabalho que Raider conhecia bem e ele balançou o rabo. Nettie abriu a porta da frente e olhou para os dois lados antes de sair. Ela teve um momento ruim quando teve um vislumbre de amarelo, mas não era o carro da polaca maluca; o garoto Pollard tinha deixado o triciclo da Fisher-Price na calçada, só isso.

Nettie usou a chave de casa para trancar a porta depois de sair e foi até os fundos da casa para verificar se a porta do abrigo estava trancada. Estava. Ela partiu para a casa de Polly, a bolsa no braço e os olhos procurando o carro da polaca maluca (estava tentando decidir se, caso o visse, deveria se esconder atrás de uma cerca viva ou simplesmente se manter firme). Estava quase no final do quarteirão quando passou pela sua cabeça que não tinha verificado a porta da frente com o cuidado que deveria. Ela olhou com ansiedade para o relógio e refez os passos. Verificou a porta. Estava bem trancada. Nettie suspirou com alívio e decidiu que devia verificar a porta do abrigo também, só por segurança.

— É melhor prevenir do que remediar — murmurou ela baixinho e foi até os fundos da casa.

Sua mão parou no meio do ato de virar a maçaneta da porta.

Dentro de casa, o telefone estava tocando de novo.

— Ela está louca — gemeu Nettie. — Eu não fiz *nada*!

A porta do abrigo estava trancada, mas ela ficou parada no lugar até o telefone ficar em silêncio. Em seguida, partiu de novo para o trabalho, com a bolsa pendurada no braço.

# 4

Desta vez, tinha percorrido quase dois quarteirões quando a convicção de que podia não ter trancado a porta da frente surgiu novamente, corroendo-a. Ela sabia que *estava* trancada, mas tinha medo de *não estar*.

Ela parou ao lado da caixa azul de coleta do correio na esquina da Ford e da Deaconess Way, indecisa. Tinha quase decidido seguir em frente quando viu um carro amarelo passar por um cruzamento a um quarteirão de distância. Não era o carro da polaca maluca, era um Ford, mas ela achou que podia ser um presságio. Voltou rapidamente para casa e verificou as duas portas de novo. Trancadas. Quando chegou à calçada, lhe ocorreu que deveria verificar de novo a porta do armário dentro do abrigo também, para ter certeza de que estava trancada.

Ela sabia que *estava* trancada, mas tinha medo de *não estar*.

Destrancou a porta da frente e entrou. Raider pulou nela, o rabo balançando como louco, e ela fez carinho nele por um momento... mas só por um momento. Tinha que fechar a porta da frente, porque a polaca maluca podia aparecer a qualquer momento. Qualquer momento.

Ela bateu a porta, fechou a tranca e foi até o abrigo nos fundos. A porta do armário estava trancada, claro. Ela voltou para dentro de casa e ficou parada na cozinha por um minuto. Já estava começando a se preocupar, achando que tinha cometido um erro e a porta do armário *não estava* realmente trancada. Talvez não tivesse puxado com força suficiente para ter cem por cento de certeza. Talvez estivesse só emperrada.

Ela foi verificar de novo e, enquanto estava verificando, o telefone começou a tocar. Voltou correndo para dentro de casa com a chave do armário na mão suada e fechada. Bateu a canela em um banquinho e deu um grito de dor.

Quando chegou à sala, o telefone tinha parado de novo.

— Não posso ir trabalhar hoje — murmurou ela. — Eu tenho que... que...

(*ficar de guarda*)

Era isso. Tinha que ficar de guarda.

Ela pegou o telefone e discou rapidamente, antes que sua mente pudesse começar a se torturar de novo, do mesmo jeito que Raider mordiscava os brinquedos.

— Alô — atendeu Polly. — É da Sempre Costurando.

— Oi, Polly. Sou eu.

— Nettie? Está tudo bem?

— Está, mas estou ligando de casa, Polly. Meu estômago não está bom. —

Agora, já não era mentira. — Eu queria saber se posso tirar o dia de folga. Sei que eu tinha que aspirar em cima... e o homem do telefone vem... mas...

— Tudo bem — concordou Polly na mesma hora. — O homem do telefone só vem às duas e eu pretendia sair mais cedo hoje mesmo. Minhas mãos ainda estão doendo demais pra eu trabalhar por muito tempo. Eu o recebo.

— Se você precisar muito de mim, eu posso...

— Não, tudo bem — garantiu Polly de forma calorosa, e Nettie sentiu lágrimas nos olhos. Polly era tão *gentil*. — As dores estão fortes, Nettie? Devo ligar para o dr. Van Allen por você?

— Não, só umas cólicas. Vou ficar bem. Se conseguir ir de tarde, eu vou.

— Besteira — disse Polly bruscamente. — Você nunca pediu dia de folga desde que começou a trabalhar pra mim. Volte pra cama e durma. E um aviso: se você tentar vir, vou te mandar pra casa.

— Obrigada, Polly — disse Nettie. Ela estava quase chorando. — Você é muito boa pra mim.

— Você merece bondade. Tenho que ir, Nettie. Clientes. Vá se deitar. Vou ligar à tarde pra saber como você está.

— Obrigada.

— Imagina. Tchau, tchau.

— Tchauzinho — disse Nettie e desligou.

Ela foi na mesma hora até a janela e puxou a cortina de leve. A rua estava vazia — por enquanto. Nettie voltou até o abrigo, usou a chave para abrir o armário e pegou o abajur. Uma sensação de calma e tranquilidade tomou conta dela assim que o aninhou nos braços. Ela o levou para a cozinha, lavou com água morna e sabão, enxaguou e secou com cuidado.

Abriu uma das gavetas da cozinha e pegou a faca de carne. Levou a faca e o abajur para a sala e se sentou na penumbra. Ficou assim a manhã toda, ereta na cadeira, o abajur no colo e a faca na mão direita.

O telefone tocou duas vezes.

Nettie não atendeu.

# SETE

1

Sexta-feira, 11 de outubro, foi um dia especial na mais nova loja de Castle Rock, principalmente quando veio a tarde e as pessoas começaram a sacar seus cheques de pagamento. Dinheiro na mão era um incentivo às compras; assim como as boas palavras espalhadas pelos que tinham ido lá na quarta. Havia várias pessoas, claro, que não confiavam na avaliação de pessoas chulas a ponto de irem a uma loja nova *no dia em que abriu*, mas eram minoria, e o sininho de prata acima da porta da Artigos Indispensáveis tilintou lindamente o dia todo.

Mais mercadorias tinham sido desembrulhadas ou tinham chegado desde quarta-feira. Era difícil para os interessados naquelas coisas acreditarem que tinha havido entrega, pois ninguém vira caminhão nenhum, mas não importava muito, de qualquer modo. Havia bem mais mercadorias na Artigos Indispensáveis naquela sexta; isso era o importante.

Bonecas, por exemplo. E quebra-cabeças de madeira lindamente entalhados, alguns com imagens dos dois lados. Havia um jogo de xadrez peculiar: as peças eram pedaços de cristais entalhados em formato de animais africanos por uma mão fabulosamente talentosa: girafas trotando no lugar dos cavalos, rinocerontes com a cabeça combativamente abaixada no lugar das torres, chacais no lugar dos peões, reis leões, sinuosas rainhas leopardo. Havia um colar de pérolas negras que estava na cara que seria caro — não que alguém tivesse ousado perguntar o quanto (ao menos não *naquele* dia) —, mas sua beleza o tornava quase penoso de olhar, e vários visitantes da Artigos Indispensáveis foram para casa se sentindo melancólicos e estranhamente perturbados, com a imagem daquele colar de pérolas dançando na escuridão atrás dos seus olhos, preto no preto. Nem todas essas pessoas eram mulheres.

Havia um par de marionetes dançarinas. Havia uma caixinha de música, velha e com entalhe decorado; o sr. Gaunt disse que tinha certeza de que tocava algo incomum quando era aberta, mas não conseguia lembrar o quê, e estava bem trancada. Ele achava que o comprador teria que encontrar alguém que fizesse uma chave; ainda havia algumas pessoas mais experientes por aí, disse ele, com esse tipo de habilidade. Perguntaram algumas vezes se a caixa de música poderia ser devolvida caso o comprador *conseguisse* abrir a tampa e descobrisse que a música não era do seu gosto. O sr. Gaunt sorriu e apontou para uma nova placa na parede. Dizia:

NÃO ACEITO DEVOLUÇÕES E NÃO FAÇO TROCAS —
O RISCO É DO COMPRADOR!

— O que *isso* quer dizer? — perguntou Lucille Dunham. Lucille era garçonete da Nan e tinha passado lá com a amiga Rose Ellen Myers no intervalo de trabalho.

— Quer dizer que, se você compra gato por lebre, é obrigado a ficar com o gato e ele não é obrigado a te dar a lebre — disse Rose Ellen. Ela viu que o sr. Gaunt tinha ouvido (e ela poderia jurar que o tinha visto do outro lado da loja um momento antes) e ficou muito vermelha.

Mas o sr. Gaunt só riu.

— Isso mesmo — disse ele. — É *exatamente* isso que significa!

Um revólver antigo de cano longo em um estojo com cartão na frente dizia ESPECIAL NED BUNTLINE; uma marionete de menino com cabelo ruivo de madeira, sardas e um sorriso simpático fixo na cara (PROTÓTIPO DO HOWDY DOODY, dizia o cartão); caixas de papel de carta, lindos, mas nada de mais; uma seleção de cartões-postais antigos; conjuntos de caneta e lápis; lenços de linho; bichos de pelúcia. Parecia que havia itens para todos os gostos e — apesar de não haver uma única etiqueta de preço na loja toda — para todas as condições.

O sr. Gaunt fez ótimos negócios naquele dia. A maioria dos itens que ele vendia era bonita, mas não única. Mas ele fez uma série de vendas "especiais" e todas aconteceram nas ocasiões em que só havia um cliente na loja.

— Quando as coisas ficam lentas, eu fico inquieto — disse ele para Sally Ratcliffe, a fonoaudióloga de Brian Rusk, com seu sorriso simpático —, e quando fico inquieto, às vezes fico descuidado. É ruim para o vendedor, mas *muito* bom para o comprador.

A srta. Ratcliffe era membra devota do rebanho batista do reverendo Rose, tinha conhecido o noivo Lester Pratt lá e, além do bóton vetando a Noite do Cassino, ela usava outro que dizia FUI SALVA! E VOCÊ?. A lasca com o rótulo de MADEIRA PETRIFICADA DA TERRA SANTA chamou a atenção dela na mesma hora e ela não protestou quando o sr. Gaunt a tirou do mostruário e colocou na mão dela. Comprou-a por dezessete dólares e a promessa de pregar uma peça inofensiva em Frank Jewett, o diretor da escola primária de Castle Rock. Ela saiu da loja cinco minutos depois de ter entrado, com uma expressão sonhadora e distraída. O sr. Gaunt ofereceu de embrulhar a mercadoria, mas a srta. Ratcliffe recusou, dizendo que queria segurá-la. Ao olhar para ela enquanto saía pela porta, seria difícil saber se os pés dela estavam no chão ou pairando logo acima.

2

O sininho de prata tilintou.

Cora Rusk entrou, determinada a comprar a fotografia do Rei, e ficou extremamente chateada quando o sr. Gaunt lhe disse que já tinha sido vendida. Cora queria saber quem tinha comprado.

— Desculpe — disse o sr. Gaunt —, mas era uma senhora de fora. O carro que ela dirigia tinha placa de Oklahoma.

— Ora, mas que *droga*! — exclamou Cora em tons de raiva e verdadeira consternação. Ela só percebeu o quanto queria a foto quando o sr. Gaunt lhe informou que tinha sido vendida.

Henry Gendron e a esposa, Yvette, estavam na loja na mesma hora, e o sr. Gaunt pediu a Cora para esperar um minuto enquanto os atendia. Ele acreditava que tinha outra coisa que ela acharia tão interessante ou talvez até mais, observou ele. Depois que vendeu um urso de pelúcia para os Gendron, presente para a filha, e os levou até a porta, ele perguntou a Cora se ela esperaria um momento mais enquanto ele procurava uma coisa na salinha dos fundos. Cora esperou, mas sem muito interesse nem expectativa. Uma depressão cinzenta e profunda tinha tomado conta dela. Ela já vira centenas de fotos do Rei, talvez *milhares*, e tinha umas seis, mas aquela pareceu... especial. Odiava aquela mulher de Oklahoma.

O sr. Gaunt voltou com uma caixinha de pele de lagarto. Abriu-a e mostrou a Cora um par de óculos de aviador com lentes de um cinza-escuro. A respiração dela entalou na garganta; a mão direita subiu até o pescoço trêmulo.

— São... — começou ela e não conseguiu dizer mais nada.

— Os óculos escuros do Rei — concordou o sr. Gaunt com seriedade. — Um de seus sessenta pares. Mas eu soube que esse era o favorito dele.

Cora comprou os óculos por dezenove dólares e cinquenta centavos.

— Eu gostaria de uma informaçãozinha também. — O sr. Gaunt olhou para Cora com um brilho nos olhos. — Vamos chamar de taxa extra, certo?

— Informação? — perguntou Cora com dúvida. — Que tipo de informação?

— Olhe pela vitrine, Cora.

Cora fez o que ele pediu, mas suas mãos não largaram os óculos. Do outro lado da rua, a unidade um de Castle Rock estava estacionada na frente da barbearia Clip Joint. Alan Pangborn estava na calçada, conversando com Bill Fullerton.

— Está vendo aquele homem? — perguntou Gaunt.

— Quem? Bill Ful...

— Não, sua burra. O *outro*.

— O xerife Pangborn?

— Isso.

— Sim, estou vendo.

Cora se sentia lerda e atordoada. A voz de Gaunt parecia vir de uma grande distância. Ela não conseguia parar de pensar na compra, nos maravilhosos óculos. Queria ir para casa e experimentá-los imediatamente... mas claro que não podia ir embora até que tivesse permissão, porque a venda só terminava quando o sr. Gaunt *dissesse* que tinha terminado.

— Ele parece o que as pessoas na minha linha de trabalho chamam de duro na queda — disse o sr. Gaunt. — O que *você* acha dele, Cora?

— Ele é inteligente — disse Cora. — Nunca vai ser o que o velho xerife George Bannerman era, é o que meu marido diz, mas é inteligente e esperto.

— É mesmo? — A voz do sr. Gaunt tinha assumido aquele tom irritante e cansado de novo. Seus olhos se apertaram bem e não se afastaram de Alan Pangborn. — Bom, quer saber um segredo, Cora? Não ligo muito pra gente esperta e *odeio* gente dura na queda. Na verdade, *abomino* gente dura na queda. Não confio em gente que sempre quer examinar os objetos em busca de rachaduras antes de comprar, sabe?

Cora não disse nada. Só ficou parada com a caixa de óculos do Rei na mão esquerda, olhando pela janela com uma expressão vazia.

— Se eu quisesse pedir que alguém ficasse de olho no espertinho do xerife Pangborn, Cora, quem seria uma boa escolha?

— Polly Chalmers — respondeu Cora com voz drogada. — Ela é doida por ele.

Gaunt balançou a cabeça na mesma hora. Seus olhos não se desviaram do xerife quando Alan foi andando para a viatura, olhou brevemente para a Artigos Indispensáveis do outro lado da rua, entrou e saiu dirigindo.

— Não serve.

— Sheila Brigham? — perguntou Cora, com dúvida. — Ela é a atendente da delegacia.

— Boa ideia, mas também não serve. Ela também é dura na queda. Toda cidade tem alguns, Cora; é uma pena, mas é verdade.

Cora pensou de novo, daquele seu jeito confuso e distante.

— Eddie Warburton? — perguntou ela por fim. — É o chefe da equipe que cuida do Prédio Municipal.

O rosto de Gaunt se iluminou.

— O zelador! Sim! Excelente! Um figurante! Excelente *mesmo*! — Ele se inclinou por cima do balcão e deu um beijo na bochecha de Cora.

Ela recuou, fazendo uma careta e esfregando desesperadamente o local. Um breve som de ânsia de vômito lhe escapou pela garganta, mas Gaunt pareceu não notar. Seu rosto estava iluminado em um sorriso largo e brilhante.

Cora estava indo embora (ainda esfregando a bochecha com a base da mão) quando Stephanie Bonsaint e Cyndi Rose Martin do Clube de Bridge da Rua Ash entraram. Cora quase derrubou Steffie Bonsaint na pressa; sentia um desejo profundo de chegar em casa o mais rapidamente possível. De chegar em casa e experimentar os óculos. Mas, antes disso, queria lavar o rosto e se livrar do beijo repugnante. Sentia-o queimando na pele como uma febre baixa.

Acima da porta, o sininho de prata tilintou.


3


Enquanto Steffie estava perto da vitrine, absorta nos desenhos variantes do caleidoscópio antiquado que tinha encontrado, Cyndi Rose se aproximou do sr. Gaunt e o lembrou do que ele tinha dito na quarta-feira: que talvez tivesse um vaso Lalique que combinava com o que ele já tinha lhe vendido.

— Bom — disse o sr. Gaunt, com um sorriso de "será que você consegue manter segredo?" —, é possível que eu tenha. Você consegue se livrar da sua amiga por um minuto?

Cyndi Rose pediu à Steffie para ir para a Lanchonete da Nan pedir o café dela; iria logo em seguida, disse. Steffie foi, mas com uma expressão intrigada no rosto.

O sr. Gaunt foi até a salinha dos fundos e voltou com um vaso Lalique. Não só combinava com o dela, mas era idêntico.

— Quanto? — perguntou Cyndi, fazendo carinho na doce curva do vaso com um dedo não muito firme. Lembrou-se com certo desânimo da satisfação que sentiu com a barganha que tinha conseguido na quarta-feira. Ele só estava jogando o anzol, ao que parecia. Agora era o momento da pesca. *Aquele* vaso não seria uma barganha de trinta e um dólares; desta vez, ele cobraria um preço alto. Mas ela queria fazer par com o outro na prateleira da lareira na sala; queria muito.

Ela mal conseguiu acreditar nos ouvidos quando Leland Gaunt respondeu:

— Como essa é minha primeira semana, por que não fazemos dois pelo preço de um? Aqui está, minha querida... aprecie.

O choque foi tão grande que ela quase deixou o vaso cair no chão quando ele o colocou em sua mão.

— O que... eu achei que você tinha dito...

— Você me ouviu direito — disse ele, e ela percebeu de repente que não conseguia afastar os olhos dos dele. *Francie se enganou sobre os olhos*, pensou ela de um jeito distante e preocupado. *Não são verdes. São cinzentos. Cinza-escuros.* — Mas *tem* uma outra coisa.

— Tem?

— Tem. Sabe um policial chamado Norris Ridgewick?


O sininho de prata tilintou.

Everett Frankel, o assistente que trabalhava com o dr. Van Allen, comprou o cachimbo que Brian Rusk tinha visto na visita inaugural à Artigos Indispensáveis por doze dólares e uma peça a ser pregada em Sally Ratcliffe. O pobre Slopey Dodd, o gago que fazia fonoterapia com Brian nas tardes de terça, comprou um bule de estanho para o aniversário da mãe. Custou setenta e um centavos... e uma promessa, dada por vontade própria, de que ele pregaria uma peça engraçada no namorado de Sally, Lester Pratt. O sr. Gaunt disse para Slopey que forneceria os poucos itens de que ele precisaria para pregar aquela peça quando a hora chegasse e Slopey disse que estava m-m-muito bebem. June Cavineaux, esposa do fazendeiro de gado leiteiro mais próspero da cidade, comprou um vaso cloisonné por noventa e sete dólares e a promessa de pregar uma peça no padre Brigham, da paróquia Nossa Senhora das Águas Serenas. Pouco depois que ela saiu, o sr. Gaunt planejou que um truque similar fosse feito com o reverendo Willie.

Foi um dia agitado e produtivo, e quando Gaunt finalmente pendurou a placa de FECHADO no vidro da porta e baixou a persiana, estava cansado, mas satisfeito. As vendas tinham sido ótimas e ele tinha até dado um passo para ter certeza de que não seria interrompido pelo xerife Pangborn. Isso era bom.

Abrir era sempre a parte mais agradável da operação, mas era sempre estressante e podia às vezes ser arriscado também. Ele talvez estivesse errado sobre Pangborn, claro, mas Gaunt tinha aprendido a confiar em seus sentimentos nesse tipo de questão, e Pangborn parecia um homem de quem era bom ficar longe... pelo menos até que estivesse pronto para lidar com o xerife em seus próprios termos. O sr. Gaunt achava que seria uma semana muito movimentada e haveria fogos de artifício antes que acabasse.

Muitos.

4

Eram seis e quinze da tarde de sexta quando Alan parou o carro na frente da garagem de Polly e desligou o motor. Ela estava na porta, esperando, e beijou-o calorosamente. Ele viu que ela tinha colocado as luvas só para aquela breve saída no frio e franziu a testa.

— Para com isso — disse ela. — Estão um pouco melhores hoje. Trouxe o frango?

Ele ergueu os sacos brancos com manchas de gordura.

— Seu criado, querida dama.

Ela fez uma pequena reverência.

— E eu sua.

Ela pegou os sacos da mão dele e o levou até a cozinha. Ele puxou uma cadeira, virou-a e se sentou de costas para vê-la tirar as luvas e arrumar o frango em um prato de vidro. Ele tinha comprado no Cluck-Cluck Tonite. O nome era um daqueles nomes horríveis de interior, mas o frango era bom (de acordo com Norris, os mariscos eram outra história). O único problema com comida de restaurante em casa quando se morava a trinta quilômetros de distância era que esfriava... e foi para isso, pensou ele, que os fornos de micro-ondas tinham sido feitos. Na verdade, ele acreditava que os únicos três propósitos válidos para os micro-ondas eram aquecer café, fazer pipoca e esquentar comida de lugares como o Cluck-Cluck Tonite.

— *Estão* melhores? — perguntou ele quando ela colocou o frango no forno e apertou os botões apropriados. Não havia necessidade de ser mais específico; os dois sabiam de que estavam falando.

— Só um pouco — admitiu ela —, mas tenho quase certeza de que vão ficar *bem* melhores em breve. Estou começando a sentir pontadas de calor nas palmas e é assim que a melhora costuma começar.

Ela ergueu as mãos. Sentia uma vergonha sofrida das mãos retorcidas e deformadas no começo e o constrangimento ainda estava lá, mas ela tinha percorrido um longo caminho de aceitar que o interesse dele era parte do amor. Ele ainda achava que as mãos dela pareciam rígidas e estranhas, como se ela estivesse usando luvas invisíveis, luvas costuradas por um artesão rudimentar e descuidado, que as enfiou nela e grampeou nos pulsos para sempre.

— Você tomou algum comprimido hoje?

— Só um. De manhã.

Ela tinha tomado três, dois de manhã e um no começo da tarde, e a dor não estava muito melhor em comparação ao dia anterior. Estava com medo de que as pontadas que tinha mencionado fossem fruto de sua imaginação ávida. Ela não gostava de mentir para Alan; acreditava que mentiras e amor raramente andavam juntos e nunca por muito tempo. Mas tinha ficado sozinha por um longo período e uma parte dela ainda morria de medo dessa preocupação implacável dele. Confiava nele, mas tinha medo de permitir que ele soubesse demais.

Ele foi ficando cada vez mais insistente sobre a Clínica Mayo e ela sabia que, se ele realmente entendesse como a dor estava ruim daquela vez, ficaria mais insistente ainda. Ela não queria que suas malditas *mãos* se tornassem a parte mais importante do amor deles... e também tinha medo do que uma consulta em um lugar como a Mayo poderia demonstrar. Ela podia viver com a dor; não tinha certeza se podia viver sem a esperança.

— Você pode tirar as batatas do forno? — pediu ela. — Quero ligar pra Nettie antes de comermos.

— O que tem a Nettie?

— Estômago ruim. Ela não veio hoje. Quero ter certeza de que não é infecção intestinal. Rosalie disse que tem muito disso por aí e Nettie morre de medo de médicos.

E Alan, que sabia mais sobre como e o quê Polly Chalmers pensava do que a própria Polly poderia imaginar, pensou *Olha quem está falando, amor* enquanto ela ia até o telefone. Ele era policial e não conseguia deixar de lado seus hábitos de observação quando estava fora de serviço; era automático. Nem tentava mais. Se tivesse sido um pouco mais observador durante os últimos meses da vida de Annie, ela e Todd talvez ainda estivessem vivos.

Ele tinha reparado nas luvas quando Polly foi até a porta. Tinha reparado no fato de que ela as tirou com os dentes em vez de puxar a de cada mão com a outra. Viu-a arrumar o frango no prato e reparou na leve careta que contraiu sua boca quando ela levantou o prato e o colocou no micro-ondas. Eram sinais ruins. Ele foi até a porta entre a cozinha e a sala, querendo ver se ela usaria o telefone com confiança ou hesitação. Era uma das formas mais importantes que ele tinha de medir a dor dela. E ali, finalmente, ele pôde reparar em um bom sinal... ou no que interpretou como um.

Ela digitou o número do telefone de Nettie de forma rápida e confiante, e como estava do outro lado da sala, ele não conseguiu ver que aquele telefone (e todos os outros) tinha sido trocado naquele mesmo dia pelo tipo com teclas enormes. Ele voltou para a cozinha, mantendo o ouvido alerta em direção à sala.

— Alô, Nettie?... Eu estava quase desistindo. Te acordei?... Sim... Hã--hã... Bom, como está?... Ah, que bom. Eu estava pensando em você... Não, eu tenho jantar, Alan trouxe frango frito daquele Cluck-Cluck de Oxford... Sim, foi, não foi?

Alan tirou um prato de um dos armários acima da bancada da cozinha e pensou: ela está mentindo sobre as mãos. Não importa que esteja mexendo tranquilamente no telefone; está tão ruim quanto no ano passado, talvez pior.

A ideia de ela ter mentido para ele não o incomodava; sua visão sobre a manipulação da verdade era bem mais leniente do que a de Polly. Veja a criança, por exemplo. Ela a pariu no começo de 1971, uns sete meses depois de sair de Castle Rock em um ônibus Greyhound. Disse para Alan que o bebê, um garoto que ela batizou de Kelton, tinha morrido em Denver, aos três meses. Síndrome da morte súbita infantil, SMSI, o pior pesadelo das jovens mães. Era uma história perfeitamente plausível e Alan não tinha dúvida nenhuma de que Kelton Chalmers estivesse realmente morto. Só havia um problema com a versão de Polly: não era verdade. Alan era policial e reconhecia uma mentira ao ouvi-la.

(*menos quando era Annie que mentia*)

É, pensou ele. Menos quando era Annie que mentia. Sua exceção está registrada.

O que entregou para ele que Polly estava mentindo? O piscar rápido das pálpebras por cima do olhar arregalado demais e direto demais? O jeito como a mão esquerda ficava subindo para puxar o lóbulo da orelha esquerda? O cruzar e descruzar das pernas, o sinal do jogo infantil que significava *estou mentindo*?

Todas essas coisas e nenhuma delas. O principal foi só um alarme que disparou dentro dele, como o alarme de um detector de metais de aeroporto dispararia quando passasse um cara com uma placa de aço no crânio.

A mentira não o irritou nem o preocupou. Havia pessoas que mentiam para obter algum ganho, pessoas que mentiam por dor, pessoas que mentiam simplesmente porque o conceito de falar a verdade era desconhecido para elas… e havia pessoas que mentiam porque estavam esperando que chegasse a hora de contar a verdade. Ele achava que a mentira de Polly sobre Kelton era desse último tipo e estava satisfeito em esperar. Com o tempo, ela decidiria mostrar a ele seus segredos. Não havia pressa.

*Não havia pressa*: o pensamento por si só parecia um luxo.

A voz dela vindo da sala, intensa e calma e de alguma forma tão perfeita, também parecia um luxo. Ele ainda não tinha superado a culpa de estar ali e saber onde todos os pratos e utensílios ficavam guardados, de saber em que gaveta do quarto ela guardava a meia de náilon, de saber exatamente onde ficava a fronteira do bronzeado de verão, mas nada daquilo importava quando ele ouvia a voz dela. Só havia um fato que se aplicava ali, um simples fato que governava todos os outros: o som da voz dela estava se tornando o som de lar para ele.

— Posso ir até aí mais tarde se você quiser, Nettie… Está?… Bom, descansar provavelmente *é a melhor coisa… Amanhã?*

Polly riu. Foi um som livre e agradável que sempre fazia Alan se sentir como se o mundo tivesse se renovado. Ele pensou que poderia esperar muito tempo para que os segredos dela se revelassem se ela continuasse rindo assim de vez em quando.

— Nossa, não! Amanhã é *sábado!* Vou só ficar deitada e cometer pecados!

Alan sorriu. Abriu a gaveta embaixo do forno, encontrou dois pegadores de panela e abriu o forno convencional. Uma batata, duas batatas, três batatas, quatro. Como é que os dois poderiam comer quatro batatas assadas grandes? Mas claro que ele sabia que haveria muitas, porque era assim que Polly cozinhava. Certamente havia outro segredo enterrado naquelas quatro batatas grandes e um dia, quando ele soubesse todos os porquês, ou a maioria, ou ao menos alguns, seus sentimentos de culpa e estranhamento talvez passassem.

Ele tirou as batatas do forno. O micro-ondas apitou um momento depois.

— Tenho que ir, Nettie…

— Pode deixar! — gritou Alan. — Está tudo sob controle! Sou policial, moça!

— … mas pode me ligar se precisar de alguma coisa. Tem certeza de que você está bem?… E você me diria se não estivesse, Nettie, não é?… Tudo bem… O quê?… Não, só perguntando… Você também… Boa noite, Nettie.

Quando ela voltou, ele tinha colocado o frango na mesa e estava ocupado abrindo uma das batatas no prato dela.

— Alan, querido! Não precisava fazer isso!

— Tudo parte do serviço, moça bonita.

Outra coisa que ele entendia era que, quando as mãos de Polly estavam ruins, a vida se tornava uma série de pequenos combates infernais para ela; os eventos comuns de uma vida comum se transformavam em uma série de obstáculos complicados a serem superados e a penalidade para o fracasso era constrangimento e dor. Botar a louça na máquina. Empilhar lenha na lareira. Manipular uma faca e um garfo para tirar uma batata assada da casca.

— Senta — disse ele. — Vamos cacarejar.

Ela caiu na gargalhada e o abraçou. Apertou as costas dele com os antebraços em vez das mãos, reparou o observador implacável dentro dele. Mas uma parte menos fria reparou na pressão do corpo magro no dele e no cheiro doce do xampu que ela usava.

— Você é o homem mais carinhoso de todos — disse ela baixinho.

Ele a beijou, delicadamente no começo, depois com mais vigor. Suas mãos deslizaram da lombar para as nádegas dela. O tecido da calça jeans velha era macio e suave como pele de toupeira debaixo das mãos dele.

— Calma, grandão — disse ela por fim. — Comida agora, conchinha depois.

— Isso é um convite? — Se as mãos dela não estivessem realmente melhores, pensou ele, ela disfarçaria.

— Com pompa e circunstância — disse ela, e Alan se sentou, satisfeito. Temporariamente.

5

— Al vem para casa no fim de semana? — perguntou Polly enquanto eles arrumavam a louça do jantar. O filho de Alan que estava vivo estudava na Academia Milton, ao sul de Boston.

— Hã-hã — fez Alan negativamente, raspando pratos.

— Eu só pensei que, como não tem aula na segunda por ser Dia de Colombo… — disse Polly um pouco casualmente demais.

— Ele vai pra casa do Dorf em Cape Cod — explicou Alan. — Dorf é Carl Dorfman, o colega de quarto dele. Al ligou na terça e perguntou se podia ir passar o fim de semana prolongado lá. Eu disse que tudo bem.

Ela tocou no braço dele e ele se virou para olhar para ela.

— O quanto disso é culpa minha, Alan?

— O quanto de *quê* é culpa sua? — perguntou ele, honestamente surpreso.

— Você sabe de que estou falando; você é um bom pai e não é burro. Quantas vezes Al veio para casa desde que as aulas recomeçaram?

De repente, Alan entendeu aonde ela estava querendo chegar e sorriu para ela, aliviado.

— Só uma vez, e isso porque ele precisava falar com Jimmy Catlin, o amigo hacker de computador do fundamental II. Alguns dos programas preferidos dele não rodavam no Commodore 64 que dei pra ele no aniversário.

— Está vendo? É isso que quero dizer, Alan. Ele me vê como alguém que está tentando tomar o lugar da mãe dele cedo demais e…

— Ah, caramba. Há quanto tempo você está remoendo a ideia de que Al vê você como a Madrasta Má?

Ela juntou as sobrancelhas em uma careta.

— Espero que você me perdoe se eu não achar essa ideia tão engraçada quanto você parece achar.

Ele a segurou delicadamente pelos braços e beijou-lhe o canto da boca.

— Não acho nada engraçado. Tem ocasiões, e eu estava pensando nisso agorinha, em que me sinto meio estranho por estar com você. Parece cedo demais. Não é, mas às vezes parece. Sabe o que quero dizer?

Ela assentiu. A testa franzida se esticou um pouco, mas não completamente.

— Claro que sei. Os personagens nos filmes e programas de televisão sempre passam mais tempo se atormentando dramaticamente, não é?

— É exatamente isso. Nos filmes há muito drama e pouca dor. Porque a dor é real demais. A dor é… — Ele soltou os braços dela, pegou um prato e começou a secá-lo. — A dor é *brutal*.

Alan fez uma pausa e continuou:

— Então às vezes eu sinto um pouco de culpa, sim. — Ele achou uma graça amarga no tom defensivo que ouviu na própria voz. — Em parte porque parece cedo demais, embora não seja, e em parte porque parece que me safei com facilidade demais, embora isso não seja verdade. Essa ideia de que preciso sofrer mais ainda está presente parte do tempo, não posso negar, mas, para o meu crédito, sei que é loucura… porque uma parte de mim, *muito* de mim, na verdade, *ainda* está sofrendo.

— Você deve ser humano — disse ela baixinho. — Que estranhamente exótico e interessantemente perverso.

— É, acho que é. Quanto a Al, ele está lidando com isso do jeito dele. É um bom jeito, bom o suficiente para que eu sinta orgulho dele. Ainda sente falta da mãe, mas, se ainda estiver *sofrendo*, e acho que não tenho certeza absoluta de que está, então é por Todd que ele sofre. Mas sua ideia de que ele se mantém afastado porque não aprova você… ou nós dois… está longe da verdade.

— Fico feliz que esteja. Você não sabe o quanto aliviou minha mente. Mas ainda parece...

— Meio errado, de alguma forma?

Ela assentiu.

— Sei o que você quer dizer. Mas o comportamento dos filhos, mesmo quando é tão normal quanto uma temperatura corporal de trinta e sete graus, nunca parece certo para os adultos. Nós esquecemos como eles superam com facilidade às vezes e quase sempre esquecemos como mudam rápido. Al está se afastando. De mim, dos velhos amigos como Jimmy Catlin, de Rock em si. Está se afastando, só isso. Como um foguete quando o impulso auxiliar de terceiro estágio entra em ação. Os filhos sempre fazem isso e acho que é sempre uma surpresa triste para os pais.

— Mas parece cedo — disse Polly baixinho. — Dezessete anos parece cedo para se afastar.

— É cedo — concordou Alan. Ele falou em um tom que não chegava a ser de raiva. — Ele perdeu a mãe e o irmão em um acidente idiota. A vida dele virou de cabeça para baixo, a minha vida virou de cabeça para baixo, e nós nos unimos do jeito que acho que pais e filhos quase sempre fazem nessas situações, se conseguimos encontrar a maioria das peças. Nós nos viramos bem, eu acho, mas eu seria cego de não perceber que as coisas mudaram. Minha vida é aqui, Polly, em Rock. A dele não é, não mais. Achei que talvez fosse ser novamente, mas a expressão que surgiu nos olhos dele quando eu sugeri que ele talvez pedisse transferência para a Castle Rock High no outono botou tudo em perspectiva rapidinho. Ele não *gosta* de voltar aqui porque tem lembranças demais. Acho que isso pode mudar... com o tempo... e agora não vou forçar nada. Mas não tem a ver com você e comigo. Tudo bem?

— Tudo bem. Alan?

— Hum?

— Você sente saudade dele, não sente?

— Sinto — respondeu Alan com simplicidade. — Todos os dias. — Ele ficou perplexo de perceber de repente que estava à beira das lágrimas. Então se virou e abriu um armário qualquer, para tentar recuperar o controle. O jeito mais fácil de fazer isso era mudar a rota da conversa, e rápido. — Como está Nettie? — perguntou ele e ficou aliviado de que sua voz tenha soado normal.

— Ela diz que está melhor agora, mas demorou muito pra atender o telefone. Tive visões dela caída no chão, inconsciente.

— Devia estar dormindo.

— Ela disse que não e não *parecia*. Sabe como fica a voz das pessoas quando o telefone as acorda?

Ele assentiu. Era outra coisa de policial. Ele já esteve na posição de dar e receber telefonemas que interrompiam o sono de alguém.

— Ela disse que estava mexendo em umas coisas velhas da mãe no abrigo, mas...

— Se ela estiver com infecção intestinal, você deve ter ligado quando ela estava no trono e ela não quis admitir — disse Alan secamente.

Ela pensou nisso e caiu na gargalhada.

— Aposto que foi isso. É a cara dela.

— Claro — disse ele. Alan espiou dentro da pia e puxou o plugue. — Querida, acabamos de lavar a louça.

— Obrigada, Alan. — Ela deu um beijo na bochecha dele.

— Ah, olha só o que eu encontrei — disse Alan. Ele esticou a mão até a orelha dela e tirou uma moeda de cinquenta centavos. — Você sempre guarda isso aí, moça bonita?

— Como você faz isso? — perguntou ela, olhando realmente fascinada para a moeda.

— Faz o quê? — perguntou ele. A moeda de cinquenta centavos pareceu flutuar por cima dos nós dos dedos da mão direita dele. Ele prendeu a moeda entre o terceiro e o quarto dedo e virou a mão. Quando virou de novo para o outro lado, a moeda tinha sumido. — Acha que eu devia fugir e entrar pro circo?

Ela sorriu.

— Não. Fica aqui comigo. Alan, você acha que estou sendo boba por me preocupar tanto com Nettie?

— Não. — Alan enfiou a mão esquerda, para a qual ele tinha transferido a moeda de cinquenta centavos, no bolso da calça, tirou-a sem nada e pegou um pano de prato. — Você a tirou do manicômio, deu um emprego pra ela e a ajudou a comprar uma casa. Você se sente responsável por ela e acho que, em um certo grau, você é. Se não se preocupasse com ela, acho que eu me preocuparia com você.

Ela pegou o último copo do escorredor. Alan viu a consternação repentina no rosto dela e soube que ela não conseguiria segurá-lo, apesar de o copo já estar quase seco. Ele se moveu rapidamente, dobrou os joelhos e esticou a mão. O movimento foi executado de forma tão graciosa que pareceu quase um passo de dança para Polly. O copo caiu na mão dele, que estava com a palma virada para cima a menos de quarenta e cinco centímetros do chão.

A dor que a incomodou a noite toda (e o medo persistente de que Alan acabasse percebendo o quanto estava ruim) foi enterrada de repente debaixo de uma onda de desejo tão forte e inesperada que mais do que a surpreendeu; chegou a assustá-la. E desejo era uma certa modéstia, não era? O que ela sentiu era mais simples, uma emoção com tons primários. Luxúria.

— Você se move como um gato — disse ela enquanto ele se levantava. A voz estava rouca, um pouco arrastada. Ela ficava vendo o jeito gracioso como as pernas dele se dobravam, a contração dos músculos longos das coxas. A curva suave da panturrilha. — Como um homem grande como você se move com essa rapidez?

— Não sei — disse ele e olhou para ela com surpresa e perplexidade. — O que houve, Polly? Você está com uma cara engraçada. Sente que vai desmaiar?

— Sinto que vou gozar na calcinha — disse ela.

E então o sentimento atingiu ele também. Assim, do nada. Não era errado e nem certo. Apenas *era*.

— Vamos ver se vai mesmo — disse ele, e se aproximou com a mesma graça, aquela estranha velocidade da qual você nunca desconfiaria se o visse andando pela rua Principal. — Vamos cuidar disso. — Ele apoiou o copo na bancada com a mão esquerda e colocou a direita entre as pernas dela antes que ela soubesse o que estava acontecendo.

— Alan, o que você está fa... — E então, quando o polegar dele pressionou forte mas delicadamente o clitóris dela, *fazendo* virou fa-*aaaaaah!*-zendo, e ele a ergueu com sua força simples e incrível.

Ela passou os braços em volta do pescoço dele, e mesmo nesse momento tomou o cuidado de abraçar com os antebraços; as mãos ficaram projetadas atrás dele como montinhos rígidos de gravetos, mas de repente eram a única parte rígida dela. O resto parecia estar derretendo.

— Alan, me bota no *chão*!

— Não mesmo — disse ele, e a levantou mais alto.

Ele apoiou a mão livre entre as omoplatas dela quando ela começou a escorregar e a puxou para a frente. E de repente ela estava se balançando na mão entre as pernas como uma garota em um cavalinho de brinquedo, e ele a estava *ajudando* a se balançar, e ela sentiu como se estivesse em um balanço maravilhoso com os pés no vento e o cabelo nas estrelas.

— Alan...

— Aguenta firme, moça bonita — disse ele, e ele estava *rindo*, como se ela não pesasse mais do que um saco de penas.

Ela se reclinou para trás, quase sem perceber a mão firme na excitação crescente dela, só sabendo que ele não a deixaria cair, mas ele a puxou para a frente de novo, e uma das mãos estava massageando as costas e o polegar da outra estava fazendo coisas com ela lá embaixo, coisas que ela nunca tinha *considerado*, e ela se balançou de novo, falando o nome dele de forma delirante.

O orgasmo chegou como uma bala doce explodindo, disparando para os dois lados a partir do centro dela. As pernas se balançavam quinze centímetros acima do piso da cozinha (um dos sapatos voou longe, até a sala), a cabeça se inclinou para trás e o cabelo escuro caiu pelo antebraço dele em uma torrente que fazia cócegas, e no auge do prazer dela ele deu um beijo na linha branca e doce do pescoço dela.

Ele a colocou no chão... mas esticou a mão rapidamente para firmá-la quando os joelhos se dobraram.

— Ah, meu Deus — disse ela, começando a dar uma gargalhada fraca. — Ah, meu *Deus*, Alan, nunca mais vou lavar essa calça jeans.

Ele achou isso hilário e soltou uma gargalhada. Caiu sentado em uma das cadeiras da cozinha com as pernas esticadas na frente do corpo e riu, segurando a barriga. Ela deu um passo na direção dele. Ele a segurou, a puxou para o colo por um momento e se levantou com ela nos braços.

Ela sentiu aquela onda enfraquecedora de emoção e necessidade tomar conta dela de novo, mas foi bem mais clara agora, mais bem definida. *Agora*, pensou ela, *agora é desejo. Eu desejo tanto esse homem.*

— Me leva lá pra cima — pediu ela. — Se não conseguir ir tão longe, me leva pro sofá. E se não conseguir ir até o sofá, pode ser aqui mesmo no chão da cozinha.

— Acho que consigo chegar pelo menos até a sala — disse ele. — Como estão suas mãos, moça bonita?

— Que mãos? — perguntou ela, sonhadora, e fechou os olhos. Concentrou-se na pura alegria do momento, movendo-se no espaço e no tempo nos braços dele, movendo-se na escuridão e envolvida pela força dele. Ela encostou o rosto no peito dele, e quando ele a colocou no sofá, ela o puxou para baixo... e desta vez usou as mãos para isso.

6

Eles ficaram no sofá por quase uma hora, depois no chuveiro por sei lá quanto tempo... até a água quente começar a esfriar e os fazer sair, pelo menos. Ela o levou para a cama, onde ficou deitada, exausta demais e satisfeita demais para qualquer outra coisa além de aconchego.

Ela já esperava fazer amor com ele naquela noite, mas mais para aliviar a preocupação dele do que por verdadeiro desejo de sua parte. Não esperava uma série de explosões como a que ocorreu... mas estava feliz. Sentia a dor nas mãos começando a voltar, mas não precisaria de um Percodan para dormir naquela noite.

— Você é um amante incrível, Alan.

— Você também.

— É unânime — disse ela, e apoiou a cabeça no peito dele.

Ouvia o coração dele batendo calmamente lá dentro, como quem diz: aham, coisas assim são normais numa noite de trabalho minha e do chefe. Ela pensou de novo, e não sem um leve eco da paixão furiosa de antes, no quanto ele era rápido, no quanto era forte... mas principalmente no quanto era rápido. Ela o conhecia desde que Annie tinha ido trabalhar para ela, era amante dele havia cinco meses e nunca soube a rapidez com que ele conseguia se mexer até aquela noite. Foi como uma versão de corpo inteiro do truque da moeda, do truque das cartas e dos animais de sombra dos quais quase todas as crianças da cidade tinham ouvido falar e imploravam para que ele fizesse quando o viam. Era sinistro... mas também era maravilhoso.

Ela sentiu que estava adormecendo agora. Devia perguntar se ele pretendia passar a noite e mandar que guardasse o carro na garagem caso fosse, pois Castle Rock era uma cidade pequena, com muitas línguas agitadas, mas fazer isso pareceu trabalhoso demais. Alan resolveria. Ela estava começando a achar que Alan sempre resolvia.

— Alguma novidade recente do Buster ou do reverendo Willie? — perguntou ela, sonolenta.

Alan sorriu.

— Silêncio dos dois frontes, ao menos por enquanto. Eu gosto mais do sr. Keeton e do reverendo Rose quando os vejo menos, e por esse padrão o dia de hoje foi ótimo.

— Que bom — murmurou ela.

— É, mas sei de uma coisa melhor ainda.

— O quê?

— Norris está de bom humor de novo. Ele comprou uma vara de pescar com molinete do seu amigo, sr. Gaunt, e só fala em ir pescar no fim de semana. Acho que ele vai congelar a bunda, a pouca bunda que tem, mas se Norris está feliz, eu estou feliz. Fiquei chateado quando Keeton encheu o saco dele ontem. As pessoas debocham do Norris porque ele é magrelo e meio bobo, mas ele se transformou em um ótimo oficial da paz de cidade pequena nos últimos três anos. E ele tem sentimentos, como todo mundo. Não é culpa dele parecer meio-irmão do Don Knott.

— Hummmmm...

Adormecendo. Caindo numa escuridão doce onde não havia dor. Polly se permitiu dormir, e quando o sono tomou conta, havia uma expressão felina de satisfação no rosto dela.

7

Para Alan, o sono demorou mais a chegar.

A voz interior tinha voltado, mas não mais com um tom de alegria falsa. Agora, estava questionadora, lamuriosa, quase perdida. *Onde estamos, Alan?*, perguntou. *Este quarto não está errado? A cama não está errada? A mulher não está errada? Parece que eu não entendo mais nada.*

Alan sentiu pena da voz de repente. Não era autopiedade porque a voz nunca pareceu tão diferente da dele como agora. Passou por sua cabeça que a voz queria falar tão pouco quanto ele — o resto dele, o Alan existindo no presente e o Alan planejando o futuro — queria ouvir. Era a voz do dever, a voz da dor. E ainda era a voz da culpa.

Um pouco mais de dois anos antes, Annie Pangborn começou a ter dores de cabeça. Não eram tão ruins, ou ao menos era o que ela dizia; era tão difícil falar com ela sobre isso quanto era falar com Polly sobre a artrite. Um dia, quando ele estava se barbeando, devia ter sido bem no começo de 1990, Alan reparou que a tampa do frasco tamanho família de Anacin 3 ao lado da pia da cozinha não tinha sido recolocada. Foi botar a tampa no lugar... e parou. Ele tinha tomado uns comprimidos daquele frasco, que tinha duzentas e vinte e cinco unidades, no final da semana anterior. Estava quase cheio na ocasião. Agora, estava quase vazio. Ele limpou o resto de creme de barbear do rosto e foi até a Sempre Costurando, onde Annie trabalhava desde que Polly Chalmers abrira. Ele levou a esposa para tomar café... e fazer algumas perguntas. Perguntou sobre o analgésico. Lembrava-se de ter ficado um pouco assustado.

(*só um pouco*, concordou a voz interior com pesar)

Mas só um pouco, porque *ninguém* toma cento e noventa comprimidos de aspirina em uma única semana; *ninguém*. Annie disse que ele estava sendo bobo. Ela estava limpando a bancada ao lado da pia e tinha derrubado o frasco. A tampa não estava bem colocada e a maioria dos comprimidos caiu na pia. Começaram a derreter e ela jogou tudo fora.

Foi o que ela disse.

Mas ele era policial, e mesmo quando não estava de serviço não conseguia desligar os hábitos automáticos de observação que vinham com a função. Não conseguia desligar o detector de mentiras. Se você observasse as pessoas respondendo às perguntas que você fazia, se *observasse* mesmo, quase sempre dava para saber quando a pessoa estava mentindo. Alan interrogou uma vez um homem que sinalizava toda mentira que contava cutucando o canino superior com a unha. A boca articulava as mentiras; o corpo, ao que parecia, estava fadado a sinalizar a verdade. Assim, ele esticou a mão por cima da mesa do compartimento na Lanchonete da Nan, onde eles estavam sentados, segurou a mão de Annie e pediu que ela contasse a verdade. E quando, depois de um momento de hesitação, ela disse que sim, as dores de cabeça *estavam* um pouco piores, e sim, ela *tinha* tomado muitos analgésicos, mas não, não tinha tomado todos os comprimidos que estavam faltando, o frasco tinha *mesmo* virado na pia, ele acreditou. Ele caiu no truque mais antigo do livro, o que os golpistas chamam de isca e chicote: se você contar uma mentira e for pego, recue e conte *metade* da verdade. Se ele a tivesse observado com mais atenção, teria notado que Annie ainda não estava sendo totalmente sincera. Ele a teria obrigado a admitir uma coisa que parecia quase impossível para ele, mas que agora acreditava ser verdade: que as dores de cabeça estavam ruins o bastante para ela tomar pelo menos vinte aspirinas por dia. E, se ela admitisse *isso*, ele a levaria para um consultório de neurologista em Portland ou em Boston antes do fim da semana. Mas ela era sua esposa, e naquela época ele era menos observador quando não estava de serviço.

Ele se deu por satisfeito de marcar uma consulta para ela com Ray Van Allen e ela compareceu à consulta. Ray não encontrou nada e Alan nunca guardou ressentimento dele por isso. Ray fez os exames habituais de reflexo, examinou os olhos dela com o oftalmoscópio de confiança, testou a visão para ver se havia algo dobrado e a enviou para o Oxford Regional para um raio X. Mas não pediu uma tomografia computadorizada, e quando Annie disse que as dores de cabeça tinham passado, Ray acreditou. Alan desconfiava que ele devia estar certo de acreditar. Ele sabia que os médicos eram quase tão sintonizados com a linguagem corporal das mentiras quanto os policiais. Pacientes têm uma tendência de mentir quase tanto quanto suspeitos e pelo mesmo motivo: simples medo. E quando Ray viu Annie, ele não estava de folga. Então, talvez, entre a hora em que Alan fez sua descoberta e a hora em que Annie foi ver o dr. Van Allen, as dores de cabeça tivessem passado. *Provavelmente* tinham passado. Ray disse para Alan depois, em uma longa conversa entre taças de conhaque na casa do médico em Castle View, que os sintomas costumavam ir e vir em casos em que o tumor ficava num ponto alto do tronco encefálico.

— Tumores do tronco encefálico costumam vir associados a convulsões — disse ele para Alan. — Se ela tivesse tido uma convulsão, talvez… — E ele deu de ombros.

Sim. Talvez. E talvez um homem chamado Thad Beaumont fosse um co-conspirador não indiciado nas mortes da sua esposa e do seu filho, mas Alan também não encontrava culpa no coração para Thad.

Nem todas as coisas que acontecem em cidades pequenas são descobertas pelos residentes, por mais apurados que sejam seus ouvidos e por mais energeticamente que suas línguas se movam. Em Castle Rock, sabiam sobre Frank Dodd, o policial que ficou maluco e matou as mulheres na época do xerife Bannerman, e sabiam sobre Cujo, o são-bernardo que teve raiva na Estrada Municipal 3, e sabiam que a casa do lago de Thad Beaumont, o romancista e Pessoa Famosa da região, pegou fogo até não sobrar nada durante o verão de 1989, mas as pessoas não sabiam as circunstâncias desse incêndio, nem que Beaumont tinha sido assombrado por um homem que não era homem de verdade, mas uma criatura para a qual talvez não haja nome. Mas Alan Pangborn sabia dessas coisas e elas ainda assombravam seu sono de tempos em tempos. Tudo isso já tinha acabado quando Alan ficou totalmente ciente das dores de cabeça de Annie… só que *não* tinha acabado de verdade. Por virtude dos telefonemas embriagados, Alan se tornou uma testemunha involuntária do desmoronamento do casamento de Thad e da erosão regular da sanidade do sujeito. E havia a questão da sua própria sanidade também. Alan tinha lido um artigo num consultório médico sobre buracos negros, grandes lugares celestiais vazios que pareciam redemoinhos de antimatéria e sugavam vorazmente tudo ao seu alcance. No final do verão e no outono de 1989, o caso Beaumont se tornou o buraco negro pessoal do Alan. Havia dias em que ele questionava os conceitos mais elementares da realidade e se perguntava se algo daquilo tinha mesmo acontecido. Havia noites em que ficava acordado até o amanhecer manchar o leste, com medo de adormecer, com medo de o sonho voltar: um Toronado preto indo para cima dele, um Toronado preto com um monstro em decomposição atrás do volante e um adesivo que dizia FILHO DA PUTA DE PRIMEIRA CLASSE no para-choque traseiro. Naquela época, ver um único pardal empoleirado na amurada da varanda ou pulando no gramado lhe dava vontade de gritar. Se alguém perguntasse, Alan diria: "Quando o problema da Annie começou, eu estava distraído". Mas não era questão de distração; em algum lugar no fundo da mente dele, ele lutava em uma batalha desesperada para manter a sanidade. FILHO DA PUTA DE PRIMEIRA CLASSE — como isso lhe ocorria de novo. Como o assombrava. Isso e os pardais.

Ele ainda estava distraído no dia de março em que Annie e Todd entraram no velho Scout que eles tinham para andar pela cidade e foram para o Mercado Hemphill. Alan ficou repassando na mente o comportamento dela naquela manhã e não encontrou nada de incomum, nada fora do normal. Ele estava no escritório quando os dois saíram. Olhou pela janela ao lado da escrivaninha e deu tchau. Todd deu tchau para ele antes de entrar no Scout. Foi a última vez que ele os viu vivos. Cinco quilômetros depois pela rodovia 117 e a menos de um quilômetro e meio do Hemphill, o Scout saiu da estrada em alta velocidade e bateu numa árvore. A Polícia Estadual estimou, a partir dos destroços, que Annie, normalmente a mais cuidadosa das motoristas, estava a pelo menos cento e dez quilômetros por hora. Todd estava de cinto de segurança. Annie, não. Ela devia ter morrido assim que atravessou o para-brisa, deixando uma perna e meio braço para trás. Todd talvez ainda estivesse vivo quando o tanque de gasolina estourado explodiu. Isso era o que mais perturbava Alan. O fato de que seu filho de dez anos, que escrevia uma coluna cômica de astrologia no jornal da escola e vivia para a Liga Infantil, talvez ainda estivesse vivo. Que talvez tivesse morrido queimado enquanto tentava abrir a fivela do cinto de segurança.

Houve uma autópsia. A autópsia revelou o tumor cerebral. Van Allen disse que era pequeno. Do tamanho de um bombom, foi o que ele disse. Ele não contou para Alan que seria operável se tivesse sido diagnosticado; essa informação Alan descobriu na expressão infeliz e nos olhos baixos de Ray. Van Allen disse que acreditava que ela finalmente tinha tido a convulsão que o alertaria para o problema real se tivesse acontecido mais cedo. Talvez tivesse galvanizado o corpo dela como um choque elétrico forte, fazendo-a meter o pé no acelerador e perder o controle. Ele não contou essas coisas para Alan por vontade própria; contou porque Alan o interrogou sem misericórdia e porque viu que, com ou sem dor, Alan pretendia descobrir a verdade... ou o máximo que ele ou qualquer um que não estivesse no carro naquele dia poderia descobrir.

— Por favor — Van Allen dissera, tocando breve e gentilmente na mão de Alan. — Foi um acidente horrível, mas foi *só* isso. Você tem que seguir em frente. Você tem outro filho e ele precisa de você tanto quanto você precisa dele. Você tem que seguir em frente e dar continuidade à vida.

Ele tentara. O horror irracional da história com Thad Beaumont, a história com os

(*pardais os pardais estão voando*)

pássaros, tinha começado a passar, e ele realmente tentou colocar sua vida de volta nos trilhos... viúvo, um policial de cidade pequena, pai de um adolescente crescendo e se afastando rápido demais... não por causa de Polly, mas por causa do acidente. Por causa daquele trauma horrível e entorpecedor: *Filho, tenho uma notícia horrível; você precisa se preparar...* E, claro, ele começou a chorar, e logo Al estava chorando também.

Ainda assim, eles seguiram em frente com a reconstrução e *ainda* estavam trabalhando nisso. As coisas estavam melhores agora... mas duas coisas se recusavam a passar.

Uma era aquele frasco enorme de analgésico quase vazio depois de apenas uma semana.

A outra era o fato de que Annie não estava de cinto de segurança.

Mas Annie *sempre* usava o cinto de segurança.

Depois de três semanas de noites agonizantes e insones, ele marcou uma consulta com um neurologista em Portland, pensando em cavalos roubados e portas de celeiros trancadas. Ele foi porque o sujeito talvez tivesse respostas melhores para as perguntas que Alan precisava fazer e porque estava cansado de arrancar respostas de Ray Van Allen com um guindaste. O nome do médico era Scopes, e pela primeira vez na vida Alan se escondeu atrás do trabalho: ele falou para Scopes que suas perguntas eram relacionadas a uma investigação policial em andamento. O médico confirmou as desconfianças principais de Alan: sim, pessoas com tumores cerebrais às vezes sofriam de lapsos de irracionalidade e às vezes ficavam suicidas. Quando uma pessoa com tumor cerebral cometia suicídio, disse Scopes, o ato era muitas vezes cometido por impulso, depois de um período de consideração que podia durar um minuto ou talvez segundos. Uma pessoa assim pode levar outra junto?, perguntou Alan.

Scopes estava sentado atrás da escrivaninha, encostado na cadeira com as mãos entrelaçadas atrás do pescoço, e não conseguia ver as mãos de Alan, que estavam tão apertadas entre os joelhos que os dedos estavam brancos. Ah, sim, disse Scopes. Não era um padrão incomum em casos assim; tumores do tronco encefálico costumavam causar comportamentos que um leigo poderia considerar psicóticos. Um deles podia ser a conclusão de que a infelicidade que sentiam era uma infelicidade compartilhada por seus entes queridos ou até pela raça humana inteira; outro podia ser a ideia de que os entes queridos da pessoa não iam querer viver se ela estivesse morta. Scopes citou Charles Whitman, o escoteiro que subiu no topo da torre da Universidade do Texas e matou mais de vinte e quatro pessoas antes de botar fim na própria vida, e uma professora substituta de fundamental I do Illinois que matou vários alunos antes de ir para casa e cravar uma bala no próprio cérebro. As autópsias revelaram tumores cerebrais em ambos os casos. Era um padrão, mas um padrão que não acontecia em todos os casos, nem na maioria. Tumores cerebrais às vezes provocavam sintomas estranhos, até exóticos; às vezes não provocavam sintoma nenhum. Era impossível dizer com certeza.

*Impossível. Então, deixa para lá.*

Um bom conselho, mas difícil de engolir. Por causa do frasco de analgésico. E do cinto de segurança.

Mas, mais do que tudo, foi o cinto de segurança que permaneceu no fundo da mente de Alan... uma nuvenzinha preta que não ia embora. Ela *nunca* dirigia sem colocar o cinto. Nem mesmo até o fim do quarteirão. Só que Todd estava com o dele, como sempre. Isso não queria dizer alguma coisa? Se tinha decidido, um tempo depois de sair de ré da frente da garagem, que queria se matar e levar Todd junto, ela não teria insistido para que Todd abrisse o cinto dele também? Mesmo com dor, deprimida, confusa, ela não ia querer que Todd sofresse, ia?

*Impossível dizer com certeza. Deixa para lá.*

Mas, mesmo agora, deitado na cama de Polly com ela dormindo ao seu lado, ele ainda achava o conselho difícil de seguir. Sua mente voltou a trabalhar na questão, como um cachorrinho roendo um pedaço velho e puído de couro com os dentinhos afiados.

Uma imagem sempre passava pela cabeça dele nesse momento, uma imagem de pesadelo que finalmente o levou até Polly Chalmers, porque Polly era a mulher de quem Annie era mais próxima na cidade... e, considerando a história de Beaumont e o preço psicológico que aquilo cobrou de Alan, Polly provavelmente esteve ao lado de Annie mais do que ele durante os últimos meses de vida dela.

A imagem era de Annie tirando o próprio cinto, enfiando o pedal do acelerador até o chão, tirando as mãos do volante. Tirando-as do volante porque tinha um outro trabalho naqueles últimos segundos.

Tirando-as do volante para poder soltar o cinto de Todd também.

Essa era a imagem: o Scout rugindo pela estrada a cento e dez quilômetros por hora, desviando para a direita, indo na direção das árvores debaixo de um céu branco de março que prometia chuva, enquanto Annie tentava tirar o cinto de Todd e o menino, gritando e com medo, lutava para afastar as mãos dela. Ele viu o rosto de Annie, que tanto amava, transformado na máscara de uma bruxa, viu o rosto de Todd repuxado com pavor. Às vezes, ele acordava no meio da noite, o corpo coberto de suor grudento, com a voz de Todd ecoando nos ouvidos: *As árvores, mamãe! Cuidado com as ÁÁÁÁRVORES!*

Assim, ele foi ver Polly um dia na hora de a loja fechar e perguntou se ela queria ir até a casa dele tomar uma bebida ou, se ela não se sentisse à vontade para isso, se ele podia ir até a casa dela.

Sentados na cozinha dele (*a cozinha certa*, a voz interior declarou) com uma caneca de chá para ela e uma de café para ele, ele começou a falar lentamente e com hesitação sobre o pesadelo.

— Eu preciso saber, se puder, se ela estava passando por períodos de depressão e irracionalidade sobre os quais eu não soube ou não reparei — começou ele. — Preciso saber se… — Ele parou, perdido por um momento. Sabia que palavras precisava dizer, mas estava ficando cada vez mais difícil enunciá-las. Era como se o canal de comunicação entre sua mente infeliz e confusa e sua boca estivesse ficando cada vez menor e logo fosse se fechar completamente.

Ele fez um grande esforço e continuou.

— Eu preciso saber se ela estava suicida. Porque, sabe, não foi só a Annie que morreu. O Todd morreu com ela, e se houve finais… sinais, eu quis dizer *sinais*… em que não reparei, então também sou responsável pela morte dele. E é uma coisa que sinto que preciso saber.

Ele parou por aí, o coração disparado no peito. Passou a mão pela testa e ficou um pouco surpreso ao perceber que ela estava úmida de suor.

— Alan — disse ela, colocando a mão no pulso dele. Os olhos azul-claros os encaravam fixamente. — Se eu tivesse visto sinais e não tivesse contado pra ninguém, eu seria tão culpada quanto você parece querer ser.

Ele a encarou boquiaberto, lembrava-se disso. Polly poderia ter visto alguma coisa no comportamento de Annie que ele tinha deixado passar; ele tinha chegado até aí no raciocínio. A ideia de que reparar em comportamentos estranhos acarretava uma responsabilidade de fazer alguma coisa só lhe ocorreu naquele momento.

— Você não viu? — perguntou ele.

— Não. Já repassei várias vezes na mente. Não quero diminuir sua dor e sua perda, mas você não é o único que sente essas coisas e não é o único que ficou imerso em reflexões desde o acidente da Annie. Eu repassei as últimas semanas até ficar tonta, repetindo cenas e conversas tendo em vista o que a autópsia demonstrou. Estou fazendo isso de novo agora, considerando o que você me contou sobre o frasco de analgésico. E sabe o que encontro?

— O quê?

— Nada. — Ela disse isso com uma falta de ênfase que soou estranhamente convincente. — Nada mesmo. Houve ocasiões em que achei que ela estava meio pálida. Me lembro de algumas ocasiões em que a ouvi falando sozinha enquanto fazia bainhas de saias ou cortava tecido. É o comportamento mais excêntrico de que consigo me lembrar e eu mesma já fiz isso muitas vezes. Você também?

Alan assentiu.

— Quase o tempo todo, ela era como era desde que a conheci: alegre, simpática, atenciosa… uma boa amiga.

— Mas…

A mão dela ainda estava no pulso dele; apertou um pouco.

— Não, Alan. Nada de mas. Ray Van Allen está fazendo a mesma coisa, sabe… reflexão de segunda de manhã, acho que chamam assim. Você o culpa? Você acha que *Ray* é culpado por não ter percebido o tumor?

— Não, mas…

— E eu? Eu trabalhava com ela todos os dias, lado a lado na maior parte do tempo; nós tomávamos café juntas às dez, almoçávamos juntas ao meio-dia e tomávamos café juntas de novo às três. Falávamos muito francamente com o passar do tempo e passamos a conhecer e gostar uma da outra, Alan. Eu sei que você fazia bem a ela, tanto como amigo quanto como amante, e sei que ela amava os meninos. Mas se ela estava indo na direção do suicídio como resultado da doença… isso eu não sabia. Então, me diga: você *me* culpa? — Os olhos azuis límpidos dela encaravam os dele com uma expressão franca e curiosa.

— Não, mas…

A mão apertou novamente, leve, mas imperiosa.

— Quero perguntar uma coisa. É importante, então pense com atenção.

Ele assentiu.

— Ray era o médico dela e, se os sinais estavam lá, ele não viu. Eu era amiga dela e, se os sinais estavam lá, eu não vi. Você era marido dela e, se os sinais estavam lá, *você* também não viu. E você acha que isso é tudo, que é o fim da linha, mas não é.

— Não estou entendendo aonde você quer chegar.

— Outra pessoa era próxima dela. Uma pessoa mais próxima do que nós dois imaginamos.

— De quem você está fal…

— Alan, o que *Todd* disse?

Ele só conseguiu olhar para ela, sem entender. Parecia que ela tinha falado uma palavra em uma língua estrangeira.

— *Todd* — repetiu ela, parecendo impaciente. — Todd, seu *filho*. O que mantém você acordado à noite. É ele, não é? Não ela, mas ele.

— Sim. Ele. — Sua voz saiu aguda e oscilante, não parecendo sua voz de verdade, e ele sentiu uma coisa começar a mudar dentro dele, uma coisa grande e fundamental. Agora, deitado na cama de Polly, ele se lembrava daquele momento à mesa da cozinha com uma clareza quase sobrenatural: a mão dela no pulso dele sob um raio inclinado de sol do fim da tarde, os pelos de um dourado suave; os olhos claros; a implacabilidade gentil.

— Ela obrigou Todd a entrar no carro, Alan? Ele estava se debatendo? Gritando? Resistindo a ela?

— Não, claro que não, mas ela era mãe del...

— De quem foi a ideia de Todd ir com ela ao mercado naquele dia? Dela ou dele? Você lembra?

Ele começou a dizer não, mas lembrou de repente. As vozes deles, vindas da sala, quando ele estava sentado à escrivaninha, repassando mandados do condado.

*Tenho que ir ao mercado, Todd. Quer ir?*

*Vou poder olhar as fitas de vídeo novas?*

*Acho que sim. Pergunta ao seu pai se ele quer alguma coisa.*

— Foi ideia dela — disse ele para Polly.

— Tem certeza?

— Tenho. Mas ela *perguntou* pra ele se ele queria ir. Não *mandou*.

Aquela coisa interior, aquela coisa fundamental, ainda estava se movendo. Acabaria caindo, pensou ele, e arrancaria um pedaço enorme de chão quando caísse, pois as raízes eram fundas e amplas.

— Ele estava com medo dela?

Agora ela estava quase fazendo um interrogatório cruzado, como ele tinha feito com Ray Van Allen, mas ele não foi capaz de fazê-la parar. E nem tinha certeza se queria. Havia algo ali, sim, algo que nunca tinha ocorrido a ele naquelas longas noites. Algo que ainda estava vivo.

— Todd, com medo da Annie? Meu Deus, não!

— Nem nos últimos meses em que eles estavam vivos?

— Não.

— Nas últimas semanas?

— Polly, eu não estava em muita condição de observar coisas. Tinha uma coisa acontecendo com Thad Beaumont, o escritor... uma coisa maluca...

— Você está me dizendo que estava tão desligado que não prestava atenção na Annie e no Todd quando eles estavam por perto? Ou que não passava muito tempo em casa, de qualquer jeito?

— Não... sim... quer dizer, *claro* que eu passava tempo em casa, mas...

Foi uma sensação estranha a de estar do outro lado desse tiroteio de perguntas. Era como se Polly o tivesse dopado com novocaína e começado a usá-lo como saco de pancadas. E aquela coisa fundamental, o que quer que fosse, ainda estava em movimento, ainda rolando na direção do limite em que a gravidade começaria a trabalhar não para mantê-la de pé, mas para derrubá-la.

— Todd alguma vez te procurou pra dizer "Estou com medo da mamãe"?

— Não...

— Ele alguma vez foi até você dizer "Papai, acho que a mamãe está pensando em se matar e me levar junto"?

— Polly, isso é ridículo! Eu...

— Ele *fez* isso?

— *Não!*

— Ele alguma vez disse que ela estava agindo ou falando de um jeito estranho?

— Não...

— E Al estava longe, na escola, certo?

— O que isso tem a ver com...

— Ela tinha um filho restante no ninho. Quando você estava fora, trabalhando, eram só os dois naquele ninho. Ela jantava com ele, o ajudava com o dever de casa, via televisão com ele...

— Lia para ele... — completou ele. Sua voz estava arrastada, estranha. Ele mal a reconheceu.

— Ela devia ser a primeira pessoa que Todd via de manhã e a última que ele via à noite — disse Polly. A mão dela ainda estava no pulso dele. Os olhos o encaravam com sinceridade. — Se alguém estava em posição de ver que isso ia acontecer, esse alguém era a pessoa que morreu com ela. *E essa pessoa nunca disse nada.*

De repente, a coisa dentro dele caiu. Seu rosto começou a se mover. Ele sentia aquilo acontecendo; era como se fios tivessem sido amarrados a ele em vários lugares e cada um estivesse sendo puxado por uma mão gentil e insistente. Um calor tomou conta de sua garganta e tentou fechá-la. Esse calor foi para o seu rosto. Seus olhos se encheram de lágrimas; Polly Chalmers foi duplicada, triplicada e virou um prisma de luz e imagem. Seu peito subiu, mas os pulmões pareciam não encontrar ar. As mãos se viraram com aquela rapidez assustadora que ele tinha e se fecharam nas dela. Devia ter doído terrivelmente, mas ela não fez som nenhum.

— *Eu sinto falta dela!* — gritou ele para Polly, e um soluço enorme e doloroso partiu as palavras em ofegos. — *Sinto falta dos dois, ah, Deus, como sinto falta dos dois!*

— Eu sei — disse Polly calmamente. — Eu sei. A questão toda é essa, não é? O quanto você sente falta deles.

Ele começou a chorar. Al chorou todas as noites por duas semanas, e Alan ficou ao lado dele para abraçá-lo e oferecer o consolo que pôde, mas Alan mesmo não tinha chorado. Agora, estava chorando. Os soluços o dominaram e tomaram conta dele; ele não tinha o poder de pará-los ou acalmá-los. Não conseguia moderar sua dor e finalmente descobriu, com um alívio profundo e incoerente, que não tinha necessidade de fazer isso.

Ele empurrou a xícara de café para longe cegamente, ouviu-a cair no chão em um outro mundo e se estilhaçar lá. Apoiou a cabeça quente e latejante na mesa e botou os braços em volta e chorou.

Em determinado ponto, ele a sentiu erguer sua cabeça com as mãos frias, as mãos deformadas e gentis, e a colocar junto à barriga. Ela o abraçou assim e ele chorou por muito, muito tempo.

## 8

O braço dela estava escorregando do peito dele. Alan o moveu com delicadeza, ciente de que, se esbarrasse mesmo que de leve na mão dela, a acordaria. Olhando para o teto, ele se perguntou se Polly tinha provocado deliberadamente sua dor naquele dia. Achava que sim, sabendo ou intuindo que ele precisava expressar a dor bem mais do que precisava encontrar respostas que quase certamente não existiam mesmo.

Aquele tinha sido o começo entre eles, embora ele não tivesse reconhecido como um começo; parecia mais o fim de alguma coisa. Entre aquela ocasião e o dia em que ele finalmente reuniu coragem de convidar Polly para jantar, ele pensou com frequência na expressão dos olhos azuis e na sensação da mão dela no pulso. Pensou na implacabilidade gentil com que ela o forçou na direção de ideias que ele ignorava ou descartava. E durante aquela época ele tentou lidar com um novo conjunto de sentimentos sobre a morte de Annie; quando o bloqueio entre ele e a dor foi removido, essas outras coisas jorraram numa inundação. A principal e mais perturbadora delas foi uma raiva terrível de Annie por esconder uma doença que podia ter sido tratada e curada... e por ter levado o filho junto naquele dia. Ele falou sobre alguns desses sentimentos com Polly no restaurante The Birches em uma noite fria e chuvosa de abril.

— Você parou de pensar em suicídio e começou a pensar em assassinato — dissera ela. — É por isso que você está com raiva, Alan.

Ele balançou a cabeça e começou a falar, mas ela se inclinou por cima da mesa e colocou um dos dedos tortos com firmeza sobre os lábios dele por um momento. Silêncio. E o gesto o surpreendeu tanto que ele *fez* silêncio.

— É — disse ela. — Não vou te catequizar desta vez, Alan. Tem muito tempo que não saio pra jantar com um homem e estou gostando demais pra bancar a promotora. Mas as pessoas não ficam com raiva de outras, ao menos não do jeito que você está, por terem sofrido acidentes, a não ser que tenha havido um grande descuido envolvido. Se Annie e Todd tivessem morrido porque os freios do Scout falharam, você se culparia por não ter mandado verificar ou talvez processasse Sonny Jackett por ter feito um serviço ruim na última vez que você o levou pra manutenção, mas você não culparia *ela*. Não é verdade?

— Acho que sim.

— Eu *sei* que sim. Pode ser que *tenha* havido um tipo de acidente, Alan. Você sabe que ela pode ter tido uma convulsão dirigindo, o dr. Van Allen falou. Mas já ocorreu a você que ela pode ter só desviado pra não atropelar um cervo? Que pode ter sido uma coisa simples assim?

Já tinha passado pela cabeça dele. Um cervo, um pássaro, talvez até um carro indo para a pista dela.

— Já. Mas o cinto de segurança...

— Ah, *esquece* o maldito cinto! — dissera ela com tanta veemência que algumas pessoas das mesas próximas olharam brevemente para eles. — Talvez ela estivesse com dor de cabeça e por isso esqueceu o cinto daquela vez, mas isso ainda não quer dizer que ela bateu o carro deliberadamente. E a dor de cabeça, uma das ruins, explicaria por que o cinto do Todd *estava* preso. E esse não é o ponto.

— Qual é, então?

— A quantidade de "talvez" aqui é grande demais para sustentar sua raiva. E mesmo que as piores coisas de que você desconfia sejam verdade, você nunca vai saber, né?

— É.

— E se você *soubesse*... — Ela olhou para ele com firmeza. Havia uma vela na mesa entre eles. Os olhos dela ficavam de um tom mais escuro de azul na chama e ele via uma pequena fagulha de luz em cada um. — Bom, um tumor cerebral também é um acidente. Não tem culpado aqui, Alan, não tem, como é que você chama no seu trabalho? Não tem ofensor, não tem réu. Enquanto você não aceitar isso, não vai haver chance.

— Que chance?

— *Nossa* chance — disse ela calmamente. — Gosto muito de você, Alan, e não estou velha demais pra correr um risco, mas estou velha o suficiente pra saber aonde minhas emoções podem me levar quando chegam ao ponto de sair do controle. Não vou deixar que cheguem nem perto desse ponto, a não ser que você consiga botar Annie e Todd pra descansar.

Ele olhou para ela, sem palavras. Ela o observou com seriedade por cima do jantar na antiga pousada de interior, a luz da lareira estalando em laranja em uma das bochechas lisas e na lateral da testa. Do lado de fora, o vento tocava uma longa nota de trombone debaixo das calhas.

— Falei demais? — perguntou Polly. — Se falei, eu gostaria que você me levasse pra casa, Alan. Odeio ficar constrangida quase tanto quanto odeio não falar o que penso.

Ele esticou a mão por cima da mesa e tocou na mão dela de leve.

— Não, você não falou demais. Gosto de ouvir você, Polly.

Ela sorriu nesse momento. O sorriso iluminou o rosto dela todo.

— Você vai ter sua chance, então.

E foi assim que começou para eles. Eles não sentiram culpa por começarem a sair juntos, mas reconheceram que tinham que tomar cuidado… e não só porque moravam em uma cidade pequena em que ele era um oficial eleito e ela precisava da boa vontade da comunidade para manter o negócio funcionando, mas porque os dois reconheciam a possibilidade de culpa. Nenhum dos dois estava velho demais para correr um risco, ao que parecia, mas os dois estavam velhos demais para serem descuidados. Era preciso tomar cuidado.

Depois, em maio, ele a levou para a cama pela primeira vez, e ela contou para ele tudo sobre os anos entre o Antes e o Agora… a história na qual ele não acreditava completamente, a que ele estava convencido de que ela lhe contaria de novo um dia, sem os olhares diretos demais e a mão esquerda que puxava demais o lóbulo da orelha esquerda. Ele reconhecia o quanto tinha sido difícil para ela contar o quanto contou, e aceitou esperar pelo resto. *Tinha* que aceitar. Porque era preciso tomar cuidado. Era suficiente, e muito, se apaixonar por ela enquanto o longo verão do Maine passava por eles.

Agora, ao olhar para o teto revestido com placas decoradas de estanho do quarto dela na penumbra, ele se perguntou se tinha chegado a hora de falar em casamento de novo. Ele tinha tentado uma vez, em agosto, e ela fez aquele gesto com o dedo de novo. Silêncio. Ele achava...

Mas o fluxo consciente de pensamento começou a se dissipar, enfim, e Alan caiu facilmente no sono.

9

No sonho, ele estava fazendo compras em um mercado enorme, andando por um corredor tão comprido que sumia em um ponto ao longe. Havia tudo ali, tudo que ele queria, mas não tinha dinheiro para comprar: um relógio sensível à pressão, um verdadeiro chapéu fedora de feltro da Abercrombie & Fitch, uma câmera de oito milímetros Bell and Howell, centenas de outros itens... mas havia alguém atrás dele, atrás do ombro dele, onde ele não conseguia enxergar.

— Aqui embaixo chamamos essas coisas de essência de idiota, meu chapa — comentou uma voz.

Era uma voz que Alan conhecia. Pertencia ao filho da puta de primeira classe que dirigia o Toronado chamado George Stark.

— Nós chamamos essa loja de Fimlândia — disse a voz — porque é o lugar onde todos os bens e serviços terminam.

Alan viu uma cobra grande (parecia uma píton com a cabeça de uma cascavel) sair deslizando de uma seleção enorme de computadores Apple com uma placa que dizia GRÁTIS PARA O PÚBLICO. Ele se virou para fugir, mas uma mão sem linhas na palma segurou seu braço e o impediu.

— Vá em frente — disse a voz, persuasiva. — Pegue o que quiser, meu chapa. Pegue *tudo* que quiser... e pague.

Mas cada item que ele pegava virava a fivela do cinto de segurança queimada e derretida do filho.

# OITO

1

Danforth Keeton não tinha nenhum tumor cerebral, mas *estava* com uma dor de cabeça horrível quando se sentou no escritório no sábado de manhã. Na mesa, ao lado de uma pilha com os livros fiscais dos anos 1982 a 1989 encadernados de vermelho, havia correspondências espalhadas, cartas do Departamento Fiscal do Estado do Maine e fotocópias das cartas que ele tinha escrito em resposta.

Tudo estava começando a desmoronar em volta dele. Ele sabia disso, mas não podia fazer nada.

Keeton tinha feito uma viagem até Lewiston no dia anterior, voltou para Rock por volta de meia-noite e meia e passou o resto da noite andando pelo escritório de casa inquieto enquanto sua esposa dormia o sono dos tranquilizantes no andar de cima. Ele viu seu olhar se voltando cada vez mais para o pequeno armário no canto do escritório. Havia uma prateleira alta no armário, cheia de suéteres. A maioria dos suéteres estava velha e comida de traças. Debaixo deles havia uma caixa de madeira entalhada que seu pai tinha feito bem antes que o Alzheimer o cobrisse completamente como uma sombra, roubando dele todas as capacidades consideráveis e lembranças. Havia um revólver na caixa.

Keeton se via pensando no revólver com mais e mais frequência. Não para si mesmo, não; ao menos, não de primeira. Para eles. Os Perseguidores.

Às quinze para as seis ele saiu de casa e dirigiu pelas ruas silenciosas do amanhecer entre sua casa e o Prédio Municipal. Eddie Warburton, com uma vassoura na mão e um cigarro Chesterfield na boca (a medalha de ouro puro de São Cristóvão que ele tinha comprado na Artigos Indispensáveis no dia anterior estava escondida e protegida debaixo da camisa azul de cambraia), o viu subir a escada até o segundo andar. Nenhuma palavra foi trocada entre os dois homens. Eddie já tinha se acostumado com as aparições de Keeton em horas estranhas desde um ano antes, mais ou menos, e Keeton já tinha deixado de reparar em Eddie havia tempos.

Agora Keeton reuniu os papéis, lutou contra um impulso de simplesmente rasgá-los e espalhar os pedacinhos para todo lado e começou a arrumá-los. Correspondência do Departamento Fiscal em uma pilha, suas respostas em outra. Ele guardava essas cartas na gaveta de baixo do arquivo — uma gaveta cuja chave só ele tinha.

Embaixo da maioria das cartas havia a seguinte anotação: DK/sl. DK era ele, claro, Danforth Keeton. E sl era Shirley Laurence, sua secretária, que o ouvia ditar e datilografava a correspondência. Mas Shirley não datilografou nenhuma das respostas dele para as cartas do Departamento, independentemente das iniciais.

Era mais inteligente guardar algumas coisas só para si.

Uma frase saltou na cara dele enquanto ele arrumava: "… e reparamos em discrepâncias no formulário trimestral de impostos da cidade do ano fiscal de 1989…".

Ele botou a carta de lado rapidamente.

Outra: "… e ao examinar uma amostra dos formulários de Compensação dos Trabalhadores durante o último trimestre de 1987, temos questões sérias relacionadas…".

Para o arquivo.

E outra: "… acreditamos que seu pedido de deferimento de exame parece prematuro neste momento…".

As palavras ficaram borradas em uma movimentação doentia, fazendo-o se sentir como se estivesse em um brinquedo descontrolado de parque de diversões.

"… perguntas sobre os fundos de fazendas de plantio de árvores são…"

"… não encontramos registro de que a Cidade tenha pedido…"

"… dispersão da parte do Estado no orçamento não foi documentada adequadamente…"

"… os recibos que faltam na conta dos gastos precisam ser…"

"… comprovantes de pagamento em dinheiro não são suficientes para…"

"… pode pedir documentação completa de gastos…"

E agora, essa última, que tinha chegado no dia anterior. Que tinha feito com que ele fosse a Lewiston, aonde prometera nunca mais ir durante a temporada de corrida de cavalos com bigas, na noite anterior.

Keeton olhou com frieza. Sua cabeça estava latejando e pulsando; uma gota grande de suor escorreu pelo centro das costas. Havia olheiras escuras de exaustão embaixo dos seus olhos. Uma afta incomodava o canto da boca.

DEPARTAMENTO FISCAL
Governo Estadual
Augusta, Maine 04330

O cabeçalho, abaixo do Selo Estadual, gritava com ele, e a saudação, que era fria e formal, ameaçava:

*Aos conselheiros de Castle Rock.*

Só isso. Nada de "Caro Dan" nem "Prezado sr. Keeton". Nada de bons votos para a família dele no encerramento. A carta era fria e odiosa como um golpe de furador de gelo.

Eles queriam auditar os registros da cidade.

*Todos* os registros da cidade.

Os registros fiscais, registros de participação nos lucros estaduais e federais, registros de gastos da cidade, registros de manutenção de ruas e estradas, orçamento municipal da polícia, orçamento dos departamentos de parques, até os registros financeiros relacionados à fazenda experimental de plantio de árvores financiada pelo estado.

Eles queriam ver tudo e queriam ver no dia 17 de outubro. Dali a apenas cinco dias.

*Eles.*

A carta era assinada pelo Tesoureiro do Estado, pelo Auditor do Estado e até —mais ameaçador ainda — pelo Procurador Geral, a autoridade policial mais importante do Maine. E eram assinaturas pessoais, não reproduções.

—*Eles* — sussurrou Keeton para a carta. Ele a balançou no punho e o ruído foi baixo. Mostrou os dentes para a carta. — *Eeeeeeles!*

Ele bateu com a carta em cima das outras. Fechou a pasta. Na aba havia uma etiqueta datilografada: CORRESPONDÊNCIA, DEPARTAMENTO FISCAL DO MAINE. Keeton olhou para a pasta fechada por um momento. Tirou uma caneta do suporte (o kit fora presente da Câmara de Comércio do Condado de Castle) e escreveu as palavras DEPARTAMENTO DE MERDA DO MAINE! na frente da pasta em letras grandes e trêmulas. Ficou olhando por mais um momento e escreveu DEPARTAMENTO DE CUZÕES DO MAINE! logo abaixo. Ficou segurando a caneta na mão fechada, como se fosse uma faca. Em seguida, jogou-a do outro lado da sala. Ela caiu no canto com um ruído baixo.

Keeton fechou a outra pasta, a que continha cópias das cartas que ele mesmo escrevera (e nas quais sempre acrescentava as iniciais da secretária em caixa-baixa), cartas que elaborou em noites longas e insones, cartas que acabaram não servindo para nada. Uma veia pulsava regularmente no centro da sua testa.

Ele se levantou, levou as duas pastas até o armário, guardou-as na gaveta de baixo, fechou-a e verificou se estava mesmo trancada. Em seguida, foi até a janela e ficou olhando para a cidade adormecida, respirando fundo e tentando se acalmar.

Estavam atrás dele. Os Perseguidores. Ele se viu imaginando pela milésima vez quem os teria jogado em cima dele. Se pudesse encontrar essa pessoa, o Perseguidor Principal imundo, Keeton tiraria a arma de onde estava, na caixa debaixo do suéter comido de traça, e acabaria com ele. Mas não faria isso rápido. Ah, não. Atiraria em uma parte de cada vez e faria o filho da mãe imundo cantar o Hino Nacional ao mesmo tempo.

Sua mente se voltou para o policial magrelo, Ridgewick. Poderia ter sido ele? Ele não parecia inteligente o bastante... mas as aparências enganavam. Pangborn dissera que Ridgewick tinha dado a multa do Cadillac por ordens dele, mas nada garantia que isso era verdade. E, no banheiro masculino, quando Ridgewick o chamou de Buster, havia uma expressão de desprezo sábio e debochado nos olhos dele. Ridgewick já tinha sido contratado quando as primeiras cartas do Departamento Fiscal começaram a chegar? Keeton tinha quase certeza de que sim. Mais tarde ele olharia o registro de emprego do sujeito para ter certeza.

E o próprio Pangborn? *Ele* era inteligente o bastante, era quase certo que odiava Danforth Keeton (e Eles não o odiavam todos? Eles não o odiavam?) e Pangborn conhecia muita gente em Augusta. Ele os conhecia bem. Ora, falava no telefone com Eles todos os *dias*, ao que parecia. As contas de telefone, mesmo com a linha WATS, eram horríveis.

Poderiam ter sido os dois? Pangborn *e* Ridgewick? Juntos nisso?

— O Cavaleiro Solitário e seu fiel companheiro índio, Tonto — disse Keeton em voz baixa, com um sorriso maligno. — Se foi você, Pangborn, você vai se arrepender. E se foram os dois, vocês *dois* vão se arrepender. — Suas mãos se fecharam lentamente. — Não vou aguentar essa perseguição para sempre, sabe.

As unhas bem cuidadas cortaram a pele das palmas das mãos. Ele não reparou quando o sangue começou a escorrer. Talvez Ridgewick. Talvez Pangborn, talvez Melissa Clutterbuck, aquela vaca frígida que era Tesoureira Municipal, talvez Bill Fullerton, o Segundo Conselheiro (ele sabia que Fullerton queria sua posição e não descansaria enquanto não a tivesse)...

Talvez *todos*.

Todos juntos.

Keeton soltou o ar em um suspiro longo e torturado, fazendo uma flor embaçada no vidro reforçado da janela do escritório. A pergunta era, o que ele faria? Entre agora e o dia 17, o que ele *faria*?

A resposta era simples: ele não sabia.

2

A juventude de Danforth Keeton foi uma coisa muito preto no branco, e ele gostava disso. Ele estudou na Castle Rock High School e começou a trabalhar em meio período na loja de carros da família quando tinha catorze anos, lavando os carros expostos e passando cera nos modelos do showroom. A Keeton Chevrolet era uma das franquias mais antigas da Chevrolet na Nova Inglaterra e base da estrutura financeira dos Keetons. Era uma estrutura bastante sólida até bem recentemente.

Durante seus quatro anos na Castle Rock High, ele era Buster para praticamente todo mundo. Ele fez os cursos comerciais, manteve uma média de B, cuidou do conselho escolar quase sozinho e foi estudar na Faculdade de Administração Traynor, em Boston. Só tirava A na Traynor e se formou três semestres adiantado. Quando voltou para Rock, ele deixou bem claro que seus dias de Buster tinham acabado.

A vida tinha sido boa até aquela viagem que ele e Steve Frazier fizeram para Lewiston nove ou dez anos antes. Foi quando os problemas começaram; foi quando sua linda vida em preto e branco começou a se encher de tons de cinza.

Ele nunca jogava, nem como Buster na época de escola, nem como Dan na época da faculdade, nem como sr. Keeton da Keeton Chevrolet e do Comitê de Conselheiros. Até onde sabia, ninguém na família toda jogava; ele não se lembrava nem de passatempos inocentes como porrinha ou arremesso de moedas. Não havia tabu contra essas coisas, nenhuma proibição, mas ninguém fazia. Keeton nunca tinha apostado em nada até aquela primeira viagem ao Hipódromo de Lewiston com Steve Frazier. Nunca tinha feito aposta em nenhum outro lugar e nem era necessário. O Hipódromo de Lewiston era toda a ruína de que Danforth Keeton precisava.

Ele era Terceiro Conselheiro na época. Steve Frazier, que agora estava no túmulo havia pelo menos cinco anos, era o Conselheiro Principal de Castle Rock. Keeton e Frazier foram "para a cidade" (as viagens a Lewiston eram sempre mencionadas assim) junto com Butch Nedeau, o supervisor de Serviços Sociais do Condado de Rock, e Harry Samuels, que foi Conselheiro durante boa parte da vida adulta e provavelmente morreria assim. A ocasião foi uma conferência estadual de representantes de condados; o assunto eram as novas leis de compartilhamento de receita... e foi o compartilhamento de receita, claro, que provocou boa parte do problema dele. Sem aquilo, Keeton teria sido forçado a cavar o próprio túmulo com uma picareta e uma pá. Com aquilo, ele pôde usar uma escavadeira financeira.

Foi uma conferência de dois dias. Na noite entre os dois, Steve sugeriu que eles fossem se divertir na cidade grande. Butch e Harry recusaram. Keeton também não tinha interesse em passar a noite com Steve Frazier; ele era um velho gordo e metido com banha no lugar do cérebro. Mas foi. Achava que teria ido mesmo se Steve tivesse sugerido que eles passassem a noite passeando pelos buracos mais fundos do inferno. Afinal, Steve era o Conselheiro Principal. Harry Samuels ficaria satisfeito de ser Segundo, Terceiro ou Quarto Conselheiro pelo resto da vida, Butch Nedeau já tinha indicado que pretendia parar depois do mandato atual... mas Danforth Keeton tinha ambições e Frazier, fosse um velho gordo e metido ou não, era a chave para elas.

Então eles foram, parando primeiro no The Holly. SEJA FELIZ NO THE HOLLY!, dizia o lema acima da porta, e Frazier ficou muito feliz, bebendo uísque com água como se fosse só água e assobiando para as strippers, que eram quase todas gordas, a maioria velha e sempre lentas. Keeton achou que a maioria parecia chapada. Ele se lembrava de ter pensado que seria uma longa noite.

E então eles foram para o Hipódromo de Lewiston e tudo mudou.

Chegaram lá a tempo da quinta corrida e Frazier levou um Keeton protestando até as janelas de apostas como um cão pastor guiando uma ovelha desgarrada de volta até o rebanho.

— Steve, eu não sei nada sobre isso...

— *Isso* não importa — respondeu Frazier alegremente, baforando vapores de uísque na cara de Keeton. — Nós vamos ter sorte hoje, Buster. Eu sinto.

Ele não fazia ideia de como apostar, e a falação constante de Frazier dificultava ouvir o que os outros apostadores na fila estavam dizendo quando chegavam ao guichê de apostas de dois dólares.

Quando chegou sua vez, ele empurrou uma nota de cinco dólares para o atendente e disse:

— Número quatro.

— Vencedor, placê ou show? — perguntou o atendente, mas por um momento Keeton não conseguiu responder. Atrás do atendente, ele viu uma coisa incrível. Três funcionários estavam contando e amarrando com elástico pilhas enormes de dinheiro, o maior monte de grana que Keeton já tinha visto.

— Vencedor, placê ou show? — repetiu o atendente com impaciência. — Anda logo, amigão. Aqui não é a Biblioteca Pública.

— Vencedor — disse Keeton. Ele não tinha a menor ideia do que era "placê" e nem "show", mas "vencedor" ele entendia direitinho.

O atendente lhe deu um bilhete e um troco de três dólares, uma nota de um e uma de dois. Keeton olhou para a de dois com interesse curioso enquanto Frazier fazia sua aposta. Ele sabia que notas de dois dólares *existiam*, claro, mas achava que nunca tinha *visto* uma. Thomas Jefferson estava nela. Interessante. Na verdade, a coisa toda era interessante: o cheiro de cavalos, pipoca e amendoim; a plateia apressada; a atmosfera de urgência. O local estava *desperto* de um jeito que ele reconheceu e ao qual reagiu na mesma hora. Já tinha sentido esse tipo de despertar em si mesmo antes, sim, muitas vezes, mas era a primeira vez que sentia no mundo lá fora. Danforth "Buster" Keeton, que raramente se sentia parte de alguma coisa, sentiu-se parte daquilo. E muito.

— Isso é muito melhor do que o The Holly — comentou ele quando Frazier voltou.

— É, corrida de bigas é legal — disse Frazier. — Nunca vai chegar perto da World Series, mas sabe como é. Vem, vamos até a amurada. Em que cavalo você apostou?

Keeton não lembrava. Teve que olhar no bilhete.

— No número quatro.

— Placê ou show?

— Hã... vencedor.

Frazier balançou a cabeça em um desprezo bem-humorado e deu um tapa no ombro dele.

— Vencedor é uma aposta péssima, Buster. É uma aposta péssima mesmo quando o painel de resultados diz que não é. Mas você vai aprender.

E é claro que ele aprendeu.

Em algum lugar, um sino tocou com um ruído alto que fez Keeton pular. Uma voz gritou *"Foi dada a largada!"* pelos alto-falantes da pista. Um rugido trovejante soou na multidão e Keeton sentiu uma onda repentina de eletricidade percorrer seu corpo. Cascos marcaram a pista de terra. Frazier segurou o cotovelo de Keeton com uma das mãos e usou a outra para abrir caminho pela multidão até a amurada. Eles ficaram a menos de vinte metros da linha de chegada.

Agora o locutor estava descrevendo a corrida. O número sete, My Lass, estava na frente na primeira curva, com o número oito, Broken Field, na segunda posição e o número um, How Do?, na terceira. O número quatro se chamava Absolutely, o nome mais idiota para um cavalo que Keeton já tinha ouvido na vida, e estava em sexto. Ele não se importava. Estava hipnotizado pelos cavalos correndo com o pelo brilhando debaixo dos holofotes, pelo movimento das rodas das bigas fazendo a curva, pelas cores fortes das roupas usadas pelos homens.

Quando os cavalos entraram na parte de trás da pista, Broken Field começou a pressionar My Lass pela liderança. My Lass diminuiu o ritmo e Broken Field passou voando. Ao mesmo tempo, Absolutely começou a se mover por fora; Keeton viu antes mesmo que a voz desincorporada do locutor desse a notícia por toda a pista, e mal sentiu Frazier o cutucando, mal o ouviu gritando:

— É seu cavalo, Buster! É seu cavalo *e ele tem chance!*

Quando os cavalos pegaram a última reta na direção do lugar onde Keeton e Frazier estavam, a multidão começou a berrar ao mesmo tempo. Keeton sentiu a eletricidade no corpo de novo, não uma fagulha desta vez, mas uma tempestade. Ele começou a berrar junto; no dia seguinte, estaria tão rouco que só conseguiria falar sussurrando.

— *Absolutely!* — gritou ele. — *Vamos, Absolutely, vamos, sua piranha, CORRE!*

— Trote — disse Frazier, rindo tanto que havia lágrimas escorrendo pelas bochechas. — Vamos, sua piranha, *trote*. É isso que você quer dizer, Buster.

Keeton não prestou atenção. Estava em outro mundo. Estava enviando ondas cerebrais para Absolutely, enviando força telepática pelo ar.

— Agora são Broken Field e How Do?, How Do? e Broken Field — a voz de deus do locutor cantarolou —, e Absolutely está avançando rapidamente agora que eles chegaram nos últimos duzentos metros...

Os cavalos se aproximaram, erguendo uma nuvem de poeira. Absolutely trotou com o pescoço arqueado e a cabeça esticada para a frente, as pernas subindo e descendo como pistões; passou por How Do? e Broken Field, que estava reduzindo muito, bem onde Keeton e Frazier estavam. Ainda estava aumentando a liderança quando atravessou a linha de chegada.

Quando os números subiram no placar, Keeton teve que perguntar a Frazier o que queriam dizer. Frazier olhou para o bilhete e para o placar. Ele assobiou sem fazer barulho.

— Eu recuperei meu dinheiro? — perguntou Keeton com ansiedade.

— Buster, você fez um pouco mais do que isso. Absolutely tinha uma proporção de trinta para um.

Antes de ir embora naquela noite, Keeton tinha ganhado pouco mais de trezentos dólares. E foi assim que nasceu sua obsessão.

3

Ele tirou o sobretudo do cabideiro no canto do escritório, vestindo-o e se preparando para ir embora, mas de repente parou, segurando a maçaneta. Olhou para a sala. Havia um espelho na parede em frente à janela. Keeton olhou para ele por um longo e especulativo momento e foi até lá. Tinha ouvido falar que Eles usavam espelhos; não tinha nascido ontem.

Ele botou o rosto no espelho, ignorando o reflexo da pele pálida e os olhos vermelhos. Colocou uma mão em concha em cada bochecha, cortando o brilho, apertou os olhos e ficou procurando uma câmera do outro lado. Procurando Eles.

Não viu nada.

Depois de um longo momento, se afastou, limpou com indiferença o vidro sujo usando a manga do sobretudo e foi embora do escritório. Nada *ainda*, de qualquer modo. Isso não queria dizer que Eles não viriam hoje à noite, tirariam o espelho e colocariam um especial no lugar. Espionar era outra ferramenta que os Perseguidores usavam. Ele teria que verificar o espelho todos os dias agora.

— Mas eu posso — disse ele para o corredor vazio do andar de cima. — Eu posso fazer isso. Acreditem.

Eddie Warburton estava passando o esfregão no piso do saguão e não olhou quando Keeton saiu para a rua.

O carro dele estava estacionado nos fundos, mas ele não estava com vontade de dirigir. Estava confuso demais para dirigir; acabaria enfiando o Caddy pela vitrine da loja de alguém se tentasse. Ele também não estava ciente, nas profundezas da mente confusa, de que estava se afastando de casa em vez de ir na direção dela. Eram sete e quinze da manhã de sábado e ele era a única pessoa na pequena região comercial de Castle Rock.

Sua mente se voltou brevemente para aquela primeira noite no Hipódromo de Lewiston. Parecia que ele não podia fazer nada errado. Steve Frazier perdera trinta dólares e disse que ia embora depois da nona corrida. Keeton disse que achava que ficaria mais um pouco. Mal olhou para Frazier e mal reparou quando Frazier foi embora. Lembrava-se de ter pensado que era bom não ter alguém do lado dizendo Buster isso e Buster aquilo o tempo todo. Ele odiava o apelido e claro que Steve sabia disso; era por isso que o usava.

Na semana seguinte, ele voltou, mas sozinho, e perdeu sessenta dólares do que tinha ganhado antes. Não se importou. Apesar de pensar frequentemente naquelas pilhas enormes de dinheiro presas com elástico, não era sobre o dinheiro, não de verdade; o dinheiro era só o símbolo que você levava, uma coisa que dizia que você tinha estado lá, que tinha, ainda que brevemente, participado do grande show. Ele se importava mesmo com a empolgação tremenda e explosiva que se espalhava pelos espectadores quando o sino tocava, os portões se abriam com o estrondo pesado e esmagador, e o locutor gritava *"Foi dada a largada!"*. Ele se importava com o rugido da multidão quando o grupo de cavalos percorria a terceira curva e ia com tudo pela reta final, as gritarias histéricas da plateia quando eles percorriam a quarta curva e disparavam na direção da linha de chegada. Era vivo, ah, tão vivo. Era tão vivo que…

… que era perigoso.

Keeton decidiu que era melhor ficar longe. Tinha o rumo da vida bem planejado. Pretendia se tornar o Conselheiro Principal de Castle Rock quando Steve Frazier finalmente pulasse fora, e depois de seis ou sete anos pretendia concorrer à Câmara dos Representantes do Estado. Depois disso, quem sabe? O governo federal não estava fora do alcance de um homem ambicioso, capaz… e são.

Esse era o *verdadeiro* problema da pista. Ele não reconheceu de primeira, mas reconheceu em pouco tempo. A pista de corrida era o local em que as pessoas pagavam, pegavam um bilhete… e abriam mão da sanidade por um tempo. Keeton viu insanidade demais dentro da própria família para ficar à vontade com a atração que o Hipódromo de Lewiston oferecia a ele. Era um poço com laterais escorregadias, uma armadilha com dentes escondidos, uma arma carregada sem o pino de segurança. Quando ia, ele só conseguia ir embora quando a última corrida da noite acabava. Ele sabia disso. Tinha tentado ir embora antes. Uma vez, chegou quase até os corredores de saída, mas uma coisa no fundo do cérebro dele, uma coisa poderosa, enigmática e reptiliana, surgiu, tomou controle e fez seus pés virarem. Keeton morria de medo de despertar completamente aquele réptil. Era melhor deixá-lo adormecido.

Durante três anos, ele fez exatamente isso. Mas então, em 1984, Steve Frazier se aposentou e Keeton foi eleito Conselheiro Chefe. Foi quando seus verdadeiros problemas começaram.

Ele foi à pista de corridas comemorar a vitória, e, já que estava comemorando, decidiu mergulhar de cabeça. Passou direto pelos guichês de dois e cinco dólares e foi para o de dez dólares. Tinha perdido cento e sessenta naquela noite, mais do que se sentia à vontade perdendo (ele disse para a esposa no dia seguinte que foram quarenta), mas não era mais do que ele *podia* perder. De jeito nenhum.

Ele voltou uma semana depois, com a intenção de recuperar o que tinha perdido para sair zerado. E quase conseguiu. *Quase*, essa era a palavra-chave. Ele quase chegou à saída. Na semana seguinte, perdeu duzentos e dez dólares. Isso deixaria um buraco na conta bancária que Myrtle notaria, e por isso ele pegou um pouco emprestado do fundo da cidade para cobrir o pior do prejuízo. Cem dólares. Migalhas.

Depois disso, as coisas começaram a se misturar. O poço realmente tinha paredes escorregadias, e quando se começa a deslizar, é o fim. Você podia gastar toda a sua energia se agarrando nas laterais para conseguir cair mais devagar... mas isso, claro, só prolongaria o sofrimento.

Se houve um ponto do qual não havia volta, esse ponto chegou no verão de 1989. As corridas aconteciam toda noite no verão e Keeton as frequentou constantemente na segunda metade de julho e durante todo o mês de agosto. Myrtle pensou por um tempo que ele estava usando as corridas como desculpa, que ele estava na verdade se encontrando com outra mulher, e isso era uma piada... de verdade. Keeton não conseguiria ter uma ereção nem que a própria Diana descesse da lua de carruagem com a toga aberta e uma placa dizendo ME COME, DANFORTH pendurada no pescoço. A ideia do quanto ele tinha mexido nos fundos da cidade fez seu pobre pênis murchar para o tamanho de uma borrachinha.

Quando Myrtle finalmente se convenceu da verdade, de que eram só corridas de cavalos, afinal, ela ficou aliviada. As corridas o mantinham longe de casa, onde ele costumava ser meio tirano, e ele não podia estar perdendo tanto, argumentou ela, porque o saldo da conta não variava muito. Era só que Danforth tinha encontrado um hobby que o divertia na meia-idade.

*Só corridas de cavalos, afinal*, pensou Keeton enquanto andava pela rua Principal com as mãos enfiadas nos bolsos do sobretudo. Ele deu uma gargalhada estranha e meio louca que teria feito cabeças se virarem se houvesse alguém na rua. Myrtle ficava de olho na conta bancária. A ideia de que Danforth podia ter mexido nos papéis do tesouro que eram as economias de vida deles nunca passou pela cabeça dela. Da mesma forma, a informação de que a Keeton Chevrolet estava oscilando à beira da extinção pertencia a ele apenas.

*Ela* cuidava do talão de cheques e das contas da casa.

*Ele* era contador público certificado.

Quando o assunto é peculato, um contador público pode fazer o trabalho melhor do que a maioria... mas, no final, a verdade sempre vem à tona. Os artifícios usados por Keeton começaram a cair por terra no outono de 1990. Ele segurou as pontas da melhor forma que pôde, torcendo para ter um golpe de sorte nas pistas. Àquelas alturas, tinha encontrado um agenciador de apostas, o que lhe permitia fazer apostas maiores do que no local das corridas.

Mas não mudou sua sorte.

Naquele verão, a perseguição começou para valer. Antes, Eles só ficaram brincando com ele. Agora, Eles estavam agindo para matar e o Armagedon estava a menos de uma semana.

*Vou pegar Eles*, pensou Keeton. *Ainda não acabei. Ainda tenho um truque ou dois na manga.*

Só que ele não sabia que truques eram esses; eis o problema.

*Não importa. Tem um jeito. Eu sei que tem um j...*

Nesse momento, seus pensamentos sumiram. Ele estava parado na frente da loja nova, a Artigos Indispensáveis, e o que viu na vitrine limpou sua mente por um momento.

Era uma caixa de papelão retangular, bem colorida, com uma imagem na frente. Ele achava que era um jogo de tabuleiro. Mas era um jogo de tabuleiro sobre corrida de cavalos e ele poderia jurar que a pintura, que mostrava dois cavalos passando na linha de chegada lado a lado, era do Hipódromo de Lewiston. Se não era a arquibancada principal no fundo, ele estava louco.

O nome do jogo era BILHETE DA VITÓRIA.

Keeton ficou olhando para a caixa por quase cinco minutos, tão hipnotizado quanto uma criança olhando uma vitrine de trens elétricos. Lentamente, ele andou debaixo do toldo verde para ver se a loja abria aos sábados. Havia uma placa pendurada na porta, por dentro, mas só tinha uma palavra, e essa palavra, naturalmente, era

ABERTO.

Keeton olhou por um momento, pensando, como Brian Rusk já tinha pensado, que devia ter sido deixada ali por engano. As lojas da rua Principal não abriam às sete da manhã em Castle Rock, principalmente não em um sábado. Mesmo assim, ele tentou girar a maçaneta. Girou facilmente na sua mão.

Quando abriu a porta, um sininho de prata tilintou acima da cabeça dele.

# 4

— Não é um jogo — disse Leland Gaunt cinco minutos depois —, você está enganado.

Keeton estava sentado na cadeira acolchoada de costas altas em que Nettie Cobb, Cyndi Rose Martin, Eddie Warburton, Everett Frankel, Myra Evans e muitas outras pessoas da cidade tinham se sentado antes dele naquela semana. Estava tomando uma xícara de um bom café jamaicano. Gaunt, que parecia ótimo para um sujeito das planícies, insistiu para que ele tomasse uma. Agora, Gaunt estava inclinado na vitrine, pegando a caixa com cuidado. Vestia um paletó vinho, elegante que só, sem nem um fio de cabelo fora do lugar. Ele disse para Keeton que costumava abrir em horários incomuns porque sofria de insônia.

— Desde que eu era jovem — disse ele com uma risada pesarosa —, e isso foi muitos anos atrás.

Mas ele parecia revigorado como uma flor para Keeton, exceto pelos olhos; estavam tão vermelhos que parecia que aquela era a cor natural deles.

Gaunt levou a caixa e a colocou em uma mesinha ao lado de Keeton.

— A caixa foi o que chamou minha atenção — disse Keeton. — Se parece com o Hipódromo de Lewiston. Vou lá de vez em quando.

— Você gosta de fazer uma fezinha, é? — perguntou Gaunt com um sorriso.

Keeton estava prestes a dizer que não, que nunca apostava, mas mudou de ideia. O sorriso não era apenas simpático; era um sorriso de compaixão, e ele de repente entendeu que estava na presença de um companheiro de sofrimento. O que só mostrava como ele estava ficando ruim da cabeça, porque, quando apertou a mão de Gaunt, sentiu uma onda de repulsa tão repentina e profunda que foi como um espasmo muscular. Naquele momento, ficou convencido de que tinha encontrado o Perseguidor Principal. Teria que ficar de olho nesse tipo de coisa; não havia sentido em surtar.

Eu já fiz algumas apostas — confessou ele.

— Infelizmente, eu também — disse Gaunt. Seus olhos avermelhados se fixaram nos de Keeton e eles compartilharam um momento de compreensão perfeita… ou ao menos foi o que Keeton sentiu. — Já apostei na maioria das pistas de cavalos do Atlântico ao Pacífico e tenho certeza de que a da caixa é Longacre Park, em San Diego. Não existe mais, claro; tem um condomínio lá agora.

— Ah — disse Keeton.

— Mas vamos dar uma olhada nisto. Acho que você vai achar interessante.

Ele tirou a tampa da caixa e ergueu com cuidado uma pista de metal em uma plataforma de noventa centímetros de altura e uns quarenta e cinco de largura. Parecia os brinquedos que Keeton tinha quando criança, os feitos no Japão depois da guerra. A pista era uma réplica de uma de três quilômetros. Havia oito faixas estreitas e oito cavalinhos de metal atrás da linha de largada. Cada um tinha uma pequena biga de metal que aparecia atrás da raia e era soldada na barriga do cavalinho.

— Uau — disse Keeton e sorriu. Era a primeira vez que ele sorria em semanas e a expressão pareceu estranha e deslocada.

— Você não viu nada ainda, como dizem — respondeu Gaunt, sorrindo também. — Esta belezinha é de 1930 ou 35, sr. Keeton. É uma verdadeira antiguidade. Mas não era só um brinquedo para os apostadores da época.

— Não?

— Não. Sabe o que é um tabuleiro Ouija?

— Claro. Você faz perguntas e ele responde do mundo dos espíritos, soletrando.

— Exatamente. Bom, na Depressão, muitos acreditavam que o Bilhete da Vitória era o tabuleiro Ouija do apostador em cavalos.

Ele encarou Keeton de novo, simpático, sorridente, e Keeton não conseguiu afastar os olhos dele, como tinha acontecido quando tentou ir embora da pista antes da última corrida e não conseguiu.

— Bobagem, não é?

— É — disse Keeton. Mas não parecia bobagem. Parecia perfeitamente... perfeitamente...

Perfeitamente razoável.

Gaunt tateou dentro da caixa e tirou uma chavinha de metal.

— Um cavalo diferente ganha a cada vez. Tem algum mecanismo aleatório dentro, acho... é um efeito simples, mas bem eficiente. Olhe.

Ele enfiou a chave em um buraco na lateral da plataforma de metal na qual ficavam os cavalos de metal e a girou. Houve pequenos cliques e claques e estalos, sons de corda. Gaunt tirou a chave quando parou de girar.

— Qual é sua escolha? — perguntou ele.

— O cinco — disse Keeton.

Ele se inclinou para a frente, o coração acelerando. Era bobeira e era a maior prova de sua compulsão, ele achava, mas sentia toda a empolgação antiga voltando com tudo.

— Muito bem, eu escolho o seis. Vamos fazer uma pequena aposta, só para tornar tudo interessante?

— Claro! Quanto?

— Não dinheiro. Meus dias de apostar dinheiro terminaram há tempos, sr. Keeton. É a aposta menos interessante de todas. Vamos dizer assim: se seu cavalo vencer, eu lhe faço um favorzinho. À sua escolha. Se o meu vencer, você tem que fazer um favor pra *mim*.

— E se outro cavalo vencer a aposta morre?

— Isso mesmo. Está pronto?

— Estou — disse Keeton com a voz tensa e se inclinou para perto da pista de metal. As mãos estavam apertadas entre as coxas grossas.

Havia uma pequena alavanca de metal saindo de um buraco ao lado da largada.

— Foi dada a largada — disse Gaunt baixinho e a empurrou.

As engrenagens embaixo da pista de corrida começaram a trabalhar. Os cavalos se moveram a partir da largada e foram deslizando cada um pela sua raia. Foram devagar no começo, oscilando no caminho e progredindo com pequenos sacolejos enquanto alguma mola (ou uma série delas) se expandia dentro do tabuleiro, mas quando eles se aproximaram da primeira curva, começaram a pegar velocidade.

O cavalo dois assumiu a liderança, seguido do sete; os outros ficaram amontoados atrás.

— Vamos, cinco! — exclamou Keeton baixinho. — Vamos, cinco, anda, filho da puta!

Como se tivesse ouvido, um pequeno corcel de metal começou a se afastar do grupo. Na metade, alcançou o sete. O cavalo seis, escolha de Gaunt, também tinha começado a mostrar uma certa velocidade.

O Bilhete da Vitória sacolejou e vibrou na mesinha. O rosto de Keeton parecia uma lua enorme e amassada. Uma gota de suor caiu no pequeno jóquei de metal montado no cavalo três; se fosse um homem de verdade, ele e sua montaria teriam ficado encharcados.

Na terceira volta, o cavalo sete deu uma explosão de velocidade e alcançou o dois, mas o cavalo cinco de Keeton estava aguentando firme, e o seis de Gaunt estava logo atrás. Os quatro fizeram a curva amontoados bem na frente dos outros, vibrando muito em suas pistas.

— *Vai, filho da puta!* — gritou Keeton. Tinha esquecido que eram só peças de metal moldadas para parecerem cavalos. Tinha esquecido que estava na loja de um homem que nunca vira antes. A antiga excitação tinha voltado. Sacudia-o como um terrier sacode um rato. — *Vai com tudo! Anda, filho da puta, ANDA! Vai com TUDO!*

Agora, o cinco chegou no líder... e passou. O cavalo de Gaunt estava logo atrás quando o de Keeton cruzou a linha de chegada, vencedor.

O mecanismo estava parando, mas a maioria dos cavalos chegou na linha de chegada antes de a corda acabar. Gaunt usou o dedo para empurrar os últimos até onde os outros estavam, para outra rodada.

— Nossa! — disse Keeton, e secou a testa. Sentia-se tenso... mas também se sentia melhor do que em muito, muito tempo. — Foi ótimo!

— Excelente mesmo — concordou Gaunt.

— Antigamente eles sabiam como fazer as coisas, não é?

— Sabiam — concordou Gaunt, sorrindo. — E parece que lhe devo um favor, sr. Keeton.

— Ah, esquece. Foi divertido.

— Não, sério. Um cavalheiro sempre paga suas apostas. Só me avise um ou dois dias antes de decidir vir me cobrar, como dizem.

*Antes de decidir vir me cobrar.*

Isso trouxe tudo de volta. Cobrar! *Eles* iam cobrar! *Eles!* Na quinta-feira, Eles cobrariam dele... e aí? O que aconteceria?

Visões de manchetes horríveis de jornal dançaram na sua cabeça.

— Você gostaria de saber como os apostadores sérios dos anos 30 usavam este brinquedo? — perguntou Gaunt baixinho.

— Claro — disse Keeton, mas não ligava, não de verdade... ao menos até olhar para a frente. Os olhos de Gaunt encararam os dele, capturaram os dele, e a ideia de usar um jogo de criança para escolher vencedores pareceu fazer perfeito sentido de novo.

— Bom — explicou Gaunt —, eles pegavam o jornal do dia ou o *Racing Form* e faziam as corridas, uma a uma. Nesse tabuleiro, sabe. Davam a cada cavalo em cada corrida um nome do jornal; faziam isso tocando no cavalo de metal e dizendo o nome ao mesmo tempo. Davam corda no brinquedo e deixavam a corrida acontecer. Faziam todas as corridas assim, oito, dez, doze corridas. Depois, iam até lá e apostavam nos cavalos que tinham vencido em casa.

— Dava certo? — perguntou Keeton. A voz dele parecia estar vindo de outro lugar. Um lugar distante. Ele parecia estar flutuando nos olhos de Leland Gaunt. Flutuando em espuma vermelha. A sensação era estranha, mas bem agradável.

— Parece que sim. Talvez fosse só superstição boba, mas... quer comprar este brinquedo e tentar você mesmo?

— Quero.

— Você é um homem que precisa muito de um bilhete da vitória, não é, Danforth?

— Preciso de mais do que um. Preciso de um monte. Quanto é?

Leland Gaunt riu.

— Ah, não... você não vai fazer *isso* comigo! Não comigo, já estou em dívida com você! Vamos fazer assim: abre sua carteira e me dá a primeira nota que encontrar nela. Tenho certeza de que vai ser a certa.

Keeton abriu a carteira e puxou uma nota sem afastar o olhar do rosto de Gaunt, e claro que foi a nota com o rosto de Thomas Jefferson, o tipo de nota que o tinha metido naquele problema desde o começo.

## 5

Gaunt fez a nota desaparecer tão rapidamente quanto um mágico fazendo um truque e disse:

— Tem mais uma coisa.

— O quê?

Gaunt se inclinou para a frente. Olhou para Keeton com sinceridade e tocou no joelho dele.

— Sr. Keeton, você sabe sobre... Eles?

A respiração de Keeton travou, como a respiração de alguém dormindo pode travar quando a pessoa fica presa num sonho ruim.

— Sei — sussurrou ele. — Meu Deus, sei.

— Esta cidade está cheia Deles — prosseguiu Gaunt com o mesmo tom baixo e confidencial. — Simplesmente *infestada*. Abri a loja há menos de uma semana e já sei disso. Acho que Eles podem estar atrás de mim. Na verdade, tenho certeza. Eu talvez precise da sua ajuda.

— Sim — disse Keeton. Ele falou com mais força agora. — Por Deus, você vai ter toda ajuda de que precisar!

— Olha, você acabou de me conhecer e não me deve nada...

Keeton, que já sentia que Gaunt era o amigo mais íntimo que ele tinha feito nos últimos dez anos, abriu a boca para protestar. Gaunt levantou a mão e os protestos pararam na hora.

— ... e você não tem a menor ideia se vendi uma coisa que vai realmente funcionar ou se é só mais uma fantasia... do tipo que vira pesadelo depois de uma cutucada e um assobio. Sei que você acredita nisso tudo agora; tenho o dom da persuasão, posso dizer. Mas acredito em clientes satisfeitos. Estou no ramo há muitos anos e construí minha reputação de clientes satisfeitos. Por isso, leve o brinquedo. Se funcionar pra você, ótimo. Se não funcionar, é só dar para o Exército da Salvação ou jogar no lixo. Você deve quanto? Só alguns dólares?

— Só alguns dólares — concordou Keeton, sonhador.

— Mas, se funcionar, se você conseguir tirar essas preocupações financeiras efêmeras da cabeça, volte pra me ver. Vamos nos sentar, tomar um café, como fizemos hoje... e vamos conversar sobre Eles.

— Já foi longe demais pra eu só botar o dinheiro de volta — disse Keeton no tom claro e desconectado de quem está falando dormindo. — Tem mais coisa do que posso resolver em cinco dias.

— Muita coisa pode mudar em cinco dias — disse o sr. Gaunt, pensativo. Ele se levantou e se moveu com graça sinuosa. — Você tem um grande dia à sua frente... e eu também.

— Mas Eles — protestou Keeton. — E Eles?

Gaunt botou uma das mãos compridas e geladas no braço de Keeton, e mesmo em seu estado atordoado Keeton sentiu o estômago embrulhar com o toque.

— Vamos lidar com Eles depois. Não se preocupe com nada.

## 6

— John! — chamou Alan quando John LaPointe entrou na delegacia pela porta da viela. — Que bom te ver!

Eram dez e meia da manhã de sábado e o Posto do Xerife de Castle Rock estava deserto. Norris tinha ido pescar em algum lugar e Seaton Thomas estava em Sanford, visitando as duas irmãs solteironas. Sheila Brigham estava no presbitério de Nossa Senhora das Águas Serenas, ajudando o irmão a escrever outra carta para o jornal explicando a natureza essencialmente inofensiva da Noite do Cassino. O padre Brigham também queria que a carta expressasse a crença dele de que William Rose era doido de pedra. Não era possível *dizer* uma coisa dessas diretamente, claro, não num jornal familiar, mas o padre John e a irmã Sheila estavam fazendo de tudo para passar a mensagem. Andy Clutterbuck estava de serviço em algum lugar, ou foi o que Alan supôs; ele não tinha aparecido desde que Alan chegara no trabalho uma hora antes. Até John aparecer, a única outra pessoa no Prédio Municipal parecia ser Eddie Warburton, que estava mexendo no bebedouro no canto.

— Como estão as coisas, doutor? — perguntou John, sentando-se no canto da mesa de Alan.

— Numa manhã de sábado? Tudo tranquilo. Mas olha isto. — Alan desabotoou o punho direito da camisa cáqui e puxou a manga. — Repare que minha mão não se afasta do meu pulso.

— Aham — disse John. Ele tirou uma tira de chiclete Juicy Fruit do bolso da calça, desembrulhou e o enfiou na boca.

Alan mostrou a palma aberta da mão direita, virou a mão para exibir a parte de trás e fechou a mão em punho. Enfiou o indicador esquerdo dentro e puxou uma pontinha de seda. E balançou as sobrancelhas para John.

— Legal, né?

— Espero que isso não seja a echarpe da Sheila, ela não vai ficar nada feliz de vê-la toda amassada e com o cheiro do seu suor — disse John. Ele não pareceu muito maravilhado.

— Não posso fazer nada se ela deixou em cima da mesa — respondeu Alan. — Além do mais, mágicos não suam. Agora diga abracadabra! — Ele puxou a echarpe de Sheila da mão e a soprou dramaticamente no ar. O tecido se abriu e caiu sobre a máquina de escrever de Norris como uma borboleta colorida. Alan olhou para John e suspirou. — Nada de mais, é?

— É um truque legal — disse John —, mas já vi algumas vezes. Umas trinta ou quarenta?

— O que você acha, Eddie? Nada mau pra um polícia do meio do mato, né?

Eddie mal ergueu o olhar do bebedouro, que estava agora enchendo com o conteúdo de várias jarras de plástico com um rótulo que dizia ÁGUA POTÁVEL.

— Não vi, xerife. Desculpe.

— Terríveis, vocês dois — disse Alan. — Mas estou trabalhando numa variação, John. Vai te deixar de boca aberta, prometo.

— Aham. Alan, você ainda quer que eu cheque os banheiros daquele novo restaurante na estrada River?

— Ainda quero.

— Por que *eu* sempre fico com o trabalho de merda? Por que o Norris não...

— O Norris verificou os banheiros do camping Happy Trails em julho *e* agosto. Em junho, fui eu. Para de reclamar, Johnny. É sua vez. Quero que você pegue amostras de água também. Use aquelas bolsas especiais que enviaram de Augusta. Ainda tem umas no armário do corredor. Acho que vi atrás da caixa de crackers Hi-Ho do Norris.

— Tudo bem — cedeu Johnny —, você que manda. Mas, correndo o risco de parecer que estou reclamando de novo, verificar se tem bicho na água devia ser responsabilidade do dono do restaurante. Eu pesquisei.

— Claro que é — disse Alan —, mas estamos falando do Timmy Gagnon aqui, Johnny. O que você entende por isso?

— Que eu não compraria um hambúrguer no Riverside B-B-Q Delish nem se estivesse morrendo de fome.

— Correto! — exclamou Alan. Ele se levantou e bateu no ombro de John. — Espero que possamos tirar esse filho da puta descuidado do negócio antes que a população de cachorros e gatos de rua de Castle Rock comece a diminuir demais.

— Que horror, Alan.

— Não... é Timmy Gagnon. Pegue as amostras de água hoje e posso enviar para a Vigilância Sanitária em Augusta antes de ir embora à noite.

— O que você vai fazer agora?

Alan desenrolou a manga e abotoou o punho novamente.

— Agora, vou até a Artigos Indispensáveis. Quero conhecer o sr. Leland Gaunt. Ele provocou uma impressão e tanto na Polly, e pelo que ouvi pela cidade, ela não foi a única encantada com ele. Você o conheceu?

— Ainda não — disse John. Eles foram na direção da porta. — Mas já passei pela loja algumas vezes. A vitrine tem uma mistura interessante de coisas.

Eles passaram por Eddie, que estava agora polindo o garrafão de vidro do bebedouro com um pano que tinha tirado do bolso de trás. Ele não olhou para Alan e John quando os dois passaram; parecia perdido em seu universo particular. Mas, assim que a porta dos fundos se fechou com a saída dos dois, Eddie Warburton correu até a sala do atendimento e pegou o telefone.

7

— Certo... sim... sim, entendi.

Leland Gaunt estava ao lado da registradora, segurando um telefone sem fio da marca Cobra no ouvido. Um sorriso fino como uma lua crescente curvava seus lábios.

— Obrigado, Eddie. Muito obrigado.

Gaunt foi na direção da cortina que isolava a loja da área dos fundos. Se inclinou até passar através dela. Quando voltou, estava segurando uma placa.

— Pode ir pra casa agora... sim... pode ter certeza de que não vou esquecer. Eu nunca me esqueço de um rosto ou de um serviço, Eddie, e esse é um dos motivos pra eu não gostar de ser lembrado de nenhuma das duas coisas. Adeus.

Ele apertou o botão de desligar sem esperar resposta, empurrou a antena para baixo e enfiou o telefone no bolso do paletó. O vidro da porta estava coberto pela persiana novamente. O sr. Gaunt enfiou a mão entre a persiana e o vidro para retirar a placa que dizia

ABERTO.

Ele colocou a que pegou atrás da cortina no lugar e foi até a vitrine para ver Alan Pangborn se aproximar. Pangborn olhou pela vitrine pela qual Gaunt estava olhando por um tempo antes de se aproximar da porta; até fechou as mãos em concha e encostou o nariz no vidro por alguns segundos. Apesar de Gaunt estar parado bem na frente dele com os braços cruzados, o xerife não o viu.

O sr. Gaunt detestou a cara de Pangborn assim que o viu. E isso não o surpreendeu. Ele era melhor em interpretar rostos do que em se lembrar deles, e as palavras naquele eram grandes e meio perigosas.

O rosto de Pangborn mudou de repente; os olhos se arregalaram um pouco, a boca bem-humorada se estreitou em um fio fino. Gaunt sentiu uma explosão de medo breve e nada característica. *Ele está me vendo!*, pensou, embora isso fosse impossível, claro. O xerife deu meio passo para trás... e riu. Gaunt entendeu na mesma hora o que tinha acontecido, mas isso não diminuiu nem um pouco sua antipatia imediata por Pangborn.

— Sai daqui, xerife — sussurrou ele. — Sai daqui e me deixa em paz.

8

Alan ficou parado olhando a vitrine por um tempo. Viu-se questionando por que houvera tanto falatório. Tinha falado com Rosalie Drake antes de ir para a casa de Polly na noite anterior, e Rosalie fez a Artigos Indispensáveis parecer a resposta da Nova Inglaterra à Tiffany's, mas o conjunto de porcelana na vitrine não parecia nada que fosse fazer ninguém passar a noite acordado querendo escrever para contar à mãe; era de qualidade popular, no máximo. Vários pratos estavam lascados e uma rachadura dividia um deles no meio.

Ah, bem, pensou Alan, interesses diferentes para pessoas diferentes. Essa porcelana deve ter uns cem anos, deve valer uma nota, e eu que sou burro demais para entender.

Ele fechou as mãos em concha no vidro para ver atrás da vitrine, mas não havia nada para ver; as luzes estavam apagadas e o local estava deserto. Ele pensou ter visto alguém de repente, um alguém estranho e transparente olhando para ele com interesse fantasmagórico e malévolo. Deu meio passo para trás e se deu conta de que vira o reflexo do próprio rosto. Riu um pouco, constrangido pelo erro.

Ele foi até a porta. A persiana estava puxada; havia uma placa escrita à mão pendurada em uma ventosa de plástico transparente.

FUI A PORTLAND RECEBER
MERCADORIAS CONSIGNADAS
DESCULPE POR ESTAR AUSENTE
VOLTE OUTRA HORA

Alan tirou a carteira do bolso de trás, pegou um de seus cartões de visita e escreveu uma mensagem curta no verso.

Prezado sr. Gaunt,
Passei aqui na manhã de sábado para dar um oi e as boas-vindas à cidade. Pena que não o encontrei. Espero que esteja gostando de Castle Rock! Volto na segunda. Talvez possamos tomar um café. Se houver qualquer coisa que eu possa fazer pelo senhor, meus números, do escritório e de casa, estão do outro lado.
Alan Pangborn

Ele se curvou, enfiou o cartão por baixo da porta e se empertigou. Olhou para a vitrine por mais um momento, perguntando-se quem teria interesse naqueles pratos tão comuns. Enquanto olhava, um sentimento estranho e penetrante tomou conta dele… uma sensação de ser observado. Alan se virou e não viu ninguém além de Lester Pratt. Lester estava prendendo um daqueles malditos pôsteres em um poste telefônico e não olhou na direção dele. Alan deu de ombros e voltou pela rua na direção do Prédio Municipal. Segunda estaria bom para conhecer Leland Gaunt; segunda estaria ótimo.

9

O sr. Gaunt o observou até ele sumir, foi até a porta e pegou o cartão que Alan tinha enfiado por baixo. Leu os dois lados com atenção e começou a sorrir. O xerife pretendia voltar na segunda, era? Bom, isso era ótimo, porque o sr.

Gaunt tinha a ideia de que, quando a segunda chegasse, o xerife do condado de Castle teria outros problemas a resolver. Uma confusão danada. E isso era bom, porque ele já tinha conhecido homens como Pangborn, e era bom ficar longe deles, ao menos enquanto se estava construindo um comércio e conhecendo a clientela. Homens como Pangborn viam demais.

— Aconteceu alguma coisa com você, xerife — disse Gaunt. — Alguma coisa que o deixou ainda mais perigoso do que você deveria ser. *Isso* também está na sua cara. O que foi? Queria saber. Foi alguma coisa que você fez, que viu, ou ambos?

Ele continuou ali parado, olhando para a rua, e seus lábios se repuxaram lentamente em cima dos dentes grandes e irregulares. Ele falou com o tom baixo e confortável de quem é seu melhor ouvinte há muito tempo.

— Fiquei sabendo que você é um ilusionista de salão, meu amigo uniformizado. Gosta de truques. Vou lhe mostrar alguns novos antes de ir embora da cidade. Tenho certeza de que você vai ficar impressionado.

Ele fechou a mão em volta do cartão de visitas de Alan, primeiro o dobrando e depois o amassando. Quando ficou completamente escondido, uma chama azul saiu entre seu segundo e seu terceiro dedo. Ele abriu a mão de novo, e, embora filetes de fumaça estivessem subindo da palma, não havia sinal do cartão, nem uma mancha de cinzas.

— Diga abracadabra — disse Gaunt baixinho.

10

Myrtle Keeton foi até a porta do escritório do marido pela terceira vez naquele dia e escutou. Quando saiu da cama às nove naquela manhã, Danforth já estava lá dentro com a porta trancada. Agora, uma da tarde, ele *ainda* estava lá dentro com a porta trancada. Quando ela perguntou se ele queria almoçar, ele respondeu com voz abafada que era para ela ir embora, ele estava ocupado.

Ela levantou a mão para bater de novo… mas parou. Inclinou a cabeça de leve. Um ruído vinha de trás da porta, um som metálico, chacoalhante. Lembrou-a dos sons que o cuco da mãe dela fez na semana antes de quebrar.

Ela bateu de leve.

— Danforth?

— Vai embora! — A voz dele estava agitada, mas ela não conseguiu identificar se o motivo era empolgação ou medo.

— Danforth, você está bem?

— Estou, caramba! Vai embora! Vou sair daqui a pouco!

Metálico e chacoalhante. Chacoalhante e metálico. Parecia terra numa batedeira. Deixou-a com um pouco de medo. Ela esperava que Danforth não estivesse tendo um colapso nervoso lá dentro. Ele estava agindo de um jeito tão *estranho* ultimamente.

— Danforth, quer que eu vá à padaria comprar uns donuts?

— Quero! — gritou ele. — Quero! Sim! Donuts! Papel higiênico! Plástica no nariz! Vai pra qualquer lugar! Compra qualquer coisa! *Só me deixa em paz!*

Ela ficou parada ali mais um momento, perturbada. Pensou em bater de novo, mas decidiu não fazer isso. Não tinha mais certeza se queria saber o que Danforth estava fazendo no escritório. Não tinha mais certeza se queria que ele abrisse a porta.

Ela calçou os sapatos e vestiu o casaco pesado de outono, pois estava ensolarado, mas meio frio, e foi até o carro. Dirigiu até a padaria Forno do Campo no fim da rua Principal e comprou seis donuts, com mel para ela, com chocolate e coco para Danforth. Esperava que o alegrassem; um pouco de chocolate sempre *a* alegrava.

No caminho de volta, ela por acaso olhou na direção da vitrine da Artigos Indispensáveis. O que viu a fez enfiar os dois pés no freio com força. Se alguém estivesse atrás, teria batido nela.

Na vitrine estava a boneca mais *linda* que ela já vira. A persiana tinha sido erguida, claro. E a placa pendurada na ventosa transparente novamente dizia

ABERTO.

Claro.

## 11

Polly Chalmers passou aquela tarde de sábado de um jeito, para ela, bem incomum: não fazendo nada. Ficou sentada junto à janela na cadeira de balanço com as mãos cruzadas no colo, vendo o tráfego ocasional na rua lá fora. Alan ligou para ela antes de sair em patrulha, falou que não tinha encontrado Leland Gaunt e perguntou se ela estava bem e precisando de alguma coisa. Ela respondeu que estava ótima e que não precisava de nada, obrigada. As duas declarações eram mentira; ela não estava nada bem e havia várias coisas de que precisava. Uma cura para artrite encabeçava a lista.

*Não, Polly — você precisa mesmo é de coragem. Coragem o suficiente para ir até o homem que você ama e dizer: "Alan, deturpei a verdade sobre os anos em que fiquei longe de Castle Rock e menti de cara lavada sobre o que aconteceu com meu filho. Agora, eu gostaria de pedir perdão e contar a verdade".*

Parecia fácil quando se falava abertamente assim. Mas ficava difícil quando se estava encarando o homem que você amava ou quando se tentava encontrar a chave para destrancar seu coração sem rasgá-lo em pedacinhos sangrentos e doloridos.

Dor e mentiras; mentiras e dor. Os dois assuntos em volta dos quais a vida dela parecia girar ultimamente.

*Como você está hoje, Pol?*

*Bem, Alan. Estou bem.*

Na verdade, ela estava apavorada. Não era porque as mãos dela estavam doendo tanto naquele segundo; ela quase queria que estivessem doendo, porque a dor, por pior que fosse quando finalmente chegava, ainda era melhor do que a espera.

Pouco depois do meio-dia, ela percebeu um formigar quente, quase uma vibração nas mãos. Formava anéis de calor em volta das dobras dos dedos e na base do polegar; ela sentia o calor surgindo embaixo de cada unha em arcos pequenos e metálicos como sorrisos sem humor. Já tinha sentido o mesmo duas vezes e sabia o que queria dizer. Ela teria o que sua tia Betty, que sofria do mesmo tipo de artrite, chamava de onda muito ruim. "Quando minhas mãos começam a formigar como choques elétricos, sempre sei que está na hora de apertar os cintos e me preparar pra turbulência", dizia Betty, e agora Polly estava tentando apertar os cintos, com notável fracasso.

Lá fora, dois garotos andaram pelo meio da rua, jogando uma bola de futebol americano de um para o outro. O da direita, o garoto Lawes mais novo, deu um passe alto. A bola roçou nos dedos dele e quicou no gramado de Polly. Ele a viu olhando pela janela quando foi buscar e acenou para ela. Polly ergueu a mão para responder... e sentiu a dor surgir de repente, como uma camada densa de carvão em sopros errantes de vento. Sumiu de novo e ficou só o formigar estranho. Parecia o jeito como o ar ficava às vezes antes de uma tempestade elétrica violenta.

A dor chegaria em seu próprio tempo; ela não podia fazer nada a respeito. Mas sobre as mentiras que tinha contado a Alan sobre Kelton... isso era outra coisa. E, pensou ela, a verdade nem é tão horrível, tão gritante, tão chocante... e ele até já desconfia ou até já sabe que você mentiu. *Ele desconfia mesmo. Eu vi na cara dele.* Então por que é tão difícil, Polly? Por quê?

Em parte por causa da artrite, ela achava, e em parte por causa da medicação para dor que ela estava usando cada vez mais; as duas coisas juntas tinham um jeito de bloquear o pensamento racional, de deixar o ângulo mais claro do mundo parecendo meio estranho. E havia a dor do próprio Alan... e a sinceridade com que ele a revelou. Ele a expôs para ser inspecionada sem uma única hesitação.

Os sentimentos dele depois do acidente peculiar que tinha tirado a vida de Annie e de Todd foram confusos e feios, cercados de um redemoinho desagradável (e assustador) de emoções negativas, mas ele expôs tudo para ela mesmo assim. Fez isso porque queria descobrir se ela sabia coisas sobre o estado mental de Annie que ele não sabia... mas também porque jogar limpo e expor esse tipo de coisa abertamente eram parte da natureza dele. Ela tinha medo do que ele poderia achar quando descobrisse que jogar limpo nem sempre era parte da natureza dela; que o coração dela, além das mãos, tinha sido tocado por um frio prematuro.

Ela se mexeu com inquietação na cadeira.

Eu *tenho* que contar a ele. Mais cedo ou mais tarde, vou *ter* que contar. E nada disso explica por que é tão difícil; nada explica por que contei aquelas mentiras. Não é que eu tenha matado meu filho...

Ela suspirou, um som que foi quase um soluço, e se mexeu na cadeira. Procurou os garotos com a bola de futebol americano, mas eles tinham sumido. Polly se acomodou na cadeira e fechou os olhos.


## 12


Ela não foi a primeira garota a ficar grávida como resultado de um encontro, nem a primeira a discutir com os pais e outros parentes sobre isso. Eles queriam que ela se casasse com Paul "Duke" Sheehan, o garoto que a engravidou. Ela respondeu que não se casaria com Duke nem se ele fosse o último garoto da face da Terra. Era verdade, mas o orgulho não permitiria que ela dissesse que era Duke que não queria se casar com *ela*; o melhor amigo dele tinha lhe contado que ele já estava fazendo preparativos desesperados para entrar para a Marinha quando fizesse dezoito anos... o que aconteceria em menos de seis semanas.

— Vamos ver se entendi — disse Newton Chalmers, derrubando, com isso, a última ponte tênue que havia entre ele e a filha. — Ele foi bom o suficiente pra trepar, mas não é bom o suficiente pra casar. É isso?

Ela tentou fugir de casa nessa hora, mas sua mãe a segurou. Se ela não queria se casar com o garoto, disse Lorraine Chalmers, falando com a voz doce e racional que levava Polly quase à loucura quando era adolescente, então eles teriam que enviá-la para a casa da tia Sarah em Minnesota. Ela podia ficar em Saint Cloud até o bebê nascer e depois dá-lo para adoção.

— Eu sei por que você quer que eu vá embora — disse Polly. — É a tia-avó Evelyn, não é? Você tem medo de que, se descobrir que estou esperando um bebê, ela tire você do testamento dela. É tudo por causa de dinheiro, não é? Você não liga pra mim. Está *cagando* pra m…

A voz doce e racional de Lorraine Chalmers sempre escondeu seu temperamento estourado. Ela derrubou a última ponte tênue que havia entre elas dando um tapa forte na cara de Polly.

Assim, Polly fugiu. Isso foi muito tempo antes, em julho de 1970.

Ela parou de fugir por um tempo quando chegou a Denver e trabalhou lá até o bebê nascer em uma maternidade beneficente que os pacientes chamavam de Parque da Agulha. Ela pretendia dar o bebê para adoção, mas alguma coisa, talvez a sensação dele quando a enfermeira da maternidade o botou em seus braços depois do parto, a fez mudar de ideia.

Ela batizou o garoto de Kelton em homenagem ao avô paterno. A decisão de ficar com o bebê a assustou um pouco, porque ela gostava de se enxergar como uma garota prática e sensata, e nada do que aconteceu a ela no ano anterior encaixava com essa imagem. Primeiro, a garota prática e sensata engravidou sem estar casada em uma época em que garotas práticas e sensatas não faziam essas coisas. Depois, a garota prática e sensata fugiu de casa e teve o bebê em uma cidade onde nunca tinha estado e sobre a qual nada sabia. E, além disso tudo, a garota prática e sensata decidiu ficar com o bebê e levá-lo com ela para um futuro que ela não conseguia ver nem sentir.

Pelo menos ela não ficou com o bebê por afronta; ninguém podia acusá-la disso. Ela se viu surpresa pelo amor, a mais simples, mais forte e mais imperdoável de todas as emoções.

Ela seguiu em frente. Não… *eles* seguiram em frente. Ela teve vários empregos ruins e acabou em San Francisco, para onde provavelmente já pretendia ir o tempo todo. No começo do verão de 1971, a cidade era uma espécie de Xanadu hippie, um antro de drogas cheio de gente bizarra e cuca fresca e hippies e bandas com nomes como Moby Grape e Thirteenth Floor Elevators.

De acordo com a música de Scott McKenzie sobre San Francisco, que foi popular durante um daqueles anos, o verão era para ser um grande evento de celebração do amor lá. Polly Chalmers, que não conseguiria se passar por hippie para ninguém nem mesmo naquela época, perdeu essa parte da celebração do amor. O prédio onde ela e Kelton moravam era cheio de caixas de correspondência arrombadas e drogados que usavam o sinal da paz no pescoço e, com muita frequência, guardavam um canivete no coturno sujo. Os visitantes mais comuns do bairro eram oficiais de justiça, cobradores e policiais. Muitos policiais, e ninguém os chamava de porcos na cara deles; os policiais também tinham perdido a celebração de amor e ficavam putos da vida.

Polly se candidatou ao auxílio do governo e descobriu que não morava na Califórnia havia tempo suficiente para receber o benefício; achava que talvez as coisas estivessem diferentes agora, mas, em 1971, era tão difícil uma jovem mãe solo sobreviver em San Francisco quanto em qualquer outro lugar. Ela se candidatou ao Auxílio a Crianças Dependentes e esperou (torceu) para que alguma coisa aparecesse. Kelton sempre tinha uma refeição à mesa, mas ela comia quando dava, uma jovem magrela que passava muita fome e vivia com medo, uma jovem que quase nenhuma das pessoas que a viam agora teria reconhecido. Suas lembranças dos primeiros três anos na Costa Oeste, lembranças guardadas no fundo da mente como roupas velhas no sótão, eram distorcidas e grotescas, imagens de um pesadelo.

E essa não era uma boa parte da sua relutância de contar a Alan sobre aqueles anos? Ela não queria simplesmente que eles permanecessem obscuros? Não tinha sido a única a sofrer as consequências horríveis de seu orgulho, de sua recusa teimosa de pedir ajuda, e da hipocrisia maligna da época, que proclamava o triunfo do amor ao mesmo tempo que tachava mulheres solteiras com bebês como criaturas fora do âmbito da sociedade normal; Kelton também passou por isso. Kelton foi seu refém do acaso enquanto ela seguia com raiva pelo caminho de sua sórdida cruzada de tola.

A coisa horrível que era a situação dela foi melhorando lentamente. Na primavera de 1972, ela finalmente estava qualificada para receber ajuda do estado, seu primeiro cheque estava prometido para o mês seguinte e ela estava começando a fazer planos de se mudar para um lugar um pouco melhor quando o incêndio aconteceu.

A ligação chegou à lanchonete onde ela trabalhava, e, em seus sonhos, Norville, o cozinheiro que sempre tentava levá-la para a cama naquela época, se virava para ela repetidamente, segurando o telefone. Ele dizia a mesma coisa sem parar: *Polly, é a polícia. Querem falar com você. Polly, é a polícia. Querem falar com você.*

Queriam mesmo falar com ela, porque haviam tirado os corpos de uma jovem mulher e de uma criança pequena do terceiro andar do prédio de apartamentos. Os dois ficaram queimados a ponto de não poderem ser reconhecidos. Eles sabiam quem era a criança; se Polly não estivesse no trabalho, também saberiam quem era a mulher.

Durante três meses depois da morte de Kelton, ela continuou trabalhando. Sua solidão era tão intensa que ela ficou meio louca, de forma tão profunda e completa que ela nem percebeu direito o quanto estava sofrendo. Finalmente, escreveu para casa, só contando para a mãe e para o pai que estava em San Francisco, que dera à luz um garoto e que o garoto não estava mais com ela. Não teria dado mais detalhes nem se tivesse sido ameaçada com marcação a ferro quente. Ir para casa não era parte dos planos dela na época, ao menos não dos planos *conscientes*, mas começou a parecer que, se ela não reatasse alguns dos antigos laços, uma parte interior valiosa dela começaria a morrer aos poucos, da mesma forma que uma árvore vigorosa morre por dentro dos galhos quando fica sem água por muito tempo.

Sua mãe respondeu imediatamente para a caixa postal que Polly deu como endereço de remetente, suplicando que ela voltasse para Castle Rock… que voltasse para casa. Incluiu uma ordem de pagamento de setecentos dólares. Estava quente no apartamento onde Polly morava desde a morte de Kelton, e ela parou na metade da arrumação das malas para tomar um copo de água gelada. Enquanto bebia, Polly se deu conta de que estava se preparando para ir para casa só porque sua mãe tinha pedido, quase implorado. Não tinha pensado no assunto, o que era quase certamente um erro. Era esse tipo de comportamento de quem salta sem olhar, e não o negocinho sem graça do Duke Sheehan, que a metera nessa confusão, para começar.

Assim, ela se sentou na estreita cama de solteiro e pensou no assunto. Pensou muito. Finalmente, invalidou a ordem de pagamento e escreveu uma carta para a mãe. Tinha menos de uma página, mas ela levou quase quatro horas para acertar.

*Eu quero voltar, ou ao menos tentar para ver como vai ser, mas não quero que a gente tire os esqueletos do armário para ficar roendo cada um dos ossos se for o caso, escrevera ela. Não sei se o que eu realmente quero — começar uma vida nova em um lugar antigo — é possível para alguém, mas quero tentar. Por isso, tive uma ideia: vamos trocar cartas por um tempo. Você e eu, e eu e o papai. Reparei que é mais difícil ter raiva e ressentimento no papel, então vamos conversar assim por um tempo antes de conversarmos em pessoa.*

Eles conversaram assim por quase seis meses, e um dia em janeiro de 1973 o sr. e a sra. Chalmers apareceram na porta dela, de malas na mão. Eles estavam hospedados no Mark Hopkins Hotel, disseram, e não voltariam para Castle Rock sem ela.

Polly pensou no assunto, sentindo uma geografia inteira de emoções: raiva por eles poderem ser tão superiores, graça pesarosa pelo traço doce e um tanto ingênuo dessa superioridade, pânico de que as perguntas que ela tinha evitado responder nas cartas fossem agora repetidas.

Ela prometeu jantar com eles, só isso; outras decisões teriam que esperar. Seu pai disse que só tinha reservado o quarto no Mark Hopkins por uma noite. É melhor você estender a reserva, então, disse Polly.

Ela queria conversar com eles o máximo possível antes de chegar a uma decisão final; era uma forma mais íntima do teste que se passou nas cartas. Mas aquela primeira noite foi a única que eles tiveram. Foi a última noite em que ela viu seu pai bem e forte, e ela passou a maior parte dela com uma raiva cega dele.

As antigas discussões, tão fáceis de evitar em correspondência, tinham começado de novo antes que as taças de vinho de antes do jantar tivessem sido consumidas. Foram pequenos incêndios localizados no começo, mas, conforme seu pai foi bebendo mais, desenvolveram-se em uma parede de fogo incontrolável. Ele acendeu a fagulha ao dizer que os dois achavam que Polly tinha aprendido uma lição e que estava na hora de uma trégua. A sra. Chalmers abanou as chamas quando começou a usar a voz tranquila e docemente racional. Onde está o bebê, querida? Você poderia ao menos nos contar *isso*. Você o entregou para as freiras, imagino.

Polly conhecia as vozes e o que elas queriam dizer, do tempo passado. A do pai indicava a necessidade dele de restabelecer o controle; a todo custo *devia* haver controle. A da mãe indicava que ela estava demonstrando amor e preocupação da única forma que sabia: exigindo informações. Ambas as vozes, tão familiares, tão amadas e desprezadas, acenderam a antiga raiva louca dentro dela.

Eles foram embora do restaurante no meio do prato principal, e no dia seguinte o sr. e a sra. Chalmers pegaram o avião de volta para o Maine sozinhos.

Depois de um hiato de três meses, as correspondências recomeçaram, hesitantes. A mãe de Polly escreveu primeiro, pedindo desculpas pela noite desastrosa. Os pedidos de voltar para casa foram deixados de lado. Isso surpreendeu Polly... e encheu de ansiedade uma parte profunda e pouco reconhecida dela. Ela achava que a mãe estava finalmente a negando. Considerando as circunstâncias, isso era ao mesmo tempo besteira e indulgência, mas isso não mudou nem um pouco os sentimentos básicos.

*Acho que você se conhece melhor*, escreveu ela para Polly. *Isso é difícil para o seu pai e eu aceitarmos, porque ainda te vemos como nossa garotinha. Acho que o assustou te ver tão linda e tão mais velha. E você não pode culpá-lo muito pela forma como ele agiu. Ele não anda se sentindo bem; o estômago está doendo de novo. O médico diz que é só a vesícula, e quando ele aceitar removê-la, tudo vai ficar bem, mas me preocupo com ele.*

Polly respondeu no mesmo tom de conciliação. Achou mais fácil isso agora que tinha começado a fazer aulas de administração e tinha cancelado de vez os planos de voltar para o Maine. Mas, perto do fim de 1975, o telegrama chegou. Foi curto e brutal: SEU PAI ESTÁ COM CÂNCER. ELE ESTÁ MORREN-DO. POR FAVOR, VENHA PARA CASA. COM AMOR, MAMÃE.

Ele ainda estava vivo quando Polly chegou ao hospital em Bridgton com a cabeça girando pela diferença de fuso horário, e as lembranças antigas voltaram com tudo quando ela viu os lugares antigos. O mesmo pensamento curioso surgia na mente dela a cada curva da estrada que a levou do aeroporto de Portland até as colinas altas e montanhas baixas do oeste do Maine. *Na última vez que vi isso, eu era criança!*

Newton Chalmers estava em um quarto particular, entrando e saindo de um estado de consciência, com tubos no nariz e máquinas ao redor em um semicírculo faminto. Ele morreu três dias depois. Ela pretendia voltar para a Califórnia imediatamente, que quase via como seu lar agora, mas, quatro dias depois que seu pai foi enterrado, sua mãe sofreu um ataque cardíaco destruidor.

Polly se mudou para casa. Cuidou da mãe por três meses e meio, e em algum ponto todas as noites ela sonhava com Norville, o cozinheiro da Sua Melhor Lanchonete. Norville se virava para ela repetidamente nesses sonhos, segurando o telefone com a mão direita, a que tinha a águia e as palavras MORTE ANTES DA DESONRA tatuadas atrás. *Polly, é a polícia,* dizia Norville. *Querem falar com você. Polly, é a polícia. Querem falar com você.*

Sua mãe tinha saído da cama, já estava de pé novamente e tinha começado a falar em vender a casa e ir morar na Califórnia com Polly (algo que ela nunca faria, mas Polly não contrariou seus sonhos; ela estava mais velha àquela altura, um pouco mais gentil) quando o segundo ataque cardíaco aconteceu. Foi assim que, numa tarde fria de março de 1976, Polly se viu no cemitério Homeland, parada ao lado da tia-avó Evelyn, olhando para um caixão preso por faixas ao lado do túmulo recente do pai.

O corpo dele tinha ficado na cripta do Homeland o inverno inteiro, esperando a terra descongelar o suficiente para que pudesse ser enterrado. Numa daquelas coincidências grotescas que nenhum romancista decente ousaria inventar, o enterro do marido aconteceu um dia antes de a esposa morrer. As placas de grama acima do descanso final de Newton Chalmers não tinham sido recolocadas ainda; a terra estava visível e o túmulo parecia obscenamente nu. Os olhos de Polly ficavam se desviando do caixão da mãe para o túmulo do pai. *Foi como se ela só estivesse esperando que ele fosse enterrado de forma decente*, pensou.

Quando a cerimônia curta acabou, tia Evvie a chamou de lado. A última parente viva de Polly parou ao lado do rabecão da Hay & Peabody, um palito de mulher usando um sobretudo preto masculino e galochas vermelhas estranhamente alegres, um cigarro Herbert Tareyton preso no canto da boca. Ela acendeu um fósforo de madeira com uma unha quando Polly se aproximou e botou fogo na ponta do cigarro. Tragou profundamente e soltou a fumaça no ar frio da primavera. A bengala (uma simples vara de freixo; só três anos depois ela ganharia a bengala do *Post* de Boston como cidadã mais velha da cidade) estava firme entre os pés.

Agora, sentada em uma cadeira de balanço que a velha senhora sem dúvida teria aprovado, Polly calculou que tia Evvie devia ter oitenta e oito anos naquela primavera, oitenta e oito anos e ainda fumando como uma chaminé, embora não parecesse muito diferente aos olhos de Polly de sua época de garotinha, esperando ganhar uma balinha do suprimento aparentemente infinito que tia Evvie guardava no bolso do avental. Muitas coisas mudaram em Castle Rock nos anos em que ela passou fora, mas tia Evvie não era uma delas.

— Bom, *isso* acabou — dissera tia Evvie com a voz rouca de fumante. — Eles estão na terra, Polly. Sua mãe e seu pai.

Polly caiu no choro nessa hora, um fluxo de lágrimas infelizes. Achou primeiro que tia Evvie tentaria consolá-la e sua pele já parecia se encolher para longe do toque da velha senhora; ela não *queria* ser consolada.

E não precisava ter se preocupado. Evelyn Chalmers nunca foi mulher de consolar quem sofria pelo luto; talvez até acreditasse, Polly pensou algumas vezes mais tarde, que a ideia de consolo era uma ilusão. De qualquer modo, ela só ficou ali parada com a bengala firme entre as galochas vermelhas, fumando e esperando que as lágrimas de Polly virassem fungadas quando ela se controlasse.

Quando isso aconteceu, tia Evvie perguntou:

— Seu garoto, com quem eles passaram tanto tempo se preocupando, está morto, não está?

Apesar de ter guardado esse segredo de todo mundo de forma ciumenta, Polly se viu assentindo.

— O nome dele era Kelton.

— Um bom nome — disse tia Evvie. Ela tragou o cigarro e expirou lentamente pela boca, para poder puxar a fumaça de volta pelo nariz; o que Lorraine Chalmers chamava de "bombeada dupla", franzindo o nariz com desprazer ao fazer isso. — Eu soube na primeira vez que você veio me ver depois que veio pra casa. Vi nos seus olhos.

— Houve um incêndio — contou Polly, olhando para ela. Estava com um lenço de papel na mão, mas estava molhado demais para servir de alguma coisa; guardou-o no bolso do casaco e usou os punhos, esfregando-os nos olhos como uma garotinha que caiu de patinete e bateu o joelho. — Provavelmente, quem o causou foi a garota que eu contratei pra cuidar dele.

— Aham — disse tia Evvie. — Mas quer saber um segredo, Trisha?

Polly assentiu, sorrindo um pouco. Seu verdadeiro nome era Patricia, mas ela era Polly para todo mundo desde que era bebê. Para todo mundo, menos para tia Evvie.

— O bebê Kelton está morto… mas *você* não está. — Tia Evvie jogou o cigarro no chão e usou o dedo ossudo para cutucar o peito de Polly, dando ênfase. — *Você* não está. O que você vai fazer sobre isso?

Polly pensou bem.

— Eu vou voltar pra Califórnia — disse ela por fim. — Isso é tudo que eu sei.

— Sim, e é um bom começo. Mas não é o suficiente. — E então, tia Evvie disse uma coisa bem parecida com o que a própria Polly diria alguns anos depois, quando foi jantar no The Birches com Alan Pangborn: — Você não é a culpada aqui, Trisha. Já entendeu isso?

— Eu… não sei.

— Então não entendeu. Até se dar conta disso, não vai importar para onde você vai, nem o que faz. Não vai haver chance.

— Que chance? — perguntou ela, atordoada.

— *Sua* chance. Sua chance de viver sua própria vida. Agora, você está com cara de quem está vendo fantasmas. Nem todo mundo acredita em fantasmas, mas eu acredito. Você sabe o que eles são, Trisha?

Ela balançou a cabeça lentamente.

— Homens e mulheres que não conseguem superar o passado — tia Evvie dissera. — É *isso* que fantasmas são. Não *eles*. — Ela balançou o braço na direção do caixão, com as faixas em volta ao lado do túmulo coincidentemente recente. — Os mortos estão mortos. Nós os enterramos e eles ficam lá, mortos.

— Sinto…

— Sim — interrompeu tia Evvie. — Sei que sente. Mas *eles* não. Sua mãe e meu sobrinho não. Seu garoto, o que morreu quando você estava fora, *ele* não sente. Está me entendendo?

Ela estava. Ao menos um pouco.

— Você está certa de não querer ficar aqui, Trisha... ao menos por enquanto. Volte para onde estava. Ou vá pra um lugar novo: Salt Lake, Honolulu, Bagdá, pra onde você quiser. Não importa, porque mais cedo ou mais tarde você *vai* voltar pra cá. Sei disso; este lugar pertence a você e você pertence a ele. Isso está escrito em cada linha do seu rosto, no jeito como você anda, no jeito como fala, até no jeito que você tem de apertar os olhos quando olha pra alguém que não conhece. Castle Rock foi feita pra você e você foi feita pra cidade. Por isso, não tenha pressa. "Vá para onde quiser", como diz o Livro Sagrado. Mas vá *viva*, Trisha. Não seja um fantasma. Se você virar um, é melhor você ficar longe.

A velha senhora olhou ao redor com expressão meditativa, a cabeça girando acima da bengala.

— Esta maldita cidade já tem fantasmas suficientes — disse ela.

— Vou tentar, tia Evvie.

— Sim, sei que vai. Tentar... isso faz parte de você também. — Tia Evvie olhou para ela com atenção. — Você era uma criança justa e promissora, mas nunca foi uma criança de sorte. Bom, a sorte é para os tolos. É a única esperança que eles têm, os pobres-diabos. Percebo que você ainda é promissora e justa, e isso é o que importa. Acho que você vai conseguir. — Bruscamente, de forma quase arrogante, acrescentou: — Eu te amo, Trisha Chalmers. Sempre amei.

— Eu também te amo, tia Evvie.

E da forma cuidadosa que velhos e jovens têm de demonstrar afeto, elas se abraçaram. Polly sentiu o aroma velho do sachê de tia Evvie, um toque de violetas, e isso a fez chorar de novo.

Quando se afastou, tia Evvie estava enfiando a mão no bolso do casaco. Polly a viu pegar um lenço de papel, pensando com surpresa que finalmente, depois de tantos anos, a veria chorar. Mas ela não chorou. Em vez de um lenço, tia Evvie pegou uma bala embrulhada, como fazia na época em que Polly Chalmers era uma garotinha com tranças caindo na frente da blusa.

— Quer uma balinha, querida? — perguntou ela com alegria.

## 13

O crepúsculo começou a invadir o dia.

Polly se empertigou na cadeira de balanço, ciente de que tinha quase pegado no sono. Bateu uma das mãos e uma dor intensa subiu pelo braço antes de ser substituída novamente por aquele formigar quente. Seria bem ruim mesmo. Mais tarde ou no dia seguinte, ficaria bem ruim.

*Não adianta ficar pensando no que não dá pra mudar, Polly. Tem ao menos uma coisa que você pode mudar. Você tem que contar a Alan a verdade sobre Kelton. Tem que parar de guardar esse fantasma no seu coração.*

Mas outra voz surgiu em resposta, uma voz furiosa, assustada, ruidosa. A voz do orgulho, ela supôs, só isso, mas ficou chocada com a força e o ardor com que a voz exigia que aqueles dias passados, que aquela vida passada, não fossem exumados... não por Alan e nem por ninguém. Que, acima de tudo, a vida curta e a morte infeliz de seu bebê não fossem entregues às línguas afiadas e agitadas das fofocas da cidade.

*Que besteira é essa, Trisha?*, perguntou tia Evvie em seu pensamento... tia Evvie, que morreu tão cheia de anos, tragando seus amados Herbert Tareytons até o fim. *Que importância tem se Alan descobrir como Kelton morreu de verdade? Que importância tem se todas as fofoqueiras da cidade, de Lenny Partridge a Myrtle Keeton, souberem? Você acha que alguém ainda liga pro seu bebê, sua boba? Não fique se achando... é coisa velha. Não vale nem uma segunda xícara de café na Lanchonete da Nan.*

Era possível... mas ele tinha sido *dela*, caramba, *dela*. Na vida e na morte, ele tinha sido dela. E *ela* também tinha sido dela; não da mãe, do pai, de Duke Sheehan. *Ela pertencia a si mesma.* Aquela garota assustada e solitária que lavava calcinha todas as noites na pia enferrujada da cozinha porque só tinha três, aquela garota assustada que sempre tinha uma ferida de herpes esperando para surgir no canto da boca ou na beirada da narina, aquela garota que às vezes se sentava na janela com vista para a saída de ventilação, apoiava a testa quente nos braços e chorava... aquela garota era *dela*. Suas lembranças de si e do filho juntos na escuridão da noite, Kelton se alimentando em um seio pequeno enquanto ela lia um livro de John D. MacDonald e as sirenes surgiam, percorrendo as ruas inclinadas da cidade, essas lembranças eram *dela*. As lágrimas que ela chorou, os silêncios que aguentou, as tardes longas e enevoadas na lanchonete tentando evitar as mãos bobas e os dedos ansiosos de Norville Bates, a vergonha com a qual ela finalmente fez umas pazes ainda inquietas, a independência e a dignidade que ela lutou com tanto esforço e de forma tão inconclusiva para manter... essas coisas eram *dela* e não deviam pertencer à cidade.

*Polly, não é questão do que pertence à cidade e você sabe disso. É questão do que pertence ao Alan.*

Ela balançou a cabeça sentada na cadeira de balanço, sem perceber que estava fazendo um gesto de negação. Achava que tinha passado horas insones demais em madrugadas infinitas e escuras demais para entregar suas verdades íntimas facilmente. Com o tempo, ela contaria tudo para Alan; não pretendia manter a verdade total em segredo por tanto tempo, mas a hora ainda não tinha chegado. Certamente que não... principalmente quando suas mãos estavam dizendo que, nos dias que viriam, Polly não conseguiria pensar em muita coisa além delas.

O telefone começou a tocar. Seria Alan, depois da patrulha, para ver como ela estava. Polly se levantou e atravessou a sala até o aparelho. Atendeu com cuidado, usando as duas mãos, pronta para dizer as coisas que achava que ele queria ouvir. A voz de tia Evvie tentou invadir a decisão, tentou dizer para ela que era um comportamento ruim, um comportamento infantil e autoindulgente, talvez até um comportamento perigoso. Polly afastou a voz rápida e brutalmente.

— Alô — atendeu ela com alegria. — Ah, oi, Alan! Como está? Bem.

Ela ouviu brevemente e sorriu. Se olhasse seu reflexo no espelho do corredor, veria uma mulher que parecia estar gritando... mas não olhou.

— Bem, Alan — disse ela. — Estou bem.


## 14

Estava quase na hora de ir para o hipódromo.

Quase.

— Vamos — sussurrou Danforth. Havia suor escorrendo por seu rosto como óleo. — Vamos, vamos, *vamos*.

Ele estava sentado encolhido por cima do Bilhete da Vitória; tinha tirado tudo da escrivaninha para abrir espaço para o jogo e passado a maior parte do dia brincando. Começou com seu exemplar do *História de Bluegrass: Quarenta anos de Kentucky Derby*. E então reproduziu mais de vinte corridas, dando aos cavalos do Bilhete da Vitória os nomes dos participantes exatamente como o sr. Gaunt tinha descrito. E os cavalos de metal que ganharam os nomes dos cavalos vencedores das corridas do livro sempre chegavam em primeiro. Aconteceu todas as vezes. Foi incrível; tão incrível que já eram quatro horas quando ele se deu conta de que passara o dia reproduzindo corridas antigas quando havia dez novinhas para acontecer no Hipódromo de Lewiston naquela noite.

Havia dinheiro a ganhar.

Na última hora, o *Daily Sun* de Lewiston do dia, dobrado na página das corridas, ficou à esquerda do tabuleiro do Bilhete da Vitória. À direita havia uma folha de papel que ele tinha arrancado do seu caderninho de bolso. Na folha, com a caligrafia grande e apressada de Keeton, havia o seguinte:

1ª corrida: BAZOOKA JOAN
2ª corrida: FILLY DELFIA
3ª corrida: TAMMY'S WONDER
4ª corrida: I'M AMAZED
5ª corrida: BY GEORGE
6ª corrida: PUCKY BOY
7ª corrida: CASCO THUNDER
8ª corrida: DELIGHTFUL SON
9ª corrida: TIKO-TIKO

Eram só cinco da tarde, mas Danforth Keeton já estava fazendo a última corrida da noite. Os cavalos tremiam e tilintavam na pista. Um deles liderou por seis corpos e atravessou a linha de chegada bem à frente dos outros.

Keeton pegou o jornal e observou a lista das corridas da noite novamente. Seu rosto brilhava tanto que ele parecia santificado.

— Malabar! — sussurrou ele, e balançou os punhos no ar. O lápis em um deles voou e caiu como uma agulha de costura. — É Malabar! Trinta pra um! Trinta pra um *finalmente*! Malabar, meu Deus!

Ele rabiscou na folha de papel, ofegando muito. Cinco minutos depois, o jogo Bilhete da Vitória estava trancado no armário do escritório dele e Danforth Keeton estava a caminho de Lewiston em seu Cadillac.

# NOVE

1

Às quinze para as dez na manhã de domingo, Nettie Cobb vestiu o casaco e o abotoou rapidamente. Uma expressão de determinação séria estava estampada em seu rosto. Ela estava na cozinha. Raider estava sentado no chão, olhando para ela como se perguntasse se ela realmente pretendia ir até o fim desta vez.

— Sim, eu pretendo mesmo — disse ela.

Raider bateu com o rabo no chão, como quem diz que sabia que ela conseguiria.

— Fiz uma boa lasanha pra Polly e vou levar pra ela. Meu abajur está trancado no armário e *sei* que está trancado, não preciso ficar voltando pra olhar porque sei na minha *cabeça*. Aquela polaca maluca não vai me manter prisioneira na minha própria casa. Se ela estiver na rua, ela vai ver! Eu avisei!

Ela *tinha* que sair. *Tinha* que sair e sabia disso. Não saía de casa havia dois dias e tinha se dado conta de que, quanto mais adiasse, mais difícil seria. Quanto mais tempo ficasse na sala com as persianas fechadas, mais difícil seria erguê-las. Ela sentia o antigo terror confuso surgindo nos pensamentos.

Assim, ela se levantou cedo de manhã (às cinco horas!) e fez uma boa lasanha para Polly, do jeito que ela gostava, com muito espinafre e cogumelos. Os cogumelos eram enlatados porque ela não ousara ir ao mercado na noite anterior, mas achava que tinha ficado boa apesar disso. Estava agora na bancada, a travessa coberta com papel-alumínio.

Ela pegou a lasanha e andou até a porta da sala.

— Seja um bom menino, Raider. Volto em uma hora. A não ser que Polly me dê café, e aí talvez demore um pouco mais. Mas vou ficar bem. Não tenho nada com que me preocupar. Não fiz nada com os lençóis daquela polaca maluca e, se ela me incomodar, vou jogar o diabo em cima dela.

Raider deu um latido sério para mostrar que entendia e acreditava.

Ela abriu a porta, olhou para fora e não viu nada. A rua Ford estava deserta, como só uma rua de cidade pequena pode ficar numa manhã de domingo, logo cedo. Ao longe, um sino de igreja chamava os batistas do reverendo Rose para a adoração e havia outro chamando os católicos do padre Brigham.

Reunindo toda sua coragem, Nettie saiu no sol de domingo, apoiou a travessa de lasanha no degrau, fechou a porta e a trancou. Em seguida, pegou a chave de casa e passou no braço, deixando uma marca vermelha fina. Quando se inclinou para pegar a travessa novamente, ela pensou: *Agora, quando chegar na metade do quarteirão, talvez até antes, você vai começar a pensar que não trancou a porta. Mas trancou. Você apoiou a lasanha no chão para fazer isso. E, se não conseguir acreditar, é só olhar para o braço e lembrar que fez aquele arranhão com a chave de casa... depois que a usou para trancar a porta. Lembre-se disso, Nettie, e você vai ficar bem quando as dúvidas surgirem.*

Era um pensamento maravilhoso e usar a chave para arranhar o braço tinha sido uma ideia maravilhosa. A marca vermelha era algo *concreto*, e pela primeira vez nos últimos dois dias (e noites quase todas insones), Nettie *realmente* se sentiu melhor. Ela andou pela calçada, a cabeça erguida, os lábios apertados com tanta força que quase desapareceram. Quando chegou na calçada, ela olhou para os dois lados procurando o carrinho amarelo da polaca maluca. Se o visse, pretendia andar até ele e dizer para a polaca maluca a deixar em paz. Mas não havia sinal do carro. O único veículo visível era uma picape laranja estacionada na rua, e estava vazia.

Que bom.

Nettie partiu para a casa de Polly Chalmers, e quando as dúvidas surgiram ela lembrou que o abajur de vidro carnival estava trancado, Raider estava montando guarda e a porta da frente estava trancada. Principalmente esse último detalhe. A porta da frente estava trancada, e ela só precisava olhar para a marca vermelha no braço para provar para si mesma.

Assim, Nettie caminhou de cabeça erguida, e quando chegou na esquina virou sem olhar para trás.

2

Quando a mulher maluca saiu de vista, Hugh Priest se ergueu atrás do volante da picape laranja da cidade que ele tinha ido buscar no estacionamento deserto às sete da manhã (ele se deitou no assento assim que viu a tal da Nettie Maluca sair pela porta). Colocou o câmbio no ponto morto e deixou a picape rolar lentamente e sem som nenhum pela leve inclinação até a casa de Nettie Cobb.

## 3

A campainha acordou Polly de um estado entorpecido que não era exatamente sono, mas uma espécie de torpor de drogas assombrado por sonhos. Se sentou na cama e percebeu que estava de roupão. Ela o tinha vestido? Por um momento, não conseguiu lembrar, e isso a assustou. Mas a lembrança voltou. A dor que ela estava esperando chegou na hora prevista, facilmente a pior dor de artrite da vida dela. Acordou-a às cinco. Ela foi ao banheiro urinar e descobriu que não conseguia nem pegar um pedaço de papel higiênico no rolo para se secar. Assim, tomou um comprimido, vestiu o roupão e se sentou na cadeira junto à janela do quarto para esperar que fizesse efeito. Em algum momento, ela provavelmente ficou sonolenta e voltou para a cama.

Suas mãos pareciam figuras de cerâmica rudimentares cozidas até estarem quase rachando. A dor era quente e fria ao mesmo tempo, no fundo da carne como redes complexas de fios venenosos. Polly ergueu as mãos com desespero, mãos de espantalho, mãos horríveis e deformadas, e a campainha de baixo soou de novo. Ela soltou um gritinho distraído.

Foi até o patamar com as mãos na frente do corpo como as patas de um cachorro sentado pedindo um petisco.

— Quem é? — gritou ela. Sua voz estava rouca, arrastada de sono. Sua língua estava com gosto de alguma coisa usada para forrar uma caixa de gatos.

— É a Nettie! — A voz chegou até lá em cima. — Você está bem, Polly?

Nettie. Meu Deus, o que Nettie estava fazendo lá antes do amanhecer em uma manhã de domingo?

— Estou bem! — respondeu ela. — Tenho que vestir alguma coisa! Use sua chave, querida!

Quando ouviu a chave de Nettie fazer barulho na fechadura, Polly voltou para o quarto. Olhou para o relógio na mesinha ao lado da cama e viu que o amanhecer tinha sido várias horas antes. Ela não tinha ido vestir nada; aquele roupão estava bom para Nettie. Mas precisava de um comprimido. Nunca na vida tinha precisado de um comprimido tanto quanto precisava naquele momento.

Ela não sabia o quanto sua condição estava ruim até tentar pegar um. Os comprimidos, que na verdade eram cápsulas, estavam em um pratinho de vidro na prateleira acima da lareira decorativa do quarto. Ela conseguiu encostar a mão no prato, mas viu que era incapaz de pegar uma das cápsulas. Seus dedos pareciam as pinças de uma máquina que ficara paralisada por falta de óleo.

Ela tentou mais, concentrando todo o seu esforço em fazer os dedos se fecharem em uma das cápsulas de gelatina. Foi recompensada com um leve movimento e uma explosão enorme de dor. Só isso. Ela emitiu um som baixo de dor e frustração.

— Polly? — Do pé da escada agora, a voz de Nettie soava preocupada. As pessoas de Castle Rock podiam considerar Nettie distraída, pensou Polly, mas quando o assunto eram as adversidades da doença de Polly, Nettie não era nada distraída. Tinha passado tempo demais na casa para se deixar enganar... e a amava muito. — Polly, você está mesmo bem?

— Já vou descer, querida! — gritou ela, tentando parecer alegre e animada. E assim que tirou a mão do prato de vidro e inclinou a cabeça por cima, ela pensou: *Por favor, meu Deus, não permita que ela suba agora. Não deixe que ela me veja fazendo isso.*

Ela levou o rosto ao prato como um cachorro indo beber água e esticou a língua. Dor, vergonha, horror e, mais do que tudo, uma depressão sombria, tudo marrom e cinza, tomaram conta dela. Ela encostou a língua em uma das cápsulas até grudar. Puxou-a para a boca, agora não um cachorro, mas um tamanduá ingerindo uma coisa gostosa, e engoliu.

Quando o remédio desceu pela garganta apertada, ela pensou de novo: *Eu daria qualquer coisa para me ver livre disso. Qualquer coisa. Qualquer coisa mesmo.*

4

Hugh Priest raras vezes sonhava agora; atualmente, ele não exatamente dormia, era mais um desmaiar inconsciente. Só que tinha tido um sonho na noite anterior, uma belezinha. O sonho lhe contou tudo que ele precisava saber e tudo que ele tinha que fazer.

Nele, ele estava sentado à mesa da cozinha, tomando cerveja e vendo um game show chamado *Sale of the Century*. Todas as coisas que estavam dando eram coisas que ele tinha visto naquela loja, a Artigos Indispensáveis. E todos os competidores estavam com as orelhas e os cantos dos olhos sangrando. Estavam rindo, mas pareciam apavorados.

Na mesma hora, uma voz abafada começou a chamar:

— Hugh! Hugh! Me solta, Hugh!

Vinha do armário. Ele foi até lá e o abriu, pronto para bater em quem quer que estivesse escondido dentro. Mas não havia ninguém; só o emaranhado de sempre de botas, cachecóis, casacos, varas de pescar e suas duas espingardas.

— Hugh!

Ele olhou para cima porque a voz vinha da prateleira.

Era a cauda de raposa. A cauda de raposa estava falando. E Hugh reconheceu a voz na mesma hora. Era a voz de Leland Gaunt. Ele pegou o rabo, apreciando novamente a maciez peluda, uma textura que era um pouco parecida com seda e um pouco parecida com lã, e ao mesmo tempo não era parecida com nada além de si mesma.

— Obrigado, Hugh — disse o rabo de raposa. — É abafado aqui. E você deixou um cachimbo velho na prateleira. Fede muito. Eca!

— Você quer ir pra outro lugar? — perguntou Hugh. Sentiu-se meio idiota de falar com um rabo de raposa, mesmo em um sonho.

— Não, estou me acostumando. Mas tenho que falar com você. Você tem que fazer uma coisa, lembra? Você prometeu.

— A Nettie Maluca — concordou ele. — Tenho que pregar uma peça na Nettie Maluca.

— Isso mesmo, e tem que ser na hora que você acordar. Então, escuta.

Hugh escutou.

O rabo de raposa disse que não haveria ninguém na casa de Nettie além do cachorro, mas agora que Hugh estava lá, ele decidiu que seria melhor bater. Então, fez isso. Dentro, ouviu unhas estalando rapidamente no piso de madeira, mas mais nada. Ele bateu de novo, só por segurança. Houve um único latido breve do outro lado da porta.

— Raider? — chamou Hugh. O rabo de raposa havia lhe contado que era esse o nome do cachorro. Hugh achou um bom nome, mesmo que a moça que o tinha escolhido fosse completamente pirada.

O latido único soou de novo, não tão curto desta vez.

Hugh tirou um chaveiro do bolso do peito da jaqueta xadrez de caça que estava usando e o examinou. Tinha aquele chaveiro havia muito tempo e não conseguia nem se lembrar de onde eram certas chaves. Mas quatro eram chaves mestras, facilmente identificáveis pelo corpo longo, e essas eram as únicas que ele queria.

Hugh olhou ao redor, viu que a rua estava tão deserta quanto na hora em que ele chegou, e começou a experimentar as chaves uma a uma.

# 5

Quando Nettie viu o rosto branco e inchado e os olhos fundos de Polly, seus medos, que a consumiam como dentinhos afiados de doninha quando ela estava caminhando até lá, foram esquecidos. Nem precisou olhar para as mãos de Polly, ainda para a frente na altura da cintura (doía muito deixá-las para baixo quando estavam assim), para saber como as coisas estavam para ela.

A lasanha foi colocada sem cerimônia em uma mesa perto do pé da escada. Se tivesse caído no chão, Nettie não teria nem olhado duas vezes. A mulher nervosa que Castle Rock se acostumou a ver nas ruas, a mulher que parecia estar fugindo de alguma maldade horrível mesmo se só estivesse a caminho da agência do correio, não estava ali. Aquela era uma Nettie diferente; a Nettie de Polly Chalmers.

— Vem — disse ela bruscamente. — Pra sala. Vou buscar as luvas térmicas.

— Nettie, eu estou bem — disse Polly com voz fraca. — Acabei de tomar um comprimido e tenho certeza de que em alguns minutos...

Mas Nettie estava com o braço em volta dela e a guiava para a sala.

— O que você fez? Dormiu em cima delas, será?

— Não, isso teria me acordado. É só... — Ela riu. Foi um som fraco e perplexo. — É só dor. Eu sabia que hoje seria ruim, mas não tinha ideia do *quanto*. E as luvas térmicas não ajudam.

— Às vezes ajudam. Você sabe que às vezes ajudam. Agora, sente aqui.

O tom de Nettie não aceitava recusa. Ela ficou parada ao lado de Polly até que ela se sentasse na poltrona acolchoada. Em seguida, foi para o banheiro do andar de baixo pegar as luvas térmicas. Polly tinha desistido delas um ano antes, mas parecia que Nettie tinha uma reverência quase supersticiosa por elas. Era a versão de Nettie de uma canja de galinha, observou Alan uma vez, e os dois riram.

Polly se sentou com as mãos apoiadas nos braços da poltrona como pedaços de madeira levada pelo mar e olhou com desejo para o outro lado da sala, para o sofá onde ela e Alan tinham feito amor na noite de sexta. Suas mãos não estavam doendo na ocasião e já parecia que tinha sido mil anos antes. Ocorreu a ela que o prazer, por mais profundo que fosse, era uma coisa fantasmagórica e efêmera. O amor podia fazer o mundo girar, mas ela estava convencida de que eram os gritos dos feridos e sofredores que giravam o universo em seu grande eixo de vidro.

*Ah, seu sofá idiota*, pensou ela. *Sofá vazio idiota, de que você me serve agora?*

Nettie voltou com as luvas térmicas. Pareciam luvas para cozinha ligadas por um fio elétrico encapado. Um fio saía pela parte de trás da luva esquerda.

Polly tinha visto uma propaganda das luvas na revista *Good Housekeeping*, logo lá. Fez uma ligação para o número gratuito da Fundação Nacional da Artrite e foi informada que as luvas realmente ofereciam alívio temporário em alguns casos. Quando mostrou o anúncio para o dr. Van Allen, ele acrescentou a sabedoria que era cansativamente familiar mesmo dois anos antes: "Ora, mal não pode fazer".

— Nettie, sei que em alguns minutos...

— ... você vai se sentir melhor — concluiu Nettie. — Sim, claro que vai. E talvez isto ajude. Levante as mãos, Polly.

Polly cedeu e levantou as mãos. Nettie segurou as luvas pelas pontas, as abriu e as enfiou com a delicadeza de um especialista do esquadrão antibombas cobrindo pacotes de C-4 com um cobertor protetor. Seu toque foi delicado, ciente e compassivo. Polly não acreditava que as luvas térmicas fossem ajudar... mas a preocupação óbvia de Nettie já estava fazendo efeito.

Nettie pegou o plugue, ficou de joelhos e o enfiou na tomada perto do chão, ao lado da cadeira. As luvas começaram a zumbir baixo e os primeiros toques de calor acariciaram a pele das mãos da Polly.

— Você é boa demais pra mim — disse Polly baixinho. — Sabia disso?

— Isso não seria possível. Nunca. — A voz dela estava meio rouca e havia um brilho líquido nos olhos. — Polly, não cabe a mim dizer o que fazer, mas não posso mais ficar quieta. Você tem que fazer alguma coisa sobre suas pobres mãos. *Tem que.* As coisas não podem continuar assim.

— Eu sei, querida. Eu sei. — Polly fez um esforço enorme para pular o muro de depressão que tinha se erigido em sua mente. — Por que você veio aqui, Nettie? Não foi pra torrar minhas mãos.

Nettie se animou.

— Eu fiz lasanha!

— Fez? Ah, Nettie, não precisava!

— Não? Não é o que *eu* acho. *Eu* acho que você não vai cozinhar hoje e nem amanhã. Vou botar na geladeira.

— Obrigada. Muito obrigada.

— Que bom que eu fiz. Estou duplamente feliz agora que te vi. — Ela chegou na porta do corredor e olhou para trás. Um raio de sol caiu no rosto dela, e naquele momento Polly poderia ter visto o quanto Nettie estava tensa e cansada se sua própria dor não fosse tão grande. — Não saia daí!

Polly caiu na gargalhada, surpreendendo as duas.

— Não posso! Estou presa!

Na cozinha, a porta da geladeira foi aberta e fechada quando Nettie guardou a lasanha. Ela gritou:

— Quer que faça café? Gostaria de tomar uma xícara? Posso ajudar com isso.

— Quero. Seria ótimo. — As luvas estavam zumbindo mais alto agora; estavam quentes. Ou elas estavam realmente ajudando ou o comprimido estava agindo de uma forma que o das cinco horas não agira. Era mais provável que fosse uma combinação das duas coisas, ela pensou. — Mas se você tiver que ir, Nettie...

Nettie apareceu na porta. Tinha buscado o avental na despensa e o vestido e estava com o bule de café de metal na mão. Ela não usava a cafeteira Toshiba nova... e Polly tinha que admitir que o café no bule de metal de Nettie era melhor.

— Não tenho lugar pra ir melhor do que aqui. Além do mais, a casa está toda trancada, e Raider está de guarda.

— Sei disso — disse Polly, sorrindo. Ela conhecia bem Raider. Ele pesava dez quilos e rolava para que coçassem sua barriga sempre que alguém, fosse o carteiro, o homem do gás ou um vendedor de rua, ia até a casa.

— Acho que ela vai me deixar em paz — disse Nettie. — Eu já avisei a ela. Não a vi mais por aí e nem tive notícias, então acho que finalmente entrou na cabeça dela que eu estava falando sério.

— Avisou quem? Sobre o quê? — perguntou Polly, mas Nettie já tinha se afastado, e Polly estava mesmo presa ao assento pelas luvas elétricas.

Quando Nettie reapareceu com a bandeja de café, o Percodan tinha começado a deixá-la confusa e ela já tinha se esquecido do comentário estranho de Nettie... o que não era muito surpreendente, porque Nettie fazia comentários estranhos com frequência.

Nettie adicionou o creme e o açúcar no café de Polly e ergueu a xícara para que ela pudesse beber. Elas conversaram sobre algumas coisas, e claro que a conversa logo se voltou para a loja nova. Nettie contou sobre a compra do abajur de vidro carnival novamente, mas não com os detalhes sem fôlego que Polly esperaria, considerando a natureza extraordinária de um evento desses na vida de Nettie. Mas disparou outra lembrança na mente dela: o bilhete que o sr. Gaunt tinha colocado no pote do bolo.

— Eu quase esqueci... o sr. Gaunt me pediu pra passar lá hoje à tarde. Disse que talvez tenha uma coisa na qual eu estaria interessada.

— Você não vai, né? Com as suas mãos assim?

— Talvez. Estão melhores. Acho que as luvas funcionaram desta vez, ao menos um pouco. E eu tenho que fazer *alguma coisa*. — Ela olhou para Nettie com um certo ar de súplica.

— Bom... acho que sim. — Uma ideia repentina surgiu na cabeça de Nettie. — Sabe, eu poderia passar lá no caminho de casa e perguntar se ele poderia vir até a *sua* casa!

—Ah, não, Nettie... Não é seu caminho!

—Só um ou dois quarteirões. — Nettie lançou um olhar carinhoso e malicioso meio de lado para Polly. — Além do mais, ele talvez tenha alguma outra peça de vidro carnival. Não tenho dinheiro para outra, mas *ele* não sabe disso, e não custa nada olhar, não é?

—Mas pedir pra ele vir aqui...

—Vou explicar como você está — disse Nettie, decidida, e começou a botar as coisas de volta na bandeja. — Ora, homens de negócios costumam fazer demonstrações em casa... se tiverem algo de bom para vender, claro.

Polly olhou para ela com amor, achando graça.

—Sabe, você fica diferente quando está aqui, Nettie.

Nettie olhou para ela, surpresa.

—Fico?

—Fica.

—Como?

—De um jeito bom. Não importa. A não ser que eu tenha uma recaída, acho que *vou* querer sair hoje à tarde. Mas, se você passar pela Artigos Indispensáveis...

— Eu vou. — Uma expressão de ansiedade mal disfarçada surgiu nos olhos de Nettie. Agora que a ideia tinha passado pela cabeça dela, tomou conta com toda a força de uma compulsão. Cuidar de Polly fora um tônico para seus nervos, sem dúvida.

— ... e se ele *por acaso* estiver lá, dê a ele meu número de casa e peça para ele me ligar se o artigo que ele queria que eu visse tiver chegado. Você pode fazer isso?

—Claro que posso!

Nettie se levantou com a bandeja do café e a levou para a cozinha. Guardou o avental na despensa, pendurado no gancho, e voltou para a sala para remover as luvas térmicas. Ela já estava de casaco. Polly agradeceu novamente, e não só pela lasanha. Suas mãos ainda doíam muito, mas a dor estava suportável agora. E ela conseguia mover os dedos de novo.

—Não foi nada — disse Nettie. — E, quer saber? Você *parece* melhor. Sua cor está voltando. Fiquei com medo de olhar pra você quando entrei. Posso fazer mais alguma coisa por você antes de ir?

—Não, acho que não. — Ela esticou a mão e segurou desajeitada uma das mãos de Nettie com a sua, que ainda estava vermelha e muito quente por causa das luvas. — Estou muito feliz de você ter vindo, querida.

Nas raras ocasiões em que Nettie sorria, era com o rosto todo; era como ver o sol aparecer entre as nuvens em uma manhã nublada.

— Eu te amo, Polly.

Emocionada, Polly respondeu:

— Ora, eu também te amo, Nettie.

Nettie foi embora. Foi a última vez que Polly a viu viva.

6

A tranca na porta da frente da casa de Nettie Cobb era tão complexa quanto a tampa de uma caixa de balas; a primeira chave mestra que Hugh tentou funcionou depois de apenas alguns movimentos. Ele abriu a porta.

Um cachorrinho, de pelo amarelo com o peito branco, estava sentado no chão do corredor. Ele deu seu único latido breve quando o sol da manhã o atingiu e a sombra grande de Hugh caiu sobre ele.

— Você deve ser o Raider — disse Hugh baixinho, enfiando a mão no bolso.

O cachorro latiu de novo e rolou de costas, as quatro patas esticadas.

— Que fofo! — disse Hugh.

O cotoco de rabo de Raider bateu no piso de madeira, presumivelmente concordando. Hugh fechou a porta e se agachou ao lado do cachorro. Com uma das mãos, coçou o lado direito do peito do animal, naquele lugar mágico que de alguma forma tem ligação com a pata traseira direita, fazendo-a balançar rapidamente no ar. Com a outra, ele tirou um canivete do bolso.

— Ah, que bom menino! Que bom menino!

Ele parou de coçar e tirou um pedaço de papel do bolso. Com sua caligrafia elaborada de estudante, ele havia escrito a mensagem que a cauda da raposa tinha lhe dado; Hugh se sentou à mesa da cozinha e escreveu antes mesmo de se vestir, para não esquecer nenhuma palavra.

*Ninguém joga lama nos meus lençóis limpos*
*Eu falei que ia me vingar!*

Ele abriu o saca-rolha do canivete e prendeu o bilhete ali. Em seguida, virou o corpo do canivete de lado e fechou o punho nele, de forma que o saca-rolha ficasse aparecendo entre o segundo e o terceiro dedo da forte mão direita. E então voltou a coçar Raider, que estava deitado de costas o tempo todo, olhando para Hugh com alegria. Ele era muito fofo, Hugh pensou.

— É! Você não é um bom menino? Não é lindo? — perguntou Hugh, coçando. Agora, as duas patas traseiras estavam balançando. Raider parecia um cachorro pedalando uma bicicleta invisível. —É, sim! É, mesmo! E sabe o que eu tenho? Eu tenho um rabo de raposa! Tenho, sim!

Hugh levou o saca-rolha com o bilhete preso até a parte branca nos pelos do peito de Raider.

—E sabe o que mais? *Eu vou ficar com ele!*

Ele baixou a mão com força. A esquerda, que estava coçando Raider, agora prendia o cachorro enquanto ele girava três vezes com força o saca-rolha. O sangue quente jorrou e molhou suas duas mãos. O cachorro se debateu brevemente no chão e ficou parado. Ele não daria mais aquele latido curto e inofensivo.

Hugh se levantou, o coração batendo com força. De repente, sentiu-se péssimo com o que tinha feito, quase passou mal. Talvez ela fosse maluca, talvez não, mas era sozinha no mundo, e ele matou o que provavelmente era seu único amigo.

Ele limpou a mão suja de sangue na camisa. A mancha quase não apareceu na lã escura. Ele não conseguia tirar os olhos do cachorro. Tinha feito aquilo. Sim, ele tinha feito aquilo e sabia, mas mal conseguia acreditar. Era como se ele estivesse num transe ou algo assim.

A voz interior, a que às vezes conversava com ele sobre as reuniões do AA, falou de repente. *Sim, e acho que você vai até conseguir acreditar com o tempo. Mas você não estava em porra de transe nenhum; sabia muito bem o que estava fazendo.*

*E por quê.*

O pânico começou a crescer dentro dele. Tinha que sair dali. Recuou lentamente pelo corredor e soltou um grito rouco quando deu de costas com a porta fechada. Procurou a maçaneta atrás de si e finalmente a encontrou. Girou-a, abriu a porta e saiu da casa de Nettie Maluca. Olhou ao redor loucamente, meio que esperando ver metade da cidade reunida ali, observando-o com olhos solenes e julgadores. Mas não havia ninguém, só uma criança pedalando pela rua. Havia um cooler Playmate enfiado em um ângulo estranho na cesta da bicicleta do garoto. O garoto nem olhou para Hugh Priest ao passar, e quando foi embora só havia os sinos de igreja... desta vez chamando os metodistas.

Hugh seguiu apressadamente pelo caminho. Disse para si mesmo para não correr, mas ainda assim estava trotando quando chegou à picape. Abriu a porta com dificuldade, entrou atrás do volante e enfiou a chave na ignição. Fez isso três ou quatro vezes, e a porra da chave não entrava. Ele teve que firmar a mão direita com a esquerda para poder enfiá-la no lugar certo. A testa estava coberta de gotas de suor. Ele já tinha tido muitas ressacas, mas nunca tinha se sentido assim; era como estar com malária, algo assim.

A picape pegou com um rugido e um arroto de fumaça azul. Hugh tirou o pé da embreagem. A picape deu dois sacolejos grandes para longe do meio-fio e parou. Respirando com dificuldade pela boca, Hugh a ligou de novo e saiu dirigindo rápido.

Quando chegou ao estacionamento (ainda estava tão deserto quanto as montanhas da lua) e trocou a picape da cidade pelo seu Buick amassado, ele já tinha se esquecido de Raider e da coisa horrível que tinha feito com o saca-rolha. Tinha outra coisa, bem mais importante, em que pensar. Durante a volta até o estacionamento, ele foi tomado por uma certeza febril: alguém tinha entrado na sua casa quando ele estava fora e esse alguém tinha roubado seu rabo de raposa.

Hugh dirigiu para casa a mais de noventa quilômetros por hora, parou a dez centímetros da varanda bamba, espalhando cascalho e uma nuvem de terra, e correu subindo os degraus dois de cada vez. Entrou, correu até o armário e abriu a porta. Ficou nas pontas dos pés e começou a explorar a prateleira alta com as mãos agitadas e em pânico.

No começo, suas mãos só encontraram madeira, e Hugh soluçou de medo e fúria. Mas então a esquerda afundou no pelo macio que não era seda nem lã, e uma grande sensação de paz e satisfação tomou conta dele. Era como comida para os famintos, descanso para os cansados... quinino para quem tinha malária. A batucada no peito finalmente começou a se acalmar. Ele tirou o rabo de raposa do esconderijo e se sentou à mesa da cozinha. Esticou-a sobre as coxas volumosas e começou a acariciá-lo com as duas mãos.

Hugh ficou assim por mais de três horas.

## 7

O garoto que Hugh viu e não reconheceu, o da bicicleta, era Brian Rusk. Brian tivera seu próprio sonho na noite anterior e, como consequência, tinha sua tarefa para cumprir naquela manhã.

No sonho, o sétimo jogo da World Series estava prestes a começar... uma World Series antiga da época do Elvis, apresentando a antiga rivalidade apocalíptica, aquele avatar do beisebol, os Dodgers contra os Yankees. Sandy Koufax estava na frente do banco, aquecendo para jogar pelo Da Bums. Ele também estava falando com Brian Rusk, que estava ao lado dele, entre arremessos. Sandy Koufax contou para Brian exatamente o que ele tinha que fazer. Ele foi bem claro; botou todos os pingos nos *is* e todos os traços nos *tês*. Não houve problema.

O problema era outro: Brian não queria fazer aquilo.

Sentiu-se idiota de discutir com uma lenda do beisebol como Sandy Koufax, mas tentou mesmo assim.

— Você não entende, sr. Koufax — disse ele. — Eu tinha que pregar uma peça na Wilma Jerzyck e já fiz o que tinha que fazer. Já *fiz*.

— E daí? — disse Sandy Koufax. — Aonde você quer chegar, pirralho?

— Bom, o acordo era esse. Oitenta e cinco centavos e uma peça.

— Tem certeza disso, pirralho? Uma peça? Tem certeza? Ele disse alguma coisa tipo "não mais do que uma peça"? Algo legal assim?

Brian não conseguia lembrar, mas o sentimento de que tinha sido enganado estava crescendo mais e mais dentro dele. Não… não só *enganado*. *Encurralado*. Como um rato com um pedaço de queijo.

— Vou dizer uma coisa, pirralho. O acordo…

Ele parou de falar e soltou um *hããã!* ao jogar uma bola alta. Caiu na luva do apanhador com um estalo de tiro de rifle. Subiu poeira da luva, e Brian percebeu com uma crescente consternação que conhecia os olhos azuis tempestuosos olhando para ele por trás da máscara do apanhador. Aqueles olhos eram do sr. Gaunt.

Sandy Koufax pegou a bola que o sr. Gaunt jogou de volta e olhou para Brian com olhos chapados como vidro marrom.

— O acordo é o que eu *disser* que é o acordo, pirralho.

Os olhos de Sandy Koufax não eram castanhos, Brian percebeu no sonho; também eram azuis, o que fazia sentido, porque Sandy Koufax *também* era o sr. Gaunt.

— Mas…

Koufax/Gaunt levantou a mão enluvada.

— Vou dizer uma coisa, pirralho: eu *odeio* essa palavra. De todas as palavras na nossa língua, essa é facilmente a pior. Acho que é a pior em *qualquer* língua. "Mas" começa com a mesma letra de "merda", pirralho. Não pode ser coincidência.

O homem com o uniforme antiquado do Brooklyn Dodgers escondeu a bola de beisebol na luva e se virou para olhar Brian de frente. Era mesmo o sr. Gaunt, e Brian sentiu um pavor congelante e consternador apertar seu coração.

— Eu *falei* que queria que você pregasse uma peça na Wilma, Brian, isso é verdade, mas nunca falei que seria *a única* peça que eu queria que você pregasse nela. Você só *achou*, rapaz. Você acredita em mim ou quer ouvir a gravação da nossa conversa?

— Eu acredito — disse Brian. Ele estava perigosamente próximo de balbuciar agora. — Eu acredito, mas…

— O que acabei de falar sobre essa palavra, pirralho?

Brian baixou a cabeça e engoliu em seco.

— Você tem muita coisa a aprender sobre negociação — disse Koufax/Gaunt. — Você e todo mundo em Castle Rock. Mas esse foi um dos motivos para eu ter vindo, para fazer um seminário na bela arte da negociação. Havia um sujeito na cidade, um cavalheiro chamado Merrill, que sabia um pouco sobre isso, mas ele já se foi e não é fácil de encontrar. — Ele sorriu, revelando os dentes grandes e irregulares de Leland Gaunt no rosto estreito e sério de Sandy Koufax. — E a palavra "barganha", Brian... tenho muito a ensinar a você sobre esse assunto também.

— Mas... — A palavra saiu pela boca de Brian antes que ele pudesse impedir.

— Nada de mas — interrompeu Koufax/Gaunt. Ele se inclinou para a frente. Seu rosto encarou Brian solenemente por baixo da aba do boné. — O sr. Gaunt sabe mais. Consegue dizer isso, Brian?

A garganta de Brian trabalhou, mas nenhum som saiu. Ele sentiu lágrimas quentes e frouxas atrás dos olhos.

Uma mão grande e fria pousou no ombro de Brian. E apertou.

— *Diga.*

— O sr. Gaunt... — Brian precisou engolir de novo para abrir espaço para as palavras. — O sr. Gaunt sabe mais.

— Isso mesmo, pirralho. Isso mesmo. E o que isso quer dizer é que você vai fazer o que eu disser... senão você vai ver só.

Brian reuniu toda a sua coragem e fez uma última tentativa.

— E se eu disser não? E se disser não porque não entendi, como é que se diz... os termos?

Koufax/Gaunt pegou a bola de beisebol na luva e fechou a mão sobre ela. Pequenas gotas de sangue começaram a sair pela costura.

— Você não pode dizer não, Brian — disse ele baixinho. — Não mais. Ora, esse é o sétimo jogo da World Series. Todas as galinhas vieram para o galinheiro e está na hora do tudo ou nada. Dá uma olhada em volta. Vá dar uma olhada.

Brian olhou ao redor e ficou horrorizado de ver que o Campo Ebbets estava tão cheio que havia gente de pé nos corredores... *e ele conhecia todo mundo.* Viu sua mãe e seu pai sentados com seu irmãozinho, Sean, no camarote atrás da home base. Sua turma de fonoterapia — com a srta. Ratcliffe de um lado e o namorado grande e burro dela, Lester Pratt, do outro — estava espalhada ao longo da linha da primeira base, tomando Royal Crown Cola e comendo cachorros-quentes. Todos os policiais da delegacia de Castle Rock es-

235

tavam sentados na arquibancada, tomando cerveja em copos de papel com imagens das candidatas ao Miss Rheingold do ano. Ele viu sua turma da escola dominical, os conselheiros da cidade, Myra e Chuck Evans, suas tias, seus tios, seus primos. Sentado atrás da terceira base estava Sonny Jackett, e quando Koufax/Gaunt arremessou a bola ensanguentada e ela fez aquele estalo de tiro de rifle na luva do apanhador, Brian viu que o rosto atrás da máscara agora pertencia a Hugh Priest.

— Vou atropelar você, garotinho — disse Hugh quando jogou a bola de volta. — Vou fazer você gritar.

— Sabe, pirralho, não é mais só sobre o card de beisebol — disse Koufax/Gaunt ao seu lado. — Você sabe disso, não sabe? Quando jogou lama nos lençóis de Wilma Jerzyck, você iniciou uma coisa. Como um cara que inicia uma avalanche só por gritar alto demais num dia mais quente de inverno. Agora, sua escolha é simples. Você pode continuar... ou pode ficar onde está e ser soterrado.

No sonho, Brian finalmente começou a chorar. Ele sabia, sim. Sabia muito bem, agora que era tarde demais para fazer alguma diferença.

Gaunt apertou a bola de beisebol. Mais sangue escorreu, e as pontas dos dedos afundaram na superfície branca e macia.

— Se não quiser que todo mundo em Castle Rock saiba que foi você quem iniciou a avalanche, Brian, é melhor você fazer o que eu mandar.

Brian chorou mais.

— Quando você negocia comigo — disse Gaunt, se preparando para arremessar —, é melhor se lembrar de duas coisas: o sr. Gaunt sabe mais... e a negociação só acaba quando o sr. Gaunt *disser* que acabou.

Ele jogou com aquele arremesso sinuoso e repentino que fazia Sandy Koufax ser difícil de rebater (essa era, pelo menos, a humilde opinião do pai de Brian), e quando a bola bateu na luva de Hugh Priest desta vez, explodiu. Sangue e cabelo e pedaços gosmentos de carne voaram no sol forte de outono. E Brian acordou, chorando no travesseiro.

8

Agora ele estava indo fazer o que o sr. Gaunt dissera que ele tinha que fazer. Foi bem simples sair de casa; ele só disse para a mãe e para o pai que não queria ir à igreja naquela manhã porque estava enjoado (e isso nem era mentira). Quando eles saíram, ele fez seus preparativos.

Foi difícil pedalar a bicicleta e ainda mais difícil manter o equilíbrio, por causa do cooler Playmate na cestinha. Estava muito pesada e ele estava suando e sem ar quando chegou à casa dos Jerzyck. Não houve hesitação desta vez, ele não tocou a campainha, não planejou uma história. Não tinha ninguém lá. Sandy Koufax/Leland Gaunt disse para ele no sonho que os Jerzyck ficariam depois da missa das onze horas para discutir as festividades da Noite do Cassino e depois visitariam amigos. Brian acreditou. Ele só queria agora acabar com aquele compromisso horrível o mais rápido possível. E, quando terminasse, ele iria para casa, estacionaria a bicicleta e passaria o resto do dia na cama.

Ele tirou o cooler da cesta da bicicleta, usando as duas mãos, e o apoiou na grama. Estava atrás da cerca viva, onde ninguém poderia vê-lo. O que estava prestes a fazer seria barulhento, mas Koufax/Gaunt disse para ele não se preocupar com isso. Disse que a maioria das pessoas na rua Willow era católica, e quase todos os que não estivessem na missa das onze horas teriam ido na das oito e saído para fazer passeios de domingo. Brian não sabia se era verdade ou não. Só tinha certeza de duas coisas: o sr. Gaunt sabia mais e a negociação só terminava quando o sr. Gaunt *dissesse* que havia terminado.

E esse era o acordo.

Brian abriu o cooler. Havia umas doze pedras de bom tamanho dentro. Em volta de cada uma, presa com um ou dois elásticos, havia uma folha de papel do caderno de escola de Brian. Em cada folha, com letras grandes, havia uma mensagem simples:

EU MANDEI VOCÊ ME DEIXAR EM PAZ.
ESSE É O SEU ÚLTIMO AVISO.

Brian pegou uma delas e foi até o gramado até estar a menos de três metros do janelão da sala dos Jerzyck, o que era chamado de "janela panorâmica" nos anos 60, quando a casa foi construída. Ele se preparou, hesitou só por um momento e soltou a pedra como Sandy Koufax com a bola, enfrentando o rebatedor principal no sétimo jogo da World Series. Houve um estrondo alto e nada musical, seguido de um baque quando a pedra bateu no tapete da sala e rolou pelo chão.

O som teve um efeito estranho em Brian. O medo sumiu e sua repulsa por mais essa tarefa (que não poderia ser classificada como algo sem importância como "pregar uma peça" nem com um grande esforço da imaginação) também evaporou. O som do vidro quebrando o empolgou... fez com que ele se sentisse como quando tinha suas fantasias com a srta. Ratcliffe. As fantasias eram bobagem, ele sabia, mas não havia nada de bobagem *naquilo*. Aquilo era *real*.

Além do mais, ele descobriu que agora queria o card do Sandy Koufax mais do que nunca. Tinha descoberto outro fato importante sobre bens e o estado psicológico peculiar que eles induzem; quanto mais é preciso lutar por causa de algo que se tem, mais se quer manter essa coisa.

Brian pegou mais duas pedras e andou até o janelão quebrado. Olhou dentro e viu a pedra que tinha jogado. Estava caída na passagem entre a sala e a cozinha. Parecia bem improvável lá, como ver uma bota de borracha em um altar de igreja ou uma rosa em cima do motor de um trator. Um dos elásticos que segurava o bilhete na pedra tinha arrebentado, mas o outro ainda estava no lugar. O olhar de Brian se desviou para a esquerda e ele se viu observando a televisão Sony dos Jerzyck.

Brian se preparou e arremessou. A pedra acertou a Sony bem de frente. Houve um estrondo oco, um brilho de luz, e choveu vidro no tapete. A televisão balançou, mas não chegou a cair.

—Strike *dois!* —murmurou Brian, e soltou uma gargalhada muito estranha.

Ele jogou outra pedra em um amontoado de enfeites de cerâmica em uma mesa ao lado do sofá, mas errou. Acertou a parede com um estalo e arrancou um pedaço de gesso.

Brian segurou a alça do cooler e o arrastou para a lateral da casa. Quebrou duas janelas de quartos. Atrás, jogou uma pedra do tamanho de um pão pela janela na parte de cima da porta da cozinha, depois jogou outras pelo buraco. Uma delas destruiu o Cuisinart de pé na bancada. Outro quebrou a frente de vidro do RadarRange e caiu dentro do micro-ondas.

— Strike *três!* Vai pra casa, mané! — gritou Brian, e riu tanto que quase molhou a calça.

Quando o ataque de risos passou, ele terminou o circuito em volta da casa. O cooler estava mais leve agora; ele percebeu que conseguia carregá-lo com só uma das mãos. Usou as últimas três pedras para quebrar as janelas do porão, que ficavam no meio das flores de Wilma, e arrancou algumas flores por garantia. Com isso feito, ele fechou o cooler, voltou para a bicicleta, colocou-o na cesta e subiu para fazer o caminho de volta para casa.

Os Mislaburski moravam ao lado dos Jerzyck. Quando Brian saiu pedalando da entrada de carro dos Jerzyck, a sra. Mislaburski abriu a porta da frente e saiu até o degrau. Ela usava um vestido verde de cor forte. O cabelo estava preso com um lenço vermelho. Ela parecia a propaganda do Natal no inferno.

— O que está acontecendo aí, garoto? — perguntou ela.

— Não sei exatamente. Acho que o sr. e a sra. Jerzyck devem estar brigando — disse Brian sem parar. — Eu só vim perguntar se eles precisavam de alguém pra limpar a neve da entrada de casa no inverno, mas resolvi voltar outra hora.

A sra. Mislaburski lançou um olhar breve e maldoso na direção da casa dos Jerzyck. Por causa das cercas vivas, só o segundo andar era visível de onde ela estava.

— Se eu fosse você, não voltaria. Aquela mulher me lembra aqueles peixes que tem na América do Sul. Os que comem vacas inteiras.

— Piranhas — disse Brian.

— Isso mesmo. Esses.

Brian seguiu pedalando. Ele estava agora se afastando da mulher de vestido verde e lenço vermelho. Seu coração estava correndo junto, mas não estava disparado nem nervoso. Parte dele tinha certeza de que ele ainda estava sonhando. Ele não se sentia como ele mesmo, não o Brian Rusk que só tirava A e B, o Brian Rusk que era membro do Conselho Estudantil e da Liga de Cidadãos do Fundamental ii, o Brian Rusk que só tirava notas ótimas de comportamento.

— Ela vai matar alguém um dia desses! — gritou a sra. Mislaburski com indignação atrás de Brian. — Anote minhas palavras!

Baixinho, Brian sussurrou:

— Eu não ficaria nem um pouco surpreso.

Ele realmente passou o resto do dia na cama. Em circunstâncias normais, isso teria preocupado Cora, talvez o suficiente para levar Brian ao médico em Norway. Mas ela nem reparou que o filho não estava se sentindo bem. Isso por causa dos óculos de sol maravilhosos que o sr. Gaunt tinha vendido para ela... estava hipnotizada por eles.

Brian se levantou por volta das seis horas, uns quinze minutos antes de o pai chegar depois de um dia passado no lago, pescando com dois amigos. Pegou uma Pepsi na geladeira e ficou parado ao lado do fogão, bebendo. Sentia-se bem melhor.

Ele sentia que talvez tivesse finalmente cumprido sua parte do acordo que tinha feito com o sr. Gaunt.

E também concluiu que o sr. Gaunt realmente sabia mais.

# 9

Nettie Cobb, sem a menor premonição da surpresa desagradável que a esperava em casa, estava com ótimo humor enquanto percorria a rua Principal na direção da Artigos Indispensáveis. Ela tinha uma forte intuição de que, sendo manhã de domingo ou não, a loja estaria aberta, e não se decepcionou.

— Sra. Cobb! — disse Leland Gaunt quando ela entrou. — Que bom vê-la!

— Também é bom ver o senhor, sr. Gaunt — disse ela... e era mesmo.

O sr. Gaunt se aproximou, a mão esticada, mas Nettie se retraiu para longe do toque dele. Era um comportamento horrível, tão mal-educado, mas ela não conseguiu evitar. E o sr. Gaunt pareceu entender, que Deus o abençoasse. Ele sorriu e mudou o caminho, fechando a porta da loja. Virou a placa de ABERTA para FECHADA com a velocidade de um jogador profissional escondendo um ás.

— Sente-se, sra. Cobb! Por favor! Sente-se!

— Bom, tudo bem... mas eu só vim dizer que a Polly... a Polly está...

Ela se sentiu estranha. Não mal exatamente, mas estranha. Com a cabeça tonta. Ela se sentou meio desastrada em uma das poltronas forradas. E o sr. Gaunt apareceu na frente dela, os olhos fixos nos dela, e o mundo pareceu se centralizar nele e ficar imóvel de novo.

— Polly não está se sentindo muito bem, não é? — perguntou o sr. Gaunt.

— É isso — concordou Nettie com gratidão. — São as mãos dela, sabe. Ela tem...

— Artrite, sim, terrível, uma pena, são as merdas da vida, a gente mal pisca e já morreu, rapadura é doce, mas não é mole não. Eu sei, Nettie. — Os olhos do sr. Gaunt estavam crescendo de novo. — Mas não preciso ligar pra ela... e nem chamá-la, no fim das contas. As mãos dela estão melhores agora.

— Estão? — perguntou Nettie com voz distante.

— Com certeza! Ainda estão doendo, claro, o que é bom, mas não está doendo tanto a ponto de ela ficar longe, e isso é ainda melhor... você não acha, Nettie?

— Acho — disse Nettie baixinho, mas não tinha ideia de com que estava concordando.

— Você — disse o sr. Gaunt com sua voz mais suave e alegre — tem um grande dia pela frente, Nettie.

— Tenho? — Isso era novidade; ela estava planejando passar a tarde em sua poltrona favorita da sala, tricotando e vendo televisão com Raider aos seus pés.

—Sim. Um grande dia. Então, quero que você fique aqui sentada por um momento enquanto vou buscar uma coisa. Você pode fazer isso?

—Posso...

—Que bom. E por que você não fecha os olhos? Descanse *bastante*, Nettie!

Nettie fechou os olhos obedientemente. Depois de um tempo (ela não sabia quanto), o sr. Gaunt mandou-a abrir os olhos de novo. Ela fez exatamente isso e sentiu uma pontada de decepção. Quando as pessoas mandavam você fechar os olhos, às vezes elas queriam dar uma coisa legal. Um presente. Ela teve esperanças de que, quando voltasse a abrir os olhos, o sr. Gaunt estivesse segurando outro abajur de vidro carnival, mas ele só estava segurando uma pilha de papéis. As folhas eram pequenas e rosadas. Cada uma tinha as seguintes palavras no alto:

AVISO DE INFRAÇÃO DE TRÂNSITO

—Ah — disse ela. — Achei que pudesse ser vidro carnival.

—Acho que você não vai precisar mais de vidro carnival, Nettie.

—Não? — A pontada de decepção voltou. Foi mais forte desta vez.

—Não. É triste, mas é verdade. Ainda assim, acho que você lembra que prometeu fazer uma coisa pra mim. — O sr. Gaunt se sentou ao lado dela. — Você se lembra disso, não é?

—Lembro. Você quer que eu pregue uma peça no Buster. Quer que eu coloque uns papéis na casa dele.

—Isso mesmo, Nettie. Muito bem. Ainda está com a chave que te dei?

Lentamente, como uma mulher num balé subaquático, Nettie tirou a chave do bolso direito do casaco. Mostrou-a para o sr. Gaunt.

—Muito bom! — disse ele com voz calorosa. — Agora, guarde de volta, Nettie. Guarde no lugar seguro.

Ela fez isso.

—Agora, aqui estão os papéis. — Ele colocou o bloco rosa em uma das mãos dela. Na outra, colocou um suporte de fita adesiva. Havia alarmes soando em algum lugar dentro dela agora, mas estavam distantes, quase inaudíveis.

—Espero que não demore. Tenho que ir pra casa logo. Tenho que dar comida ao Raider. Ele é meu cachorrinho.

—Eu conheço o Raider — disse o sr. Gaunt, e ofereceu um sorriso largo para Nettie. — Mas tenho a sensação de que ele não está com muito apetite hoje. Acho que você também não precisa ter medo de ele fazer cocô no chão da cozinha.

— Mas...

Ele tocou nos lábios dela com um dos dedos compridos, e ela se sentiu enjoada de repente.

— Não — choramingou ela, se encostando na cadeira. — Não faz isso, é horrível.

— É o que me dizem — concordou o sr. Gaunt. — Se não quiser que eu seja horrível com você, Nettie, você nunca deve dizer aquela palavra horrível pra mim.

— Que palavra?

— *Mas*. Eu reprovo essa palavra. Na verdade, acho justo dizer que *odeio* essa palavra. No melhor de todos os mundos possíveis, não haveria necessidade de uma palavrinha tão irritante. Quero que você me diga mais uma coisinha, Nettie... Quero que você diga palavras que eu amo. Palavras que eu simplesmente *adoro*.

— Que palavras?

— O sr. Gaunt sabe mais. Diga isso.

— O sr. Gaunt sabe mais — repetiu ela, e assim que as palavras saíram pela boca, ela entendeu como eram absoluta e completamente verdade.

— O sr. Gaunt *sempre* sabe mais.

— O sr. Gaunt *sempre* sabe mais.

— Certo! Assim como o padre — disse o sr. Gaunt, e riu de uma forma horrenda. O som era como o de placas de pedra se movendo no fundo da terra, e a cor dos olhos dele mudou rapidamente de azul para verde para castanho para preto. — Agora, Nettie, escute com atenção. Você tem uma coisinha pra fazer pra mim e aí pode ir pra casa. Entendeu?

Nettie tinha entendido.

E ouviu com muita atenção.

242

# DEZ

### 1

South Paris é uma cidadezinha pequena e esquálida vinte e oito quilômetros ao nordeste de Castle Rock. Não é a única cidade remota do Maine batizada em homenagem a uma cidade ou país da Europa; tem uma Madrid (os moradores pronunciam *Mad*-drid), uma Sweden, uma Etna, uma Calais (pronunciada de forma a rimar com Dallas), uma Cambridge e uma Frankfort. Alguém talvez saiba como ou por que tantos lugares da estrada acabaram tendo variedade tão exótica de nomes, mas eu não.

O que sei é que uns vinte anos atrás um chef francês muito bom decidiu sair de Nova York e abrir seu restaurante na região dos lagos do Maine, e que *também* decidiu que não poderia haver lugar melhor para essa empreitada do que uma cidade chamada South Paris. Nem o fedor dos curtumes o dissuadiu. O resultado foi um estabelecimento culinário chamado Maurice. Ainda está lá até hoje, na rodovia 117, perto do trilho da ferrovia e em frente a um McDonald's. E foi ao Maurice que Danforth "Buster" Keeton levou a esposa para almoçar no domingo, dia 13 de outubro.

Myrtle passou boa parte daquele domingo em torpor e êxtase, e a ótima comida do Maurice não foi o motivo. Nos meses anteriores, quase um ano, na verdade, a vida com Danforth foi extremamente desagradável. Ele a ignorava quase completamente... exceto quando gritava com ela. A autoestima dela, que nunca foi muito boa, despencou a novas profundezas. Ela sabia tão bem quanto qualquer mulher que agressão não precisa de socos para ser eficiente. Os homens e as mulheres são capazes de executá-la com a língua, e Danforth Keeton sabia usar a dele muito bem; tinha infligido mil cortes visíveis nela com suas laterais afiadas nesse último ano.

Ela não sabia sobre as apostas; realmente acreditava que ele ia ao hipódromo para assistir às corridas. Também não sabia sobre o desvio de dinheiro. Sabia que vários membros da família Danforth tinham sido instáveis, mas não conectou esse comportamento ao próprio Danforth. Ele não bebia em excesso, não esquecia de vestir a roupa antes de sair de manhã, não falava com pessoas que não estivessem presentes, e por isso ela achava que ele estava bem. Em outras palavras, ela supunha que havia algo de errado com ela. Que, em algum momento, isso fez com que Danforth deixasse de amá-la.

Ela passara os seis meses anteriores tentando enfrentar a perspectiva sombria dos trinta ou até quarenta anos sem amor que a aguardavam como companheira daquele homem, aquele homem que tinha se tornado alternadamente furioso, friamente sarcástico e desatento com ela. Ela tinha se tornado só mais uma peça de mobília para Danforth... exceto, claro, se o atrapalhasse. Se fizesse isso, se o jantar não estivesse pronto quando ele quisesse, se o piso do escritório parecesse sujo, até mesmo se as partes do jornal estivessem na ordem errada quando ele chegasse à mesa do café da manhã, ele a chamava de burra. Dizia que, se a bunda dela caísse, ela não conseguiria encontrar. Dizia que, se o cérebro fosse pólvora, ela não conseguiria assoar o nariz sem explodir. No começo, ela tentou se defender desses comentários, mas ele destruía suas defesas como se fossem as paredes de um castelo de papelão de criança. Se ela ficasse com raiva, ele a superava com ataques de fúria que a apavoravam. Assim, ela desistiu da raiva e caiu nas desgraças da perplexidade. Agora, só sorria com impotência perante a raiva dele, prometia se esforçar mais e ia para o quarto, onde se deitava na cama e chorava e tentava imaginar o que aconteceria com ela e desejava, desejava *muito* que tivesse uma amiga com quem conversar.

Em vez disso, ela conversava com suas bonecas. Tinha começado a coleção durante os primeiros anos do casamento e sempre as guardou em caixas no sótão. Mas, durante aquele último ano, ela as levou para a sala de costura, e às vezes, depois que as lágrimas tinham sido derramadas, entrava na sala de costura e brincava com elas. *Elas* nunca gritavam. *Elas* nunca ignoravam. *Elas* nunca perguntavam como ela tinha ficado tão burra, se era natural ou se precisou de aulas.

Ela tinha encontrado a boneca mais maravilhosa de todas no dia anterior, na loja nova.

E agora, tudo tinha mudado.

Naquela manhã, para ser exata.

Ela enfiou a mão embaixo da mesa e se beliscou (não pela primeira vez) só para ter certeza de que não estava sonhando. Mas, depois do beliscão, ainda estava ali, no Maurice, sentada embaixo de um raio de sol forte de outubro, e Danforth ainda estava na frente dela, comendo com excelente apetite, o rosto com um sorriso que lhe parecia quase alienígena, porque ela não via um ali havia tanto tempo.

Ela não sabia o que havia provocado a mudança e tinha medo de perguntar. Sabia que ele tinha ido ao Hipódromo de Lewiston na noite anterior, como quase sempre fazia à noite (supostamente porque as pessoas que ele encontrava lá eram mais interessantes do que as pessoas que ele encontrava todos os dias em Castle Rock... como a esposa, por exemplo), e quando acordou naquela manhã, ela esperava encontrar o lado dele da cama vazio (ou sem ter sido ocupado, o que significaria que ele tinha passado o resto da noite cochilando na poltrona do escritório) e ouvi-lo no andar de baixo, resmungando daquele jeito mal-humorado.

Mas ele estava na cama ao lado dela, usando o pijama vermelho listrado que ela lhe dera de presente de Natal no ano anterior. Era a primeira vez que ela o via usar; a primeira vez que era tirado da caixa, até onde ela sabia. Ele estava acordado. Rolou de lado para olhar para ela, já sorrindo. No começo, o sorriso a assustou. Ela achou que poderia significar que ele estava se preparando para matá-la.

Mas ele tocou no seio dela e piscou.

— Quer, Myrt? Ou está cedo demais pra você?

E então eles fizeram amor, pela primeira vez em mais de cinco meses eles fizeram amor, e ele foi simplesmente *magnífico*, e agora eles estavam ali, almoçando no Maurice no começo de uma tarde de domingo como um casal jovem e apaixonado. Ela não sabia o que tinha acontecido para provocar aquela mudança incrível no marido, e não se importava. Só queria apreciar e torcer para que durasse.

— Tudo bem, Myrt? — perguntou Keeton, erguendo o rosto do prato e limpando vigorosamente o rosto com o guardanapo.

Ela esticou a mão timidamente pela mesa e tocou na dele.

— Tudo ótimo. Tudo simplesmente... maravilhoso.

Ela precisou puxar a mão de volta para secar rapidamente os olhos com o guardanapo.


2


Keeton continuou comendo o bife borgnine, ou fosse qual fosse o nome, com grande apetite. O motivo para a felicidade dele era simples. Todos os cavalos que ele escolhera com a ajuda do Bilhete da Vitória tinham vencido na noite anterior. Inclusive Malabar, com chance de trinta para um na décima corrida. Ele voltou para Castle Rock não dirigindo, mas flutuando no ar, com mais de dezoito mil dólares enfiados nos bolsos do sobretudo. O agenciador de apostas ainda devia estar se perguntando onde tinha ido parar o dinheiro. Keeton sabia; estava bem guardado no fundo do armário do escritório. Estava em um envelope dentro da caixa do Bilhete da Vitória, junto com o precioso jogo em si.

Ele dormiu bem pela primeira vez em meses e, quando acordou, estava com um esboço de ideia para a auditoria. Um esboço não era muito, claro, mas era melhor do que a escuridão confusa que rugia pela cabeça dele desde que a terrível carta tinha chegado. Ao que parecia, para tirar o cérebro do ponto morto, ele só precisava de uma noite de vitórias no hipódromo.

Não daria para fazer a restituição total antes da queda da guilhotina, isso estava claro. O Hipódromo de Lewiston era o único que funcionava todas as noites no outono, para começar, e era bem pequeno. Ele poderia passear pelas feiras locais e ganhar alguns milhares nas corridas, mas também não seria suficiente. Também não podia correr o risco de ter muitas noites como a anterior, nem mesmo no Hipódromo. Seu agenciador de apostas ficaria desconfiado e acabaria se recusando a aceitar as apostas dele.

Mas ele acreditava que poderia fazer uma restituição parcial e minimizar o *tamanho* da fraude ao mesmo tempo. Ele também podia inventar uma história. Um investimento seguro que não deu certo. Um erro terrível... mas pelo qual ele assumia total responsabilidade e pelo qual estava agora compensando. Poderia observar que um homem realmente inescrupuloso, se colocado numa posição daquelas, poderia ter usado o intervalo para retirar mais dinheiro do Tesouro da cidade, o máximo que conseguisse, e depois fugir para algum lugar (um lugar *ensolarado* com muitas palmeiras e muitas praias brancas e muitas garotas jovens de biquínis pequenininhos) de onde a extradição fosse difícil ou mesmo impossível.

Ele poderia invocar Cristo e convidar os que nunca tinham pecado a jogar a primeira pedra. Isso os faria hesitar. Se não houvesse um único homem dentre eles que não tivesse metido a mão no bolso do estado em algum momento, Keeton comeria o short do sujeito. Sem sal.

Eles teriam que lhe dar tempo. Agora que conseguira deixar a histeria de lado e pensar na situação racionalmente, ele tinha quase certeza de que dariam. Afinal, eles também eram políticos. Saberiam que a imprensa ainda teria muito com que os humilhar, os supostos guardiões do fundo público, quando terminassem com Dan Keeton. Saberiam as perguntas que surgiriam junto à investigação pública ou até (que Deus não permitisse) um julgamento por peculato. Perguntas como há quanto tempo — em anos fiscais, por favor, cavalheiros — a pequena operação do sr. Keeton vinha acontecendo? Perguntas como por que o Departamento Fiscal do Estado não percebeu o problema antes? Perguntas que homens ambiciosos achariam perturbadoras.

Ele acreditava que conseguiria escapar. Sem garantias, mas parecia possível.

Tudo graças ao sr. Leland Gaunt.

Deus, ele amava Leland Gaunt.

— Danforth — chamou Myrt timidamente.

Ele ergueu o rosto.

— Hum?

— Este é o melhor dia que temos em anos. Eu só queria que você soubesse disso. Que estou grata por ter um dia tão bom. Com você.

— Ah! — disse ele. A coisa mais estranha do mundo tinha acabado de lhe acontecer. Por um momento, ele não conseguiu se lembrar do nome da mulher sentada à sua frente. — Ora, Myrt, foi bom pra mim também.

— Você vai ao hipódromo hoje?

— Não. Esta noite vou ficar em casa.

— Que bom — disse ela. Achou tão bom que precisou até secar os olhos com o guardanapo de novo.

Ele sorriu para ela; não era seu sorriso doce de antigamente, o que a encantou e conquistou, mas era parecido.

— E aí, Myrt? Quer sobremesa?

Ela riu e balançou o guardanapo para ele.

— Ah, *você!*

3

A casa dos Keeton era um rancho com desníveis localizado em Castle View. Era uma longa caminhada colina acima para Nettie Cobb, e quando ela chegou lá, suas pernas estavam cansadas e ela estava com muito frio. Ela só encontrou três ou quatro outros pedestres e nenhum deles olhou para ela; estavam encolhidos dentro das golas dos casacos, pois o vento tinha começado a soprar forte e penetrante. Um suplemento de propagandas do *Telegram* de domingo de alguém dançou pela rua e saiu voando para o céu azul como uma ave estranha quando ela entrou no caminho de carros dos Keeton. O sr. Gaunt tinha dito que Buster e Myrtle não estariam em casa, e o sr. Gaunt sabia mais.

A porta da garagem estava erguida, e aquela banheira que era o Cadillac que Buster dirigia não estava lá.

Nettie subiu até a casa, parou na porta da frente e tirou o bloco e a fita adesiva do bolso esquerdo. Queria muito estar em casa com o Superfilme de Domingo na televisão e Raider aos seus pés. E era para lá que iria assim que terminasse a tarefa. Talvez nem pegasse o tricô. Talvez ficasse lá sentada com o abajur de vidro carnival no colo. Ela pegou a primeira folha rosa e a grudou por cima da plaquinha junto à campainha, a que tinha alto-relevo e dizia KEETONS e NADA DE VENDEDORES, POR FAVOR. Ela botou a fita e o bloco de volta no bolso esquerdo, pegou a chave no direito e a enfiou na fechadura. Antes de girar, ela examinou brevemente a folha rosa que tinha acabado de colar.

Por mais cansada e com frio que estivesse, ela *teve* que sorrir um pouco. Era mesmo uma boa piada, principalmente considerando o jeito como Buster dirigia. Era impressionante que ele não tivesse matado ninguém. Mas ela não gostaria de ser o homem cujo nome estava assinado no pé da ficha de aviso. Buster às vezes ficava muito mal-humorado. Mesmo quando criança ele não tolerava brincadeiras.

Ela girou a chave. A maçaneta se abriu facilmente. Nettie entrou.

## 4

— Mais café? — perguntou Keeton.

— Não pra mim — disse Myrtle. — Estou explodindo. — Ela sorriu.

— Então vamos pra casa. Quero ver os Patriots na televisão. — Ele olhou o relógio. — Se formos logo, acho que consigo ver o pontapé inicial.

Myrtle assentiu, mais feliz do que nunca. A televisão ficava na sala, e se Dan pretendia ver o jogo, ele não ia passar a tarde enfurnado no escritório.

— Vamos logo, então.

Keeton levantou um dedo autoritário.

— Garçom, a conta, por favor.

## 5

Nettie não estava mais com pressa para ir para casa; ela gostou de estar na casa de Buster e Myrtle.

Primeiro, porque era quente. Além disso, estar ali deu a Nettie um sentimento inesperado de poder; era como ver por trás dos bastidores de duas vidas humanas reais. Ela começou subindo a escada e olhando os quartos. Eram muitos, considerando que eles não tinham filhos, mas, como sua mãe sempre gostou de dizer: quem pode pode, quem não pode se sacode.

Ela abriu as gavetas da cômoda de Myrtle e investigou as roupas de baixo. Algumas eram de seda, coisa de qualidade, mas para Nettie a maioria das coisas boas parecia velha. Também era assim com os vestidos pendurados no lado dela do armário. Nettie foi até o banheiro, onde observou os comprimidos no armário de remédios, e de lá foi para a sala de costura, onde admirou as bonecas. Uma bela casa. Uma linda casa. Pena que o homem que morava nela era um merda.

Nettie olhou para o relógio e concluiu que deveria começar a pendurar os papeizinhos rosa. E era o que faria.

Assim que terminasse de xeretar o andar de baixo.


6


— Danforth, você não está indo rápido demais? — perguntou Myrtle, sem ar, quando eles ultrapassaram um caminhão de polpa que ia devagar demais. Um carro na direção oposta buzinou para eles na hora que Keeton voltou para sua pista.

— Quero ver o pontapé inicial — disse ele, e entrou à esquerda na estrada Maple Sugar, passando por uma placa que dizia CASTLE ROCK 13 KM.


7


Nettie ligou a televisão (os Keeton tinham uma Mitsubishi colorida grande) e viu um pouco do Superfilme de Domingo. Era com Ava Gardner e Gregory Peck. Ele parecia estar apaixonado por ela, mas era difícil ter certeza; talvez fosse pela outra mulher que ele estava apaixonado. Tinha acontecido uma guerra nuclear. Gregory Peck dirigia um submarino. Nada daquilo interessava muito a Nettie, e ela desligou a televisão, colou um papel rosa na tela e foi para a cozinha. Olhou o que havia nos armários (os pratos eram Corelle, muito bonitos, mas as panelas não eram nada de mais) e verificou a geladeira. Franziu o nariz. Sobras demais. Sobras demais eram sinal evidente de descuido com a casa. Não que Buster fosse saber; ela tinha *certeza*. Homens como Buster Keeton não eram capazes de se achar na cozinha nem com um mapa e um cão-guia.

Ela verificou o relógio de novo e levou um susto. Tinha passado tempo demais vagando pela casa. Tempo *demais*. Rapidamente, ela começou a arrancar folhas de papel rosa e a colar nas coisas: na geladeira, no fogão, no telefone pendurado na parede da cozinha junto da porta da garagem, no aparador da sala de jantar. E quanto mais rapidamente ela trabalhava, mais nervosa ficava.

8

Nettie estava começando a trabalhar de verdade quando o Cadillac vermelho dos Keeton atravessou a ponte Tin e subiu a alameda Watermill na direção de Castle View.

— Danforth — disse Myrtle de repente. — Você pode me deixar na casa da Amanda Williams? Sei que é um pouco fora do caminho, mas ela está com a minha panela de fondue. Pensei… — O sorriso tímido surgiu e sumiu do rosto dela de novo. — Pensei em fazer pra você, pra *nós*, um agradinho. Para o jogo de futebol americano. Você pode só me deixar lá.

Ele abriu a boca para dizer para ela que a casa dos Williams era *muito* fora do caminho, que o jogo já ia começar e que ela podia pegar a porcaria da panela de fondue no dia seguinte. Ele não gostava mesmo de queijo quente e cremoso. Aquela porcaria devia ser cheia de bactérias.

Mas pensou melhor. Fora ele mesmo, o Comitê de Conselheiros era composto de dois filhos da mãe burros e uma vaca burra. Mandy Williams era a vaca. Keeton fez um esforço de ver Bill Fullerton, o barbeiro da cidade, e Harry Samuels, o único legista de Castle Rock, na sexta-feira. Também fez um esforço para fazer com que parecessem visitas casuais, mas não foram. Sempre havia a possibilidade de o Comitê de Impostos ter começado a enviar cartas para *eles* também. Ele achava que não tinham enviado, ao menos ainda não, mas a vaca Williams esteve fora da cidade na sexta.

— Tudo bem — disse ele, e acrescentou: — Você pode perguntar se alguma coisa da cidade aconteceu? Algo que precise que eu faça contato com ela?

— Ah, querido, você sabe que eu nunca me lembro direito dessas coisas…

— Eu *sei* disso, mas você pode *perguntar*, não pode? Você não é burra demais pra *perguntar*, é?

— Não — disse ela apressadamente, a voz baixa.

Ele bateu na mão dela de leve.

— Me desculpe.

Ela olhou para ele com uma expressão maravilhada. Ele tinha *pedido desculpas* para ela. Myrtle achava que ele talvez tivesse feito isso alguma outra vez em todos esses anos de casamento, mas não conseguia lembrar quando.

— Só pergunta se o pessoal do estado anda incomodando com alguma coisa ultimamente — disse ele. — Regulamentos de uso de terras, a porcaria do esgoto… impostos, talvez. Eu mesmo perguntaria, mas quero muito ver o pontapé inicial.

— Tudo bem, Dan.

A casa dos Williams ficava na metade da subida de Castle View. Keeton dirigiu o Cadillac até a entrada da casa e estacionou atrás do carro da mulher. Era estrangeiro, claro. Volvo. Keeton achava que ela era comunista de armário, lésbica ou as duas coisas.

Myrtle abriu a porta e saiu, dando um sorriso tímido e meio nervoso.

— Volto pra casa em meia hora.

— Tudo bem. Não se esqueça de perguntar se ela está sabendo de alguma novidade da cidade.

E, se a descrição de Myrt — confusa como certamente seria — da resposta de Amanda Williams fizesse um pelinho sequer da nuca de Keeton se eriçar, ele visitaria a vaca pessoalmente… no dia seguinte. Não naquela tarde. Aquela tarde era *dele*. Ele estava se sentindo bem demais para sequer *olhar* para Amanda Williams, menos ainda ficar de conversinha com ela.

Ele mal esperou que Myrtle fechasse a porta para engrenar a ré no Cadillac e voltar até a rua.

## 9

Nettie tinha acabado de colar a última folha rosa na porta do armário no escritório de Keeton quando ouviu um carro na entrada da garagem. Um gritinho abafado escapou da sua garganta. Por um momento, ela ficou paralisada, sem conseguir se mexer.

*Apanhada!*, sua mente gritou enquanto ela ouvia o gorgolejo suave do motor grande do Cadillac. *Apanhada! Ah, Jesus Salvador, fui apanhada! Ele vai me matar!*

A voz do sr. Gaunt falou em resposta. Não foi simpática agora; foi fria e mandona e veio de algum lugar no centro do cérebro dela. *Ele provavelmente*

*VAI te matar se te pegar, Nettie. E, se você entrar em pânico, ele vai te pegar com certeza. A resposta é simples: não entre em pânico. Saia da sala. Agora. Não corra, mas ande rápido. E o mais silenciosamente que conseguir.*

Ela correu pelo tapete persa de segunda mão no chão do escritório, as pernas duras como paus, murmurando "O sr. Gaunt sabe mais" em uma litania baixa, e entrou na sala. Retângulos rosa de papel olharam para ela do que pareciam ser todas as superfícies disponíveis. Tinha até um pendurado no lustre central com um pedaço comprido de fita adesiva.

Agora, o motor do carro assumiu um tom vazio com ecos. Buster tinha entrado na garagem.

*Vai, Nettie! Vai agora! Agora é sua única chance!*

Ela correu pela sala, tropeçou em um apoio de pés e caiu estatelada. Bateu com a cabeça no chão quase com força suficiente para apagar... era quase certo que *teria* apagado se não fosse pelo amortecimento fino de um tapete. Luzes fortes dançaram no seu campo de visão. Ela se levantou, vagamente ciente de que sua testa estava sangrando, e começou a mexer na maçaneta da porta da frente enquanto o motor do carro era desligado na garagem. Lançou um olhar apavorado para trás, na direção da cozinha. Conseguia ver a porta da garagem, a porta pela qual ele sairia. Uma das folhas rosa estava grudada nela.

A maçaneta girou na mão dela, mas a porta não abriu. Parecia entalada.

Da garagem soou um ruído alto quando Keeton bateu a porta do carro. Em seguida veio o sacolejo da porta motorizada da garagem descendo no trilho. Ela ouviu os passos dele se arrastando no concreto. Buster estava assobiando.

O olhar frenético de Nettie, parcialmente obscurecido pelo sangue da testa cortada, pousou no ferrolho. Tinha sido virado. Era por isso que a porta não abria. Ela mesma devia ter virado quando entrou, apesar de não conseguir lembrar. Ela puxou o ferrolho, abriu a porta e saiu.

Menos de um segundo depois, a porta entre a garagem e a cozinha se abriu. Danforth Keeton entrou, desabotoando o sobretudo. E então parou. O assobio em seus lábios. Ele ficou onde estava com as mãos paralisadas no ato de abrir um dos botões de baixo do casaco, os lábios ainda repuxados, e olhou ao redor. Seus olhos começaram a se arregalar.

Se tivesse ido até a sala naquela hora, ele teria visto Nettie correndo como louca pelo gramado, o casaco aberto voando como as asas de um morcego. Talvez não a tivesse reconhecido, mas teria visto que era uma mulher, e isso talvez causasse uma mudança considerável nos eventos posteriores. Mas ver todas aquelas folhas cor-de-rosa o deixou paralisado, e em seu primeiro choque a mente foi capaz de produzir só duas palavras. Elas piscaram dentro da cabeça dele como um letreiro néon gigante com letras vermelhas: *OS PER-SEGUIDORES! OS PERSEGUIDORES! OS PERSEGUIDORES!*

## 10

Nettie chegou na calçada e continuou correndo, descendo Castle View o mais rapidamente que conseguiu. Os saltos dos mocassins faziam uma barulheira apavorante, e seus ouvidos a convenceram de que ela estava ouvindo mais pés do que só os dela; Buster estava atrás, Buster estava indo atrás dela, e quando Buster a pegasse, ele talvez a machucasse... mas isso não importava. Não importava porque ele podia fazer mais do que só a machucar. Buster era um homem importante na cidade, e se ele quisesse mandá-la de volta para Juniper Hill, ele poderia. Assim, Nettie correu. Escorria sangue pela sua testa e no olho, e por um momento ela viu o mundo por uma lente vermelha pálida, como se todas as belas casas de View tivessem começado a verter sangue. Ela se limpou com a manga do casaco e continuou correndo.

A calçada estava vazia, e a maioria dos olhos dentro das casas que estavam ocupadas naquela tarde de domingo estava voltada para o jogo dos Patriots e dos Jets. Nettie só foi vista por uma pessoa.

Tansy Williams, depois de dois dias em Portland em que ela e a mãe foram visitar o avô, estava olhando pela janela da sala, chupando um pirulito e segurando o urso de pelúcia, Owen, embaixo do braço esquerdo, quando Nettie passou com asas nos pés.

— Mamãe, uma moça passou correndo — relatou Tansy.

Amanda Williams estava sentada na cozinha com Myrtle Keeton. Elas estavam tomando café e a panela de fondue estava entre as duas na mesa. Myrtle tinha acabado de perguntar se havia algum problema da cidade acontecendo de que Dan deveria saber, e Amanda achou a pergunta muito estranha. Se Buster queria saber alguma coisa, por que não tinha ido até lá? Aliás, por que uma pergunta daquelas em uma tarde de domingo?

— Querida, a mamãe está conversando com a sra. Keeton.

— Ela estava sangrando — relatou Tansy.

Amanda sorriu para Myrtle.

— Eu *falei* para o Buddy que, se ele queria alugar aquele filme *Atração Fatal*, era para esperar até Tansy estar na cama para assistir.

Enquanto isso, Nettie continuou correndo. Quando chegou no cruzamento da Castle View com a Laurel, teve que parar por um tempo. A Biblioteca Pública ficava ali, e havia um muro de pedra curvo em volta do gramado. Ela se apoiou nele, ofegando e respirando com dificuldade enquanto o vento soprava balançando seu casaco. Suas mãos estavam apertando o lado esquerdo do corpo, onde sentia dor.

Ela olhou colina acima e viu que a rua estava vazia. Buster não estava atrás dela, afinal; tinha sido só imaginação. Depois de alguns momentos, ela pôde revirar os bolsos em busca de um lenço de papel para limpar um pouco do sangue no rosto. Encontrou um e também descobriu que a chave da casa de Buster não estava mais lá. Talvez tivesse caído do bolso quando ela correu colina abaixo, mas ela achava mais provável que tivesse deixado na fechadura da porta da frente. Mas que importância tinha? Ela saiu antes que Buster a visse, era isso que importava. Agradeceu a Deus porque a voz do sr. Gaunt falou com ela na hora certa, esquecendo que o sr. Gaunt era o motivo para ela estar na casa de Buster.

Ela olhou para a mancha de sangue no lenço e concluiu que o corte não devia ter sido tão ruim quanto poderia. O fluxo de sangue parecia estar diminuindo. A dor na lateral também tinha passado. Ela se afastou do muro de pedra e saiu andando para casa, com a cabeça baixa para que o corte não ficasse evidente.

Casa, era nisso que ela devia pensar. Sua casa e seu lindo abajur de vidro carnival. Sua casa e o Superfilme de Domingo. Sua casa e Raider. Quando ela estivesse em casa com a porta trancada, as janelas fechadas, a televisão ligada e Raider dormindo aos seus pés, tudo aquilo pareceria um sonho horrível; o tipo de sonho que ela tinha em Juniper Hill depois que matou o marido.

Sua casa, esse era o lugar para ela.

Nettie andou um pouco mais rápido. Logo chegaria lá.

11

Pete e Wilma Jerzyck fizeram um almoço leve com os Pulaski depois da missa e, depois do almoço, Pete e Jake Pulaski se acomodaram na frente da televisão para ver os Patriots darem uma surra nos nova-iorquinos. Wilma não ligava nem um pouco para futebol americano… nem beisebol, basquete ou hóquei, na verdade. O único esporte profissional de que gostava era luta livre, e apesar de Pete não saber, Wilma o teria abandonado num piscar de olhos por Chief Jay Strongbow.

Ela ajudou Frieda com os pratos e disse que ia para casa assistir ao resto do Superfilme de Domingo; era *A Hora Final*, com Gregory Peck. Ela avisou para Pete que ia de carro.

— Tudo bem — disse ele, sem tirar os olhos da televisão. — Não me importo de andar.

— Andar é uma ótima coisa pra você, droga — murmurou ela baixinho ao sair.

Wilma até que estava de bom humor, e o motivo principal tinha a ver com a Noite do Cassino. O padre John não ia voltar atrás como Wilma esperava que fizesse, e ela gostou da aparência dele naquela manhã durante a homilia, que se chamou "Vamos cada um cuidar do seu jardim". Seu tom foi moderado, como sempre, mas não houve nada de moderado nos olhos azuis nem no queixo projetado. Assim como as metáforas complicadas de jardinagem não enganaram Wilma nem mais ninguém sobre o que ele estava dizendo: se os batistas insistiam em enfiar aquele nariz coletivo na plantação de cenoura dos católicos, eles levariam um pontapé naquela bunda coletiva.

O pensamento de um pontapé na bunda (particularmente naquela escala) sempre deixava Wilma de bom humor.

E a perspectiva de uns pontapés não foi o único prazer do domingo de Wilma. Ela não precisou preparar uma refeição pesada de domingo naquele dia, e Pete estava em segurança na casa do Jake e da Frieda. Se ela tivesse sorte, ele passaria a tarde toda vendo homens tentando romper os baços uns dos outros e ela poderia assistir ao filme em paz. Mas primeiro achava que talvez fosse ligar para a velha amiga Nettie. Achava que tinha deixado a Nettie Maluca bem intimidada, e isso era muito bom... para começar. Mas só para começar. Nettie ainda tinha que pagar pelos lençóis cheios de lama, quer ela soubesse ou não. Tinha chegado a hora de fazer algumas outras coisinhas com a Miss Doença Mental de 1991. Essa perspectiva encheu Wilma de expectativa, e ela dirigiu para casa o mais rápido que conseguiu.

## 12

Como um homem em um sonho, Danforth Keeton foi até a geladeira e puxou a folha de papel rosa que tinha sido grudada lá. As palavras

AVISO DE INFRAÇÃO DE TRÂNSITO

estavam impressas no alto em letras pretas de fôrma. Abaixo dessas palavras havia a seguinte mensagem:

*Só um aviso — mas leia e preste atenção!*

*Você foi visto cometendo uma ou mais infrações de trânsito. O oficial de serviço decidiu "deixar passar com um aviso" desta vez, mas registrou a marca, modelo e número da placa do seu carro, e na próxima vez você será multado. Lembre-se de que as leis de trânsito são para TODO MUNDO.*

*Dirija com segurança!*

*Chegue vivo!*

*O Departamento de Polícia da região agradece!*

Abaixo do sermão havia uma série de espaços para MARCA, MODELO e PLACA. Nos dois primeiros espaços as palavras Cadillac e Seville tinham sido escritas. No espaço depois de PLACA, havia isto:

BUSTER 1

A maior parte da folha de papel era ocupada por uma lista de infrações comuns de trânsito como não usar a seta, não parar e estacionamento ilegal. Nada estava marcado. Perto do fim havia as palavras OUTRAS INFRAÇÕES, seguidas de dois espaços em branco. O quadradinho de OUTRAS INFRAÇÕES tinha sido marcado. As linhas oferecidas para a descrição da infração também tinham sido preenchidas com capricho, com letras de fôrma pequenas:

SER O MAIOR FILHO DA PUTA DE CASTLE ROCK

Embaixo de tudo havia uma linha com as palavras OFICIAL DE SERVIÇO impressas embaixo. A assinatura carimbada naquela linha era Norris Ridgewick.

Lentamente, muito lentamente, Keeton fechou a mão com o papel rosa dentro. O papel estalou, se dobrou e se amassou. Finalmente, desapareceu entre os dedos grandes de Keeton. Ele ficou parado no meio da cozinha, olhando para todas as outras folhas de papel rosa. Uma veia começou a latejar no centro de sua testa.

— Vou matar ele — sussurrou Keeton. — Juro por Deus e todos os santos que vou matar aquele escrotinho magrelo.

## 13

Quando Nettie chegou em casa, era só uma e vinte, mas ela tinha a sensação de que tinha ficado meses fora, talvez anos. Enquanto andava pelo caminho de cimento até a porta, seus terrores caíram dos ombros como pesos invisíveis. Sua cabeça ainda doía do tombo que tinha levado, mas ela achava que uma dor de cabeça era um preço bem pequeno a se pagar por ter conseguido voltar para sua casinha em segurança e sem ter sido vista.

Ela ainda estava com sua própria chave; essa estava no bolso do vestido. Pegou-a e enfiou na fechadura.

— Raider? — chamou ela enquanto a girava. — Raider, cheguei!

Ela abriu a porta.

— Cadê o garotinho da mamãe, hã? Cadê ele? Tá com fome? — O corredor estava escuro, e de primeira ela não notou o montinho caído no chão. Tirou a chave da fechadura e entrou. — O garotinho da mamãe está com *muita* fome? Está com *taaaanta* fome...

Seu pé se chocou com uma coisa ao mesmo tempo rígida e flexível, e sua voz parou no meio. Ela olhou para baixo e viu Raider.

Primeiro, tentou dizer a si mesma que não estava vendo o que seus olhos *diziam* que estava vendo... não estava, não estava, não estava. Não era Raider no chão com uma coisa enfiada no peito. Como poderia ser?

Ela fechou a porta e bateu freneticamente no interruptor com uma das mãos. Finalmente, a luz do corredor se acendeu e ela viu. Raider estava deitado no chão. Estava deitado de costas como fazia quando queria ser coçado, e havia uma coisa vermelha saindo dele, uma coisa que parecia... que parecia...

Nettie soltou um grito agudo e alto; foi tão agudo que pareceu o zumbido de um mosquito enorme. Ela caiu de joelhos ao lado do cachorro.

— *Raider! Ah, Jesus Salvador, bom e justo! Ah, meu Deus, Raider, você não está morto, está? Você não está morto, está?*

Sua mão — sua mão tão, tão fria — bateu na coisa vermelha enfiada no peito de Raider da mesma forma que batera no interruptor alguns segundos antes. Finalmente acertou e ela soltou o objeto, usando uma força tirada das profundezas de sua dor e de seu horror. O saca-rolha saiu com um som forte e rasgado, levando pedaços de carne, pequenos coágulos de sangue e tufos de pelo junto. Deixou um buraco irregular do tamanho de um cartucho calibre 36. Nettie gritou. Largou o saca-rolha sujo e segurou o corpinho rígido nos braços.

— *Raider!* — gritou ela. — *Ah, meu cachorrinho! Não! Ah, não!*

Ela o balançou para a frente e para trás junto aos seios, tentando trazê-lo de volta à vida com seu calor, mas parecia que não tinha calor para dar. Ela estava tão, tão fria.

Um tempo depois, colocou o corpo no chão do corredor e tateou até encontrar o canivete com o saca-rolha assassino esticado do cabo. Ela o pegou, entorpecida, mas parte desse torpor foi embora quando viu que um bilhete tinha sido enfiado na arma do crime. Nettie o puxou com dedos dormentes e o segurou perto dos olhos. O papel estava duro com o sangue do seu pobre cachorrinho, mas ela conseguiu ler as palavras rabiscadas mesmo assim:

*Ninguém joga lama nos meus lençóis limpos*
*Eu falei que ia me vingar!*

A expressão de dor e horror foi sumindo aos poucos dos olhos de Nettie. Foi substituída por uma espécie de inteligência macabra que brilhava como prata polida. Suas bochechas, que tinham ficado pálidas como leite quando ela finalmente entendeu o que tinha acontecido ali, começaram a ser tomadas por uma cor vermelho-escura. Seus lábios se repuxaram lentamente dos dentes. Ela os mostrou para o bilhete. Duas palavras secas surgiram de sua boca aberta, quentes e roucas e ofegantes:

— *Sua... puta!*

Ela amassou o papel e o jogou na parede. Ele quicou e caiu perto do corpo de Raider. Nettie foi até lá, pegou o papel e cuspiu nele. Em seguida, o jogou de novo. Levantou-se e andou lentamente até a cozinha, as mãos se abrindo e se fechando, se abrindo e se fechando de novo.

## 14

Wilma Jerzyck dirigiu o Yugo amarelo pela entrada de carros, saiu e andou apressada até a porta da frente, revirando a bolsa em busca da chave de casa. Estava cantarolando "Love Makes the World Go Round" baixinho. Ela achou a chave, a colocou na fechadura... e parou quando um movimento aleatório chamou sua atenção pelo canto do olho. Olhou para a direita e ficou boquiaberta com o que viu.

As cortinas da sala estavam balançando no vento brusco da tarde. Estavam voando do lado de fora da casa. E o *motivo* para estarem voando do lado de fora da casa era que o janelão, que custou aos Clooney quatrocentos dólares para substituir quando o filho idiota deles o quebrou com uma bola de beisebol três anos antes, estava estilhaçado. Longas setas de vidro apontavam para dentro, da moldura na direção do buraco central.

— Que *porra* é essa? — gritou Wilma, e girou a chave na fechadura com tanta força que quase a quebrou.

Ela entrou correndo, segurando a porta para batê-la depois de entrar, e ficou paralisada. Pela primeira vez em sua vida adulta, Wilma Wadlowski Jerzyck estava chocada a ponto de ficar imóvel.

A sala de estar estava em pedacinhos. A televisão, a linda televisão de tela grande, ainda com onze prestações pela frente, estava destruída. A parte de dentro era preta e estava soltando fumaça. O tubo de imagens estava em mil fragmentos reluzentes no tapete. Do outro lado da sala, um buraco enorme tinha sido aberto em uma das paredes da sala. Um pacote grande, no formato de um pão, estava caído embaixo desse buraco. Havia outro na passagem para a cozinha.

Ela fechou a porta e se aproximou do objeto na passagem. Uma parte da mente dela, não muito coerente, mandou que tomasse muito cuidado; poderia ser uma bomba. Quando passou pela televisão, ela sentiu um aroma quente e desagradável, cruzamento entre revestimento queimado e bacon torrado.

Ela se agachou ao lado do pacote na passagem e viu que não era um pacote; ao menos não no sentido comum da palavra. Era uma pedra com um pedaço de folha de caderno pautado embrulhada em volta e presa com um elástico. Ela puxou o papel e leu esta mensagem:

EU MANDEI VOCÊ ME DEIXAR EM PAZ.
ESSE É O SEU ÚLTIMO AVISO.

Depois de ler e reler, ela olhou para a outra pedra. Foi até lá e puxou a folha de papel presa pelo elástico. Papel idêntico, mensagem idêntica. Ela se levantou, uma folha de papel amassada em cada mão, olhando de uma para a outra sem parar, os olhos se movendo como os de uma mulher assistindo à disputa de uma partida de pingue-pongue. Finalmente, falou três palavras:

— Nettie. Aquela piranha.

Ela entrou na cozinha e respirou por entre dentes em um ofego denso e chiado. Cortou a mão em um pedaço de vidro ao tirar a pedra do micro-ondas e puxou o estilhaço distraidamente da palma antes de retirar o papel preso na pedra. Tinha a mesma mensagem.

Wilma andou rapidamente pelos outros aposentos do térreo, reparando em mais danos. Pegou todos os bilhetes. Eram todos iguais. Ela voltou para a cozinha. Olhou para o estrago, sem acreditar.

— Nettie — repetiu ela.

Finalmente o iceberg do choque estava começando a derreter. A primeira emoção a substituí-lo não foi raiva, mas incredulidade. Ora, pensou ela, aquela mulher deve *mesmo* ser doida. Deve *mesmo* ser doida se achou que podia fazer uma coisa assim comigo, *comigo!*, e viver para ver o sol se pôr. Com quem ela achou que estava lidando, Rebecca da Fazenda Fuckybrook?

A mão de Wilma se fechou nos bilhetes com um espasmo. Ela se inclinou e esfregou a flor amassada de papel na bunda larga.

— Eu limpo a bunda com seu último aviso! — gritou ela, e jogou os papéis longe.

Ela olhou ao redor na cozinha novamente com os olhos curiosos de uma criança. Um buraco no micro-ondas. Um grande amassado na geladeira Amana. Vidro quebrado para todo lado. Na sala, a televisão, que custou quase mil e seiscentos dólares, estava com cheiro de fritadeira assando cocô de cachorro. E quem tinha feito aquilo? Quem?

Ora, Nettie Cobb tinha feito aquilo. A Miss Doença Mental de 1991.

Wilma começou a sorrir.

Uma pessoa que não conhecesse Wilma talvez tivesse confundido com um sorriso gentil, um sorriso delicado, um sorriso de amor e amizade. Seus olhos brilhavam com uma emoção poderosa; os incautos poderiam confundir com exultação. Mas se Peter Jerzyck, que a conhecia melhor, tivesse visto o rosto dela naquele momento, teria saído correndo na direção oposta o mais rapidamente que suas pernas conseguissem.

— Não — disse Wilma com uma voz suave, quase doce. — Ah, não, queridinha. Você não entendeu. Não entendeu o que significa se meter com a Wilma. Você não faz a menor *ideia* do que significa se meter com a Wilma Wadlowski Jerzyck.

Seu sorriso se alargou.

— Mas vai entender.

Duas tiras magnéticas tinham sido pregadas na parede perto do micro-ondas. A maioria das facas penduradas nelas tinha sido derrubada pela pedra que Brian tinha jogado no micro-ondas; as facas estavam caídas na bancada, parecendo um jogo de pega-varetas. Wilma pegou a mais comprida, uma faca de carne Kingsford com cabo branco de osso, e passou lentamente a palma ferida na lateral da lâmina, manchando o fio com sangue.

— Vou te ensinar tudo que você precisa saber.

Com a faca na mão, Wilma andou até a sala, esmagando o vidro da janela quebrada e do tubo da televisão com os saltos baixos do sapato preto de igreja. Saiu pela porta sem fechá-la ao passar e atravessou o gramado na direção da rua Ford.

## 15

Enquanto Wilma estava escolhendo uma faca no amontoado da bancada, Nettie Cobb estava tirando um cutelo de uma das gavetas. Ela sabia que era afiado porque Bill Fullerton da barbearia o afiara para ela menos de um mês antes.

Nettie se virou e andou lentamente pelo corredor na direção da porta de entrada. Parou e se ajoelhou por um momento ao lado de Raider, seu pobre cachorrinho que nunca fez nada para ninguém.

— Eu avisei — disse ela baixinho enquanto fazia carinho no pelo de Raider. — Avisei, dei todas as chances para aquela polaca maluca. Dei todas as chances do mundo. Meu querido cachorrinho. Me espera. Me espera, porque vou te encontrar em pouco tempo.

Ela se levantou e saiu de casa — sem se dar ao trabalho de fechar a porta, assim como Wilma. Segurança não era mais do interesse de Nettie. Ela parou no degrau por um momento, respirando fundo, e atravessou o gramado na direção da rua Willow.

## 16

Danforth Keeton correu para o escritório e abriu a porta do armário. Rastejou até o fundo. Por um momento terrível, achou que o jogo tinha sumido, que o maldito invasor perseguidor filho da puta policial o tinha levado, levando seu futuro junto. Mas sua mão tocou na caixa e ele puxou a tampa. A pista de corridas de metal ainda estava lá. E o envelope ainda estava embaixo. Ele o dobrou para um lado e para o outro, ouviu as notas estalarem dentro e o colocou no lugar.

E então correu até a janela, procurando Myrtle. Ela não podia ver as folhinhas rosa. Ele tinha que tirar todas antes que ela voltasse, e quantas eram? Cem? Ele olhou pelo escritório e viu papéis colados em toda parte. Mil? Sim,

261

talvez. Talvez mil. Duas mil não parecia totalmente fora de questão. Bom, se ela chegasse antes de ele terminar de retirar tudo, ela teria que esperar do lado de fora, porque ele não ia deixar que ela entrasse até que cada uma daquelas coisinhas malditas do perseguidor estivesse queimando no fogão a lenha da cozinha. Cada... uma... delas.

Ele pegou a folha pendurada no lustre. A fita grudou na bochecha dele, e ele bateu nela para tirá-la dali com um gritinho de raiva. Nessa, uma única palavra gritava da linha reservada para OUTRAS INFRAÇÕES:

PECULATO

Ele correu até o abajur junto à poltrona. Pegou a folha de papel presa na cúpula.

OUTRAS INFRAÇÕES:
APROPRIAÇÃO INDEVIDA DOS FUNDOS DA CIDADE

Na televisão:

MENTIR PRA CARALHO

No vidro do prêmio de Bom Cidadão do Lions Club, em cima da lareira:

COMER O CU DA SUA MÃE

Na porta da cozinha:

APOSTAS COMPULSIVAS NO HIPÓDROMO DE LEWISTON

Na porta da garagem:

PARANOIA COMPULSIVA DE DROGADO

Ele recolheu tudo o mais rapidamente que conseguiu, os olhos arregalados e saltados da cara gorda, o cabelo fino de pé, desgrenhado. Logo estava ofegante e tossindo, e uma cor feia vermelha-arroxeada começou a se espalhar nas bochechas. Ele parecia uma criança gorda com cara de adulto numa caça ao tesouro estranha e desesperadamente importante.

262

Ele tirou um da frente da cristaleira:

ROUBAR DO FUNDO DE APOSENTADORIA DA CIDADE
PARA APOSTAR EM PÔNEIS

Keeton correu para o escritório com uma pilha de papéis na mão direita, pedaços de fita voando do punho, e começou a tirar mais. Os de lá todos se referiam a um único assunto, e eram horrivelmente precisos:

PECULATO.
ROUBO.
DESVIO.
PECULATO.
DESFALQUE.
APROPRIAÇÃO INDEVIDA.
MÁ CONDUTA.
PECULATO.

Aquela palavra, mais do que todas, gritando, acusando:

OUTRAS INFRAÇÕES: PECULATO.

Ele pensou ter ouvido alguma coisa lá fora e correu para a janela de novo. Talvez fosse Myrtle. Talvez fosse Norris Ridgewick, indo se gabar e rir. Se fosse, Keeton pegaria a arma e atiraria nele. Mas não na cabeça. Não. Na cabeça seria bom demais, rápido demais, para escória como Ridgewick. Keeton abriria um buraco na barriga dele e o deixaria gritando até a morte no gramado.

Mas era só o Scout dos Garson, descendo View na direção da cidade. Scott Garson era o banqueiro mais importante da cidade. Keeton e a esposa às vezes jantavam com os Garson; eles eram boas pessoas, e o próprio Garson era politicamente importante. O que *ele* acharia se visse aqueles papéis? O que acharia daquela palavra, PECULATO, gritando nas fichas rosa de infração sem parar, gritando como alguém sendo esfaqueado no meio da noite?

Ele correu até a sala de jantar, ofegante. Tinha deixado alguma passar? Achava que não. Tinha tirado todas, ao menos...

Não! Havia uma! Bem na grade da escada! E se ele deixasse aquela passar? Meu Deus!

Ele correu até lá e pegou o papel.

MARCA: MERDOMÓVEL
MODELO: VELHO E MALTRATADO
PLACA: FDAPUTA1
OUTRAS INFRAÇÕES: VIADAGEM FINANCEIRA

Mais? Havia mais? Keeton correu pelos aposentos do andar de baixo desesperado. A camisa tinha saído para fora da calça e a barriga peluda estava balançando por cima do cinto. Ele não viu mais nenhuma... pelo menos não naquele andar.

Depois de outra olhada rápida e frenética pela janela para ter certeza de que Myrtle ainda não estava por perto, ele correu escada acima com o coração disparado no peito.

## 17

Wilma e Nettie se encontraram na esquina da Willow com a Ford. Lá, elas pararam, se encarando como pistoleiras em um bangue-bangue à italiana. O vento sacudiu os casacos delas bruscamente. O sol aparecia e se escondia nas nuvens; as sombras das mulheres iam e vinham como visitantes indecisos.

Não havia movimento no trânsito de nenhuma das duas ruas, nem nas calçadas. Aquela esquina da tarde de outono era só delas.

— Você matou meu cachorro, sua puta!

— Você quebrou minha televisão! Quebrou minhas janelas! Quebrou meu *micro-ondas*, sua piranha louca!

— Eu avisei!

— Enfia o aviso onde o sol não brilha!

— Vou te matar!

— Se você der um passo, *alguém* vai morrer aqui mesmo, mas esse alguém não vou ser eu!

Wilma falou essas palavras com alarme e surpresa crescente; o rosto de Nettie a fez perceber pela primeira vez que as duas talvez fizessem algo um pouco mais sério do que puxar cabelo e rasgar roupas. O que Nettie estava fazendo aqui? E o elemento surpresa? Como as coisas chegaram tão rápido aos finalmentes?

Mas havia uma veia forte de cossaca polonesa na natureza de Wilma, uma parte que achava essas perguntas irrelevantes. Havia uma batalha a ser travada ali; isso era o importante.

Nettie correu para cima dela, erguendo o cutelo. Os lábios estavam repuxados sobre os dentes e um uivo longo saiu de sua garganta.

Wilma se agachou, segurando a faca como um canivete gigante. Quando Nettie se aproximou, Wilma empurrou a faca. Entrou fundo nas tripas de Nettie e subiu, cortando a barriga e soltando um jorro de entranhas fedorentas. Wilma sentiu um momento de horror pelo que tinha feito — era mesmo Wilma Jerzyck segurando a faca enfiada em Nettie? — e os músculos de seu braço relaxaram. O impulso para cima com a faca morreu antes de a lâmina chegar no coração, bombeando desesperadamente.

— *AAAAHHHH, SUA PUUUUUUTA!* — gritou Nettie, e golpeou com o cutelo. Entrou até o cabo no ombro de Wilma, partindo a clavícula com um ruído seco.

A dor, uma dor gigantesca e inimaginável, afastou qualquer pensamento objetivo da mente de Wilma. Só restou a cossaca delirante. Ela puxou a faca.

Nettie soltou o cutelo. Precisou usar as duas mãos, e quando finalmente conseguiu soltá-lo do osso, algumas tripas caíram pelo buraco ensanguentado no vestido e ficaram pendendo na frente do corpo em um nó brilhante.

As duas mulheres se moveram lentamente em círculo, os pés deixando marcas no sangue delas mesmas. A calçada começou a parecer um diagrama bizarro de dança do Arthur Murray. Nettie sentiu o mundo começar a pulsar e sumir em grandes ciclos lentos; a cor sumia das coisas, deixando-as em uma mancha branca, depois voltava lentamente. Ela ouvia o coração nos ouvidos, baques grandes, lentos e hesitantes. Sabia que estava ferida, mas não sentia dor. Achou que Wilma podia ter feito um corte na lateral do seu corpo, algo assim.

Wilma sabia o quanto estava machucada; sabia que não podia mais levantar o braço direito e que as costas do vestido estavam encharcadas de sangue. Mas não tinha a intenção nem de tentar fugir. Nunca fugira na vida e não seria diferente agora.

— *Ei!* — alguém gritou com voz fraca do outro lado da rua. — *Ei! O que vocês duas estão fazendo aí? Parem, seja o que for! Parem agora, senão vou chamar a polícia!*

Wilma virou a cabeça naquela direção. Assim que sua atenção foi desviada, Nettie se aproximou e moveu o cutelo em um arco rápido. Entrou na curva do quadril de Wilma e acertou o osso pélvico, rachando-o. O sangue jorrou longe. Wilma gritou e perdeu o equilíbrio, batendo os braços, cortando o ar à frente com a faca. Seus pés se embolaram e ela caiu na calçada com força.

— *Ei! Ei!* — Era uma mulher idosa, parada no degrau de casa, segurando um xale marrom em volta do pescoço. Seus olhos estavam aumentados em rodas aquosas de pavor pelos óculos. Agora, ela gritou com sua voz clara e penetrante de senhora idosa: — *Socorro! Polícia! Assassinato! ASSASSINATOOOOOO!*

As mulheres na esquina da Willow com a Ford não deram atenção. Wilma tinha caído em um montinho de sangue perto da placa de PARE, e quando Nettie cambaleou até lá, ela se sentou encostada no poste e segurou a faca no colo, apontada para cima.

— Vem, sua puta — rosnou ela. — Vem pra cima de mim se tiver coragem.

Nettie foi, a boca trabalhando. A bola formada por seus intestinos balançava para a frente e para trás junto ao vestido como um feto não nascido. O pé direito bateu no pé esquerdo esticado de Wilma e ela caiu para a frente. A faca a empalou abaixo do esterno. Ela grunhiu com a boca cheia de sangue, ergueu o cutelo e golpeou. Entrou no alto da cabeça de Wilma com um ruído seco; *chonk!* Wilma entrou em convulsão, o corpo sacudindo e tremendo embaixo do de Nettie. Cada movimento enfiava a faca mais fundo.

— Matou… meu… *cachorrinho* — ofegou Nettie, cuspindo um jorro fino de sangue no rosto de Wilma a cada palavra. Ela tremeu toda e ficou inerte. A cabeça bateu no poste da placa de PARE quando caiu para a frente.

O pé trêmulo de Wilma escorregou para a vala. O sapato preto bom de igreja voou longe e caiu numa pilha de folhas, com o salto baixo apontando para as nuvens. Seus dedos se flexionaram uma vez… mais uma… e relaxaram.

As duas mulheres ficaram abraçadas como amantes, o sangue pintando as folhas da cor de canela na vala.

— *ASSASSINATOOOOOO!* — gritou a mulher idosa do outro lado da rua de novo, e se balançou para trás e caiu com tudo no piso do corredor de sua casa, desmaiada.

Outras pessoas do bairro estavam indo até a janela e abrindo portas agora, perguntando umas às outras o que tinha acontecido, saindo até degraus e gramados, se aproximando da cena com cautela, depois recuando rápido, mãos sobre bocas, quando viam não só o que tinha acontecido, mas como tinha sido violento.

Alguém acabou ligando para o posto do xerife.


18


Polly Chalmers estava andando lentamente pela rua Principal na direção da Artigos Indispensáveis com as mãos doloridas enfiadas nas luvas mais quentes que ela tinha quando ouviu a primeira sirene da polícia. Ela parou e ficou olhando quando um dos três Plymouth marrons do condado passou em disparada pelo cruzamento da Principal com a Laurel, as luzes piscando e girando. Já estava indo a uns oitenta e acelerando. Foi seguido de perto por outra viatura.

Ela viu os carros sumirem, franzindo a testa. Sirenes e carros de polícia em disparada eram raridade em Rock. Perguntou-se o que tinha acontecido; algo um pouco mais sério do que um gato que subira na árvore, ela achava. Alan contaria quando ligasse naquela noite.

Polly olhou para a rua de novo e viu Leland Gaunt parado na porta da loja, também observando as viaturas com uma expressão de leve curiosidade no rosto. Bom, isso respondia uma pergunta: ele *estava* na loja. Nettie não ligou para dizer se estava. Isso não foi grande surpresa para Polly; a mente de Nettie era escorregadia e as coisas acabavam sendo esquecidas com facilidade.

Ela seguiu pela rua. O sr. Gaunt olhou em volta e a viu. Seu rosto se iluminou num sorriso.

— Sra. Chalmers! Que bom que pôde vir!

Ela deu um sorriso fraco. A dor, que tinha melhorado um pouco de manhã, estava voltando agora, abrindo a rede de fios finos e cruéis pela carne das mãos.

— Achei que tivéssemos combinado que me chamaria só de Polly.

— Polly, então. Entre, é muito bom vê-la. Que agitação foi aquela?

— Não sei — disse ela. Ele segurou a porta para ela, e ela passou por ele e entrou na loja. — Acho que alguém deve ter se machucado e precisa ir para o hospital. O Medical Assistance em Norway é muito lento nos fins de semana. Se bem que o atendente mandou *duas* viaturas…

O sr. Gaunt fechou a porta. O sininho de prata tilintou. A persiana da porta estava fechada, e com o sol indo agora na outra direção, o interior da Artigos Indispensáveis estava na penumbra… mas, Polly pensou, se alguma penumbra podia ser agradável, aquela era. Uma pequena lâmpada de leitura lançava um círculo dourado no balcão ao lado da registradora antiga do sr. Gaunt. Havia um livro aberto ali. Era *A ilha do tesouro*, de Robert Louis Stevenson.

O sr. Gaunt a estava observando com atenção, e Polly teve que sorrir de novo ao ver a expressão de preocupação nos olhos dele.

— Minhas mãos andam dando trabalho nesses últimos dias — disse ela. — Acho que não estou muito a cara da Demi Moore.

— Você parece uma mulher que está muito cansada e passando por um grande desconforto — disse ele.

O sorriso no rosto dela oscilou. Havia uma compreensão e grande com-

267

paixão na voz dele, e por um momento Polly teve medo de cair no choro. O pensamento que impediu que as lágrimas escorressem foi estranho: *As mãos dele. Se eu chorar, ele vai tentar me consolar. Vai encostar as mãos em mim.*

Ela forçou um sorriso.

— Vou sobreviver; sempre sobrevivo. Me diga: Nettie Cobb por acaso passou por aqui?

— Hoje? — Ele franziu a testa. — Não, não hoje. Se tivesse passado, eu teria mostrado uma nova peça de vidro carnival que chegou ontem. Não é tão bonita quanto a que vendi pra ela semana passada, mas achei que ela poderia se interessar. Por que a pergunta?

— Ah... não tem motivo. Ela disse que talvez viesse, mas a Nettie... A Nettie muitas vezes esquece as coisas.

— Ela me parece uma mulher que teve uma vida difícil — disse o sr. Gaunt com seriedade.

— Sim. Teve, sim. — Polly falou essas palavras de forma lenta e mecânica. Não conseguia tirar os olhos dos dele. Mas uma das mãos roçou na beirada de uma estante de vidro, e isso fez com que ela rompesse o contato visual. Um pequeno ofego de dor saiu por sua boca.

— Está tudo bem?

— Sim, tudo — disse Polly, mas era mentira; ela não estava nem perto de bem.

O sr. Gaunt claramente percebeu isso.

— Você não está bem — disse ele de forma decisiva. — Portanto, vou deixar a conversinha de lado. O item sobre o qual lhe escrevi chegou. Vou dá-lo a você e enviá-la para casa.

— *Dar* para mim?

— Ah, não estou oferecendo um presente — disse ele enquanto ia para trás da registradora. — Nós nem nos conhecemos direito pra isso, não é?

Ela sorriu. Ele era um homem gentil, um homem que, naturalmente, queria fazer uma gentileza para a primeira pessoa em Castle Rock que fizera uma gentileza com ele. Mas ela estava tendo dificuldade em reagir; estava tendo dificuldade até para acompanhar a conversa. A dor nas mãos estava monstruosa. Ela agora desejava não ter ido, e, fosse gentileza ou não, tudo que queria era sair dali e ir para casa e tomar um comprimido para a dor.

— Isso é o tipo de item que um vendedor *tem* que oferecer para experimentação... se for uma pessoa ética, claro. — Ele pegou um chaveiro, selecionou uma chave e destrancou a gaveta embaixo da registradora. — Se você experimentar por uns dias e descobrir que é inútil, e eu tenho que dizer que provavelmente vai ser mesmo, você me devolve. Se, por outro lado, descobrir que oferece um certo alívio, podemos conversar sobre o preço. — Ele sorriu para ela. — E, pra você, o preço seria generoso, eu garanto.

Ela olhou para ele, intrigada. Alívio? Do que ele estava falando?

Ele pegou uma caixinha branca e a colocou no balcão. Tirou a tampa com as mãos estranhas de dedos compridos e retirou um pequeno objeto de prata com uma corrente fina do forro de algodão interno. Parecia ser uma espécie de colar, mas a coisa pendurada quando o sr. Gaunt abriu os dedos na corrente parecia um infusor de chá ou um dedal enorme.

— Isto é egípcio, Polly. Muito antigo. Não tão antigo quanto as pirâmides, não mesmo, mas é muito velho. Tem uma coisa dentro. Uma espécie de erva, eu acho, apesar de não ter certeza.

Ele movimentou os dedos. O infusor de chá prateado (se é que era isso) balançou na ponta da corrente. Algo se mexeu dentro, uma coisa que fez um som seco e poeirento. Polly achou meio desagradável.

— Chama-se *azka*, ou talvez *azakah* — disse o sr. Gaunt. — Seja qual for o nome, é um amuleto que supostamente afasta a dor.

Polly tentou sorrir. Queria ser educada, mas *realmente*... tinha ido até lá para *aquilo*? A coisa nem tinha valor estético. Era feia, para ser bem direta.

— Eu não acho...

— Eu também não, mas situações de desespero pedem medidas desesperadas. Garanto que é genuíno... pelo menos no sentido de que não foi feito em Taiwan. É um artefato egípcio autêntico; não uma relíquia, mas um artefato, certamente, do período do declínio final. Vem com um certificado de origem que o identifica como uma ferramenta de *benka-litis*, ou magia branca. Quero que você leve e use. Deve parecer bobagem. Provavelmente é mesmo. Mas há coisas mais estranhas no céu e na terra do que alguns de nós sonham, mesmo nos nossos momentos mais loucos de filosofia.

— Você acredita mesmo nisso? — perguntou Polly.

— Acredito. Já vi coisas nessa vida que fazem um medalhão ou amuleto de cura parecer perfeitamente comum. — Um brilho furtivo surgiu momentaneamente nos olhos castanhos. — *Muitas* coisas. Os cantos do mundo estão cheios de tralhas fabulosas, Polly. Mas isso não importa; *você* é a questão aqui.

"Mesmo naquele dia, quando, suponho, a dor não estava tão ruim quanto agora, já tive uma ideia de como a sua situação tinha ficado desagradável. Achei que esse pequeno... item... poderia valer a pena ser experimentado. Afinal, o que você tem a perder? Nada do que você tentou deu certo, não é?"

— Aprecio a atenção, sr. Gaunt, de verdade, mas...

— Leland. Por favor.

— Sim, tudo bem. Eu aprecio a atenção, *Leland*, mas infelizmente não sou supersticiosa.

Ela olhou para a frente e viu os olhos castanhos brilhantes fixos nos dela.

— Não importa se *você* é ou não, Polly... porque isto *é*. — Ele balançou os dedos. O *azka* balançou delicadamente na ponta da corrente.

Polly abriu a boca de novo, mas desta vez nenhuma palavra saiu. Ela se lembrou de um dia na primavera. Nettie tinha esquecido o exemplar dela do *Inside View* quando foi para casa. Ao folhear distraidamente, olhando as histórias sobre bebês lobisomem em Cleveland e uma formação geológica na lua que parecia a cara do JFK, Polly encontrou uma propaganda de uma coisa chamada A Roda de Orações dos Anciãos. Supostamente, curava dores de cabeça, dores de estômago e artrite.

A propaganda era dominada por um desenho em preto e branco. Mostrava um sujeito com barba comprida e chapéu de mago (Nostradamus ou Gandalf, supôs Polly) segurando uma coisa que parecia um cata-vento de criança por cima do corpo de um homem numa cadeira de rodas. O dispositivo com o cata-vento lançava um cone de luz por cima do inválido, e, apesar de a propaganda não falar claramente, a implicação parecia ser de que o cara sairia dançando sapateado em uma ou duas noites. Era ridículo, claro, enrolação supersticiosa para pessoas cujas mentes não estavam bem ou talvez até destruídas por um massacre regular de dor e deficiência, mas, ainda assim...

Ela se sentou olhando para a propaganda por muito tempo, e, por mais ridículo que fosse, quase ligou para o número gratuito dos pedidos telefônicos no pé da página. Porque, mais cedo ou mais tarde...

— Mais cedo ou mais tarde, uma pessoa com dor acaba explorando os caminhos mais questionáveis, se for possível que esses caminhos propiciem alívio — disse o sr. Gaunt. — Não é verdade?

— Eu... eu não...

— Crioterapia... luvas térmicas... até os tratamentos com radiação... nada disso funcionou pra você, não é?

— Como você sabe disso tudo?

— Um bom vendedor conhece as necessidades de seus clientes — disse o sr. Gaunt com a voz suave e hipnótica.

Ele foi na direção dela, segurando a corrente de prata em um anel amplo com o *azka* pendurado na ponta. Ela se retraiu para longe das mãos compridas com as unhas coriáceas.

— Não tema, querida senhora. Não vou encostar em um fio de cabelo seu. Não se você estiver calma... e ficar bem parada...

E Polly ficou calma. E parada. Deixou as mãos (ainda nas luvas de lã) cruzadas modestamente na frente do corpo e permitiu que o sr. Gaunt passasse a corrente de prata pela cabeça dela. Ele agiu com a delicadeza de um pai baixando o véu de noiva da filha. Ela se sentiu distante do sr. Gaunt, da Artigos Indispensáveis, de Castle Rock, até de si mesma. Sentia-se uma mulher parada em uma planície poeirenta sob um céu infinito, a centenas de quilômetros de qualquer outro ser humano.

O *azka* bateu no zíper do casaco de couro com um tilintar baixinho.

— Coloque para dentro do seu casaco. E, quando chegar em casa, coloque para dentro da blusa. Precisa ser usado junto à pele para efeito máximo.

— Não posso fazer isso — disse Polly com um tom lento e sonhador. — O zíper... Não consigo puxar o zíper.

— Não? Tente.

Polly tirou uma das luvas e tentou. Para sua grande surpresa, ela viu que conseguia flexionar o polegar e o indicador da mão direita o suficiente para puxar o zíper.

— Pronto, viu?

A bola de prata caiu na frente da blusa dela. Parecia muito pesada, e a sensação não era exatamente confortável. Ela se perguntou vagamente o que havia dentro, o que tinha feito aquele som poeirento. Algum tipo de erva, ele dissera, mas não pareceram folhas nem pó. Parecia que algo lá dentro tinha se mexido por vontade própria.

O sr. Gaunt pareceu entender o desconforto dela.

— Você vai se acostumar, e bem mais rápido do que pensa. Pode acreditar, vai sim.

Lá fora, a milhares de quilômetros de distância, ela ouviu mais sirenes. Pareciam espíritos perturbados.

O sr. Gaunt se virou, e quando seus olhos se afastaram do rosto dela, Polly sentiu sua concentração começar a voltar. Sentia-se meio atordoada, mas ao mesmo tempo sentia-se bem. Parecia que tinha acabado de tirar um cochilo curto e satisfatório. Sua sensação de desconforto e inquietação misturados tinha passado.

— Minhas mãos ainda estão doendo — disse ela, e isso era verdade... mas doíam tanto assim? Parecia que tinha havido algum alívio, mas isso podia ser só sugestão; ela tinha a sensação de que Gaunt fizera uma espécie de hipnose com ela em sua determinação de fazê-la aceitar o *azka*. Ou talvez fosse só o calor da loja comparado ao frio do lado de fora.

— Duvido muito que o efeito prometido seja instantâneo — disse o sr. Gaunt secamente. — Mas dê uma chance. Você pode fazer isso, Polly?

Ela deu de ombros.

— Tudo bem.

Afinal, o que *tinha* a perder? A bola era pequena o suficiente para nem aparecer embaixo de uma blusa e um suéter. Ela não teria que responder a nenhuma pergunta se ninguém soubesse que estava lá, e por ela tudo bem; Rosalie Drake ficaria curiosa, e Alan, que era tão supersticioso quanto um cotoco de árvore, provavelmente acharia engraçado. Quanto a Nettie... bom, Nettie provavelmente ficaria em um silêncio impressionado se soubesse que Polly estava usando um amuleto mágico de verdade, como os que vendiam na sua amada *Inside View*.

— Você não deve tirar nem pra tomar banho — disse o sr. Gaunt. — Não precisa. A bola é de prata de verdade, não vai enferrujar.

— Mas e se eu tirar?

Ele tossiu de leve na mão, como se constrangido.

— Bom, o efeito benéfico do *azka* é cumulativo. Quem usa melhora um pouco hoje, um pouco mais amanhã, e assim por diante. Foi o que me disseram, pelo menos.

*Quem disse?*, pensou ela.

— Se o *azka* for removido, quem o usa volta ao estado de dor anterior não lentamente, mas de uma vez, e tem que esperar dias ou talvez semanas para recuperar o terreno perdido quando o *azka* for recolocado.

Polly riu um pouco. Não conseguiu controlar, e ficou aliviada quando Leland Gaunt se juntou a ela.

— Sei como isso soa, mas só quero ajudar se puder. Você acredita?

— Acredito, e agradeço por isso.

Mas quando permitiu que ele a guiasse até a porta, ela se viu pensando em outras coisas. Havia o estado de quase transe em que ficou quando ele passou a corrente pela cabeça dela, por exemplo. E havia sua forte aversão a ser tocada por ele. Essas coisas eram bem conflitantes com a sensação de amizade, carinho e compaixão que ele projetava quase como uma aura visível.

Mas ele a *tinha* hipnotizado de alguma forma? Era uma ideia tola... não era? Ela tentou lembrar exatamente o que sentira quando eles estavam discutindo sobre o *azka* e não conseguiu. Se ele tinha feito uma coisa assim, sem dúvida foi sem querer, e com ajuda dela. Era mais provável que ela tivesse entrado no estado de atordoamento que o excesso de Percodan induzia às vezes. Era do que menos gostava nos comprimidos. Não, ela achava que era a segun da coisa de que menos gostava. O que ela realmente odiava neles era que nem sempre funcionavam como deveriam agora.

— Eu a levaria de carro se dirigisse — disse o sr. Gaunt —, mas infelizmente nunca aprendi.

— Não tem problema nenhum. Agradeço sua gentileza.

— Agradeça se funcionar. Tenha uma linda tarde, Polly.

Mais sirenes soaram no ar. Estavam do lado leste da cidade, na direção das ruas Elm, Willow, Pond e Ford. Polly se virou naquela direção. Havia alguma coisa no som das sirenes, principalmente numa tarde tão tranquila, que conjurava pensamentos vagamente ameaçadores, não exatamente imagens, de desgraça iminente. O som começou a morrer, parando como o mecanismo invisível de um relógio no ar luminoso do outono.

Ela se virou para dizer algo sobre isso para o sr. Gaunt, mas a porta estava fechada. A placa dizendo

FECHADO

estava pendurada entre a persiana e o vidro, balançando delicadamente de um lado para o outro no barbante. Ele tinha entrado quando ela estava de costas, tão silenciosamente que ela nem ouviu.

Polly começou a andar lentamente para casa. Antes que chegasse ao fim da rua Principal, outra viatura de polícia, essa da estadual, passou em disparada.

19

— Danforth?

Myrtle Keeton passou pela porta de entrada e foi até a sala. Estava equilibrando a panela de fondue embaixo do braço esquerdo enquanto tirava com dificuldade a chave que Danforth tinha deixado na fechadura.

— Danforth, cheguei!

Não houve resposta e a televisão não estava ligada. Isso era estranho; ele estava tão determinado a chegar em casa a tempo do pontapé inicial. Ela se perguntou brevemente se ele tinha ido para outro lugar, para a casa dos Garson, talvez, para ver o jogo, mas a porta da garagem estava fechada, o que queria dizer que ele tinha estacionado o carro lá. E Danforth não ia andando para lugar nenhum se pudesse evitar. Principalmente em View, que era ladeira.

— Danforth? Está em casa?

Nada de resposta. Havia uma cadeira virada na sala de jantar. Ela franziu a testa, colocou a panela de fondue na mesa e ajeitou a cadeira. Os primeiros filetes de preocupação, finos como teias de aranha, surgiram na sua mente. Ela foi até a porta do escritório, que estava fechada. Quando chegou lá, encostou a cabeça na madeira e prestou atenção. Tinha quase certeza de que conseguia ouvir o gemido da cadeira da escrivaninha dele.

— Danforth? Está aí dentro?

Nada de resposta... mas ela pensou ter ouvido uma tosse baixa. A preocupação virou alarme. Danforth estava passando por muito estresse nos últimos tempos, ele era o único conselheiro da cidade que trabalhava arduamente, e estava acima do peso. E se tivesse tido um ataque cardíaco? E se estivesse lá dentro caído no chão? E se o som que ela ouvira não fosse uma tosse, mas o som de Danforth tentando respirar?

A adorável manhã e começo da tarde que eles passaram juntos fizeram com que um pensamento assim parecesse horrivelmente plausível: primeiro a doce alegria e depois a gritante decepção. Ela esticou a mão para a maçaneta... mas puxou de volta e a usou para puxar nervosamente a pele frouxa embaixo da garganta. Umas poucas ocasiões desagradáveis bastaram para ela aprender que não se perturbava Danforth no escritório sem bater... e que nunca, nunca, *nunca* se entrava no *santuário* dele sem convite.

*Sim, mas se ele teve um ataque cardíaco... ou... ou...*

Ela pensou na cadeira virada e uma nova sensação de alarme surgiu.

*E se ele chegou e pegou um ladrão dentro de casa? E se o ladrão bateu na cabeça de Danforth, o deixou apagado e o arrastou até o escritório?*

Ela bateu com os dedos na porta.

— Danforth? Você está bem?

Nada de resposta. Nenhum som na casa além do tiquetaquear solene do relógio de pêndulo na sala e... sim, ela tinha quase certeza: o gemido da cadeira do escritório de Danforth.

Sua mão começou a descer na direção da maçaneta de novo.

— Danforth, você...

As pontas dos dedos dela já estavam tocando na maçaneta quando a voz dele berrou, fazendo-a pular para trás com um gritinho.

— *Me deixa em paz! Você não pode me deixar em paz, sua vaca burra?*

Ela gemeu. Seu coração estava disparado na garganta. Não foi só surpresa; foram a fúria e o ódio descontrolado na voz dele. Depois da manhã calma e agradável que eles tiveram, ele não poderia tê-la magoado mais se tivesse feito carinho na bochecha dela com um punhado de navalhas.

— Danforth… achei que você estivesse ferido… — A voz dela soou tão baixa que ela mal se ouviu.

— *Me deixa em paz!* — Agora ele estava do outro lado da porta, pelo som.

*Ah, meu Deus, ele parece ter ficado maluco. É possível? Como é possível? O que aconteceu desde que ele me deixou na Amanda?*

Mas não houve respostas a essas perguntas. Só houve dor. E assim, ela subiu a escada, tirou a linda boneca nova do armário na sala de costura e foi para o quarto. Tirou os sapatos e se deitou no seu lado da cama, com a boneca nos braços.

Em algum lugar distante, ouviu sirenes. Não deu atenção a elas.

O quarto deles ficava lindo naquela hora do dia, cheio do sol forte de outono. Myrtle não viu. Só viu escuridão. Só sentiu infelicidade, uma infelicidade profunda e doente que nem a linda boneca conseguiu aliviar. A infelicidade pareceu encher sua garganta e bloquear a respiração.

Ah, ela tinha ficado tão feliz naquele dia, tão feliz. *Ele* também estava feliz. Ela tinha certeza. E agora, as coisas estavam piores do que antes. Bem piores.

O que tinha acontecido?

Ah, Deus, o que tinha acontecido e quem era o responsável?

Myrtle abraçou a boneca e olhou para o teto, e depois de um tempo começou a chorar em soluços grandes e intensos que fizeram seu corpo todo se sacudir.

# ONZE

### 1

Às quinze para a meia-noite naquele domingo longo de outubro, uma porta no porão da Ala State do Kennebec Valley Hospital se abriu e o xerife Alan Pangborn passou por ela. Ele andou lentamente, com a cabeça baixa. Os pés, usando sapatilhas de hospital com elástico, se arrastavam no linóleo. A placa na porta atrás dele pôde ser lida quando se fechou:

NECROTÉRIO
PROIBIDA A ENTRADA SEM AUTORIZAÇÃO

Na extremidade do corredor, um zelador de uniforme cinza estava usando uma enceradeira para polir o chão em movimentos lentos e preguiçosos. Alan foi na direção dele, tirando a touca de hospital no caminho. Levantou o traje verde e enfiou o chapeuzinho no bolso de trás da calça jeans que estava usando por baixo. O zumbido baixo da enceradeira lhe deu sono. Um hospital em Augusta era o último lugar onde ele queria estar naquela noite.

O zelador olhou quando ele se aproximou e desligou a máquina.

— Você não parece estar muito bem, meu amigo — disse ele, cumprimentando Alan.

— Isso não me surpreende. Você tem um cigarro?

O zelador pegou um maço de Lucky Strike no bolso do peito e tirou um cigarro para Alan.

— Mas você não vai poder fumar aqui. — Ele indicou a porta do necrotério. — O dr. Ryan dá chilique.

Alan assentiu.

— Onde?

O zelador o levou até um corredor perpendicular e indicou uma porta na metade dele.

— Aquela porta dá no beco ao lado do prédio. Mas bota alguma coisa pra porta não bater, senão você vai ter que dar a volta até a frente pra entrar de volta. Você tem fósforo?

Alan começou a percorrer o corredor.

— Eu tenho um isqueiro. Obrigado pelo cigarro.

— Eu soube que foi sessão dupla lá dentro hoje — disse o zelador atrás dele.

— Isso mesmo — disse Alan sem se virar.

— Autópsia é uma droga, né?

— É.

Atrás dele, o zumbido baixo da enceradeira recomeçou. Era mesmo uma droga. As autópsias de Nettie Cobb e Wilma Jerzyck foram a vigésima terceira e vigésima quarta da carreira dele, e todas tinham sido uma droga, mas aquelas duas foram de longe as piores.

A porta para a qual o zelador apontou era do tipo equipada com barra de pânico. Alan procurou ao redor alguma coisa que pudesse usar para não deixar que batesse e não encontrou nada. Ele pegou a túnica verde, fez uma bola e abriu a porta. O ar da noite se espalhou em volta dele, frio, mas incrivelmente refrescante depois do cheiro de álcool velho do necrotério e da sala de autópsia adjacente. Alan colocou a túnica embolada junto ao umbral da porta e saiu. Deixou que a porta fosse se fechando com cuidado, viu que a túnica impediria que o trinco fosse acionado e esqueceu essa questão. Encostou-se na parede de concreto ao lado da linha fina de luz que passava pela fresta da porta e acendeu o cigarro.

A primeira baforada fez sua cabeça girar. Ele estava tentando parar havia dois anos e sempre chegava bem perto de conseguir. Mas aí, alguma coisa acontecia. Era ao mesmo tempo a maldição e a bênção do trabalho policial; alguma coisa sempre acontecia.

Ele olhou para as estrelas, o que normalmente achava tranquilizador, e não conseguiu ver muitas; as luzes de alta intensidade que envolviam o hospital as apagavam. Ele viu o Grande Carro, Órion, e um ponto avermelhado fraco que devia ser Marte, mas mais nada.

*Marte*, pensou ele. *É isso. Sem dúvida. Os senhores da guerra de Marte pousaram em Castle Rock por volta do meio-dia, e as primeiras pessoas que encontraram foram Nettie e a vaca Jerzyck. Os senhores da guerra as morderam e elas ficaram raivosas. É a única coisa que faz sentido.*

Ele pensou em entrar e dizer para Henry Ryan, o médico-legista chefe do estado do Maine: *Foi caso de intervenção alienígena, doutor. Caso encerrado.* Duvidava que Ryan fosse achar graça. A noite tinha sido longa para ele também.

Alan tragou profundamente o cigarro. O gosto era maravilhoso, estivesse sua cabeça tonta ou não, e ele achou que conseguia entender perfeitamente por que fumar agora era proibido nas áreas públicas de todos os hospitais dos Estados Unidos. John Calgin estava certíssimo: nada que fosse capaz de fazer você se sentir assim podia fazer bem. Mas, enquanto isso, manda a nicotina, chefe... A sensação era ótima.

Ele pensou em como seria bom comprar um pacote inteiro de maços desse mesmo Lucky Strike, rasgar as duas pontas e acender o troço todo com um lança-chamas. Pensou em como seria bom ficar bêbado. Era uma hora bem ruim para ficar bêbado, ele achava. Outra regra inflexível da vida: *Quando você precisa muito ficar bêbado é quando você não pode se dar a esse luxo.* Alan se perguntou vagamente se os alcoólatras do mundo não eram os únicos que entendiam as próprias prioridades.

A linha de luz perto dos seus pés ficou mais grossa. Alan olhou para o lado e viu Norris Ridgewick. Norris saiu e se encostou na parede ao lado de Alan. Ele ainda estava com o gorrinho verde, mas estava torto e as fitas de amarrar estavam caídas para trás. Sua pele estava do mesmo tom da túnica.

— Jesus, Alan.

— Foram suas primeiras, né?

— Não, eu vi uma autópsia quando estava em North Wyndham. Foi um caso de inalação de fumaça. Mas essas... Jesus, Alan.

— É — disse ele, e soprou fumaça. — Jesus.

— Tem outro cigarro aí?

— Não, desculpe. Peguei esse com o zelador. — Ele olhou para o policial com uma leve curiosidade. — Não sabia que você fumava, Norris.

— Não fumo. Mas estava pensando em começar.

Alan riu baixinho.

— Cara, mal posso esperar pra ir pescar amanhã. Ou os dias de folga estão cancelados até resolvermos isso?

Alan pensou no assunto e balançou a cabeça. Não tinham sido os senhores da guerra de Marte; aquela questão parecia bem simples, na verdade. De certa forma, era o que a tornava tão horrível. Ele não via motivo para cancelar os dias de folga de Norris.

— Que bom — disse Norris, e acrescentou: — Mas posso ir trabalhar se você quiser, Alan. Não tem problema.

— Não devo precisar que você vá, Norris. John e Clut já fizeram contato comigo; Clut foi com o pessoal do Departamento de Investigação Criminal conversar com Pete Jerzyck, e John foi com a equipe que saiu pra investigar o lado da Nettie. Os dois fizeram contato. Está bem claro. Horrível, mas claro.

E estava mesmo... mas ele estava perturbado ainda assim. Em um nível mais profundo, ele estava muito perturbado.

—Bom, o que aconteceu? A vaca Jerzyck estava pedindo havia anos, mas quando alguém finalmente peitasse o blefe dela, eu achava que ela acabaria com um olho roxo ou um braço quebrado... nada *assim*. Foi só um caso de implicar com a pessoa errada?

—Acho que isso resume bem — confirmou Alan. — Wilma não podia ter escolhido pessoa pior em Castle Rock para começar uma briga.

—Briga?

—Polly deu um cachorrinho pra Nettie na primavera. Latia um pouco no começo. Wilma reclamou muito.

—É mesmo? Não me lembro de formulário de denúncia.

—Ela só fez uma denúncia oficial. Fui eu que recebi. Polly me pediu pra fazer isso. Ela se sentia em parte responsável, porque quem deu o cachorro pra Nettie foi ela. Nettie disse que o deixaria dentro de casa o máximo possível e isso foi o suficiente pra mim.

"O cachorro parou de latir, mas parece que a Wilma continuou enchendo o saco da Nettie. Polly diz que Nettie atravessava a rua sempre que via Wilma se aproximando, mesmo que estivesse a dois quarteirões de distância. Nettie só faltava se benzer na frente dela. Na semana passada, ela ultrapassou os limites. Foi até a casa dos Jerzyck quando Pete e Wilma estavam trabalhando, viu os lençóis pendurados no varal e os cobriu com lama do jardim."

Norris assobiou.

—Nós recebemos *essa* denúncia, Alan?

Alan balançou a cabeça.

—Desse dia até hoje à tarde, tudo aconteceu só entre as mulheres.

—E o Pete Jerzyck?

—Você *conhece* o Pete?

—Bom... — Norris parou. Pensou em Pete. Pensou em Wilma. Pensou nos dois juntos. Assentiu lentamente. — Ele tinha medo de que a Wilma acabasse com ele caso ele tentasse bancar o juiz... e preferiu ficar de lado. Foi isso?

—Mais ou menos. Ele talvez até tenha acalmado as coisas, ao menos por um tempo. Clut disse que Pete falou para o pessoal do Departamento de Investigação Criminal que Wilma queria ir na casa da Nettie assim que deu uma olhada nos lençóis. Ela estava pronta pra botar pra quebrar. Parece até que ligou pra Nettie e falou que ia arrancar a cabeça dela e cagar no pescoço.

Norris assentiu. Entre a autópsia de Wilma e a autópsia de Nettie, ele ligou para o atendimento em Castle Rock e pediu a lista de denúncias envolvendo as duas mulheres. A lista de Nettie era curta, um item. Ela surtou e matou o marido. Fim da história. Nenhum problema antes e nenhum depois, inclusive nos últimos anos, que ela tinha passado na cidade. Wilma era um caso completamente diferente. Ela nunca tinha matado ninguém, mas a lista de denúncias, feitas por ela e sobre ela, era longa e datava da época em que ainda existia a antiga escola primária de Castle Rock, quando ela deu um soco no olho de um professor substituto por mandá-la para a detenção. Em duas ocasiões, mulheres assustadas que tiveram o azar ou cometeram o erro de irritar Wilma pediram proteção policial. Wilma também foi a acusada em três denúncias de agressão ao longo dos anos. Todas as denúncias foram deixadas de lado, mas não era preciso estudar muito para entender que ninguém em sã consciência escolheria se meter com Wilma Jerzyck.

— Uma provou o próprio remédio com a outra — murmurou Norris.

— Do pior tipo.

— O marido convenceu Wilma a não ir lá na primeira vez que ela queria ir?

— Ele sabia que isso não adiantaria. Ele disse para o Clut que botou dois Xanax numa xícara de chá e que isso baixou o termostato dela. Na verdade, Jerzyck disse que achou que tinha ficado esquecido.

— Você acredita nele, Alan?

— Acredito… o tanto quanto posso acreditar numa pessoa sem conversar com ela pessoalmente, claro.

— O que era essa coisa que ele botou no chá dela? Droga?

— Tranquilizante. Jerzyck disse ao Departamento que usou algumas vezes antes de ela surtar e que sempre a acalmou bem. Ele disse que achava que tinha funcionado desta vez também.

— Mas não funcionou.

— Acho que funcionou no começo. Pelo menos, a Wilma não foi lá arrumar confusão. Mas tenho certeza de que continuou incomodando a Nettie; foi o padrão que ela estabeleceu quando era só pelo cachorro que elas estavam brigando. Dar telefonemas. Passar de carro. Esse tipo de coisa. Nettie se irritava fácil. Coisas assim certamente a afetariam. John LaPointe e a equipe do Departamento que designei a ele foram ver Polly por volta das sete. Polly disse que tinha certeza de que Nettie estava preocupada com alguma coisa. Ela tinha ido ver Polly de manhã e deixou algo escapar. Polly não entendeu na hora. — Alan suspirou. — Acho que agora ela deseja que tivesse ouvido com mais atenção.

— Como a Polly está, Alan?

— Bem, eu acho.

Ele tinha falado com ela duas vezes, uma de uma casa perto da cena do crime e uma segunda vez do hospital, depois que ele e Norris chegaram. Nas duas ocasiões, a voz dela estava calma e controlada, mas ele sentiu as lágrimas e a confusão por baixo da superfície cuidadosamente mantida. Na primeira ligação não ficou totalmente surpreso de descobrir que ela já sabia quase tudo que tinha acontecido. As notícias, principalmente as ruins, se espalham rápido em cidades pequenas.

— O que deflagrou o big-bang?

Alan olhou para Norris, surpreso, e se deu conta de que ele não sabia ainda. Alan tinha recebido um relato mais ou menos completo de John LaPointe entre as autópsias, enquanto Norris estava no outro telefone, falando com Sheila Brigham e compilando listas de denúncias envolvendo as duas mulheres.

— Uma delas decidiu ir mais longe. Meu palpite é que foi a Wilma, mas os detalhes ainda estão confusos. Parece que Wilma foi na casa de Nettie quando Nettie estava visitando a Polly de manhã. Nettie deve ter saído sem trancar a porta, ou sem fechar direito, e o vento a abriu. Você sabe como ventou hoje.

— Sei.

— Pode ser que tenha começado como outra passada de carro pra deixar Nettie nervosa. Mas Wilma viu a porta aberta e a passada virou outra coisa. Talvez não tenha sido *bem* assim, mas me parece certo.

As palavras mal tinham saído de sua boca e ele já as reconheceu como mentira. Não *parecia* certo, esse era o problema. *Deveria* parecer certo, ele *queria* que parecesse certo, mas não parecia. O que o estava deixando louco era que não havia *motivo* para parecer errado, pelo menos que ele pudesse identificar. O mais perto que ele conseguia chegar era imaginar se Nettie seria descuidada de não só não trancar a porta, mas de não a fechar bem, se era tão paranoica sobre Wilma Jerzyck quanto parecia ser... e isso não era suficiente para justificar uma desconfiança. Não era suficiente porque nem todos os parafusos de Nettie estavam no lugar, e não dava para fazer suposições sobre o que uma pessoa assim faria e não faria. Ainda assim...

— O que a Wilma fez? — perguntou Norris. — Destruiu a casa?

— Matou o cachorro da Nettie.

— *O quê?*

— Você me ouviu.

— Meu Deus! Que *filha da puta!*

— Bom, mas a gente sabia que ela era isso mesmo, não é?

— É, mas mesmo assim...

Ali estava de novo. Até vindo de Norris Ridgewick, com quem se podia ter certeza, mesmo depois de tantos anos, que preencheria pelo menos vinte por cento da papelada errado: *É, mas mesmo assim.*

— Foi com um canivete suíço. Usou o saca-rolha e prendeu um bilhete dizendo que era vingança por Nettie ter jogado lama nos lençóis. Então Nettie foi na casa da Wilma com pedras. Embrulhou bilhetes nelas com elásticos. Os bilhetes diziam que as pedras eram o último aviso à Wilma. Ela as jogou em todas as janelas do térreo dos Jerzyck.

— Meu Deus do céu — disse Norris, com uma certa admiração.

— Os Jerzyck saíram para a missa das onze por volta das dez e meia. Depois da missa, eles almoçaram com os Pulaski. Pete Jerzyck ficou pra ver o jogo dos Patriots com Jake Pulaski, então não tinha nem como ele *tentar* acalmar a Wilma desta vez.

— Elas se encontraram naquela esquina sem querer? — perguntou Norris.

— Duvido. Acho que Wilma foi pra casa, viu o estrago e chamou a Nettie.

— Você quer dizer tipo pra um duelo?

— É isso que eu quero dizer.

Norris assobiou e ficou em silêncio por alguns momentos, as mãos unidas nas costas, olhando para a escuridão.

— Alan, por que a gente tem que assistir a essas malditas autópsias? — perguntou ele.

— Protocolo, eu acho — disse Alan, mas era mais do que isso... ao menos para ele. Se estivesse incomodado com o aspecto de um caso ou com uma sensação (como ele estava incomodado com o aspecto e a sensação daquele), você talvez conseguisse ver alguma coisa que tiraria seu cérebro do ponto morto e o colocaria em marcha acelerada. Você talvez visse um gancho onde pendurar o chapéu.

— Bom, então acho que está na hora de o condado contratar um oficial de protocolo — resmungou Norris, e Alan riu.

Mas ele não estava rindo por dentro, e não só porque essa situação abalaria Polly terrivelmente nos próximos dias. Havia algo no caso que não estava certo. Tudo pareceu certo superficialmente, mas lá no lugar onde o instinto ficava (e às vezes se escondia), os senhores da guerra marcianos ainda pareciam fazer mais sentido. Ao menos para Alan.

*Ei, para com isso! Você não acabou de explicar tudo para o Norris de A a Z, no tempo que se gasta fumando um cigarro?*

Sim, era verdade. Isso era parte do problema. As duas mulheres, mesmo quando uma era meio doida e a outra era malvada e cruel, se encontraram em

282

uma esquina de rua e partiram uma à outra em pedacinhos como duas viciadas em surto por motivos tão simples?

Alan não sabia. E *porque* não sabia, ele jogou o cigarro longe e começou a repassar a história toda de novo.


## 2


Para Alan, começou com uma ligação de Andy Clutterbuck. Alan tinha acabado de desligar a televisão durante o jogo do Patriots com o Jets (o Patriots já estava perdendo por um *touchdown* e um *field goal*, e nem três minutos do segundo quarto tinham passado) e estava vestindo o casaco quando o telefone tocou. Alan pretendia ir até a Artigos Indispensáveis para ver se o sr. Gaunt estava lá. Era até possível, supunha Alan, que ele encontrasse Polly lá, afinal. A ligação de Clut mudou todos os planos.

Eddie Warburton, disse Clut, estava desligando o telefone na hora que ele, Clut, voltou do almoço. Havia uma agitação acontecendo na parte da cidade com as ruas de árvore. Mulheres brigando, algo assim. Talvez fosse boa ideia, disse Eddie, se Clut ligasse para o xerife e contasse sobre a confusão.

— Por que Eddie Warburton está atendendo o telefone do posto do xerife? — perguntou Alan, irritado.

— Bom, acho que, com o atendimento vazio, ele pensou...

— Ele conhece os procedimentos tão bem quanto todo mundo. Quando o atendimento está vazio, é pra deixar o Filho da Mãe encaminhar as ligações.

— Não sei por que ele atendeu o telefone — disse Clut com uma impaciência que mal disfarçou —, mas acho que não é isso o importante. A segunda ligação sobre o incidente chegou quatro minutos depois, quando eu estava falando com o Eddie. Uma senhora idosa. Não peguei o nome; ela estava agitada demais para me dar o nome ou simplesmente não quis. Ela disse que houve algum tipo de briga séria na esquina da Ford e da Willow. Duas mulheres envolvidas. A pessoa que ligou disse que elas estavam com facas. Diz que ainda estão lá.

— Brigando?

— Não... caídas, as duas. A briga acabou.

— Certo. — A mente de Alan começou a trabalhar mais rápido, como um trem expresso pegando velocidade. — Você registrou a ligação, Clut?

— Pode ter certeza que sim.

— Que bom. Seaton está de serviço hoje, não está? Manda ele pra lá imediatamente.

—Já mandei.

—Deus te abençoe. Agora, chama a Polícia Estadual.

—Quer a Unidade de Investigação Criminal?

—Ainda não. No momento, só os alerte da situação. Te encontro lá, Clut.

Quando chegou à cena do crime e viu a extensão dos danos, Alan mandou uma mensagem para a unidade de Oxford da Polícia Estadual e mandou que enviassem a Unidade de Investigação Criminal imediatamente... duas, se pudessem. Àquela altura, Clut e Seaton Thomas estavam parados na frente das mulheres caídas com os braços abertos, mandando as pessoas voltarem para casa. Norris chegou, deu uma olhada e tirou do porta-malas da viatura um rolo de fita onde tinha escrito CENA DE CRIME NÃO ATRAVESSAR. Havia uma camada grossa de poeira na fita, e Norris disse para Alan mais tarde que ele não sabia nem se grudaria, de tão velha que era.

Mas grudou. Norris a prendeu nos troncos dos carvalhos, formando um triângulo grande em volta das duas mulheres que pareciam estar abraçadas no pé da placa de PARE. Os espectadores não tinham voltado para casa, mas foram para seus gramados. Havia uns cinquenta deles, e o número só aumentava conforme ligações iam sendo feitas. Vizinhos corriam para ver a desgraça. Andy Clutterbuck e Seaton Thomas pareciam quase tensos o suficiente para puxarem as armas e começarem a disparar para o alto. Alan entendia o que eles estavam sentindo.

No Maine, o Departamento de Investigações Criminais da Polícia Estadual cuida das investigações de assassinato, e para os policiais mais insignificantes (quase todos eles), o momento mais assustador é entre a descoberta do crime e a chegada do Departamento. A polícia local e a polícia do condado sabem perfeitamente bem que é nessa hora que a chamada "cadeia de evidências" é destruída com mais frequência. A maioria também sabe que o que eles fizerem durante esse tempo vai ser avaliado detalhadamente por gente graúda na segunda de manhã (a maioria do judiciário e do gabinete do Procurador Geral), que acreditam que os policiais insignificantes, até os do condado, são um bando de grosseirões com mãos grandes e dedos estabanados.

Além disso, os grupos silenciosos parados nos gramados do outro lado da rua eram sinistros. Lembravam a Alan os zumbis do shopping em *O Despertar dos Mortos*.

Ele tirou o megafone a pilha do banco de trás da viatura e mandou que todo mundo entrasse imediatamente. As pessoas começaram a entrar em casa. Ele então revisou o protocolo mentalmente mais uma vez e chamou o atendimento por rádio. Sandra McMillan tinha ido cuidar das coisas lá. Ela não era tão firme quanto Sheila Brigham, mas em cavalo dado não se olham os dentes... e Alan achava que Sheila ouviria o que tinha acontecido e apareceria em pouco tempo. Se seu senso de dever não a levasse até lá, a curiosidade levaria.

Alan mandou Sandy procurar Ray Van Allen. Ray era o legista de plantão do condado de Castle, e Alan queria que ele estivesse lá quando o Departamento chegasse, se fosse possível.

— Entendido, xerife — disse Sandy, se sentindo importante. — Tudo encaminhado.

Alan voltou até os policiais na cena do crime.

— Qual de vocês verificou que as mulheres estão mortas?

Clut e Seat Thomas se olharam com surpresa inquieta, e Alan sentiu seu coração despencar. Um ponto para os figurões da segunda de manhã, ou talvez não. A Unidade de Investigação Criminal ainda não tinha chegado, embora ele ouvisse mais sirenes se aproximando. Alan passou por baixo da fita e se aproximou da placa de PARE, caminhando nas pontas dos pés como uma criança tentando sair de casa escondida depois da sua hora de dormir.

O sangue derramado estava acumulado entre as vítimas e a vala cheia de folhas ao lado delas, mas uns pingos finos — o que o pessoal da perícia chamava de respingo — pontilhavam a área em volta delas em um círculo aproximado. Alan se apoiou num joelho do lado de fora do círculo, esticou a mão e viu que alcançava os cadáveres, pois não tinha dúvida de que eram isso mesmo, inclinando-se para a frente no limite do equilíbrio com um braço esticado.

Ele olhou para Seat, Norris e Clut. Eles estavam amontoados, olhando para ele com olhos arregalados.

— Me fotografem — pediu Alan.

Clut e Seat só ficaram olhando como se ele tivesse dado a ordem em tagalo, mas Norris correu até a viatura de Alan e remexeu no banco de trás até encontrar a velha Polaroid, uma das duas que eles usavam para fotografar cenas de crime. Quando o comitê de orçamento se reunisse, Alan planejava pedir pelo menos uma câmera nova, mas naquela tarde a reunião do comitê de orçamento não parecia nem um pouco importante.

Norris correu com a câmera, ajustou a posição e bateu a foto. A câmera chiou.

— Melhor tirar outra só por garantia — disse Alan. — Pegue os corpos também. Não quero aqueles caras dizendo que estragamos a cadeia de evidências. Não mesmo. — Ele estava ciente de que sua voz soava meio briguenta, mas não havia nada que ele pudesse fazer quanto a isso.

Norris tirou outra foto e documentou a posição de Alan fora do círculo de evidências e a forma como os corpos estavam caídos no pé da placa de PARE. Alan se inclinou para a frente com cuidado e encostou os dedos no pescoço sujo de sangue da mulher por cima. Não havia pulsação, claro, mas depois de um segundo a pressão dos dedos dele fez com que a cabeça dela caísse para o lado, perdendo o apoio no poste. Alan reconheceu Nettie na mesma hora e foi em Polly que pensou.

*Ah, meu Deus*, pensou ele com tristeza. Em seguida, foi procurar a pulsação de Wilma, apesar de haver um cutelo enfiado na cabeça dela. As bochechas e a testa estavam com pontinhos de sangue. Pareciam tatuagens pagãs.

Alan se levantou e voltou para onde seus homens estavam, do outro lado da fita. Não conseguia parar de pensar em Polly e sabia que era errado. Tinha que tirá-la da mente, senão ia fazer besteira. Perguntou-se se algum dos observadores já tinha identificado Nettie. Se sim, Polly já saberia antes que ele ligasse para ela. Ele esperava com desespero que ela não fosse ver pessoalmente.

*Você não pode se preocupar com isso agora*, pensou ele, repreendendo a si mesmo. *Você tem um assassinato duplo nas mãos, ao que parece.*

— Pegue o caderno — disse ele para Norris. — Você vai ser o secretário.

— Meu Deus, Alan, você sabe como eu erro ortografia.

— Só escreva.

Norris deu a Polaroid para Clut e tirou o caderninho do bolso de trás. Um bloco de Avisos de Trânsito com o nome dele carimbado embaixo em cada folha caiu junto. Norris se abaixou, pegou o bloco e o enfiou distraidamente no bolso de novo.

— Quero que você anote que a cabeça da mulher de cima, designada Vítima 1, estava apoiada no poste da placa de PARE. Eu a empurrei inadvertidamente quando fui verificar a pulsação.

*Como é fácil entrar no jargão da polícia*, pensou Alan, *em que carros viram "veículos" e bandidos viram "criminosos" e gente morta da cidade vira "designada vítima". O jargão da polícia, uma barreira maravilhosa de vidro de correr.*

Ele se virou para Clut e mandou que ele fotografasse essa segunda configuração dos corpos, sentindo uma gratidão enorme porque Norris tinha documentado a posição original antes que ele tocasse nas mulheres.

Clut tirou a foto.

Alan se virou para Norris.

— Quero que você anote também que, quando a cabeça da Vítima 1 se moveu, eu pude identificá-la como Netitia Cobb.

Seaton assobiou.

— Você está dizendo que é a *Nettie?*

— Sim. Foi o que eu disse.

Norris anotou a informação no bloco. E perguntou:

— O que fazemos agora, Alan?

— Esperamos a Unidade de Investigação e tentamos parecer vivos quando eles chegarem aqui — disse Alan.

A unidade chegou menos de três minutos depois em dois carros, seguidos de Ray Van Allen no Subaru Brat velho. Cinco minutos mais tarde, uma equipe da Polícia Estadual chegou numa viatura azul. Todos os integrantes da Polícia Estadual acenderam charutos. Alan sabia que eles fariam isso. Os corpos estavam frescos e eles estavam em local aberto, mas o ritual dos charutos era imutável.

O trabalho desagradável conhecido no jargão da polícia como "proteger a cena" começou. E continuou até escurecer. Alan já tinha trabalhado com Henry Payton, chefe da unidade de Oxford (e portanto encarregado daquele caso e do pessoal da unidade que trabalhava nele) em várias outras ocasiões. Nunca viu o menor sinal de imaginação em Henry. Aquele homem era impassível, mas detalhista e atento. Como Henry foi o policial designado, Alan se sentiu seguro para se afastar um pouco e ligar para Polly.

Quando voltou, as mãos das vítimas estavam sendo protegidas em sacos Ziploc grandes. Wilma Jerzyck tinha perdido um dos sapatos, e o pé calçado de meia estava sendo tratado da mesma forma. A equipe de identificação se aproximou e tirou umas trezentas fotos. Mais policiais estaduais já tinham chegado. Alguns controlaram os curiosos, que estavam tentando chegar perto de novo, e outros redirecionaram para o Prédio Municipal as equipes de televisão que estavam chegando. Um artista da polícia fez um desenho rápido de uma grade da cena do crime.

Finalmente, chegaram nos corpos, só faltando uma questão final. Payton deu a Alan um par de luvas descartáveis e um saco.

— O cutelo ou a faca?

— Fico com o cutelo — disse Alan. Seria o objeto que faria mais sujeira, ainda sujo com o cérebro de Wilma Jerzyck, mas ele não queria tocar em Nettie. Gostava dela.

Depois de remover, marcar, ensacar e enviar as armas do crime para Augusta, as duas equipes da Investigação Criminal se aproximaram e começaram a examinar a área em volta dos corpos, que ainda estavam caídos no abraço terminal com o sangue empoçado entre elas agora endurecendo e parecendo esmalte. Quando Ray Van Allen finalmente pôde colocá-las na van do Medical

Assistance, a cena estava iluminada pelos holofotes das viaturas e os dois funcionários do hospital tiveram que separar Wilma e Nettie.

Durante a maior parte desse processo, a elite de Castle Rock ficou parada em volta como postes.

Henry Payton se juntou a Alan nas laterais durante a conclusão do balé estranhamente delicado conhecido como Perícia.

— Que jeito horrível de passar uma tarde de domingo — disse ele.

Alan assentiu.

— Sinto muito que a cabeça tenha se movido quando você mexeu. Foi azar.

Alan assentiu de novo.

— Mas acho que ninguém vai pegar no seu pé. Você tem pelo menos uma boa foto da posição original. — Ele olhou para Norris, que estava conversando com Clut e o recém-chegado John LaPointe. — Você tem sorte que seu garotão ali não botou o dedo na lente.

— Ah, o Norris é bom.

— KY também é... no lugar certo. De qualquer modo, a coisa toda parece bem simples.

Alan concordou. Esse era o problema; ele já sabia disso bem antes de ele e Norris terem terminado as obrigações de domingo em um beco atrás do Kennebec Valley Hospital. A coisa toda era simples *demais*, talvez.

— Está pensando em ir à festa dos cortes? — perguntou Henry.

— Estou. É Ryan que vai fazer?

— Foi o que eu soube.

— Pensei em levar o Norris comigo. Os corpos vão pra Oxford primeiro, não vão?

— Aham. É lá que fazemos o registro.

— Se Norris e eu formos agora, podemos chegar em Augusta antes deles.

Henry Payton assentiu.

— Por que não? Acho que está tudo resolvido aqui.

— Eu gostaria de enviar um dos meus homens com cada uma das suas equipes de Investigação. Como observadores. Você tem algum problema com isso?

Payton pensou um minuto.

— Não... mas quem vai manter a paz? O velho Seat Thomas?

Alan sentiu uma pontada de alguma coisa que era um pouco quente demais para ser classificada como mera irritação. O dia tinha sido longo, ele tinha ouvido Henry resmungar com os policiais tanto quanto ele quis... mas precisava que Henry continuasse gostando dele para pegar uma carona no que era tecnicamente um caso da Polícia Estadual, e por isso segurou a língua.

— Ah, Henry. É noite de domingo. Até o Tigre Meloso está fechado.

— Por que você quer tanto acompanhar isso, Alan? Tem algo de estranho no caso? Eu soube que havia algum tipo de conflito entre as duas mulheres e que a de cima já tinha matado uma pessoa. E logo o marido.

Alan pensou na questão.

— Não. Nada de estranho. Nada que eu saiba, pelo menos. É só que…

— Não está fazendo sentido na sua cabeça ainda?

— Mais ou menos isso.

— Tudo bem. Desde que seus homens entendam que estão aqui pra ouvir e não mais do que isso.

Alan sorriu um pouco. Pensou em dizer a Payton que, se ele instruísse Clut e John LaPointe a fazerem perguntas, eles provavelmente sairiam correndo na outra direção, mas decidiu não dizer nada.

— Eles vão ficar de bico calado. Pode contar com isso.

## 3

E assim, ali estavam eles, ele e Norris Ridgewick, depois do domingo mais longo de que se lembrava. Mas o dia tinha uma coisa em comum com as vidas de Nettie e Wilma: tinha acabado.

— Você estava pensando em dormir num quarto de hotel? — perguntou Norris com hesitação. Alan não precisava ler mentes para saber em que *ele* estava pensando: na pescaria que perderia no dia seguinte.

— Ah, não. — Alan se inclinou e pegou a túnica que tinha usado para manter a porta aberta. — Vamos nessa.

— Ótima ideia — disse Norris, parecendo feliz pela primeira vez desde que Alan se encontrara com ele na cena do crime.

Cinco minutos depois, eles estavam a caminho de Castle Rock pela rodovia 43, os faróis da viatura do condado abrindo buracos na escuridão e no vento. Quando chegaram, era madrugada de segunda havia quase três horas.

## 4

Alan estacionou atrás do Prédio Municipal e saiu da viatura. Seu carro estava parado ao lado do fusca velho de Norris, do outro lado do estacionamento.

— Vai pra casa? — perguntou ele a Norris.

Norris abriu um sorriso tímido e constrangido e baixou o olhar.

— Assim que eu trocar de roupa.

— Norris, quantas vezes falei sobre usar o banheiro masculino como vestiário?

— Ah, Alan. Eu não faço o tempo todo. — Mas os dois sabiam que Norris fazia exatamente isso.

Alan suspirou.

— Deixa pra lá. Foi um dia longo pra você. Desculpe.

Norris deu de ombros.

— Foi assassinato. Não costuma acontecer aqui. Quando acontece, acho que todo mundo colabora.

— Peça a Sandy ou Sheila pra preencher um formulário de horas extras se alguma delas ainda estiver aqui.

— E dar mais um motivo para o Buster reclamar? — Norris riu com certa amargura. — Eu passo. Deixa pra lá, Alan.

— Ele anda pegando no seu pé? — Alan tinha se esquecido do conselheiro principal nos dias anteriores.

— Não, mas ele me olha de cara muito feia quando passa por mim na rua. Se um olhar matasse, eu estaria igualzinho à Nettie e à Wilma.

— Eu mesmo preencho o formulário amanhã de manhã.

— Se for com seu nome, tudo bem — disse Norris, indo na direção da porta que dizia APENAS FUNCIONÁRIOS MUNICIPAIS. — Boa noite, Alan.

— Boa sorte na pescaria.

Norris se animou na mesma hora.

— Obrigado. Você devia ver a vara que comprei na loja nova, Alan. É linda.

Alan sorriu.

— Tenho certeza disso. Estou pretendendo ir ver aquele sujeito. Ele parece ter alguma coisa pra todo mundo na cidade, então por que não teria alguma coisa pra mim?

— Por que não? — concordou Norris. — Ele tem todo tipo de coisa lá. Você ficaria surpreso.

— Boa noite, Norris. E obrigado de novo.

— Não foi nada. — Mas Norris estava claramente satisfeito.

Alan entrou no carro, saiu de ré do estacionamento e desceu a rua Principal. Verificou os prédios dos dois lados automaticamente, nem mesmo registrando que estava fazendo isso... mas guardando a informação mesmo assim. Uma das coisas que ele reparou era que havia uma luz acesa na área da sala acima da Artigos Indispensáveis. Estava tarde demais para gente de cidade pequena estar acordada. Ele se perguntou se o sr. Leland Gaunt tinha insônia e lembrou a si mesmo que ainda faltava fazer essa visita... mas teria que esperar até que a questão triste de Nettie e Wilma fosse resolvida de forma satisfatória.

Ele chegou à esquina da Principal com a Laurel, ligou a seta para a esquerda, parou no meio do cruzamento e acabou virando à direita. Não iria para casa. Era um lugar frio e vazio, já que o único filho que lhe restava estava morando com o amigo em Cape Cod. Havia portas fechadas demais com lembranças demais se escondendo atrás naquela casa. Do outro lado da cidade havia uma mulher viva que talvez também precisasse muito de alguém naquele momento. Quase tanto, talvez, quanto aquele homem vivo precisava dela.

Cinco minutos depois, Alan apagou os faróis e dirigiu silenciosamente até a entrada da garagem de Polly. A porta estaria trancada, mas ele sabia debaixo de qual canto dos degraus da varanda procurar a chave.

5

— O que você ainda está fazendo aqui, Sandy? — perguntou Norris quando entrou, afrouxando a gravata.

Sandra McMillan, uma mulher de cabelo louro desbotado que era atendente do condado em meio período havia quase vinte anos, estava vestindo o casaco. Ela parecia muito cansada.

— Sheila tinha comprado ingresso pra ver o Bill Cosby em Portland — disse ela para Norris. — Ela disse que ficaria, mas eu a fiz ir, praticamente a empurrei porta afora. Afinal, com que frequência o Bill Cosby vem ao Maine?

*Com que frequência duas mulheres resolvem fazer picadinho uma da outra por causa de um cachorro que deve ter vindo do abrigo de animais do condado de Castle?*, pensou Norris... mas não falou.

— Acho que não com muita frequência.

— Quase *nunca*. — Sandy suspirou profundamente. — Mas vou te contar um segredo: agora que acabou, eu quase queria ter dito sim quando Sheila ofereceu de ficar. A noite foi tão *louca*. Acho que todas as estações de televisão do estado ligaram umas nove vezes, e até umas onze horas este lugar parecia uma loja de departamentos em liquidação de véspera de Natal.

— Bom, vai pra casa. Você tem minha permissão. Ligou o Filho da Mãe?

O Filho da Mãe era a máquina que desviava as ligações para a casa de Alan quando não tinha ninguém no atendimento do posto. Se ninguém atendesse na casa de Alan depois de quatro toques, o Filho da Mãe interrompia a ligação e mandava a pessoa ligar para a Polícia Estadual em Oxford. Era um sistema de gambiarra que não funcionaria numa cidade grande, mas em Castle Rock, que tinha a menor população dos dezesseis condados do Maine, funcionava direitinho.

— Está ligado.

— Que bom. Tenho a sensação de que o Alan pode não ter ido direto pra casa.

Sandy levantou as sobrancelhas com entendimento.

— Teve notícias do tenente Payton? — perguntou Norris.

— Nadinha. — Ela fez uma pausa. — Foi horrível, Norris? Aquelas duas mulheres?

— Foi bem horrível, sim — concordou ele. Sua roupa civil estava pendurada em um cabide que ele tinha prendido no puxador de um arquivo. Ele a pegou e foi na direção do banheiro masculino. Era seu hábito trocar o uniforme no trabalho havia pelo menos três anos, embora as trocas de roupa raramente acontecessem num horário tão absurdo. — Vai pra casa, Sandy. Eu tranco tudo quando sair.

Ele entrou no banheiro e prendeu o cabide por cima da porta da cabine. Estava desabotoando a camisa do uniforme quando houve uma batida leve na porta.

— Norris? — chamou Sandy.

— Acho que sou o único aqui — respondeu ele.

— Eu quase esqueci. Deixaram um presente pra você. Está na sua mesa.

Norris parou no meio do ato de abrir a calça.

— Presente? De quem?

— Não sei. Isto aqui estava um verdadeiro hospício. Mas tem cartão. E um laço. Acho que deve ser da sua amante secreta.

— Minha amante é tão secreta que nem *eu* sei sobre ela — disse Norris com lamento real na voz. Ele tirou a calça e a colocou sobre a porta da cabine enquanto vestia o jeans.

Do lado de fora, Sandy McMillan sorriu com um toque de malícia.

— O sr. Keeton passou aqui hoje. Talvez tenha sido *ele*. Talvez um presente para fazer as pazes.

Norris riu.

— Só no dia de São Nunca.

— Bom, não deixa de me contar amanhã. Estou doida pra saber. O pacote é bonito. Boa noite, Norris.

— Boa noite.

*Quem poderia ter deixado um presente pra mim?*, perguntou-se ele, fechando o zíper.

## 6

Sandy foi embora, erguendo a gola do casaco ao sair; a noite estava muito fria, lembrando-a que o inverno estava a caminho. Cyndi Rose Martin, a esposa do advogado, era uma das muitas pessoas que ela tinha visto naquela noite, pois tinha passado lá logo no começo. Mas Sandy nem pensou em falar no nome dela para Norris; ele não fazia parte dos círculos profissionais mais seletos e profissionais dos Martin. Cyndi Rose disse que estava procurando o marido, o que fazia um certo sentido para Sandy (embora a noite tivesse sido tão apavorante que Sandy talvez nem achasse estranho se a mulher dissesse que estava procurando Mikhail Baryshnikov), porque Albert Martin fazia uma parte do trabalho legal da cidade.

Sandy disse que não tinha visto o sr. Martin naquela noite, mas que Cyndi Rose podia ficar à vontade para olhar no andar de cima e ver se ele estava com o sr. Keeton se ela quisesse. Cyndi Rose disse que faria isso, já que já estava ali. Àquela altura, o painel da central telefônica estava iluminado como uma árvore de Natal de novo, e Sandy não viu Cyndi Rose tirar o pacote retangular com papel metálico e fita de veludo azul da bolsa grande e colocar na mesa de Norris Ridgewick. O rosto bonito dela estava iluminado com um sorriso quando ela fez isso, mas o sorriso não era nada bonito. Na verdade, era bem cruel.

## 7

Norris ouviu a porta externa se fechar e, baixinho, o som de Sandy ligando o carro. Enfiou a camisa na calça jeans, calçou os mocassins e arrumou o uniforme com cuidado no cabide. Cheirou a axila da camisa e decidiu que não precisava ir para a lavanderia imediatamente. Isso era bom; qualquer quantia economizada era vantagem.

Quando saiu do banheiro masculino, ele pendurou o cabide no mesmo puxador de gaveta, onde não deixaria de ver ao sair. Isso *também* era bom, porque Alan ficava zangado como um urso quando Norris esquecia o uniforme pendurado pela delegacia. Dizia que fazia o lugar parecer uma lavanderia.

293

Ele foi até a mesa. Alguém tinha mesmo deixado um presente para ele; era uma caixa embrulhada em papel metálico azul-claro e com uma fita de veludo azul explodindo em um laço grande no alto. Havia um envelope branco quadrado preso embaixo da fita. Muito curioso agora, Norris pegou o envelope e o abriu. Havia um cartão dentro. E uma mensagem curta e enigmática escrita com letras de fôrma.

*!!!!!SÓ UM LEMBRETE!!!!!*

Ele franziu a testa. As únicas duas pessoas em quem conseguiu pensar que estavam sempre o lembrando de coisas eram Alan e sua mãe... e sua mãe tinha morrido cinco anos antes. Ele pegou o pacote, soltou o laço e o deixou de lado. Em seguida, tirou o papel e encontrou uma caixa branca de papelão. Tinha uns trinta centímetros de comprimento, dez de largura e dez de profundidade. A tampa estava presa com fita adesiva.

Norris cortou a fita e abriu a caixa. Por cima do objeto dentro, havia uma camada de papel de seda branco, fino o suficiente para indicar uma superfície plana com um número em alto-relevo por cima, mas não fino o suficiente para permitir que ele visse o que era o presente.

Ele esticou a mão para puxar o papel e seu indicador encostou em uma coisa dura, uma língua de metal protuberante. Uma garra pesada de aço se fechou no papel de seda e também nos três dedos de Norris Ridgewick. Uma dor subiu pelo braço dele. Ele gritou e cambaleou para trás, segurando o pulso direito com a mão esquerda. A caixa branca caiu no chão. O papel de seda fez barulho.

Ah, filho da puta, como *doía!* Ele pegou o papel de seda, pendurado em uma flor amassada, e o puxou. O que revelou foi uma grande ratoeira. Alguém a tinha armado, colocado numa caixa, botado papel de seda por cima para escondê-la e embrulhado em papel azul bonito. Agora, estava fechada nos três dedos do meio da mão direita. Tinha arrancado a unha do indicador, ele viu; o que restava era carne viva.

— *Filho duma égua!* — gritou Norris.

Na dor e no choque, ele primeiro bateu com a ratoeira na lateral da mesa de John LaPointe em vez de só puxar a barra de aço. Mas só conseguiu bater com os dedos machucados no canto de metal da mesa e gerar uma nova onda de dor pelo braço. Ele gritou de novo, segurou a barra da ratoeira e a puxou para trás, soltando os dedos e largando-a em seguida. A barra de aço se fechou de novo na base de madeira da ratoeira ao cair no chão.

Norris ficou tremendo por um momento e correu para o banheiro masculino, ligou a torneira de água fria com a mão esquerda e enfiou a direita na água. Latejava como um dente de siso querendo nascer. Ele se levantou com os lábios repuxados em uma careta, vendo filetes de sangue escorrerem pelo ralo, e pensou no que Sandy tinha dito: *O sr. Keeton passou aqui hoje... talvez um presente para fazer as pazes.*

E o cartão: SÓ UM LEMBRETE.

Ah, tinha sido o Buster, sim. Ele não duvidava nem um pouco. Aquilo era a cara do Buster.

— Seu filho da puta — gemeu Norris.

A água fria estava deixando seus dedos dormentes, diminuindo o latejar doloroso, mas Norris sabia que ele estaria de volta quando chegasse em casa. Aspirina poderia ajudar a diminuir a dor, mas ele ainda achava que podia esquecer a ideia de uma boa noite de sono. E a pescaria do dia seguinte também, na verdade.

*Ah, mas eu vou. Eu vou pescar nem que a porra da minha mão caia. Eu planejei, estou ansioso por isso, e o Danforth Buster Keeton filho da puta não vai me impedir.*

Ele fechou a torneira e usou uma toalha de papel para secar a mão delicadamente. Nenhum dos dedos presos na ratoeira tinha se quebrado, ao menos era o que ele achava, mas já estavam começando a inchar, com ou sem água fria. O braço da ratoeira tinha deixado uma marca roxa que atravessava os dedos entre a primeira e a segunda articulação. A carne exposta embaixo de onde antes ficava a unha do indicador suava gotículas de sangue, e o latejar doloroso estava começando de novo.

Ele voltou até a sala deserta e olhou para a ratoeira, caída de lado perto da mesa de John. Pegou-a e foi até a própria mesa. Colocou a ratoeira dentro da caixa de presente e a guardou na gaveta de cima da escrivaninha. Pegou a aspirina na gaveta de baixo e jogou três na boca. Em seguida, pegou o papel de seda, o papel de presente e a fita. Isso tudo ele enfiou na lata de lixo e cobriu com bolas de papel descartado.

Ele não tinha intenção de contar a Alan nem a ninguém sobre a peça horrível que Buster pregara nele. Ninguém riria, mas Norris sabia o que pensariam... ou achava que sabia: *Só Norris Ridgewick cairia em uma coisa assim, ele enfiou a mão direita em uma ratoeira armada, dá pra acreditar?*

*Deve ser da sua amante secreta... o sr. Keeton passou aqui hoje... talvez seja um presente para fazer as pazes.*

— Eu mesmo vou cuidar disso — disse Norris com voz baixa e séria. Ele estava segurando a mão ferida junto do peito. — Do meu jeito e no meu tempo.

De repente, um pensamento novo e urgente surgiu em sua cabeça: e se Buster não tivesse ficado satisfeito com a ratoeira, que, afinal, podia não funcionar? E se tivesse ido até sua casa? A vara de pescar Bazun estava lá, e não estava nem trancada; ele a deixara encostada no canto do depósito, ao lado do cesto de peixes.

E se Buster soubesse sobre ela e tivesse decidido quebrar a vara no meio?

— Se ele tiver feito isso, eu vou quebrar *ele* no meio — disse Norris. Ele falou com um rosnado baixo e furioso que nem Henry Payton e nem nenhum outro colega da polícia teria reconhecido.

Ele se esqueceu de trancar a porta quando saiu. Até esqueceu a dor na mão temporariamente. A única coisa que importava era chegar em casa. Chegar em casa e ver se a Bazun estava intacta.

## 8

A forma debaixo da coberta não se moveu quando Alan entrou no quarto, e ele achou que Polly estava dormindo, provavelmente com a ajuda de um Percodan na hora de se deitar. Despiu-se rapidamente e se deitou na cama ao lado dela. Quando a cabeça encostou no travesseiro, ele viu que os olhos dela estavam abertos, o observando. Ele teve um sobressalto momentâneo e deu um pulo.

— Que estranho se deita na cama desta donzela? — perguntou ela baixinho.

— Sou só eu — respondeu ele, sorrindo um pouco. — Peço desculpas por acordá-la, donzela.

— Eu estava acordada — disse ela, e passou os braços em volta do pescoço dele.

Ele passou os dele pela cintura dela. Aquele calor de corpo aconchegado na cama o agradou; ela parecia uma fornalha sonolenta. Ele sentiu uma coisa dura contra o peito por um momento e quase ficou claro que ela estava usando alguma coisa por baixo da camisola de algodão. Mas a coisa se deslocou, caiu para baixo do seu seio esquerdo, na direção da axila, na corrente fina.

— Você está bem? — perguntou ele.

Ela encostou a lateral do rosto na bochecha dele, ainda o abraçando. Ele sentiu as mãos dela unidas na base da sua nuca.

— Não — disse ela. A palavra saiu como um suspiro trêmulo, e ela começou a chorar.

Ele a abraçou enquanto ela chorava, acariciando seu cabelo.

— Por que ela não me contou o que aquela mulher estava fazendo, Alan? — perguntou Polly depois de um tempo. Ela se afastou um pouco dele. Agora, os olhos dele tinham se ajustado à escuridão, e ele viu o rosto dela: olhos escuros, cabelo escuro, pele clara.

— Não sei.

— Se ela tivesse me contado, eu teria resolvido! Teria ido falar com Wilma Jerzyck e... e...

Não era o momento de contar para ela que Nettie parecia ter entrado no jogo com quase o mesmo vigor e a mesma malícia da própria Wilma. Também não era o momento de dizer que chegava uma hora em que as Netties Cobbs do mundo — assim como as Wilmas Jerzycks, ele achava — não tinham mais solução. Chegava uma hora em que elas iam além da capacidade de conserto de qualquer pessoa.

— São três e meia da madrugada. É uma hora ruim pra conversar sobre o que deveria e poderia ter acontecido. — Ele hesitou por um momento antes de falar de novo. — De acordo com John LaPointe, Nettie te disse alguma coisa sobre a Wilma hoje de manhã... ontem de manhã, na verdade. O que foi?

Polly pensou.

— Bom, eu não sabia que era sobre a Wilma, ao menos não na hora. Nettie trouxe uma lasanha. E as minhas mãos... as minhas mãos estavam péssimas. Ela notou na hora. A Nettie é... era... podia ser... não sei, meio vaga sobre algumas coisas, mas eu não conseguia esconder nada dela.

— Ela te amava muito — disse Alan seriamente, e isso gerou um novo ataque de choro. Ele sabia que aconteceria, assim como sabia que algumas lágrimas teriam que ser choradas independentemente da hora; enquanto não saem, elas ficam ardendo por dentro.

Depois de um tempo, Polly conseguiu continuar. Suas mãos subiram para o pescoço de Alan enquanto falava.

— Ela pegou as porcarias das luvas térmicas, só que dessa vez ajudaram mesmo, ao menos a crise da hora pareceu ter passado, e depois fez café. Eu perguntei se ela não tinha nada pra fazer em casa e ela disse que não. Disse que Raider estava de guarda e disse algo que pareceu: "Acho que ela vai me deixar em paz. Não vi mais ela por aí nem tive notícias, então acho que finalmente entrou na cabeça dela que eu estava falando sério". Acho que não foram essas as palavras exatas, Alan, mas foi quase isso.

— Que horas ela veio?

— Umas dez e quinze. Talvez um pouco antes ou um pouco depois, mas não muito. Por quê, Alan? Significa alguma coisa?

Quando Alan entrou entre os lençóis, ele estava com a sensação de que pegaria no sono dez segundos depois de encostar a cabeça no travesseiro. Agora, estava desperto de novo, pensando muito.

— Não — disse ele depois de um momento. — Acho que não significa nada, só que Nettie estava com a Wilma na cabeça.

— Eu não consigo acreditar. Ela parecia tão melhor, de verdade. Lembra que eu contei como ela reuniu coragem de entrar na Artigos Indispensáveis sozinha na quinta?

— Lembro.

Ela o soltou e se deitou de costas, agitada. Alan ouviu um pequeno tilintar metálico, mas não deu atenção novamente. Sua mente ainda estava examinando o que Polly tinha acabado de contar, revirando e examinando, como um joalheiro avaliando uma pedra suspeita.

— Vou ter que cuidar do funeral — disse ela. — Nettie tem parentes em Yarmouth, ao menos algumas pessoas, mas eles não queriam saber dela quando estava viva e vão querer saber menos ainda agora que ela está morta. Mas vou ter que ligar pra eles de manhã. Eu vou poder entrar na casa da Nettie, Alan? Acho que ela tinha um caderno de telefones.

— Eu trago pra você. Você não vai poder pegar nada mesmo, ao menos enquanto o dr. Ryan não tiver publicado o que descobrir na autópsia, mas não vejo mal em deixar você copiar alguns números de telefone.

— Obrigada.

Um pensamento repentino surgiu na mente dele.

— Polly, que horas a Nettie saiu daqui?

— Umas onze e quinze, acho. Talvez onze horas. Acho que ela não chegou a ficar uma hora. Por quê?

— Nada, não.

Alan tinha tido uma ideia momentânea: se Nettie tivesse ficado bastante tempo lá, talvez não tivesse tido tempo de ir em casa, encontrar o cachorro morto, recolher pedras, escrever bilhetes, prender nas pedras, ir até a casa de Wilma e quebrar as janelas. Mas se Nettie saiu da casa de Polly às onze e quinze, isso lhe dava mais de duas horas. Tempo suficiente.

*Ei, Alan!*, a voz, aquela falsamente alegre que costumava restringir seu assunto a Annie e Todd, falou. *Por que você está tentando estragar o que está resolvido, amigão?*

E Alan não sabia. Tinha outra coisa que ele não sabia: como Nettie tinha levado as pedras até a casa dos Jerzyck? Ela não tinha habilitação e nem sabia dirigir um carro.

*Para de babaquice, amigão,* aconselhou a voz. *Ela escreveu os bilhetes em casa, provavelmente no mesmo corredor onde estava o cadáver do cachorro, e pegou os elásticos na gaveta da cozinha. E nem precisou carregar as pedras; tem um monte delas no quintal da Wilma. Certo?*

Certo. Mas ele não conseguia se livrar da ideia de que as pedras tinham sido levadas com os bilhetes já presos. Não tinha motivo concreto para achar isso, mas parecia certo... o tipo de coisa que se esperaria de uma criança ou de alguém que *pensava* como uma criança.

Alguém como Nettie Cobb.

*Pare... deixe pra lá!*

Mas ele não conseguia.

Polly tocou na bochecha dele.

— Estou muito feliz de você ter vindo, Alan. Deve ter sido um dia horrível pra você também.

— Já tive melhores, mas já acabou. Você também devia deixar pra lá. Dormir um pouco. Você vai ter muita coisa pra resolver amanhã. Quer que eu pegue um comprimido?

— Não, minhas mãos pelo menos estão um pouco melhores. Alan... — Ela parou de falar, mas se mexeu com inquietação embaixo da coberta.

— O quê?

— Nada. Não era importante. Acho que vou *conseguir* dormir agora que você está aqui. Boa noite.

— Boa noite, querida.

Ela rolou para o outro lado, puxou a coberta e ficou imóvel. Por um momento, ele pensou em como ela o abraçou, na sensação das mãos dela unidas no pescoço dele. Se conseguia flexionar os dedos a ponto de fazer aquilo, ela estava *mesmo* melhor. Era uma coisa boa, talvez a melhor coisa que aconteceu a ele desde que o Clut ligou durante o jogo de futebol. Se ao menos as coisas fossem *ficar* melhores.

Polly tinha um leve desvio de septo e então começou a roncar de leve, um som que Alan achava bem agradável. Era bom estar dividindo a cama com outra pessoa, uma pessoa real que fazia sons reais... e às vezes puxava o cobertor. Ele sorriu no escuro.

Mas sua mente se voltou para os assassinatos e o sorriso murchou.

*Acho que ela vai me deixar em paz. Não vi mais ela por aí nem tive notícias, então acho que finalmente entrou na cabeça dela que eu estava falando sério.*

*Não vi mais ela por aí nem tive notícias.*

*Acho que finalmente entrou na cabeça dela.*

Um caso desses não precisava ser solucionado; até Seat Thomas poderia dizer exatamente o que tinha acontecido depois de uma única olhada na cena do crime com os óculos trifocais. Foram utensílios de cozinha em vez de pistolas de duelo ao alvorecer, mas o resultado foi o mesmo: dois corpos no necrotério do K.V.H. com cortes de autópsia. A única pergunta era por que tinha acontecido. Ele tinha algumas perguntas, algumas inquietações vagas, mas que sem dúvida teriam passado antes que Wilma e Nettie fossem enterradas.

Agora, as inquietações estavam mais urgentes, e algumas delas
(*acho que finalmente entrou na cabeça dela*)
tinham nomes.

Para Alan, um caso criminal era como um jardim cercado de um muro alto. Você tinha que entrar, então procurava o portão. Às vezes havia vários, mas em sua experiência havia sempre pelo menos um; claro que havia. Se não houvesse, como o jardineiro tinha entrado para plantar as sementes? Podia ser grande, com uma seta apontando para ele e uma placa de néon piscando com os dizeres ENTRE POR AQUI, ou podia ser pequeno e coberto de tanta hera que era preciso procurar bastante para encontrar, mas sempre estava lá, e se você procurasse bem e não tivesse medo de ficar com bolhas nas mãos de arrancar as plantas, sempre acabava encontrando.

Às vezes o portão era uma prova encontrada na cena do crime. Às vezes era uma testemunha. Às vezes era uma suposição baseada com firmeza em eventos e lógica. As suposições que ele tinha feito naquele caso eram: um, que Wilma vinha seguindo um padrão antigo de assédio e confusão; dois, que desta vez ela escolhera a pessoa errada para os seus joguinhos mentais; três, que Nettie surtara de novo, como tinha acontecido quando ela matou o marido. Mas...

*Não vi mais ela por aí nem tive notícias.*

Se Nettie tinha mesmo dito isso, o quanto mudava as coisas? Quantas suposições aquela única frase derrubava? Alan não sabia.

Ele olhou para a escuridão do quarto de Polly e se perguntou se tinha mesmo encontrado o portão.

Talvez Polly não tivesse ouvido direito o que Nettie disse.

Era tecnicamente possível, mas Alan não acreditava nisso. As ações de Nettie, ao menos até certo ponto, sustentavam o que Polly alegava ter ouvido. Nettie não foi trabalhar na casa de Polly na sexta, dizendo que estava doente. Talvez estivesse, ou talvez fosse medo de Wilma. Fazia sentido; eles souberam por Pete Jerzyck que Wilma, depois de descobrir que os lençóis tinham sido enlameados, fez pelo menos uma ligação ameaçadora para Nettie. Talvez tivesse feito outras no dia seguinte que Pete desconhecia. Mas Nettie tinha ido ver Polly levando comida de presente no domingo de manhã. Ela teria feito isso se Wilma ainda estivesse alimentando a fogueira? Alan achava que não.

E havia a questão das pedras que tinham sido jogadas pela janela de Wilma. Cada um dos bilhetes presos nelas dizia a mesma coisa: EU MANDEI VOCÊ ME DEIXAR EM PAZ. ESSE É SEU ÚLTIMO AVISO. Um aviso costuma significar que a pessoa sendo avisada tem tempo de mudar o comportamento, mas o tempo estava esgotado para Wilma e Nettie. Elas se encontraram naquela esquina apenas duas horas depois de as pedras terem sido jogadas.

Ele achava que poderia contornar isso se precisasse. Quando Nettie encontrou o cachorro, deve ter ficado furiosa. O mesmo vale para Wilma quando chegou em casa e viu os danos. Para atiçar a fagulha final, bastava um telefonema. Uma das duas mulheres devia ter feito a ligação… e o balão explodiu.

Alan se virou de lado, desejando estar no passado, na época em que ainda dava para obter registros de ligações locais. Se pudesse documentar o fato de que Wilma e Nettie conversaram antes do encontro final, ele se sentiria bem melhor. Ainda assim, podia considerar a última ligação como certa. Isso ainda deixava a questão dos bilhetes.

*É assim que deve ter acontecido*, pensou ele. *Nettie volta da casa de Polly e encontra o cachorro morto no chão do corredor. Lê o bilhete no saca-rolha. Escreve o mesmo recado em catorze ou dezesseis folhas de papel e as coloca no bolso do casaco. Pega também um monte de elásticos. Quando chega à casa de Wilma, ela vai para o quintal. Reúne catorze ou dezesseis pedras e usa os elásticos para prender os bilhetes nelas. Ela devia ter feito isso tudo antes de jogar qualquer pedra; seria muito demorado parar no meio das festividades para pegar mais pedras e prender mais bilhetes. E quando termina, ela vai para casa e fica lamentando mais o cachorro morto.*

Parecia tudo errado.

Parecia horrível.

Pressupunha uma cadeia de pensamentos e ações que não encaixavam com o que ele conhecia de Nettie Cobb. O assassinato do marido dela foi o resultado de longos ciclos de abuso, mas o assassinato em si foi um crime de impulso cometido por uma mulher cuja sanidade tinha estourado o limite. Se os registros dos arquivos antigos de George Bannerman estavam corretos, Nettie não escreveu nenhum aviso para Albion Cobb anteriormente.

O que lhe parecia certo era bem mais simples: Nettie chega em casa depois de ir à Polly. Encontra o cachorro morto no corredor. Pega o cutelo na gaveta da cozinha e vai pela rua determinada a arrancar um pedaço da polaca.

Mas, se fosse esse o caso, quem tinha quebrado a janela de Wilma Jerzyck?

— E os horários não *batem* — murmurou ele, e rolou inquieto para o outro lado.

John LaPointe estava com a equipe de investigação que passou a tarde e a noite de domingo rastreando os movimentos de Nettie, os movimentos que tinham sido feitos. Ela foi à casa de Polly com a lasanha. Disse para Polly que provavelmente iria à loja nova, a Artigos Indispensáveis, a caminho de casa, para falar com o dono, Leland Gaunt, se ele estivesse lá; Polly disse que o sr. Gaunt a tinha convidado para olhar um item à tarde e Nettie ia dizer para o sr. Gaunt que Polly provavelmente iria lá, apesar de as mãos estarem doendo muito.

Se Nettie *foi* à Artigos Indispensáveis, se Nettie *passou* um tempo lá dentro, olhando, conversando com o novo lojista que todos na cidade achavam tão fascinante e que Alan continuava sem conhecer, isso poderia ter estragado a janela de oportunidade e reaberto a possibilidade de um jogador misterioso para as pedras. Mas ela não foi. A loja estava fechada. Gaunt disse para Polly, que realmente passou lá mais tarde, e para o pessoal da investigação, que não tinha visto Nettie desde o dia em que ela foi lá comprar o abajur de vidro carnival. De qualquer modo, ele tinha passado a manhã na sala dos fundos, ouvindo música clássica e catalogando itens. Se alguém tivesse batido, ele provavelmente não teria ouvido. Assim, Nettie devia ter ido direto para casa, e isso lhe deixava tempo para fazer todas as coisas que Alan achava tão improváveis.

A janela de oportunidade de Wilma Jerzyck era ainda menor. Seu marido tinha equipamento de carpintaria no porão; ele ficou lá embaixo na manhã de domingo, das oito até pouco depois das dez. Ele viu que estava ficando tarde, disse ele, então desligou as máquinas e subiu para se arrumar para a missa das onze horas. Disse aos policiais que Wilma estava no chuveiro quando ele entrou no quarto, e Alan não tinha motivo para duvidar do testemunho do novo viúvo.

Devia ter sido assim: Wilma sai de casa de carro para passar pela casa de Nettie às nove e trinta e cinco ou nove e quarenta. Pete está no porão, fazendo casas de passarinho ou qualquer outra coisa, e nem sabe que ela saiu. Wilma chega na casa de Nettie umas nove e cinquenta, apenas minutos depois de Nettie ter saído para a casa de Polly, e vê a porta aberta. Para Wilma, isso é como um convite e um tapete vermelho. Ela estaciona, entra, mata o cachorro e escreve o bilhete por impulso, então vai embora. Nenhum dos vizinhos se lembrava de ter visto o Yugo amarelo de Wilma; inconveniente, mas não era prova de que não tinha estado lá. A maioria dos vizinhos estava fora, na igreja ou visitando alguém em outra cidade.

Wilma volta para casa, sobe enquanto Pete está desligando a plaina ou a serra tico-tico ou o que for, e se despe. Quando Pete entra no quarto de casal para lavar as mãos e tirar a serragem antes de botar o paletó e a gravata, Wilma acabou de entrar no chuveiro; na verdade, ainda nem deve ter molhado o corpo todo.

Pete Jerzyck ter encontrado a esposa no chuveiro foi a única coisa na história toda que fez sentido para Alan. O saca-rolha que foi usado no cachorro era uma arma bem letal, mas curta. Ela ia querer lavar as mãos e os braços para tirar o sangue.

Wilma não encontra Nettie por pouco antes e também não encontra o marido por pouco depois. Era possível? Era. Com boa vontade, mas *era* possível.

Deixa pra lá, Alan. Deixa pra lá e vai dormir.

Mas ele não conseguia, porque a situação continuava uma merda. Uma *grande* merda.

Alan rolou de costas mais uma vez. Embaixo, ouviu o relógio da sala tocar suavemente as quatro horas. Não estava chegando a lugar nenhum, mas parecia que ele não conseguia desligar a mente.

Ele tentou imaginar Nettie sentada pacientemente na cozinha, escrevendo ESSE É SEU ÚLTIMO AVISO várias vezes, com o amado cachorrinho morto a menos de seis metros. Não conseguia, por mais que tentasse. O que pareceu um portão para aquele jardim específico agora parecia mais e mais uma pintura inteligente de um portão em um muro alto e intacto. Uma ilusão visual.

Nettie tinha *mesmo* andado até a casa de Wilma na rua Willow e quebrado as janelas? Ele não sabia, mas *sabia* que Nettie Cobb ainda era uma figura de interesse em Castle Rock... a mulher maluca que matou o marido e passou tantos anos em Juniper Hill. Nas raras ocasiões em que se desviava do caminho da rotina diária, ela era notada. Se tivesse ido até a rua Willow na manhã de domingo, talvez murmurando baixinho no caminho e quase certamente chorando, ela teria sido notada. No dia seguinte, Alan começaria a bater nas portas entre as duas casas e a fazer perguntas.

Ele começou a adormecer, finalmente. A imagem que o acompanhou foi a de uma pilha de pedras com uma folha de caderno presa com elástico em volta de cada uma. E ele pensou de novo: *Se Nettie não as jogou, então quem foi?*

## 9

Quando as horas da madrugada foram se transformando em manhã e no começo de uma nova e interessante semana, um jovem chamado Ricky Bissonette surgiu da cerca em volta do presbitério batista. Dentro da construção arrumadinha, o reverendo William Rose dormia o sono dos justos e corretos.

Ricky, com dezenove anos e sem carregar o peso de um cérebro muito desenvolvido, trabalhava no posto Sunoco do Sonny. Tinha fechado o lugar horas antes, mas ficou no escritório, esperando chegar a hora de pregar uma peça no reverendo Rose. Na tarde de sexta, Ricky tinha passado pela loja nova e começado a conversar com o proprietário, que era um sujeito interessante. Uma coisa levou a outra, e em determinado momento Ricky se deu conta de que estava contando ao sr. Gaunt seu desejo mais profundo e secreto. Ele mencionou o nome de uma jovem atriz e modelo, uma *bem* jovem mesmo, e contou ao sr. Gaunt que faria qualquer coisa por umas fotos dessa jovem sem roupas.

— Sabe, eu tenho uma coisa que talvez lhe interesse — dissera o sr. Gaunt. Ele olhou em volta como se quisesse verificar que a loja estava mesmo vazia, foi até a porta e virou a placa de ABERTO para FECHADO. Voltou ao seu lugar junto à registradora, remexeu debaixo do balcão e pegou um envelope pardo sem nada escrito. — Dê uma olhada nisto, sr. Bissonette. — E deu para o envelope uma piscadela lasciva. — Acho que você vai levar um susto. Talvez fique até impressionado.

Perplexo era uma palavra melhor. Era a atriz e modelo que Ricky desejava, *tinha* que ser! E ela estava bem mais do que nua. Em algumas das fotos, estava com um ator bem conhecido. Em outras, estava com *dois* atores conhecidos, um deles com idade suficiente para ser avô dela. E em outras…

Mas antes que ele pudesse ver as outras (e parecia haver cinquenta ou mais, todas fotografias coloridas e brilhantes em 20 × 25 centímetros), o sr. Gaunt as pegou de volta.

— É a…! — Ricky engoliu em seco, mencionando um nome bem conhecido entre os leitores de tabloides coloridos e os espectadores de programas de entrevistas.

— Ah, não — disse o sr. Gaunt, enquanto seus olhos cor de jade diziam Ah, sim. — Não pode ser… mas a semelhança *é* incrível, não é? A venda de fotografias assim é ilegal, claro; deixando o conteúdo sexual de lado, a garota não pode ter mais de dezessete anos, seja quem for. Mas eu posso ser convencido a comercializar estas aqui mesmo assim, sr. Bissonette. A febre no meu sangue não é malária e sim comércio. Então! Vamos negociar?

Eles negociaram. Ricky Bissonette acabou comprando setenta e duas fotografias pornográficas por trinta e seis dólares… e aquela pequena peça a ser pregada.

Ele correu pelo gramado do presbitério inclinado para a frente, se acomodou na sombra da varanda por um momento para verificar se não estava mesmo sendo observado, e subiu a escada. Tirou um cartão branco do bolso, abriu o vão da correspondência e jogou o cartão dentro. Ele fechou a abertura de metal com as pontas dos dedos, por não querer que fizesse barulho. Em seguida, pulou pela amurada da varanda e saiu correndo pelo gramado. Tinha grandes planos para as duas ou três horas de escuridão que restavam naquela madrugada de segunda; envolviam setenta e duas fotografias e um frasco grande de hidratante para as mãos Jergens.

O cartão parecia uma mariposa branca ao cair pela abertura de correspondência no tapete desbotado do corredor de entrada do presbitério. Caiu com o lado da mensagem virado para cima:

Como vai, seu rato baitista idiota.

Estamos escrevemdo pra dizer que é melhor você Parar de falar conta nossa Noite do Cassino. Nós só vamos nos divertir um pouco não estamos fazendo mal a Vocês. Tem um grupo nosso de Católicos Leais que está cansado da sua Baboseira Baitista. Nós sabemos que todos Vocês Baitistas são Chupadores de Buceta. Agora é melhor Você Prestar Atenção a ISTO, reverando Steam-Boat Willy. Se você não parar de mete essa Cara de Jeba nos Nossos assuntos, nós vamos feder tanto Você e seus Amigos Cara de Cu que vocês vão *Feder Pra Sempre!*

Deixa a gente em paz seu Rato Baitista Idiota, senão VOCÊ VAI SE ARREPENDER, FILHO DA PUTA. "Só um aviso" dos

HOMENS CATÓLICOS PREOCUPADOS DE CASTLE ROCK

O reverendo Rose encontrou o bilhete quando desceu de roupão para pegar o jornal matinal. Quanto à reação dele, é melhor imaginar do que descrever.

## 10

Leland Gaunt estava na janela da sala da frente acima da Artigos Indispensáveis com as mãos unidas nas costas, olhando para a cidade de Castle Rock.

O apartamento de quatro cômodos atrás dele teria feito sobrancelhas se erguerem na cidade, porque não havia nada nele, nadinha. Nem cama, nem eletrodomésticos, nem uma única cadeira. Os armários estavam abertos e vazios. Algumas bolotas de poeira rolavam preguiçosamente pelo chão desprovido de tapetes na leve corrente de ar que soprava pelo ambiente na altura dos tornozelos. A única coisa que havia ali estava cobrindo as janelas: cortinas xadrez caseiras. Eram a única coisa que importava, porque eram a única coisa que podia ser vista da rua.

A cidade estava dormindo agora. As lojas estavam escuras, as casas estavam escuras, e o único movimento na rua Principal era o sinal no cruzamento dela com a Watermill, piscando em um ritmo sonolento e amarelo. Ele olhou para a cidade com amor e carinho. Ainda não era sua cidade, mas logo seria. Já tinha direito sobre ela. As pessoas não sabiam disso... mas saberiam. Elas saberiam.

A grande inauguração tinha ido muito, muito bem.

O sr. Gaunt pensava em si mesmo como um eletricista da alma humana. Em uma cidade pequena como Castle Rock, todas as caixas de fusíveis estavam alinhadas. O que tinha que ser feito era abrir as caixas... e começar a cruzar os fios. Era só ligar Wilma Jerzyck a Nettie Cobb usando fios de duas outras caixas, as de um jovem como Brian Rusk e um bêbado como Hugh Priest, digamos. Era só ligar outras pessoas da mesma forma, um Buster Keeton a um Norris Ridgewick, um Frank Jewett a um George Nelson, uma Sally Ratcliffe a um Lester Pratt.

Em determinado ponto, você testava um dos seus trabalhos fabulosos de ligação elétrica só para ter certeza de que tudo estava funcionando corretamente, como ele tinha feito naquele dia, depois era só ficar na moita disparando cargas pelos circuitos de vez em quando para manter as coisas interessantes. Para manter tudo aquecido. Mas, em geral, você ficava na moita até que tudo estivesse feito... e aí você ligava a corrente elétrica de verdade.

Potência *total*.

De uma vez só.

Bastava uma compreensão da natureza humana e...

— Claro que é *realmente* uma questão de oferta e procura — refletiu Leland Gaunt enquanto olhava a cidade adormecida.

E por quê? Ora... só porque sim, na verdade. Só porque sim.

As pessoas sempre pensavam em termos de almas, e claro que ele levaria o máximo delas que pudesse quando fechasse a loja; elas eram para Leland Gaunt o que troféus eram para o caçador, o que peixes empalhados eram para o pescador. Valiam pouco para ele atualmente em qualquer sentido prático, mas ele ainda coletava o quanto desse se possível, mesmo que talvez negasse isso; fazer menos do que isso seria não jogar o jogo.

Mas era mais a diversão, e não as almas, que o mantinha sempre em frente. A simples diversão. Era o único motivo que importava depois de um tempo, porque quando os anos eram muitos, você aproveitava a diversão onde conseguisse encontrar.

O sr. Gaunt tirou as mãos das costas, as mãos que repugnavam qualquer azarado que sentisse seu toque crepitante, e as entrelaçou com firmeza, os nós dos dedos da mão direita apertando a palma da esquerda, os nós dos dedos da mão esquerda apertando a palma da direita. Suas unhas eram longas e grossas e amareladas. Também eram bem afiadas, e depois de um momento cortaram a pele dos dedos, gerando um fluxo preto-avermelhado de sangue.

Brian Rusk deu um grito dormindo.

Myra Evans enfiou as mãos no meio das pernas e começou a se masturbar furiosamente; em sonho, o Rei estava fazendo amor com ela.

Danforth Keeton sonhou que estava deitado no meio da pista do Hipódromo de Lewiston e cobriu o rosto quando os cavalos chegaram em cima dele.

Sally Ratcliffe sonhou que abriu a porta do Mustang de Lester Pratt e deu de cara com um monte de cobras.

Hugh Priest acordou gritando de um sonho no qual Henry Beaufort, o barman do Tigre Meloso, jogava fluido de isqueiro no seu rabo de raposa e tacava fogo.

Everett Frankel, o assistente de Ray Van Allen, sonhou que enfiava o cachimbo novo na boca e descobria que o cabo tinha virado uma navalha e que ele havia cortado a própria língua.

Polly Chalmers começou a gemer baixinho, e dentro do amuleto prateado que ela usava uma coisa se agitou e se mexeu com um ruído de asinhas poeirentas. E espalhou um aroma leve e poeirento... como um tremor de violetas.

Leland Gaunt relaxou as mãos lentamente. Seus dentes grandes e tortos estavam expostos em um sorriso que era ao mesmo tempo alegre e absurdamente feio. Em toda Castle Rock, os sonhos passaram e quem dormia com agitação descansou mais uma vez.

Por enquanto.

Em pouco tempo, o sol nasceria. Não muito depois disso, um novo dia começaria, com todas as suas surpresas e maravilhas. Ele achava que tinha chegado a hora de contratar um assistente... não que esse assistente fosse ficar imune ao processo que ele tinha agora iniciado. Não mesmo.

Isso estragaria toda a diversão.

Leland Gaunt ficou parado em frente à janela olhando para a cidade abaixo, espalhada, indefesa, em toda aquela escuridão adorável.

# PARTE DOIS
# A VENDA DO SÉCULO

# DOZE

1

Segunda-feira, dia 14 de outubro, Dia de Colombo, amanheceu clara e quente em Castle Rock. Os residentes reclamaram do calor, e quando se encontravam em grupos, fosse na praça da cidade, na Lanchonete da Nan, nos bancos na frente do Prédio Municipal, eles diziam uns para os outros que não era natural. Devia ter alguma coisa a ver com os malditos incêndios nos campos de petróleo do Kuwait, disseram, ou talvez aquele buraco na camada de ozônio sobre o qual ficavam sempre falando na televisão. Várias pessoas idosas declararam que nunca fazia vinte e um graus às sete da manhã na segunda semana de outubro quando *elas* eram jovens.

Não era verdade, claro, e a maioria (se não todos) sabia bem; a cada dois ou três anos era certo de haver um veranico para quebrar a rotina, e haveria quatro ou cinco dias que pareciam meados de julho. Mas uma manhã você acordava com o que parecia uma frente fria de verão, só que via o gramado de casa duro de gelo e uns flocos de neve voando no ar gelado. Eles sabiam disso, mas, como tópico de conversa, o tempo era bom demais para ser estragado reconhecendo esse fato. Ninguém queria discutir; discussões quando o tempo ficava quente demais para a época do ano não eram boa ideia. As pessoas podiam se irritar, e se os residentes de Castle Rock quisessem um exemplo inquietante do que podia acontecer quando as pessoas se irritavam, elas só precisavam olhar para o cruzamento das ruas Willow e Ford.

—Aquelas duas mulheres estavam pedindo—opinou Lenny Partridge, morador mais antigo da cidade e mestre das fofocas, quando estava na escada do tribunal que ocupava a ala leste do Prédio Municipal.—As duas eram mais malucas do que ratos que pensam que são morcegos. Aquela Cobb enfiou um garfo de churrasco no marido, sabem.—Lenny puxou a parte de baixo da calça larga.—Furou ele como se ele fosse um porco, sabem. Cacete! Tem cada mulher maluca.—Ele olhou para o céu e acrescentou:—Com esse calor é capaz de haver mais confusão. Já vi acontecer. A primeira coisa que o xerife Pangborn devia fazer é mandar Henry Beaufort deixar o Tigre fechado até o tempo voltar ao normal.

— Por mim tudo bem, amigo — disse Charlie Fortin. — Posso comprar cerveja pra um dia ou dois no Hemphill e beber em casa.

Isso gerou gargalhadas do grupo de homens em volta de Lenny e uma careta feia do próprio sr. Partridge. O grupo se separou. A maioria daqueles homens tinha que trabalhar, com ou sem feriado. Já havia alguns caminhões velhos parados na frente da Nan, prontos para partir a caminho do trabalho madeireiro em Sweden e Nodd's Ridge e perto do lago Castle.

2

Danforth "Buster" Keeton estava no escritório, só de cueca. A cueca estava úmida. Ele não saía da sala desde o fim da tarde de domingo, quando fez uma breve viagem até o Prédio Municipal, pegou o arquivo do Departamento Fiscal e o levou para casa. O conselheiro principal de Castle Rock estava lubrificando a pistola Colt pela terceira vez. Em algum momento daquela manhã, pretendia carregá-la. E pretendia matar a esposa. E pretendia ir até o Prédio Municipal, encontrar o filho da puta do Ridgewick (ele não fazia ideia de que era o dia de folga de Norris) e o matar. Por fim, pretendia se trancar no escritório e se matar. Decidiu que a única forma de escapar dos Perseguidores era por esses passos. Tinha sido tolo de pensar diferente. Nem um jogo que escolhia magicamente os vencedores numa corrida de cavalos podia detê-Los. Ah, não. Ele tinha aprendido essa lição no dia anterior, quando voltou para casa e encontrou aquelas folhas rosa horríveis coladas por todos os aposentos.

O telefone na mesa dele tocou. Sobressaltado, Keeton apertou o gatilho do Colt. Houve um estalo seco. Se a arma estivesse carregada, ele teria metido uma bala na porta do escritório.

Ele pegou o telefone.

— Vocês não podem me deixar em paz nem por um tempinho? — gritou ele furiosamente.

A voz baixa que respondeu o calou na mesma hora. Era a voz do sr. Gaunt, que se espalhou na alma ferida de Keeton como um bálsamo.

— Que sorte você teve com o brinquedo que lhe vendi, sr. Keeton?

— Deu certo! — disse Keeton. Sua voz estava jubilosa. Ele esqueceu, ao menos naquele momento, que estava planejando uma manhã tensa de assassinatos e suicídio. — Ganhei em todas as corridas!

— Ora, que ótimo — disse o sr. Gaunt calorosamente.

O rosto de Keeton se fechou de novo. Sua voz baixou para o que era quase um sussurro.

— Mas… ontem… quando cheguei em casa… — Ele percebeu que não conseguia continuar. Um momento depois, descobriu, para sua grande surpresa e prazer maior ainda, que não precisava.

— Você descobriu que Eles estiveram na sua casa?

— Sim! *Sim!* Como você soub…

— Eles estão em todas as partes desta cidade — disse o sr. Gaunt. — Eu falei quando nos encontramos, não foi?

— Foi! E… — Keeton parou de falar de repente. Seu rosto se contorceu de alarme. — Eles podem ter grampeado esta linha, sabia disso, sr. Gaunt? *Eles podem estar ouvindo nossa conversa agora!*

O sr. Gaunt permaneceu calmo.

— Podem, mas não estão. Não pense que sou ingênuo, sr. Keeton. Eu já Os encontrei antes. Muitas vezes.

— Tenho certeza que sim.

Keeton estava descobrindo que a alegria eufórica que tinha tido com o Bilhete da Vitória era pouco ou nada em comparação àquilo; a descobrir, depois do que pareciam séculos de luta e escuridão, uma alma semelhante.

— Tenho um pequeno aparelho eletrônico ligado à minha linha — prosseguiu o sr. Gaunt com a voz calma e dócil. — Quando uma linha está grampeada, uma luz se acende. Estou olhando para essa luz agora, sr. Keeton, e está apagada. Tão apagada quanto alguns dos corações desta cidade.

— Você sabe *mesmo*, não é? — disse Danforth Keeton com voz ardorosa e trêmula. Ele estava com vontade de chorar.

— Sei. E liguei para dizer que você não deve fazer nada precipitado, sr. Keeton. — A voz era suave, encantadora. Enquanto a ouvia, Keeton sentiu sua mente se afastar como um balão de hélio de criança. — Isso tornaria as coisas fáceis demais para Eles. Ora, sabe o que aconteceria se você morresse?

— Não — murmurou Keeton. Ele estava olhando pela janela. Seus olhos estavam vazios e sonhadores.

— Eles dariam uma festa! — exclamou o sr. Gaunt baixinho. — Encheriam a cara na sala do xerife Pangborn! Iriam ao cemitério Homeland para urinar no seu túmulo!

— Xerife Pangborn? — perguntou Keeton com incerteza na voz.

— Você não acredita mesmo que um robô como o policial Ridgewick tem permissão de operar em um caso assim sem ordens dos superiores, acredita?

— Não, claro que não.

Ele estava começando a enxergar com mais clareza agora. Eles; sempre foram Eles, uma nuvem escura e tortuosa em volta dele, e quando você tentava agarrar a nuvem, não pegava nada. Agora ele finalmente começava a entender que Eles tinham rostos e nomes. Talvez fossem até vulneráveis. Saber disso era um tremendo alívio.

— Pangborn, Fullerton, Samuels, a mulher Williams, sua própria esposa. Eles todos fazem parte, sr. Keeton, mas desconfio... sim, desconfio fortemente que o xerife Pangborn seja o líder. Se for, ele adoraria que você matasse um ou dois dos capangas dele e tirasse a si próprio do caminho. Ora, desconfio que seja exatamente o que ele queria desde o começo. Mas você vai enganá-lo, sr. Keeton, não vai?

— *Vooooou!* — sussurrou Keeton ferozmente. — O que devo fazer?

— Hoje, nada. Siga a vida como sempre. Vá às corridas à noite, se quiser, e aprecie sua nova compra. Se parecer estar como sempre para Eles, Eles vão ficar abalados. Vai semear confusão e incerteza entre os inimigos.

— Confusão e incerteza. — Keeton falou lentamente, saboreando as palavras.

— Sim. Estou bolando meus próprios planos e, quando a hora chegar, vou contá-los a você.

— Promete?

— Ah, sim, sr. Keeton. Você é bem importante para mim. Na verdade, eu diria até que não conseguiria seguir adiante sem você.

O sr. Gaunt desligou. Keeton guardou a pistola e o kit de limpeza de armas. Depois, subiu, botou as roupas sujas no cesto, tomou um banho e se vestiu. Quando desceu, Myrtle se afastou dele de primeira, mas Keeton falou com ela com gentileza e beijou sua bochecha. Myrtle começou a relaxar. Fosse qual fosse a crise, parecia ter passado.

3

Everett Frankel era um homem ruivo grande que parecia tão irlandês quanto o condado de Cork... o que não era surpreendente, pois os ancestrais da mãe dele tinham vindo mesmo de Cork. Ele era assistente de Ray Van Allen havia anos, desde que saíra da Marinha. Chegou à clínica de família de Castle Rock às sete e quarenta e cinco daquela manhã, e Nancy Ramage, a enfermeira-chefe, perguntou se ele podia ir direto para a Fazenda Burgmeyer. Helen Burgmeyer tinha sofrido o que podia ter sido um ataque epilético à noite, ela disse. Se o diagnóstico de Everett confirmasse isso, ele devia levá-la para a cidade no carro dele para que o médico, que chegaria logo, pudesse examiná-la e decidir se ela precisava ir para o hospital passar por exames.

Normalmente, Everett não teria ficado feliz de ser enviado em uma visita logo cedo, principalmente tão longe, mas numa manhã atipicamente quente como aquela, sair da cidade parecia a melhor coisa.

Além do mais, havia o cachimbo.

Quando estava no Plymouth, ele abriu o porta-luvas e o pegou. Era um Meerschaum, com fornilho fundo e largo. Tinha sido entalhado por um artesão talentoso, aquele cachimbo; pássaros e flores e hera envolviam o fornilho com um desenho que parecia mudar quando se olhava de ângulos diferentes. Ele tinha deixado o cachimbo no porta-luvas não só porque fumar era proibido no consultório médico, mas porque não gostava da ideia de outras pessoas (principalmente uma xereta como a Nancy Ramage) o vendo. Primeiro, iam querer saber onde ele comprou. Depois, iam querer saber quanto pagou.

E algumas pessoas podiam cobiçá-lo.

Ele colocou a boquilha entre os dentes, maravilhado novamente com a perfeição da sensação de tê-lo ali, a perfeição de estar *no lugar certo*. Virou o retrovisor por um momento para poder se ver e aprovou completamente o que viu. Achava que o cachimbo o fazia parecer mais velho, mais sábio, mais bonito. E quando ele estava com o cachimbo preso entre os dentes, o fornilho apontado um pouco para cima no ângulo certo, ele se *sentia* mais velho, mais sábio e mais bonito.

Ele dirigiu pela rua Principal, com a intenção de atravessar a ponte Tin entre a cidade e o campo, mas foi mais devagar ao se aproximar da Artigos Indispensáveis. O toldo verde o atraía como um anzol. De repente, pareceu muito importante, até imperativo, que ele parasse.

Ele encostou, começou a sair do carro, mas lembrou que o cachimbo ainda estava preso entre os dentes. Tirou-o da boca (sentindo uma pontada de lamento) e o fechou no porta-luvas de novo. Desta vez, chegou à calçada antes de voltar ao Plymouth para trancar as quatro portas. Com um cachimbo bonito daqueles, era melhor não arriscar. Qualquer um poderia ficar tentado a roubar um cachimbo bonito daqueles. Qualquer um.

Ele se aproximou da loja e parou, decepcionado. Havia uma plaquinha pendurada na janela.

FECHADO PARA O DIA DE COLOMBO

dizia.

Everett estava prestes a virar as costas quando a porta se abriu. O sr. Gaunt estava parado ali, com aparência resplandecente e um tanto jovial com um paletó castanho com remendos nos cotovelos e calça cinza-chumbo.

— Entre, sr. Frankel — disse ele. — Estou feliz de vê-lo.

— Bom, estou saindo da cidade para fazer um trabalho, mas pensei em dar uma parada para dizer de novo o quanto gostei do meu cachimbo. Eu sempre quis um assim.

— Eu sei — disse o sr. Gaunt, sorrindo.

— Mas vi que a loja está fechada e não vou incomodar…

— Eu nunca estou fechado para os meus clientes favoritos, sr. Frankel, e o incluo nesse grupo. Em posição *bem alta*. Entre. — E ele esticou a mão.

Everett se retraiu para longe da mão. Leland Gaunt riu disso com alegria e chegou para o lado, para que o jovem assistente de médico pudesse entrar.

— Eu não posso ficar… — começou Everett, mas sentiu seus pés o levarem para a penumbra da loja, como se tivessem vontade própria.

— Claro que não. Quem trabalha com a cura precisa cuidar de suas rondas para libertar os grilhões da doença que prendem o corpo e… — Seu sorriso, uma mistura de sobrancelhas erguidas e dentes apertados e tortos, surgiu.

— … e afastar os demônios que prendem o espírito. Estou certo?

— Acho que sim — disse Everett. Ele sentiu uma pontada de inquietação quando o sr. Gaunt fechou a porta. Esperava que seu cachimbo ficasse bem. Às vezes, as pessoas arrombavam carros. Às vezes faziam isso até em plena luz do dia.

— Seu cachimbo vai ficar bem — disse o sr. Gaunt, tranquilizador. Do bolso ele tirou um envelope liso com uma palavra escrita na frente. A palavra era *Amor*. — Lembra que você prometeu pregar uma pecinha pra mim, dr. Frankel?

— Não sou dout…

As sobrancelhas do sr. Gaunt se uniram de uma forma que fez Everett parar e desistir na mesma hora. Ele deu meio passo para trás.

— Você *lembra* ou *não*? — perguntou o sr. Gaunt intensamente. — É melhor me responder rápido, meu jovem. Não tenho tanta certeza sobre seu cachimbo quanto tinha um momento atrás.

— Eu lembro! — disse Everett. Sua voz soou apressada e alarmada. — Sally Ratcliffe! A fonoterapeuta!

A parte central da quase monocelha do sr. Gaunt relaxou. Everett Frankel relaxou junto.

— Isso mesmo. E chegou a hora de pregar essa peça, doutor. Aqui.

Ele esticou a mão com o envelope. Everett o pegou, tomando cuidado para que seus dedos não tocassem nos do sr. Gaunt no processo.

— Hoje é feriado escolar, mas a jovem srta. Ratcliffe está na sala dela, atualizando os arquivos — disse o sr. Gaunt. — Sei que não fica no seu caminho para a Fazenda Burgmeyer...

— Como você sabe *tanto*? — perguntou Everett com voz atordoada.

O sr. Gaunt descartou a pergunta com um gesto.

— ... mas você talvez arrume tempo para passar lá na volta, certo?

— Acho...

— E já que estranhos na escola são vistos com certa desconfiança, mesmo quando os alunos não estão, você pode explicar sua presença passando pela enfermaria, certo?

— Se ela estiver lá, acho que posso fazer isso — disse Everett. — Na verdade, eu deveria mesmo, porque...

— ... você ainda não pegou os registros de vacinas — concluiu o sr. Gaunt por ele. — Ótimo. Na verdade, ela *não* vai estar lá, mas *você* não sabe disso, sabe? É só colocar a cabeça na enfermaria pra ver e depois ir embora. Mas, na entrada ou na saída, quero que você coloque este envelope no carro que a srta. Ratcliffe pegou emprestado com o namorado. Quero que o coloque debaixo do banco... mas não *completamente* embaixo. Quero que você deixe um cantinho de fora.

Everett sabia perfeitamente quem era o "namorado da srta. Ratcliffe": o professor de educação física do ensino médio. Se pudesse escolher, Everett preferiria pregar a peça em Lester Pratt e não na noiva dele. Pratt era um jovem batista corpulento que costumava usar camisetas azuis e calças de moletom azuis com uma listra branca na lateral de cada perna. Era o tipo de sujeito que exalava suor e Jesus pelos poros em quantidades aparentemente iguais (e copiosas). Everett não gostava muito dele. Perguntou-se vagamente se Lester já tinha dormido com Sally, ela era bem gostosa. Ele achava que a resposta devia ser não. Pensou também que quando Lester ficasse excitado depois de amassos demais no banco da varanda, Sally devia mandá-lo fazer abdominais no quintal ou dar umas voltas correndo em volta da casa.

— Sally está com o Prattmóvel de novo?

— Está — disse o sr. Gaunt, com uma certa irritação. — Acabou com as gracinhas, dr. Frankel?

— Claro.

Na verdade, estava com uma sensação profunda de alívio. Ele estava meio preocupado com a "peça" que o sr. Gaunt queria que ele pregasse. Agora, viu que sua preocupação era tolice. O sr. Gaunt não queria que ele enfiasse uma bombinha dentro do sapato da moça e nem que colocasse laxante no leite achocolatado dela nem nada do tipo. Que mal um envelope podia fazer?

O sorriso do sr. Gaunt, amplo e resplandecente, se abriu de novo.

— Muito bem — disse ele.

Ele se aproximou de Everett, que observou horrorizado que o sr. Gaunt aparentemente pretendia passar um braço pelos ombros dele.

Everett se moveu rapidamente para trás. Assim, o sr. Gaunt o guiou até a porta da frente e a abriu.

— Aprecie seu cachimbo. Eu contei que já foi do Sir Arthur Conan Doyle, criador do grande Sherlock Holmes?

— Não! — exclamou Everett Frankel.

— Claro que não contei — disse o sr. Gaunt, sorrindo. — Teria sido mentira... e eu nunca minto sobre os negócios, dr. Frankel. Não se esqueça da sua tarefinha.

— Pode deixar.

— Então lhe desejo um bom-dia.

— Igualmen...

Mas Everett não estava falando com ninguém. A porta com a persiana abaixada já tinha sido fechada atrás dele.

Ele olhou para a porta por um momento e voltou andando lentamente para o Plymouth. Se lhe pedissem um relato exato do que ele disse para o sr. Gaunt e do que o sr. Gaunt disse para ele, Everett não teria se saído muito bem, porque não conseguia lembrar direito. Sentia-se como um homem que deu uma fungada num gás anestésico leve.

Quando estava novamente atrás do volante, a primeira coisa que Everett fez foi abrir o porta-luvas, colocar o envelope com *Amor* escrito na frente lá dentro e pegar o cachimbo. Uma das coisas de que ele *se lembrava* era do sr. Gaunt o provocando, dizendo que Arthur Conan Doyle já tinha sido dono do cachimbo. E ele quase acreditou. Que bobo! Bastava botar na boca e fechar os dentes no cabo para saber a verdade. O dono original do cachimbo foi Hermann Göring.

Everett Frankel ligou o carro e saiu da cidade, dirigindo lentamente. E, no caminho para a Fazenda Burgmeyer, ele precisou parar uma ou duas vezes no acostamento para admirar o quanto o cachimbo melhorava seu visual.

# 4

Albert Gendron tinha um consultório dentário no Centro Comercial Castle, uma estrutura de tijolos sem graça que ficava em frente ao Prédio Municipal e à caixa de cimento baixa que abrigava o Serviço de Águas e Saneamento. O Centro Comercial Castle fazia sombra no riacho Castle e na ponte Tin desde 1924 e abrigava três dos cinco advogados do condado, um oculista, um audiologista, vários corretores de imóveis independentes, um consultor de crédito, um serviço de atendimento composto de uma mulher só e uma loja de molduras. Os outros seis escritórios do prédio estavam vazios.

Albert, seguidor leal de Nossa Senhora das Águas Serenas desde a época do velho padre O'Neal, estava chegando, o cabelo antes preto agora grisalho, os ombros largos agora caídos de um jeito que não caíam na juventude, mas ele ainda era um homem de tamanho imponente: com dois metros de altura e cento e trinta quilos, era o maior homem da cidade, talvez do condado inteiro.

Ele subiu a escadaria estreita até o quarto e último andar lentamente, parando nos patamares para recuperar o fôlego antes de continuar, atento ao sopro que o dr. Van Allen disse que ele agora tinha no coração. Na metade do último lance, ele viu uma folha de papel presa no painel de vidro fosco da porta do consultório, escondendo as letras que diziam ALBERT GENDRON, CIRUR-GIÃO-DENTISTA.

Ele conseguiu ler a saudação no bilhete enquanto ainda faltavam cinco degraus para o topo, e seu coração começou a bater mais forte, com ou sem sopro. Só que não era cansaço que o fizera acelerar; era fúria.

ESCUTE BEM, HIPÓCRITA COMEDOR DE PEIXE! estava escrito no alto da folha com caneta vermelha hidrocor.

Albert tirou o bilhete da porta e o leu rapidamente. Respirou pelo nariz enquanto lia, com expirações fortes e roncadas que o faziam parecer um touro prestes a atacar.

> ESCUTE BEM, HIPÓCRITA COMEDOR DE PEIXE!
> Nós tentamos argumentar com vocês — "Quem tem ouvidos ouça" —, mas não adiantou. VOCÊS ESTÃO NO CAMINHO DA DA-NAÇÃO E PELOS TRABALHOS DELES VOCÊS OS RECONHECE-RÃO. Nós aguentamos sua idolatria papal e até sua adoração sem vergonha da Prostituta da Babilônia. Mas agora vocês foram longe demais. NÃO VAI HAVER JOGATINA COM O DEMÔNIO EM CASTLE ROCK!

Cristãos decentes sentem o cheiro do FOGO DO INFERNO e do ENXOFRE em Castle Rock neste outono. Se você não sente é porque seu nariz está entupido pelo seu próprio pecado e sua própria degradação. OUÇAM NOSSO AVISO E FIQUEM ATENTOS A ELE: DESISTAM DO SEU PLANO DE TRANSFORMAR ESTA CIDADE NUM ANTRO DE LADRÕES E JOGADORES, SENÃO VOCÊS SENTIRÃO O CHEIRO DO FOGO DO INFERNO! VOCÊS SENTIRÃO O CHEIRO DO ENXOFRE!

"Os ímpios serão lançados no inferno, e todas as nações que se esquecem de Deus." Salmo 9:17.

ouçam e deem atenção, senão seus gritos de lamento serão realmente altos.

OS HOMENS BATISTAS PREOCUPADOS DE CASTLE ROCK

— Puta merda — disse Albert por fim, amassando o bilhete na mão do tamanho de um presunto. — Aquele vendedor de sapatos batista idiota finalmente perdeu a cabeça.

Seu primeiro ato depois de abrir o consultório foi ligar para o padre John e contar para ele que as coisas provavelmente ficariam mais complicadas até a Noite do Cassino.

— Não se preocupe, Albert — disse o padre Brigham calmamente. — Se o idiota vier pra cima da gente, ele vai descobrir como os comedores de peixe podem reagir... não estou certo?

— Está, sim, padre — disse Albert. Ele ainda estava segurando o bilhete amassado na mão. Agora, olhou para ele e um sorrisinho desagradável surgiu abaixo do bigode de morsa. — Está mesmo.

5

Às dez e quinze daquela manhã, o painel digital na frente do banco anunciava que a temperatura em Castle Rock era de vinte e cinco graus. Do outro lado da ponte Tin, o sol atipicamente quente produziu um brilho forte, uma estrela diurna no lugar em que a rodovia 117 aparecia no horizonte e seguia na direção da cidade. Alan Pangborn estava na sala dele, repassando os relatórios dos assassinatos Cobb e Jerzyck, e não viu o reflexo do sol em metal e vidro. Não o teria interessado muito se ele tivesse visto; afinal, era só um carro se aproximando. Ainda assim, o brilho selvagem e forte de cromo e vidro, indo na direção da ponte a mais de cento e dez quilômetros por hora, anunciava a chegada de uma parte significativa do destino de Alan Pangborn… e da cidade toda.

Na vitrine da Artigos Indispensáveis, a placa que dizia

FECHADO PARA O DIA DE COLOMBO

foi retirada por uma mão com dedos compridos que surgiu da manga de um paletó esporte castanho. Uma nova placa surgiu no lugar. Essa dizia

PRECISA-SE DE FUNCIONÁRIO.

6

O carro ainda estava a oitenta numa região onde só era permitido trafegar a quarenta quando atravessou a ponte. Era um veículo que os adolescentes do ensino médio teriam visto com admiração e inveja: um Dodge Challenger verde-limão que tinha sido elevado na traseira e ficava com a frente apontada para a estrada. Pelas janelas com insulfilme, dava para ver de leve a barra que se curvava pelo teto entre os bancos da frente e de trás. A traseira era coberta de adesivos: HEARST, FUELLY, FRAM, QUAKER STATE, GOODYEAR WIDE OVALS, RAM CHARGER. Os escapamentos diretos soltavam fumaça alegremente, carregados de gasolina de índice de octano 96 que só dava para comprar na pista de corrida de Oxford Plains para quem estava ao norte de Portland.

O carro desacelerou um pouco no cruzamento da Principal com a Laurel e entrou em uma das vagas em frente à barbearia Clip Joint com um cantar baixo de pneus. Não havia ninguém lá dentro cortando o cabelo; Bill Fullerton e Henry Gendron, o segundo barbeiro, estavam sentados nas cadeiras de clientes embaixo das placas antigas de Brylcreem e Wildroot Creme Oil. Estavam dividindo o jornal matinal. Quando o motorista deu uma leve acelerada no motor, fazendo o escapamento estalar e estourar, os dois olharam.

— Isso aí que é uma máquina mortífera — disse Henry.

Bill assentiu e puxou o lábio inferior com o polegar e o indicador da mão direita.

— É mesmo.

Os dois observaram com expectativa quando o motor foi desligado e a porta do motorista foi aberta. Um pé calçado numa bota preta puída de motociclista surgiu da escuridão do Challenger. Estava no final de uma perna vestindo uma calça jeans apertada e surrada. Um momento depois, o motorista saiu e ficou de pé na luz atipicamente quente, tirando os óculos de sol e os prendendo no V da gola da camiseta enquanto olhava ao redor de forma tranquila e superior.

— Oh-oh — disse Henry. — Parece que uma maçã podre chegou.

Bill Fullerton ficou olhando para a aparição com a parte esportiva do jornal no colo e a boca meio aberta.

— Ace Merrill. Bem na minha frente.

— O que ele está fazendo aqui? — perguntou Henry, indignado. — Achei que ele estivesse em Mechanic Falls, fodendo com a vida do pessoal *de lá*.

— Sei lá — disse Bill, e puxou o lábio inferior de novo. — Olha ele! Grisalho como um rato e provavelmente tão cruel quanto um! Quantos anos ele tem, Henry?

Henry deu de ombros.

— Mais de quarenta e menos de cinquenta, é só o que sei. Quem liga pra idade dele? Ele ainda tem cara de encrenca.

Como se os tivesse ouvido, Ace se virou para a vitrine e levantou a mão num aceno lento e sarcástico. Os dois homens deram um pulo e se agitaram com indignação, como duas velhas que acabaram de perceber que o assobio insolente vindo da porta da sala de bilhar era para elas.

Ace enfiou as mãos nos bolsos da calça e saiu andando; o retrato de um homem com todo o tempo do mundo e todo o gingado do universo.

— Será que você devia ligar para o xerife Pangborn? — perguntou Henry.

Bill Fullerton puxou o lábio mais um pouco. E acabou balançando a cabeça.

— Ele vai saber rapidinho que o Ace voltou pra cidade. Não vai precisar que eu avise. Nem você.

Eles ficaram sentados em silêncio, observando Ace andar pela rua Principal até que sumisse do campo de visão deles.

7

Ninguém imaginaria, ao ver Ace Merrill caminhar com indolência pela rua Principal, que ele era um homem com um problema desesperador. Um problema com o qual Buster Keeton teria sido capaz de se identificar até certo ponto; Ace devia uma quantia alta de dinheiro a alguns sujeitos. Bem mais de oitenta mil dólares, especificamente. Mas o pior que os credores de Buster podiam fazer era o levar para a cadeia. Se Ace não arrumasse o dinheiro logo, até o dia 10 de novembro, os credores *dele* eram capazes de o levar para o túmulo.

Os garotos que Ace Merrill já tinha aterrorizado, garotos como Teddy Duchamp, Chris Chambers e Vern Tessio, o teriam reconhecido na mesma hora, apesar do cabelo grisalho. Durante os anos em que Ace trabalhou na fábrica têxtil da região (que tinha fechado havia cinco anos), talvez não. Naquela época, seus vícios eram cerveja e pequenos roubos. Ele ganhou muito peso por causa do primeiro e atraiu muita atenção do falecido xerife George Bannerman por causa do segundo. Mas aí, Ace descobriu a cocaína.

Ele largou o emprego na fábrica, perdeu vinte e cinco quilos vivendo em alta velocidade, *altíssima* velocidade, e evoluiu para furtos qualificados como resultado dessa maravilhosa substância. Sua situação financeira começou a oscilar do jeito grandioso que só negociantes de altos valores na bolsa e traficantes de cocaína vivenciam. Ele podia começar um mês totalmente duro e terminar com cinquenta ou sessenta mil dólares escondidos debaixo das raízes da macieira morta atrás da casa dele na estrada Cranberry Bog. Um dia, jantar francês de sete pratos no Maurice; no outro, macarrão com queijo instantâneo na cozinha do trailer. Tudo dependia do mercado e do fornecimento, já que Ace, como a maioria dos traficantes de cocaína, era seu melhor cliente.

Um ano depois que o novo Ace — alto, magro, grisalho e completamente viciado — emergiu da camada de gordura que só cresceu depois que ele e a educação pública se separaram, ele conheceu uns caras de Connecticut. Esses caras negociavam armas além de drogas. Ace se entendeu com eles na hora; como ele, os irmãos Corson eram seus melhores clientes. Eles ofereceram a Ace o que seria uma franquia de alto calibre na área central do Maine, e Ace aceitou com alegria. Foi uma decisão meramente comercial, assim como a decisão de começar a traficar cocaína tinha sido meramente comercial. Se havia uma coisa no mundo que Ace amava mais do que carros e cocaína, essa coisa eram armas.

Em uma das ocasiões em que se viu precisando de dinheiro, ele foi ver o tio, que tinha emprestado dinheiro para metade das pessoas da cidade e tinha reputação de ser cheio da grana. Ace não viu motivo para não se qualificar para um empréstimo; era jovem (bom… quarenta e oito anos… *relativamente* jovem), tinha perspectivas e era parente.

Mas seu tio tinha uma visão radicalmente diferente das coisas.

— Não — disse Reginald Marion "Pop" Merrill. — Sei de onde vem seu dinheiro… quando você *tem* dinheiro, claro. Vem daquela merda branca.

— Ah, tio Reginald…

—Não vem com "tio Reginald" pra cima de *mim*—respondeu Pop.—Tem uma mancha branca no seu nariz agora. Quem usa essa merda branca e também vende *sempre* fica descuidado. E pessoas descuidadas vão parar em Shank. Isso se tiverem sorte. Se não tiverem, vão acabar adubando uma área de pântano de um metro e oitenta de comprimento e noventa centímetros de profundidade. Não posso receber o pagamento se quem me deve está morto ou na cadeia. Eu não te daria nem o suor do meu cu sujo, é isso que quero dizer.

Esse constrangimento veio logo depois que Alan Pangborn assumiu a função de xerife do condado de Castle. E a primeira prisão grande de Alan foi quando ele surpreendeu Ace e dois amigos tentando abrir o cofre do escritório de Henry Beaufort no Tigre Meloso. Foi uma boa prisão, digna de um manual, e Ace foi parar em Shawshank menos de quatro meses depois que seu tio avisou que aconteceria. A acusação de tentativa de furto foi deixada de lado num acordo, mas Ace ainda recebeu uma pena pesada por invasão de propriedade.

Ele saiu na primavera de 1989 e se mudou para Mechanic Falls. Tinha um emprego o esperando; a pista de corridas de Oxford Plains participava do programa de contratação de ex-presidiários, e John "Ace" Merrill conseguiu emprego de funcionário de manutenção e mecânico em meio período.

Uma boa quantidade dos amigos dele ainda estava por lá, sem mencionar os antigos clientes, e logo Ace estava negociando e com o nariz sangrando de novo.

Ele manteve o emprego na pista de corridas até a sentença acabar oficialmente e pediu demissão no dia seguinte. Tinha recebido uma ligação dos Irmãos Voadores Corson em Danbury, Connecticut, e logo estava vendendo armas de novo, assim como pó boliviano.

A aposta tinha sido elevada quando ele estava preso, ao que parecia; em vez de pistolas, fuzis e espingardas de repetição, ele agora estava negociando ativamente armas automáticas e semiautomáticas. O clímax tinha sido em junho daquele ano, quando ele vendeu um míssil Thunderbolt disparável do solo para um viajante marítimo com sotaque sul-americano. O viajante guardou o Thunderbolt e pagou a Ace dezessete mil dólares em notas novas de cem com números não sequenciais.

—Para que você usa uma coisa assim?—perguntou Ace com certa fascinação.

—Qualquer coisa que você queira, *señor*—respondeu o viajante sem sorrir.

Em julho, tudo desmoronou. Ace ainda não entendia como podia ter acontecido, só que provavelmente teria sido melhor se ele tivesse ficado com os Irmãos Voadores Corson para cocaína e também para armas. Ele recebeu entrega de um quilo de pó colombiano de um cara em Portland, financiando a negociação com a ajuda de Mike e Dave Corson. Eles contribuíram com uns oitenta e cinco mil. A mercadoria parecia valer o dobro do preço de venda, o teste de verificação deu bem azul. Ace sabia que oitenta e cinco mil pratas eram bem mais do que ele estava acostumado a negociar, mas estava confiante e pronto para dar o grande passo. Naqueles dias, o lema de vida de Ace Merrill era "Tranquilo!". Mas as coisas mudaram. Mudaram muito.

Essas mudanças começaram quando Dave Corson ligou de Danbury, Connecticut, para perguntar a Ace o que ele achava que estava fazendo ao tentar fazer bicarbonato de sódio passar por cocaína. O cara de Portland tinha conseguido enganar Ace, com ou sem teste azul, e quando Dave Corson se deu conta disso, ele parou de ser simpático. Na verdade, começou a ser claramente *antipático*.

Ace poderia ter fugido. Mas reuniu toda sua coragem, que não era pequena, mesmo na meia-idade, e foi ver os Irmãos Voadores Corson. Contou a história do seu ponto de vista. Ele deu sua explicação nos fundos de uma van Dodge com tapete de parede a parede, cama aquecida e espelho no teto. Foi muito convincente. *Teve* que ser convincente, porque a van estava estacionada no final de uma estrada de terra cheia de raízes alguns quilômetros a oeste de Danbury, um sujeito negro chamado Timmy Altão estava atrás do volante e os Irmãos Voadores Corson, Mike e Dave, estavam sentados dos dois lados de Ace com espingardas H & K sem coice.

Enquanto falava, Ace se viu lembrando o que seu tio dissera antes da prisão no Tigre Meloso. *Pessoas descuidadas vão parar em Shank. Isso se tiverem sorte. Se não tiverem, vão acabar adubando uma área de pântano de um metro e oitenta de comprimento e noventa centímetros de profundidade.* Bom, Pop estava certo sobre a primeira parte; Ace pretendia exercitar toda sua persuasão na segunda parte. Não havia programas para ex-habitantes do pântano.

Ele foi muito persuasivo. E, em determinado ponto, disse duas palavras mágicas: Ducky Morin.

— Você comprou essa merda do *Ducky*? — disse Mike Corson, os olhos vermelhos se arregalando. — Tem certeza de que era ele?

— Claro que tenho certeza — respondeu Ace. — Por quê?

Os Irmãos Voadores Corson se olharam e começaram a rir. Ace não sabia de que eles estavam rindo, mas estava feliz de estarem, mesmo assim. Pareceu um bom sinal.

— Como ele era? — perguntou Dave Corson.

— Um cara alto… mas não tão alto quanto ele. — Ace apontou com o polegar para o motorista, que estava com fones e se balançando ao som de uma música que só ele conseguia ouvir. — Mas era alto. É do Canadá. Alto assim, ele. Com um brinco de ouro.

— É o velho Patolino mesmo — concordou Mike.

— Pra falar a verdade, estou impressionado de ninguém ter matado esse cara — disse Dave Corson. Ele olhou para o irmão, Mike, e eles balançaram a cabeça em admiração perfeitamente compartilhada.

— Eu achei que ele era tranquilo — disse Ace. — O Ducky *era* tranquilo.

— Mas você passou um tempo de férias, não foi? — perguntou Mike Corson.

— Férias no Hotel Atrás das Grades — disse Dave Corson.

— Você devia estar lá dentro quando Duckman descobriu a base livre — disse Mike. — Foi quando o negócio dele começou a seguir ladeira abaixo.

— Ducky tem um truquezinho que gosta de fazer agora — disse Dave. — Você sabe o que é jogar a isca e trocar, Ace?

Ace pensou e fez que não.

— Sabe, sim — disse Dave. — Porque é esse o motivo do seu cu estar na reta. Ducky te mostrou um monte de sacos cheios de pó branco. Um estava com coca da boa. O resto era só merda. Como você, Ace.

— Nós testamos! — disse Ace. — Escolhi um saco aleatoriamente e nós testamos!

Mike e Dave se olharam achando uma graça sombria.

— Eles testaram — disse Dave Corson.

— Ele escolheu um saco aleatoriamente — acrescentou Mike Corson.

Eles reviraram os olhos para cima e se encararam pelo espelho no teto.

— E aí? — disse Ace, olhando de um para o outro.

Ele ficou feliz por os dois saberem quem era o Ducky, *também* ficou feliz porque eles acreditaram que ele não pretendia passá-los para trás, mas estava nervoso mesmo assim. Ele estava sendo tratado como idiota, e Ace Merrill não era idiota de ninguém.

— E aí o *quê*? — perguntou Mike Corson. — Se você não achasse que tinha escolhido o saco para o teste, a negociação não teria acontecido, teria? O Ducky parece um mágico que repete o mesmo truque de cartas sem parar. "Escolhe uma carta, qualquer carta." Já ouviu essa, Acé-Falo?

Com ou sem armas, Ace se irritou.

— Não me chama assim.

— A gente te chama do que quiser — disse Dave. — Você nos deve oitenta e cinco mil, Ace, e o que temos como garantia por aquele dinheiro é um monte de bicarbonato de sódio que vale um dólar e cinquenta. A gente te chama do que quiser.

Ele e o irmão se olharam em uma comunicação muda. Dave se levantou e bateu no ombro de Timmy Altão. Deu sua arma para o Altão. E Dave e Mike saíram da van e ficaram de pé perto de um amontoado de arbustos na extremidade do campo de um fazendeiro, conversando agitados. Ace não sabia que palavras eles estavam dizendo, mas sabia perfeitamente bem o que estava acontecendo. Eles estavam decidindo o que fazer com ele.

Ele ficou sentado na beirada da cama, suando como um porco, esperando que eles voltassem. Timmy Altão se sentou na cadeira acolchoada de capitão que Mike Corson tinha ocupado, segurando a H & K apontada para Ace e balançando a cabeça com a música. Baixinho, Ace ouviu as vozes de Marvin Gaye e Tammi Terrell vindas dos fones. Marvin e Tammi, que eram ambos os grandes falecidos, cantando "My Mistake".

Mike e Dave voltaram.

— Vamos te dar três meses pra compensar — disse Mike. Ace sentiu-se inerte de alívio. — Queremos nosso dinheiro mais do que queremos arrancar sua pele. Mas tem outra coisa.

— A gente quer acabar com o Ducky Morin — completou Dave. — Essa merda dele foi longe demais.

— Está sujando o nome de todos nós — disse Mike.

— A gente acha que você pode achar ele — disse Dave. — Ele vai concluir que uma vez Acé-Falo, sempre Acé-Falo.

— Algum comentário sobre isso, Acé-Falo? — perguntou Mike.

Ace não tinha comentário nenhum. Estava feliz de saber que viveria mais um fim de semana.

— Seu prazo é primeiro de novembro — disse Dave. — Traga nosso dinheiro até o dia primeiro de novembro e vamos todos atrás do Ducky. Se você não trouxer, vamos ver quantos pedaços de você conseguimos cortar até você finalmente desistir e morrer.

8

Quando o balão subiu, Ace estava com umas doze armas de alto calibre, tanto automáticas como semiautomáticas. Ele passou boa parte do seu prazo tentando transformar essas armas em dinheiro. Quando fizesse isso, poderia transformar dinheiro em cocaína. Não havia bem melhor do que a cocaína quando se precisava conseguir uma grana alta em pouco tempo.

Mas o mercado de armas estava temporariamente baixo. Ele vendeu seu estoque, mas nenhuma das armas grandes, e só. Durante a segunda semana de setembro, encontrou um possível cliente promissor no Pub Piece of Work de Lewiston. O cliente em potencial indicou de todas as formas que era possível que ele talvez quisesse comprar pelo menos seis e talvez até dez armas automáticas se o nome de um negociante confiável de munição acompanhasse as armas. Ace podia fazer isso; os Irmãos Voadores Corson eram os negociantes mais confiáveis de munição que ele conhecia.

Ace foi ao banheiro sujo cheirar umas carreiras antes de fechar o negócio. Estava sentindo a energia alegre e aliviada que afetou vários presidentes americanos; ele acreditava que estava vendo uma luz no fim do túnel.

Ele colocou o espelhinho que carregava no bolso sobre o tanque do vaso e estava derramando cocaína nele quando uma voz falou do mictório mais próximo da cabine onde Ace estava. Ace nunca descobriu de quem era a voz; só sabia que o dono dela podia tê-lo salvado de quinze anos numa penitenciária federal.

—O homem com quem você está conversando está com escuta—disse a voz, e quando Ace saiu do banheiro, fugiu pela porta dos fundos.

## 9

Depois dessa ocasião (nunca passou pela cabeça dele que o informante invisível pudesse estar tirando sarro com a cara dele), uma paralisia estranha tomou conta de Ace. Ele passou a ter medo de fazer qualquer coisa além de comprar um pouco de cocaína de vez em quando para uso pessoal. Ele nunca tinha passado por uma sensação dessas de paralisia. Odiava o sentimento, mas não sabia o que fazer. A primeira coisa que fazia todos os dias era olhar o calendário. Novembro parecia estar chegando rapidamente.

Naquela manhã, ele acordou antes do amanhecer com um pensamento ardendo na mente como uma luz azul estranha: ele tinha que ir para casa. Tinha que voltar para Castle Rock. Era lá que estaria a resposta. Voltar parecia a coisa certa... mas, mesmo que não fosse, a mudança de ambiente poderia romper essa paralisia estranha na sua mente.

Em Mechanic Falls, ele era só John Merrill, ex-presidiário que morava em um barraco com plástico nas janelas e compensado na porta. Em Castle Rock, sempre foi Ace Merrill, o ogro que percorria os pesadelos de uma geração inteira de criancinhas. Em Mechanic Falls, era lixo branco da favela, um cara com um Dodge customizado e sem garagem onde o guardar. Em Castle Rock ele fora, ao menos por um tempo, algo parecido com rei.

Por isso, ele voltou, e estava lá, mas e agora?

Ace não sabia. A cidade parecia menor, mais suja e mais vazia do que ele lembrava. Ele achava que Pangborn ainda devia estar por lá e que em pouco tempo o velho Bill Fullerton ligaria para contar quem estava de volta. Pangborn o procuraria e perguntaria o que ele achava que estava fazendo lá. Perguntaria se Ace tinha emprego. Ele não tinha e nem podia alegar que tinha voltado para visitar o tio, porque Pop estava na loja quando pegou fogo. Tudo bem, Ace, diria Pangborn, por que você não volta para o seu possante e mete o pé daqui?

E como ele responderia a isso?

Ace não sabia, só sabia que o brilho de luz azul-escura com o qual tinha acordado ainda estava ardendo em algum lugar dentro dele.

O terreno onde o Emporium Galorium ficava ainda estava vazio, notou ele. Não havia nada além de mato, alguns pedaços de tábuas queimadas e lixo. Vidro quebrado cintilava no sol. Não havia nada para olhar lá, mas Ace queria olhar mesmo assim. Ele foi andando pela rua. Tinha quase chegado do outro lado quando o toldo verde duas lojas à frente chamou sua atenção.

ARTIGOS INDISPENSÁVEIS

dizia a lateral do toldo. Que tipo de nome de loja era aquele? Ace andou até mais perto para ver. Poderia olhar para o terreno baldio onde a loja enganadora de turistas do tio ficava em outra hora; achava que ninguém o tiraria dali.

A primeira coisa que viu foi a placa que dizia

PRECISA-SE DE FUNCIONÁRIO.

Ele não deu muita atenção a isso. Não sabia para quê tinha voltado para Castle Rock, mas não tinha sido para um emprego de estoquista.

Havia vários itens com aparência elegante na vitrine, o tipo de coisa que ele teria levado se estivesse fazendo um servicinho noturno na casa de algum ricaço. Um kit de xadrez com peças de animais da selva entalhados. Um colar de pérolas negras; pareceu valioso aos olhos de Ace, mas ele achava que as pérolas deviam ser artificiais. Ninguém naquele burgo de merda poderia pagar por um colar de pérolas negras genuínas. Mas o trabalho era bom; pareciam bem reais. E...

Ace olhou para o livro atrás das pérolas com olhos apertados. Tinha sido colocado de pé para que quem olhasse pela vitrine pudesse ver a capa com facilidade, com a imagem das silhuetas de dois homens parados numa crista à noite. Um estava segurando uma picareta e o outro uma pá. Eles pareciam estar cavando um buraco. O título do livro era *Tesouros perdidos e enterrados da Nova Inglaterra*. O nome do autor estava impresso embaixo da foto, com letras brancas pequenas.

Era Reginald Merrill.

Ace foi até a porta e experimentou a maçaneta. Girou com facilidade. O sininho de prata no alto da porta tilintou. Ace Merrill entrou na Artigos Indispensáveis.

10

— Não — disse Ace, olhando para o livro que o sr. Gaunt tinha tirado da vitrine e colocado em suas mãos. — Não é esse que eu quero. Você deve ter pegado o errado.

— É o único livro exposto na vitrine, eu garanto — disse o sr. Gaunt com voz meio intrigada. — Pode olhar se não acreditar.

Por um momento, Ace quase fez isso, mas acabou soltando um suspiro exasperado.

— Não, tudo bem — disse ele.

O livro que o vendedor lhe entregou era *A ilha do tesouro*, de Robert Louis Stevenson. O que tinha acontecido estava bem claro: ele estava com Pop na cabeça e cometeu um erro. Mas o verdadeiro erro foi voltar para Castle Rock. Por que tinha feito isso?

— Olha, sua loja é muito interessante, mas eu tenho que ir. Nos vemos outra hora, sr...

— Gaunt — disse o vendedor, esticando a mão. — Leland Gaunt.

Ace esticou a mão, que foi engolida. Uma força enorme e energizada pareceu correr por ele no momento do contato. Sua mente ficou cheia daquela luz azul-escura de novo: uma chama enorme e ardente desta vez.

Ele puxou a mão de volta, atordoado e com os joelhos trêmulos.

— O que foi *isso*? — sussurrou ele.

— Acredito que chamam de "captador de atenção" — disse o sr. Gaunt. Ele falou com compostura tranquila. — Você *vai querer* prestar atenção em mim, sr. Merrill.

— Como você sabe meu nome? Eu não te disse meu nome.

— Ah, eu sei quem *você* é — disse o sr. Gaunt com uma risadinha. — Eu estava te esperando.

— Como podia estar me esperando? Eu só soube que vinha pra cá depois que entrei na merda do carro.

— Me dê licença um momento, por favor.

Gaunt recuou até a vitrine, se inclinou e pegou uma placa encostada na parede. Em seguida, se inclinou na vitrine, removeu

PRECISA-SE DE FUNCIONÁRIO

e colocou

FECHADO PARA O DIA DE COLOMBO

no lugar.

— Por que você fez isso? — Ace se sentia como um homem que tinha tropeçado numa cerca de arame com carga elétrica moderada.

— É costumeiro que lojistas removam as placas pedindo funcionários quando preenchem a vaga — disse o sr. Gaunt, com uma certa severidade. — Meu negócio em Castle Rock cresceu num ritmo muito satisfatório e preciso de costas fortes e de um par de mãos. Me canso muito facilmente agora.

— Ei, eu não...

— Também preciso de um motorista. Acredito que dirigir seja seu maior talento. Seu primeiro trabalho, Ace, vai ser dirigir até Boston. Tenho um automóvel estacionado em uma garagem lá. Você vai achar divertido... É um Tucker.

— Tucker? — Por um momento, Ace esqueceu que não tinha ido à cidade aceitar um emprego de estoquista... e nem de chofer. — Tipo o do filme?

— Não exatamente.

O sr. Gaunt foi para trás do balcão onde ficava a registradora antiga, pegou uma chave e destrancou a gaveta embaixo. Tirou dois envelopes pequenos. Colocou um no balcão. O outro, entregou para Ace.

— Foi alterado em alguns aspectos. Aqui. A chave.

— Ei, espera um minuto aí! Eu falei...

Os olhos do sr. Gaunt eram de uma cor estranha que Ace não conseguia identificar, mas quando primeiro escureceram e depois arderam para ele, Ace sentiu os joelhos ficarem trêmulos de novo.

— Você está encrencado, Ace, mas se não parar de se comportar como um avestruz com a cabeça enfiada na areia, acho que vou perder o interesse em ajudá-lo. Ajudante de loja é uma coisa que dá em árvore. Eu sei, pode acreditar. Já contratei centenas ao longo dos anos. Talvez milhares. Então pare de sacanagem e *pegue as chaves*.

Ace pegou o pequeno envelope. Quando as pontas dos dedos dele tocaram nas pontas dos dedos do sr. Gaunt, aquele fogo escuro e ardente encheu sua cabeça mais uma vez. Ele gemeu.

— Você vai dirigir seu carro até o endereço que vou te dar — disse o sr. Gaunt — e vai estacionar na vaga onde o meu está guardado. Espero que você volte no máximo até meia-noite. Acho que seria bom que fosse antes. Meu carro é bem mais rápido do que parece.

Ele sorriu, revelando todos aqueles dentes.

Ace tentou de novo.

— Escuta, sr…

— Gaunt.

Ace assentiu, a cabeça balançando para cima e para baixo como a de uma marionete controlada por um titereiro inexperiente.

— Em outras circunstâncias, eu aceitaria sua proposta. Você é… interessante. — Não era a palavra que ele queria, mas foi a melhor que ele encontrou no momento. — Mas você está certo: eu *estou* encrencado, e se não conseguir uma boa quantia nas próximas duas semanas…

— Bom, e o livro? — perguntou o sr. Gaunt. Seu tom foi ao mesmo tempo divertido e reprovador. — Não foi por isso que você entrou?

— Não é o que eu…

Ele descobriu que ainda estava com o livro nas mãos e olhou para a capa novamente. A imagem era a mesma, mas o título tinha mudado de volta para o que ele vira na vitrine: *Tesouros perdidos e enterrados da Nova Inglaterra*, de Reginald Merrill.

— O que *é* isto? — perguntou ele com voz rouca.

Mas de repente ele soube. Não estava em Castle Rock. Estava em casa, em Mechanic Falls, caído na cama suja, sonhando.

— Me parece um livro — disse o sr. Gaunt. — E o nome do seu falecido tio não era Reginald Merrill? Que coincidência.

— Meu tio nunca escreveu nada além de recibos e notas promissórias a vida toda — disse Ace com aquela mesma voz rouca e sonolenta. Ele olhou para Gaunt de novo e percebeu que não conseguia afastar o olhar. Os olhos de Gaunt ficavam mudando de cor. Azuis… cinza… cor de mel… castanhos… pretos.

— Bom — admitiu o sr. Gaunt —, talvez o nome no livro seja um pseudônimo. Talvez eu mesmo tenha escrito.

— Você?

O sr. Gaunt encostou os dedos embaixo do queixo.

— Talvez não seja nem um livro. Talvez todas as coisas muito especiais que eu vendo não sejam o que parecem ser. Talvez sejam coisas cinzentas com uma propriedade incrível: a capacidade de assumir a forma daquilo que assombra os sonhos dos homens e mulheres. — Ele fez uma pausa e acrescentou, pensativo: — Talvez sejam sonhos.

— Não estou entendendo nada.

O sr. Gaunt sorriu.

— Eu sei. Não importa. Se seu tio *tivesse* escrito um livro, Ace, não poderia ter sido sobre tesouros enterrados? Você não diria que tesouros, fossem enterrados no solo ou nos bolsos de outros homens, eram um assunto que muito o interessava?

— Ele gostava mesmo de dinheiro — disse Ace em tom sombrio.

— Bom, o que aconteceu com o dinheiro? Ele deixou algum pra você? Deve ter deixado; você não é o único parente vivo?

— Ele não deixou nem um centavo! — gritou Ace, furioso. — Todo mundo na cidade dizia que ele estava cheio da grana, mas havia menos de quatro mil dólares na conta quando ele morreu. Foram usados no enterro e pra limpar a sujeira que ele deixou aqui na rua. E quando abriram o cofre dele, sabe o que encontraram?

— Sei — disse o sr. Gaunt, e apesar de sua boca estar séria, até solidária, seus olhos estavam gargalhando. — Selos de programas de fidelidade. Seis caixas de selos Plaid e catorze de Gold Bond.

— Isso mesmo! — disse Ace. Ele olhou com expressão sinistra para *Tesouros perdidos e enterrados da Nova Inglaterra*. Sua inquietação e sua desorientação sonhadora tinham sido engolidas, ao menos por um tempo, pela raiva. — E quer saber? Não dá mais nem pra trocar os selos Gold Bond. A empresa fechou. Todo mundo em Castle Rock tinha medo dele, até *eu* tinha um pouco de medo dele, e todo mundo achava que ele era rico como o tio Patinhas, mas ele morreu duro.

— Talvez ele não confiasse em bancos. Talvez tenha enterrado seu tesouro. Você acha possível, Ace?

Ace abriu a boca. Fechou. Abriu. Fechou.

— Para com isso — disse o sr. Gaunt. — Você parece um peixe num aquário.

Ace olhou para o livro na mão. Apoiou-o na bancada e virou as páginas, lotadas de letrinhas pequenas. E uma coisa saiu de dentro. Era um pedaço grande e irregular de papel marrom, dobrado de qualquer jeito, que ele reconheceu na mesma hora; tinha sido arrancado de um saco de compras do Mercado Hemphill. Quantas vezes, quando garoto, ele vira seu tio cortar um pedaço de papel marrom como aquele de um dos sacos que ele guardava embaixo da registradora Tokeheim antiga? Quantas vezes ele o vira fazer contas num pedaço de papel daqueles... ou escrever uma promissória informal?

Ele o abriu com mãos trêmulas.

Era um mapa, isso estava claro, mas primeiro ele não conseguiu entender nada; era só um bando de linhas e cruzes e círculos.

— Que porra é essa?

— Você precisa de algo para ajudar na concentração, só isso. Isso pode ajudar.

Ace olhou para a frente. O sr. Gaunt tinha colocado um pequeno espelho com uma moldura prateada decorada na estante de vidro ao lado da registradora. Agora, abriu o outro envelope que tinha tirado da gaveta trancada e espalhou uma quantidade generosa de cocaína na superfície do espelho. Para o olho nada inexperiente de Ace, parecia ser de qualidade muito alta; o holofote acima da estante gerou milhares de pequenas fagulhas nos flocos brancos.

— Meu Deus, moço! — O nariz de Ace começou a formigar de expectativa. — É colombiana?

— Não, é uma híbrida especial — disse o sr. Gaunt. — Veio das Planícies de Leng.

Ele pegou um abridor de cartas dourado no bolso interno do paletó castanho e começou a organizar a pilha em linhas longas e gordas.

— Onde fica isso?

— Nas colinas distantes — respondeu o sr. Gaunt sem olhar. — Não faça perguntas, Ace. Homens que devem dinheiro deviam só aproveitar as coisas boas que surgem à frente.

Ele guardou o abridor de cartas e pegou um canudo curto de vidro no mesmo bolso. E o entregou para Ace.

— Fique à vontade.

O canudo era incrivelmente pesado; não de vidro, mas de algum cristal, Ace achou. Ele se inclinou para perto do espelho e hesitou. E se o velho tivesse aids ou alguma coisa assim?

*Não faça perguntas, Ace. Homens que devem dinheiro deviam só aproveitar as coisas boas que surgem à frente.*

— Amém — disse Ace em voz alta, e cheirou.

Sua cabeça se encheu daquele gosto vago de banana e limão que a cocaína boa de verdade sempre parecia ter. Era suave, mas também era poderoso.

334

Ele sentiu seu coração começar a disparar. Ao mesmo tempo, seus pensamentos ficaram apurados e assumiram um tom de cromo polido. Ele se lembrou de uma coisa que um cara dissera para ele pouco tempo depois de ele se apaixonar pela substância: *As coisas têm mais nomes quando você usa a coca. Muitos nomes.*

Ele não tinha entendido na ocasião, mas entendia agora.

Ofereceu o canudo para Gaunt, que fez que não.

— Nunca antes das cinco — disse ele —, mas aproveite, Ace.

— Obrigado.

Ele olhou para o mapa de novo e percebeu que agora conseguia lê-lo perfeitamente. As duas linhas paralelas com o X no meio eram claramente a ponte Tin, e depois de entender isso, tudo se encaixava direitinho. O rabisco no meio das linhas, passando pelo X e indo até o alto do papel era a rodovia 117. O pequeno círculo com o círculo maior atrás devia representar a fazenda leiteira Gavineaux; o círculo grande devia ser o celeiro das vacas. Tudo fazia sentido. Estava claro e perfeito e cintilante como a pilha de droga que esse cara incrivelmente maneiro tirou do pequeno envelope.

Ace se inclinou sobre o espelho de novo.

— Dispare quando estiver pronto — murmurou ele, e cheirou mais duas carreiras. Bang! Zap! — Meu Deus, que coisa poderosa — disse ele com voz ofegante.

— É mesmo — concordou o sr. Gaunt com seriedade.

Ace ergueu o rosto, com uma certeza repentina de que o homem estava rindo dele, mas o rosto do sr. Gaunt estava calmo e sem expressão. Ace se voltou para o mapa de novo.

Agora foram as cruzes que chamaram sua atenção. Eram sete... não, na verdade eram oito. Uma parecia ser no terreno morto e pantanoso do velho Treblehorn... só que o velho Treblehorn estava morto havia anos, e não disseram uma época que seu tio Reginald tinha recebido a maior parte do terreno como pagamento por um empréstimo?

Havia outra, na beirada da Reserva Natural, do outro lado de Castle View, se sua geografia estivesse correta. Havia duas outras na Estrada Municipal 3, perto de um círculo que devia ser a casa do velho Joe Camber, a Fazenda Sete Carvalhos. Mais duas no terreno que ele achava que era do Diamond Match, do lado oeste de Castle Lake.

Ace olhou para Gaunt com uma expressão louca nos olhos vermelhos.

— Ele enterrou o dinheiro? É isso que as cruzes significam? *São os lugares onde ele enterrou o dinheiro?*

O sr. Gaunt deu de ombros com elegância.

— Tenho certeza de que não sei. Parece lógico, mas a lógica muitas vezes tem pouco a ver com o comportamento das pessoas.

— Mas *pode* ser — disse Ace. Ele estava ficando frenético de empolgação e intoxicação por cocaína; a sensação era de fios de cobre explodindo nos músculos grandes dos braços e da barriga. Seu rosto pálido e cheio de cicatrizes de acne adolescente tinha assumido um tom avermelhado. — *Pode* ser! Os lugares onde essas cruzes estão… *tudo isso pode ser propriedade de Pop!* Você não vê? Ele pode ter botado essas terras em um fundo cego, ou como quer que chamem isso… pra que ninguém pudesse comprar… pra que ninguém pudesse saber o que ele colocou lá…

Ele cheirou o resto da cocaína no espelho e se inclinou sobre o balcão. Os olhos saltados e vermelhos tremiam no rosto.

— Eu poderia fazer mais do que só sair desse buraco — disse ele com voz baixa e trêmula. — Eu poderia ficar *rico*, porra.

— Sim. Eu diria que é uma boa possibilidade. Mas lembre-se do seguinte, Ace. — Ele apontou com o polegar para a parede, para a placa que dizia

NÃO ACEITO DEVOLUÇÕES E NÃO FAÇO TROCAS —
O RISCO É DO COMPRADOR!

Ace olhou para a placa.

— O que quer dizer?

— Quer dizer que você não é a primeira pessoa a achar que tinha encontrado a chave de grandes riquezas num livro velho. Também quer dizer que ainda preciso de um estoquista e motorista.

Ace olhou para ele, quase chocado. E riu.

— Você está brincando? — Ele apontou para o mapa. — Tenho muita coisa pra cavar.

O sr. Gaunt deu um suspiro de lamento, dobrou o papel marrom, guardou-o no livro e colocou o livro na gaveta embaixo da registradora. Fez isso tudo com uma rapidez incrível.

— Ei! — gritou Ace. — O que você está fazendo?

— Acabei de lembrar que o livro já está prometido para outro cliente, sr. Merrill. Sinto muito. E a loja está mesmo fechada. É o Dia de Colombo, sabe.

— Espere um minuto!

— Claro que, se você tivesse achado que devia aceitar o emprego, sei que poderíamos combinar alguma coisa. Mas estou vendo que você está muito ocupado; você sem dúvida quer garantir que seu problema esteja resolvido antes que os Irmãos Corsan transformem você em um presunto fatiado.

A boca de Ace tinha começado a se abrir e fechar novamente. Ele estava tentando lembrar onde ficavam as cruzes e percebeu que não conseguia. Todas pareciam se misturar em grande cruz em sua mente confusa e agitada... o tipo de cruz que se vê em um cemitério.

— Tudo bem! — exclamou ele. — Tudo bem, eu aceito a porra do emprego!

— Nesse caso, acredito que o livro esteja à venda, afinal. — O sr. Gaunt o tirou da gaveta e verificou a folha da guarda. — Custa um dólar e cinquenta. — Seus dentes tortos apareceram num sorriso largo e predatório. — Fica por um e trinta e cinco com o desconto de funcionário.

Ace tirou a carteira do bolso de trás, a deixou cair e quase bateu com a cabeça na estante quando se inclinou para pegar.

— Mas eu preciso de um pouco de tempo livre — disse ele para o sr. Gaunt.

— Realmente.

— Porque tenho muita coisa pra cavar.

— Claro.

— O tempo voa.

— Quanta sabedoria.

— Que tal quando eu voltar de Boston?

— Você não vai estar cansado?

— Sr. Gaunt, eu não posso me dar ao luxo de estar cansado.

— Eu talvez possa ajudar com isso — disse o sr. Gaunt. Seu sorriso se alargou e os dentes pularam como se fossem os dentes de uma caveira. — Eu talvez tenha um estimulante pra oferecer, foi isso que eu quis dizer.

— O quê? — perguntou Ace, os olhos se arregalando. — O que você disse?

— Como?

— Nada. Deixa pra lá.

— Tudo bem. Você ainda está com as chaves que lhe dei?

Ace ficou surpreso de ver que tinha enfiado o envelope com as chaves no bolso de trás.

— Que bom.

O sr. Gaunt lançou um dólar e trinta e cinco centavos na registradora velha, pegou a nota de cinco que Ace tinha colocado no balcão e devolveu três dólares e sessenta e cinco centavos de troco. Ace pegou o dinheiro como um homem em um sonho.

— Agora — disse o sr. Gaunt —, preciso lhe dar algumas instruções, Ace. E lembre-se do que eu disse: quero você de volta até a meia-noite. Se você não voltar até a meia-noite, vou ficar aborrecido. E quando fico aborrecido, às vezes perco a cabeça. Você não ia querer estar por perto quando isso acontece.

— Você vira o Hulk? — perguntou Ace de brincadeira.

O sr. Gaunt olhou para Ace com uma ferocidade no sorriso que fez com que ele desse um passo para trás.

— Sim. Eu faço exatamente isso, Ace. Eu viro o Hulk. De verdade. Agora, preste atenção.

Ace prestou atenção.


## 11

Eram onze e quinze e Alan estava se preparando para ir até a Nan tomar uma xícara rápida de café quando Sheila Brigham interfonou. Era Sonny Jackett na linha, disse ela. Estava insistindo em falar com Alan e mais ninguém.

Alan atendeu o telefone.

— Alô, Sonny. O que posso fazer por você?

— Bom — disse Sonny com o sotaque arrastado —, odeio trazer mais problemas depois do serviço duplo de ontem, xerife, mas acho que um velho amigo seu voltou pra cidade.

— Quem seria?

— Ace Merrill. Estou vendo o carro dele parado aqui na rua.

*Ah, merda, o que mais vem agora?*, pensou Alan.

— Você o viu?

— Não, mas não tem como não ver o carro. Um Dodge Challenger verde--vômito, o que os garotos chamam de vareta. Dá pra ver de longe.

— Obrigado, Sonny.

— Não foi nada. O que você acha que o palhaço veio fazer em Castle Rock, Alan?

— Não sei — disse Alan, e pensou enquanto desligava: *Mas acho que é melhor eu descobrir.*


## 12

Havia uma vaga ao lado do Challenger verde. Alan parou a unidade um ao lado e saiu. Viu Bill Fullerton e Henry Gendron olhando para ele pela vitrine da barbearia com interesse alerta e levantou a mão. Henry apontou para o outro lado da rua. Alan assentiu e atravessou. *Wilma Jerzyck e Nettie Cobb se matam em uma esquina num dia e Ace Merrill aparece no dia seguinte*, pensou ele. *Esta cidade está virando um circo.*

Quando chegou na calçada do outro lado, ele viu Ace sair da sombra do toldo verde da Artigos Indispensáveis. Estava com alguma coisa na mão. Primeiro, Alan não conseguiu identificar o que era, mas, quando Ace chegou mais perto, concluiu que *tinha* conseguido identificar; só não tinha conseguido acreditar. Ace Merrill não era o tipo de cara que você esperava ver com um livro na mão.

Eles se encontraram na frente do terreno baldio onde antes ficava o Emporium Galorium.

— Oi, Ace — disse Alan.

Ace não pareceu nem um pouco surpreso de vê-lo. Tirou os óculos da gola em V da camiseta, abriu-os com uma das mãos e os colocou no rosto.

— Ora, ora, ora… como está, chefe?

— O que você veio fazer em Castle Rock, Ace? — perguntou Alan calmamente.

Ace olhou para o céu com interesse exagerado. Pontinhos de luz cintilaram nas lentes dos Ray-Ban.

— O dia está bonito pra passear. Parece verão.

— Muito bonito — concordou Alan. — Sua habilitação está em dia, Ace?

Ace olhou para ele com reprovação.

— Eu estaria dirigindo se não estivesse? Seria ilegal, né?

— Acho que isso não é resposta.

— Fiz o exame assim que me deram autorização. Está tudo certinho. Que tal, chefe? Isso é resposta?

— Talvez seja bom eu dar uma olhada. — Alan esticou a mão.

— Ora, acho que você não confia em mim! — disse Ace. Ele falou com a mesma voz de provocação, mas Alan ouviu raiva por trás.

— Vamos dizer apenas que sou do Missouri.

Ace mudou o livro para a mão esquerda para poder tirar a carteira do bolso com a direita, e Alan deu uma olhada melhor na capa. O livro era *A ilha do tesouro*, de Robert Louis Stevenson.

Ele olhou a habilitação. Estava assinada e dentro da validade.

— Os documentos do carro estão no porta-luvas, se quiser atravessar a rua e olhar — disse Ace. Alan ouvia a raiva na voz dele com mais clareza agora. E a antiga arrogância também.

— Acho que vou confiar em você quanto a isso, Ace. Por que não me conta o que está fazendo de volta na cidade?

— Eu vim olhar *aquilo* — disse Ace, e apontou para o terreno baldio. — Não sei pra quê, mas foi isso. Duvido que você vá acreditar, mas é a verdade.

Estranhamente, Alan acreditava.

— Estou vendo que você comprou um livro.

— Eu sei ler. Também duvido que você vá acreditar nisso.

— Ora, ora. — Alan prendeu os polegares no cinto. — Você viu ao vivo e comprou um livro.

— Olha só, ele é poeta e nem sabe.

— Ora, acho que sou. Que bom você observar isso, Ace. Agora, acho que você vai embora da cidade, né?

— E se eu não for? Você encontraria um motivo pra me prender, eu acho. A palavra "reabilitação" faz parte do seu vocabulário, xerife Pangborn?

— Faz, mas a definição não é Ace Merrill.

— É melhor você não me provocar, cara.

— Não estou provocando. Se eu começar, você vai saber.

Ace tirou os óculos.

— Vocês nunca desistem, né? Vocês nunca... desistem... porra.

Alan não disse nada.

Depois de um momento, Ace pareceu recuperar a compostura. Ele colocou os óculos no rosto.

— Sabe — disse ele —, acho que *vou* embora. Tenho umas coisas pra fazer.

— Que bom. Mãos ocupadas são mãos felizes.

— Mas se quiser voltar, eu vou voltar. Está ouvindo?

— Estou, Ace, e quero dizer que acho que não seria inteligente. Está *me* ouvindo?

— Você não me assusta.

— Se eu não te assusto, você é mais burro do que eu pensava.

Ace olhou para Alan por um momento pelos óculos escuros e riu. Alan não gostou do som; foi uma gargalhada sinistra, estranha e deturpada. Ele viu Ace atravessar a rua com seu gingado antiquado, abrir a porta do carro e entrar. Um momento depois, o motor ganhou vida. Os escapamentos soltaram fumaça; as pessoas pararam na rua para olhar.

Esse silenciador é ilegal, pensou Alan. Eu poderia multá-lo por isso.

Mas de que adiantaria? Ele tinha coisas mais importantes a resolver do que Ace Merrill, que estava indo embora da cidade. De vez agora, ele esperava.

Ele viu o Challenger verde fazer um retorno ilegal na rua Principal e voltar para o riacho Castle e os limites da cidade. Em seguida, se virou e olhou pensativamente para a rua, para o toldo verde. Ace tinha voltado para a cidade natal e comprado um livro, *A ilha do tesouro*, para ser preciso. Tinha comprado na Artigos Indispensáveis.

Achei que a loja estivesse fechada hoje, pensou Alan. Não era isso que estava escrito na placa?

Ele andou até a Artigos Indispensáveis. Não tinha se enganado sobre a placa; dizia

FECHADO PARA O DIA DE COLOMBO

Se ele recebeu Ace, talvez me receba, pensou Alan, e ergueu o punho para bater. Antes que pudesse movê-lo, o pager preso no cinto tocou. Alan apertou o botão que desligava o aparelho odioso e ficou parado na frente da loja por mais um momento, indeciso... mas não havia dúvida sobre o que ele tinha que fazer agora. Se você fosse advogado ou executivo, talvez pudesse se dar ao luxo de ignorar o pager por um tempo, mas quando era xerife de condado — e um eleito, não indicado —, não havia muita dúvida sobre quais eram as prioridades.

Alan atravessou a calçada, parou e se virou rapidamente. Sentiu-se um pouco como se estivesse naquela brincadeira de criança "Mamãe, posso ir?", que tem que pegar os outros jogadores em movimento para mandá-los de volta ao começo. A sensação de estar sendo observado voltou, bem forte. Ele teve certeza de que viu o tremor surpreso da persiana no lado de dentro da porta do sr. Gaunt.

Mas não havia nada. A loja continuava quieta no sol inesperadamente quente de outubro, e se não tivesse visto Ace saindo de lá com os próprios olhos, Alan teria jurado que o local estava vazio, com ou sem essa sensação de estar sendo observado.

Ele foi até a viatura, se inclinou para pegar o comunicador e mandou uma mensagem pelo rádio.

— Henry Payton ligou — disse Sheila. — Já está com os relatórios preliminares de Nettie Cobb e Wilma Jerzyck, enviados por Henry Ryan. Câmbio.

— Entendido. Câmbio.

— Henry disse que se você quiser os pontos principais, ele vai estar lá de agora até o meio-dia. Câmbio.

— Tudo bem. Estou na rua Principal. Vou passar lá. Câmbio.

— Ei, Alan?

— O quê?

— Henry também perguntou se vamos comprar uma máquina de fax antes da virada do século, pra ele poder mandar cópias dessas coisas em vez de sempre ligar e ler em voz alta. Câmbio.

— Diz pra ele escrever uma carta pro conselheiro — respondeu Alan, mal-humorado. — Não sou eu quem faz o orçamento e ele sabe disso.

— Bom, só estou contando o que ele *disse*. Não precisa ficar aborrecido. Câmbio.

Alan achou que Sheila, entretanto, também parecia aborrecida.

— Câmbio e desligo — disse ele.

Ele entrou na unidade um e colocou o comunicador no suporte. Olhou para o banco a tempo de ver o grande leitor digital acima da porta anunciar a hora como dez e cinquenta e a temperatura como vinte e oito graus. Meu Deus, não precisamos disso, pensou ele. Todo mundo na cidade está inquieto com o calor.

Alan dirigiu lentamente até o Prédio Municipal, perdido em pensamentos. Não conseguia afastar a sensação de que tinha alguma coisa acontecendo em Castle Rock, uma coisa à beira de fugir ao controle. Era loucura, claro, uma loucura absurda, mas ele não conseguia afastar essa sensação.

# TREZE

## 1

As escolas da cidade estavam fechadas no feriado, mas Brian Rusk não teria ido nem se estivessem funcionando.

Brian estava doente.

Não era nenhum tipo de doença física, nem sarampo nem catapora nem mesmo caganeira, a mais humilhante e debilitante de todas. Também não era exatamente uma doença mental; sua mente estava envolvida, sim, mas era quase como se esse envolvimento fosse efeito colateral. A parte dele que tinha adoecido ficava mais funda do que a mente; uma parte essencial de sua estrutura, que não era acessível por agulhas de médico nem por microscópios, tinha ficado cinzenta e podre. Ele sempre tinha sido um garoto alegre, mas sua luz tinha se apagado, estava enterrada atrás de nuvens pesadas que ainda estavam aumentando.

As nuvens começaram a se reunir na tarde em que ele jogou lama nos lençóis de Wilma Jerzyck, aumentaram quando o sr. Gaunt o procurou em sonho usando um uniforme dos Dodgers e disse que ele não tinha acabado de pagar pelo card do Sandy Koufax… mas o peso delas só chegou ao ápice quando ele desceu para tomar café de manhã.

Seu pai, com a calça cinza que usava para trabalhar na Companhia Dick Perry de Revestimentos e Portas em South Paris, estava sentado à mesa da cozinha com o *Press-Herald* de Portland aberto na frente.

— Malditos Patriots — disse ele por trás da barreira do jornal. — Quando vão arrumar um maldito quarterback que saiba jogar a porra de uma bola?

— Não fale assim na frente dos meninos — disse Cora do fogão, mas não falou com a ênfase exasperada de sempre; ela parecia distante e preocupada.

Brian se sentou e colocou leite no cereal.

— Ei, Bri! — disse Sean com alegria. — Quer ir ao centro hoje? Jogar videogame?

— Talvez — disse Brian. — Acho... — Mas ele viu a manchete na primeira página do jornal e parou de falar.

FÚRIA ASSASSINA DEIXA DUAS MULHERES MORTAS EM CASTLE ROCK
*"Foi um duelo"*, alega Polícia Estadual

Havia fotografias das duas mulheres, lado a lado. Brian reconheceu as duas. Uma era Nettie Cobb, que morava na esquina da rua Ford. Sua mãe dizia que ela era doida, mas para ele sempre pareceu legal. Ele parou umas vezes para fazer carinho no cachorro dela quando ela estava passeando com ele, e ela parecia ser como qualquer outra pessoa.

A outra mulher era Wilma Jerzyck.

Ele mexeu no cereal, mas não comeu nada. Depois que o pai saiu para o trabalho, Brian jogou os pedaços murchos de Corn Flakes no lixo e subiu para o quarto. Esperava que a mãe fosse atrás dele para reclamar que ele jogou comida fora quando havia crianças passando fome na África (ela parecia acreditar que a ideia de crianças passando fome podia aumentar o apetite de alguém), mas ela não fez isso; parecia perdida em um mundo só dela naquela manhã.

Mas Sean apareceu rapidinho, perturbando como sempre.

— E aí, Bri? Quer ir ao centro? Quer? — Ele estava quase pulando de um pé para o outro de tanta empolgação. — A gente pode jogar, dar uma olhada na loja nova com todas as coisas legais que tem na vitrine...

— Fique longe de lá! — gritou Brian, e seu irmãozinho se encolheu com uma expressão de choque e consternação no rosto. — Ei. Desculpa. Mas é melhor você não entrar lá, Sean-O. Aquele lugar é horrível.

O lábio inferior de Sean estava tremendo.

— Kevin Pelkey disse...

— Em quem você vai acreditar? Naquele bobão ou no seu próprio irmão? Não é um lugar bom, Sean. É... — Ele molhou os lábios e falou o que achava que era a verdade mais profunda: — É mau.

— Qual é o seu problema? — perguntou Sean. Sua voz estava irritada e lacrimosa. — Você passou o fim de semana agindo como um idiota! A mamãe também!

— Não estou me sentindo muito bem, só isso.

— Bom... — Sean refletiu. E se animou. — Quem sabe uns joguinhos de videogame podem fazer você se sentir melhor. A gente pode jogar Air Raid, Bri! Tem Air Raid lá! Aquele que a gente senta dentro e inclina pra frente e pra trás! É demais!

Brian pensou brevemente. Não. Ele não conseguia se imaginar indo ao fliperama, não naquele dia, talvez nunca mais. Todas as outras crianças estariam lá; aquele era um dia em que seria preciso entrar na fila para jogar os jogos bons como Air Raid. Mas ele estava diferente dos outros agora e talvez ficasse diferente para sempre.

Afinal, *ele* tinha um card do Sandy Koufax de 1956.

Ainda assim, ele queria fazer alguma coisa legal por Sean, por *qualquer pessoa*, na verdade; alguma coisa que compensasse um pouco a coisa monstruosa que tinha feito a Wilma Jerzyck. Por isso, disse a Sean que talvez quisesse jogar à tarde, mas que ele podia pegar umas moedas logo. Brian tirou as moedas da garrafa de Coca de plástico que usava como cofre.

— Caramba! — disse Sean, os olhos enormes. — Tem oito... nove... dez moedas de vinte e cinco centavos aqui! Você deve *mesmo* estar doente!

— É, acho que devo estar mesmo. Divirta-se, Sean-O. E não conta pra mamãe, ela vai te fazer devolver.

— Ela está no quarto, babando pelos óculos de sol. Ela nem sabe que a gente está vivo. — Ele fez uma pausa de um momento e acrescentou: — Odeio aqueles óculos. São sinistros. — E olhou com mais atenção para o irmão mais velho. — Você não está com uma cara muito boa, Bri.

— Não estou me sentindo muito bem — disse Brian com sinceridade. — Acho que vou me deitar.

— Bom... vou esperar um pouco. Vê se você melhora. Vou ficar vendo desenho no canal 56. Se melhorar, desce também. — Sean balançou as moedas nas mãos.

— Pode deixar — disse Brian, e fechou a porta suavemente quando o irmão saiu andando.

Mas ele não se sentiu melhor. Com o passar do dia, foi se sentindo

(*mais nublado*)

pior e pior. Ele pensou no sr. Gaunt. Pensou em Sandy Koufax. Pensou naquela manchete do jornal: FÚRIA ASSASSINA DEIXA DUAS MULHERES MORTAS EM CASTLE ROCK. Pensou nas fotos, rostos familiares compostos de amontoados de pontos pretos.

Em um momento, ele quase adormeceu, mas o pequeno toca-discos começou a funcionar no quarto dos seus pais. Sua mãe estava ouvindo os discos arranhados do Elvis de novo. Ela ficou fazendo isso quase o fim de semana todo.

Os pensamentos estavam girando e balançando na cabeça de Brian como fragmentos no meio de um ciclone.

FÚRIA ASSASSINA.

*"You know they said you was high-class... but that was just a lie..."*

Foi um duelo.

ASSASSINA: Nettie Cobb, a moça do cachorro.

*"You ain't never caught a rabbit..."*

Quando você negocia comigo, é melhor se lembrar de duas coisas.

FÚRIA: Wilma Jerzyck, a moça dos lençóis.

O sr. Gaunt sabe mais...

*"... and you ain't no friend of mine."*

... e o duelo só acaba quando o sr. Gaunt DISSER que acabou.

Esses pensamentos ficavam rodopiando na cabeça dele, uma mistura de pavor, culpa e infelicidade na batida dos sucessos do Elvis. Ao meio-dia, o estômago do Brian já estava embrulhado. Ele correu de meias para o banheiro no final do corredor, fechou a porta e vomitou na privada o mais silenciosamente que conseguiu. Sua mãe não ouviu. Ela ainda estava no quarto, onde Elvis estava cantando para ela que queria ser seu ursinho de pelúcia.

Quando Brian voltou lentamente para o quarto, sentindo-se mais infeliz do que nunca, uma certeza horrível e apavorante ocorreu a ele: seu card do Sandy Koufax tinha sumido. Alguém o tinha roubado na noite anterior, quando ele estava dormindo. Ele tinha participado de um assassinato por causa do card, mas agora tinha sido levado.

Ele saiu correndo, quase escorregou no tapete no meio do quarto e pegou o fichário de cards de beisebol em cima da cômoda. Virou as páginas com uma velocidade tão apavorada que acabou soltando várias. Mas o card, o card, ainda estava lá: aquele rosto estreito olhando para ele de baixo da cobertura de plástico na última página. Ainda estava lá, e Brian sentiu um alívio enorme e infeliz tomar conta dele.

Ele tirou o card do plástico, foi até a cama e se deitou com ele nas mãos. Não via como poderia voltar a soltá-lo. Era o que ele tinha ganhado por aquele pesadelo. A única coisa. Não gostava mais do card, mas era dele. Se pudesse trazer Nettie Cobb e Wilma Jerzyck de volta à vida botando fogo no card, já estaria procurando fósforos naquele momento (ele realmente acreditava nisso), mas ele *não podia* trazê-las de volta, e como não podia, a ideia de perder o card e ficar sem nada era insuportável.

Então ele o segurou nas mãos e olhou para o teto, ouvindo o som distante do Elvis, que tinha passado a cantar "Wooden Heart". Não era surpresa que Sean tivesse dito que ele estava com uma cara péssima; seu rosto estava branco, os olhos enormes e escuros e sem vida. E seu coração parecia de madeira agora que ele estava pensando nisso.

De repente, um novo pensamento, um pensamento horrível, surgiu na escuridão dentro da cabeça dele com o brilho pavoroso e veloz de um cometa: *Ele tinha sido visto!*

Ele se sentou ereto na cama, se olhando no espelho da porta do armário, horrorizado. Avental verde! Lenço vermelho por cima de rolinhos de cabelo! A sra. Mislaburski!

*O que está acontecendo aí, garoto?*

*Não sei exatamente. Acho que o sr. e a sra. Jerzyck devem estar brigando.*

Brian saiu da cama e foi até a janela, quase esperando ver o xerife Pangborn entrando na frente da garagem dele com a viatura da polícia naquele minuto. Ele não estava, mas iria em breve. Porque quando duas mulheres matavam uma à outra em uma fúria assassina, havia investigação. A sra. Mislaburski seria interrogada. E diria que tinha visto um garoto na casa dos Jerzyck. O garoto, ela diria ao xerife, era Brian Rusk.

No andar de baixo, o telefone começou a tocar. Sua mãe não atendeu, apesar de haver extensão no quarto. Ela só continuou cantando junto com a música. Ele finalmente ouviu Sean atender:

— Alô, quem é?

Brian pensou calmamente: *Ele vai arrancar a verdade de mim. Não consigo mentir, não para um policial. Eu não consegui mentir nem para a sra. Leroux sobre quem quebrou o vaso na mesa dela quando ela saiu para ir à diretoria daquela vez. Ele vai arrancar a verdade de mim e eu vou ser preso por assassinato.*

Foi nessa hora que Brian Rusk começou a pensar em suicídio. Não eram pensamentos sinistros nem românticos; eram calmos e muito racionais. Seu pai tinha uma arma na garagem, e naquele momento a arma pareceu fazer perfeito sentido. A arma pareceu ser resposta para tudo.

— *Bri-aaaann! Telefone!*

— Não quero falar com o Stan! — gritou ele. — Manda ele ligar amanhã!

— Não é o Stan — respondeu Sean. — É um cara. Um adulto.

Mãos geladas enormes seguraram o coração de Brian e o apertaram. Era agora; o xerife Pangborn estava no telefone.

*Brian? Tenho umas perguntas a fazer. São perguntas muito sérias. Se você não vier aqui agora para respondê-las, vou ter que ir te buscar. Vou ter que ir até aí no meu carro da polícia. Logo, logo, seu nome vai sair no jornal, Brian, e sua foto vai aparecer na televisão, e todos os seus amigos vão ver. Sua mãe e seu pai também vão ver, seu irmãozinho também. E quando mostrarem a foto, o homem do telejornal vai dizer "Este é Brian Rusk, o garoto que ajudou a matar Wilma Jerzyck e Nettie Cobb".*

— Hã, quem é? — gritou ele lá para baixo com voz aguda.

— Sei lá! — Sean tinha sido afastado do desenho dos *Transformers* e estava irritado. — Acho que ele disse que o nome dele era Crowfix. Alguma coisa assim. Crowfix?

Brian ficou parado na porta, o coração disparado no peito. Dois pontos vermelhos surgiram no rosto pálido.

Não Crowfix.

*Koufax.*

Sandy Koufax ligou para ele. Só que Brian tinha uma boa ideia de quem *realmente* era.

Ele desceu a escada com pés de chumbo. O telefone pareceu pesar pelo menos duzentos quilos.

— Oi, Brian — disse o sr. Gaunt suavemente.

— Hã, alô — respondeu Brian com a mesma voz aguda.

— Você não precisa se preocupar com nada — disse o sr. Gaunt. — Se a sra. Mislaburski tivesse te *visto* jogar as pedras, ela não teria perguntado o que estava acontecendo, teria?

— Como você sabe disso? — Brian estava de novo com vontade de vomitar.

— Isso não importa. O que importa é que você fez a coisa certa, Brian. A coisa perfeita. Você disse que achou que o sr. e a sra. Jerzyck estavam brigando. Se a polícia te *descobrir*, vai achar que o barulho que você ouviu era da pessoa que estava jogando as pedras. Vai achar que você não viu a pessoa porque ela estava atrás da casa.

Brian olhou para o arco que levava à sala de televisão para ter certeza de que Sean não estava xeretando. E não estava; ele estava sentado de pernas cruzadas na frente da televisão com um saco de pipoca de micro-ondas no colo.

— Eu não sei mentir! — sussurrou ele no telefone. — Eu sempre sou pego quando minto!

— Não desta vez, Brian. Desta vez, você vai mentir como um campeão.

E a coisa mais horrível de todas era que Brian achava que o sr. Gaunt sabia mais sobre aquilo também.

2

Enquanto seu filho mais velho pensava em suicídio e depois conversava com o sr. Gaunt em um sussurro desesperado e discreto, Cora Rusk estava dançando silenciosamente pelo quarto, vestindo um roupão.

Só que não era seu quarto.

Quando colocava os óculos escuros que o sr. Gaunt tinha vendido para ela, Cora ia para Graceland.

Ela dançou por aposentos fabulosos com cheiro de Pinho Sol e comida frita, aposentos onde os únicos sons eram o zumbido baixo de aparelhos de ar--condicionado (poucas janelas de Graceland podiam ser abertas; a maioria estava presa e coberta), o sussurro dos seus pés nos tapetes fofos e o som do Elvis cantando "My Wish Came True" com sua voz assombrosa e suplicante. Ela dançou embaixo do candelabro enorme de cristal francês na sala de jantar e passando pelo vitral com os pavões que eram marca registrada do local. Passou as mãos pelas cortinas de veludo azul. A mobília era no estilo francês provinciano. As paredes eram vermelho-sangue.

A cena mudou como uma passagem lenta de filme e Cora se viu na sala do porão. Havia chifres de animais numa parede e colunas de discos de ouro emoldurados em outra. Telas de televisão apagadas se projetavam de uma terceira parede. Atrás do bar longo e curvo havia prateleiras cheias de Gatorade nos sabores laranja e limão.

O velho toca-discos portátil com a foto do Rei na capa de vinil estalou. Outro disco caiu. Elvis começou a cantar "Blue Hawaii", e Cora dançou o hula-hula na Sala da Selva com os deuses tiki, o sofá com apoios de braços de gárgulas, o espelho com a moldura intrincada de penas tiradas do peito de faisões vivos.

Ela dançou. Com os óculos escuros que tinha comprado na Artigos Indispensáveis escondendo os olhos, ela dançou. Dançou em Graceland enquanto o filho subia a escada e se deitava na cama de novo e olhava o rosto estreito de Sandy Koufax e pensava em álibis e armas.


3


A escola primária de Castle Rock era uma pilha de tijolos vermelhos entre o correio e a biblioteca, resquício de uma época em que os governantes da cidade não se sentiam à vontade com uma escola se ela não parecesse um reformatório. Aquela tinha sido construída em 1926 e cumpria esse papel de forma admirável. A cada ano, a cidade chegava mais perto de decidir construir uma nova, com janelas de verdade em vez de buracos, um parquinho que não parecesse um campo de exercícios de penitenciária e salas de aula que ficassem quentes no inverno.

A sala de fonoaudiologia de Sally Ratcliffe foi uma coisa que veio depois, no porão, escondida entre a sala da caldeira e o depósito com pilhas de toalhas de papel, giz, livros Ginn and Company e barris de serragem vermelha aromatizada. Com sua mesa de professora e seis carteiras menores para os alunos na sala, quase não havia espaço para se virar, mas Sally tentava deixar a sala o mais alegre possível mesmo assim. Ela sabia que a maioria das crianças enviadas para a fonoterapia — as que gaguejavam, que ceceavam, que tinham dislexia, que tinham bloqueio nasal — achava a experiência assustadora e infeliz. Eram zombadas pelos colegas e questionadas pelos pais. Não havia necessidade de o ambiente ser tão sombrio.

Por isso, havia dois móbiles pendurados nos canos poeirentos do teto, fotos de famosos da televisão e de estrelas do rock nas paredes e um pôster grande do Garfield na porta. As palavras no balão saindo da boca de Garfield eram: "Se um gato descolado como eu pode falar direito, você também pode!"

Os arquivos dela estavam atrasados, apesar de as aulas só terem voltado havia cinco semanas. Ela pretendia passar o dia os atualizando, mas por volta de uma e quinze Sally reuniu tudo, enfiou no fundo da gaveta de onde os tinha tirado, fechou a gaveta e a trancou. Ela disse para si mesma que pararia cedo porque o dia estava muito bonito para que ela o passasse enfurnada naquela sala de porão, mesmo com a caldeira misericordiosamente silenciosa. Mas não era totalmente verdade. Ela tinha planos bem claros para a tarde.

Queria ir para casa, se sentar na cadeira junto à janela com o sol no colo e meditar sobre a maravilhosa lasca de madeira que tinha comprado na Artigos Indispensáveis.

Ela passou a ter cada vez mais certeza de que a lasca era um milagre autêntico, uma das criaturas pequenas e divinas que Deus espalhara pela Terra para Seus fiéis encontrarem. Segurá-la era como ser refrescada por um gole de água de poço num dia quente. Segurá-la era como ser alimentado quando se está com fome. Segurá-la era…

Bom, segurá-la era o êxtase.

E tinha uma coisa que a incomodava. Ela tinha guardado a lasca na gaveta de baixo da cômoda do quarto, embaixo das calcinhas, e tinha tomado o cuidado de trancar a casa quando saiu, mas estava com um sentimento horrível e incômodo de que alguém poderia invadir sua casa e roubar a

(*relíquia sagrada relíquia*)

lasca. Ela sabia que não fazia muito sentido; que ladrão ia querer roubar um pedaço de madeira velho e cinzento, mesmo se o encontrasse? Mas se o ladrão por acaso *tocasse* a madeira… se aqueles sons e imagens enchessem a cabeça *dele* como enchiam a dela cada vez que ela fechava a mão pequena sobre a lasca... bem...

Ela iria mesmo para casa. Vestiria um short e uma regata e passaria uma hora em meditação

(*exaltação*)

silenciosa, sentindo o chão embaixo dela virar um convés que subia e descia lentamente, ouvindo os animais mugirem e zumbirem e balirem, sentindo a luz de um sol diferente, esperando o momento mágico (ela tinha certeza de que chegaria se ela segurasse a lasca por tempo suficiente, se ficasse muito, muito quieta e orasse bastante) em que a proa de um barco enorme tocaria no alto da montanha com um som grave e longo. Ela não sabia por que Deus tinha achado que, dentre todos os fiéis do mundo, deveria abençoá-la com aquele milagre maravilhoso, mas como Ele tinha feito exatamente isso, Sally pretendia vivenciá-lo o mais integral e completamente que pudesse.

Ela saiu pela porta lateral e atravessou o parquinho até o estacionamento de professores, uma jovem alta e bonita com cabelo louro-escuro e pernas compridas. Falavam muito sobre aquelas pernas na barbearia quando Sally Ratcliffe passava calçando seus saltos baixos, normalmente com a bolsa em uma das mãos e a Bíblia (cheia de folhetos dentro) na outra.

— Meu Deus, as pernas daquela mulher vão até o queixo — disse Bobby Dugas uma vez.

— Nem fica pensando nelas — respondeu Charlie Fortin. — Você nunca vai senti-las em volta da *sua* bunda. Ela pertence a Jesus e a Lester Pratt. Nessa ordem.

A barbearia explodiu em gargalhadas masculinas vigorosas no dia em que Charlie ouviu essa resposta, um verdadeiro tapa com luva de pelica. Do lado de fora, Sally Ratcliffe foi andando a caminho dos Estudos Bíblicos de Quinta-feira à Noite para Jovens Adultos do reverendo Rose, sem saber, sem se importar, protegida por suas alegres inocência e virtude.

Ninguém fazia piadas sobre as pernas de Sally e nem *nada* de Sally quando Lester Pratt estava na barbearia Clip Joint (e ele ia lá a cada três semanas para aparar o corte militar). Estava claro para a maioria das pessoas na cidade que se importava com essas coisas que ele acreditava que Sally peidava perfume e cagava petúnias, e não se discutia essas coisas com um homem como Lester. Ele era um cara bem simpático, mas sobre os assuntos de Deus e de Sally Ratcliffe, sempre falava muito sério. E um homem como Lester era capaz de arrancar seus braços e pernas para depois colocá-los em lugares novos e interessantes, se quisesse.

Ele e Sally tiveram encontros bem quentes, mas nunca foram "até o fim". Lester costumava voltar para casa depois desses encontros em um estado de total descompostura, o cérebro explodindo de alegria e as bolas explodindo de porra frustrada, sonhando com a noite, agora não muito distante, em que ele não teria que parar. Ele às vezes se perguntava se não a afogaria na primeira vez que eles "fizessem".

Sally também estava ansiosa pelo casamento e pelo fim da frustração sexual... embora, nos últimos dias, os abraços de Lester tivessem passado a parecer menos importantes para ela. Ela pensou em contar para ele sobre a lasca de madeira da Terra Santa que tinha comprado na Artigos Indispensáveis, a lasca com o milagre dentro, mas no final não falou nada. Acabaria *falando*, claro; milagres deviam ser compartilhados. Era pecado *não* compartilhá-los. Mas ela ficou surpresa (e um pouco consternada) pelo sentimento de possessividade ciumenta que surgia nela toda vez que pensava em mostrar a lasca para Lester e convidá-lo a segurá-la.

*Não!*, gritou uma voz furiosa e infantil na primeira vez que ela pensou nisso. *Não, é minha! Não seria tão importante para ele quanto é para mim! Não poderia!*

Chegaria o dia em que ela *compartilharia*, assim como chegaria o dia em que ela compartilharia seu corpo com ele... mas não era hora de nenhuma dessas duas coisas ainda.

Aquele dia quente de outubro pertencia estritamente a *ela*.

Havia poucos carros no estacionamento dos professores, e o Mustang de Lester era o mais novo e mais bonito deles. Ela estava tendo problemas com seu carro, alguma coisa no sistema de transmissão, mas isso não era um problema de verdade. Quando ela ligou para o Les de manhã e perguntou se podia pegar o carro dele de novo (ela tinha acabado de devolvê-lo depois de seis dias na tarde anterior), ele concordou em levá-lo até lá na mesma hora. Podia voltar correndo, disse ele, e mais tarde jogaria futebol americano com alguns amigos. Sally achava que ele teria insistido para que ela ficasse com o carro mesmo que *precisasse* dele, e isso não parecia problema para ela. Ela estava ciente — de um jeito vago e desconcentrado que era resultado de intuição, não de experiência — de que Les pularia por aros de fogo se ela pedisse, e isso estabelecia uma cadeia de adoração que ela aceitava com complacência ingênua. Les a idolatrava; os dois idolatravam Deus; tudo era como devia ser; mundo sem fim, amém.

Ela entrou no Mustang, e quando se virou para colocar a bolsa entre os bancos, seu olhar detectou uma coisa branca saindo de baixo do banco do passageiro. Parecia um envelope.

Ela se inclinou e o pegou, achando estranho encontrar algo assim no Mustang; Les costumava deixar o carro limpíssimo e arrumado, assim como fazia com seu corpo. Havia uma palavra na frente do envelope, mas que provocou uma sensação ruim em Sally Ratcliffe. A palavra era *Amor*, escrita em caligrafia leve e inclinada.

Caligrafia *feminina*.

Ela o virou. Nada atrás, e o envelope estava colado.

— Amor? — Sally perguntou com dúvida, e de repente se deu conta de que estava sentada no carro de Lester com todas as janelas ainda fechadas, suando como louca. Ela ligou o motor, abriu a janela do motorista e se inclinou por cima do banco para abrir a do passageiro.

Ela teve a impressão de sentir um leve aroma de perfume quando fez isso. Se fosse o caso, não era dela; ela não usava perfume nem maquiagem. Sua religião lhe ensinou que essas coisas eram ferramentas de prostitutas. (Além do mais, ela não precisava disso.)

*Não era perfume. Era o aroma da madressilva que crescia perto da cerca do parquinho. Foi esse o cheiro que você sentiu.*

— Amor? — repetiu ela, olhando para o envelope.

O envelope não respondeu. Só ficou nas mãos dela, arrogante.

Ela passou os dedos pelo envelope e o dobrou para um lado e para o outro. Havia um pedaço de papel dentro, pensou ela, pelo menos um, mas mais alguma coisa. Essa alguma coisa parecia ser uma foto.

Ela ergueu o envelope contra o para-brisa, mas não adiantou nada; o sol estava virado para o outro lado agora. Depois de refletir por um momento, ela saiu do carro e segurou o envelope voltado para o sol. Só conseguiu identificar um retângulo leve lá dentro, o que ela achava que fosse a carta, e uma forma quadrada mais escura que devia ser uma foto de

(*Amor*)

quem mandou a carta para o Les.

Só que, claro, não tinha sido enviada, ao menos não pelo sistema postal. Não havia selo, não havia endereço. Só aquela palavra perturbadora. Também não tinha sido aberta, o que significava... o quê? Que alguém tinha colocado a carta no Mustang de Lester enquanto Sally estava trabalhando nos arquivos?

Era possível. Também poderia significar que alguém tivesse entrado no carro na noite anterior, até mesmo no dia anterior, e Lester não tinha visto. Afinal, só havia um cantinho aparecendo; poderia ter escorregado um pouco do esconderijo embaixo do assento enquanto ela dirigia até a escola de manhã.

— Oi, srta. Ratcliffe! — alguém gritou.

Sally sacudiu o envelope e o escondeu nas dobras da saia. Seu coração disparou com culpa.

Era o pequeno Billy Marchant, atravessando o parquinho com o skate debaixo do braço. Sally acenou para ele e voltou rapidamente para dentro do carro. Seu rosto estava quente. Ela estava vermelha. Era bobagem, não, *loucura*, mas ela estava se comportando quase como se Billy a tivesse visto fazendo uma coisa que não deveria.

*Bom, e não foi isso mesmo? Você não estava tentando espiar uma carta que não é sua?*

Foi nessa hora que ela sentiu as primeiras pontadas de ciúme. Talvez *fosse* dela; muita gente em Castle Rock sabia que ela dirigia o carro de Lester tanto quanto seu próprio carro nas últimas semanas. E mesmo que *não fosse* dela, Lester Pratt *era*. Ela não estava pensando havia pouco, com a complacência sólida e agradável que só as mulheres cristãs que são jovens e bonitas sentem de forma tão apurada, que ele pularia por aros de fogo por ela?

*Amor.*

Ninguém tinha deixado aquele envelope para *ela*, disse ela tinha certeza. *Ela* não tinha amigas que a chamavam de Querida ou Amada ou Amor. Deixaram ali para *Lester*. E...

A solução surgiu de repente, e ela desabou no assento azul-claro com um pequeno suspiro de alívio. Lester dava aula de educação física na Castle Rock High. Ele só ficava com os garotos, claro, mas muitas garotas, jovens e impressionáveis, o viam todos os dias. E Les era um jovem bonito.

*Alguma garotinha do ensino médio com uma paixonite colocou um bilhete no carro dele. Foi só isso. Ela nem ousou deixar sobre o painel, onde ele o veria imediatamente.*

— Ele não se importaria se eu abrisse — disse Sally em voz alta, e arrancou a ponta do envelope numa faixa reta que jogou no cinzeiro, onde nunca nenhum cigarro tinha sido colocado. — Vamos rir disso esta noite.

Ela inclinou o envelope, e uma fotografia Kodak impressa caiu em sua mão. Ela viu a foto e seu coração parou por um momento. Ela ofegou. Suas bochechas foram tomadas de vermelho e sua mão cobriu a boca, que tinha se repuxado em um pequeno O chocado de consternação.

Ela nunca tinha entrado no Tigre Meloso e não reconheceu o ambiente na foto, mas não era *totalmente* inocente; tinha assistido a televisão o suficiente e ido ao cinema vezes o suficiente para conseguir reconhecer um bar. A fotografia mostrava um homem e uma mulher sentados a uma mesa no que parecia ser um canto (um canto *aconchegante*, sua mente insistia em dizer) de

354

um salão grande. Havia uma jarra de cerveja e dois copos Pilsner na mesa. Havia outras pessoas sentadas a outras mesas atrás e em volta deles. No fundo havia uma pista de dança.

O homem e a mulher estavam se beijando.

Ela usava um suéter cintilante que deixava a barriga exposta e uma saia que parecia ser de linho branco. Uma saia muito *curta*. Uma das mãos do homem apertava a pele da cintura dela com familiaridade. A outra estava *debaixo da saia dela*, empurrando-a mais para cima. Sally conseguia ver de leve a calcinha da mulher.

*Que vagabunda*, pensou Sally com consternação e raiva.

As costas do homem estavam viradas para o fotógrafo; Sally só conseguia ver o queixo e uma orelha. Mas conseguia ver que ele era muito musculoso e que o cabelo preto estava cortado num corte militar bem curto. Ele usava uma camiseta azul sem mangas e um moletom azul com listra branca na lateral.

Lester.

Lester explorando a paisagem debaixo da saia daquela vagabunda.

Não!, protestou sua mente em negação e pânico. Não *pode* ser ele! Lester não vai a bares! Ele nem bebe! E nunca beijaria outra mulher porque ele me ama! Eu sei que ama porque…

— Porque ele diz. — Sua voz, seca e sem vida, foi chocante para seus próprios ouvidos. Ela queria amassar a foto e jogá-la pela janela do carro, mas não podia fazer isso; alguém poderia encontrá-la, e o que essa pessoa pensaria?

Ela se voltou para a foto de novo e a observou com olhos ciumentos e atentos.

O rosto do homem bloqueava boa parte do da mulher, mas Sally viu a linha da testa dela, o canto de um olho, a bochecha esquerda e a linha do maxilar. O mais importante foi que ela viu o corte de cabelo escuro da mulher; desfiado e com uma franja na testa.

Judy Libby tinha cabelo escuro. E Judy Libby o cortou desfiado, com uma franja na testa.

Você está enganada. Não, pior do que isso: você está louca. Les terminou com Judy quando ela saiu da igreja. E ela foi embora depois. Para Portland ou Boston ou outro lugar desses. Essa foto é só a ideia doente que alguém tem de uma boa piada. Você sabe que Les nunca…

Mas ela *sabia*? Sabia mesmo?

Toda a antiga complacência agora surgiu para debochar dela, e uma voz que ela nunca tinha ouvido antes falou de repente de um canto profundo do coração dela: *A confiança do inocente é a ferramenta mais útil do mentiroso.*

Mas não *tinha* que ser a Judy; não *tinha* que ser o Lester também. Afinal, não dava para identificar *quem* eram as pessoas quando elas estavam se beijando, dava? Não dava nem para ter certeza no cinema se você entrasse com o filme começado, nem mesmo se fossem duas pessoas famosas. Era preciso esperar até que os dois parassem e olhassem para a câmera de novo.

*Isso não é um filme*, garantiu a nova voz. *É a vida real. E se não são eles, o que aquele envelope estava fazendo no carro dele?*

Agora, seus olhos estavam fixados na mão direita da mulher, que estava apertando de leve o pescoço do seu namorado.

(*do Lester*)

Ela tinha unhas longas e feitas, unhas pintadas de esmalte escuro. Judy Libby tinha unhas assim. Sally lembrava que não tinha ficado nada surpresa quando Judy parou de ir à igreja. Uma garota com unhas assim, ela se lembrava de ter pensado, tem bem mais do que o Senhor dos Anfitriões na mente.

Tudo bem, devia ser Judy Libby. Isso não significava que era Lester ali com ela. Podia ser o jeito maldoso dela de se vingar de nós dois porque Lester a largou quando finalmente se deu conta de que ela era tão cristã quando Judas Iscariotes. Afinal, muitos homens têm cabelo militar, e qualquer homem pode vestir uma camiseta azul e uma calça com faixas brancas nas laterais.

Mas seu olhar encontrou outra coisa, e seu coração pareceu ficar cheio de chumbo. O homem estava de relógio, do tipo digital. Ela o reconheceu apesar de não estar em foco perfeito. Claro que reconheceria; não foi ela mesma que o deu a Lester, no aniversário dele no mês anterior?

Podia ser coincidência, sua mente insistia febrilmente. Era só um Seiko, foi o que pude comprar. Qualquer um poderia ter um relógio assim. Mas a nova voz riu ruidosamente, com desespero. A nova voz queria saber quem ela achava que estava enganando. E havia mais. Ela não conseguia ver a mão embaixo da saia da mulher (graças a Deus), mas conseguia ver o braço ao qual a mão estava presa. Havia duas pintas grandes naquele braço, logo abaixo do cotovelo. Quase se tocavam, resultando em uma forma parecida com um oito.

Quantas vezes ela tinha passado o dedo carinhosamente por aquelas pintas quando ela e Lester estavam sentados no balanço da varanda? Quantas vezes ela as beijou com carinho enquanto ele acariciava seus seios (protegidos por um sutiã pesado J.C. Penney escolhido cuidadosamente para esses conflitos de amor na varanda dos fundos) e sussurrava termos de amor e promessas de lealdade infinita no ouvido dela?

Era Lester, sim. Um relógio podia ser colocado e tirado, mas pintas não… Um trecho de música antiga de discoteca passou pela cabeça dela: *Garotas safadas… toot-toot… beep-beep…*

— Vagabunda, vagabunda, *vagabunda!* — sibilou ela para a fotografia com uma raiva repentina. Como ele podia ter voltado para ela? *Como?*

*Talvez*, disse a voz, *porque ela o deixa fazer o que você não deixa.*

Seus seios subiram rapidamente; um ruído de consternação chiado passou por seus dentes e sua garganta.

Mas eles estão em um bar! Lester não...

Mas ela se deu conta de que essa era uma consideração secundária. Se Lester estivesse saindo com Judy, se estivesse mentindo sobre *isso*, mentir sobre tomar ou não cerveja nem era tão importante, era?

Sally deixou a fotografia de lado com a mão trêmula e tirou do envelope o bilhete dobrado que o acompanhava. Um cheiro suave, poeirento e doce, saiu junto quando ela o tirou. Sally o levou até o nariz e inspirou fundo.

— *Vagabunda!* — exclamou ela com voz rouca e sofrida. Se Judy Libby aparecesse na frente dela naquele momento, Sally a atacaria com as próprias unhas, mesmo que fossem sensatamente curtas. Queria que Judy aparecesse. Queria que Lester aparecesse também. Ele não jogaria futebol americano tão cedo depois que *ela* acabasse com ele. *Tão* cedo.

Ela abriu o bilhete. Era curto, as palavras escritas na caligrafia de uma estudante.

Querido Les,

Felicia tirou essa foto quando estávamos no Tigre outra noite. Ela disse que deveria usar para nos chantagear! Mas ela só estava brincando. Ela deu a foto para mim, e estou dando para você como lembrança da nossa GRANDE NOITE. Foi MUITA OUSADIA sua colocar a mão embaixo da minha saia assim, "em público", mas me deixou TÃO QUENTE. Além do mais, você é TÃO FORTE. Quanto mais olhei, mais "calor" senti. Se você olhar bem, dá para ver minha calcinha! Que bom que Felicia não estava por perto depois, quando eu tirei ela!!! Nos vemos em breve. Enquanto isso, guarde essa foto "em memória de mim". Vou ficar pensando em você e na sua COISA GRANDE. É melhor eu parar agora antes que fique mais quente ainda ou tenha que fazer uma coisa safada. E pare de se preocupar com VOCÊ SABE QUEM. Ela está ocupada dimais com Jesus para se preocupar com a gente.

Beijos da sua
Judy

Sally ficou atrás do volante do Mustang de Lester por quase meia hora, relendo o bilhete, sua mente e suas emoções em uma confusão de raiva, ciúme e sofrimento. Também havia um toque de excitação sexual em seus pensamentos e sentimentos; mas isso era algo que ela jamais admitiria para ninguém, menos ainda para si mesma.

*A piranha burra nem sabe escrever "demais",* pensou ela.

Seus olhos ficavam encontrando novos trechos em que se fixarem. Principalmente os que estavam com letras de fôrma.

> *Nossa GRANDE NOITE.*
> *MUITA OUSADIA.*
> *TÃO QUENTE.*
> *TÃO FORTE.*
> *Sua COISA GRANDE.*

Mas a parte para a qual ela ficava voltando, a que mais alimentava sua fúria, era a perversão blasfema do ritual da Comunhão:

*... guarde essa foto "em memória de mim"*

Imagens obscenas surgiram na mente de Sally, espontâneas. A boca de Lester se fechando em um dos mamilos de Judy Libby enquanto ela murmurava: "Tomai e bebei tudo isto, em memória de mim". Lester de joelhos entre as pernas abertas de Judy Libby enquanto ela mandava que ele tomasse e comesse em memória de mim.

Ela amassou a folha de papel cor de pêssego em uma bola e a jogou no chão do carro. Sentou-se ereta atrás do volante, respirando com dificuldade, o cabelo desgrenhado e suado (ela ficou passando a mão livre distraidamente pelo cabelo enquanto lia o bilhete). Em seguida, se inclinou, o pegou, esticou o papel e enfiou de volta no envelope com a foto. Suas mãos estavam tremendo tanto que ela precisou repetir três vezes para conseguir, e quando conseguiu, rasgou o envelope no meio pela lateral.

— Vagabunda! — exclamou ela de novo, e caiu no choro. As lágrimas estavam quentes; queimavam como ácido. — *Piranha! E você! Você! Filho da mãe mentiroso!*

Ela enfiou a chave na ignição. O Mustang ganhou vida com um rugido que pareceu tão raivoso quanto ela se sentia. Ela passou a primeira marcha e saiu do estacionamento dos professores em uma nuvem de fumaça azul e um grito alto de borracha queimada.

Billy Marchant, que estava praticando com o skate no parquinho, olhou com surpresa.

# 4

Ela estava no quarto quinze minutos depois, remexendo entre as calcinhas, procurando a lasca de madeira sem conseguir encontrar. Sua raiva de Judy e do namorado mentiroso filho da mãe tinha sido eclipsada por um horror ainda maior: e se a lasca tivesse sumido? E se tivesse sido roubada?

Sally tinha levado o envelope rasgado junto e se deu conta de que ainda estava em sua mão esquerda. Estava atrapalhando a busca. Ela o jogou de lado e tirou as calcinhas comportadas de algodão de dentro da gaveta em punhados grandes, espalhando-as para todo lado. Quando percebeu que estava prestes a gritar com uma mistura de pânico, raiva e frustração, ela viu a lasca. Tinha puxado a gaveta com tanta força que a lasca deslizara para o canto esquerdo de trás.

Ela a pegou e na mesma hora foi invadida por um sentimento de paz e serenidade. Pegou o envelope com a outra mão e segurou as duas mãos na frente do corpo, bem e mal, sagrado e profano, alfa e ômega. Ela guardou o envelope rasgado na gaveta e jogou as calcinhas por cima, em pilhas bagunçadas.

Sentou-se no chão, cruzou as pernas e inclinou a cabeça por cima da lasca. Fechou os olhos, esperando sentir o chão oscilar de leve, esperando a paz que sentia quando ouvia as vozes dos animais, dos pobres animais irracionais, salvos em uma época de maldades pela graça de Deus.

Mas em vez disso ela ouviu a voz do homem que tinha lhe vendido a lasca de madeira. *Você devia cuidar disso, sabe*, disse o sr. Gaunt de dentro da relíquia. *Devia cuidar disso... dessa coisa horrível.*

— Sim — disse Sally Ratcliffe. — Eu sei.

Ela ficou sentada a tarde toda no quarto quente de solteira, pensando e sonhando no círculo escuro que a lasca de madeira gerava em volta dela, uma escuridão que era como o pescoço dilatado de uma naja.

# 5

— *Lookit my king, all dressed in green... iko-iko one day... he's not a man, he's a lovin' machine...*

Enquanto Sally Ratcliffe meditava em sua nova escuridão, Polly Chalmers estava sentada em uma área de luz do sol ao lado de uma janela que ela tinha aberto para deixar entrar um pouco do calor atípico numa tarde de outubro. Estava usando a máquina Singer Dress-O-Matic e cantando "Iko" com sua voz clara e agradável de contralto.

Rosalie Drake se aproximou e disse:

— Sei de alguém que está se sentindo melhor hoje. *Bem* melhor, ao que parece.

Polly ergueu o rosto e ofereceu a Rosalie um sorriso estranhamente complexo.

— Estou e não estou — disse ela.

— O que você quer dizer é que está e não pode evitar.

Polly refletiu por um momento e assentiu. Não era exatamente isso, mas servia. As duas mulheres que morreram juntas no dia anterior estavam juntas de novo hoje, na Funerária Samuels. Elas seriam veladas em igrejas diferentes na manhã seguinte, mas na tarde daquele mesmo dia Nettie e Wilma seriam vizinhas de novo... dessa vez no cemitério Homeland. Polly se considerava parcialmente responsável pelas mortes delas; afinal, Nettie nunca teria voltado a Castle Rock se não fosse por ela. Ela escreveu as cartas necessárias, foi às audiências necessárias, até encontrou um lugar para Netitia Cobb morar. E por quê? O pior era que Polly não conseguia lembrar agora, só que tinha parecido um ato de caridade cristã e a última responsabilidade de uma antiga amizade da família.

Ela não fugiria da culpa nem deixaria que ninguém a convencesse que não era dela (Alan foi sábio o suficiente para nem tentar), mas não tinha certeza se mudaria o que tinha feito. A essência da loucura de Nettie estava além do que Polly poderia controlar ou alterar, aparentemente, mas mesmo assim ela passou três anos felizes e produtivos em Castle Rock. Talvez três anos assim fossem melhores do que o longo tempo cinzento que ela teria passado na instituição, antes que a velhice ou o simples tédio a levasse. E se Polly tivesse, por suas ações, assinado seu nome no mandado de morte de Wilma Jerzyck, quem escreveu as particularidades daquele documento não tinha sido a própria Wilma? Afinal, foi Wilma, não Polly, quem matou o cachorrinho alegre e inofensivo de Nettie Cobb com um saca-rolha.

Havia outra parte dela, uma parte mais simples, que estava simplesmente sofrendo pelo falecimento da amiga e confusa com o fato de Nettie ter sido capaz de fazer uma coisa daquelas quando parecia a Polly que ela estava melhorando.

Ela tinha passado boa parte da manhã tomando providências funerárias e ligando para os poucos parentes de Nettie (todos indicaram que não compareceriam ao funeral, o que Polly já esperava), e esse trabalho, os processos mecânicos da morte, ajudou a concentrar sua própria dor... como os rituais de enterrar os mortos devem mesmo fazer.

Mas havia algumas coisas que não saíam da sua cabeça.

A lasanha, por exemplo; ainda estava na geladeira com o papel-alumínio por cima para não ressecar. Ela achava que Alan a comeria no jantar... isso se pudesse ir até lá. Ela não comeria sozinha. Não suportaria.

Ela ficava se lembrando do quão rápido Nettie percebeu que ela estava com dor, de como avaliou essa dor com precisão e de como pegou as luvas térmicas, insistindo que daquela vez poderiam ajudar. E, claro, da última coisa que Nettie disse para ela: "Eu te amo, Polly.".

— Terra para Polly, Terra para Polly, alô, Pol, está ouvindo? — cantarolou Rosalie.

Ela e Polly relembraram Nettie juntas de manhã, trocando essas e outras lembranças, e choraram juntas na sala dos fundos, se abraçando em meio a rolos de tecido. Agora, Rosalie também parecia feliz... talvez só porque tinha ouvido Polly cantando.

Ou porque ela não era totalmente real para nenhuma de nós, refletiu Polly. Havia uma sombra sobre ela. Uma sombra que não era completamente preta, veja bem; era só densa o suficiente para dificultar a visão. É o que torna nossa dor tão frágil.

— Estou ouvindo — disse Polly. — *Estou* me sentindo melhor, *não* posso evitar, e estou muito grata *por isso*. Isso cobre a questão?

— Praticamente — concordou Rosalie. — Não sei o que me surpreendeu mais quando entrei: te ouvir cantando ou te ouvir usando uma máquina de costura de novo. Mostre as mãos.

Polly fez isso. Nunca seriam confundidas com as mãos de um ícone da beleza, com os dedos tortos e os nódulos de Herbenden, que alargavam grotescamente os nós dos dedos, mas Rosalie viu que o inchaço tinha diminuído dramaticamente desde sexta, quando a dor persistente fez Polly ir embora mais cedo.

— Uau! — exclamou Rosalie. — Estão doendo?

— Claro, mas estão melhores do que em todo o último mês. Olha.

Ela fechou lentamente os dedos em punhos frouxos. Em seguida, os abriu novamente, com o mesmo cuidado.

— Há pelo menos um mês eu não conseguia fazer isso. — A verdade, Polly sabia, era um pouco mais extrema: ela não conseguia fechar as mãos sem dor severa desde abril ou maio.

— *Uau!*

— Eu estou me sentindo melhor — disse Polly. — Se Nettie estivesse aqui pra ver, as coisas estariam perfeitas.

A porta da loja se abriu.

361

— Você pode ver quem é? — pediu Polly. — Quero terminar de costurar esta manga.

— Pode deixar. — Rosalie saiu andando, mas parou por um momento e olhou para trás. — Nettie não ficaria chateada de você estar se sentindo bem, sabe.

Polly assentiu.

— Eu sei — disse ela com seriedade.

Rosalie foi até a loja receber o cliente. Quando saiu, Polly levou a mão esquerda ao peito e tocou no pequeno volume, um pouco maior do que uma noz, que estava embaixo do suéter rosa, entre seus seios.

*Azka*, que palavra maravilhosa, pensou ela, e começou a usar a máquina de costura de novo, virando o tecido do vestido, seu primeiro original desde o verão, embaixo do movimento rápido da agulha.

Ela se perguntou distraidamente quanto o sr. Gaunt pediria pelo amuleto. O que ele quiser, pensou ela, não será suficiente. Não vou, *não posso* pensar assim quando chegar a hora de negociar, mas é a simples verdade. O que ele quiser pelo amuleto será uma pechincha.

# CATORZE

1

Os conselheiros (e a conselheira) de Castle Rock compartilhavam uma única secretária em tempo integral, uma jovem com o exótico nome de Ariadne St. Claire. Ela era uma jovem feliz, não lá muito cheia de inteligência, mas incansável e agradável de olhar. Tinha seios grandes que subiam em colinas macias e íngremes embaixo de um suprimento aparentemente infinito de suéteres angorá e uma pele linda. Ela também tinha uma péssima visão. Seus olhos dançavam, castanhos e ampliados, atrás de lentes grossas de óculos com aro de chifre. Buster gostava dela. Considerava-a burra demais para ser um Deles.

Ariadne mostrou a cabeça na porta do escritório dele às quinze para as quatro da tarde.

— Deke Bradford passou aqui, sr. Keeton. Ele precisa de uma assinatura em um formulário de liberação de fundos. Você pode cuidar disso?

— Bom, vamos ver o que é — disse Buster, enfiando a seção esportiva do dia do *Daily Sun* de Lewiston, dobrada na parte das corridas, na gaveta da escrivaninha.

Estava se sentindo melhor naquele dia, determinado e alerta. As malditas folhinhas rosa tinham sido queimadas no fogão, Myrtle tinha parado de pular longe como um gato escaldado quando ele se aproximava (ele não ligava muito para Myrtle, mas era irritante morar com uma mulher que achava que você era o Estrangulador de Boston) e ele esperava ganhar uma boa quantia no Hipódromo naquela noite. Por causa do feriado, a multidão (sem contar os prêmios) seria maior.

Ele até tinha começado a pensar em termos de quinexata e trifeta.

Quanto ao oficial Cara de Pica e o xerife Cabeça de Merda e todo o resto do bando feliz… bom, ele e o sr. Gaunt sabiam sobre Eles, e Buster acreditava que os dois formariam uma dupla e tanto.

Por todos esses motivos, ele pôde receber Ariadne no escritório com tranquilidade; pôde até sentir um pouco do antigo prazer observando a forma suave como os seios oscilavam dentro do indubitável sutiã incrível.

Ela deixou um formulário de liberação de fundos na mesa dele. Buster o pegou e se encostou na cadeira de rodinhas para examiná-lo. A quantia requisitada estava escrita em uma caixa no alto, novecentos e quarenta dólares. O pagamento seria para a Case Construction and Supply em Lewiston. No espaço reservado para *Bens e/ou serviços fornecidos*, Deke tinha escrito 16 CAIXAS DE DINAMITE. Abaixo. Na seção de *Comentários/Explicações*, tinha escrito:

> *Finalmente chegamos à crista de granito na pedreira na Estrada Municipal 5, sobre a qual os geólogos do estado nos avisaram em 1987 (ver meu relatório para obter detalhes). Há bem mais cascalho atrás, mas vamos ter que explodir a pedra para chegar lá. Isso precisa ser feito antes que fique frio e a neve comece a cair. Se tivermos que comprar cascalho por todo o inverno em Norway, os cidadãos pagadores de impostos ficarão furiosos. Duas ou três explosões devem ser suficientes, e a Case tem um bom suprimento de Taggart Hi-Impact disponível. Eu verifiquei. Podemos receber amanhã à tarde se quisermos e começar as explosões na quarta-feira. Marquei os locais se algum dos conselheiros quiser ir dar uma olhada.*

Abaixo disso, Deke tinha rabiscado sua assinatura.

Buster leu o bilhete de Deke duas vezes, batendo nos dentes da frente, pensativo, enquanto Ariadne esperava. Finalmente, ele se inclinou para a frente na cadeira, fez uma mudança, acrescentou uma frase, rubricou a mudança e a parte acrescentada e assinou seu nome abaixo do de Deke com um floreio. Quando entregou a folha rosa de volta para Ariadne, estava sorrindo.

— Pronto! — disse ele. — E todo mundo me acha tão sovina!

Ariadne olhou para o formulário. Buster tinha mudado a quantia de novecentos e quarenta dólares para mil e quatrocentos dólares. Abaixo da explicação do Deke sobre o motivo para querer a dinamite, Buster acrescentou: *Melhor comprar pelo menos vinte caixas enquanto tem estoque.*

— Quer ir dar uma olhada na pedreira, sr. Keeton?

— Não, não, não vai ser necessário. — Buster se encostou na cadeira e juntou as mãos na nuca. — Mas peça a Deke pra me ligar quando a mercadoria chegar. É muito explosivo. Não queremos que caia nas mãos erradas, não é?

— Não mesmo — disse Ariadne, e saiu. Ela ficou feliz em sair. Havia algo no sorriso do sr. Keeton que ela achou... bom, meio sinistro.

364

Enquanto isso, Buster tinha girado a cadeira para poder olhar para a rua Principal, que estava bem mais movimentada do que quando ele olhou para a cidade com desespero no sábado de manhã. Muita coisa tinha acontecido desde então, e ele desconfiava que bem mais *aconteceria* nos dois dias seguintes. Ora, com vinte caixas de dinamite Taggart Hi-Impact guardadas no depósito do Serviço Público da cidade — do qual ele tinha a chave, claro —, quase qualquer coisa podia acontecer.

Qualquer coisa mesmo.

## 2

Ace Merrill atravessou a ponte Tobin e entrou em Boston às quatro horas daquela tarde, mas já tinha passado das cinco quando ele finalmente chegou no que esperava que fosse seu destino. Era uma parte estranha, deserta e pobre de Cambridge, perto do centro de uma confusão de ruas. Metade delas parecia ser mão única; a outra metade, becos sem saída. Os prédios em ruínas daquela área decadente estavam lançando sombras longas nas ruas quando Ace parou na frente de um bloco de concreto de um andar na rua Whipple. Ficava no centro de um terreno baldio cheio de mato.

Havia uma cerca de alambrado em volta da propriedade, mas não era problema; o portão tinha sido roubado. Só ficaram as dobradiças. Ace viu o que deviam ser as marcas do cortador de metal nelas. Ele levou o Challenger pelo local onde antes ficava o portão e dirigiu lentamente na direção do bloco de concreto.

As paredes eram vazias e sem janelas. O caminho cheio de raízes pelo qual ele seguiu levava a uma porta de garagem na lateral do prédio, virada para o rio Charles. Também não havia janelas na porta da garagem. O Challenger sacudiu nos amortecedores com lamento ao passar por buracos no que podia ter sido anteriormente uma superfície de asfalto. Ele passou por um carrinho de bebê abandonado em um amontoado de vidro quebrado. Uma boneca podre com metade do rosto ocupava o carrinho, olhando para ele com um olho azul mofado quando ele passou. Ele parou na frente da porta fechada da garagem. O que tinha que fazer agora? O prédio de concreto tinha a aparência de um lugar abandonado desde 1945, mais ou menos.

Ace saiu do carro. Tirou um pedaço de papel do bolso do peito. Nele estava escrito o endereço do lugar onde o carro de Gaunt estava guardado. Ele conferiu o que estava escrito novamente, em dúvida. Os últimos números pelos quais ele passou sugeriam que ali *devia ser* o número 85 da rua Whipple, mas quem podia garantir? Lugares como aqueles nunca tinham número, e não parecia haver ninguém por perto para quem ele pudesse perguntar. Na verdade, toda aquela parte da cidade tinha um clima deserto e sinistro do qual Ace não estava gostando muito. Terrenos baldios. Carros depenados, desprovidos de todas as partes úteis e de cada centímetro de fio de cobre. Cortiços vazios esperando que os políticos decidissem suas prioridades para serem demolidos. Ruas tortas que davam em pátios de terra e cantos sem saída cheios de lixo. Ele tinha demorado uma hora para encontrar a rua Whipple, e agora que tinha conseguido, estava quase desejando ter ficado perdido. Aquela era a parte da cidade onde os policiais às vezes encontravam corpos de bebês enfiados em latas de lixo enferrujadas e geladeiras descartadas.

Ele foi até a porta da garagem e procurou uma campainha. Não havia nenhuma. Encostou a lateral da cabeça no metal enferrujado e escutou com atenção para ver se havia alguém dentro. Aquele podia ser um local de desmonte de carros, ele achava; um sujeito com um suprimento de coca de primeira como a amostra que Gaunt oferecera a ele podia muito bem conhecer o tipo de gente que vendia Porsches e Lamborghinis por dinheiro vivo depois que o sol se punha.

Ele só ouviu silêncio.

*Não deve nem ser o lugar certo*, pensou ele, mas tinha andado de um lado para o outro da rua e era o único lugar grande o suficiente (e forte o suficiente) para abrigar um carro clássico. A não ser que ele tivesse feito uma merda homérica e ido para a parte errada da cidade. A ideia o deixou nervoso. *Quero você de volta até a meia-noite*, dissera o sr. Gaunt. *Se você não voltar até a meia-noite, vou ficar aborrecido. E quando eu fico aborrecido, às vezes eu perco a cabeça.*

Calma, Ace disse para si mesmo, inquieto. Ele é só um velho com uma dentadura vagabunda. Aposto que é bicha.

Mas ele não *conseguiu* se acalmar, e também não achava que o sr. Gaunt fosse um velho com uma dentadura vagabunda. Ele também achava que não queria ter certeza de qual era a verdade.

Mas a situação do momento era a seguinte: logo escureceria, e Ace não queria ficar naquela parte da cidade depois que escurecesse. Havia algo de errado com o local. Algo que ia além de cortiços assustadores com janelas vazias e carros sem rodas na sarjeta. Ele não tinha visto uma única pessoa na calçada nem sentada em um degrau ou olhando por uma janela desde que foi chegando perto da rua Whipple... mas teve a sensação de estar sendo observado mesmo assim. Ainda estava com a mesma sensação; um arrepio forte nos fios de cabelo curtos acima da nuca.

Era quase como se ele não estivesse mais em Boston. Aquele lugar parecia mais Além da Imaginação.

*Se você não voltar até a meia-noite, vou ficar aborrecido.*

Ace fechou a mão e bateu na cara enferrujada e sem feições da porta da garagem.

— Ei! Alguém quer comprar Tupperware?

Não houve resposta.

Havia uma alça na parte de baixo da porta. Ele tentou puxá-la. Não deu em nada. A porta nem sacudia, menos ainda subia.

Ace soprou ar entre os dentes e olhou ao redor, nervoso. Seu Challenger estava ali perto, e nunca na vida ele quis tanto entrar e *ir embora*. Mas não ousava.

Ele contornou o prédio e não encontrou nada. Nadinha. Só concreto pintado de um tom desagradável de verde-catarro. Havia uma pichação estranha na parte de trás da garagem, e Ace olhou por alguns momentos, sem entender por que ficou arrepiado.

YOG-SOTHOTH É REI

dizia em letras vermelhas desbotadas.

Ele voltou para a porta da garagem e pensou: *E agora?*

Como não conseguiu pensar em mais nada, entrou no Challenger e ficou sentado lá, olhando para a porta da garagem. Finalmente, botou as duas mãos na buzina e apertou, soltando um ruído longo e frustrado.

Na mesma hora a porta da garagem começou a subir silenciosamente.

Ace ficou olhando de boca aberta, e seu primeiro impulso foi de dar a partida no Challenger e dirigir o mais rápido que conseguisse, para o mais longe que pudesse. A Cidade do México poderia ser um começo. Mas ele pensou no sr. Gaunt de novo e saiu lentamente do carro. Andou até a garagem quando a porta chegou ao teto.

O interior era bem iluminado por seis lâmpadas de duzentos watts penduradas em fios elétricos grossos. Cada lâmpada tinha sido protegida por um pedaço de metal em formato de cone, para que lançassem raios circulares de claridade no chão. Do outro lado do piso de cimento estava um carro coberto de pano. Havia uma mesa cheia de ferramentas junto à parede. Três caixas estavam empilhadas junto a outra parede. Acima delas havia um gravador de rolo antigo.

Fora isso, a garagem estava vazia.

— Quem abriu a porta? — perguntou Ace com uma vozinha seca. — Quem abriu a porra da *porta*?

Mas para isso não houve resposta.

3

Ele dirigiu o Challenger para dentro e o estacionou junto à parede dos fundos; havia bastante espaço. Em seguida, foi até a porta. Havia uma caixa de controle na parede ao lado. Ace apertou o botão FECHAR. O terreno onde aquele prédio enigmático ficava estava se enchendo de sombras, e elas o estavam deixando nervoso. Toda hora ele ficava com a impressão de ter visto coisas se movendo lá fora.

A porta se fechou sem um único gemido. Enquanto esperava que se fechasse toda, Ace procurou o sensor sônico que tinha reagido ao som da buzina. Não conseguiu encontrar. Mas tinha que estar em algum lugar; portas de garagem não se abriam sozinhas.

Se bem que, pensou ele, se uma porra assim fosse acontecer em algum lugar da cidade, o lugar para isso seria a rua Whipple.

Ace foi até a pilha de caixas com o gravador no alto. Seus pés fizeram um som seco e áspero no cimento. *Yog-Sothoth é rei*, pensou ele aleatoriamente, e tremeu. Ele não sabia quem era Yog-Sothoth, devia ser algum cantor de reggae rastafári com quarenta quilos de dreadlocks saindo do couro cabeludo sujo, mas Ace continuou não gostando do som que aquele nome fazia na sua cabeça. Pensar no nome naquele lugar parecia uma ideia ruim. Parecia uma ideia perigosa.

Um pedaço de papel tinha sido colado em um dos rolos do gravador. Havia duas palavras escritas nele em letras de fôrma:

TOQUE-ME.

Ace arrancou o bilhete e apertou o botão PLAY. Os rolos começaram a girar, e quando ele ouviu a voz, deu um pulo. Ainda assim, que outra voz ele esperava? Do Richard Nixon?

— Oi, Ace — disse a voz gravada do sr. Gaunt. — Bem-vindo a Boston. Retire a lona do meu carro e coloque as caixas nele. Elas contêm mercadorias especiais das quais imagino que precisarei em breve. Acho que você vai ter que colocar pelo menos uma caixa no banco de trás; o porta-malas do Tucker deixa um pouco a desejar. Seu carro vai estar em segurança aqui, e sua volta vai ser tranquila. E lembre-se disto: quanto mais rápido você voltar, mais rápido pode começar a investigar os locais no seu mapa. Tenha uma boa viagem.

A mensagem foi seguida de um chiado de fita e o resmungo baixo do eixo girando.

Ace deixou os rolos girando por quase um minuto, ainda assim. A situação toda era estranha... e ia ficando cada vez mais estranha. O sr. Gaunt tinha ido lá à tarde... *tinha* que ter ido, porque mencionou o mapa, e Ace só pusera os olhos no mapa e no sr. Leland Gaunt de manhã. O velho abutre devia ter tomado um avião enquanto ele, Ace, estava dirigindo. Mas por quê? Que porra aquilo tudo significava?

Ele *não veio* aqui, pensou ele. Não ligo se é impossível ou não, ele *não veio* aqui. Veja aquele maldito gravador, por exemplo. *Ninguém* mais usa gravadores assim. E veja a poeira nos rolos. O bilhete também estava coberto de poeira. Isso tudo estava esperando havia muito tempo. Talvez estivesse ali pegando poeira desde que Pangborn mandou você para Shawshank.

Ah, mas isso era loucura.

Era absurdo.

Mesmo assim, havia uma parte profunda dele que acreditava que era verdade. O sr. Gaunt não tinha chegado nem perto de Boston naquela tarde. O sr. Gaunt tinha passado a tarde em Castle Rock, Ace sabia, parado junto à vitrine, vendo os passantes, talvez até retirando a placa de

FECHADO PARA O DIA DE COLOMBO

de vez em quando e colocando a de

ABERTO

no lugar. Se ele visse a pessoa certa se aproximando, claro... o tipo de pessoa com quem um sujeito como o sr. Gaunt poderia querer fazer negócio.

E qual *era* o negócio dele?

Ace não tinha certeza se queria saber. Mas queria saber o que tinha naquelas caixas. Se ia transportá-las de lá até Castle Rock, ele tinha *direito* de saber.

Ele apertou o botão de STOP no gravador e o colocou de lado. Pegou um martelo no meio das ferramentas em cima da mesa e o pé de cabra encostado na parede ao lado. Voltou até as caixas e enfiou a ponta chata do pé de cabra embaixo da tampa de madeira da caixa de cima. Fez pressão para baixo. Os pregos se soltaram com um gemido baixo. O conteúdo da caixa estava coberto com um oleado pesado. Ele ergueu o oleado e olhou boquiaberto para o que encontrou.

Detonadores.

Dezenas de detonadores.

Talvez *centenas* de detonadores, cada um em um ninho aconchegante de palha de madeira.

*Meu Deus, o que ele está planejando fazer? Iniciar a Terceira Guerra Mundial?*

Com o coração disparado no peito, Ace prendeu os pregos de volta e deixou a caixa de detonadores de lado. Abriu a segunda caixa, esperando ver fileiras arrumadinhas de palitos grossos vermelhos que pareciam sinalizadores de estrada.

Mas não eram dinamites. Eram armas.

Havia talvez umas vinte ou um pouco mais, pistolas automáticas. O cheiro da graxa usada na caixa chegou a ele. Ele não sabia que tipo de armas eram, talvez alemãs, mas sabia o que significavam: de vinte anos a prisão perpétua se ele fosse pego com isso em Massachusetts. A Commonwealth era rigorosa com armas, principalmente as automáticas.

Ele deixou essa caixa de lado sem recolocar a tampa. Abriu a terceira caixa. Estava cheia de pentes de munição para as pistolas.

Ace deu um passo para trás, esfregando a mão com nervosismo com a palma da mão esquerda.

Detonadores.

Pistolas automáticas.

Munição.

*Aquilo* era mercadoria?

— Eu não — disse Ace com voz baixa, balançando a cabeça. — Não esse garoto aqui. Hã-hã, de jeito nenhum.

A Cidade do México estava parecendo cada vez melhor. Talvez até o Rio. Ace não sabia se Gaunt estava construindo uma ratoeira melhor ou uma cadeira elétrica melhor, mas sabia que não queria fazer parte daquilo, fosse o que fosse. Ele ia embora, e agora.

Seus olhos grudaram na caixa com as pistolas automáticas.

E vou levar um desses bebês comigo, pensou ele. Uma pequena recompensa pelo meu trabalho. Podemos chamar de lembrancinha.

Ele foi andando na direção da caixa, e no mesmo momento os rolos do gravador começaram a girar de novo, embora nenhum dos botões tivesse sido apertado.

— Nem pense nisso, Ace — aconselhou friamente a voz do sr. Gaunt, e Ace gritou. — Você não vai querer me sacanear. O que vou fazer com você se você sequer tentar vai fazer com o que os planos dos Irmãos Corson pareçam um dia de passeio no campo. Você é meu garoto agora. Fique comigo e vamos nos divertir. Fique comigo e você vai se vingar de todo mundo em Castle Rock que fez alguma coisa ruim pra você... e você vai embora um homem rico. Agora, se ficar contra mim, você nunca vai parar de gritar.

O gravador parou.

Os olhos saltados de Ace seguiram o fio até o plugue da tomada. Estava no chão, coberto de uma camada fina de poeira.

Além do mais, não havia nem tomada por perto.

4

Ace começou a se sentir mais calmo de repente, e isso não foi tão estranho quanto poderia parecer. Havia dois motivos para acalmar seu barômetro emocional.

O primeiro era que Ace era meio primitivo. Ele teria ficado perfeitamente à vontade morando em uma caverna e arrastando sua mulher pelo cabelo quando não estivesse ocupado jogando pedras nos inimigos. Era o tipo de homem cuja reação só era completamente previsível quando era confrontado com força e autoridade superiores. Confrontos desse tipo não aconteciam com frequência, mas, quando aconteciam, ele se curvava à força superior quase imediatamente. Apesar de não saber, foi essa característica que o impediu de simplesmente fugir dos Irmãos Voadores Corson. Em homens como Ace Merrill, o único impulso mais forte do que o de dominar é a necessidade profunda de rolar e expor o pescoço desprotegido quando o verdadeiro líder da matilha aparece.

O segundo motivo era ainda mais simples: ele preferiu acreditar que estava sonhando. Havia uma parte dele que sabia que isso não era verdade, mas a ideia ainda era mais fácil de acreditar do que as evidências dos seus sentidos; ele nem queria *considerar* um mundo que pudesse admitir a presença de um sr. Gaunt. Seria mais fácil, mais seguro, encerrar seus processos de pensamento por um tempo e seguir para a conclusão daquele negócio. Se fizesse isso, ele poderia acabar acordando no mundo que sempre conhecera. Deus sabia que o mundo tinha seus perigos, mas pelo menos ele os entendia.

Ele prendeu as tampas da caixa de pistolas e da caixa de munição. Em seguida, foi até o automóvel estacionado e pegou a lona, que também estava coberta por uma camada de poeira. Tirou-a... e por um momento esqueceu todo o resto, maravilhado e encantado.

Era um Tucker, sim, e era lindo.

A tinta era amarelo-canário. O corpo brilhava com cromo nas laterais e embaixo do para-choque dianteiro. Um terceiro farol ocupava o centro do capô, embaixo de um enfeite de prata que parecia o mecanismo de um trem expresso futurista.

Ace contornou o carro, tentando comê-lo com os olhos.

Havia um par de grades cromadas dos dois lados da traseira; ele não fazia ideia de para que serviam. Os pneus Goodyear grossos com uma faixa branca pintada estavam tão limpos que quase cintilavam na luz das lâmpadas penduradas. Em caligrafia cromada na parte de trás havia as palavras "Tucker Talisman". Ace nunca tinha ouvido falar daquele modelo. Ele achou que o Torpedo era o único carro que Preston Tucker tinha produzido.

Você tem outro problema, amigão: essa coisa não tem placas. Você vai tentar voltar para o Maine em um carro chamativo desse jeito, um carro sem placas, um carro carregado de armas e dispositivos explosivos?

Sim. Era isso mesmo que ele ia fazer. Era uma má ideia, claro, uma ideia muito ruim... mas a alternativa, que envolveria tentar sacanear o sr. Gaunt, parecia *muito* pior. Além do mais, aquilo era só um *sonho*.

Ele tirou as chaves do envelope, foi até o porta-malas e procurou em vão por uma fechadura. Depois de alguns momentos, lembrou-se do filme com Jeff Bridges e entendeu. Assim como o fusca VW alemão e o Chevy Corvair, o *motor* do Tucker ficava atrás. O porta-malas ficava na frente.

E realmente, ele encontrou a fechadura embaixo daquele estranho terceiro farol. E abriu o porta-malas. Era mesmo bem aconchegante e estava vazio, exceto por um único objeto. Era uma pequena garrafa de pó branco com uma colher presa na tampa por uma corrente. Um pedacinho de papel tinha sido colado na corrente com fita adesiva. Ace o soltou e leu a mensagem, que tinha sido escrita com letrinhas de fôrma:

Ace seguiu as ordens.

# 5

Sentindo-se bem melhor com um pouco daquele pó incomparável do sr. Gaunt iluminando seu cérebro como a parte frontal do jukebox de Henry Beaufort, Ace guardou as armas e a munição no porta-malas. Colocou a caixa de detonadores no banco de trás e parou por um momento para inspirar fundo. O sedã tinha aquele cheiro incomparável de carro novo, não havia nada parecido no mundo (exceto boceta, talvez), e quando entrou atrás do volante, ele viu que *era* novinho: o odômetro do Tucker Talisman do sr. Gaunt estava em 00000,0.

Ace enfiou a chave na ignição e a girou.

O Talisman ligou com um ribombar baixo, rouco, delicioso. Quantos cavalos debaixo do capô? Ele não sabia, mas parecia um bando inteiro. Havia muitos livros sobre carros na prisão e Ace leu a maioria. O Tucker Torpedo tinha motor de seis cilindros horizontais, com 5700 cilindradas, bem parecido com os carros que o sr. Ford construiu entre 1948 e 1952. Esses tinham algo por volta de cento e cinquenta cavalos debaixo do capô.

Aquele parecia maior. *Bem* maior.

Ace sentiu um impulso de sair, ir até a parte de trás e ver se conseguia abrir o capô... mas era como pensar demais naquele nome maluco, Yog-alguma coisa. Parecia má ideia. O que parecia *boa* ideia era levar aquela coisa de volta a Castle Rock o mais rápido que ele pudesse.

Ele começou a sair do carro para usar o controle da porta, mas decidiu buzinar, só para ver se alguma coisa aconteceria. E aconteceu. A porta desceu silenciosamente.

*Tem um sensor de som em algum lugar, com certeza*, ele pensou, mas não acreditava mais nisso. E nem ligava. Ele engatou a primeira e o Talisman saiu da garagem. Buzinou de novo quando seguiu pelo caminho irregular até a cerca, e pelo retrovisor viu as luzes da garagem se apagarem e a porta começar a descer. Ele também teve um vislumbre do Challenger, com a frente para a parede e a lona amontoada ao lado. Teve uma sensação estranha de que nunca voltaria a vê-lo. Ace percebeu que também não se importava com isso.

# 6

O Talisman não só corria como um sonho, mas parecia saber o caminho até a Storrow Drive e a rodovia para o norte. De vez em quando as setas se acendiam sozinhas. Quando isso acontecia, Ace simplesmente virava na entrada seguinte. Rapidamente, o bairro pobre e sinistro de Cambridge onde ele encontrou o Tucker ficou para trás, e a forma da ponte Tobin, mais conhecida como ponte Mystic River, surgiu na frente dele, um pórtico preto em frente ao céu do fim do dia.

Ace acendeu os faróis, e um raio intenso de luz se espalhou na mesma hora na frente dele. Quando virou o volante, a luz virou junto. O farol central era um acessório incrível. Não é de admirar que tiraram do mercado o pobre coitado que inventou esse carro, pensou Ace.

Ele estava uns cinquenta quilômetros ao norte de Boston quando reparou que o mostrador de combustível estava apoiado no limite, indicando tanque vazio. Seguiu pela saída seguinte e levou o carro do sr. Gaunt até uma das bombas de um posto Mobil, no pé da rampa. O frentista empurrou o boné para trás com o polegar sujo de graxa e contornou o carro com admiração.

— Carro irado! — disse ele. — Onde você arrumou?

Sem pensar, Ace respondeu:

— Nas planícies de Leng. Na Yog-Sothoth Vintage Motors.

— Hã?

— Só encha o tanque, filho. Não estamos brincando de perguntas e respostas.

— Ah! — disse o frentista, dando uma segunda olhada em Ace e obedecendo na mesma hora. — Claro! Pode deixar!

E ele tentou, mas a bomba desligou depois de inserir só catorze centavos no tanque. O frentista tentou colocar mais usando a bomba no manual, mas a gasolina só caiu e escorreu pela lataria do Talisman até o asfalto.

— Acho que não está precisando de gasolina — disse o frentista.

— Parece que não.

— Pode ser que o mostrador esteja quebrado...

— Limpe a gasolina da lataria do carro. Você quer que a tinta forme bolhas? Qual é seu problema?

O garoto correu para limpar, e Ace foi ao banheiro fazer um favorzinho para o próprio nariz. Quando saiu, o frentista estava a uma distância respeitável do Talisman, revirando o pano com nervosismo nas mãos.

Ele está com medo, pensou Ace. De quê? De mim?

Não; o garoto com macacão Mobil mal olhou na direção de Ace. Era para o Tucker que ele ficava olhando.

Ele tentou tocar no carro, pensou Ace.

A revelação — e era isso, exatamente isso — gerou um sorriso sombrio nos cantos da boca de Ace.

374

Ele tentou tocar no carro e aconteceu alguma coisa. Não importava o que tinha sido. Ensinou a ele que ele pode olhar, mas não tocar, e é isso que importa.

— Não vou cobrar nada — disse o frentista.

— Isso *aí*. — Ace entrou no carro e saiu de lá rapidamente.

Estava com uma ideia nova sobre o Talisman. De certa forma, era uma ideia assustadora, mas de outra forma era uma ideia *ótima*. Ele achou que talvez o mostrador de gasolina sempre marcasse que o tanque estava vazio... e que talvez o tanque sempre estivesse cheio.

<br>

## 7

Os pedágios para carros de passeio em New Hampshire são do tipo automáticos; você joga moedas no valor de um dólar (sem moedas de um centavo, por favor) na cesta, a luz vermelha fica verde e você passa. Só que, quando Ace chegou com o Tucker Talisman ao lado da cesta presa a um poste, a luz ficou verde sozinha e o letreiro exibiu a mensagem:

PEDÁGIO PAGO, OBRIGADO.

— Isso aí — murmurou Ace, e dirigiu para o Maine.

Quando deixou Portland para trás, ele estava guiando o Talisman a cento e trinta quilômetros por hora, e ainda havia potência no capô. Depois da saída de Falmouth, ele subiu um aclive e viu uma viatura da Polícia Estadual ao lado da rodovia. O formato distinto de torpedo de um radar estava aparecendo na janela do motorista.

Oh-oh, pensou Ace. Ele me pegou. Na lata. Meu Deus, por que eu estava indo tão rápido com toda essa merda dentro do carro?

Mas ele sabia o motivo, e não era por causa da cocaína que tinha cheirado. Talvez em outra ocasião, mas não naquela. Era o Talisman. O carro *queria* ir rápido. Ace olhava para o velocímetro, tirava o pé do acelerador um pouco... e cinco minutos depois percebia que estava com o pé lá embaixo de novo.

Ele esperou que a viatura ganhasse vida em um brilho de luzes azuis e partisse atrás dele, mas não aconteceu. Ace passou a cento e trinta e o carro da polícia nem se mexeu.

O cara devia estar dormindo.

Mas Ace sabia que não. Quando havia um radar aparecendo na janela, era porque o cara lá dentro estava acordado e pronto para sair em disparada. Não, o que tinha acontecido era o seguinte: o policial não conseguiu ver o Talisman. Parecia loucura, mas também parecia o certo. O carro amarelo com três faróis acesos na frente foi invisível para a tecnologia de ponta e para o policial que a estava usando.

Sorrindo, Ace levou o Tucker Talisman do sr. Gaunt a cento e oitenta. Chegou em Rock às oito e quinze, quase quatro horas adiantado.

## 8

O sr. Gaunt saiu da loja e parou embaixo do toldo para ver Ace estacionar o Talisman em uma das três vagas inclinadas na frente da Artigos Indispensáveis.

— Você veio rápido, Ace.

— É. Que carro.

— Isso aí — disse o sr. Gaunt. Ele passou a mão pela frente suave do Tucker. — É um carro único. Você trouxe minha mercadoria, certo?

— Sim, sr. Gaunt, tive uma boa ideia do quanto esse carro é especial nessa viagem de volta, mas acho que você devia pensar em botar placas nele e talvez um adesivo de inspeção...

— Nada disso é necessário — disse o sr. Gaunt com indiferença. — Estacione na viela atrás da loja, Ace, por favor. Vou cuidar disso depois.

— Como? Onde?

Ace se viu relutante de repente de entregar o carro para o sr. Gaunt. Não era só por ter deixado o próprio carro em Boston e precisar de um para o trabalho noturno; o Talisman fez com que todos os outros carros que ele dirigira, inclusive o Challenger, parecessem lixo de rua.

— Isso — disse o sr. Gaunt — é problema meu. — Ele olhou para Ace, imperturbável. — Você vai perceber que as coisas serão mais tranquilas pra você, Ace, se você encarar o trabalho para mim da mesma forma que encararia servir no exército. Há três maneiras de você fazer as coisas agora: a certa, a errada e a do sr. Gaunt. Se você sempre optar pela terceira alternativa, nunca vai ter problemas. Entendeu?

— Entendi.

— Que bom. Agora leve o carro até a porta dos fundos.

Ace levou o carro amarelo até a esquina e entrou lentamente na viela estreita que passava atrás dos prédios comerciais do lado oeste da rua Principal.

A porta dos fundos da Artigos Indispensáveis estava aberta. O sr. Gaunt estava num retângulo inclinado de luz amarela, esperando. Não se mexeu para ajudar Ace a carregar as caixas para o salão dos fundos da loja, deixando-o bufar com o esforço. Ace não sabia, mas muitos clientes ficariam surpresos se vissem aquela sala. Eles tinham ouvido o sr. Gaunt lá, atrás da cortina de veludo que separava a loja da área de depósito, mexendo em mercadorias, movendo caixas... mas não havia nada na sala até Ace empilhar as caixas em um canto, seguindo instruções do sr. Gaunt.

Sim, havia uma coisa. Do outro lado da sala, um rato marrom estava caído embaixo do metal de uma ratoeira grande. O pescoço estava quebrado e os dentes estavam expostos em um rosnado mortal.

— Bom trabalho — disse o sr. Gaunt, esfregando as mãos de dedos longos e sorrindo. — Foi uma boa noite de trabalho, no fim das contas. Você agiu acima das minhas expectativas, Ace. Bem acima.

— Obrigado, senhor. — Ace estava estupefato. Nunca na vida tinha chamado nenhum homem de senhor até aquele momento.

— Tome uma coisinha pelo seu trabalho. — O sr. Gaunt entregou a Ace um envelope marrom. Ace o apertou com as pontas dos dedos e sentiu um pó solto dentro. — Acredito que você vá querer investigar um pouco hoje, não vai? Isso pode te dar um pouco de energia a mais, como as propagandas da Esso diziam.

Ace levou um susto.

— Ah, merda! *Merda!* Eu deixei o livro, o livro com o mapa, no meu carro! Está lá em Boston! Que *droga!* — Ele fechou a mão e bateu com o punho na coxa.

O sr. Gaunt estava sorrindo.

— Acho que não — disse ele. — Acho que está no Tucker.

— Não, eu...

— Por que você não vai dar uma olhada?

Ace foi olhar e claro que o livro estava lá, no painel com a lombada encostada no para-brisa patenteado à prova de estilhaços do Tucker. *Tesouros perdidos e enterrados da Nova Inglaterra.* Ele o pegou e folheou. O mapa ainda estava dentro. Ele olhou para o sr. Gaunt com uma gratidão atordoada.

— Só vou precisar dos seus serviços novamente amanhã à noite, por volta deste mesmo horário — disse o sr. Gaunt. — Sugiro que você passe as horas do dia na sua casa em Mechanic Falls. Deve ser bom pra você; acredito que você deva querer dormir até tarde. Você ainda tem uma noite agitada à frente, se não estou enganado.

Ace pensou nas pequenas cruzes no mapa e assentiu.

— E talvez seja prudente você evitar chamar a atenção do xerife Pangborn por um ou dois dias. Depois, acho que não vai ter importância. — O sr. Gaunt repuxou os lábios; os dentes saltaram em amontoados grandes e predatórios. — Até o fim da semana, acho que muitas coisas que até agora importavam muito para os cidadãos desta cidade vão deixar de importar. Você não acha, Ace?

— Se você diz — respondeu Ace. Ele estava caindo naquele estado estranho e atordoado de novo e não se importava. — Mas não sei como vou andar por aí.

— Está tudo resolvido — disse o sr. Gaunt. — Você vai encontrar um carro estacionado lá fora com a chave na ignição. Um carro da empresa, por assim dizer. Infelizmente, é só um Chevrolet, um carro bem *comum*, mas vai servir como transporte confiável e discreto. Você vai gostar mais da van de televisão, claro, mas...

— Van de televisão? Que van?

O sr. Gaunt decidiu não responder.

— Mas o Chevrolet vai servir a todas as suas necessidades de transporte atuais, eu garanto. Só não tente fugir de radares de velocidade da Polícia Estadual com ele. Não adiantaria nada. Não com esse veículo. Não mesmo.

Ace se ouviu dizer:

— Eu gostaria muito de ter um carro como o seu Tucker, sr. Gaunt. É maravilhoso.

— Bom, talvez a gente possa fazer um acordo. Sabe, Ace, eu tenho uma política de negócios bem simples. Você gostaria de saber qual é?

— Claro. — Ace foi sincero.

— Tudo está à venda. Essa é minha filosofia. Tudo está à venda.

— Tudo está à venda — disse Ace, sonhador. — Uau! Pesado!

— Certo! Pesado! Agora, Ace, acho que vou comer alguma coisa. Andei ocupado demais pra isso, com ou sem feriado. Eu o convidaria para ir comigo, mas...

— Nossa, eu não posso.

— Não, claro que não. Você tem lugares pra ir e buracos pra cavar, não é? Espero você amanhã à noite, entre oito e nove horas.

— Entre oito e nove.

— Sim. Depois que escurecer.

— Quando ninguém sabe e ninguém vê — disse Ace com tom sonhador.

— Isso aí! Boa noite, Ace.

O sr. Gaunt esticou a mão. Ace começou a mover a dele... mas viu que já havia uma coisa nela. Era o rato marrom da ratoeira na loja. Ace puxou a mão de volta com um grunhido de repulsa. Ele não tinha a menor ideia de quando o sr. Gaunt pegara o rato morto. Ou será que era outro?

Ace concluiu que não fazia diferença. Só sabia que não planejava apertar mãos que seguravam ratos mortos, por mais legal que o sr. Gaunt fosse.

Sorrindo, o sr. Gaunt disse:

— Me desculpe. A cada ano que passa, fico um pouco mais esquecido. Acredito que acabei de tentar te dar meu jantar, Ace!

— Jantar — disse Ace com voz fraca.

— Sim, de fato. — Uma unha amarela grossa afundou no pelo branco que cobria a barriga do rato; um momento depois, os intestinos estavam escorrendo para a palma sem marcas da mão do sr. Gaunt. Antes que Ace pudesse ver mais, o sr. Gaunt se virou e começou a fechar a porta dos fundos. — Agora onde foi que eu botei o queijo...

Houve um estalo metálico pesado quando o trinco fechou.

Ace se inclinou para a frente, achando que ia vomitar entre os sapatos. Seu estômago se contraiu, sua garganta se fechou... mas relaxou em seguida.

Porque ele não viu o que achou que viu.

— Foi brincadeira — murmurou ele. — Ele estava com um rato de borracha no bolso do casaco, alguma coisa assim. Era brincadeira.

Era? E os intestinos? E o muco frio e com textura de geleia em volta? O que era aquilo tudo?

Você só está cansado, pensou ele. Você imaginou, só isso. Era um rato de borracha. Quanto ao resto... puf.

Mas, por um momento, tudo — a garagem deserta, o Tucker que dirigia sozinho, até mesmo a pichação ameaçadora, YOG-SOTHOTH É REI — pareceu sufocá-lo, e uma voz poderosa gritou: Sai daqui! Sai enquanto ainda dá tempo!

Mas esse era um pensamento louco *de verdade*. Havia dinheiro dando sopa por aí, na noite. Talvez muito. Talvez uma *fortuna*.

Ace ficou parado na escuridão por alguns minutos, como um robô com a bateria fraca. Aos poucos, uma certa sensação de realidade, uma sensação de ser *ele mesmo*, foi voltando, e ele concluiu que o rato não importava. Nem o Tucker Talisman. O pó importava, o mapa importava, e ele achava que a política simples de negócio do sr. Gaunt importava, mas mais nada. Ele não *podia* deixar que mais nada importasse.

Ele andou pela viela e dobrou a esquina na frente da Artigos Indispensáveis. A loja estava fechada e escura, como todas as lojas daquele trecho da rua

Principal. Havia um Chevy Celebrity estacionado em uma das vagas diagonais na frente da loja do sr. Gaunt, como prometido. Ace tentou lembrar se estava lá quando ele chegou com o Talisman, mas não conseguiu. Cada vez que tentava trazer à mente lembranças de antes dos minutos anteriores, parecia haver um bloqueio; ele se via indo apertar a mão do sr. Gaunt, a coisa mais natural do mundo, para de repente perceber que o sr. Gaunt estava segurando um grande rato morto.

*Acho que vou comer alguma coisa. Eu o convidaria para ir comigo, mas...*

Bom, essa era outra coisa que não importava. O Chevy estava ali agora e pronto, era isso. Ace abriu a porta, colocou o livro com o mapa precioso no assento e tirou a chave da ignição. Foi até a parte de trás do carro e abriu o porta-malas. Tinha uma ideia do que encontraria e não se decepcionou. Uma picareta e uma pá de cabo curto se cruzavam, formando um X. Ace olhou com mais atenção e viu que o sr. Gaunt tinha até incluído um par pesadas de luvas de trabalho.

— Sr. Gaunt, você pensa em tudo — disse ele, e fechou o porta-malas. Ao fazer isso, viu que havia um adesivo no para-choque traseiro do Celebrity e se inclinou para ler.

EU ♥ ANTIGUIDADES

Ace começou a rir. Ainda estava rindo quando atravessou a ponte Tin e seguiu para a antiga casa dos Treblehorn, que ele pretendia que fosse seu primeiro local de busca. Ao subir a colina Panderly do outro lado da ponte, ele passou por um conversível indo na direção oposta, para a cidade. O conversível estava cheio de jovens. Eles estavam cantando "What a Friend We Have in Jesus" aos berros e em perfeita harmonia batista.

9

Um desses jovens era Lester Ivanhoe Pratt. Depois do jogo de futebol americano, ele e um grupo de amigos foram até o lago Auburn, a uns quarenta quilômetros de distância. Uma tenda de orações estava funcionando lá havia uma semana, e Vic Tremayne disse que haveria uma oração-reunião especial para o Dia de Colombo às cinco horas, com hinos religiosos. Como Sally estava com o carro de Lester e os dois não tinham feito planos para aquela noite, nem de cinema, nem de jantar no McDonald's em South Paris, ele foi com Vic e os outros caras, como bons cristãos que eram.

Ele sabia, claro, por que os outros estavam tão ansiosos para irem lá, e o motivo não era a religião... ao menos não *completamente*. Sempre havia muitas garotas bonitas nesses eventos, que atravessavam o norte da Nova Inglaterra entre maio e o último dia de funcionamento das feiras estaduais no final de outubro, e uma boa cantoria de hinos religiosos (sem mencionar uma pregação animada e uma dose do espírito de Jesus de sempre) era infalível para deixá-los com humor alegre e animado.

Lester, que tinha namorada, olhou para os planos e esquemas dos amigos com a indulgência que um homem velho e casado poderia demonstrar ante a agitação de um bando de jovens. Ele foi junto mais por amizade e porque sempre gostava de ouvir uma boa pregação e cantar depois de uma tarde eufórica batendo cabeças e chocando corpos. Era a melhor forma que ele conhecia de esfriar a cabeça.

Foi um bom encontro, mas muita gente queria ser salva no final. Como resultado, demorou mais do que Lester gostaria. Ele estava planejando ligar para Sally e perguntar se ela queria ir tomar uma vaca-preta no Weeksie's. As garotas gostavam de fazer coisas assim de impulso, ele tinha reparado.

Eles atravessaram a ponte Tin e Vic o deixou na esquina da rua Principal com a Watermill.

— Ótimo jogo, Les! — disse Bill MacFarland no banco de trás.

— Foi mesmo! — respondeu Lester com animação. — Vamos repetir no sábado. Quem sabe eu consigo quebrar seu braço em vez de só torcer!

Os quatro jovens no carro de Vic riram com animação desse comentário, e Vic foi embora. O som de "Jesus Is a Friend Forever" soou no ar, que parecia estranhamente um ar de verão. Era normal esperar um friozinho depois do pôr do sol até nos períodos mais quentes de veranico. Mas não naquela noite.

Lester andou lentamente colina acima na direção de casa, sentindo-se cansado e dolorido, mas também pleno e feliz. O dia sempre era bom quando seu coração era de Jesus, mas alguns dias eram melhores do que outros. Aquele foi dos melhores, e ele só queria tomar um banho, ligar para Sally e pular na cama.

Ele estava andando rápido olhando para as estrelas, tentando identificar a constelação Orion, quando virou na direção de casa. Como resultado, bateu com as bolas com toda a força na traseira do seu Mustang.

— *Uuufff!* — exclamou Lester Pratt.

Ele recuou, se inclinou e segurou os testículos machucados. Depois de alguns momentos, conseguiu ergueu a cabeça e olhar para o carro com os olhos lacrimejando de dor. O que o carro dele estava fazendo ali? O Honda de

Sally só sairia da oficina talvez na quarta, mais provavelmente quinta ou sexta, considerando o feriado.

Mas, em uma explosão de luz rosa-alaranjada, ele se deu conta. Sally estava dentro de casa! Ela tinha ido até lá quando ele estava fora e agora o estava esperando! Talvez tivesse decidido que aquela era *a* noite! Sexo antes do casamento era errado, claro, mas às vezes era preciso quebrar alguns ovos para fazer uma omelete. E ele estaria disposto a pagar por aquele pecado se ela estivesse.

— Não espero nem mais um segundo! — exclamou Lester com entusiasmo. — A doce Sally como veio ao mundo!

Ele correu para a varanda mancando, ainda segurando as bolas que latejavam. Mas agora latejavam de expectativa, além de dor. Ele pegou a chave embaixo do capacho e entrou.

— Sally — gritou ele. — Sally, você está aqui? Me desculpe por ter demorado. Fui até a reunião do lago Auburn com o pessoal e…

Ele parou de falar. Não houve resposta, e isso significava que ela não estava lá, afinal. A não ser que…!

Ele correu escada acima o mais rápido que pôde, com a certeza de que a encontraria dormindo na cama. Ela abriria os olhos e se sentaria, o lençol caindo dos lindos seios (que ele já tinha sentido… bom, mais ou menos, mas nunca tinha visto); ela abriria os braços para ele, aqueles olhos adoráveis, sonolentos, azuis como centáureas se abrindo, e quando o relógio batesse dez horas, eles não seriam mais virgens. U-hu!

Mas o quarto estava tão vazio quanto a cozinha e a sala. O lençol e o cobertor estavam no chão, como quase sempre; Lester era o tipo de cara tão cheio de energia e do espírito santo que não conseguia simplesmente se sentar na cama e sair dela de manhã; ele *pulava* da cama, ansioso não só para encarar o dia, mas para enfrentá-lo, derrubá-lo e obrigá-lo a entregar a bola.

Mas agora ele descia a escada com a testa se franzindo cada vez mais no rosto largo e sincero. O carro estava lá, mas Sally não estava. O que isso significava? Ele não sabia, mas não estava gostando.

Ele acendeu a luz da varanda e foi olhar o carro; talvez ela tivesse deixado um recado. Chegou até o topo dos degraus e parou. Havia um recado, sim. Tinha sido escrito no para-brisa do Mustang com spray rosa, provavelmente da garagem dele. As letras de fôrma diziam:

VAI PRO INFERNO, FILHO DA MÃE TRAIDOR

Lester ficou parado no degrau do alto por muito tempo, lendo a mensagem da noiva sem parar. O encontro de oração? Tinha sido isso? Ela achava que ele tinha ido ao encontro de oração no lago Auburn se encontrar com alguma mulher? Em meio à consternação, essa foi a única ideia que fez sentido para ele.

Ele entrou em casa e ligou para Sally. Deixou o telefone tocar mais de vinte vezes, mas ninguém atendeu.

## 10

Sally sabia que ele ligaria e por isso pediu a Irene Lutjens para passar a noite na casa dela. Irene, praticamente explodindo de curiosidade, disse que sim, claro. Sally estava tão perturbada com *alguma coisa* que nem estava mais bonita. Irene nem conseguia acreditar, mas era verdade.

Sally não tinha a menor intenção de contar a Irene nem a ninguém o que tinha acontecido. Era horrível demais, vergonhoso demais. Ela carregaria consigo para o túmulo. Por isso, se recusou a responder às perguntas de Irene por mais de meia hora. Mas de repente a história saiu jorrando em meio a um fluxo de lágrimas quentes. Irene a abraçou e ouviu, os olhos ficando arregalados e redondos.

— Vai ficar tudo bem — disse Irene, aninhando Sally nos braços. — Vai ficar tudo bem, Sally. Jesus te ama, mesmo se aquele filho da puta não amar. Eu também te amo. E o reverendo Rose também. E você fez uma coisa que aquele palhaço musculoso vai lembrar pra sempre, não foi?

Sally assentiu, fungando, e a amiga fez carinho no cabelo dela e fez sons para acalmá-la. Irene mal podia esperar até o dia seguinte, quando poderia começar a ligar para as amigas. Elas nem *acreditariam!* Irene sentia pena de Sally, sentia mesmo, mas também estava um pouco feliz porque aquilo tinha acontecido. Sally era tão *bonita*, e Sally era tão *sagrada*. Até que era bom vê-la sofrer e chorar, ao menos uma vez.

E Lester, o cara mais bonito da igreja. Se ele e Sally *realmente* terminarem, será que ele vai me convidar para sair? Ele me olha às vezes como se estivesse imaginando que calcinha estou usando, então acho que não é impossível...

— Me sinto tão mal! — desabafou Sally, chorando. — Tão *s-s-suja!*

— *Claro* — disse Irene, continuando a fazer carinho no cabelo dela. — Você ainda tem a carta e a foto?

— Eu q-q-queimei! — exclamou Sally em voz alta no seio úmido de Irene, e uma nova onda de dor tomou conta dela.

— Claro que queimou — murmurou Irene. — É o que você *devia* mesmo ter feito. — Ainda assim, pensou ela, você podia ter esperado até eu dar uma olhada, sua chorona.

Sally passou a noite no quarto de hóspedes de Irene, mas quase não dormiu. Seu choro acabou passando, e ela ficou a maior parte da noite observando a escuridão com olhos secos, tomada pelas fantasias sombrias e amargamente satisfatórias de vingança que só uma pessoa apaixonada antes complacente e agora aviltada poderia ter.

# QUINZE

1

A primeira cliente "com hora marcada" do sr. Gaunt chegou pontualmente às oito horas da manhã de terça. Foi Lucille Dunham, uma das garçonetes da Lanchonete da Nan. Lucille foi acometida de uma dor profunda e desesperada ao ver as pérolas negras em uma das estantes de exposição da Artigos Indispensáveis. Ela sabia que nunca poderia sonhar em comprar um artigo tão caro, nem em um milhão de anos. Não com o salário que a avarenta da Nan Roberts lhe pagava. Ainda assim, quando o sr. Gaunt sugeriu que eles conversassem sem metade da cidade inclinada para ouvir a conversa (por assim dizer), Lucille agarrou a proposta como um peixe faminto costuma agarrar uma isca brilhante.

Ela saiu da Artigos Indispensáveis às oito e vinte, com uma expressão de felicidade atordoada e sonhadora no rosto. Tinha comprado as pérolas negras pelo preço inacreditável de trinta e oito dólares e cinquenta centavos. Também tinha prometido pregar uma peça totalmente inofensiva naquele pastor batista engomadinho William Rose. Para Lucille, aquilo nem seria trabalho; seria puro prazer. Aquele pão-duro citador da Bíblia nunca deixou gorjeta, nem dez centavos. Lucille (uma boa metodista que não se incomodava nem um pouco de sacudir o esqueleto com uma música animada nas noites de sábado) tinha ouvido falar de receber a recompensa no paraíso; e pensava se o reverendo Rose tinha ouvido falar que era melhor dar do que receber.

Bom, ela se vingaria um pouco... e era mesmo uma coisa inofensiva. O sr. Gaunt disse.

O cavalheiro a viu sair com um sorriso agradável no rosto. Ele tinha um dia muito agitado pela frente, *extremamente* agitado, com pessoas marcadas a cada meia hora e muitos telefonemas para fazer. O parque de diversões estava montado: uma das atrações principais tinha sido testada com sucesso; a hora de ligar todos os brinquedos ao mesmo tempo estava chegando. Como sempre acontecia quando chegava nesse ponto, fosse no Líbano, em Ancara, nas províncias ocidentais do Canadá ou ali, na Cidade Caipira, EUA, ele tinha a sensação de que os dias não tinham horas suficientes. Mas ele se dedicava integralmente a um único objetivo, pois mãos ocupadas são mãos felizes, e o trabalho enobrece o homem e...

... e se seus velhos olhos não o enganavam, a segunda cliente do dia, Yvette Gendron, estava se aproximando rapidamente pela calçada na direção do toldo.

— Que dia agitado — murmurou o sr. Gaunt, e abriu um grande sorriso de boas-vindas.

## 2

Alan Pangborn chegou no escritório às oito e meia, e já havia um bilhete grudado na lateral do telefone. Henry Payton da Polícia Estadual ligara às quinze para as oito. Ele queria que Alan retornasse a ligação imediatamente. Alan se acomodou na cadeira, prendeu o telefone entre o ouvido e o ombro e apertou o botão que ligava automaticamente para a unidade de Oxford. Na gaveta de cima da escrivaninha, ele pegou quatro dólares de prata.

— Oi, Alan — disse Henry. — Infelizmente, tenho uma má notícia sobre seu assassinato duplo.

— Ah, então de repente virou o *meu* assassinato duplo — disse Alan. Ele fechou a mão em volta das quatro moedas e a abriu novamente. Agora, havia três. Ele se encostou na cadeira e apoiou os pés na mesa. — A notícia deve ser ruim mesmo.

— Você não parece surpreso.

— Não.

Ele apertou a mão e usou o dedo mindinho para "forçar" o dólar de prata que estava embaixo da pilha. Era uma operação que exigia certa delicadeza... mas Alan estava à altura do desafio. O dólar de prata escorregou do pulso pela manga. Houve um leve estalo metálico quando se chocou com o primeiro, um som que ficaria encoberto pela falação do mágico em uma apresentação real. Alan abriu a mão de novo e agora só havia duas moedas.

— Espero que você não se importe de me contar o porquê — disse Henry. Ele falou com uma certa irritação.

— Bom, eu passei a maior parte dos últimos dois dias pensando nisso — disse Alan.

Isso não chegava nem perto da verdade. Desde o momento na tarde de domingo em que viu que Nettie Cobb era uma das duas mulheres caídas mortas embaixo da placa de PARE, ele não pensou em praticamente mais nada. Até sonhou com o assunto, e o sentimento de que a conta não fechava foi se tornando uma certeza irritante. Isso tornava a ligação de Henry não uma irritação, mas um alívio, e poupava a Alan o trabalho de ligar para ele.

Ele apertou os dois dólares de prata na mão.

*Chink.*

Abriu a mão. Só havia um.

— O que te incomoda? — perguntou Henry.

— Tudo — disse Alan secamente. — A começar pelo fato de que aconteceu. Acho que a coisa que mais incomoda são os horários de todos os acontecimentos relacionados ao crime... que *não* encaixam. Fico tentando visualizar Nettie Cobb encontrando o cachorro morto e se sentando pra escrever todos aqueles bilhetes. E quer saber? Não consigo. E cada vez que não consigo, fico pensando quanta coisa tem nessa porcaria de história que eu não estou vendo.

Alan apertou bem o punho e depois o abriu. Não havia mais nenhum.

— Aham. Então pode ser que minha má notícia seja boa pra você. Teve mais alguém envolvido, Alan. Não sabemos quem matou o cachorro da Cobb, mas podemos ter quase certeza de que não foi Wilma Jerzyck.

Alan baixou os pés da mesa imediatamente. Os dólares de prata escorregaram da manga e bateram na mesa em um fluxo prateado. Um deles chegou à beirada e foi até a lateral. Alan esticou a mão rapidamente e o pegou antes que pudesse cair.

— Acho que você tem que me contar o que descobriu, Henry.

— Aham. Vamos começar com o cachorro. O corpo foi entregue a John Palin, um veterinário de South Portland. Ele é para animais o que Henry Ryan é para pessoas. Ele diz que, como o saca-rolha penetrou no coração do cachorro e o animal morreu quase instantaneamente, ele pode nos dar um intervalo relativamente curto da hora da morte.

— *Essa* é uma boa mudança — disse Alan.

Ele estava pensando nos livros da Agatha Christie que Annie lia aos montes. Neles, sempre parecia haver um médico idoso de vilarejo que estava mais do que disposto a estabelecer o horário da morte entre quatro e meia e cinco e quinze. Depois de quase vinte anos trabalhando na polícia, Alan sabia que uma resposta mais realista à hora da morte era "em algum momento da semana passada, talvez".

— É mesmo, né? Esse dr. Palin diz que o cachorro morreu entre dez horas e meio-dia. Peter Jerzyck diz que quando entrou no quarto pra se arrumar e ir à igreja, *um pouco depois das dez*, a esposa estava no chuveiro.

— É, nós sabíamos que tinha sido apertado — disse Alan. Ele estava um pouco decepcionado. — Mas esse Palin deve saber que há uma margem de erro, a não ser que ele seja Deus. Bastam quinze minutos pra Wilma poder ter feito aquilo.

— É? E parece que ela fez, Alan?

Ele pensou na pergunta e disse pesadamente:

— Pra falar a verdade, amigão, não parece. Nunca pareceu. — Alan se obrigou a acrescentar: — Mesmo assim, faríamos papel de bobos se mantivéssemos esse caso aberto com base no relatório de um médico de cachorros e um intervalo de... quanto? Quinze minutos?

— Tudo bem, vamos falar do bilhete no saca-rolha. Se lembra do bilhete?

— "Ninguém joga lama nos meus lençóis limpos. Eu falei que ia me vingar."

— Esse mesmo. O especialista em caligrafia em Augusta ainda está trabalhando nele, mas Peter Jerzyck nos forneceu uma amostra da caligrafia da esposa, e estou com fotocópias do bilhete e da amostra na mesa à minha frente. Não são a mesma caligrafia. De jeito *nenhum*.

— Não é possível!

— Não é, mas é. Achei que você era o cara que não ficava surpreso.

— Eu sabia que alguma coisa estava errada, mas foram as pedras com os bilhetes que não consegui tirar da cabeça. A sequência temporal está esquisita e isso me deixou inquieto, sim, mas de um modo geral acho que eu estava disposto a deixar passar. Principalmente porque parece uma coisa típica de Wilma Jerzyck. Tem certeza de que ela não disfarçou a caligrafia? — Ele não acreditava, a ideia de fazer coisas sem ser percebida não era o estilo de Wilma Jerzyck, mas era uma possibilidade que precisava ser avaliada.

— Eu? Tenho certeza. Mas não sou o especialista, e o que eu acho não vale num tribunal. Por isso o bilhete foi para análise grafológica.

— Quando o cara da caligrafia vai entregar o relatório?

— Quem sabe? Enquanto isso, acredite no que eu digo, Alan. Elas não têm nada a ver uma com a outra. Totalmente diferentes.

— Bom, se não foi a Wilma, alguém queria que a Nettie *acreditasse* que foi ela. Quem? E por quê? *Por quê*, caramba?

— Não sei, escoteiro. A cidade é sua. Enquanto isso, tenho mais duas coisas pra você.

— Manda.

Alan guardou os dólares de prata de volta na gaveta e fez um homem alto e magrelo de cartola andar pela parede. Na volta, a cartola virou uma bengala.

— Quem matou o cachorro deixou um conjunto de digitais na maçaneta da porta da Nettie, na parte de dentro. Essa é a primeira.

— Que vacilo!

— Um vacilo pequeno, infelizmente. Estão borradas. O criminoso deve ter deixado as marcas ao segurar a maçaneta pra sair.

— Não servem pra nada?

— Temos alguns fragmentos que *podem* ser úteis, mas não há muita chance de serem aceitas num tribunal. Mandei para o FBI Print-Magic em Virginia. Estão fazendo um trabalho incrível de reconstrução atualmente. Eles são mais lerdos do que melado frio; deve levar uma semana ou talvez até dez dias pra me mandarem uma resposta. Mas, enquanto isso, comparei as parciais com as digitais da Jerzyck, que foram entregues a mim pelo atencioso legista ontem à noite.

— Não batem?

— Bom, é como a caligrafia, Alan. É uma comparação de parciais com totais, e se eu testemunhasse no tribunal por uma coisa assim, a defesa me comeria vivo. Mas como estamos numa mesa de bar, por assim dizer, não. Não são nada parecidas. Tem a questão do tamanho, pra começar. Wilma Jerzyck tinha mãos pequenas. As parciais eram de alguém com mãos grandes. Mesmo quando se pensa na questão de estarem borradas, são mãos bem grandes.

— Digitais de homem?

— Tenho certeza. Mas, novamente, isso nunca passaria num tribunal.

— Quem liga?

Na parede, um farol de sombra apareceu de repente e virou uma pirâmide. A pirâmide se abriu como uma flor e se tornou um ganso voando no sol. Alan tentou ver o rosto do homem, não de Wilma Jerzyck, mas de um *homem*, que tinha entrado na casa da Nettie depois de ela sair na manhã de domingo. O homem que matou Raider com um saca-rolha e incriminou Wilma. Procurou um rosto e só viu sombras.

— Henry, quem ia *querer* fazer uma coisa assim, se não a Wilma?

— Não sei. Mas acho que talvez tenhamos uma testemunha do incidente das pedras.

— *O quê?* Quem?

— Eu disse *talvez*, não esqueça.

— Eu sei o que você disse. Não me provoque. Quem é?

— Um garoto. A mulher que é vizinha dos Jerzyck ouviu barulhos e saiu pra tentar ver o que estava acontecendo. Ela disse que achou que talvez "aquela vaca", nas palavras dela, finalmente tivesse ficado com raiva do marido a ponto de jogá-lo pela janela. Ela viu o garoto pedalando pra longe da casa, com cara de medo, e perguntou o que estava acontecendo. Ele disse que achava que talvez o sr. e a sra. Jerzyck estivessem brigando. Bom, isso foi o que *ela* pensou também, e como os barulhos já tinham parado, ela esqueceu o assunto.

— Deve ter sido Jillian Mislaburski. A casa do outro lado da dos Jerzyck está vazia, à venda.

— É. Jillian Misla-sei-lá-ski. É o que anotei aqui.

— Quem era o garoto?

— Não sei. Ela o reconheceu, mas não lembrou o nome. Mas disse que ele é do bairro, provavelmente do mesmo quarteirão. A gente vai encontrar.

— Quantos anos?

— Ela disse que entre onze e catorze.

— Henry? Seja legal e deixe que *eu* encontre ele. Você pode fazer isso?

— Posso — disse Henry na mesma hora, e Alan relaxou. — Não entendo por que temos que fazer essas investigações quando o crime acontece bem no condado. Em Portland e Bangor, eles cuidam dos próprios problemas. Por que não em Castle Rock? Meu Deus, eu nem sabia pronunciar o *nome* da mulher até você falar em voz alta!

— Tem muitos poloneses em Rock — disse Alan distraidamente.

Ele arrancou um formulário de aviso de infração de trânsito do bloco na mesa e anotou *Jill Mislaburski* e *Garoto, 11-14* atrás.

— Se meus homens encontrarem esse garoto, ele vai ver três policiais estaduais enormes e vai ficar com tanto medo que tudo vai sumir da cabeça dele — disse Henry. — Ele deve te conhecer, você não faz visita às escolas?

— Faço, pra falar do programa antidrogas e no Dia da Lei e da Segurança — confirmou Alan.

Ele estava tentando pensar em famílias com crianças no quarteirão em que os Jerzyck e os Mislaburski moravam. Se Jill Mislaburski o reconheceu, mas não sabia o nome, isso devia querer dizer que o garoto morava depois da esquina ou talvez na rua Pond. Alan escreveu três nomes rapidamente na folha de papel: *DeLois, Rusk, Bellingham*. Devia haver outras famílias com garotos naquela mesma faixa etária, mas ele não conseguiu lembrar ali na hora. Aqueles três serviriam para começar. Uma investigação rápida certamente chegaria ao garoto.

— Jill soube dizer a que horas ela ouviu a barulheira e viu o garoto?

— Ela não tem certeza, mas acha que foi depois das onze.

— Então não eram os Jerzyck brigando, porque eles tinham ido à missa.

— Certo.

— Então foi a pessoa que jogou as pedras.

— Certo de novo.

— Isso é *bem* estranho, Henry.

— São três seguidos. Mais um e você ganha a torradeira.

— Será que o garoto viu quem foi?

— Normalmente, eu diria "bom demais pra ser verdade", mas a Mislaburski disse que ele parecia estar com medo, então talvez tenha visto. Se ele *viu* o criminoso, aposto uma bebida que não foi Nettie Cobb. Acho que alguém jogou uma contra a outra, escoteiro, e talvez só pra se divertir. Só pra isso.

Mas Alan, que conhecia a cidade melhor do que Henry, achou isso absurdo.

— Pode ter sido o garoto — disse ele. — Talvez *por isso* ele estivesse com cara de medo. Pode ser que tenhamos aqui um simples caso de vandalismo.

— Em um mundo em que existem um Michael Jackson e um babaca como Axl Rose, tudo é possível, eu acho — disse Henry —, mas eu apostaria bem mais na possibilidade de vandalismo se o garoto tivesse dezesseis ou dezessete anos, sabe?

— Sei.

— E por que estamos especulando se você pode encontrar o garoto? Você pode, né?

— Tenho quase certeza que sim. Mas eu gostaria de esperar até o fim das aulas hoje, se não houver problema pra você. É como você disse: assustá-lo não vai ajudar em nada.

— Por mim, tudo bem. As duas mulheres não vão a lugar nenhum, só pra debaixo da terra. Os repórteres andam por aqui, mas eles são só um incômodo. Eu os afasto como moscas.

Alan olhou pela janela a tempo de ver uma van da wmtw-tv passar por lá, provavelmente a caminho da entrada do fórum, na esquina.

— É, estão aqui também — disse ele.

— Você pode me ligar às cinco?

— Às quatro. Obrigado, Henry.

— Não foi nada — disse Henry Payton e desligou.

O primeiro impulso de Alan foi chamar Norris Ridgewick e contar tudo para ele; Norris era um ótimo ouvinte. Mas lembrou que Norris devia estar no meio do lago Castle com a vara de pescar nova na mão.

Ele fez mais alguns animais de sombra na parede e se levantou. Sentia-se inquieto, estranhamente agitado. Não faria mal dar uma volta pelo quarteirão onde os assassinatos aconteceram. Ele talvez se lembrasse de mais algumas famílias com crianças na faixa etária certa se olhasse para as casas... e quem sabe? Talvez o que Henry disse sobre os garotos também fosse verdade para mulheres polonesas de meia-idade que compravam roupas em lojas plus size, como Lane Bryant, por exemplo. A memória de Jill Mislaburski poderia melhorar se as perguntas viessem de alguém com um rosto familiar.

Ele foi pegar o chapéu do uniforme no cabideiro junto à porta, mas o deixou onde estava. Decidiu que podia ser melhor manter uma aparência semioficial naquele dia. E não seria má ideia ir no carro civil.

Ele saiu do escritório e parou no salão por um momento, intrigado. John LaPointe tinha transformado a mesa e o espaço ao redor em uma coisa que parecia precisar de ajuda da Cruz Vermelha. Havia papéis amontoados para todo lado. As gavetas estavam empilhadas, formando uma Torre de Babel em cima do mata-borrão. Parecia prestes a cair em qualquer segundo. E John, normalmente o mais alegre dos policiais, estava com o rosto vermelho, falando palavrões.

— Vou lavar sua boca com sabão, Johnny — disse Alan, sorrindo.

John deu um pulo e se virou. Respondeu com um sorriso, ao mesmo tempo envergonhado e distraído.

— Desculpe, Alan. Eu...

Mas Alan estava em movimento. Ele atravessou a sala com a mesma velocidade líquida e silenciosa que tanto impressionou Polly na noite de sexta. John LaPointe ficou de boca aberta. E, com o canto do olho, viu o que Alan estava indo fazer: as duas gavetas no alto da pilha que ele tinha feito estavam começando a cair.

Alan foi rápido o suficiente para evitar um desastre total, mas não o suficiente para pegar a primeira gaveta. Caiu em cima do pé dele, espalhando papéis, clipes e montinhos de grampos. Ele segurou as outras duas junto à lateral da mesa de John com as palmas das mãos.

— Meu Deus do céu! Você pareceu um raio, Alan! — exclamou John.

— Obrigado, John — disse Alan com um sorriso sofrido. As gavetas estavam começando a escorregar. Empurrar não adiantou; só fez a mesa começar a se deslocar. Além disso, seus dedos dos pés estavam doendo. — Pode fazer todos os elogios que quiser. Mas, enquanto isso, será que você pode tirar essa maldita gaveta de cima do meu pé?

— Ah! Merda! Claro! Claro!

John correu para fazer isso. Na ansiedade de tirar a gaveta de onde estava, ele esbarrou em Alan. Isso fez Alan perder o leve controle que tinha sobre as duas gavetas que tinha segurado a tempo. Elas também caíram nos seus pés.

— *Ai!* — gritou Alan. Ele foi segurar o pé direito, mas concluiu que o esquerdo estava doendo mais. — *Filho da mãe!*

— Meu Deus, Alan, me desculpe!

— O que tem aí dentro? — perguntou Alan, pulando com o pé esquerdo na mão. — Metade da Pedreira de Castle?

— Acho que tem *mesmo* bastante tempo que não limpo a gaveta.

John deu um sorriso culpado e começou a colocar papéis e materiais de escritório de qualquer jeito nas gavetas. Seu rosto normalmente bonito estava vermelho. Ele estava de joelhos, e quando virou para pegar os clipes e os grampos que tinham ido parar embaixo da mesa de Clut, ele chutou uma pilha alta de formulários e relatórios que tinha colocado no chão. Agora, a área das celas do posto do xerife estava começando a parecer uma zona de furacão.

— Ops! — disse John.

— Ops — disse Alan, se sentando à mesa de Norris Ridgewick e tentando massagear os dedos dos pés por cima dos sapatos pesados da polícia. — Ops está ótimo, John. É uma descrição bem precisa da situação. Isso é um ops, se já vi algum na vida.

— Desculpe — disse John de novo, e entrou embaixo da mesa deitado no chão para pegar clipes e grampos e empurrar para a lateral da mesa com as mãos. Alan não sabia se devia rir ou chorar. Os pés de John estavam se balançando enquanto ele se movia, espalhando ainda mais os papéis.

— John, sai daí! — gritou Alan. Ele estava se esforçando para não rir, mas já sabia que seria causa perdida.

LaPointe tremeu. Bateu a cabeça bruscamente na parte de baixo da mesa. E outra pilha de papéis, que tinha sido feita no limite da gravidade para abrir espaço para as gavetas, caiu pela lateral. A maioria caiu direto no chão, mas algumas foram oscilando preguiçosamente no ar até caírem.

Ele vai ficar arquivando isso o dia todo, pensou Alan com resignação. Talvez a semana toda.

Ele não conseguiu mais se segurar. Jogou a cabeça para trás e soltou uma gargalhada. Andy Clutterbuck, que estava na sala de atendimento, saiu para ver o que estava acontecendo.

— Xerife? — perguntou ele. — Tudo bem?

— Tudo — disse Alan. Ele olhou para os relatórios e formulários, espalhados para todo lado, e começou a rir de novo. — John está fazendo um trabalho criativo com a papelada aqui, só isso.

John saiu de debaixo da mesa e se levantou. Parecia um homem que deseja muito que alguém peça que ele faça posição de sentido ou que faça quarenta flexões de braço. A parte da frente do uniforme previamente imaculado estava coberta de poeira, e, apesar de estar achando graça, Alan tomou uma nota mental: fazia muito tempo que Eddie Warburton não limpava o chão embaixo das mesas da área cercada. E começou a rir de novo. Não dava para segurar. Clut olhou de John para Alan e para John de novo, intrigado.

— Tudo bem — disse Alan, finalmente se controlando. — O que você estava procurando, John? O Santo Graal? The Lost Chord? O quê?

— Minha carteira — disse John, passando a mão inutilmente na parte da frente do uniforme. — Não estou conseguindo encontrar minha carteira.

— Você olhou no carro?

— Nos dois — disse John. Ele lançou um olhar repugnado ao cinturão de asteroides de lixo em volta da mesa. — Na viatura que eu estava dirigindo ontem à noite e no meu Pontiac. Mas às vezes, quando estou aqui, eu enfio numa gaveta porque fica um caroço na minha bunda quando eu me sento. Então, fui olhar...

— Não ia espetar sua bunda assim se você não guardasse a vida toda dentro da carteira, John — disse Andy Clutterbuck com sensatez.

— Clut — disse Alan —, vá brincar no tráfego, tá?

— Hã?

Alan revirou os olhos.

— Vá procurar alguma coisa pra fazer. Acho que John e eu podemos resolver isso; somos investigadores treinados. Se não conseguirmos, vamos te chamar.

— Ah, claro. Só estava tentando ajudar, sabe. Já vi a carteira dele. Parece que a Biblioteca do Congresso inteira está lá dentro. Na verdade...

— Obrigado pela colaboração, Clut. Até mais.

— Tudo bem. Fico sempre feliz em ajudar. Até mais, pessoal.

Alan revirou os olhos. Estava com vontade de rir de novo, mas se controlou. Estava claro pela expressão infeliz de John que aquilo não era brincadeira para ele. Ele estava constrangido, mas isso era só uma parte do problema. Alan tinha perdido a carteira uma ou duas vezes na vida e sabia que a sensação era horrível. Perder o dinheiro dentro e ter que passar pela chateação de cancelar os cartões de crédito eram uma parte do problema, e não necessariamente a pior. Você ficava se lembrando de coisas que tinha guardado lá dentro, coisas que poderiam parecer lixo para todo mundo, mas eram insubstituíveis para você.

John estava agachado recolhendo, separando e empilhando papéis, com expressão desconsolada. Alan foi ajudar.

— Machucou muito seus dedos, Alan?

— Que nada. Você sabe como são esses sapatos; é como usar um caminhão blindado em cada pé. Quanto tinha na carteira, John?

— Ah, não mais do que umas vinte pratas, eu acho. Mas tirei a licença de caça semana passada e estava lá dentro. E meu MasterCard. Vou ter que ligar para o banco e mandar cancelarem o número se eu não encontrar a maldita carteira. Mas o que quero mesmo são as fotos. Minha mãe e meu pai, minhas irmãs... você sabe. Coisas assim.

Mas não era a foto da mãe e do pai e nem a das irmãs que John realmente queria; a importante era a foto dele com Sally Ratcliffe. Clut tirara a foto na Feira Estadual de Fryeburg uns três meses antes de Sally terminar com ele para ficar com aquele miolo mole do Lester Pratt.

— Bom, vai aparecer. O dinheiro e o cartão talvez sumam, mas a carteira e as fotos vão acabar voltando pra casa, John. É o que costuma acontecer. Você sabe.

— Sei — disse John com um suspiro. — É que... droga, eu fico tentando lembrar se estava com ela hoje de manhã, quando vim trabalhar. Mas não consigo.

— Bom, espero que você encontre. Coloque um recado de PERDIDO no quadro de avisos, que tal?

— Vou fazer isso. E vou arrumar o resto dessa bagunça.

— Sei que vai, John. Vá com calma.

Alan foi para o estacionamento, balançando a cabeça.

3

O sininho de prata no alto da porta da Artigos Indispensáveis tilintou e Babs Miller, membro atuante do Clube de Bridge da Rua Ash, entrou com uma certa timidez.

— Sra. Miller! — Leland Gaunt deu as boas-vindas e consultou a folha de papel ao lado da registradora, fazendo uma marquinha nela. — Que bom você ter vindo! E bem na hora! Era na caixa de música que você estava interessada, não era? Uma linda peça.

— Eu queria falar com você sobre ela, sim. Já deve ter sido vendida.

Era difícil para Babs imaginar que uma coisa tão linda *não* tivesse sido vendida. Ela sentiu seu coração se partir um pouquinho com o pensamento. A melodia que tocava, a que o sr. Gaunt alegava não conseguir lembrar... ela achava que sabia qual devia ser. Tinha dançado uma vez com essa melodia no Pavilhão na praia Old Orchard com o capitão do time de futebol americano e mais tarde, na mesma noite, deu voluntariamente a virgindade a ele sob uma linda lua de maio. Ele lhe deu o primeiro e último orgasmo da vida, e enquanto aquilo corria pelas suas veias, a melodia se revirava na cabeça dela como fogo ardente.

— Não, está bem aqui — disse o sr. Gaunt.

Ele pegou a caixinha de música na estante, escondida atrás da câmera Polaroid, e a colocou em cima. O rosto de Babs Miller se iluminou ao vê-la.

— Sei que vai ser mais do que posso pagar — disse Babs —, ao menos de uma vez só, mas eu a quero *muito*, sr. Gaunt, e se houver alguma chance de eu poder pagar em prestações... se houver algum *modo*...

O sr. Gaunt sorriu. Foi um sorriso exótico e reconfortante.

— Acho que você está preocupada sem necessidade. Você vai ficar surpresa com o preço razoável dessa linda caixinha de música, sra. Miller. Muito surpresa. Sente-se. Vamos conversar.

Ela se sentou.

Ele foi na direção dela.

Seus olhos capturaram os dela.

A melodia começou na cabeça dela de novo.

E ela se perdeu.

4

— Lembrei agora — disse Jillian Mislaburski para Alan. — Foi o garoto Rusk. Billy, acho que esse é o nome dele. Ou talvez seja Bruce.

Eles estavam de pé na sala dela, dominada pela televisão Sony e um Jesus crucificado de gesso gigante pendurado na parede atrás. Oprah estava na tela. A julgar pela forma como Jesus estava com os olhos revirados para cima embaixo da coroa de espinhos, Alan achou que Ele talvez preferisse Geraldo. Ou *Divorce Court*. A sra. Mislaburski tinha oferecido uma xícara de café a Alan, que ele recusou.

— Brian — disse ele.

— Isso mesmo! Brian!

Ela estava usando o vestido verde, mas tinha deixado o lenço vermelho de lado naquela manhã. Cachos do tamanho dos cilindros de papelão usados como centro de rolos de papel higiênico contornavam a cabeça dela em uma coroa bizarra.

— Tem certeza, sra. Mislaburski?

— Tenho. Eu lembrei quem ele era hoje de manhã, quando acordei. O pai dele colocou o revestimento de alumínio da nossa casa dois anos atrás. O garoto veio aqui e ajudou um pouco. Ele me pareceu um bom menino.

— Você tem alguma ideia do que ele podia estar fazendo lá?

— Ele disse que queria perguntar se eles tinham contratado alguém pra tirar a neve do caminho do carro para o inverno. Acho que era isso. Disse que voltaria depois, quando eles não estivessem brigando. O pobre garoto parecia estar morrendo de medo e não me espanto com isso. — Ela balançou a cabeça. Os cachos grandes balançaram de leve junto. — Eu lamento que ela tenha morrido como morreu... — Jill Mislaburski baixou a voz de forma confidencial. — Mas estou feliz por *Pete*. Ninguém sabe o que ele tinha que aguentar sendo casado com aquela mulher. Ninguém. — Ela olhou significativamente para o Jesus na parede e de novo para Alan.

— Aham — respondeu Alan. — Você reparou em mais alguma coisa, sra. Mislaburski? Alguma coisa na casa, nos sons ou no garoto?

Ela colocou um dedo junto ao nariz e inclinou a cabeça.

— Bom, não. O garoto, Brian Rusk, estava com um cooler na cesta da bicicleta. Eu me lembro disso, mas acho que não é o tipo de coisa...

— Opa — disse Alan, levantando a mão. Uma luz forte se acendeu por um momento na mente dele. — Um cooler?

— Você sabe como é, do tipo que se leva pra piqueniques ou festas. Só lembro porque era grande demais pra cesta da bicicleta. Estava torto. Parecia que ia cair.

— Obrigado, sra. Mislaburski — disse Alan lentamente. — Muito obrigado.

— Significa alguma coisa? É uma pista?

— Ah, duvido. — Mas ele não tinha tanta certeza disso.

*Eu apostaria bem mais na possibilidade de vandalismo se o garoto tivesse dezesseis ou dezessete anos*, Henry Payton dissera. Alan achava o mesmo... mas já tinha visto vândalos de doze anos e achava que dava para carregar uma boa quantidade de pedras em um cooler de piquenique.

De repente, ele se sentiu bem mais interessado na conversa que teria com o jovem Brian Rusk naquela tarde.

5

O sininho de prata tilintou. Sonny Jackett entrou na Artigos Indispensáveis lentamente, cauteloso, retorcendo nas mãos o boné Sunoco sujo de graxa. Seu jeito era o de um homem que realmente acredita que vai acabar quebrando muitas coisas caras, por mais que não tenha a intenção. Quebrar coisas, seu rosto declarava, não era seu desejo, mas sim seu carma.

— Sr. Jackett! — exclamou Leland Gaunt com suas boas-vindas costumeiras e o vigor costumeiro, e fez outra marquinha na folha de papel ao lado da registradora. — Que bom que você pôde vir!

Sonny deu três passos para dentro da sala e parou, olhando com cautela das vitrines para o sr. Gaunt.

— Bom, eu não vim comprar nada. Tenho que dizer isso de uma vez. O velho Harry Samuels disse que você pediu pra eu passar aqui hoje se pudesse. Disse que o senhor tinha um kit de chave de roda que era bonito. Andei procurando um, mas esta loja não é pra gente como eu. Só estou sendo educado com o senhor.

— Bom, aprecio sua sinceridade, mas é melhor não falar assim tão rápido, sr. Jackett. É um kit de chaves bem legal, ajustável em dois tamanhos.

— Ah, é? — Sonny ergueu as sobrancelhas. Ele sabia que essas coisas *existiam*, o que tornava possível trabalhar em carros estrangeiros e nacionais com as mesmas chaves, mas nunca tinha visto. — É mesmo?

— É. Guardei na salinha dos fundos, sr. Jackett, assim que soube que você estava procurando. Senão teria sido vendido logo, e eu queria que você pelo menos visse o kit antes que eu vendesse pra outra pessoa.

Sonny Jackett reagiu a isso com uma desconfiança ianque imediata.

— E por que o senhor faria isso?

— Porque eu tenho um carro clássico, e carros clássicos costumam precisar de consertos frequentes. Eu soube que você é o melhor mecânico de Derry pra cá.

— Ah. — Sonny relaxou. — Pode ser que eu seja. Que carro o senhor tem?

— Um Tucker.

Sonny ergueu as sobrancelhas e ele olhou para o sr. Gaunt com novo respeito.

— Um Torpedo! Que interessante!

— Não. Eu tenho um Talisman.

— Ah, é? Eu nunca ouvi falar de Tucker Talisman.

— Só dois foram feitos, o protótipo e o meu. Em 1953. O sr. Tucker se mudou para o Brasil pouco tempo depois e morreu lá. — O sr. Gaunt deu um sorriso sonhador. — Preston era um bom sujeito e um mago do design de automóveis… mas não era um homem de negócios.

— É mesmo?

— É. — Os olhos do sr. Gaunt se firmaram. — Mas isso foi ontem e temos que falar de hoje! Temos que virar a página, não é, sr. Jackett? Virar a página, eu sempre digo; rosto pra frente pra andar com alegria até o futuro sem nunca olhar pra trás!

Sonny olhou para o sr. Gaunt com os cantos dos olhos e uma certa inquietação e não disse nada.

— Vou mostrar as chaves de roda.

Sonny não concordou de primeira. Só olhou com dúvida para o conteúdo das estantes de vidro de novo.

— Não posso pagar por nada chique demais. Tenho um montão de contas. Às vezes eu acho que devia fechar a oficina e ir pro mato.

— Sei o que você quer dizer. São os malditos republicanos. É o que *eu* acho.

O rosto contraído e desconfiado de Sonny relaxou na mesma hora.

— É exatamente *isso*, amigão! — exclamou ele. — George Bush quase *estragou* este país… ele e sua maldita guerra! Mas você acha que os democratas têm alguém pra botar contra ele no ano que vem, alguém que possa ganhar?

— Duvido — disse o sr. Gaunt.

— Jesse Jackson, por exemplo… um crioulo.

Ele olhou para o sr. Gaunt com truculência, que inclinou a cabeça de leve como quem diz *Sim, meu amigo, fale o que pensa. Nós dois somos homens do mundo que não têm medo de dar nome aos bois.* Sonny Jackett relaxou mais um pouco, menos envergonhado da graxa nas mãos agora, mais à vontade.

— Não tenho nada contra crioulos, entende, mas a ideia de um preto na Casa Branca, Casa *Branca*!, me dá arrepios.

— Claro que dá — concordou o sr. Gaunt.

— E aquele carcamano de Nova York, Mario Cu-omo! Você acha que um cara com um nome desses pode vencer aquele empresário quatro olhos na Casa Branca?

— Não. — O sr. Gaunt levantou a mão direita, o indicador longo posicionado a quase um centímetro do polegar achatado e feio. — Além do mais, eu não confio em homens com cabecinhas.

Sonny ficou olhando com a boca aberta por um momento, bateu no joelho e soltou uma gargalhada chiada.

— Não confia em homens com cabecinhas… Essa foi boa, moço! Essa foi ótima!

O sr. Gaunt estava sorrindo.

Eles sorriram um para o outro.

O sr. Gaunt pegou o kit de chaves de roda, que vinha em uma caixa de couro forrada de veludo preto; era o kit mais lindo de liga de cromo e aço de chaves de roda que Sonny Jackett já tinha visto.

Eles sorriram para as chaves de roda, mostrando os dentes como macacos prestes a brigar.

E, claro, Sonny comprou o kit. O preço foi incrivelmente baixo, cento e setenta dólares e umas peças bem divertidas a serem pregadas em Don Hemphill e no reverendo Rose. Sonny disse para o sr. Gaunt que seria um prazer, que ele adoraria azedar a vida daqueles filhos de prostituta republicanos cantadores de salmos.

Eles sorriram quando discutiram as peças a serem pregadas em Steamboat Willie e Don Hemphill.

Sonny Jackett e Leland Gaunt: dois homens sorridentes do mundo.

Acima da porta, o sininho de prata tilintou.

6

Henry Beaufort, dono e atendente do Tigre Meloso, morava em uma casa a uns quatrocentos metros de seu local de trabalho. Myra Evans parou no estacionamento do Tigre, vazio agora naquela manhã atipicamente quente, e andou até a casa. Considerando a natureza da tarefa, pareceu uma precaução lógica. Ela não precisava ter se preocupado. O Tigre só fechava à uma da manhã e Henry raramente acordava antes de uma da tarde. Todas as persianas de todas as janelas estavam fechadas. O carro dele, um Thunderbird 1960 em perfeito estado que era seu maior orgulho, ocupava a entrada de carros.

Myra estava com uma calça jeans e uma das camisas de trabalho do marido. A parte de trás ia quase até seus joelhos. Escondia o cinto que ela usava por baixo e a bainha pendurada nele. Chuck Evans era colecionador de objetos da Segunda Guerra Mundial (e, apesar de ela não saber, ele já tinha feito uma compra de um artigo dessa época na loja nova da cidade), e havia uma baioneta japonesa na bainha. Myra a tinha tirado meia hora antes da parede no porão de Chuck. Batia solidamente na coxa direita a cada passo.

Ela estava ansiosa para cumprir logo a tarefa para poder voltar para a foto do Elvis. Tinha descoberto que segurar a foto produzia uma espécie de história. Não era uma história real, mas, de muitas formas, de *todas* as formas, na verdade, ela a considerava melhor do que uma história real. O Primeiro Ato era O Show, quando o Rei a puxava para o palco para dançar com ele. O Segundo Ato era a Sala Verde Depois do Show, e o Terceiro Ato era Na Limusine. Um dos caras do Elvis de Memphis dirigia a limusine, e o Rei nem se dava ao trabalho de erguer o vidro preto entre o motorista e eles para fazer as coisas mais absurdas e deliciosas com ela no banco de trás enquanto eles seguiam para o aeroporto.

O Quarto Ato se chamava No Avião. Nesse ato eles estavam no *Lisa Marie*, o jatinho do Elvis... na cama de casal enorme atrás da divisória no fundo da cabine, para ser precisa. Era o ato que Myra estava apreciando no dia anterior e naquela manhã: velocidade de cruzeiro a dez mil metros no *Lisa Marie*, velocidade de cruzeiro na cama com o Rei. Ela não se importaria de ficar com ele lá para sempre, mas sabia que não ficaria. Eles estavam a caminho do Quinto Ato: Graceland. Quando chegassem lá, as coisas só podiam melhorar.

Mas ela tinha aquela coisinha a resolver primeiro.

Estava deitada na cama naquela manhã depois que o marido saiu, nua exceto pela cinta-liga (o Rei tinha sido bem claro em seu desejo de que Myra ficasse com ela), a foto bem segura nas mãos, gemendo e se contorcendo lentamente nos lençóis. E, de repente, a cama de casal tinha sumido. O zumbido baixo dos motores do *Lisa Marie* tinha sumido. O cheiro da colônia English Leather do Rei tinha sumido.

No lugar dessas coisas maravilhosas apareceu o rosto do sr. Gaunt... só que ele não estava mais como na loja. A pele do rosto dele estava cheia de bolhas, queimada por algum calor secreto fabuloso. Pulsava e se agitava, como se houvesse coisas embaixo, tentando sair. E quando ele sorriu, os dentes grandes e quadrados tinham se tornado uma fileira dupla de presas.

— Está na hora, Myra — dissera o sr. Gaunt.

— Eu quero ficar com o Elvis — choramingou ela. — Vou fazer o que você quer, mas não agora. Por favor, não agora.

— Sim, agora. Você prometeu e vai cumprir sua promessa. Você vai lamentar muito se não cumprir, Myra.

Ela ouviu um estalo seco. Olhou para baixo e viu, horrorizada, que uma rachadura irregular agora partia o vidro que cobria o rosto do Rei.

— *Não!* — gritou ela. — *Não, não faz isso!*

— *Eu* não estou fazendo isso — respondeu o sr. Gaunt com uma gargalhada. — *Você* está. Está fazendo isso ao ser uma vaca idiota e preguiçosa. Estamos nos Estados Unidos, Myra, onde só prostitutas fazem negócios na cama. Nos Estados Unidos, as pessoas respeitáveis têm que sair da cama e *conquistar* as coisas de que precisam para não as perderem para sempre. Acho que você se esqueceu disso. Claro que sempre posso encontrar outra pessoa pra pregar a peça no sr. Beaufort, mas quanto ao seu lindo *affaire de coeur* com o Rei...

Outra rachadura desceu como um raio pelo vidro que cobria a foto. E o rosto embaixo, ela observou com horror crescente, estava ficando velho e enrugado e manchado com a entrada do ar contaminado.

— *Não! Eu faço! Faço agora! Estou me levantando agora, está vendo? Mas faz parar! FAZ PARAR!*

Myra tinha pulado no chão com a velocidade de uma mulher que descobriu estar dividindo a cama com um ninho de escorpiões.

— Quando você cumprir sua promessa, Myra — disse o sr. Gaunt. Agora ele estava falando de um buraco fundo na mente dela. — Você sabe o que fazer, não sabe?

— Sim, eu sei! — Myra olhou com desespero para a foto, a imagem de um homem velho e doente, o rosto inchado pelos anos de excesso e prazeres. A mão que segurava o microfone parecia a garra de um abutre.

— Quando você voltar com a missão cumprida, a foto estará bem. Mas não deixe que ninguém te veja, Myra. Se alguém te ver, é você que nunca mais vai ver *ele*.

— Não vou deixar! — balbuciou ela. — Juro que não vou!

E agora, quando chegou na casa de Henry Beaufort, ela se lembrou desse aviso. Olhou ao redor para ter certeza de que não tinha ninguém na rua. Estava deserta nas duas direções. Um corvo grasnou solenemente no campo seco de outono de alguém. Não havia nenhum outro som. O dia parecia latejar como uma coisa viva, e a terra estava atordoada com a batida lenta de seu coração atípico.

Myra andou pela entrada de carros, puxando a parte de trás da camisa azul, tateando para ver se a bainha e a baioneta dentro ainda estavam lá. Escorria suor pelas suas costas e embaixo do sutiã, coçando e incomodando. Apesar de não saber e não acreditar se alguém contasse, ela tinha alcançado uma beleza momentânea na imobilidade rural. O rosto vago e distraído se encheu, ao menos durante aqueles momentos, de um propósito e determinação profunda que nunca tinham existido. As maçãs do rosto ficaram claramente definidas pela primeira vez desde o ensino médio, quando ela decidiu que sua missão de vida era comer todos os bolinhos Yodel e Ding-Dong e sorvetes Hoodsie Rocket do mundo. Nos quatro dias anteriores, ela estava ocupada demais fazendo sexo cada vez mais bizarro com o Rei para pensar em comer. O cabelo, que costumava cair em volta do rosto como um tapete pesado e sem vida, estava preso em um rabo de cavalo, expondo a testa. Talvez chocada pela overdose repentina de hormônios e pelo corte igualmente repentino de consumo de açúcar depois de anos de overdoses diárias, a maioria das espinhas que surgiam no rosto dela como vulcões incômodos desde que ela tinha doze anos tinha entrado em remissão. Mais incrível ainda eram os olhos, largos, azuis, quase selvagens. Não eram os olhos de Myra Evans, mas de um animal selvagem capaz de atacar a qualquer momento.

Ela chegou ao carro de Henry. *Agora* tinha alguma coisa vindo pela 117, um caminhão de fazenda velho e barulhento a caminho da cidade. Myra foi para a frente do T-Bird e se agachou atrás da grade até que o caminhão tivesse passado. Ela se levantou de novo. Do bolso do peito da camisa ela tirou uma folha de papel dobrada. Abriu-a, esticou-a com cuidado e enfiou embaixo de um dos limpadores de para-brisa do Bird, para que a breve mensagem escrita lá ficasse bem clara.

> NUNCA MAIS ME NEGUE BEBIDA E
> SE RECUSE A DEVOLVER A CHAVE DO MEU CARRO,
> SEU SAPO MALDITO!

dizia a mensagem.

Era hora da baioneta.

Ela deu outra olhada rápida em volta, mas a única coisa se movendo no mundo cheio de sol quente era um corvo, talvez aquele que tinha grasnado antes. Voou até o alto de um poste telefônico em frente à entrada de carros e pareceu observá-la.

Myra pegou a baioneta, segurou com firmeza nas duas mãos, se inclinou para a frente e a enfiou até o cabo no pneu do lado do motorista, na frente. Seu rosto estava repuxado em um rosnado e uma careta, esperando um estrondo, mas só houve um chiado longo, o som que um homem grande poderia fazer depois de um soco na barriga. O T-Bird se inclinou para a esquerda. Myra puxou a baioneta, abrindo mais o buraco, grata porque Chuck gostava de manter os brinquedos afiados.

Quando tinha feito um sorriso irregular de borracha no pneu que murchava rapidamente, ela foi até o lado do passageiro e fez a mesma coisa. Ainda estava ansiosa para voltar para a foto, mas percebeu que estava feliz de ter ido, mesmo assim. Era até empolgante. Imaginar a cara de Henry quando visse o que tinha acontecido com seu precioso Thunderbird a estava deixando com tesão. Só Deus sabia por quê, mas ela achava que quando finalmente voltasse para o *Lisa Marie*, talvez tivesse um ou dois truques novos para mostrar ao Rei.

Ela foi para os pneus de trás. A baioneta não cortou com tanta facilidade agora, mas ela compensou com seu entusiasmo e serrou com energia as laterais dos pneus.

Quando o serviço estava feito, quando os quatro pneus estavam não só furados, mas cortados, Myra recuou para admirar o próprio trabalho. Estava respirando rapidamente e secou o suor da testa com o braço em um gesto rápido e masculino. O Thunderbird de Henry Beaufort estava agora quinze centímetros mais baixo do que quando ela chegou. Estava apoiado nos aros das rodas com os pneus caros espalhados ao redor em poças enrugadas de borracha. E então, apesar de não ter sido pedido que fizesse isso, Myra decidiu acrescentar o toque especial que parecia tão importante. Ela passou a ponta da baioneta pela lateral do carro, abrindo a superfície encerada com um arranhão longo e irregular.

A baioneta fez um ruído agudo no metal e Myra olhou para a casa com uma certeza repentina de que Henry Beaufort devia ter ouvido, que a persiana na janela do quarto seria erguida e ele olharia para ela.

Não aconteceu, mas ela soube que era hora de ir embora. Tinha ficado tempo demais. Além disso… no seu quarto, o Rei esperava. Myra saiu andando rápido, ajeitando a baioneta na bainha e deixando a parte de trás da camisa de Chuck cair por cima. Um carro passou antes de ela chegar no Tigre Meloso, mas estava indo na direção oposta; supondo que o motorista não estivesse olhando pelo retrovisor, ele só teria visto as costas dela.

Ela entrou no carro, tirou o elástico do cabelo, permitindo que os cachos caíssem em volta do rosto do jeito sem vida de sempre, e voltou dirigindo para a cidade. Fez isso com só uma das mãos. A outra mão tinha coisas a resolver abaixo da cintura. Ela entrou em casa e subiu a escada de dois em dois degraus. A foto estava na cama, onde ela tinha deixado. Myra tirou os sapatos, tirou a calça jeans, pegou a foto e pulou na cama com ela. As rachaduras no vidro tinham sumido, o Rei tinha voltado à juventude e beleza.

O mesmo podia ser dito sobre Myra Evans… ao menos temporariamente.

7

Acima da porta, o sininho de prata tilintou.

— Oi, sra. Potter! — exclamou o sr. Gaunt com alegria. Ele fez uma marquinha na folha de papel ao lado da registradora. — Eu já estava achando que você não viria.

— Eu quase não vim — disse Lenore Potter.

Ela parecia chateada, distraída. O cabelo prateado, normalmente com penteados perfeitos, tinha sido preso em um coque indiferente. Dois centímetros da anágua estavam visíveis embaixo da barra da saia cinza cara, e havia círculos escuros embaixo dos olhos. Os olhos em si estavam inquietos, indo de um lado para o outro com uma desconfiança maligna e furiosa.

— Era a marionete do Howdy Doody que você queria ver, não era? Acho que você me contou que tem uma coleção de objetos infantis...

— Acho que não vou conseguir olhar coisas gentis assim hoje, sabe — disse Lenore. Ela era esposa do advogado mais rico de Castle Rock e falava em um tom seco de advogado. — Estou em um péssimo estado mental. Estou tendo um dia magenta. Não só vermelho, mas *magenta!*

O sr. Gaunt contornou a estante principal e foi na direção dela, o rosto tomado na mesma hora de preocupação e solidariedade.

— Minha querida senhora, o que houve? Sua aparência está péssima!

— *Claro* que minha aparência está péssima! — disse ela com rispidez. — O fluxo normal da minha aura psíquica foi abalado... *muito* abalado! Em vez de azul, a cor da calma e da serenidade, minha *calava* toda ficou magenta! E é culpa daquela vaca do outro lado da rua! Aquela vaca *metida!*

O sr. Gaunt fez gestos peculiares de tranquilização que não tocaram em nenhuma parte do corpo de Lenore Potter.

— E que vaca é essa, sra. Potter? — perguntou ele, sabendo perfeitamente bem.

— Bonsaint, claro! Bonsaint! A mentirosa da Stephanie Bonsaint! Minha aura *nunca* ficou magenta antes, sr. Gaunt! Rosa-escura algumas vezes, sim, e uma vez, depois que quase fui atropelada na rua por um bêbado em Oxford, acho que talvez tenha ficado vermelha por alguns minutos, mas *nunca* ficou *magenta!* Eu não *posso* viver assim!

— Claro que não. Ninguém poderia *esperar* que vivesse, minha querida.

Os olhos dele finalmente se encontraram com os dela. Isso não foi fácil com o olhar da sra. Potter oscilando de forma tão distraída, mas ele finalmente conseguiu. E, quando conseguiu, Lenore se acalmou quase na mesma hora. Ela descobriu que encarar o sr. Gaunt era quase como olhar para a própria aura quando ela fazia todos os exercícios, comia os alimentos certos (broto de feijão e tofu, principalmente) e mantinha as superfícies de sua *calava* com pelo menos uma hora de meditação quando se levantava de manhã e novamente na hora de ir para a cama à noite. Os olhos dele eram de um azul desbotado e sereno, como céus de deserto.

— Venha. Aqui. — Ele a levou até a fileira curta de três cadeiras de veludo de costas altas onde tantos cidadãos de Castle Rock haviam se sentado na semana anterior. Quando ela se sentou, o sr. Gaunt sugeriu: — Me conte.

— Ela sempre me odiou — disse Lenore. — Sempre achou que o marido dela não subiu na firma tão rápido quanto ela queria porque o *meu* marido o segurava. E que *eu* o obriguei a isso. Ela é uma mulher com mente pequena e peitos grandes e aura cinza suja. Você conhece o tipo.

— De fato — comentou o sr. Gaunt.

— Mas eu nunca soube o *quanto* ela me odiava até hoje de manhã! — Lenore Potter estava ficando agitada de novo, apesar da influência calmante do sr. Gaunt. — Eu me levantei e meus canteiros de flores estavam destruídos! *Destruídos!* Tudo que era lindo ontem está morrendo hoje! Tudo que era calmante para a alma e nutritivo para a *calava* foi *assassinado!* Por aquela vaca! Por aquela *vaca maldita Bonsaint!*

Lenore cerrou as mãos e escondeu as unhas feitas. Os punhos bateram nos braços entalhados da cadeira.

— Crisântemos, cimicífugas, ásteres, calêndulas... aquela vaca foi até minha casa à noite e arrancou todas! Jogou pra todo lado! Sabe onde estão meus repolhos ornamentais agora, sr. Gaunt?

— Não... onde? — perguntou ele carinhosamente, ainda fazendo gestos de carinho perto do corpo dela.

Ele tinha uma boa noção de onde estavam e sabia sem sombra de dúvida quem era responsável pela destruição de *calava*: Melissa Clutterbuck. Lenore Potter não desconfiava da esposa do policial Clutterbuck porque não *conhecia* a esposa do policial Clutterbuck... assim como Melissa Clutterbuck não conhecia Lenore para além de cumprimentos na rua. Não houve malícia da parte de Melissa (exceto, claro, pensou o sr. Gaunt, pelo prazer malicioso normal que *qualquer um* sente ao destruir os bens amados de outra pessoa). Ela destruiu os canteiros de Lenore Potter como pagamento parcial por um conjunto de porcelana Limoges. Pensando de forma bem simples, foi puro negócio. Agradável, sim, pensou o sr. Gaunt, mas quem disse que os negócios sempre têm que ser chatos?

— Minhas flores estão na rua! — gritou Lenore. — No meio de Castle View! Ela não perdeu nenhuma! Até as margaridas africanas se foram! Tudo estragado! *Tudo... estragado!*

— Você a viu?

— Eu não *preciso* ver! Ela é a única que me odeia o suficiente pra fazer uma coisa assim. E os canteiros de flores estão cheios de marcas dos saltos dela. Juro que aquela vagabunda usa saltos até pra *dormir*. Ah, sr. Gaunt, cada vez que fecho os olhos, tudo fica *roxo*! O que vou *fazer*?

O sr. Gaunt não disse nada por um momento. Só olhou para ela com expressão fixa até ela ficar calma e distante.

— Está melhor? — perguntou ele por fim.

— Estou! — respondeu ela com voz fraca e aliviada. — Acho que consigo ver o azul de novo...

— Mas você está chateada demais até pra *pensar* em fazer compras.

— Estou...

— Considerando o que aquela vaca fez com você.

— É...

— Ela tem que pagar.

— Tem.

— Se tentar qualquer coisa parecida de novo, ela *vai* pagar.

— *Vai!*

— Eu talvez tenha a coisa certa. Fiquei aqui sentada, sra. Potter. Volto logo. Enquanto isso, tenha pensamentos azuis.

— Azuis — concordou ela, sonhadora.

Quando o sr. Gaunt voltou, ele colocou nas mãos de Lenore Potter uma das pistolas automáticas que Ace tinha levado de Cambridge. Estava carregada e brilhava em um preto-azulado oleoso sob a luz das estantes.

Lenore levou a arma à altura dos olhos. Olhou com prazer profundo e alívio mais profundo ainda.

— Eu nunca encorajaria ninguém a atirar em outra pessoa — disse o sr. Gaunt. — Ao menos não sem um *motivo* muito bom. Mas você parece uma mulher que talvez *tenha* um motivo muito bom, sra. Potter. Não as flores, nós dois sabemos que elas não são o importante. Flores são substituíveis. Mas seu carma... sua *calava*... bom, o que mais nós, qualquer um de nós, tem de verdade? — Ele riu de forma depreciativa.

— Nada — concordou ela, e apontou a automática para a parede. — Pou. Pou, pou, pou. Isso é pra você, sua vagabunda invejosa de salto alto. Espero que seu marido acabe virando gari. É o que ele merece. É o que *vocês dois* merecem.

— Está vendo essa alavanquinha aqui, sra. Potter? — Ele mostrou para ela.

— Sim, estou.

— É a trava de segurança. Se a vaca for lá de novo tentar fazer mais estragos, você precisa empurrar isso primeiro. Entendeu?

— Ah, sim — disse Lenore com a voz sonolenta. — Entendi perfeitamente. Ka-*pou*!

— Ninguém a culparia. Afinal, uma mulher precisa proteger sua propriedade. Uma mulher tem que proteger seu carma. A criatura Bonsaint não deve voltar, mas, se vier...

Ele olhou para ela de forma significativa.

— Se vier, vai ser a última vez. — Lenore ergueu o cano curto da pistola automática até os lábios e a beijou de leve.

— Agora guarde isso na bolsa e volte pra casa. Ora, ela poderia estar no seu jardim agora mesmo. Na verdade, poderia estar na sua casa.

Lenore fez expressão alarmada ao ouvir isso. Filetes roxos sinistros começaram a se enfiar na aura azul. Ela se levantou e enfiou a automática na bolsa. O sr. Gaunt afastou o olhar dela, e ela piscou rapidamente várias vezes em seguida.

— Sinto muito, mas vou ter que olhar o Howdy Doody alguma outra hora, sr. Gaunt. Acho melhor eu ir pra casa. Até onde eu sei, aquela Bonsaint pode estar no meu jardim agora, enquanto estou aqui. Pode até estar na minha *casa*!

— Que ideia terrível — comentou o sr. Gaunt.

— Sim, mas propriedade é responsabilidade. Precisa ser protegida. Temos que enfrentar essas coisas, sr. Gaunt. Quanto eu lhe devo pela... pela... — Mas ela não conseguia lembrar o que exatamente ele tinha vendido para ela, apesar de ter certeza de que lembraria em breve. Ela fez um gesto vago na direção da bolsa.

— Não vou cobrar nada. É um item especial do dia. Pense como... — O sorriso dele se alargou. — ... um presente por estarmos nos conhecendo melhor.

— Obrigada. Me sinto muito melhor.

— Como sempre, estou feliz de ter ajudado — respondeu o sr. Gaunt com um pequeno floreio.

8

Norris Ridgewick não estava pescando.

Norris Ridgewick estava olhando para a janela do quarto de Hugh Priest.

Hugh estava deitado na cama todo esparramado, roncando para o teto. Só usava uma cueca boxer manchada de urina. Nas mãos grandes e nodosas havia um pedaço sujo de pele de animal. Norris não tinha certeza, as mãos de Hugh eram grandes demais e a janela estava muito suja, mas ele achou que era um rabo de raposa velho comido de traças. Não importava o que era; o que importava era que Hugh estava dormindo.

Norris voltou pelo gramado até onde seu carro particular estava, atrás do Buick de Hugh. Abriu a porta do passageiro e se inclinou para dentro. O cesto de pesca estava no chão. A vara Bazun estava no banco de trás; ele achou melhor, *mais seguro*, levar junto.

Ele ainda não a tinha usado. A verdade era simples: ele tinha *medo* de usar. Ele levara a vara até o lago Castle no dia anterior, todo preparado e pronto para uso... mas hesitou antes de jogar na água, com a vara inclinada para trás por cima do ombro.

*E se*, pensou ele, *um peixe muito grande pegar a isca? Smokey, por exemplo?*

Smokey era uma truta marrom velha, uma lenda entre os pescadores de Castle Rock. Tinha a reputação de ter mais de sessenta centímetros e de ser ladino como uma fuinha, forte como um furão, duro como um prego. De acordo com o pessoal antigo, o maxilar do Smokey brilhava com o aço de anzóis que o capturaram... mas não conseguiram segurar.

*E se ele partir a vara?*

Parecia loucura acreditar que uma truta de lago, mesmo uma grande como Smokey (se Smokey realmente existisse), pudesse quebrar uma vara, mas Norris achava que era possível... e do jeito que sua sorte andava ultimamente, talvez pudesse acontecer. Ele ouvia o estalo seco na mente, sentia a agonia de ver a vara em dois pedaços, um deles no fundo do lago e o outro flutuando do lado. E quando uma vara estava quebrada, Inês é morta; não havia nada que se pudesse fazer além de jogar fora.

Assim, ele acabou usando a Zebco velha. Não teve peixe para o jantar da noite anterior... mas ele *sonhou* com o sr. Gaunt. No sonho, o sr. Gaunt estava usando uma calça de borracha por cima da roupa e um fedora velho com iscas com penas balançando na aba. Ele estava sentado em um barco a uns dez metros da margem do lago Castle e Norris na margem oeste com o chalé velho do pai, que tinha pegado fogo dez anos antes, logo atrás. Ficou parado ouvindo o sr. Gaunt falar. O sr. Gaunt lembrou a Norris a promessa dele, e Norris acordou com sentimento de certeza: tinha feito a coisa certa no dia anterior ao deixar a Bazun e usar a Zebco velha. A vara Bazun era boa demais. Seria um crime colocá-la em risco fazendo *uso* dela.

Agora, Norris estava abrindo o cesto. Tirou uma faca longa de limpar peixe e andou até o Buick de Hugh.

Ninguém merece isso mais do que esse bêbado, disse ele para si mesmo, mas alguma coisa dentro dele não concordou. Alguma coisa dentro dele disse que ele estava cometendo um erro horrível do qual talvez nunca se recuperasse. Ele era policial; parte do trabalho dele era prender pessoas que faziam o tipo de coisa que ele estava prestes a fazer. Era vandalismo, no fim das contas era simplesmente isso, e vândalos eram bandidos.

*Você decide, Norris.* A voz do sr. Gaunt falou de repente na mente dele. *A vara de pescar é sua. E o livre-arbítrio dado por Deus também é seu. Você tem escolha. Sempre tem escolha. Mas...*

A voz na cabeça de Norris Ridgewick não terminou. Não precisava. Norris sabia quais seriam as consequências de desistir agora. Quando voltasse para o carro, ele encontraria a Bazun partida no meio. Porque cada escolha tinha consequências. Porque, nos Estados Unidos, você podia ter qualquer coisa que quisesse, desde que pudesse pagar por isso. Se não desse para pagar ou se se *recusasse* a pagar, você ficaria necessitado para sempre.

Além do mais, ele faria o mesmo comigo, pensou Norris com petulância. E não por uma vara de pescar bonita como a minha Bazun. Hugh Priest cortaria a garganta da própria mãe por uma garrafa de Old Duke e um maço de Lucky Strike.

Assim, ele recusou a culpa. Quando a coisa dentro dele tentou protestar de novo, tentou mandar que ele pensasse antes de fazer aquilo, para *pensar*, ele sufocou a voz. Ele se inclinou e começou a cortar os pneus do Buick de Hugh. Seu entusiasmo, como o de Myra Evans, foi crescendo conforme ele foi trabalhando. Como toque adicional, ele quebrou os faróis da frente e traseiros do Buick. Terminou deixando um bilhete que dizia

SÓ UM AVISO
VOCÊ SABE O QUE VENHO BUSCAR NA PRÓXIMA VEZ, HUBERT. VOCÊ CHUTOU MINHA JUKEBOX PELA ÚLTIMA VEZ. FIQUE LONGE DO MEU BAR!

embaixo do limpador de para-brisa do lado do motorista.

Depois do serviço feito, ele foi até a janela do quarto, o coração disparado no peito estreito. Hugh Priest ainda estava dormindo profundamente, segurando o pelo comprido puído.

Quem ia querer uma coisa velha e suja como aquela?, perguntou-se Norris. Ele está segurando aquilo como se fosse um urso de pelúcia.

Ele voltou para o carro. Entrou, botou o câmbio no neutro e deixou o fusca descer pela entrada de carros sem som nenhum. Só ligou o carro quando estava na rua. E saiu dirigindo o mais rápido que conseguiu. Estava com dor de cabeça. Seu estômago estava embrulhado. E ele ficava repetindo que não importava; estava se sentindo bem, estava se sentindo bem, caramba, estava se sentindo *muito bem*.

Não estava funcionando até ele esticar a mão entre os assentos e pegar a vara de pescar comprida e estreita com a mão esquerda. Foi só assim que ele começou a se acalmar.

Norris ficou segurando a vara de pescar no caminho todo para casa.

## 9

O sininho de prata tilintou.

Slopey Dodd entrou na Artigos Indispensáveis.

— Oi, Slopey — disse o sr. Gaunt.

— O-o-oi, sr. G-G-Ga...

— Não precisa gaguejar comigo, Slopey.

O sr. Gaunt levantou uma das mãos com os dois primeiros dedos esticados e abertos. Passou-a pelo ar na frente do rosto singelo de Slopey, que sentiu uma coisa, um rosnado confuso e truncado na mente, se dissolver magicamente. Sua boca se abriu de novo.

— O que você fez comigo? — perguntou ele, ofegante. As palavras saíram com perfeição pela boca do garoto, como contas em um cordão.

— Um truque que a srta. Ratcliffe adoraria aprender — respondeu o sr. Gaunt. Ele sorriu e fez uma marca ao lado do nome de Slopey na folha. Olhou para o relógio tiquetaqueando alegremente no canto. Eram quinze para a uma. — Me conte como saiu da escola mais cedo. Alguém desconfiou de alguma coisa?

— Não. — O rosto de Slopey ainda estava com expressão impressionada, e ele parecia estar tentando olhar para a própria boca, como se pudesse ver as palavras saindo por ela numa ordem inédita. — Falei pra sra. DeWeese que estava enjoado. Ela me mandou pra enfermeira. Falei pra enfermeira que estava me sentindo melhor, mas ainda mal. Ela me perguntou se eu achava que conseguia ir andando até em casa. Eu disse que sim, e ela me deixou sair. — Slopey fez uma pausa. — Eu vim porque dormi durante a chamada. Sonhei que você estava me chamando.

— E estava. — O sr. Gaunt juntou os dez dedos estranhamente iguais embaixo do queixo e sorriu para o garoto. — Me conte uma coisa... sua mãe gostou do bule que você deu pra ela?

As bochechas de Slopey ficaram vermelhas, da cor de tijolo velho. Ele começou a dizer uma coisa, mas parou e olhou para os próprios pés.

Com sua voz mais suave e gentil, o sr. Gaunt disse:

— Você guardou pra você, não foi?

Slopey assentiu, ainda olhando para os pés. Sentia-se envergonhado e confuso. Pior de tudo, estava com uma sensação horrível de perda e dor: de alguma forma, o sr. Gaunt tinha dissolvido o nó cansativo e irritante na cabeça dele... e de que adiantou? Ele estava constrangido demais para falar.

— Agora me diga, o que um garoto de doze anos quer com um bule de chá?

O cabelo de Slopey, que tinha balançado para cima e para baixo alguns segundos antes, agora balançou de um lado para o outro quando ele fez que não. Ele não *sabia* o que um garoto de doze anos queria com um bule de chá. Só sabia que queria ficar com o bule. Gostava dele. Gostava muito... muito... mesmo.

— ... a sensação — murmurou ele por fim.

— Como? — perguntou o sr. Gaunt, erguendo a monocelha ondulada.

— Eu gosto da *sensação*, eu falei!

— Slopey, Slopey — disse o sr. Gaunt, contornando o balcão —, você não precisa explicar pra *mim*. Sei tudo sobre aquela coisa peculiar que as pessoas chamam de "orgulho de posse". Tornei isso a base da minha carreira.

Slopey Dodd se afastou do sr. Gaunt, alarmado.

— Não toque em mim! *Por favor!*

— Slopey, não tenho intenção de tocar em você tanto quanto não tenho de te obrigar a dar o bule pra sua mãe. É *seu*. Você pode fazer o que quiser com ele. Na verdade, eu *aplaudo* sua decisão de ficar com ele.

— É... mesmo?

— É! É mesmo! Pessoas egoístas são felizes. Acredito nisso com todo o meu coração. Mas, Slopey...

Slopey levantou a cabeça um pouco e olhou com temor pela franja de cabelo ruivo para o sr. Leland Gaunt.

— Chegou a hora de terminar de pagar por ele.

— Ah! — Uma expressão de alívio tomou conta do rosto de Slopey. — É *isso* que você queria de mim? Achei que... — Mas ele não conseguiu ou não ousou terminar. Não tinha certeza do *quê* o sr. Gaunt queria.

— É. Você lembra em quem prometeu pregar uma peça?

— Claro. No treinador Pratt.

— Certo. Essa pegadinha tem duas partes: você tem que botar uma coisa num lugar e tem que dizer uma coisa para o treinador Pratt. E se seguir as instruções direitinho, o bule vai ser seu pra sempre.

— E eu posso ficar falando assim? — pediu Slopey com ansiedade. — Posso falar sem gaguejar pra sempre?

O sr. Gaunt deu um suspiro de lamento.

— Infelizmente você vai voltar a falar como antes assim que sair da minha loja, Slopey. Acredito que *tenho* um dispositivo antigagueira em algum lugar do estoque, mas...

— Por favor! Por favor, sr. Gaunt! Faço qualquer coisa! Faço *qualquer coisa* com *qualquer pessoa*! Eu *odeio* gaguejar!

— Eu sei que faria, mas é esse o problema. Você não vê? Estou ficando rapidamente sem peças a serem pregadas; podemos dizer que meu cartão de dança está quase cheio. Você não poderia me pagar.

Slopey hesitou por muito tempo antes de falar de novo. Quando falou, sua voz soou baixa e hesitante.

— O senhor não pode... quer dizer, o senhor por acaso... não *dá* coisas, sr. Gaunt?

O rosto de Leland Gaunt exibiu uma tristeza profunda.

— Ah, Slopey! Quantas vezes pensei nisso, e com quanta *vontade*! Há um poço profundo e inexplorado de caridade no meu coração. Mas...

— Mas?

— Não seria comércio — concluiu o sr. Gaunt. Ele ofereceu a Slopey um sorriso de compaixão... mas seus olhos brilharam de forma tão lupina que Slopey deu um passo para trás. — Você entende, não é?

— Hã... entendo! Claro!

— Além do mais — prosseguiu o sr. Gaunt —, as próximas horas são cruciais pra mim. Quando as coisas começam pra valer, raramente podem ser paradas... mas, no momento, preciso que prudência seja minha palavra de ordem. Se você parar de gaguejar de repente, as pessoas podem começar a fazer perguntas. Seria ruim. O xerife já está fazendo perguntas que não dizem respeito a ele. — Seu rosto se fechou por um momento, mas seu sorriso feio, encantador e largo surgiu novamente. — Mas pretendo cuidar dele, Slopey. Ah, sim.

— O senhor está falando do xerife Pangborn?

— Sim, do xerife Pangborn, é dele que estou falando. — O sr. Gaunt ergueu os dois primeiros dedos e novamente os passou na frente do rosto de Slopey Dodd, da testa ao queixo. — Mas nós nunca falamos sobre ele, não é?

— Falamos sobre *quem*? — perguntou Slopey, confuso.

— Exatamente.

Leland Gaunt estava usando um paletó de veludo cinza-escuro naquele dia, e de um dos bolsos tirou uma carteira preta de couro. Entregou-a a Slopey, que a pegou com cuidado, sem querer tocar nos dedos do sr. Gaunt.

— Você conhece o carro do treinador Pratt, não conhece?

— O Mustang? Claro.

— Coloque isso dentro. Debaixo do banco do passageiro, com um cantinho aparecendo. Vá até a escola de ensino médio agora, é melhor chegar lá antes do sinal de saída. Entendeu?

— Sim.

— E aí, você precisa esperar ele sair. Quando ele sair...

O sr. Gaunt continuou falando em um murmúrio baixo, e Slopey olhou para ele, o queixo caído, os olhos vidrados, assentindo de tempos em tempos.

Slopey Dodd saiu alguns minutos depois com a carteira de John LaPointe debaixo da camisa.

# DEZESSEIS

1

Nettie estava deitada em um caixão cinza simples pelo qual foi Polly Chalmers quem pagou. Alan pediu para dividir as despesas, mas ela recusou daquele jeito simples e definitivo que ele tinha passado a conhecer, respeitar e aceitar. O caixão estava num carrinho de aço acima de um lote no cemitério Homeland, perto de onde a família de Polly estava enterrada. O montinho de terra ao lado estava coberto por um tapete de grama artificial verde que cintilava febrilmente no sol quente. Aquela grama falsa sempre fazia Alan tremer. Havia algo de obsceno nela, algo de hediondo. Ele gostava daquilo menos ainda do que do trabalho do agente funerário de primeiro dar cor ao cadáver e depois o vestir com suas melhores roupas, como se eles estivessem indo para uma grande reunião de negócios em Boston em vez de uma longa temporada de apodrecimento entre raízes e minhocas.

O reverendo Tom Killingworth, o pastor metodista que conduzia o culto duas vezes por semana em Juniper Hill e que conhecera bem Nettie, fez a cerimônia a pedido de Polly. A homilia foi breve e calorosa, cheia de referências à Nettie Cobb que aquele homem conheceu, uma mulher que saiu lenta e corajosamente das sombras da insanidade, uma mulher que tomou a decisão destemida de tentar lidar mais uma vez com o mundo que tanto a magoara.

— Quando eu era pequeno — disse Tom Killingworth —, minha mãe tinha uma placa com uma linda frase irlandesa na sala de costura. Dizia "Que você esteja no céu meia hora antes de o diabo saber que você morreu". Nettie Cobb teve uma vida difícil, de muitas formas uma vida triste, mas, apesar disso, não acredito que ela e o diabo tenham tido muito envolvimento. Apesar da morte terrível e precoce, meu coração acredita que ela foi para o céu e que o diabo ainda não recebeu a notícia. — Killingworth levantou o braço no gesto tradicional de bênção. — Oremos.

Do outro lado da colina, onde Wilma Jerzyck estava sendo enterrada ao mesmo tempo, veio o som de muitas vozes subindo e descendo em resposta ao padre John Brigham. Lá havia carros enfileirados do local do enterro até o portão leste do cemitério; as pessoas foram por causa de Peter Jerzyck, o vivo, não pela esposa morta. Para Nettie, só havia cinco pessoas: Polly, Alan, Rosalie Drake, o velho Lenny Partridge (que ia a todos os enterros por princípios gerais, desde que não fosse uma pessoa do exército do papa sendo enterrada) e Norris Ridgewick. Norris estava pálido e distraído. Os peixes não deviam ter mordido a isca, pensou Alan.

— Que o Senhor os abençoe e mantenha as lembranças de Nettie Cobb verdes nos seus corações — disse Killingworth, e ao lado de Alan, Polly começou a chorar de novo. Ele passou o braço em volta dela e ela se aconchegou com gratidão, a mão encontrando a dele e se entrelaçando com firmeza. — Que o Senhor vire o rosto para vocês; que ofereça Sua graça a vocês; que alegre suas almas e lhes dê paz. Amém.

O dia estava ainda mais quente do que tinha sido o Dia de Colombo, e quando Alan ergueu a cabeça, dardos de luz intensa do sol se refletiram no carrinho embaixo do caixão até os olhos dele. Ele passou a mão pela testa, onde um suor denso de verão tinha surgido. Polly procurou um lenço de papel limpo na bolsa e secou os olhos úmidos.

— Querida, você está bem? — perguntou Alan.

— Estou… mas preciso chorar por ela, Alan. Pobre Nettie. Pobre, pobre Nettie. Por que isso aconteceu? *Por quê?* — E ela começou a soluçar de novo.

Alan, que se perguntava exatamente a mesma coisa, a tomou nos braços. Por cima do ombro dela, viu Norris se afastando na direção onde estavam os carros de quem tinha ido ao enterro de Nettie, parecendo um homem que não sabe para onde está indo ou que não acordou direito. Alan franziu a testa. Mas Rosalie Drake se aproximou de Norris, disse alguma coisa e Norris a abraçou.

Alan pensou: ele também a conhecia. Ele está triste, só isso. Você está pulando por causa de muitas sombras esses dias. Talvez a verdadeira pergunta aqui seja qual é o seu problema.

Killingworth se aproximou e Polly se virou para agradecer, controlando--se. Killingworth esticou as mãos. Disfarçando a surpresa, Alan viu a forma destemida com que Polly permitiu que sua mão fosse engolida pelas grandes do pastor. Ele não se lembrava de ter visto Polly oferecer a mão de forma tão livre e distraída.

Ela não está só um pouco melhor; está *muito* melhor. O que aconteceu?

Do outro lado da colina, a voz anasalada e irritante do padre John Brigham declarou:

— Que a paz esteja com todos.

— Com todos nós — responderam as pessoas ao mesmo tempo.

Alan olhou para o caixão cinza simples ao lado do monte horrendo de grama verde falsa e pensou: Que a paz esteja com você, Nettie. Agora e para sempre, que a paz esteja com você.

2

Enquanto os enterros gêmeos no Homeland terminavam, Eddie Warburton estacionava em frente à casa de Polly. Ele saiu do carro — não um carro bonito e novo como o que aquele filho da mãe do Sunoco tinha destruído, só um meio de transporte — e olhou para os dois lados com cautela. Tudo parecia bem; a rua estava sonolenta no que poderia ser uma tarde do começo de agosto.

Eddie correu pela calçada de Polly, tirando um envelope com aspecto oficial de dentro da camisa. O sr. Gaunt tinha ligado para ele dez minutos antes dizendo que era hora de terminar de pagar pelo medalhão, e ali estava ele... claro. O sr. Gaunt era o tipo de homem que quando dizia "pule", você pulava.

Eddie subiu os três degraus até a varanda de Polly. Uma brisa quente sacudiu os sinos de vento acima da porta, gerando um tilintar suave. Era o som mais civilizado que se podia imaginar, mas Eddie deu um leve pulo. Ele olhou em volta de novo, não viu ninguém e olhou para o envelope novamente. Endereçado a "sra. Patricia Chalmers"... todo empolado! Eddie não tinha a menor ideia de que o primeiro nome de verdade de Polly era Patricia, e também não ligava. Seu trabalho era pregar aquela peça e ir embora correndo.

Ele colocou a carta na entrada de correspondência. Caiu em cima das outras: dois catálogos e uma brochura de TV a cabo. Era só um envelope de tamanho comercial com o nome e o endereço de Polly no meio, abaixo do carimbo do correio no canto superior direito e do endereço do remetente no canto superior esquerdo:

> Conselho Tutelar de San Francisco
> Rua Geary 666
> São Francisco, Califórnia 94 112

## 3

— O que foi? — perguntou Alan quando ele e Polly estavam andando lentamente colina abaixo na direção do carro de Alan. Ele estava com esperanças de trocar pelo menos uma palavra com Norris, mas ele já tinha entrado no fusca e ido embora. Provavelmente voltaria ao lago para pescar mais um pouco antes de o sol se pôr.

Polly olhou para ele, ainda com olhos vermelhos e muito pálida, mas com um sorriso hesitante.

— O que foi o quê?

— Suas mãos. O que as deixou tão melhor? Parece magia.

— É — disse ela, e as esticou com os dedos abertos, para os dois olharem. — Parece, né? — O sorriso dela estava mais natural agora.

Seus dedos continuavam tortos, retorcidos, e as juntas continuavam grossas, mas o inchaço extremo que estava presente na noite de sexta tinha sumido quase completamente.

— Vamos lá, moça. Conta.

— Não sei se quero contar. Estou um pouco envergonhada, pra falar a verdade.

Eles pararam e acenaram para Rosalie quando ela passou com o Toyota azul velho.

— Vamos lá — insistiu Alan. — Confesse.

— Bom, acho que foi só questão de finalmente encontrar o médico certo. — Um pouco de cor estava voltando lentamente às bochechas dela.

— Quem é?

— O dr. Gaunt — disse ela com uma risadinha nervosa. — O dr. Leland Gaunt.

— *Gaunt!* — Ele olhou para ela com surpresa. — O que ele tem a ver com as suas mãos?

— Me leve até a loja dele e vou contar no caminho.

## 4

Cinco minutos depois (uma das melhores coisas de morar em Castle Rock, Alan pensava às vezes, era que quase tudo ficava a cinco minutos de distância), ele entrou em uma das vagas vazias na frente da Artigos Indispensáveis. Havia uma placa na janela, uma que Alan já tinha visto:

TERÇAS E QUINTAS SÓ COM HORA MARCADA

De repente, passou pela cabeça de Alan, que só estava pensando nesse aspecto da loja nova agora, que fechar exceto para "hora marcada" era um jeito estranho pra cacete de se fazer negócio numa cidade pequena.

— Alan? — disse Polly com hesitação. — Você parece com raiva.

— Não estou com raiva. Por que eu estaria com raiva? A verdade é que não sei o que sinto. Acho — ele deu uma gargalhada curta, balançou a cabeça e recomeçou. — Acho que estou, como dizia Todd, "embabascado". Remédio de charlatão? Não é a sua cara, Pol.

Ela apertou os lábios na mesma hora e havia um sinal em seus olhos quando ela se virou para olhar para ele.

— "Charlatão" não é a palavra que eu teria usado. Charlatão é pra trouxas e... e rodas de oração de anúncios na contracapa da *Inside View*. "Charlatão" é a palavra errada de se usar quando uma coisa funciona, Alan. Você acha que estou errada?

Ele abriu a boca, não sabia bem para dizer o quê, mas ela continuou antes que ele pudesse dizer qualquer coisa.

— Olhe isto. — Ela esticou as mãos na luz do sol entrando pelo para-brisa, abriu-as e fechou-as sem esforço várias vezes.

— Tudo bem. Foi uma escolha de palavra ruim. O que eu...

— Sim, eu diria isso. Uma escolha bem ruim.

— Desculpe.

Ela se virou totalmente para ele, sentada onde Annie tantas vezes se sentara, sentada no que já tinha sido o carro da família Pangborn. Por que eu ainda não troquei essa coisa?, perguntou-se Alan. Por acaso estou maluco?

Polly colocou as mãos gentilmente sobre as de Alan.

— Ah, isso está começando a ficar desagradável. Nós *nunca* brigamos, e não vou começar agora. Enterrei uma boa amiga hoje. Não vou brigar com meu namorado também.

Um sorriso lento iluminou o rosto dele.

— É isso que eu sou? Seu namorado?

— Bom... você é meu *amigo*. Posso ao menos dizer isso?

Ele a abraçou, um pouco surpreso com o quanto eles chegaram perto da rispidez. E não porque ela se sentia pior; porque ela se sentia *melhor*.

— Querida, você pode dizer o que quiser. Eu te amo muito.

— E nós não vamos brigar, aconteça o que acontecer.

Ele assentiu solenemente.

— Aconteça o que acontecer.

— Porque eu também te amo, Alan.

Ele beijou a bochecha dela e a soltou.

— Vamos ver esse tal ashcan que ele te deu.

— Não é ashcan, é *azka*. E ele não me *deu*, ele emprestou para eu experimentar. É por isso que estou aqui, pra comprar. Eu falei isso. Só espero que ele não queira o mundo como pagamento.

Alan olhou para a placa na vitrine e para a persiana puxada na porta. E pensou: acho que é exatamente isso que ele *vai* querer, querida.

Ele não gostou de nada daquilo. Tinha tido dificuldade de afastar o olhar das mãos de Polly durante o enterro; ele a viu manipular o fecho da bolsa sem esforço, enfiar a mão dentro para pegar um lenço e a fechar com as pontas dos dedos em vez de mover a bolsa de forma desajeitada para poder usar os polegares, que costumavam doer bem menos. Ele sabia que as mãos dela estavam melhores, mas aquela história de talismã mágico — e no fundo era isso, se você tirasse a cobertura do bolo — o deixou extremamente nervoso. Tinha cara de fraude.

### TERÇAS E QUINTAS SÓ COM HORA MARCADA

Não. Exceto por alguns restaurantes chiques como o Maurice, ele nunca tinha visto uma loja que tivesse atendimento só com hora marcada desde que chegara no Maine. E dava para conseguir uma mesa no Maurice chegando sem marcar em nove de cada dez vezes... menos no verão, claro, quando os turistas lotavam tudo.

### SÓ COM HORA MARCADA

Ainda assim, ele viu (com o canto do olho, na verdade) gente entrando e saindo a semana toda. Não *aos montes*, talvez, mas estava claro que o jeito de fazer negócio do sr. Gaunt não o atrapalhou em nada, por mais estranho que fosse. Às vezes os clientes apareciam em pequenos grupos, mas era mais comum que estivessem sozinhos... ou foi o que pareceu a Alan agora, pensando na semana anterior. E não era assim que um golpista trabalhava? Separava o indivíduo do grupo, falava com ele sozinho, deixava à vontade e mostrava como ser dono do túnel Lincoln por um preço baixo e uma oportunidade única.

— Alan? — Ela bateu com o punho de leve na testa dele. — Alan, está aí?

Ele olhou para ela com um sorriso.

— Estou aqui, Polly.

Ela estava usando uma jardineira azul-escura com uma gravata de fita combinando para ir ao enterro de Nettie. Enquanto Alan estava pensando, ela tirou a gravata e desabotoou com destreza os dois botões de cima da blusa branca que estava por baixo.

— Mais! — disse ele, comemorando. — Decote! Queremos decote!

— Para — disse ela com decoro, mas com um sorriso. — Estamos no meio da rua Principal e são duas e meia da tarde. Além do mais, acabamos de sair de um enterro, caso você tenha esquecido.

Ele levou um susto.

— Está mesmo tarde assim?

— Se duas e meia é tarde, está tarde. — Ela bateu no pulso. — Você nunca olha pra essa coisa que se usa aqui?

Ele olhou para o relógio e viu que eram quase duas e quarenta, não duas e meia. A escola primária terminava às três horas. Se ele queria estar lá quando Brian Rusk saísse, era melhor ir logo.

— Quero ver sua bugiganga — disse ele.

Ela pegou a corrente fina de prata em volta do pescoço e puxou o pequeno objeto na ponta. Aninhou-o na palma da mão… e fechou a mão por cima quando ele foi tocar.

— Hã… não sei se você deve. — Ela estava sorrindo, mas o movimento que ele fez claramente a deixou incomodada. — Pode estragar as vibrações, sei lá.

— Ah, para com isso, Pol — disse ele, irritado.

— Olha, vamos deixar uma coisa clara, tá? — A raiva tinha voltado à voz dela. Ela estava tentando controlar, mas estava lá. — É fácil pra você tratar isso com descaso. Não é você que precisa de botões enormes no telefone e receitas enormes de Percodan.

— Ei, Polly! Isso…

— Não, deixa o ei Polly pra lá. — Pontos intensos de cor tinham surgido nas bochechas dela. Parte da raiva, ela pensaria depois, veio de uma fonte bem simples: no domingo, ela reagiu do mesmo jeito que Alan agora. Alguma coisa aconteceu depois que mudou a opinião dela, e lidar com essa mudança não era fácil. — Essa coisa *funciona*. Sei que é loucura, mas *funciona*. Na manhã de domingo, quando a Nettie foi lá em casa, eu estava sofrendo. Tinha começado a pensar que a solução verdadeira a todos os meus problemas poderia ser uma amputação dupla. A dor estava tão horrível, Alan, que tive esse pensamento com um sentimento que foi quase de surpresa. Tipo: "Ah, sim, amputação! Por que não pensei *nisso* antes? É tão óbvio!". Agora, dois dias depois, só tenho o que o dr. Van Allen chama de "dor fugitiva", e até isso parece estar passando.

Eu lembro que um ano atrás passei uma semana fazendo uma dieta de arroz integral porque supostamente ajudaria. Isso é tão diferente?

A raiva tinha sumido da voz enquanto ela falava, e agora ela estava olhando para ele quase com súplica.

— Não sei, Polly. Não sei mesmo.

Ela abriu a mão de novo e agora estava com o *azka* entre o polegar e o indicador. Alan se inclinou para perto para olhar melhor, mas não fez gesto de tocar desta vez. Era um pequeno objeto, não exatamente redondo. Buraquinhos, não muito maiores do que os pontos pretos que formam as fotografias de jornal, cobriam a parte inferior. Brilhava preguiçosamente no sol.

E, enquanto Alan olhava, um sentimento poderoso e irracional tomou conta dele: ele não gostou. Não gostou nem um pouco. Resistiu a uma vontade breve e poderosa de simplesmente arrancar o amuleto do pescoço de Polly e o jogar pela janela.

Sim! Boa ideia, cara! Faz isso e você vai ter que catar seus dentes no colo!

— Às vezes quase parece que tem uma coisa se movendo dentro — disse Polly, sorrindo. — Como um feijão saltitante mexicano, sei lá. Não é bobagem?

— Não sei.

Ele a viu colocar o amuleto dentro da blusa com um sentimento forte de apreensão... mas quando sumiu de vista e os dedos dela, dedos inegavelmente mais flexíveis, começaram a reabotoar o alto da blusa, o sentimento começou a passar. O que não passou foi a desconfiança crescente de que o sr. Leland Gaunt estava enganando a mulher que ele amava... e, se estava, ela não seria a única.

— Você já pensou que pode ser outra coisa? — Agora ele estava se movendo com a delicadeza de um homem usando pedras escorregadias para atravessar um riacho veloz. — Você já teve remissões antes, sabe.

— *Claro* que sei — disse Polly com a paciência chegando ao limite. — São as *minhas* mãos.

— Polly, eu só estou tentando...

— Eu sabia que você provavelmente reagiria da forma como *está* reagindo, Alan. É bem simples: eu sei como são as remissões da artrite e, meu irmão, não é isso. Tive ocasiões nos últimos cinco ou seis anos em que me senti bem, mas nunca me senti *tão* bem assim nem nas melhores dessas ocasiões. Isso é diferente. Parece... — Ela fez uma pausa, pensou e fez um gesto frustrado que foi mais de mãos e ombros. — É como estar *bem* de novo. Não espero que você entenda exatamente o que eu quero dizer, mas não consigo explicar melhor.

Ele assentiu, a testa franzida. Ele *entendia* o que ela estava dizendo e também entendia que era sincero. Talvez o *azka* tivesse liberado um poder curativo adormecido na mente dela. Isso era possível, apesar de a doença em questão não ser de origem psicossomática? Os rosacrucianos achavam que coisas assim aconteciam o tempo todo. Assim como os milhões de pessoas que compraram o livro de L. Ron Hubbard sobre dianética. Ele não sabia; a única coisa que podia afirmar era que nunca tinha visto uma pessoa cega voltar a enxergar com a força do pensamento e nem uma pessoa ferida estancar o sangramento com esforço de concentração.

O que *sabia* era o seguinte: alguma coisa na situação cheirava mal. Algo cheirava a peixe morto que passou três dias no sol quente.

— Vamos direto ao ponto — disse Polly. — Tentar não ficar irritada com você está me cansando. Entre comigo. Converse com o sr. Gaunt. Já está mesmo na hora de vocês se conhecerem. Talvez ele possa explicar melhor o que o talismã faz... e o que não faz.

Ele olhou para o relógio de novo. Catorze minutos para as três agora. Por um breve momento, ele pensou em fazer o que ela havia sugerido e deixar Brian Rusk para depois. Mas pegar o garoto saindo da escola, pegá-lo enquanto ele ainda estava longe de casa, parecia a coisa certa. Conseguiria melhores respostas se falasse com ele longe da mãe, que ficaria rondando como uma leoa protegendo o filhote, interrompendo, talvez até mandando o filho não responder. Sim, essa era a grande questão: se o filho tivesse alguma coisa para esconder, ou se a sra. Rusk *achasse* que ele tinha, Alan talvez tivesse dificuldade ou achasse impossível conseguir a informação de que precisava.

Aqui ele tinha um potencial golpista; em Brian Rusk, talvez tivesse a chave que destravaria um assassinato duplo.

— Não posso, querida. Talvez mais tarde. Tenho que ir até a escola primária conversar com uma pessoa, e tem que ser agora.

— É sobre a Nettie?

— É sobre a Wilma Jerzyck... mas, se meu palpite estiver certo, Nettie está envolvida, sim. Se eu descobrir alguma coisa, te conto mais tarde. Enquanto isso, você pode fazer uma coisa por mim.

— Alan, eu vou comprar! As mãos são minhas!

— Não, eu espero que você compre. Só quero que você pague com cheque, só isso. Não tem motivo para ele não aceitar. *Se* ele for um comerciante respeitável, claro. Você mora na cidade e seu banco é do outro lado da rua. Mas, se alguma coisa ficar estranha, você tem alguns dias pra sustar o pagamento.

— Entendi — disse Polly. A voz dela estava calma, mas Alan percebeu com uma sensação horrível que tinha perdido o equilíbrio em uma daquelas pedras escorregadias e caído de cabeça no riacho. — Você acha que ele é golpista, né, Alan? Acha que ele vai aceitar o dinheiro da moça trouxa, fechar a barraca e sumir no meio da noite.

— Não sei — disse Alan com voz firme. — O que *sei* é que ele só está fazendo negócios na cidade há uma semana. Pagar com cheque parece uma precaução sensata.

Sim, ele estava sendo sensato. Polly reconheceu isso. Foi essa sensatez teimosa e racional diante do que, para ela, parecia uma autêntica cura milagrosa que estava direcionando a raiva dela. Ela lutou contra uma vontade de começar a estalar os dedos na cara dele, gritando *Está VENDO isso, Alan? Você está CEGO?* ao mesmo tempo. O fato de Alan estar certo, de que o sr. Gaunt não deveria ter problema nenhum com o cheque se fosse honesto, só a deixou com mais raiva.

Tome cuidado, uma voz sussurrou. Tome cuidado, não se precipite, ligue o cérebro antes de botar a boca para funcionar. Lembre-se de que você ama esse homem.

Mas outra voz respondeu, uma voz mais fria, que ela mal reconheceu como sendo dela: Amo? Amo mesmo?

— Tudo bem — disse ela, os lábios apertados, e deslizou pelo assento para longe dele. — Obrigada por se preocupar comigo, Alan. Às vezes eu esqueço o quanto preciso de alguém pra isso, sabe. Vou pagar com cheque.

— Polly...

— Não, Alan. Chega de conversa agora. Não aguento mais tentar não ficar com raiva de você hoje. — Ela abriu a porta e saiu em um gesto leve. A jardineira subiu, deixando exposto um lindo pedaço da coxa.

Ele começou a sair do lado dele, querendo alcançá-la, falar com ela, resolver a situação, fazê-la ver que ele só tinha expressado suas dúvidas porque gostava dela. Mas olhou para o relógio de novo. Eram nove minutos para as três. Mesmo que fosse correndo, ele talvez não encontrasse Brian Rusk.

— Falo com você à noite — gritou ele pela janela.

— Tudo bem. Faça isso, Alan.

Ela foi diretamente até a porta embaixo do toldo sem se virar. Antes de dar ré no carro e sair para a rua, Alan ouviu o tilintar de um sininho de prata.

5

— Sra. Chalmers! — exclamou o sr. Gaunt com alegria, e fez uma marquinha na folha de papel ao lado da registradora. Ele estava quase no fim da lista agora: Polly era a penúltima.

— Por favor... Polly — disse ela.

— Desculpe. — O sorriso dele se alargou. — *Polly.*

Ela sorriu para ele, mas o sorriso foi forçado. Agora que ela estava lá dentro, sentia um arrependimento profundo pelo jeito irritado com que ela e Alan se separaram. De repente, se viu lutando para não cair no choro.

— Sra. Chalmers? Polly? Está se sentindo bem? — O sr. Gaunt contornou o balcão. — Você está um pouco pálida.

O rosto dele estava franzido com preocupação genuína. É esse o homem que Alan acha que é golpista, pensou Polly. Se ele o visse agora...

— É o sol, eu acho — disse ela com uma voz não muito firme. — Está tão quente lá fora.

— Mas está fresco aqui — disse ele com voz tranquilizadora. — Venha, Polly. Venha se sentar.

Ele a guiou, a mão perto, mas sem tocar a lombar dela, até uma das cadeiras de veludo vermelho. Ela se sentou com os joelhos unidos.

— Por acaso eu estava olhando pela vitrine — disse ele, se sentando na cadeira ao lado da dela e cruzando as mãos compridas no colo. — Pareceu que você e o xerife estavam discutindo.

— Não é nada — disse ela, mas uma única lágrima grande desceu pelo canto do olho esquerdo e rolou pela bochecha.

— Pelo contrário. É muita coisa.

Ela olhou para ele, surpresa... e os olhos cor de mel esverdeados do sr. Gaunt capturaram os dela. Eram dessa cor antes? Ela não conseguia lembrar, não com certeza. Só sabia que, quando olhou para eles, sentiu a tristeza do dia todo, o enterro da pobre Nettie e a briga idiota que tivera com Alan, começar a se dissolver.

— É?

— Polly — disse ele baixinho —, acho que tudo vai ficar bem. Se você confiar em mim. Você confia? Você confia em mim?

— Confio — disse Polly, embora alguma coisa dentro dela, uma coisa distante e leve, gritasse um aviso desesperado. — Confio. Independentemente do que Alan diga, eu confio em você com todo coração.

— Ah, que ótimo — disse o sr. Gaunt. Ele esticou a mão e segurou uma das de Polly. O rosto dela se contraiu de repulsa por um momento, mas relaxou e voltou à expressão vazia e sonhadora. — Isso é ótimo. E seu amigo xerife não precisava ter se preocupado, sabe; um cheque seu é como ouro pra mim.

# 6

Alan viu que ia se atrasar se não acendesse a luz da polícia e grudasse no teto. Não queria fazer isso. Não queria que Brian Rusk visse um carro de polícia; queria que ele visse um carro de passeio meio capenga, como o que o pai dele devia ter.

Era tarde demais para chegar à escola antes do fim das aulas. Alan estacionou no cruzamento das ruas Principal e School. Era o caminho mais lógico para Brian fazer; ele teria que torcer para a lógica funcionar.

Alan saiu, se encostou no para-choque do carro e procurou chiclete no bolso. Estava abrindo o chiclete quando ouviu o sinal das três horas da tarde na escola, sonhador e distante no ar quente.

Ele decidiu ir conversar com o sr. Leland Gaunt de Akron, Ohio, assim que terminasse com Brian Rusk, com ou sem hora marcada... mas mudou de ideia abruptamente. Ligaria para a Procuradoria Geral em Augusta primeiro e pediria que verificassem o nome de Gaunt no arquivo de golpistas. Se não houvesse nada lá, eles poderiam enviar o nome para o computador do LAWS em Washington; na opinião de Alan, o LAWS era uma das poucas coisas boas que a administração Nixon tinha feito.

Os primeiros alunos estavam vindo pela rua agora, gritando, saltitando, rindo. Uma ideia repentina surgiu na cabeça de Alan e ele abriu a porta do motorista. Esticou a mão sobre o assento, abriu o porta-luvas e remexeu lá dentro. A lata de Todd caiu no chão quando ele fazia isso.

Alan estava quase desistindo quando encontrou o que queria. Pegou, fechou o porta-luvas e saiu do carro. Estava segurando um envelope de papelão com um adesivo que dizia:

*Truque da flor dobrável*
*Blackstone Magic Co.*
*Rua Greer, 19*
*Paterson, NJ*

De dentro do envelope, Alan tirou um quadrado ainda menor, um bloco grosso de papel de seda multicolorido. Enfiou-o embaixo da pulseira do relógio. Todos os mágicos têm uma quantidade de truques escondidos no corpo e nas roupas, e cada um tem seu local favorito. Debaixo da pulseira do relógio era o local favorito de Alan.

Com as famosas Flores Dobráveis escondidas, Alan voltou a procurar Brian Rusk. Viu um garoto de bicicleta passando no meio dos amontoados de pedestres nanicos e ficou alerta na mesma hora. Mas viu que era um dos gêmeos Hanlon e relaxou de novo.

— Vá devagar pra não ganhar uma multa — comentou Alan quando o garoto passou. Jay Hanlon olhou para ele sobressaltado e quase bateu numa árvore. Saiu pedalando numa velocidade bem mais moderada.

Alan o observou por um momento, achando graça, e então se virou na direção da escola e voltou a observar os alunos em busca de Brian Rusk.

<br>

## 7

Sally Ratcliffe subiu a escada da salinha de fonoterapia até o térreo da escola cinco minutos depois que o sinal das três horas tocou e andou pelo corredor na direção da diretoria. O corredor estava esvaziando rápido, como sempre acontecia em dias que o tempo estava bom e quente. Do lado de fora, multidões de crianças gritavam pelo gramado até onde os ônibus nº 2 e nº 3 esperavam. Os saltos baixos de Sally estalavam. Ela segurava um envelope pardo na mão. O nome no envelope, Frank Jewett, estava virado para os seios arredondados.

Ela parou na sala 6, uma sala antes da diretoria, e olhou pelo vidro reforçado de arame. Dentro, o sr. Jewett conversava com seis professores que estavam envolvidos em treinar esportes de outono e inverno. Frank Jewett era um homenzinho atarracado que sempre lembrava a Sally o sr. Weatherbee, diretor dos quadrinhos do Archie. Assim como os do sr. Weatherbee, os óculos dele sempre escorregavam pelo nariz.

À direita dele estava Alice Tanner, secretária da escola. Ela parecia estar tomando notas.

O sr. Jewett olhou para a esquerda, viu Sally olhando pela janelinha e abriu um de seus típicos sorrisinhos arrogantes. Ela levantou a mão em um aceno e se obrigou a sorrir. Lembrava-se bem dos dias em que sorrir era uma coisa natural; assim como orar, sorrir costumava ser a coisa mais natural do mundo.

Alguns dos outros professores olharam para ver para quem o destemido líder estava olhando. Alice Tanner também. Alice balançou os dedos timidamente para Sally, sorrindo com doçura exagerada.

Eles sabem, pensou Sally, todos eles sabem que Lester e eu terminamos. Irene foi tão gentil ontem à noite... tão solidária... e estava tão ansiosa para contar tudo. A filha da puta.

Sally balançou os dedos para todos, sentindo um sorriso tímido (e totalmente falso) surgir nos lábios. *Espero que você seja atropelada por um caminhão de lixo a caminho de casa, sua piranha*, pensou ela, e continuou andando, os saltos baixos sensatos estalando.

Quando o sr. Gaunt ligou para ela durante o tempo livre e disse que era hora de terminar de pagar pela lasca de madeira maravilhosa, Sally reagiu com entusiasmo e uma espécie de prazer amargo. Tinha a sensação de que a "peça" que tinha prometido pregar no sr. Jewett era cruel e por ela tudo bem. Estava se sentindo cruel naquele dia.

Ela botou a mão na porta da diretoria... e parou.

*Qual é o seu problema?*, refletiu ela de repente. *Você está com a lasca... a maravilhosa lasca sagrada com a maravilhosa visão sagrada presa dentro. Coisas assim não deveriam fazer uma pessoa se sentir melhor? Mais calma? Mais em contato com Deus, o Pai Todo-Poderoso? Você não está mais calma e nem mais em contato com ninguém. Parece que alguém encheu sua cabeça de arame farpado.*

— É, mas a culpa não é minha nem da lasca de madeira — murmurou Sally. — É culpa do Lester. Do sr. Lester Pratt babacão.

Uma garota baixa de óculos e aparelho se virou do pôster do clube da escola que estava observando e olhou com curiosidade para Sally.

— O que *você* está olhando, Irvina? — perguntou Sally.

Irvina piscou.

— Nada, Srta. Rat-Cliff.

— Então vá olhar outra coisa — disse Sally com rispidez. — As aulas acabaram, sabe.

Irvina seguiu correndo pelo corredor, lançando olhares ocasionais e desconfiados por cima do ombro.

Sally abriu a porta da diretoria e entrou. O envelope que carregava estava exatamente onde o sr. Gaunt dissera que estaria, atrás das latas de lixo do lado de fora das portas do refeitório. Ela escreveu o nome do sr. Jewett nele.

Ela deu mais uma olhada rápida para trás para ter certeza de que a piranha da Alice Tanner não estava se aproximando. Abriu a porta do escritório lá dentro, atravessou a sala correndo e colocou o envelope pardo em cima da mesa de Frank Jewett. Havia a outra coisa agora.

Ela abriu a gaveta de cima e tirou uma tesoura grande. Inclinou-se e puxou a gaveta esquerda de baixo. Estava trancada. O sr. Gaunt tinha dito que provavelmente estaria. Sally olhou para a sala maior da diretoria, viu que ainda estava vazia e a porta do corredor ainda estava fechada. Bom. Ótimo. Enfiou a pon-

428

ta da tesoura na abertura da gaveta de cima e empurrou com força para cima. A madeira lascou e Sally sentiu os mamilos ficarem duros de uma forma estranha e prazerosa. Isso era meio divertido. Assustador, mas divertido.

Ela reposicionou a tesoura e a ponta entrou mais desta vez. Empurrou para cima de novo. A tranca quebrou e a gaveta se abriu, revelando o que havia dentro. O queixo de Sally caiu em surpresa e choque. Em seguida, ela começou a rir; foram sons sussurrados e sufocados que mais pareciam gritos do que risadas.

— Ah, sr. Jewett! Que menino levado você é!

Havia uma pilha de revistas pequenas dentro da gaveta, sendo que a de cima se chamava *Menino levado*. A imagem borrada na capa mostrava um garoto de uns nove anos. Ele estava usando um boné de motociclista e mais nada.

Sally enfiou a mão na gaveta e tirou as revistas; havia umas doze, talvez mais. *Crianças felizes. Fofuras nuas. Um sopro ao vento. Fazenda do Bobby.* Ela folheou uma e nem conseguiu acreditar no que estava vendo. De onde vinham coisas assim? Não eram vendidas na farmácia, nem mesmo na prateleira secreta sobre a qual o reverendo Rose pregava na igreja, a que tinha a placa que dizia SÓ PARA MAIORES DE DEZOITO ANOS, POR FAVOR.

Uma voz que ela conhecia bem falou de repente na cabeça dela. *Vai logo, Sally. A reunião está quase acabando e você não vai querer ser pega aí dentro, vai?*

Mas houve outra voz, uma voz de mulher, cujo nome Sally quase conseguiu identificar. Ouvir essa segunda voz foi como estar no telefone com uma pessoa enquanto outra falava no fundo do outro lado da linha.

*Mais do que justo*, disse essa segunda voz. *Parece divino.*

Sally desligou a voz e fez o que o sr. Gaunt a mandara fazer: espalhou as revistas pornográficas por todo o escritório do sr. Jewett. Em seguida, guardou a tesoura, saiu rapidamente da sala e fechou a porta. Abriu a porta da diretoria e espiou. Ninguém... mas as vozes da sala 6 ficaram mais altas e as pessoas estavam rindo. Elas *estavam se* preparando para encerrar; fora uma reunião atipicamente curta.

Bendito seja o sr. Gaunt!, pensou ela, e foi para o corredor. Tinha quase chegado à porta da frente quando os ouviu saindo da sala 6. Sally não olhou para trás. Passou pela cabeça dela que não tinha pensado no sr. Lester Pratt babacão por cinco minutos e tinha sido ótimo. Achava que iria para casa, prepararia um bom banho de espuma e entraria nele com a maravilhosa lasca de madeira e passaria duas *horas* sem pensar no sr. Lester Pratt babacão, e que mudança ótima seria! De fato! De f...

O que você fez lá dentro? O que havia no envelope? Quem o colocou do lado de fora do refeitório? Quando? E, mais importante de tudo, Sally, a que você está dando início?

Ela ficou parada por um momento, sentindo gotas de suor se formarem na testa e nas têmporas. Seus olhos se arregalaram e se sobressaltaram, como os olhos de uma gazela assustada. Mas logo se apertaram e ela voltou a andar. Estava de calça, e o tecido roçava nela de um jeito estranhamente agradável que a fez pensar nas sessões frequentes de amassos com Lester.

Não *ligo* para o que eu fiz, pensou ela. Na verdade, espero que seja uma coisa bem cruel. Ele *merece* um truque cruel, com a cara do sr. Weatherbee, mas tendo comprado tantas revistas nojentas. Espero que ele *sufoque* quando entrar no escritório.

— Sim, espero que ele *sufoque*, porra — sussurrou ela.

Era a primeira vez na vida que ela dizia o palavrão em voz alta, e seus mamilos endureceram e começaram a formigar de novo. Sally começou a andar mais rápido, pensando vagamente que devia haver *outra coisa* para fazer na banheira. De repente, pareceu que ela tinha umas necessidades próprias. Não sabia exatamente como satisfazê-las… mas achava que poderia descobrir.

Afinal, o Senhor ajudava quem ajudava a si mesmo.

8

— Parece um preço justo? — perguntou o sr. Gaunt a Polly.

Polly começou a responder, mas parou. A atenção do sr. Gaunt pareceu se desviar de repente; ele estava olhando para o nada e seus lábios se moviam sem emitir sons, como se em oração.

— Sr. Gaunt?

Ele levou um leve susto. Mas seus olhos se voltaram para ela e ele sorriu.

— Me perdoe, Polly. Minha mente divaga às vezes.

— O preço parece mais do que justo. Parece *divino*.

Ela tirou o talão de cheques da bolsa e começou a escrever. De vez em quando pensava vagamente no que estava se metendo e sentia os olhos do sr. Gaunt chamarem os dela. Quando erguia os olhos e os encontrava, as perguntas e dúvidas sumiam novamente.

O cheque que ela entregou a ele era de um total de quarenta e seis dólares. O sr. Gaunt o dobrou e guardou no bolso da lapela do paletó esporte.

— Não deixe de preencher o canhoto — disse o sr. Gaunt. — Seu amigo xereta vai querer ver.

— Ele vem ver você — disse Polly enquanto fazia exatamente o que o sr. Gaunt sugerira. — Ele acha que você é golpista.

— Ele tem muitos pensamentos e muitos planos, mas os planos dele vão mudar e os pensamentos vão sumir como neblina numa manhã de vento. Pode acreditar na minha palavra.

— Você... não vai fazer mal a ele, vai?

— Eu? Você me ofende, Patricia Chalmers. Sou pacifista, um dos *maiores* pacifistas do mundo. Eu não levantaria a mão contra o seu xerife. Só quis dizer que ele vai ter coisas a fazer do outro lado da ponte esta tarde. Ele não sabe, mas vai ter.

— Ah.

— Mas, Polly?

— O quê?

— Seu cheque não é o pagamento integral pelo *azka*.

— Não?

— Não. — Ele estava segurando um envelope branco comum nas mãos. Polly não tinha a menor ideia de onde tinha vindo, mas não parecia haver problema. — Para terminar de pagar pelo amuleto, Polly, você tem que me ajudar a pregar uma peça em uma pessoa.

— Alan? — De repente, ela ficou tão alarmada quanto um coelho do bosque que sente o odor de incêndio numa tarde quente de verão. — Você quer dizer *Alan*?

— Certamente que *não*. Pedir a você para pregar uma peça em alguém que você *conhece*, alguém que você acha que *ama*, seria antiético, minha querida.

— Seria?

— Sim... embora eu acredite que você devesse pensar com cuidado sobre seu relacionamento com o xerife, Polly. Você talvez descubra que não passa de uma escolha simples: um pouco de dor agora para poupá-la de muita dor depois. Dizendo de outra forma, quem se casa impulsivamente acaba vivendo para se arrepender no tempo livre.

— Não entendi.

— Sei que não. Vai me entender melhor, Polly, depois que olhar sua correspondência. Sabe, não sou o único que atraiu o nariz xereta e intrometido dele. Por enquanto, vamos só falar da peça que eu quero que você pregue. A vítima dessa brincadeira é um sujeito que empreguei recentemente. O nome dele é Merrill.

— *Ace* Merrill?

O sorriso dele murchou.

— Não me interrompa, Polly. Nunca me interrompa quando estou falando. A não ser que você queira que suas mãos inchem como se fossem tubos cheios de gás venenoso.

Ela se encolheu para longe dele, os olhos sonhadores e vidrados arregalados.

— Me... me desculpe.

— Tudo bem. Aceito seu pedido de desculpas... desta vez. Agora, me escute. Escute com atenção.


# 9


Frank Jewett e Brion McGinley, o professor de geografia e treinador de basquete da escola primária, foram da sala 6 até o salão da diretoria logo atrás de Alice Tanner. Frank estava sorrindo e contando a Brion uma piada que ouvira mais cedo de um vendedor de livros didáticos. Tinha a ver com um médico que estava com dificuldade de diagnosticar a doença de uma mulher. Ele tinha reduzido a duas possibilidades — aids e Alzheimer —, mas foi só até aí que conseguiu chegar.

— O marido da garota puxa o médico para um canto — continuou Frank enquanto eles entravam na diretoria. Alice estava inclinada por cima da mesa, mexendo em uma pequena pilha de mensagens nela, e Frank baixou a voz. Alice era bem rigorosa quando as piadas não eram muito corretas.

— E aí? — Agora Brion estava começando a sorrir.

— Ele estava bem chateado. Ele disse: "Caramba, doutor... isso é o melhor que você consegue fazer? Não tem alguma forma de descobrirmos qual das duas doenças ela tem?".

Alice selecionou dois formulários de mensagem cor-de-rosa e entrou no escritório menor com eles. Foi até a porta e parou, como se tivesse se chocado com um muro de pedras invisível. Nenhum dos dois homens brancos de meia-idade de cidade pequena reparou.

— "Claro, é fácil", disse o médico. "Leve-a uns cinquenta quilômetros pra dentro da floresta e deixe ela lá. Se ela encontrar o caminho de volta, não trepe com ela."

Brion olhou com cara de bobo para o chefe por um momento e explodiu em gargalhadas vibrantes. O diretor Jewett riu junto. Eles estavam rindo tanto que nenhum dos dois ouviu Alice na primeira vez que ela disse o nome de Frank. Não houve problema na segunda vez. Na segunda, ela quase berrou.

Frank correu até ela.

— Alice? O que...

Mas aí, ele *viu* o quê, e um medo terrível e quebradiço tomou conta dele. Suas palavras sumiram. Ele sentiu a pele dos testículos ficar toda arrepiada; suas bolas pareciam estar tentando se encolher para o lugar de onde tinham vindo.

Eram as revistas.

As revistas secretas da gaveta de baixo.

Estavam espalhadas por toda a sala como confete de pesadelo: meninos de uniforme, meninos em montes de feno, meninos de chapéu de palha, meninos em cavalinhos de brinquedo.

— Mas o que é isso? — A voz, rouca de horror e fascinação, veio da esquerda de Frank. Ele virou a cabeça nessa direção (os tendões do pescoço estalando como molas enferrujadas de uma porta telada) e viu Brion McGinley olhando para as revistas espalhadas. Seus olhos estavam praticamente caindo do rosto.

*Uma pegadinha*, ele tentou dizer. *Uma pegadinha idiota, só isso, essas revistas não são minhas. Basta olhar para mim para saber que revistas assim não teriam... não teriam interesse para um homem... um homem do meu... meu...*

Seu o quê?

Ele não sabia e também não importava, porque ele tinha perdido a capacidade de falar. Totalmente.

Os três adultos ficaram parados em um silêncio chocado, olhando o escritório do diretor da escola primária, Frank Jewett. As páginas de uma revista, que estava precariamente apoiada na beirada da cadeira do visitante, balançaram no sopro de ar quente que entrou pela janela entreaberta e caíram no chão. *Jovens picantes*, a capa prometia.

*Pegadinha, sim, vou dizer que é uma pegadinha, mas vão acreditar? E se a gaveta estiver arrombada? Vão acreditar em mim se estiver?*

— Sra. Tanner? — Era a voz de uma garota atrás deles.

Os três, Jewett, Tanner e McGinley, se viraram com culpa. Duas garotas de roupa vermelha e branca de líderes de torcida, do oitavo ano, estavam paradas ali. Alice Tanner e Brion McGinley se moveram quase simultaneamente para bloquear a visão para a sala de Frank (o próprio Frank Jewett parecia grudado no chão, parecia ter virado pedra), mas eles se moveram um pouco tarde demais. Os olhos das líderes de torcida se arregalaram. Uma delas, Darlene Vickery, levou as mãos à boquinha de botão de rosa e olhou para Frank Jewett sem acreditar.

Frank pensou: Ah, que ótimo. Até a tarde de amanhã todos os alunos desta escola vão saber. Até a hora do jantar, todo mundo da cidade vai saber.

433

— Saiam daqui, garotas — disse a sra. Tanner. — Alguém fez uma pegadinha maldosa com o sr. Jewett, uma pegadinha *cruel*, e vocês não devem dizer uma palavra. Entenderam?

— Sim, sra. Tanner — disse Erin McAvoy; três minutos depois, ela estaria contando à melhor amiga, Donna Beaulieu, que a sala do sr. Jewett tinha sido decorada com fotos de garotos usando pulseiras de heavy metal e mais nada.

— Sim, sra. Tanner — disse Darlene Vickery; cinco minutos depois, ela estaria contando para *sua* melhor amiga, Natalie Priest.

— Vão embora — disse Brion McGinley. Ele estava tentando ser firme, mas sua voz ainda estava carregada de choque. — Podem ir.

As duas garotas saíram correndo, as saias de líderes de torcida balançando acima dos joelhos firmes.

Brion se virou lentamente para Frank.

— Acho... — começou ele, mas Frank não prestou atenção.

Ele entrou no escritório, se movendo devagar, como um homem em um sonho. Fechou a porta com a palavra DIRETOR escrita com pinceladas pretas e começou a recolher lentamente as revistas.

Por que você não faz uma confissão escrita?, parte da mente dele gritou.

Ele ignorou a voz. Uma parte profunda dele, a voz primitiva da sobrevivência, também estava falando, e essa parte disse que agora ele estava com vulnerabilidade máxima. Se falasse com Alice ou Brion agora, se tentasse explicar, ele acabaria se enforcando como Hamã.

Alice estava batendo na porta. Frank a ignorou e continuou a caminhada sonhadora pelo escritório, recolhendo revistas que tinha acumulado ao longo de nove anos, encomendando pelo correio e indo buscar na agência de Gates Falls, toda vez tendo certeza de que a Polícia Estadual ou uma equipe de Inspetores Postais cairia em cima dele como uma pilha de tijolos. Nunca tinha acontecido. Mas agora... aquilo.

Não vão acreditar que pertencem a você, disse a voz primitiva. Não vão se *permitir* acreditar, fazer isso afetaria muitas das pequenas concepções de vida confortáveis de cidade pequena. Quando você se controlar, deve conseguir resolver. Mas... quem faria uma coisa assim? Quem *poderia* ter feito uma coisa assim? (Nunca ocorreu a Frank perguntar a si mesmo que compulsão louca o fizera levar as revistas para lá, logo para *lá*.)

Só havia uma pessoa em quem Frank Jewett conseguia pensar, a única pessoa em Rock com quem ele compartilhou sua vida secreta. George T. Nelson, o professor de carpintaria do ensino médio. George T. Nelson, que, por baixo da imagem garbosa de macho, era tão gay quanto a pessoa mais gay do mundo. George T. Nelson, com quem Frank Jewett tinha ido a uma espécie de festa em Boston, o tipo de festa onde havia muitos homens de meia-idade e um grupo pequeno de garotos despidos. O tipo de festa que poderia fazer uma pessoa ficar presa pelo resto da vida. O tipo de festa…

Havia um envelope pardo em cima do mata-borrão. O nome dele estava escrito no meio. Frank Jewett sentiu uma sensação horrível de desespero no fundo da barriga. Parecia um elevador descontrolado. Ele ergueu o rosto e viu Alice e Brion olhando para ele, quase com as bochechas encostadas. Seus olhos estavam arregalados, as bocas abertas, e Frank pensou: agora eu sei como é ser um peixe em um aquário.

Ele acenou para os dois: *vão embora!* Eles não foram, e isso não o surpreendeu. Aquilo tudo era um pesadelo, e em pesadelos as coisas nunca aconteciam do jeito que você queria. Era por isso que eram pesadelos. Ele teve uma sensação horrível de perda e desorientação… mas, em algum lugar por baixo, como uma fagulha acesa por baixo de uma pilha de madeira molhada, havia uma pequena chama azul de raiva.

Ele se sentou atrás da mesa e colocou a pilha de revistas no chão. Viu que a gaveta onde ficavam tinha sido arrombada, como ele temia. Ele abriu o envelope e espalhou o conteúdo. A maioria era de fotos brilhosas. Fotos dele e George T. Nelson naquela festa em Boston. Eles estavam brincando com uma quantidade de garotos bonitos (sendo que o mais velho devia ter uns doze anos), e em cada foto o rosto de George T. Nelson tinha sido embaçado, mas o de Frank Jewett estava claro como cristal.

Isso também não surpreendeu Frank.

Havia um bilhete no envelope. Ele o pegou e leu.

Frank, amigão

Desculpe fazer isso, mas tenho que sair da cidade e não tenho tempo para sacanagens. Quero dois mil dólares. Leve à minha casa esta noite às sete. Você ainda pode escapar dessa, vai ser meio difícil, mas não um problema real para um sujeito escorregadio como você. Mas pergunte a si mesmo o que vai achar de ver cópias dessas fotos em todos os postes da cidade, bem embaixo dos pôsteres da Noite do Cassino. Vão te expulsar da cidade, amigão. Lembre-se, dois mil na minha casa no máximo sete e quinze, senão você vai desejar ter nascido sem pau.

Seu amigo,
George.

Seu amigo.

Seu *amigo!*

Ele ficava voltando o olhar para essa despedida com uma espécie de horror incrédulo e impressionado.

Seu *AMIGO* judas filho da puta que te esfaqueia pelas costas e te beija em traição!

Brion McGinley ainda estava batendo na porta, mas quando Frank Jewett finalmente tirou o olhar do que havia na mesa e tinha prendido sua atenção, Brion parou o punho no meio do movimento. O rosto do diretor estava branco como cera, exceto por dois pontos vermelhos nas bochechas. Os lábios estavam repuxados por cima dos dentes em um sorriso estreito.

Ele não se parecia nem um pouco com o sr. Weatherbee.

*Meu amigo*, pensou Frank. Ele amassou o bilhete com uma das mãos e enfiou as fotos brilhosas de volta no envelope com a outra. Agora, a fagulha azul de raiva tinha ficado laranja. A madeira molhada estava pegando fogo. *Estarei lá. Estarei lá para discutir essa questão com meu amigo George T. Nelson.*

— Estarei mesmo — disse Frank Jewett. — Estarei *mesmo.*

Ele começou a sorrir.

10

Eram três e quinze e Alan concluiu que Brian Rusk devia ter tomado uma rota diferente; o fluxo de estudantes indo para casa tinha quase acabado. Mas, quando estava pegando a chave no bolso, ele viu uma figura solitária de bicicleta pela rua School indo na direção dele. O garoto estava indo devagar, parecendo quase se apoiar no guidão, e a cabeça tão baixa que Alan não conseguiu ver o rosto.

Mas viu o que havia na cesta da bicicleta do garoto: um cooler Playmate.

11

— Entendeu? — Gaunt perguntou a Polly, que estava agora segurando o envelope.

— Sim, eu... entendi. Entendi. — Mas o rosto sonhador estava perturbado.

— Você não parece feliz.

— Bom... eu...

— Coisas como o *azka* nem sempre funcionam direito para pessoas que não estão felizes.

O sr. Gaunt apontou para o pequeno volume onde a bola prateada estava, contra a pele, e mais uma vez ela pareceu sentir uma coisa se mover estranhamente lá dentro. No mesmo momento, pontadas horríveis de dor invadiram suas mãos, se espalhando como uma rede de ganchos de aço cruéis. Polly gemeu alto.

O sr. Gaunt dobrou o dedo que tinha apontado em um gesto de "venha". Ela sentiu a bola de prata de novo, mais claramente agora, e a dor sumiu.

— Você não quer que as coisas voltem a ser como eram, quer, Polly? — perguntou o sr. Gaunt com voz sedosa.

— Não! — exclamou ela. Seus seios estavam se movendo rapidamente para cima e para baixo. Suas mãos começaram a fazer gestos frenéticos como se estivessem se lavando, uma na outra, e seus olhos arregalados não se afastaram dos dele. — Por favor, não!

— Porque as coisas podem ir de mal a pior, não podem?

— Sim! Podem, sim!

— E ninguém entende, não é? Nem mesmo o xerife. *Ele* não sabe como é acordar às duas da madrugada com o inferno nas mãos, sabe?

Ela balançou a cabeça e começou a chorar.

— Faça o que eu mando e você nunca mais vai precisar acordar desse jeito, Polly. E tem outra coisa: faça o que eu mando e se alguém em Castle Rock descobrir que seu filho morreu queimado em um apartamento em San Francisco, não vai ser por *mim*.

Polly soltou um grito rouco e perdido, o grito de uma mulher presa e sem saída em um pesadelo horrível.

O sr. Gaunt sorriu.

— Não existe só um tipo de inferno, não é, Polly?

— Como você sabe sobre ele? — sussurrou ela. — Ninguém sabe. Nem Alan. Eu contei para o Alan...

— Saber das coisas é a minha área. E desconfiar das coisas é a área dele, Polly. Alan nunca acreditou no que você contou pra ele.

— Ele disse...

— Sei que ele diz um monte de coisas, mas ele nunca acreditou em você. A mulher que você contratou para ser babá era viciada, não era? Isso não foi *sua* culpa, mas claro que as coisas que levaram àquela situação foram todas questões de escolha pessoal, Polly, não foram? Escolha *sua*. A jovem que você contratou para cuidar do Kelton apagou e deixou um cigarro cair, ou talvez fosse um baseado, em uma cesta de lixo. Foi o dedo dela que puxou o gatilho, podemos dizer assim, mas a arma estava carregada por causa do seu orgulho, da sua incapacidade de baixar a cabeça para seus pais e para as outras boas pessoas de Castle Rock.

Polly estava chorando mais intensamente agora.

— Mas uma mulher não tem direito ao seu orgulho? — perguntou o sr. Gaunt com delicadeza. — Quando tudo se foi, ela não tem direito ao menos a isso, a moeda sem a qual a carteira fica totalmente vazia?

Polly ergueu o rosto molhado e desafiador.

— Eu achei que era só da minha conta — disse ela. — Ainda acho. Se isso é orgulho, e daí?

— Sim — disse ele com voz tranquilizadora. — A palavra de uma campeã... mas eles *teriam* te recebido de volta, não teriam? Sua mãe e seu pai? Talvez não tivesse sido agradável, não com a criança sempre presente para lembrá-los, não com as línguas agitadas em buracos agradáveis como este, mas teria sido possível.

— Sim, e eu teria passado todos os dias tentando ficar longe da manipulação da minha mãe! — explodiu ela com uma voz furiosa e feia que não tinha quase nenhuma semelhança com seu tom normal.

— Sim — disse o sr. Gaunt no mesmo tom tranquilizador. — Então você ficou onde estava. Tinha Kelton e tinha o seu orgulho. E quando Kelton morreu, você ainda tinha seu orgulho... não tinha?

Polly gritou de dor e agonia e escondeu o rosto molhado nas mãos.

— Dói mais do que suas mãos, não é? — perguntou o sr. Gaunt. Polly assentiu sem tirar o rosto das mãos. O sr. Gaunt botou as mãos feias de dedos longos atrás da própria cabeça e falou num tom de quem faz uma eulogia: — A humanidade! Tão nobre! Tão disposta a sacrificar o outro!

— Pare! — gemeu ela. — Você não pode parar?

— É um segredo, não é, Patricia?

— É.

Ele tocou na testa dela. Polly soltou um gemido com ânsia de vômito, mas não se afastou.

— É uma porta para o inferno que você gostaria de manter trancada, não é? Ela assentiu com o rosto nas mãos.

— Então faça o que eu mando, Polly — sussurrou ele. Ele puxou uma das mãos dela do rosto e começou a acariciá-la. — Faça o que eu mando e fique de boca calada.

Ele olhou com atenção para as bochechas molhadas e os olhos vermelhos. Um ruído de repulsa repuxou seus lábios por um momento.

— Não sei o que me enoja mais, uma mulher chorando ou um homem rindo. Limpe esse maldito rosto, Polly.

Lenta e sonhadoramente, ela tirou um lenço com borda de renda da bolsa e começou a secar o rosto.

— Que bom — disse ele e se levantou. — Vou deixar que você vá pra casa agora, Polly; você tem coisas a fazer. Mas quero que você saiba que foi um grande prazer fazer negócio com você. Eu sempre gostei *muito* de mulheres que se orgulham de si mesmas.

12

— Ei, Brian... quer ver um truque?

O garoto da bicicleta ergueu o rosto rápido, o cabelo voando da testa, e Alan viu a expressão inconfundível no rosto dele: medo puro e exposto.

— Truque? — disse o garoto com voz trêmula. — Que truque?

Alan não sabia do que o garoto estava com medo, mas entendeu uma coisa: sua mágica, que ele usava com frequência para quebrar o gelo com crianças, por algum motivo tinha sido a coisa errada daquela vez. Era melhor tirá-la do caminho o mais rápido possível e recomeçar.

Ele levantou o braço esquerdo, o que estava com o relógio, e sorriu para o rosto pálido, alerta e assustado de Brian Rusk.

— Você vai reparar que não tem nada na minha manga e que meu braço vai até meu ombro. Mas agora... *tcharam!*

Alan passou a mão direita aberta pelo braço esquerdo lentamente e tirou o pacotinho sem esforço nenhum de baixo do relógio com o polegar direito. Ao fechar a mão, ele puxou o aro quase microscópico que mantinha o pacotinho fechado. Fechou a mão esquerda sobre a direita e, quando as separou, abertas, um grande buquê de papel de seda de flores improváveis se abriu onde não havia nada além de ar um momento antes.

Alan tinha feito o mesmo truque centenas de vezes e nunca melhor do que naquela tarde quente de outubro, mas a reação esperada — um momento de surpresa atordoada seguido de um sorriso que era uma parte perplexidade e duas partes admiração — não surgiu no rosto de Brian. Ele lançou um olhar distraído ao buquê (pareceu haver alívio naquele breve olhar, como se ele esperasse que o truque fosse de uma natureza bem menos agradável) e voltou o olhar para o rosto de Alan.

— Legal, né? — perguntou Alan. Ele repuxou os lábios em um grande sorriso que pareceu tão genuíno quanto a dentadura de seu avô.

— É — respondeu Brian.

— Aham. Estou vendo que você está admirado.

Alan uniu as mãos, fazendo o buquê se desmontar. Era fácil, fácil demais, até. Estava na hora de comprar um exemplar novo do Truque das Flores de Papel; havia um limite de durabilidade para elas. A molinha naquele estava ficando frouxa, e o papel colorido logo começaria a rasgar.

Ele abriu as mãos de novo, com um sorriso mais esperançoso agora. O buquê tinha sumido; voltara a ser um pacotinho de papel embaixo do relógio. Brian Rusk não retribuiu o sorriso; seu rosto não exibia expressão nenhuma. O que restava de seu bronzeado de verão não escondia a palidez, nem o fato de que a pele dele estava em um estado incomum de revolta pré-adolescente: algumas espinhas na testa, uma maior no canto da boca, cravos dos dois lados do nariz. Havia manchas roxas debaixo dos olhos, como se sua última boa noite de sono tivesse sido há muito tempo.

Esse garoto não está nada bem, pensou Alan. Tem alguma coisa torcida ou até mesmo quebrada aí dentro. Parecia haver duas possibilidades prováveis: ou Brian Rusk viu quem vandalizou a casa dos Jerzyck ou foi ele quem fez aquilo. Havia algo, de qualquer modo, mas se fosse a segunda opção, Alan não conseguia imaginar o tamanho e o peso da culpa que deviam estar incomodando esse garoto.

— Que truque legal, xerife Pangborn — disse Brian com uma voz sem ânimo e sem emoção. — De verdade.

— Obrigado, que bom que você gostou. Você sabe sobre o que quero conversar, Brian?

— Eu... acho que sei — disse Brian, e Alan teve certeza de repente de que o garoto ia confessar ter quebrado as janelas. Bem ali, naquela esquina de rua, ele ia confessar, e Alan daria um passo gigantesco na direção de desvendar o que tinha acontecido entre Nettie e Wilma.

Mas Brian não disse mais nada. Só olhou para Alan com os olhos cansados e meio vermelhos.

— O que aconteceu, filho? — perguntou Alan com a mesma voz baixa. — O que aconteceu quando você estava na casa dos Jerzyck?

— Não sei — disse Brian. Sua voz estava sem vida. — Mas sonhei com isso ontem à noite. Domingo à noite também. Sonhei que fui naquela casa, só que no meu sonho eu vejo de verdade o que está fazendo tanto barulho.

— E o que é, Brian?

— Um monstro — disse Brian. Sua voz não mudou, mas uma lágrima grande apareceu em cada olho, crescendo nos arcos inferiores das pálpebras. — No meu sonho, eu bato na porta em vez de pedalar pra longe como eu fiz e a porta se abre e tem um monstro que me come... todo. — As lágrimas tremeram e escorreram lentamente pela pele alterada das bochechas de Brian Rusk.

E, sim, Alan pensou, também podia ser isso... simples medo. O tipo de medo que uma criança pode sentir ao abrir a porta do quarto na hora errada e ver a mãe e o pai fazendo sexo. Só que, como ele é muito novo para saber como é sexo, ele acha que os dois estão brigando. Talvez até pense, se os dois estiverem fazendo muito barulho, que eles estão tentando se matar.

Mas...

Mas não parecia certo. Era simples assim. Parecia que aquele garoto estava mentindo loucamente, apesar da expressão abalada dos olhos dele, da expressão que dizia *eu quero contar tudo*. O que significava aquilo? Alan não tinha certeza, mas a experiência dizia que a solução mais provável era que Brian sabia quem tinha jogado as pedras. Talvez tivesse sido alguém que ele se sentisse obrigado a proteger. Ou talvez a pessoa que jogou as pedras soubesse que Brian viu, e Brian sabia *disso*. Talvez o garoto estivesse com medo de reprimendas.

— Alguém jogou pedras na casa dos Jerzyck — disse Alan com voz baixa e (ao menos esperava que fosse) tranquilizadora.

— Sim, senhor — disse Brian, quase em um suspiro. — Jogou. Acho que pode ter sido isso. Eu achei que eles estivessem brigando, mas pode ter sido alguém jogando as pedras. Crash, bum, bang.

A parte rítmica parecia coisa tirada do Purple Gang, pensou Alan, mas não falou.

— Você achou que eles estavam brigando?

— Sim, senhor.

— Foi isso mesmo que você pensou?

— Sim, senhor.

Alan suspirou.

— Bom, agora você sabe o que era. E sabe que foi uma coisa horrível que fizeram. Jogar pedras nas janelas de outra pessoa é coisa muito séria, mesmo que não aconteça nada mais grave.

— Sim, senhor.

— Mas, desta vez, *aconteceu* uma coisa mais grave. Você sabe disso, não sabe?

— Sim, senhor.

Aqueles olhos, o encarando naquele rosto calmo e pálido. Alan começou a entender duas coisas: aquele garoto *queria* contar para ele o que tinha acontecido, mas era quase certo que não faria.

— Você parece muito infeliz, Brian.

— Sim, senhor?

— "Sim, senhor"... isso quer dizer que você *está* infeliz?

Brian assentiu, e mais duas lágrimas pularam dos olhos dele e rolaram pelas bochechas. Alan sentiu duas emoções fortes e conflitantes: uma pena profunda e uma exasperação louca.

— Por que você está infeliz, Brian? Me conte.

— Eu tinha um sonho bem legal — disse Brian com uma voz quase baixa demais para ouvir. — Era bobo, mas era legal, mesmo assim. Era com a srta. Ratcliffe, minha fonoaudióloga. Agora eu sei que era bobo. Eu não sabia e era melhor quando eu não sabia. Mas, adivinha? Agora eu já sei.

Aqueles olhos escuros e terrivelmente infelizes encararam Alan novamente.

— O sonho que eu tenho... com o monstro que joga as pedras... me dá medo, xerife Pangborn... mas o que me deixa infeliz são as coisas que eu sei agora. É como saber como o mágico faz os truques.

Ele balançou um pouco a cabeça, e Alan poderia jurar que Brian estava olhando para a pulseira do relógio.

— Às vezes é melhor ser ignorante. Agora eu sei.

Alan encostou a mão no ombro do garoto.

— Brian, vamos parar de enrolação, está bem? Me conte o que aconteceu. Me conte o que você viu e o que você fez.

— Eu vim ver se eles queriam que eu tirasse a neve da frente da garagem deles no inverno — disse o garoto com uma voz mecânica que deixou Alan muito apavorado.

Ele era igual a quase qualquer criança americana de onze ou doze anos, de tênis All Star, calça jeans, uma camiseta do Bart Simpson, mas falou como um robô que foi mal programado e agora está correndo o risco de ter uma sobrecarga. Pela primeira vez, Alan se perguntou se Brian Rusk tinha visto um dos pais jogando as pedras na casa dos Jerzyck.

— Eu ouvi barulhos — continuou o garoto. Ele falou com frases simples e declarativas, como os detetives da polícia são treinados para falar em um tribunal. — Eram barulhos assustadores. Estrondos e estalos e coisas quebrando. Eu fui embora o mais rápido que consegui. A moça da casa ao lado estava na porta. Ela me perguntou o que estava acontecendo. Acho que ela também estava com medo.

— Sim. Jillian Mislaburski. Eu conversei com ela. — Alan tocou no cooler Playmate inclinado na cesta da bicicleta de Brian. O jeito como Brian apertou os lábios quando ele fez isso não passou despercebido. — Você estava com este cooler aqui na manhã de domingo, Brian?

— Sim, senhor. — Brian secou as bochechas com as costas das mãos e observou o rosto de Alan com cautela.

— O que tinha dentro?

Brian não disse nada, mas Alan achou que os lábios estavam tremendo.

— O que tinha dentro, Brian?

Brian continuou sem dizer nada.

— Estava cheio de pedras?

Lenta e deliberadamente, Brian balançou a cabeça — não.

Pela terceira vez, Alan perguntou:

— O que tinha dentro?

— A mesma coisa que agora — sussurrou Brian.

— Posso abrir e ver?

— Sim, senhor — disse Brian sem vida na voz. — Acho que sim.

Alan virou a tampa para um lado e olhou dentro do cooler.

Estava cheio de cards de beisebol: da Topps, da Fleer, da Donruss.

— É minha coleção pra troca. Eu levo comigo pra quase todo lado — disse Brian.

— Você... leva com você.

— Sim, senhor.

— Por quê, Brian? Por que você carrega um cooler cheio de cards de beisebol por aí?

— Já *falei*, são pra troca. Nunca se sabe quando pode aparecer a chance de fazer uma boa troca. Ainda estou procurando um Joe Foy, ele foi do time do sonho impossível de 67, e um do Mike Greenwell. O Gator é meu jogador favorito. — E agora, Alan pensou ver um brilho leve e fugidio de diversão nos olhos do garoto; quase ouviu uma voz telepática cantarolando *Te enganei! Te enganei!*, mas sem dúvida era coisa da cabeça dele; era sua frustração imitando a voz do garoto.

Não era?

Bom, o que você *esperava* encontrar dentro do cooler? Uma pilha de pedras com bilhetes presos em volta? Você achava que ele estava indo fazer a mesma coisa na casa de *outra* pessoa?

Sim, admitiu ele. Parte dele tinha pensado exatamente isso. Brian Rusk, o Terror em Miniatura de Castle Rock. O Apedrejador Maluco. A pior parte era o seguinte: ele tinha certeza de que Brian Rusk sabia o que ele tinha na cabeça.

*Te enganei! Te enganei, xerife!*

— Brian, me conte o que está acontecendo aqui. Se você sabe, por favor, me conte.

Brian fechou a tampa do cooler Playmate e não disse nada. Fez um estalo baixo na tarde sonolenta de outono.

— Não pode falar?

Brian assentiu lentamente... querendo dizer, pensou Alan, que ele estava certo: Brian não podia falar.

— Me conte pelo menos uma coisa: você está com medo? Você está com medo, Brian?

Brian assentiu de novo, lentamente.

— Me conte de que tem medo, filho. Pode ser que eu possa resolver. — Ele bateu com um dedo de leve no distintivo que usava no lado esquerdo da camisa do uniforme. — Acho que é por isso que me pagam pra usar esta estrela. Porque às vezes eu consigo fazer as coisas assustadoras passarem.

— Eu... — começou Brian, mas o rádio da polícia que Alan tinha instalado no painel do carro da família três ou quatro anos antes ganhou vida.

— Unidade um, unidade um, aqui é a base. Está ouvindo? Câmbio?

Brian afastou o olhar de Alan. Eles se viraram para o carro e para o som da voz de Sheila Brigham, a voz da autoridade, a voz da polícia. Alan viu que, se o garoto estava prestes a contar alguma coisa (e podia ser só a imaginação dele dizendo que estava), agora não ia contar mais. Seu rosto tinha se fechado como uma ostra.

— Vá pra casa agora, Brian. Vamos conversar sobre... esse seu sonho... mais tarde. Está bem?

— Sim, senhor. Acho que sim.

— Enquanto isso, pense no que eu falei: a maior parte da função de ser xerife é fazer as coisas assustadoras passarem.

— Eu tenho que ir pra casa, xerife. Se não chegar logo, minha mãe vai ficar furiosa comigo.

Alan assentiu.

— Bom, a gente não quer isso. Pode ir, Brian.

Ele viu o garoto se afastar. Estava com a cabeça baixa, e novamente não pareceu estar andando de bicicleta, mas mais seguindo com ela entre as pernas. Havia algo errado ali, tão errado que fez com que descobrir o que tinha acontecido com Wilma e Nettie parecesse secundário para Alan em comparação a descobrir o que tinha levado à expressão cansada e assombrada no rosto daquele garoto.

As mulheres, afinal, estavam mortas e enterradas. Brian Rusk ainda estava vivo.

Ele foi até o carro velho que devia ter trocado um ano antes, se inclinou, pegou o comunicador da RadioShack e apertou o botão de transmitir.

— Sim, Sheila, aqui é a unidade um. Estou aqui, câmbio.

— Henry Payton ligou te procurando, Alan — disse Sheila. — Ele me disse pra avisar que é urgente. Quer que eu ligue você a ele. Entendido?

— Pode ligar — disse Alan. Ele sentiu a pulsação acelerar.

— Pode levar alguns minutos, entendido?

— Tudo bem. Estarei aqui. Unidade um desligando.

Ele se encostou na lateral do carro na sombra das árvores, o comunicador na mão, esperando para descobrir o que havia de urgente na vida de Henry Payton.

<br>

## 13

Quando Polly chegou em casa, eram três e vinte, e ela se sentia dividida em duas direções completamente diferentes. Por um lado, sentia uma necessidade profunda e vibrante de cuidar da tarefa que o sr. Gaunt tinha lhe passado (ela não gostava de pensar nos termos dele, como uma peça — Polly Chalmers não era de pregar peças), de acabar de uma vez com aquilo para o *azka* ser finalmente dela. O conceito de que o acordo não estava fechado até o sr. Gaunt *dizer* que o acordo estava fechado nunca tinha passado pela sua cabeça.

Por outro lado, sentia uma necessidade profunda e vibrante de fazer contato com Alan, de contar a ele exatamente o que aconteceu... ou o máximo de que conseguisse lembrar. De uma coisa ela *conseguia* se lembrar. Enchia-a de vergonha e de uma espécie de horror, mas ela lembrava bem. Era o seguinte: o sr. Leland Gaunt odiava o homem que Polly amava, e estava fazendo alguma coisa, *alguma coisa*, que era muito errada. Alan tinha que saber. Mesmo que o *azka* parasse de funcionar, ele tinha que saber.

Você não está falando sério.

Mas, sim... uma parte dela estava falando *bem* sério. A parte que morria de medo de Leland Gaunt, apesar de não conseguir lembrar o que exatamente ele fizera para induzir o sentimento de pavor.

*Você quer que as coisas voltem a ser como eram, Polly? Quer voltar a ter duas mãos que parecem cheias de estilhaços?*

Não... mas ela também não queria que Alan fosse ferido. Também não queria que o sr. Gaunt fizesse o que estava planejando se era uma coisa (ela desconfiava que era) que fosse fazer mal à cidade. E também não queria ser parte dessa coisa, indo à antiga propriedade deserta dos Camber no final da Estrada Municipal 3 e pregando uma peça que ela nem entendia.

Essas vontades conflitantes, cada uma defendida por uma voz intimidante, a atormentavam enquanto ela andava lentamente para casa. Se o sr. Gaunt a tinha hipnotizado de alguma forma (ela teve certeza disso quando saiu da loja, mas foi ficando menos e menos segura com o passar do tempo), os efeitos já tinham passado. (Polly realmente acreditava nisso.) E ela nunca na vida tinha se sentido tão incapaz de decidir o que fazer em seguida. Era como se todo o suprimento do seu cérebro de algum composto químico vital de tomada de decisões tivesse sido roubado.

No final, ela foi para casa fazer o que o sr. Gaunt tinha aconselhado (embora não lembrasse mais precisamente qual era o conselho). Ela verificaria a correspondência e ligaria para Alan e contaria a ele o que o sr. Gaunt queria que ela fizesse.

Se você fizer isso, disse a voz interior com tom sombrio, o *azka* vai *realmente* parar de funcionar. E você sabe.

Sim... mas ainda havia a questão de certo e errado. Ainda havia isso. Ela ligaria para Alan e pediria desculpas por ter sido tão seca com ele, depois contaria o que o sr. Gaunt queria dela. Talvez até desse a ele o envelope que o sr. Gaunt lhe dera, o que ela tinha que colocar na lata.

Talvez.

Sentindo-se um pouco melhor, Polly colocou a chave na porta da frente da casa, mais uma vez se regozijando com a facilidade do movimento, quase sem perceber, e a girou. A correspondência estava no lugar de sempre do tapete, não em grande quantidade hoje. Normalmente, havia mais propaganda quando os correios tinham um dia de folga. Ela se inclinou e pegou as cartas. Uma revista de televisão com o rosto sorridente e impossivelmente bonito do Tom Cruise na capa; um catálogo da Horchow Collection e outro da The Sharper Image. E também...

Polly viu a carta e um nó de medo começou a crescer dentro de sua barriga. Para Patricia Chalmers, de Castle Rock, do Conselho Tutelar de San Francisco... da rua Geary 666. Ela se lembrava do número 666 da rua Geary muito bem, de suas idas até lá. Três idas no total. Três entrevistas com os burocratas do Auxílio a Crianças Dependentes, sendo dois homens; homens que olharam para ela como se olha para um papel de bala que ficou preso em um dos seus melhores sapatos. A terceira burocrata era uma mulher negra muito grande, uma mulher que sabia ouvir e sabia rir, e foi dessa mulher que Polly finalmente conseguiu aprovação. Mas ela se lembrava da rua Geary 666, segundo andar, tão bem. Lembrava como a luz do janelão no fim do corredor deixava uma mancha longa e leitosa no linóleo; lembrava o som de eco das máquinas de escrever dos escritórios, cujas portas sempre ficavam abertas;

lembrava-se do amontoado de homens fumando cigarros perto da urna cheia de areia no final do corredor e da forma como olhavam para ela. O que ela mais lembrava era a sensação de estar usando seu único traje bom (um terno escuro de poliéster com uma blusa branca de seda, uma meia-calça L'Eggs Nearly Nude, os saltos baixos) e do medo e da solidão que sentiu, pois o corredor escuro do segundo andar do número 666 da Geary parecia ser um lugar sem coração e sem alma. Sua inscrição no ACD tinha sido aprovada, mas ela se lembrava mais das recusas, claro; dos olhos dos homens, que se direcionavam para os seus peitos (eles se vestiam melhor do que Norville, da lanchonete, mas, fora isso, não eram tão diferentes); das bocas dos homens, que se repuxavam em reprovação decorosa enquanto consideravam o problema de Kelton Chalmers, o filho bastardo dessa desleixada, dessa recém-chegada na cidade que não parecia hippie *agora*, ah, *não*, mas que sem dúvida tiraria a blusa de seda e o terninho bonito assim que saísse dali, sem mencionar o sutiã, e vestiria uma calça jeans boca de sino e uma blusa tie-dye que deixaria os mamilos visíveis. Seus olhos diziam isso tudo e mais, e apesar de a resposta do departamento ter chegado pelo correio, Polly soube na mesma hora que seria recusada. Ela chorou ao sair do prédio nas duas primeiras ocasiões, e lhe parecia agora que conseguia lembrar a sensação ácida de cada lágrima escorrendo pelas bochechas. Isso e o jeito como as pessoas na rua olharam para ela. Sem preocupação nos olhos, só com uma certa curiosidade.

Ela nunca mais queria pensar naquelas ocasiões nem naquele corredor escuro de segundo andar, mas agora estava tudo de volta, de forma tão clara que dava para sentir o cheiro da cera do chão, dava para ver a luz leitosa refletida da janela, dava para ouvir o som ecoado, como em um sonho, das antigas máquinas de escrever manuais digerindo outro dia nas entranhas da burocracia.

O que eles queriam? Meu Deus, o que as pessoas da rua Geary 666 queriam com ela tanto tempo depois?

*Rasgue!*, gritou uma voz dentro da cabeça dela, e a ordem foi tão imperativa que ela chegou perto de fazer exatamente isso. Mas ela só abriu o envelope. Havia uma única folha de papel dentro. Era uma fotocópia. E apesar de o envelope estar endereçado a ela, ela viu com espanto que a carta não estava; estava dirigida ao xerife Alan Pangborn.

Ela desceu o olhar até o fim da carta. O nome datilografado abaixo da assinatura era John L. Perlmutter, e esse nome despertou uma leve lembrança nela. Ela desceu os olhos um pouco mais e viu, no pé da carta, a anotação "cc: Patricia Chalmers". Bom, era uma fotocópia, não uma cópia de carbono, mas explicava a questão intrigante de a carta ser para Alan (e resolvia sua primeira ideia confusa de que tinha sido entregue a ela por engano). Mas o que...

Polly se sentou no banco comprido no corredor e começou a ler a carta. Ao fazer isso, uma série impressionante de emoções passou pelo seu rosto, como uma formação de nuvens em um dia agitado de muito vento: confusão, compreensão, vergonha, horror, raiva e, finalmente, fúria. Ela gritou alto uma vez, "*Não!*', e voltou e se obrigou a ler a carta de novo, lentamente, até o final.

Conselho Tutelar de San Francisco
Rua Geary, 666
San Francisco, Califórnia 94 112

23 de setembro de 1991

Xerife Alan Pangborn
Posto do Xerife do Condado de Castle
Prédio Municipal 2
Castle Rock, Maine 04055

Prezado xerife Pangborn,

Recebi sua carta do dia 1º de setembro e estou escrevendo para dizer que não tenho como ajudar nessa questão. É política deste departamento dar informações sobre os participantes do Auxílio a Crianças Dependentes (ACD) apenas quando somos obrigados por um mandado emitido por um tribunal. Mostrei sua carta a Martin D. Chung, nosso advogado principal, que me instruiu a dizer que uma cópia da sua carta foi encaminhada à Procuradoria Geral da Califórnia. O sr. Chung pediu opinião para saber se seu pedido pode ser ilegal por si só. Seja qual for o resultado da investigação, devo dizer que acho sua curiosidade sobre a vida dessa mulher em San Francisco imprópria e ofensiva.

Sugiro, xerife Pangborn, que o senhor deixe essa questão de lado antes que cometa infrações legais.

Atenciosamente,
John L. Perlmutter

*John L. Perlmutter*

Diretor

cc: Patricia Chalmers

Depois da quarta leitura daquela carta horrível, Polly se levantou do banco e foi até a cozinha. Andou lenta e graciosamente, mais como se estivesse nadando do que andando. Primeiro, seus olhos estavam atordoados e confusos, mas quando ela pegou o fone do telefone na parede e digitou o número do posto do xerife no teclado enorme, já estavam mais claros. A expressão que os iluminava era simples e inconfundível: uma raiva tão forte que era quase ódio.

Seu amante andara xeretando seu passado. Ela achava a ideia ao mesmo tempo inacreditável e estranha e horrivelmente plausível. Tinha se comparado muito a Alan Pangborn nos últimos quatro ou cinco meses, e isso queria dizer que muitas vezes ela ficou em segundo lugar. As lágrimas dele; sua calma enganosa, que escondia tanta vergonha e dor e orgulho desafiador secreto. A sinceridade dele; sua pequena pilha de mentiras. Como ele parecia santo! Como parecia perfeito! Como era hipócrita a insistência dela de ele deixar o passado para trás!

E o tempo todo ele estava xeretando, tentando descobrir a verdadeira história de Kelton Chalmers.

— Seu filho da mãe — sussurrou ela, e quando o telefone começou a tocar, os nós dos dedos da mão que segurava o telefone ficaram brancos de tanta força.

## 14

Lester Pratt costumava sair da Castle Rock High na companhia de vários amigos; todos iam tomar refrigerante no Mercado Hemphill e seguiam para a casa ou apartamento de alguém para umas duas horas cantando hinos ou jogando ou batendo papo. Mas, naquele dia, Lester saiu da escola sozinho com a mochila nas costas (ele detestava a tradicional pasta de professores) e a cabeça baixa. Se Alan estivesse lá e visse Lester andando lentamente pelo gramado da escola na direção do estacionamento dos professores, teria ficado impressionado com o quanto ele parecia Brian Rusk.

Três vezes naquele dia, Lester tentou fazer contato com Sally, descobrir o que a tinha deixado com tanta raiva. A última vez foi durante o intervalo de almoço no quinto tempo. Ele sabia que ela estava na escola primária, mas o mais perto que chegou dela foi uma resposta de Mona Lawless, que dava aula de matemática no sexto e no sétimo ano e era amiga de Sally.

— Ela não pode atender — disse Mona, exibindo o calor de um freezer cheio de picolés.

— Por quê? — perguntou ele, quase choramingando. — Vamos lá, Mona. Conta!

— Não sei. — O tom de Mona progrediu de picolé no freezer para o equivalente verbal de nitrogênio líquido. — Só sei que ela está na casa da Irene Lutjens, parece ter passado a noite chorando e diz que não quer falar com você. — *E é tudo culpa sua*, dizia o tom gelado de Mona. *Sei disso porque você é homem e todos os homens são uns merdas. Esse é só mais um exemplo específico que ilustra o caso geral.*

— Bom, eu não tenho a menor ideia do que houve! — gritou Lester. — Você pode ao menos dizer isso para ela? Diz que não sei por que ela está com raiva de mim! Diz que, seja o que for, deve ser um mal-entendido, *porque não consigo entender!*

Houve uma longa pausa. Quando Mona falou de novo, sua voz estava um pouco mais calorosa. Não muito, mas estava melhor do que nitrogênio líquido.

— Tudo bem, Lester. Vou dizer para ela.

Agora, ele ergueu a cabeça, na esperança de que Sally pudesse estar sentada no banco do passageiro do Mustang, pronta para dar um beijo nele e fazer as pazes, mas o carro estava vazio. A única pessoa perto era o tonto do Slopey Dodd, brincando no skate.

Steve Edwards apareceu atrás de Lester e bateu no ombro dele.

— Les, rapaz! Quer ir tomar uma Coca lá em casa? Alguns dos caras disseram que vão lá. Temos que conversar sobre esse incômodo católico ultrajante. A grande reunião é na igreja esta noite, não esqueça, e seria bom se nós, da juventude, pudéssemos apresentar uma frente unida quando a questão é decidir o que fazer. Mencionei a ideia para Don Hemphill e ele disse que sim, ótimo, vá em frente. — Ele olhou para Lester como se esperasse um tapinha na cabeça.

— Hoje não posso, Steve. Talvez outra hora.

— Ei, Les… você não entende? Pode não *haver* outra hora! Os garotos do papa não estão mais de brincadeira!

— Eu não posso ir — disse Les. E, se você for esperto, dizia seu rosto, vai parar de insistir.

— Bom, mas… por quê?

Porque eu tenho que descobrir o que eu fiz para deixar minha garota com tanta raiva, pensou Lester. E *vou* descobrir, mesmo que tenha que arrancar dela.

Em voz alta, ele disse:

— Tenho coisas a fazer, Steve. Coisas importantes. Acredite na minha palavra.

— Se for por causa da Sally, Les...

Os olhos de Lester brilharam de forma perigosa.

— É melhor você calar a sua boca sobre a Sally.

Steve, um jovem inofensivo que estava inflamado pela briga por causa da Noite do Cassino, ainda não estava ardendo tanto a ponto de ultrapassar a linha que Lester Pratt tinha deixado tão clara. Mas também não estava preparado para desistir. Sem Lester Pratt, as reuniões de política dos jovens eram uma piada, independentemente de quantas pessoas do grupo da juventude comparecessem. Moderando a voz, ele disse:

— Você soube do cartão anônimo que o Bill recebeu?

— Sim.

O reverendo Rose o tinha encontrado no chão no corredor da frente do presbitério: o já famoso cartão que dizia "Rato Baitista Idiota". O reverendo o passou rapidamente em uma reunião de última hora com a juventude, só homens, porque, ele disse, era impossível acreditar sem ver a maldade em pessoa. Era difícil entender completamente, acrescentara o reverendo Rose, as profundezas nas quais os católicos se afundavam para sufocar a oposição moral à noite deles de jogos inspirada em Satanás; talvez ver aquela imundície maldosa ajudasse aqueles "ótimos jovens" a entenderem contra o que estavam lutando. "Pois não dizemos que estar avisado é estar armado"?, concluiu o reverendo Rose grandiosamente. Ele então pegou o cartão (estava dentro de um saco plástico, como se quem o manuseasse precisasse ser protegido de uma infecção) e passou pela sala.

Quando Lester terminou de ler, ele estava mais do que disposto a tocar uns sinos católicos, mas agora a história toda parecia distante e meio infantil. Quem se importava se os católicos jogassem por dinheiro de mentira e distribuíssem de prêmio uns pneus e uns eletrodomésticos? Quando a questão era escolher entre os católicos e Sally Ratcliffe, Lester sabia com qual das duas coisas tinha que se preocupar.

— ... uma reunião para tentar decidir nosso próximo passo! — continuou Steve. Ele estava começando a se inflamar de novo. — Nós temos que aproveitar a iniciativa aqui, Les... *temos*! O reverendo Bill diz que está com medo de que os ditos Homens Católicos Preocupados não queiram falar mais. Que seu próximo passo seja...

— Olha, Steve, faz o que você quiser, *mas me deixe de fora!*

Steve parou e ficou olhando para ele, chocado e esperando que Lester, normalmente o mais equilibrado dos sujeitos, caísse em si e se desculpasse. Quando percebeu que não haveria pedido de desculpas, ele começou a andar na direção da escola, aumentando a distância entre ele e Lester.

— Cara, que humor péssimo — disse ele.

— Isso mesmo! — gritou Lester com truculência. Ele fechou as mãos grandes e as apoiou nos quadris.

Mas Lester estava mais do que zangado; estava magoado, sofrendo, e o que doía mais era sua *mente*, e ele queria bater em alguém. Não no pobre Steve Edwards; era só que se permitir ficar com raiva de Steve pareceu ter ligado um interruptor dentro dele. Esse interruptor fez a eletricidade correr até vários aparelhos mentais que costumavam ficar escuros e silenciosos. Pela primeira vez desde que se apaixonou por Sally, Lester, normalmente o mais plácido dos homens, ficou com raiva dela também. Que direito ela tinha de mandá-lo ao inferno? Que direito ela tinha de o chamar de filho da mãe?

Ela estava com raiva de alguma coisa, era? Tudo bem, ela estava com raiva. Talvez ele até tivesse lhe dado motivo para estar com raiva. Ele não tinha a menor ideia de que motivo podia ser, mas digamos (só para o bem do argumento) que tivesse. Isso dava a ela o direito de perder as estribeiras com ele sem nem fazer a cortesia de pedir uma explicação primeiro? Dava a ela o direito de ficar com Irene Lutjens, para que ele não conseguisse ir até onde ela estava, ou de se recusar a atender os telefonemas dele, ou de empregar Mona Lawless como mensageira?

Vou encontrá-la, pensou Lester, e vou descobrir o que a está incomodando. Quando ela falar, podemos fazer as pazes. Depois disso, vou dar a ela o mesmo sermão que dou aos meus calouros quando começam os treinos de basquete, o que diz que a confiança é a chave de um trabalho de equipe.

Ele tirou a mochila, jogou no banco de trás e entrou no carro. Ao fazer isso, viu uma coisa embaixo do banco do passageiro. Uma coisa preta. Parecia uma carteira.

Lester a pegou com ansiedade, pensando primeiro que devia ser de Sally. Se ela a deixou no carro em algum momento durante o fim de semana prolongado, já devia estar sentindo falta. Ela estaria nervosa. E ele poderia aliviar a ansiedade dela com a carteira perdida, e o resto da conversa talvez ficasse um pouco mais fácil.

Mas não era de Sally; ele viu assim que deu uma boa olhada no objeto embaixo do banco do passageiro. Era de couro preto. A de Sally era de camurça azul puída e bem menor.

Curioso, ele a abriu. A primeira coisa que viu o atingiu como um soco no plexo solar. Era a identidade do departamento do xerife de John LaPointe.

O que John LaPointe foi fazer no carro *dele*?

Sally ficou com o carro o fim de semana todo, sua mente sussurrou. O que você *acha* que ele foi fazer no seu carro?

—Não—disse ele.—Hã-hã, de jeito nenhum. Ela não *o* veria. Não mesmo.

Mas ela o *tinha* visto. Ela e o policial John LaPointe tinham saído juntos por um ano, apesar dos ressentimentos crescentes entre os católicos e os batistas de Castle Rock. Eles terminaram antes da agitação atual por causa da Noite do Cassino, mas...

Lester saiu do carro e olhou os plásticos transparentes da carteira. Seu sentimento de incredulidade cresceu. Ali estava a habilitação de LaPointe; na foto, ele estava com o bigodinho que cultivava quando saía com Sally. Lester sabia como alguns caras chamavam bigodes assim: coçador de boceta. Ali estava a licença de pesca de John LaPointe. Ali estava uma foto da mãe e do pai de John LaPointe. Ali estava a licença de caça. E ali... *ali*...

Lester ficou olhando fixamente para a foto que tinha encontrado. Era uma foto dele com Sally. Uma foto de um cara com sua namorada. Eles estavam na frente do que parecia um estande de tiro de parque de diversões. Estavam se olhando e rindo. Sally estava segurando um urso de pelúcia grande. LaPointe devia ter ganhado para ela.

Lester ficou olhando para a foto. Uma veia tinha saltado no meio de sua testa, bem proeminente, pulsando com regularidade.

Como ela o chamou? Filho da mãe traidor?

—Olha quem está falando—sussurrou Lester Pratt.

A fúria começou a crescer nele. Foi bem rápido. E então, quando tocaram no ombro dele, ele se virou, largou a carteira e ergueu os punhos. Chegou bem perto de socar o inofensivo e gago Slopey Dodd e jogá-lo longe.

—T-treinador P-Pratt?—perguntou Slopey. Seus olhos estavam grandes e redondos, mas ele não parecia com medo. Interessado, mas não com medo. —V-você está b-b-bem?

—Estou ótimo—disse Lester com voz rouca.—Vai pra casa, Slopey. Você não tem nada que ficar de skate no estacionamento dos professores.

Ele se inclinou para pegar a carteira caída, mas Slopey estava mais perto e pegou primeiro. Olhou com curiosidade para a foto da habilitação de LaPointe e devolveu a carteira para o treinador Pratt.

—É—disse Slopey.—É o m-mesmo c-cara s-s-sim.

Ele pulou no skate e se preparou para ir embora. Lester o pegou pela camiseta antes que ele pudesse ir. O skate saiu rolando de baixo dos pés de Slopey, seguiu sozinho, bateu num poste e virou. A camiseta do AC/DC de Slopey (FOR THOSE ABOUT TO ROCK WE SALUTE YOU, dizia) rasgou na gola, mas ele não pareceu se importar; nem pareceu muito surpreso pelas ações de Lester, menos ainda com medo. Lester não reparou nisso. Lester estava além de perceber nuances. Era um daqueles homens grandalhões e normalmente plácidos que tinham pavio curto por baixo da placidez, um tornado emocional perigoso à espreita. Alguns homens passavam a vida toda sem descobrir o olho feio do furacão. Mas Lester descobriu o dele (ou melhor, o furacão o descobriu) e ele estava agora completamente nas garras disso.

Segurando um pedaço da camiseta de Slopey com um punho que era quase do tamanho de um presunto enlatado Daisy, ele levou o rosto suado para perto do rosto de Slopey. A veia no centro da testa estava pulsando mais rápido do que nunca.

— O que você quer dizer com "é o mesmo cara, sim"?

— É o m-m-mesmo c-cara que s-se encontrou c-com a srta. Ra-Ratcliffe de-depois da aula na s-sexta.

— Ele se encontrou com ela *depois da aula*? — perguntou Lester com voz rouca. Deu uma sacudida brusca em Slopey a ponto de os seus dentes baterem. — Tem certeza disso?

— Tenho. Eles s-saíram no seu c-c-carro, treinador P-Pratt. O c-cara estava di-dirigindo.

— Dirigindo? Ele dirigiu meu carro? *John LaPointe dirigiu meu carro com a Sally dentro?*

— B-bom, esse c-c-cara — disse Slopey, apontando para a fotografia na habilitação de novo. — M-mas antes de eles entrarem, ele d-deu um be-beijo nela.

— *Deu?* — disse Lester. Seu rosto estava imóvel. — *Deu*, é?

— Ah, s-s-sim — disse Slopey. Um sorriso largo (e um tanto lascivo) iluminava o rosto dele.

Com um tom suave e sedoso, bem diferente da voz habitual rouca, Lester perguntou:

— Ela retribuiu o beijo? O que você acha, Slopey?

Slopey revirou os olhos com alegria.

— Eu d-digo que *s-s-sim*! Eles f-ficaram chupando a c-cara do outro, t-treinador P-Pratt!

— Chupando a cara — refletiu Lester com sua nova voz, suave e sedosa.

— É.

— Chupando a cara *mesmo* — repetiu Lester com sua nova voz, suave e sedosa.

— Isso a-aí.

Lester soltou Slopester (como seus poucos amigos o chamavam) e se empertigou. A veia no centro da testa estava pulsando e latejando. Ele tinha começado a sorrir. Era um sorriso desagradável, expondo o que parecia ser bem mais dentes brancos e quadrados do que um homem normal deveria ter. Seus olhos azuis tinham virado triângulos pequenos e apertados. O cabelo curto se projetava da cabeça em todas as direções.

— T-t-treinador Pratt? — perguntou Slopey. — Algum p-p-problema?

— Não — disse Lester Pratt com sua nova voz, suave e sedosa. O sorriso nem hesitou. — Nada que eu não possa corrigir.

Na mente dele, suas mãos já estavam em volta do pescoço daquele sapo francês comedor de merda, ladrão de mulher, ganhador de urso de pelúcia, amante do papa e mentiroso do John LaPointe. Aquele babaca que andava como um homem. O babaca que aparentemente tinha ensinado a garota que Lester amava, a garota que quase não abria os lábios quando Lester a beijava, a beijar estilo desentupidor de pia.

Primeiro, ele cuidaria de John LaPointe. Não haveria problema nisso. Quando isso estivesse resolvido, ele teria que falar com Sally.

Ou algo assim.

— Nadinha que eu não possa corrigir — repetiu ele com sua nova voz, suave e sedosa, e entrou atrás do volante do Mustang. O carro se inclinou para a esquerda quando os cento e dez quilos de carne e músculos se acomodaram no banco. Ele ligou o motor, acelerou soltando uma série de rugidos que pareciam os de um tigre enjaulado e saiu cantando pneus. Slopester, tossindo e afastando poeira do rosto de forma teatral, foi até onde estava o skate.

A gola da camiseta velha tinha sido rasgada, deixando o que parecia um colar preto caído nas omoplatas proeminentes de Slopey. Ele estava sorrindo. Tinha feito exatamente o que o sr. Gaunt lhe pedira para fazer e tudo deu muito certo. O treinador Pratt parecia mais furioso do que um touro na tourada.

Agora, ele podia ir para casa e ficar olhando para seu bule.

— Eu s-só q-queria não ter que ga-gaguejar — comentou ele para ninguém.

Slopey subiu no skate e foi embora.

## 15

Sheila teve dificuldade de conectar Alan com Henry Payton. Uma vez, ela teve certeza de que tinha perdido Henry, que parecia bem empolgado, que teria que ligar de novo para ele, e mal tinha conseguido executar esse feito tecnológico quando a linha pessoal de Alan se acendeu. Sheila deixou de lado o cigarro que ia acender e atendeu.

— Posto do xerife do Contado de Castle, linha do xerife Pangborn.

— Oi, Sheila. Quero falar com o Alan.

— Ah, Polly, não dá. Ele está falando com o Henry Payton ag...

— Eu espero — interrompeu Polly.

Sheila começou a ficar nervosa.

— Bom... hã... eu faria isso, mas é meio complicado. É que o Alan... ele está na rua. Tive que fazer uma ligação do telefone para o rádio.

— Se você pode fazer isso com o Henry, pode fazer isso comigo — disse Polly friamente. — Certo?

— Bem, sim, mas não sei quanto tempo vai demorar...

— Não ligo se vou ter que esperar o inferno congelar. Eu fico esperando e quando eles acabarem você passa a minha ligação para o Alan. Eu não pediria que você fizesse isso se não fosse importante. Você sabe disso, Sheila, não sabe?

Sim, Sheila sabia. E sabia outra coisa: Polly estava começando a assustá-la.

— Polly, você está bem?

Houve uma longa pausa. E Polly respondeu com uma pergunta.

— Sheila, você datilografou alguma correspondência do xerife Pangborn endereçada ao Conselho Tutelar de San Francisco? Ou viu algum envelope endereçado pra lá na correspondência a ser enviada?

Luzes vermelhas, um monte delas, se acenderam na mente de Sheila. Ela quase idolatrava Alan Pangborn, e Polly Chalmers o estava acusando de alguma coisa. Ela não sabia bem do quê, mas reconhecia um tom de acusação quando ouvia. Reconhecia muito bem.

— Esse não é o tipo de informação que eu poderia dar pra ninguém — disse ela, o tom vinte graus mais frio. — Você teria que perguntar ao xerife, Polly.

— É, acho que sim. Me deixe esperando e me conecte quando puder, por favor.

— Polly, o que houve? Você está com raiva do Alan? Você deve saber que ele nunca faria nada...

— Não sei de mais nada. Se fiz uma pergunta que não deveria ter feito, peço desculpas. Você pode agora me deixar esperando e me conectar assim que puder ou vou ter que ir atrás dele pessoalmente?

— Não, eu passo a ligação — disse Sheila.

Seu coração parecia estranhamente perturbado, como se algo terrível tivesse acontecido. Ela, como muitas das mulheres em Castle Rock, acreditou que Alan e Polly estivessem profundamente apaixonados, e como muitas das outras mulheres da cidade Sheila os via como personagens de um conto de fadas meio distorcido em que tudo ficaria bem no final... no qual o amor encontraria um caminho. Mas agora Polly parecia mais do que furiosa; ela parecia cheia de dor e de alguma outra coisa. Para Sheila, essa outra coisa parecia quase ódio.

— Você vai ficar na espera agora, Polly. Pode demorar.

— Tudo bem. Obrigada, Sheila.

— De nada.

Ela apertou o botão e pegou o cigarro. Acendeu-o e tragou profundamente, olhando para a ponta acesa com a testa franzida.

## 16

— Alan? — chamou Henry Payton. — Alan, você está aí? — Ele parecia um apresentador transmitindo de dentro de uma grande caixa vazia.

— Estou, Henry.

— Recebi uma ligação do FBI meia hora atrás — disse Henry de dentro da caixa. — Tivemos uma sorte danada com aquelas digitais.

Os batimentos de Alan dispararam.

— As da maçaneta da casa da Nettie? As parciais?

— Isso mesmo. Temos uma possível correspondência com um sujeito aqui da cidade. Com antecedentes... de furto em 1977. Temos também as digitais registradas.

— Não me deixe na expectativa. De quem é?

— O nome do indivíduo é Hugh Albert Priest.

— Hugh Priest! — exclamou Alan. Ele não poderia estar mais surpreso se Payton tivesse citado J. Danforth Quayle. Até onde Alan sabia, nenhum dos dois homens conhecia Nettie Cobb. — Por que Hugh Priest mataria o cachorro da Nettie? Ou quebraria as janelas da Wilma Jerzyck?

— Não conheço o cavalheiro e não tenho como dizer — respondeu Henry. — Por que você não vai perguntar? Na verdade, por que não faz isso agora, antes que ele fique nervoso e decida visitar os parentes em Onde o Vento Faz a Curva, na Dakota do Sul?

— Boa ideia. Falo com você depois, Henry. Obrigado.

— Mas me mantenha atualizado, escoteiro. Esse caso *é* pra ser meu, sabe.

— Sei. Eu falo com você.

Houve um som metálico agudo, *bink!*, quando a conexão foi interrompida, e o rádio de Alan começou a transmitir o zumbido aberto de uma linha telefônica. Ele se perguntou brevemente o que a Nynex e a AT&T achariam dos jogos que eles estavam fazendo e se inclinou para guardar o comunicador. Ao fazer isso, o zumbido de linha telefônica foi interrompido pela voz de Sheila Brigham, uma voz estranhamente hesitante.

— Xerife, estou com Polly Chalmers esperando. Ela pediu para eu conectar com você assim que você estivesse disponível. Entendido?

Alan piscou.

— Polly?

Ele ficou com medo de repente, da mesma forma que sentimos medo quando o telefone toca às três da madrugada. Polly nunca pedira esse tipo de serviço e, se alguém perguntasse, Alan diria que ela nunca faria isso; seria contra a ideia dela de comportamento correto, e, para Polly, o comportamento correto era muito importante.

— O que é, Sheila? Ela disse? Câmbio.

— Não, xerife. Câmbio.

Não. Claro que não disse. Ele sabia disso também. Polly não saía contando suas coisas por aí. O fato de ele ter perguntado mostrava o quanto ele estava surpreso.

— Xerife?

— Pode passar, Sheila. Câmbio.

— Entendido, xerife.

*Bink!*

Ele ficou parado no sol, o coração batendo forte e rápido demais. Não estava gostando daquilo.

Houve o som de *bink!* de novo, seguido da voz de Sheila, distante, quase perdida.

— Pode falar, Polly. Você já deve estar conectada.

— Alan? — A voz soou tão alta que ele se encolheu. Era a voz de um gigante... um gigante furioso. Ele já sabia disso; uma palavra bastava.

— Estou aqui, Polly. O que foi?

Por um momento, só houve silêncio. Em algum lugar, bem no fundo, havia o murmúrio distante de outras vozes de ligações. Ele teve tempo de se perguntar se tinha sido desconectado... tempo para quase esperar que sim.

— Alan, eu sei que esta linha é aberta, mas você vai saber de que estou falando. Como você pôde? Como você *pôde*?

Havia algo de familiar nessa conversa. Algo.

— Polly, não estou entendendo...

— Ah, acho que está — respondeu ela. A voz dela estava ficando mais densa, mais difícil de entender, e Alan se deu conta de que, se ela já não estivesse chorando, em breve estaria. — É difícil descobrir que não conhecemos uma pessoa do jeito que achávamos que conhecíamos. É difícil descobrir que o rosto que você achava que amava é só uma máscara.

Algo familiar, sim, e agora ele sabia o que era. Era como os pesadelos que ele tivera depois das mortes de Annie e Todd, os pesadelos em que ele ficava na lateral da estrada vendo-os passar no Scout. Os dois a caminho de morrer. Ele sabia, mas não podia fazer nada para mudar. Tentava balançar os braços, mas estavam pesados demais. Tentava gritar e não conseguia lembrar como abrir a boca. Os dois passavam direto como se ele fosse invisível, e agora se sentia igual, como se tivesse ficado invisível para Polly de um jeito bizarro.

— Annie… — Ele percebeu horrorizado o nome que tinha dito e voltou atrás. — *Polly.* Não sei de que você está falando, Polly, mas…

— *Sabe, sim!* — gritou ela de repente. — Não diga que não sabe quando *sabe!* Por que você não pôde esperar que eu contasse, Alan? E se não podia, por que não *perguntou?* Por que teve que agir pelas minhas costas? *Como você pôde agir pelas minhas costas?*

Ele fechou os olhos em um esforço de controlar os pensamentos disparados e confusos, mas não adiantou. Uma imagem horrenda surgiu na mente dele: Mike Horton, do *Journal-Register* de Norway, inclinado na frente do rádio do jornal, tomando notas furiosas no bloquinho.

— Não sei o que você acha que eu fiz, mas você se enganou. Vamos nos encontrar, conversar…

— Não. Acho que não consigo te ver agora, Alan.

— Sim. Consegue, sim. E vai. Eu vou…

Mas a voz de Henry Payton interrompeu seus pensamentos. *Por que não faz isso agora, antes que ele fique nervoso e decida visitar os parentes em Onde o Vento Faz a Curva, na Dakota do Sul?*

— Você vai o quê, Alan? — perguntou ela. — Vai o quê?

— Acabei de me lembrar de uma coisa — disse Alan lentamente.

— Ah, foi? E por acaso foi da carta que você escreveu no começo de setembro, Alan? Uma carta para San Francisco?

— Não sei do que você está falando, Polly. Não posso ir agora porque houve uma novidade na… na outra coisa. Mas mais tarde…

Ela falou em meio a uma série de soluços sem ar que deveriam ter dificultado a compreensão, mas ele entendeu direitinho.

— Você não entende, Alan? Não existe mais tarde, não existe mais. Você…

— Polly, *por favor…*

— *Não!* Só me deixe em paz! Me deixe em paz, seu filho da puta xereta e intrometido!

*Bink!*

E de repente Alan estava ouvindo aquele zumbido de linha aberta de novo. Olhou ao redor no cruzamento da Principal e da School como um homem que não sabe onde está e não tem compreensão clara de como chegou lá. Seus olhos estavam com a expressão distante e intrigada que aparece muitas vezes nos olhos de lutadores naqueles segundos antes de seus joelhos se dobrarem e eles caírem na lona para um longo cochilo de inverno.

Como aquilo tinha acontecido? E como tinha acontecido tão *rápido*?

Ele não tinha a menor ideia. A cidade toda parecia ter ficado meio doida na última semana... e agora Polly também estava contaminada.

*Bink!*

— Hum... xerife? — Era Sheila, e Alan soube pelo tom baixo e hesitante que ela tinha ouvido uma parte da conversa com Polly. — Alan, você está aí? Responda.

Ele sentiu uma vontade incrivelmente forte de arrancar o comunicador do rádio e o jogar nos arbustos depois da calçada. E sair dirigindo. Para qualquer lugar. Só parar de pensar em tudo e sair dirigindo no sol.

Mas ele reuniu todas as suas forças e se obrigou a pensar em Hugh Priest. Era o que ele tinha que fazer, porque agora parecia que Hugh tinha levado à morte de duas mulheres. Hugh era seu trabalho agora, não Polly... e ele descobriu um grande sentimento de alívio escondido nisso.

Ele apertou o botão de transmitir.

— Aqui, Sheila. Câmbio.

— Alan, acho que perdi a conexão com a Polly. Eu... hum... não pretendia ouvir, mas...

— Tudo bem, Sheila. A gente já tinha terminado. — (Havia algo de horrível nessa frase, mas ele se recusava a pensar no assunto agora.) — Quem está aí com você agora? Câmbio.

— John está chegando — disse Sheila, obviamente aliviada de mudar a direção da conversa. — Clut está em patrulha. Perto de Castle View, de acordo com seu último comunicado.

— Tudo bem.

O rosto de Polly, tomado daquela raiva incomum, tentou surgir em seus pensamentos. Ele o afastou e se concentrou em Hugh Priest de novo. Mas, por um segundo terrível, ele não conseguiu ver rosto nenhum; só um vazio horroroso.

— Alan? Está aí? Câmbio.

— Sim. Estou. Chama o Clut e manda ele ir pra casa do Hugh Priest, perto do final da estrada Castle View. Ele vai saber onde é. Acho que Hugh está no trabalho, mas se por acaso ele tiver tirado o dia de folga, quero que Clut o pegue e o leve pra interrogatório. Entendido?

— Entendido, Alan.

— Fala pra ele agir com extrema cautela. Diz que o Hugh é procurado pra interrogatório sobre as mortes de Nettie Cobb e Wilma Jerzyck. Ele deve ser capaz de preencher o resto das lacunas sozinho. Câmbio.

— Ah! — Sheila pareceu ao mesmo tempo alarmada e empolgada. — Câmbio, xerife.

— Estou indo para o estacionamento de veículos do município. Acho que vou encontrar o Hugh lá. Câmbio e desligo.

Enquanto pendurava o comunicador (parecia que o estava segurando havia pelo menos quatro anos), ele pensou: se você tivesse contado a Polly o que acabou de divulgar para Sheila, essa situação que você tem nas mãos talvez estivesse menos feia.

Ou não; como ele podia contar uma coisa dessa sem saber qual *era* a situação? Polly o acusou de se intrometer... de xeretar. Isso cobria muito território, nada dele mapeado. Além do mais, havia outra coisa. Mandar a atendente despachar um policial para apreender um suspeito era parte da função. Assim como cuidar para que seus policiais soubessem que o homem que eles estavam procurando era perigoso. Dar a mesma informação para a namorada em uma conexão aberta de rádio e telefone era totalmente diferente. Ele tinha feito a coisa certa e sabia disso.

Mas isso não acalmou a dor no seu coração, e ele fez outro esforço para se concentrar no trabalho à frente: encontrar Hugh Priest, levá-lo até a delegacia, arrumar um advogado se ele quisesse e perguntar por que ele enfiou o saca-rolha no cachorro de Nettie, o Raider.

Por um momento, deu certo, mas quando ele ligou o motor do carro e se afastou do meio-fio, ainda era o rosto de Polly e não o de Hugh que ele via na mente.

# DEZESSETE

1

Enquanto Alan atravessava a cidade atrás de Hugh Priest, Henry Beaufort estava parado na porta de casa olhando para o Thunderbird. O bilhete que encontrou debaixo do limpador de para-brisa estava na mão. O dano que o filho da mãe fizera aos pneus era ruim, mas os pneus podiam ser substituídos. Foi o arranhão que ele fez na lateral direita do carro que deixou Henry fulo da vida.

Ele olhou para o bilhete de novo e leu em voz alta.

— *Nunca mais* me negue bebida e se recuse a devolver a chave do meu carro, seu *sapo* maldito!

A quem ele tinha negado bebida ultimamente? Todo tipo de gente. Uma noite em que ele não precisava negar para *ninguém* era bem rara. Mas negar bebida *e* a chave do carro no quadro atrás do bar? Só houve um desses ultimamente.

Só um.

— Seu filho da puta — disse o dono e atendente do Tigre Meloso com voz baixa e reflexiva. — Seu filho da puta burro do caralho.

Ele considerou voltar para dentro de casa e pegar o fuzil, mas pensou melhor. O Tigre ficava na mesma rua, e ele tinha uma caixa bem especial debaixo do bar. Dentro havia uma espingarda Winchester de cano duplo serrado. Ele a deixava lá desde que o escroto do Ace Merrill tinha tentado roubá-la alguns anos antes. Era uma arma altamente ilegal e Henry nunca a tinha usado.

Mas achava que talvez a usasse naquele dia.

Ele tocou no arranhão feio que Hugh tinha feito na lateral de seu T-Bird, amassou o bilhete e o jogou de lado. Billy Tupper estaria no Tigre agora, varrendo o chão e limpando o bar. Henry pegaria a espingarda e o Pontiac de Billy emprestado. Parecia que ele tinha um certo babaca para caçar.

Henry chutou o bilhete amassado na grama.

— Você tomou uma dessas pílulas de burrice de novo, Hugh, mas não vai tomar mais nenhuma depois de hoje. Eu garanto. — Ele tocou no arranhão uma última vez. Nunca sentira tanta raiva na vida. — Garanto pra caralho.

Henry foi pela rua na direção do Tigre Meloso, andando rápido.

2

Enquanto revirava o quarto de George T. Nelson, Frank Jewett encontrou quinze gramas de cocaína debaixo do colchão da cama de casal. Jogou na privada e, enquanto via o pó descer, sentiu uma cólica repentina. Começou a abrir a calça, mas voltou para o quarto destruído. Frank achava que estava ficando maluco, mas não ligava mais. Pessoas malucas não precisavam pensar no futuro. Para as pessoas malucas, o futuro tinha prioridade baixíssima.

Uma das poucas coisas não destruídas no quarto de George T. Nelson era uma fotografia na parede. Uma fotografia de uma velha senhora. A moldura dourada parecia cara e isso sugeria para Frank que era a foto da santa mãe de George T. Nelson. A cólica veio de novo. Frank tirou a foto da parede e a colocou no chão. Abriu a calça, se agachou com cuidado e fez o que vinha naturalmente.

Foi o ponto alto do que tinha sido, até então, um dia bem ruim.

3

Lenny Partridge, o residente mais antigo de Castle Rock e dono da bengala do *Post* de Boston que já tinha sido da tia Evvie Chalmers, também dirigia um dos carros mais velhos de Castle Rock. Era um Chevrolet Bel-Air de 1966 que um dia já tinha sido branco. Agora, era de uma cor manchada genérica que podemos chamar de Cinza Sujeira de Estrada. Não estava em condições muito boas. O vidro de trás tinha sido substituído alguns anos antes por uma folha de plástico que balançava, a base das portas tinha enferrujado tanto que dava para ver o asfalto por uma renda intrincada de ferrugem quando ele estava dirigindo, e o escapamento ficava pendurado como o braço podre de alguém que tivesse morrido em clima seco. Além do mais, as borrachas de vedação tinham se desfeito. Quando Lenny dirigia o Bel-Air, deixava grandes nuvens de fumaça azul fedorenta para trás, e os campos pelos quais passava na ida diária até a cidade pareciam ter recebido uma camada de pesticida de um aviador homicida. Esse efeito horrível não incomodava Lenny nem um pouco; ele comprava óleo de motor Diamond reciclado com Sonny Jackett no tamanho econômico e sempre fazia Sonny tirar dez por cento do valor... seu desconto da terceira idade. E como não dirigia o Bel-Air a uma velocidade maior do que sessenta quilômetros por hora havia pelo menos dez anos, provavelmente aguentaria mais tempo do que o próprio Lenny.

Enquanto Henry Beaufort começava a andar na direção do Tigre Meloso do outro lado da ponte Tin, a quase oito quilômetros dali, Lenny estava guiando o Bel-Air pelo alto de Castle Hill.

Havia um homem parado no meio da rua com os braços erguidos em um gesto imperioso de "pare". O homem estava sem camisa e descalço. Usava só uma calça cáqui com o zíper aberto e, em volta do pescoço, um pedaço de pele comido por traças.

O coração de Lenny deu um salto ofegante no peito magro e ele enfiou os dois pés no freio, usando um par de tênis de cano alto que estavam se desintegrando lentamente. Foi quase até o chão com um gemido horrível e o Bel-Air finalmente parou a menos de um metro do homem na rua, que Lenny agora reconheceu como sendo Hugh Priest. Hugh nem piscou. Quando o carro parou, ele andou rapidamente até onde Lenny estava, as mãos apertadas na frente da camisa térmica de baixo, tentando recuperar o fôlego e se perguntando se aquela seria a parada cardíaca final.

— Hugh! — exclamou ele, ofegante. — O que você está fazendo? Eu quase te atropelei! Eu...

Hugh abriu a porta do motorista e se inclinou para dentro. A estola de pele que ele estava usando caiu para a frente e Lenny se encolheu para longe. Parecia um rabo de raposa meio podre com pedaços de pelo faltando. O cheiro era horrível.

Hugh o segurou pelas alças do macacão e o arrancou do carro. Lenny soltou um grito de pavor e ultraje.

— Desculpa, coroa — disse Hugh com a voz distraída de um homem que tem problemas bem maiores em mente. — Preciso do seu carro. O meu está meio ruim.

— Você não pode...

Mas Hugh podia. Ele jogou Lenny do outro lado da rua como se o sujeito não passasse de um saco de trapos. Quando Lenny caiu, houve um estalo claro e seus gritinhos viraram berros lamentosos e agudos de dor. Tinha quebrado a clavícula e duas costelas.

Hugh o ignorou, entrou atrás do volante do Chevy, fechou a porta e enfiou o pé no acelerador. O motor soltou um grito de surpresa e uma neblina azul de fumaça de óleo saiu pelo escapamento solto. Ele estava descendo a colina a mais de oitenta quilômetros por hora antes que Lenny Partridge conseguisse se debater e se virar.

4

Andy Clutterbuck entrou na estrada Castle Hill aproximadamente às 15h35. Passou pela máquina de fumaça de Lenny Partridge indo na outra direção e nem olhou duas vezes; sua mente estava totalmente ocupada com Hugh Priest, e o Bel-Air velho e enferrujado era só parte do cenário.

Clut não tinha a menor ideia de por que e como Hugh teria se envolvido nas mortes de Wilma e Nettie, mas isso não era problema; ele era soldado de batalha e pronto. Os porquês e comos eram trabalho de outra pessoa, e aquele era um dos dias em que ele ficava feliz por isso. Ele *sabia* que Hugh era um bêbado horrível que os anos não tinham adoçado. Um homem como aquele era capaz de fazer qualquer coisa... principalmente se tivesse enchido a cara.

Ele deve estar trabalhando, pensou Clut, mas ao se aproximar do barraco que Hugh chamava de casa, ele soltou a tira que prendia sua arma de serviço mesmo assim. Um momento depois, viu o brilho de vidro e cromo na entrada de carros de Hugh e seus nervos dispararam até estarem zumbindo como fios telefônicos numa tempestade. O *carro* de Hugh estava lá, e quando o carro de um homem estava em casa, o homem também costumava estar. Era um fato da vida no campo.

Quando Hugh saiu de casa a pé, ele virou para a direita, para longe da cidade e na direção do alto de Castle Hill. Se Clut tivesse olhado naquela direção, teria visto Lenny Partridge caído no acostamento, se debatendo como uma galinha na terra seca, mas ele não olhou. Toda a atenção de Clut estava voltada para a casa de Hugh. Os gritos baixos de pássaro de Len entraram por um ouvido de Clut, atravessaram o cérebro sem gerar alarme nenhum e saíram pelo outro.

Clut sacou a arma antes de sair da viatura.

5

William Tupper tinha apenas dezenove anos e nunca seria um acadêmico premiado, mas era inteligente o suficiente para ficar apavorado com o comportamento de Henry quando ele entrou no Tigre às vinte para as quatro no último dia real de existência de Castle Rock. Ele também era inteligente o suficiente para saber que tentar recusar o pedido de Henry das chaves do seu Pontiac não adiantaria; com aquele humor, Henry (que era, em circunstâncias normais, o melhor chefe que Billy já tinha tido) daria um soco na sua cara e pegaria o que queria.

Assim, pela primeira e talvez única vez na vida, Billy tentou ser astuto.

— Henry — disse ele timidamente —, você parece estar precisando de uma bebida. Sei que *eu* preciso. Por que não sirvo uma dose pra você antes de você sair?

Henry desapareceu atrás do bar. Billy o ouviu lá, remexendo em alguma coisa e xingando baixinho. Finalmente se levantou, segurando uma caixa retangular de madeira com um pequeno cadeado. Ele colocou a caixa no bar e começou a procurar uma chave no chaveiro que carregava pendurado no cinto.

Ele considerou o que Billy disse, começou a fazer que não, mas pensou melhor. Uma bebida não era má ideia; acalmaria suas mãos e seus nervos. Ele encontrou a chave certa, abriu o cadeado e o colocou de lado, no bar.

— Tudo bem. Mas, se vamos beber, vamos beber direito. Chivas. Dose única pra você, dupla pra mim. — Ele apontou para Billy, que se encolheu; ele teve certeza repentina de que Henry acrescentaria: *Mas você vem comigo.* — E não conte pra sua mãe que deixei você beber destilados aqui, entendeu?

— Sim, senhor — disse Billy, aliviado. Ele foi buscar a garrafa rapidamente, antes que Henry mudasse de ideia. — Entendi perfeitamente.

## 6

Deke Bradford, o homem que gerenciava a maior e mais cara operação de Castle Rock, os serviços públicos, estava repugnado.

— Não, ele não está aqui — disse ele para Alan. — Não apareceu hoje. Mas, se você o encontrar antes de mim, me faça um favor e avise que ele está despedido.

— Por que você ficou com ele tanto tempo assim, Deke?

Eles estavam no sol quente da tarde em frente à Garagem Municipal nº 1. À esquerda, um caminhão Case estava com a traseira em um barracão. Três homens descarregavam caixas pequenas, mas pesadas. Um losango vermelho, que era o símbolo de altos explosivos, estava pintado em cada uma. Dentro do barracão, Alan ouviu um zumbido de ar-condicionado. Parecia estranho ouvir um ar-condicionado ligado tão tarde no ano, mas em Castle Rock a semana tinha sido extremamente atípica.

— Fiquei com ele mais tempo do que deveria — admitiu Deke, e passou as mãos pelo cabelo curto e grisalho. — Fiquei porque achava que havia um homem bom escondido dentro dele. — Deke era um daqueles homens baixos e corpulentos, um hidrante com pernas, que sempre parecia pronto para detonar todo mundo. Mas era um dos homens mais doces e gentis que Alan já tinha conhecido. — Quando ele não estava bêbado nem de ressaca, ninguém nesta cidade trabalhava mais do que o Hugh. E havia algo no rosto dele que me fazia achar que ele talvez não fosse um daqueles homens que precisam beber até morrer. Eu achei que, com um emprego fixo, talvez ele desse um jeito na vida. Mas essa última semana...

— O que houve nessa última semana?

— O sujeito parecia um louco. E parecia que ele sempre estava sob efeito de alguma coisa, e não necessariamente álcool. Parecia que os olhos tinham afundado na cara e ele ficava olhando por cima do seu ombro quando você falava com ele, nunca diretamente pra você. E ele começou a falar sozinho.

— Sobre o quê?

— Não sei. Duvido que os outros caras saibam. Odeio despedir pessoas, mas já tinha decidido sobre o Hugh antes mesmo de você chegar. Não quero mais saber dele.

— Com licença, Deke.

Alan voltou para o carro, ligou para Sheila e falou que Hugh não foi trabalhar o dia todo.

— Veja se consegue falar com o Clut, Sheila, e diga pra ele tomar cuidado. E mande o John como apoio. — Ele hesitou sobre o que queria dizer, sabendo que a cautela já tinha resultado em mais do que uns poucos tiroteios desnecessários, mas foi em frente. Ele tinha que fazer isso; devia a seus policiais em campo. — Clut e John devem considerar Hugh armado e perigoso. Entendeu?

— Armado e perigoso, entendido.

— Certo. Unidade um, câmbio e desligo.

Ele prendeu o comunicador no lugar e andou até onde Deke estava.

— Você acha que ele pode ter saído da cidade, Deke?

— *Ele?* — Deke inclinou a cabeça para o lado e cuspiu sumo de tabaco. — Caras como ele *nunca* saem da cidade sem pegar o último pagamento. A maioria nunca sai. Quando se trata de lembrar quais estradas saem da cidade, caras como o Hugh parecem ter perdido a memória.

Uma coisa chamou a atenção de Deke e ele se virou na direção dos homens descarregando as caixas de madeira.

— Cuidado com isso aí, pessoal! Vocês têm que descarregar, não brincar de roleta-russa!

— É explosivo demais que tem ali — comentou Alan.

— É, sim. Vinte caixas. Vamos explodir uma crista de granito na pedreira na Estrada Municipal 5. Pra mim, parece que temos explosivo suficiente para explodir Hugh até Marte, se você quiser.

— Por que você comprou tanto?

— Não foi ideia minha; Buster acrescentou ao meu pedido de compras, só Deus sabe por quê. Mas posso dizer uma coisa: ele vai surtar quando vir a conta de eletricidade deste mês... a não ser que uma frente fria chegue. O ar-condicionado gasta energia demais, mas isso aí tem que ficar resfriado, se não sua. Dizem que os explosivos novos não são assim, mas é melhor prevenir do que remediar.

— Buster acrescentou ao seu pedido — refletiu Alan.

— Foi, umas quatro ou seis caixas, não lembro bem. Cada dia é uma surpresa, né?

— Pois é. Deke, posso usar o telefone do seu escritório?

— Fique à vontade.

Alan se sentou atrás da mesa de Deke por um minuto, com o suor formando manchas na camisa do uniforme embaixo dos braços e ouvindo o telefone da casa de Polly tocar sem parar. E então finalmente colocou o fone no lugar.

Saiu do escritório caminhando lentamente, a cabeça baixa. Deke estava colocando o cadeado na porta do barracão com os explosivos, e quando se virou para Alan, sua expressão era infeliz.

— Havia um homem bom dentro do Hugh Priest, Alan. Juro por Deus que havia. Muitas vezes esse homem sai. Já vi isso acontecer. Com mais frequência do que as pessoas acreditam. Mas com o Hugh... — Ele deu de ombros. — Hã-hã. Nada.

Alan assentiu.

— Você está bem, Alan? Está meio esquisito.

— Estou ótimo — disse Alan, sorrindo um pouco, mas era verdade; ele *estava* esquisito. Polly também. E Hugh. E Brian Rusk. Parecia que todo mundo estava esquisito hoje.

— Quer um copo de água ou de chá gelado? Eu tenho.

— Obrigado, mas é melhor eu ir.

— Tudo bem. Me avise como as coisas terminaram.

Isso era uma coisa que Alan não podia prometer, mas ele estava com uma sensação horrível na boca do estômago de que Deke poderia ler sobre o assunto em um ou dois dias. Ou ver na televisão.

7

O velho Chevy Bel-Air de Lenny Partridge parou em uma das vagas inclinadas na frente da Artigos Indispensáveis pouco antes das quatro, e o homem da vez saiu. O zíper de Hugh ainda estava aberto e ele ainda tinha o rabo de raposa em volta do pescoço. Ele atravessou a calçada, os pés descalços no concreto quente, e abriu a porta. O sininho de prata tilintou.

A única pessoa que o viu entrar foi Charlie Fortin. Ele estava parado na porta da loja Western Auto, fumando um de seus cigarros caseiros fedidos.

— O velho Hugh finalmente surtou — disse Charlie para ninguém em particular.

Lá dentro, o sr. Gaunt olhou para Hugh com um sorrisinho agradável e cheio de expectativa... como se um homem descalço e sem camisa usando um rabo de raposa comido de traça no pescoço aparecesse na loja dele todos os dias. Ele fez uma marquinha na lista ao lado da registradora. A última.

— Estou encrencado — disse Hugh, avançando para perto do sr. Gaunt. Seus olhos rolavam de um lado para outro nas órbitas, como bolas de pinball. — Estou encrencado de verdade agora.

— Eu sei — disse o sr. Gaunt com uma voz tranquilizadora.

— Aqui pareceu o lugar certo pra vir. Sei lá, fico sonhando toda hora com você. Eu... não sabia quem mais procurar.

— Aqui *é* o lugar certo, Hugh.

— Ele cortou meus pneus — sussurrou Hugh. — Beaufort, o filho da mãe do dono do Tigre Meloso. Ele deixou um bilhete. "Você sabe o que venho buscar na próxima vez, Hubert", dizia. Eu sei o que *isso* quer dizer. Sei mesmo. — Uma das mãos grandes e sujas de Hugh fez carinho no pelo sarnento, e uma expressão de adoração surgiu no rosto dele. Pareceria exagerada se não fosse tão claramente genuína. — Meu lindo rabo de raposa.

— Talvez você devesse cuidar dele — sugeriu o sr. Gaunt, pensativo —, antes que ele possa cuidar de você. Sei que parece meio... bom... *extremo*... mas quando consideramos...

— Sim! Sim! É isso que eu quero fazer!

— Acho que tenho a coisa certa — disse o sr. Gaunt. Ele se inclinou e, quando se ergueu, estava com uma pistola automática na mão esquerda. Ele a empurrou por cima da bancada de vidro. — Carregada.

Hugh pegou a arma. Sua confusão pareceu sumir como fumaça na hora que o peso sólido da arma ocupou sua mão. Ele sentiu o cheiro do lubrificante da arma, leve e único.

— Eu... deixei minha carteira em casa — disse ele.

— Ah, não precisa se preocupar com *isso* — disse o sr. Gaunt. — Na Artigos Indispensáveis, Hugh, nós garantimos o que vendemos. — De repente, seu rosto endureceu. Seus lábios se repuxaram sobre os dentes e seus olhos arderam. — Pega ele! — exclamou ele com voz baixa e rouca. — Pega o filho da mãe que quer destruir o que é seu! Pega ele, Hugh! Se proteja! Proteja sua *propriedade*!

Hugh sorriu de repente.

— Obrigado, sr. Gaunt. Muito obrigado.

— Não foi nada — disse o sr. Gaunt, voltando na mesma hora ao tom normal de voz, mas o sininho de prata já estava tilintando enquanto Hugh saía, enfiando a pistola na cintura frouxa da calça enquanto andava.

O sr. Gaunt foi até a vitrine e viu Hugh entrar no Chevy cansado e dar ré para a rua. Um caminhão da Budweiser seguindo lentamente pela rua Principal apertou a buzina e desviou para não bater nele.

— Pega ele, Hugh — disse o sr. Gaunt com voz baixa. Filetes de fumaça começaram a subir das orelhas e do cabelo dele; fios mais grossos saíram pelas narinas e entre as lápides brancas quadradas que eram os dentes. — Pega todos que puder. Faz a festa, garotão.

O sr. Gaunt inclinou a cabeça para trás e começou a gargalhar.


8


John LaPointe correu para a porta lateral do posto do xerife, a que levava ao estacionamento do Prédio Municipal. Ele estava empolgado. Armado e perigoso. Não era sempre que ele ajudava na prisão de um suspeito armado e perigoso. Não em uma cidadezinha sonolenta como Castle Rock, pelo menos. Ele tinha esquecido a carteira desaparecida (ao menos por enquanto), e Sally Ratcliffe estava ainda mais distante de sua mente.

Ele esticou a mão para a porta na mesma hora que alguém a abria do outro lado. John deu de cara com cento e dez quilos de um treinador de educação física furioso.

— Aí está o cara que eu queria ver — disse Lester Pratt com sua nova voz, suave e sedosa. Ele mostrou uma carteira de couro preto. — Perdeu alguma coisa, seu filho da puta traidor sem Deus no coração?

John não tinha a menor ideia do que Lester Pratt estava fazendo ali, nem como poderia ter encontrado sua carteira. Só sabia que era o reforço de Clut e tinha que ir para lá imediatamente.

— Seja o que for, vamos conversar depois, Lester — disse John, e foi pegar a carteira. Quando Lester a puxou para trás, para fora do alcance, mas bateu com ela com força no meio da cara dele, John ficou mais atônito do que irritado.

— Ah, eu não quero *conversar* — disse Lester, de novo com sua nova voz, suave e sedosa. — Eu não perderia meu tempo. — Ele largou a carteira, pegou John pelos ombros, o ergueu e o jogou dentro do posto do xerife. O policial LaPointe voou dois metros e caiu em cima da mesa de Norris Ridgewick. A bunda deslizou por cima, abrindo um caminho na pilha de papéis e derrubando a cesta de ENTRADA/SAÍDA de Norris no chão. John foi atrás e caiu de costas com um baque doloroso.

Sheila Brigham estava olhando pela janela do atendimento, a boca aberta.

John começou a se levantar. Estava abalado e atordoado, sem a menor ideia do que estava acontecendo.

Lester estava andando na direção dele com sua postura de briga. Os punhos estavam erguidos em uma pose antiquada estilo John L. Sullivan que devia ser cômica, mas não era.

— Vou te dar uma lição — disse Lester com sua nova voz, suave e sedosa. — Vou te ensinar o que acontece com os católicos que roubam as garotas dos batistas. Vou te ensinar direitinho, e quando eu acabar, você vai ter entendido tão bem que nunca vai esquecer.

Lester Pratt chegou mais perto, a uma distância de quem vai dar mesmo uma lição.

9

Billy Tupper podia não ser nenhum intelectual, mas era um ouvido solidário, e um ouvido solidário era o melhor remédio para a fúria de Henry Beaufort naquela tarde. Henry tomou sua bebida e contou a Billy o que tinha acontecido… e, enquanto falava, percebeu que estava se acalmando. Passou pela cabeça dele que, se só tivesse pegado a espingarda e ido em frente, ele talvez terminasse o dia não atrás do bar, mas atrás das grades da cela do posto do xerife. Ele amava muito seu T-Bird, mas começou a se dar conta de que não o amava o suficiente para ir preso por ele. Podia trocar os pneus, e o arranhão na lateral poderia ser removido. Quanto a Hugh Priest, que a lei cuidasse dele.

Ele terminou a bebida e se levantou.

— Ainda vai atrás dele, sr. Beaufort? — perguntou Billy, apreensivo.

— Eu não perderia meu tempo — disse Henry, e Billy deu um suspiro de alívio. — Vou alertar Alan Pangborn para que cuide dele. Não é pra isso que pago meus impostos, Billy?

— Acho que é. — Billy olhou pela janela e se animou um pouco. Um carro velho e enferrujado, que já tinha sido branco, mas agora estava meio desbotado e sem cor (Cinza Sujeira de Estrada, digamos), subia a ladeira na direção do Tigre Meloso, soltando uma densa neblina azul pelo escapamento. — Olha! É o velho Lenny! Não vejo ele há séculos!

— Bom, nós só abrimos às cinco — disse Henry.

Ele foi para trás do bar para usar o telefone. A caixa com a espingarda serrada ainda estava lá. Acho que eu estava planejando usar isso, refletiu ele. Acho que estava mesmo. O que é que dá na cabeça das pessoas? Parece até um tipo de veneno.

Billy foi na direção da porta enquanto o carro velho de Lenny entrava no estacionamento.

10

— Lester… — John LaPointe começou a dizer, e foi nessa hora que um punho quase do tamanho de um presunto enlatado Daisy, mas bem mais duro, colidiu com o centro de seu rosto. Houve um som obsceno de coisa esmagada na hora que seu nariz se quebrou em uma horrível explosão de dor. John apertou os olhos, e fagulhas coloridas surgiram na escuridão. Ele voou pelo aposento, balançando os braços em uma luta perdida para ficar de pé. Havia sangue jorrando pelo nariz e na boca. Ele bateu no quadro de avisos e o derrubou da parede.

Lester foi andando na direção dele de novo, a testa franzida com concentração abaixo do corte de cabelo exagerado.

Na sala do atendimento, Sheila pegou o rádio e começou a gritar chamando Alan.

## 11

Frank Jewett estava quase saindo da casa do bom "amigo" George T. Nelson quando teve um pensamento repentino de alerta. Esse pensamento foi que, quando George T. Nelson chegasse em casa e encontrasse o quarto destruído, a cocaína jogada fora e a fotografia da mãe cagada, ele talvez fosse atrás do antigo amigo de festas. Frank decidiu que seria loucura ir embora sem terminar o que tinha começado... e se terminar o que tinha começado significava explodir a fuça do filho da puta chantagista, que fosse. Havia um armário de armas no andar de baixo, e a ideia de fazer o serviço com uma das armas do próprio George T. Nelson parecia justiça poética. Se ele não conseguisse destrancar o armário ou forçar a porta, pegaria uma das facas de carne do velho amigo e faria o serviço com *isso*. Ele ficaria parado atrás da porta, e quando George T. Nelson entrasse, Frank explodiria a cara do filho da puta ou o pegaria pelo cabelo e cortaria sua garganta. A arma provavelmente seria a opção mais segura, mas quanto mais Frank pensava no sangue quente de George T. Nelson jorrando do pescoço cortado e escorrendo por suas mãos, mais adequado parecia. *Até tu, Georgie. Até tu, seu filho da puta chantagista.*

As reflexões dele foram atrapalhadas nesse momento pelo papagaio de George T. Nelson, Tammy Faye, que escolheu o momento menos auspicioso de sua vida curta de ave para começar a cantar. Enquanto Frank ouvia, um sorriso peculiar e terrivelmente desagradável começou a surgir em seu rosto. Como não vi o maldito pássaro quando entrei?, perguntou ele ao entrar na cozinha.

Ele achou a gaveta com a faca afiada dentro depois de procurar um pouco e passou quinze minutos a enfiando entre as barras da gaiola de Tammy Faye, forçando a pequena ave a um pânico agitado de penas voando antes de ficar entediado com o jogo e esfaqueá-la. Ele desceu para ver o que poderia fazer com o armário de armas. A tranca foi fácil, e quando Frank estava subindo a escada para o primeiro andar, começou a cantar uma música de Natal muito fora de época, mas indubitavelmente alegre.

> *Ohh... you better not fight, you better not cry,*
> *You better not pout, I'm telling you why,*
> *Santa Claus is coming to town!*
> *He sees you when you're sleeping!*
> *He knows when you're awake!*
> *He knows if you've been bad or good,*
> *So you better be good for goodness' sake!*

Frank, que nunca perdia um programa do Lawrence Welk nas noites de sábado com sua amada mãe, cantou o último verso em um baixo grave estilo Larry Hopper. Nossa, como ele estava se sentindo bem! Como podia ter acreditado uma hora antes que sua vida estava no fim? Aquilo não era o fim; era o começo! Chega do velho — principalmente velhos "amigos" queridos como George T. Nelson —, era a vez do novo!

Frank se acomodou atrás da porta. Estava bem carregado; tinha uma Winchester encostada na parede, uma Llama automática calibre 32 enfiada no cinto e uma faca Sheffington na mão. De onde estava, via a pilha de penas amarelas que tinha sido Tammy Faye. Um sorrisinho tremeu na boca de sr. Weatherbee de Frank, e seus olhos, os olhos de um louco agora, se reviravam sem parar atrás dos óculos redondos sem aro de sr. Weatherbee.

— *You better be good for goodness' sake!* — cantou ele em tom de aviso, baixinho. É melhor você se comportar, pelo amor de Deus!Ele cantou esse verso várias vezes enquanto esperava, e várias outras depois que ficou à vontade, sentado atrás da porta com as pernas cruzadas, as costas apoiadas na parede e as armas no colo.

Ele começou a ficar alarmado por estar ficando sonolento. Parecia loucura estar quase cochilando enquanto esperava para cortar a garganta de um homem, mas isso não mudava o fato de que estava. Ele achava que tinha lido em algum lugar (talvez em uma das aulas na Universidade do Maine em Farmington, uma faculdade ruim na qual ele se formou sem honraria nenhuma) que um choque severo no sistema nervoso às vezes tinha esse efeito… e ele sofrera um choque severo, sim. Era impressionante que seu coração não tivesse explodido como um pneu velho quando ele viu aquelas revistas espalhadas por toda a sala.

Frank decidiu que não seria inteligente correr riscos. Ele afastou o sofá comprido cor de aveia de George T. Nelson da parede um pouco, entrou atrás e se deitou de costas com a espingarda ao lado da mão esquerda. A direita, ainda segurando o cabo da faca, estava sobre o peito. Pronto. Bem melhor. O tapete grosso de George T. Nelson até que era bem confortável.

— *You better be good for goodness' sake* — cantarolou Frank baixinho. Ainda estava cantando com voz baixa e sonolenta dez minutos depois, quando finalmente pegou no sono.

12

— Unidade um! — gritou Sheila no rádio pendurado no painel enquanto Alan atravessava a ponte Tin para voltar para a cidade. — Responda, unidade um! Responda *agora*!

Alan sentiu o estômago despencar de um jeito horrível. Clut tinha dado de cara com um ninho de vespas na casa de Hugh Priest na estrada Castle Hill, ele tinha certeza. Por que em nome de Cristo não mandou Clut se encontrar com John antes de procurar Hugh?

Você sabe por quê. Porque nem toda a sua atenção estava voltada para o seu trabalho quando você estava dando as ordens. Se aconteceu alguma coisa a Clut por causa disso, você vai ter que enfrentar e assumir sua parte de responsabilidade. Mas isso vem depois. Seu trabalho agora é *fazer* seu trabalho. Então, faça, Alan. Esqueça Polly e faça seu maldito trabalho.

Ele pegou o comunicador no suporte.

— Unidade um, câmbio.

— Tem um cara dando uma surra no John! — gritou ela. — Vem logo, Alan, ele está batendo *muito* nele!

Essa informação foi tão distante do que Alan esperava que ele ficou atônito por um momento.

— O quê? Quem? *Aí?*

— *Anda logo, ele está matando o John!*

Na mesma hora, caiu a ficha. Era Hugh Priest, claro. Por algum motivo, Hugh foi até o posto do xerife, chegou lá antes que John pudesse sair para Castle Hill e atacou. Era John LaPointe e não Andy Clutterbuck que estava em perigo.

Alan pegou a luz do painel e prendeu no teto. Quando chegou no lado da ponte que ficava na cidade, ele pediu desculpas silenciosamente ao carro velho e enfiou o pé no acelerador.

## 13

Clut começou a desconfiar que Hugh não estava em casa quando viu que todos os pneus do carro do sujeito estavam não só furados, mas praticamente retalhados. Estava prestes a se aproximar da casa mesmo assim quando finalmente ouviu gritos baixos de socorro.

Ficou onde estava por um momento, indeciso, mas então correu pela entrada de carros em seguida. Desta vez, ele viu Lenny caído no acostamento e correu, a arma balançando na cintura, até onde o homem estava.

— Socorro! — ofegou Lenny quando Clut se ajoelhou ao lado dele. — Hugh Priest ficou maluco, o imbecil me pegou de surpresa!

— Onde está machucado, Lenny? — perguntou Clut.

Ele tocou no ombro do homem idoso, que soltou um grito. Foi uma boa resposta. Clut se levantou, sem saber direito o que fazer em seguida. Havia muitas coisas emboladas na cabeça dele. Ele só tinha certeza de que não queria fazer merda de jeito nenhum.

— Não se mexa — disse ele por fim. — Vou pedir uma ambulância.

— Não estou pretendendo me levantar e dançar tango, seu idiota — disse Lenny. Ele estava chorando e rosnando de dor. Parecia um sabujo velho com a perna quebrada.

— Certo — disse Clut. Ele começou a voltar para a viatura, mas se virou para Lenny de novo. — Ele levou seu carro, certo?

— Não! — ofegou Lenny, com as mãos nas costelas quebradas. — Ele me jogou pra fora do carro e foi embora numa porra de tapete mágico. Claro que ele levou meu carro! Por que você acha que estou caído aqui? Pra me bronzear?

— Certo — repetiu Clut, e correu pela estrada. Moedas voaram dos seus bolsos e se espalharam pelo asfalto em arcos brilhosos.

Ele se inclinou na janela do carro tão rápido que quase caiu. Pegou o microfone. Tinha que mandar Sheila pedir ajuda para o coroa, mas essa não era a coisa mais importante. Alan e a Polícia Estadual tinham que saber que Hugh Priest estava agora dirigindo o velho Chevrolet Bel-Air de Lenny Partridge. Clut não sabia de que ano era, mas era impossível não reparar naquela lata-velha cor de poeira.

Mas ele não conseguiu falar com a Sheila no atendimento. Tentou três vezes e não houve resposta. Nenhuma resposta.

Agora, ele ouviu Lenny começando a gritar de novo e entrou na casa de Hugh para ligar para a ambulância de Norway pelo telefone.

Péssima hora para a Sheila ir ao banheiro, pensou ele.

## 14

Henry Beaufort também estava tentando falar com o posto do xerife. Estava parado no bar com o telefone no ouvido. Tocou de novo e de novo e de novo.

— Vamos lá. Atendam a porra do telefone. O que vocês estão fazendo aí? Jogando cartas?

Billy Tupper tinha ido para fora. Henry o ouviu gritar alguma coisa e olhou com impaciência. O grito foi seguido de um estrondo alto. O primeiro pensamento de Henry foi que um dos pneus velhos do carro de Lenny tinha estourado… mas logo soaram mais dois estouros.

Billy entrou de novo no Tigre. Andava bem devagar. Estava com uma das mãos na garganta, e o sangue jorrava por entre seus dedos.

— *'Enry!* — gritou Billy em uma voz estranha, estrangulada, estilo sotaque *cockney.* — *'Enry! 'En...*

Ele chegou ao jukebox, ficou parado oscilando por um momento, e então tudo em seu corpo pareceu falhar ao mesmo tempo e ele desmoronou.

Uma sombra caiu aos pés dele, que estavam quase na porta, e o dono da sombra apareceu. Estava usando um rabo de raposa pendurado no pescoço e tinha uma pistola na mão. Saía fumaça do cano. Gotinhas de suor cintilavam nos poucos pelos entre os mamilos. A pele debaixo dos olhos estava inchada e marrom. Ele passou por cima de Billy Tupper e entrou na penumbra do Tigre Meloso.

— Oi, Henry — disse Hugh Priest.


## 15

John LaPointe não sabia por que aquilo estava acontecendo, mas sabia que Lester o mataria se continuasse... e Lester não dava sinal de diminuir o ritmo, muito menos de parar. Ele tentou escorregar junto à parede e sair do alcance de Lester, mas Lester segurou sua camisa e o puxou para cima. Lester ainda estava respirando com facilidade. A camisa não tinha nem saído da cintura elástica da calça de moletom.

— Toma aqui, Johnny — disse Lester, e deu outro soco no lábio superior. John sentiu-o se abrir em cima dos dentes. — Deixa esse maldito coçador de boceta crescer por cima *disso.*

Cegamente, John esticou a perna por trás de Lester e empurrou com o máximo de força que conseguiu. Lester deu um grito de surpresa e caiu, mas esticou as duas mãos, segurando a camisa suja de sangue de John e puxando o policial por cima. Eles saíram rolando pelo chão, se batendo e socando.

Os dois estavam ocupados demais para ver Sheila Brigham sair da sala de atendimento e entrar na sala de Alan. Ela pegou a espingarda na parede, engatilhou e voltou para a área das celas, que estava agora destruída. Lester estava sentado em cima de John, batendo com a cabeça dele no chão.

Sheila sabia usar a arma que estava segurando; treinava tiro ao alvo desde os oito anos. Agora, ela apoiou o cabo no ombro e gritou:

— *Se afaste dele, John! Me dê espaço!*

Lester se virou ao ouvir a voz dela, os olhos faiscando. Mostrou os dentes para Sheila como um gorila furioso, mas voltou a bater com a cabeça de John no chão.

## 16

Quando Alan se aproximou do Prédio Municipal, ele viu a primeira coisa boa do dia: o fusca do Norris Ridgewick se aproximando da outra direção. Norris estava com roupas civis, mas Alan não se importou com isso. Ele seria útil naquela tarde. Caramba, como seria.

Mas isso também deu errado.

Um carro vermelho grande, um Cadillac com a placa dizendo KEETON1, surgiu de repente do beco estreito que dava acesso ao estacionamento do Prédio Municipal. Alan viu, boquiaberto, Buster enfiar o Cadillac na lateral do fusca de Norris. O Caddy não estava indo rápido, mas tinha umas quatro vezes o tamanho do carro de Norris. Houve um ruído de metal amassando e o fusca virou sobre o lado do passageiro com um estrondo seco e um tilintar de vidro.

Alan meteu o pé no freio e saiu do carro.

Buster estava saindo do Cadillac.

Norris estava se arrastando pela janela do fusca com uma expressão atordoada.

Buster foi andando na direção de Norris, as mãos cerradas. Um sorriso gelado estava surgindo no rosto redondo e gordo.

Alan deu uma olhada naquele sorriso e saiu correndo.

## 17

O primeiro tiro disparado por Hugh estilhaçou uma garrafa de Wild Turkey na prateleira atrás do bar. O segundo estilhaçou o vidro de um documento emoldurado pendurado na parede logo acima da cabeça de Henry e deixou um buraco preto redondo na licença para venda de bebidas alcoólicas embaixo. O terceiro arrancou a bochecha direita de Henry em uma nuvem rosa de sangue e carne vaporizada.

Henry gritou, pegou a caixa com a espingarda serrada dentro e se abaixou atrás do bar. Sabia que Hugh tinha atirado nele, mas não sabia se o ferimento era sério ou não. Só sabia que o lado direito do rosto estava de repente quente como uma fornalha, e que havia sangue quente, molhado e grudento escorrendo pela lateral do pescoço.

— Vamos falar sobre carros, Henry — disse Hugh ao se aproximar do bar. — Melhor do que isso, vamos falar sobre meu rabo de raposa. O que você me diz?

Henry abriu a caixa. Era forrada de veludo vermelho. Ele esticou as mãos trêmulas e instáveis e puxou a Winchester de cano serrado. Estava começando a abri-la, mas se deu conta de que não havia tempo. Teria que torcer para estar carregada.

Ele firmou as pernas, se preparando para pular e dar a Hugh o que ele esperava que fosse uma grande surpresa.

## 18

Sheila se deu conta de que John não ia sair de debaixo daquele maluco, que agora ela achava que era Lester Platt ou Pratt... o professor de educação física do ensino médio. Achava que John *não conseguiria* sair dali. Lester tinha parado de bater com a cabeça de John no chão e tinha fechado as mãos enormes no pescoço dele.

Sheila virou a arma, firmou as mãos no cano e a levantou sobre o ombro como Ted Williams. E bateu com força e velocidade.

Lester virou a cabeça no último momento, a tempo de levar a base de nogueira com contorno de aço bem no meio dos olhos. Houve um estalo horrível quando a arma afundou em um buraco no crânio de Lester e transformou a testa dele em geleia. Parecia que alguém tinha pisado com força em uma caixa cheia de pipoca. Lester Pratt estava morto antes de cair no chão.

Sheila Brigham olhou para ele e começou a gritar.

## 19

— Você achou que eu não ia saber quem foi? — grunhiu Buster Keeton enquanto arrastava Norris, que estava atordoado, mas ileso, pela janela do fusca. — Achou que eu não saberia, com seu nome na parte de baixo de cada folha de papel que você grudou? Achou? Achou?

Ele puxou um punho para dar um soco em Norris, e Alan Pangborn prendeu uma algema no pulso com uma rapidez impressionante.

— Hã! — exclamou Buster, e se virou lentamente para trás.

Dentro do Prédio Municipal, alguém começou a gritar.

Alan olhou naquela direção e usou a algema na outra ponta da corrente para puxar Buster até a porta aberta do Cadillac. Buster o atacou nesse momento. Alan levou vários socos inofensivos no ombro e prendeu a algema na maçaneta do carro.

Ele se virou, e Norris estava ao seu lado. Teve tempo de registrar que Norris estava com uma aparência péssima e de atribuir isso ao fato de que ele fora atropelado pelo conselheiro municipal.

— Vem — disse ele para Norris. — Temos problemas.

Mas Norris o ignorou, ao menos naquele momento. Passou por Alan e deu um soco no olho de Buster. Buster soltou um grito sobressaltado e caiu sobre a porta do carro. Ainda estava aberta, e seu peso a fechou, prendendo a parte de trás da camisa branca suada.

— Isso é pela ratoeira, seu gordo de merda! — gritou Norris.

— Vou te pegar! — gritou Buster. — Não pense que não vou! Vou pegar *todos vocês*!

— Pega *isso* — rosnou Norris.

Ele estava se aproximando de novo com os punhos fechados nas laterais do peito de pombo estufado quando Alan o segurou e o puxou para trás.

— Para com isso! — gritou ele na cara de Norris. — Temos um problema lá dentro! Um problema feio!

O grito subiu no ar de novo. Havia pessoas se reunindo nas calçadas da rua Principal agora. Norris olhou para elas e para Alan. Seus olhos estavam mais claros, Alan viu com alívio, e ele parecia ter voltado a si. Mais ou menos.

— O que é, Alan? Alguma coisa a ver com *ele*? — Ele indicou o Cadillac com o queixo. Buster estava parado ali, olhando com cara feia para eles e puxando a algema no pulso com a mão livre. Não parecia ter ouvido os gritos.

— Não. Está com a sua arma?

Norris fez que não.

Alan soltou a tira que prendia a sua no coldre, puxou a calibre 38 de serviço e entregou para Norris.

— E você, Alan? — perguntou Norris.

— Quero estar com as mãos livres. Vem, vamos nessa. Hugh Priest está lá dentro, e ele ficou maluco.

20

Hugh Priest tinha ficado maluco mesmo, não havia dúvida quanto a isso, mas ele estava a uns cinco quilômetros do Prédio Municipal de Castle Rock.

— Vamos conversar sobre... — começou ele, e foi nessa hora que Henry Beaufort pulou de trás do balcão do bar como um palhaço de mola dentro de uma caixa, o sangue encharcando o lado direito da camisa, a espingarda apontada.

Henry e Hugh dispararam ao mesmo tempo. O estalo da pistola automática se perdeu em meio ao rugido primitivo da espingarda. Fumaça e fogo saíram do cano cortado. Hugh foi erguido no ar e jogado do outro lado, os calcanhares descalços se arrastando no chão, o peito um pântano desintegrado de gosma vermelha. A arma voou da mão dele. As pontas do rabo de raposa estavam pegando fogo.

Henry foi arremessado para o fundo do bar quando a bala de Hugh perfurou seu pulmão direito. Garrafas caíram e se estilhaçaram ao redor. Um torpor enorme se espalhou pelo seu peito. Ele largou a espingarda e cambaleou até o telefone. O ar estava tomado de perfumes estranhos: bebida derramada e pelo de raposa queimado. Henry tentou respirar, e embora seu peito subisse e descesse, parecia que não entrava ar. Havia um som agudo e baixo quando o buraco no seu peito sugava ar.

O telefone parecia pesar mil quilos, mas ele finalmente o levou ao ouvido e apertou o botão que ligava automaticamente para o posto do xerife.

*Trim... trim... trim...*

— Qual é o *problema* com vocês? — ofegou Henry com dificuldade. — Estou *morrendo* aqui! Atendam a merda do telefone!

Mas o telefone só continuou tocando.

21

Norris alcançou Alan na metade da viela, e eles entraram lado a lado no pequeno estacionamento do Prédio Municipal. Norris estava segurando o revólver de serviço de Alan com o dedo no gatilho e o cano curto apontado para o céu quente de outubro. O Saab de Sheila Brigham estava no estacionamento ao lado da unidade quatro, a viatura de John LaPointe, mas só isso. Alan se perguntou brevemente onde estava o carro de Hugh, mas a porta lateral do posto do xerife se abriu. Alguém carregando a espingarda da sala de Alan em mãos ensanguentadas saiu correndo. Norris apontou o calibre 38 e desligou o dedo na direção do gatilho.

Alan registrou duas coisas ao mesmo tempo. A primeira foi que Norris ia atirar. A segunda foi que a pessoa gritando com a arma na mão não era Hugh Priest, mas Sheila Brigham.

Os reflexos quase divinos de Alan Pangborn salvaram a vida de Sheila naquela tarde, mas foi por pouco. Ele não se deu ao trabalho de tentar gritar ou mesmo usar a mão para empurrar o cano da pistola. Nenhuma das duas coisas teria chance de sucesso. Ele esticou o cotovelo e o ergueu como um homem fazendo uma dança caipira animada. Bateu na mão com que Norris segurava a arma um instante antes de ele disparar, empurrando o cano para cima. Uma janela dos escritórios de Serviços Municipais no segundo andar se estilhaçou. E Sheila largou a espingarda que tinha usado para arrebentar a cabeça de Lester Pratt e saiu correndo na direção deles, gritando e chorando.

— Meu Deus — disse Norris com voz baixa e chocada. O rosto dele estava pálido como papel quando ele entregou a pistola pelo cabo para Alan. — Eu quase atirei na *Sheila*... meu Senhor Jesus Cristo.

—*Alan!* — Sheila estava chorando. — Graças a Deus!

Ela correu até ele sem diminuir a velocidade e quase o derrubou. Ele prendeu o revólver no coldre e passou os braços em volta dela. Ela estava tremendo como um fio elétrico com uma corrente forte demais. Alan desconfiava que estava tremendo muito também e tinha chegado perto de molhar a calça. Ela estava histérica, cega de pânico, e isso era uma bênção: ele achava que ela não tinha a menor ideia do quanto chegou perto de levar uma bala.

— O que está acontecendo lá dentro, Sheila? — perguntou ele. — Me conta rápido.

Os ouvidos dele estavam ecoando tanto do tiro e do eco subsequente que ele quase podia jurar que estava ouvindo um telefone tocar em algum lugar.

22

Henry Beaufort se sentia como um boneco de neve derretendo no sol. Suas pernas estavam cedendo. Ele caiu lentamente para uma posição ajoelhada com o telefone tocando sem ser atendido ainda na orelha. Sua cabeça girava com o fedor de bebidas e pelo queimado. Havia outro cheiro quente se misturando com esses. Ele desconfiava que fosse de Hugh Priest.

Estava vagamente ciente de que aquilo não estava dando certo e que ele deveria ligar para outro número pedindo ajuda, mas não achava que conseguiria. Já tinha passado do ponto de discar outro número no telefone, era o fim. Ele se ajoelhou atrás do bar em uma poça crescente de sangue, ouvindo o ar assobiando ao sair e entrar no buraco do peito, agarrando-se desesperadamente à consciência. O Tigre só abriria em uma hora, Billy estava morto e, se ninguém atendesse aquele telefone logo, ele também estaria morto quando os primeiros clientes entrassem para suas doses de happy hour.

— Por favor — sussurrou Henry, histérico e sem fôlego. — Por favor, atendam o telefone, alguém atenda essa porra de telefone.

## 23

Sheila Brigham começou a recuperar o controle, e Alan arrancou a informação mais importante dela imediatamente: ela tinha neutralizado Hugh com a coronha da espingarda. Ninguém ia tentar atirar neles quando eles entrassem pela porta.

Era o que ele esperava.

— Vem — disse ele para Norris —, vamos.

— Alan… Quando ela saiu… eu pensei…

— Eu sei o que você pensou, mas nenhum mal foi feito. Esqueça, Norris. John está lá dentro. Vem.

Eles foram até a porta e pararam dos dois lados. Alan olhou para Norris.

— Entre abaixado — disse ele.

Norris assentiu.

Alan segurou a maçaneta, puxou a porta e entrou correndo. Norris entrou agachado abaixo dele.

John tinha conseguido se levantar e cambalear quase até a porta. Alan e Norris se chocaram com ele como a linha de frente do antigo Pittsburgh Steelers e John sofreu uma última indignidade dolorosa: foi derrubado pelos colegas e jogado deslizando pelo piso frio como um dos pinos em um boliche de bar. Bateu na parede mais distante com um ruído e soltou um grito de dor que foi ao mesmo tempo surpreso e cansado.

— Meu Deus, é o *John*! — gritou Norris. — Que vacilo!

— Me ajuda com ele — disse Alan.

Eles correram até o outro lado da sala, até John, que estava se sentando sozinho lentamente. Seu rosto era uma máscara de sangue. O nariz estava severamente torto para a esquerda. O lábio inferior estava inchando como um tubo inflado em excesso. Quando Alan e Norris chegaram nele, ele colocou uma das mãos embaixo da boca e cuspiu um dente.

— Ei tá mauco — disse John com a voz atordoada e arrastada. — A Sheia baeu nei com a expingada. Acho que tá moto.

— John, você está bem? — perguntou Norris.

— Tô *péximo* — respondeu John. Ele se inclinou para a frente e vomitou entre as pernas abertas para provar o que disse.

Alan olhou ao redor. Estava vagamente ciente de que não eram só seus ouvidos; *havia* um telefone tocando. Mas o telefone não era o importante agora. Ele viu Hugh caído de cara no chão perto da parede dos fundos e foi até lá. Encostou o ouvido nas costas da camisa de Hugh para procurar batimentos.

Só conseguiu ouvir o ecoar nos ouvidos. Os malditos telefones de todas as mesas estavam tocando, ao que parecia.

— Atende essa merda ou tira do gancho! — disse Alan para Norris.

Norris foi até o telefone mais próximo, que estava piscando, e atendeu.

— Não nos incomode agora. Temos uma situação de emergência aqui. Você vai ter que ligar depois. — Ele colocou o fone no lugar sem esperar resposta.

## 24

Henry Beaufort afastou o telefone muito, muito pesado da orelha e olhou para ele com olhos incrédulos e se apagando.

— *O que* você disse? — sussurrou ele.

De repente, não conseguia mais segurar o telefone; estava pesado demais. Ele o largou no chão, caiu lentamente de lado e ficou deitado, ofegante.

## 25

Até onde Alan conseguiu identificar, Hugh já era. Ele o pegou pelo ombro, o rolou... e não era Hugh. O rosto estava completamente coberto de sangue, cérebro e pedaços de osso, e ele não conseguiu saber *quem* era, mas não era Hugh Priest.

— Que porra está acontecendo aqui? — perguntou ele com voz lenta e impressionada.

## 26

Danforth "Buster" Keeton ficou parado no meio da rua, algemado ao próprio Cadillac, e viu que Eles o estavam observando. Agora que o Perseguidor Chefe e seu Perseguidor Ajudante tinham sumido, Eles não tinham mais nada para olhar.

Ele olhou para Eles e Os reconheceu pelo que eram, cada um Deles.

Bill Fullerton e Henry Gendron estavam parados na frente da barbearia. Bobby Dugas estava entre eles, com o avental ainda preso no pescoço e caído na frente do corpo como um guardanapo enorme. Charlie Fortin estava na frente da loja Western Auto. Scott Garson e seus amigos advogados nojentos

Albert Martin e Howard Potter estavam na frente do banco, onde deviam estar falando sobre ele quando a confusão começou.

Olhos.

Malditos *olhos*.

Havia olhos para todo lado.

Todos olhando para *ele*.

— Estou vendo vocês! — gritou Buster de repente. — Estou vendo vocês todos! Todos! E sei o que fazer! Sei! Podem ter certeza!

Ele abriu a porta do Cadillac e tentou entrar. Não conseguiu. Estava algemado à maçaneta externa. A corrente entre os aros da algema era longa, mas não *tão* longa.

Alguém riu.

Buster ouviu a gargalhada claramente.

Ele olhou ao redor.

Muitos residentes de Castle Rock estavam na frente dos comércios da rua Principal, olhando para ele com olhos pretos de ratos inteligentes.

Todos estavam lá, menos o sr. Gaunt.

Mas o sr. Gaunt *estava* lá; o sr. Gaunt estava dentro da cabeça de Buster, dizendo para ele exatamente o que fazer.

Buster ouviu... e começou a sorrir.

## 27

O caminhão da Budweiser em que Hugh quase bateu na cidade parou em alguns comércios familiares do outro lado da ponte e finalmente entrou no estacionamento do Tigre Meloso às 16h01. O motorista saiu, pegou a prancheta, puxou a calça cáqui para cima e foi na direção da construção. Parou a um metro e meio da porta, os olhos arregalados. Estava vendo um par de pés na porta do bar.

— Puta merda! — exclamou o motorista. — Tudo bem aí, amigão?

Um grito chiado baixo chegou aos seus ouvidos.

— ... socorro...

O motorista correu para dentro e encontrou Henry Beaufort, com um fio de vida, caído atrás do bar.

## 28

— É Lexter Patt — gemeu John LaPointe. Apoiado por Norris de um lado e Sheila do outro, ele foi mancando até onde Alan estava, ajoelhado ao lado do corpo.

— *Quem?* — perguntou Alan. Ele estava com a sensação de ter tropeçado acidentalmente em uma comédia louca. Ricky e Lucy vão para o inferno. Ei, Lester, você tem que explicar umas coisinhas.

— Lexter Patt — repetiu John com paciência dolorosa. — É o pofessor de educação físca no ensino médio.

— O que *ele* está fazendo aqui? — perguntou Alan.

John LaPointe balançou a cabeça com cansaço.

— Xei lá, Alan. Ele entrou e ficou mauco.

— Alguém me ajuda — disse Alan. — Cadê o Hugh Priest? Cadê o Clut? O que está acontecendo aqui?

## 29

George T. Nelson parou na porta do quarto e olhou em volta sem acreditar. Parecia o local onde uma banda punk, os Sex Pistols ou talvez o The Cramps, havia feito uma festa com todos os seus fãs.

— O que... — começou ele, e não conseguiu dizer mais nada. Mas não precisava. Ele *sabia* o quê. Era a cocaína. Tinha que ser. Ele vendia para os professores da Castle Rock High havia seis anos (nem todos os professores eram apreciadores do que Ace Merrill às vezes chamava de pó maravilha boliviano, mas os que eram se qualificavam como *grandes* apreciadores), e ele tinha deixado um pouco de cocaína quase pura debaixo do colchão. Era o pó, claro que era. Alguém tinha falado e outro alguém ficou ganancioso. George achava que tinha percebido isso assim que parou na porta de casa e viu a janela da cozinha quebrada.

Ele atravessou o quarto e puxou o colchão com mãos que pareciam mortas e dormentes. Nada embaixo. A cocaína tinha sumido. Quase dois mil dólares de cocaína quase pura. Ele andou como um sonâmbulo na direção do banheiro para ver se seu pequeno estoque ainda estava no frasco de Anacin na prateleira de cima do armário de remédios. Nunca tinha precisado tanto de uma cheirada.

Ele chegou na porta e parou, os olhos arregalados. Não foi a bagunça que atraiu sua atenção, embora o quarto também estivesse virado de cabeça para baixo com grande zelo; foi a privada. O assento estava abaixado e tinha uma camada fina de pó branco.

George desconfiava que não era talco Johnson.

Ele foi até a privada, molhou o dedo e tocou no pó. Levou o dedo à boca. A ponta da língua ficou dormente quase na mesma hora. No chão entre a privada e a banheira havia um saco plástico. A imagem era clara. Louca, mas clara. Alguém tinha entrado, encontrado a cocaína… e *jogado na privada*. Por quê? *Por quê?* Ele não sabia, mas decidiu que perguntaria quando encontrasse a pessoa que tinha feito aquilo. Logo antes de arrancar a cabeça da pessoa fora. Perguntar não ofende.

Seu estoque de três gramas estava intacto. Ele o levou para fora do banheiro e parou novamente com um novo choque. Não tinha visto aquela abominação específica quando atravessou o quarto vindo do corredor, mas, daquele ângulo, era impossível não ver.

Ele ficou parado por um momento, os olhos arregalados com horror impressionado, a garganta funcionando convulsivamente. As veias nas têmporas batiam rapidamente, como as asas de pequenos pássaros. Ele finalmente conseguiu produzir uma palavra pequena e estrangulada:

— … mãe…!

No andar de baixo, atrás do sofá cor de aveia de George T. Nelson, Frank Jewett continuava dormindo.

## 30

As pessoas na rua Principal, que tinham sido atraídas para a calçada pela gritaria e pelos tiros, estavam agora sendo entretidas por uma novidade: a fuga em câmera lenta do Conselheiro Municipal.

Buster se inclinou para dentro do Cadillac o máximo que conseguiu e virou a ignição para a posição de ligar. Em seguida, apertou o botão que baixava a janela do lado do motorista. Fechou a porta novamente e começou a se contorcer para entrar pela janela.

Ele ainda estava dos joelhos para baixo para fora, o braço esquerdo esticado para trás em um ângulo perigoso pela algema na maçaneta, a corrente sobre a coxa esquerda, quando Scott Garson se aproximou.

— Hã, Danforth — disse o banqueiro com hesitação —, acho que você não deveria fazer isso. Acho que você está preso.

Buster olhou por baixo da axila, sentindo o próprio odor (bem destacado agora, forte mesmo) e vendo Garson de cabeça para baixo. Ele estava parado diretamente atrás de Buster. Parecia estar planejando puxar Buster para fora do carro.

Buster encolheu as pernas o máximo que conseguiu e deu um chute forte, como um pônei dando um coice no pasto. Os calcanhares dos sapatos acertaram a cara de Garson com um estalo que Buster achou muito satisfatório. Os óculos com aro dourado de Garson se estilhaçaram. Ele gritou, se desequilibrou para trás com o rosto ensanguentado nas mãos e caiu de costas na rua Principal.

— Rá! — grunhiu Buster. — Não esperava isso, né? Seu filho da puta perseguidor, você não esperava isso *mesmo*, né?

Ele terminou de entrar no carro se contorcendo. Havia corrente suficiente para isso e só. A junta do ombro estalou de forma alarmante e girou o suficiente para permitir que ele se contorcesse por baixo do braço e chegasse para trás no banco. Agora, estava sentado atrás do volante com o braço algemado para fora da janela. Ele ligou o carro.

Scott Garson se sentou a tempo de ver o Cadillac partindo para cima dele. A grade parecia olhar de cara feia, uma montanha enorme de cromo que o esmagaria.

Ele rolou freneticamente para a esquerda e escapou da morte por menos de um segundo. Um dos pneus grandes da frente do Cadillac passou por cima da sua mão direita, esmagando-a com bastante eficiência. Em seguida, a traseira passou por cima também, terminando o serviço. Garson se deitou de costas, olhando para os dedos grotescamente esmagados, que estavam agora do tamanho de espátulas, e começou a gritar para o céu azul quente.

31

— *TAMMMEEEEE FAYYYYE!*

O grito arrancou Frank Jewett do sono profundo. Ele não teve ideia de onde estava na confusão dos primeiros segundos — só sabia que era um lugar apertado e fechado. Um lugar *desagradável*. Havia algo na sua mão... o que era?

Ele levantou a mão direita e quase furou o próprio olho com a faca.

— *Aaaahhhhhh, nããããããão! TAMMMEEEEE FAYYYYE!*

E então tudo voltou na mesma hora. Ele estava atrás do sofá do velho "amigo" George T. Nelson, e aquele era George T. Nelson em carne e osso lamentando ruidosamente a morte do papagaio. Junto com essa percepção, vieram todas as outras: as revistas espalhadas na sua sala, o bilhete de chantagem, a possível (não, provável — quanto mais pensava, mais provável parecia) ruína de sua carreira e sua vida.

Agora, incrivelmente, ele ouvia George T. Nelson chorando. Chorando por causa de um merdinha voador. Bom, Frank pensou, vou tirar você do sofrimento, George. Quem sabe, talvez você até vá parar no céu dos pássaros.

O choro estava chegando perto do sofá. Cada vez mais perto. Ele daria um pulo (surpresa, George!) e o filho da mãe estaria morto antes de ter ideia do que estava acontecendo. Frank estava prestes a pular quando George T. Nelson, ainda chorando como se seu coração estivesse partido, caiu sentado no sofá. Ele era um homem pesado, e seu peso empurrou o sofá na direção da parede. Não ouviu o "Uf!" surpreso e sem fôlego atrás; seus soluços encobriram o ruído. Ele pegou o telefone, discou em meio às lágrimas e conseguiu falar (quase milagrosamente) com Fred Rubin no primeiro toque.

— Fred! — exclamou ele. — Fred, aconteceu uma coisa horrível! Talvez ainda esteja acontecendo! Ah, Jesus, Fred! Ah, Jesus!

Abaixo e atrás dele, Frank Jewett não estava conseguindo respirar. As histórias de Edgar Allan Poe que ele lera quando criança, histórias sobre pessoas enterradas vivas, dispararam na mente dele. Seu rosto estava lentamente ficando da cor de tijolo velho. A perna pesada de madeira que tinha sido empurrada contra seu peito quando George T. Nelson se jogou no sofá parecia uma barra de chumbo. O encosto do sofá pesava sobre seu ombro e a lateral de seu rosto.

Acima dele, George T. Nelson despejava no ouvido de Fred Rubin uma descrição confusa do que encontrou quando finalmente chegou em casa. Enfim, parou por um momento e gritou:

— Não me *importo* se não devia estar falando sobre isso no telefone... *COMO POSSO ME IMPORTAR SE ELE MATOU TAMMY FAYE? O FILHO DA MÃE MATOU TAMMY FAYE!* Quem poderia ter sido, Fred? *Quem?* Você tem que me ajudar!

Outra pausa enquanto George T. Nelson ouvia, e Frank percebeu com um pânico crescente que acabaria desmaiando em breve. Ele entendeu de repente o que tinha que fazer: usar a automática para atirar pelo sofá. Talvez não matasse George T. Nelson, talvez nem *acertasse* George T. Nelson, mas ele poderia chamar a *atenção* de George T. Nelson, e quando fizesse isso, ele achava que havia boas chances de que George T. Nelson tirasse a bunda gorda do sofá antes que Frank morresse com o nariz esmagado junto à saída de aquecimento do apartamento.

Frank abriu a mão segurando a faca e tentou pegar a pistola enfiada na cintura da calça. Um horror de sonhos tomou conta dele quando se deu conta de que não conseguiria; seus dedos estavam se abrindo e se fechando cinco centímetros acima do cabo de marfim da arma. Ele tentou com toda força que lhe restava descer a mão mais um pouco, mas o ombro preso não se movia; o sofá grande (e o peso considerável de George T. Nelson) o prendia contra a parede. Era como se estivesse pregado lá.

Rosas negras, os arautos da asfixia que se aproximava, começaram a surgir nos olhos saltados de Frank.

Como se de uma distância impossível, ele ouviu seu velho "amigo" gritando com Fred Rubin, que sem dúvida fora o parceiro de George T. Nelson no negócio de cocaína.

— O que você está *falando*? Eu ligo pra contar que fui violado e você me diz pra ir ver o cara novo no centro? Não preciso de nenhuma tralha, Fred, preciso…

Ele parou de falar, se levantou e andou pela sala. Com o que restava de sua força, Frank conseguiu empurrar o sofá alguns centímetros da parede. Não foi muito, mas ele conseguiu inspirar um pouco de ar incrivelmente maravilhoso.

— Ele vende *o quê?* — gritou George T. Nelson. — Ora, Jesus! Meu Jesus Cristo! Por que você não disse logo?

Silêncio de novo. Frank ficou deitado atrás do sofá como uma baleia encalhada, respirando e torcendo para que sua cabeça gigantesca que latejava não explodisse. Em um momento, ele se levantaria e explodiria a cabeça do velho "amigo" George T. Nelson. Em um momento. Quando recuperasse o fôlego. E quando as flores pretas grandes que ocupavam sua visão encolhessem e desaparecessem. Em um momento. Dois, no máximo.

— Tudo bem — disse George T. Nelson. — Vou lá falar com ele. Duvido que ele seja o milagreiro que você acha, mas qualquer porto serve numa tempestade, né? Mas tenho que dizer uma coisa: não estou ligando se ele trafica ou não. Vou encontrar o filho da puta que fez isso, essa é a primeira coisa a fazer, e vou pregá-lo na parede. Entendeu?

*Eu* entendi, pensou Frank, mas veremos quem prende quem na tal parede, meu querido velho amigo de festa.

— Sim, eu *entendi* o nome! — gritou George T. Nelson no telefone. — Gaunt, Gaunt, *Gaunt*, porra!

Ele bateu o telefone e deve tê-lo jogado do outro lado da sala; Frank ouviu o barulho de vidro quebrando. Segundos depois, George T. Nelson soltou uma promessa final e saiu de casa. O motor do Iroc-Z ganhou vida. Frank o ouviu dando ré enquanto empurrava o sofá da parede. Os pneus cantaram do lado de fora, e o velho "amigo" de Frank, George T. Nelson, foi embora.

Dois minutos depois, um par de mãos apareceu e se segurou no encosto do sofá cor de aveia. Um momento depois, o rosto de Frank M. Jewett, pálido e louco, os óculos sem aro de sr. Weatherbee tortos no pequeno nariz de pug, com uma das lentes rachada, apareceu entre as mãos. O encosto do sofá tinha deixado uma marca vermelha pontilhada na bochecha direita dele. Algumas bolotas de poeira dançavam no cabelo ralo.

Lentamente, como um cadáver inchado surgindo do leito de um rio até flutuar abaixo da superfície, o sorriso reapareceu no rosto de Frank. Ele tinha perdido seu velho "amigo" George T. Nelson daquela vez, mas George T. Nelson não tinha planos de sair da cidade. Sua conversa telefônica tinha deixado isso claro. Frank o encontraria antes do fim do dia. Em uma cidade do tamanho de Castle Rock, como poderia não encontrar?

## 32

Sean Rusk parou na porta da casa e olhou ansiosamente para a garagem. Cinco minutos antes, seu irmão tinha ido para lá; Sean estava olhando pela janela do quarto e por acaso viu. Brian estava segurando alguma coisa na mão. A distância era grande demais para Sean ver o que era, mas ele não *precisava* ver. Ele sabia. Era o card de beisebol novo, o que Brian ficava subindo toda hora para olhar. Brian não sabia que Sean sabia sobre o cartão, mas Sean sabia, sim. Ele até sabia de quem era a foto, porque tinha chegado bem mais cedo do que Brian da escola hoje e entrado escondido no quarto do irmão para olhar. Ele não fazia a menor ideia do motivo para Brian gostar tanto daquele card; era velho, estava sujo, desbotado e com os cantos amassados. Além do mais, o jogador era um cara de quem Sean nunca tinha ouvido falar, um arremessador do Los Angeles Dodgers chamado Sammy Koberg, com recorde de vida de uma vitória e três derrotas. O cara nunca tinha nem passado o ano inteiro no time principal. Por que Brian se importaria com um cartão sem valor como aquele?

Sean não sabia. Só tinha certeza de duas coisas: Brian *se importava* e o jeito como estava agindo desde a semana anterior era assustador. Era como aquelas propagandas de televisão sobre crianças que usavam drogas. Mas Brian não usaria drogas... usaria?

Alguma coisa no rosto de Brian quando ele foi para a garagem deixou Sean com tanto medo que ele foi contar para a mãe. Ele não sabia muito bem o que dizer, e no fim das contas não importou, porque ele não teve oportunidade de dizer nada. Ela estava sonhando acordada pelo quarto, usando o roupão e aqueles óculos idiotas da loja nova no centro.

— Mãe, o Brian… — começou ele, mas não passou disso.

— Vai embora, Sean. Mamãe está ocupada agora.

— Mas, mãe…

— Vai *embora*, já disse!

E antes que ele tivesse a chance de ir por conta própria, acabou sendo empurrado sem cerimônia para fora do quarto. O roupão se abriu quando ela o estava empurrando, e antes que pudesse afastar o olhar, ele viu que ela não estava usando nada por baixo, nem uma camisola.

Ela bateu a porta depois que o colocou para fora. E trancou.

Agora Sean estava parado na porta da cozinha, esperando ansiosamente que Brian saísse da garagem… mas Brian não saiu.

Sua inquietação foi crescendo sorrateiramente até se tornar um terror quase incontrolável. Sean saiu pela porta, correu devagar pela brisa e entrou na garagem.

Lá dentro estava escuro, com cheiro de graxa e explosivamente quente. Por um momento, ele não viu o irmão nas sombras e achou que ele devia ter saído pela porta dos fundos para o quintal. Mas seus olhos se ajustaram e ele emitiu um choramingo baixo.

Brian estava encostado na parede dos fundos, sentado ao lado do cortador de grama. Tinha pegado a espingarda do pai deles. A coronha estava apoiada no chão, o cano apontado para a cara dele. Brian estava apoiando o cano com uma das mãos enquanto a outra segurava o card velho de beisebol que tinha conquistado um controle enorme sobre a vida dele na semana anterior.

— Brian! — exclamou Sean. — O que você está fazendo?

— Não chegue mais perto, Sean, você vai se sujar.

— Brian, não! — gritou Sean, começando a chorar. — Não seja chato! Você… está me assustando!

— Quero que você me prometa uma coisa — disse Brian. Ele tinha tirado as meias e os tênis e agora estava enfiando um dos dedões na proteção do gatilho.

Sean sentiu a virilha ficar molhada e quente. Nunca tinha sentido tanto medo na vida.

—Brian, por favor. *Por favooooor!*

—Quero que você me prometa que nunca vai à loja nova —disse Brian. —Está me ouvindo?

Sean deu um passo na direção do irmão. O dedo do pé de Brian se firmou mais no gatilho da espingarda.

—*Não!* —gritou Sean, recuando na mesma hora. —Quer dizer, sim! *Sim!*

Brian baixou um pouco o cano quando viu o irmão recuar. Seu dedo do pé relaxou um pouco.

—Me prometa.

—*Sim!* Qualquer coisa que você quiser! Só não faz isso! Não... não me provoca mais, Bri! Vamos pra dentro ver *Transformers!* Não... o que *você* escolher! Qualquer coisa que você quiser! Até Wapner! A gente pode ver Wapner se você quiser! A semana toda! O *mês* todo! Eu vejo com você! Mas para de me deixar com medo, Brian, *por favor, para de me deixar com medo!*

Brian Rusk talvez não tivesse ouvido. Seus olhos pareciam flutuar no rosto distante e sereno.

—Nunca vá lá —disse ele. —A Artigos Indispensáveis é um lugar venenoso e o sr. Gaunt é um homem venenoso. Só que ele não é um homem, Sean. Ele não é um homem. Jura pra mim que nunca vai comprar nenhuma das coisas venenosas que o sr. Gaunt vende.

—Eu juro! Eu juro! —balbuciou Sean. —Eu juro pelo nome da minha mãe!

—Não, você não pode fazer isso, porque ele pegou ela também. Jure pelo *seu* nome, Sean. Jure pelo seu próprio nome.

—Eu juro! —gritou Sean na garagem quente e escura. Ele esticou as mãos, implorando para o irmão. —Eu juro mesmo, juro pelo meu próprio nome! Agora por favor abaixa a arma, Bri...

—Eu te amo, irmãozinho. —Ele olhou para o card de beisebol por um momento. —O Sandy Koufax é ridículo —comentou Brian Rusk, e apertou o gatilho com o dedo do pé.

O grito agudo de horror de Sean soou depois do estrondo, que foi seco e alto na garagem quente e escura.


## 33


Leland Gaunt parou junto à vitrine da loja e olhou para a rua Principal com um sorriso gentil. O som do tiro da rua Ford foi baixo, mas seus ouvidos eram apurados e ele conseguiu ouvir.

Seu sorriso se alargou mais um pouco.

Ele tirou a placa na vitrine, a que falava do atendimento só com hora marcada, e colocou uma nova. Essa dizia:

FECHADO POR TEMPO INDETERMINADO.

— Agora estamos nos divertindo — disse Leland Gaunt para ninguém. — Estamos mesmo.

# DEZOITO

1

Polly Chalmers não estava sabendo de nenhuma dessas coisas.

Enquanto Castle Rock dava os primeiros frutos reais dos trabalhos do sr. Gaunt, ela estava no final da Estrada Municipal 3, na antiga propriedade dos Camber. Foi para lá assim que encerrou a conversa com Alan.

Encerrou?, pensou ela. Ah, mas que civilizado. Assim que você bateu o telefone na cara dele. Não é isso que você quer dizer?

Tudo bem, concordou ela. Assim que eu bati o telefone na cara dele. Mas ele agiu pelas minhas costas. E quando chamei a atenção dele, ele ficou nervoso e mentiu. Ele *mentiu*. Eu acho que um comportamento assim *merece* uma resposta não civilizada.

Alguma coisa se mexeu com inquietação dentro dela por causa disso, uma coisa que poderia ter se manifestado se ela desse tempo e espaço, mas ela não deu nenhum dos dois. Não queria vozes discordantes; na verdade, não queria pensar na sua última conversa com Alan Pangborn. Só queria resolver o que tinha que fazer no final da Estrada Municipal 3 e voltar para casa. Quando chegasse lá, ela pretendia tomar um banho fresco e dormir por doze a dezesseis horas.

Aquela voz profunda só conseguiu emitir cinco palavras: Mas, Polly... você já pensou...

Não. Ela não pensou. Achava que teria que pensar com o tempo, mas agora era cedo demais. Quando o pensamento começasse, a dor começaria também. Agora, ela só queria cuidar de suas obrigações... e não pensar.

A propriedade dos Camber era sinistra... alguns diziam que era assombrada. Não muitos anos antes, duas pessoas — um garotinho e o xerife George Bannerman — morreram na porta daquela casa. Duas outras, Gary Pervier e Joe Camber, morreram colina abaixo. Polly parou o carro no lugar onde uma mulher chamada Donna Trenton cometera uma vez o erro fatal de estacionar o Ford Pinto e sair. O *azka* balançou entre os seios dela com o movimento.

Ela olhou com inquietação para a varanda bamba, as paredes sem tinta cobertas de hera, as janelas quase todas quebradas olhando cegamente para ela. Grilos cricrilavam sua música idiota na grama, e o sol estava tão quente quanto naqueles dias terríveis em que Donna Trenton lutara pela sua vida e a de seu filho ali naquele lugar.

*O que estou fazendo aqui?*, pensou Polly. *O que diabos eu vim fazer aqui?*

Mas ela sabia, e não tinha nada a ver com Alan Pangborn e nem Kelton e nem o Conselho Tutelar de San Francisco. Aquele passeio não tinha nada a ver com amor. Tinha a ver com dor. Era só isso... mas já era o suficiente.

Havia alguma coisa dentro do pequeno amuleto de prata. Uma coisa viva. Se ela não cumprisse seu lado do acordo que tinha feito com Leland Gaunt, essa coisa morreria. Ela não sabia se suportaria ser arrastada de volta para a dor horrível e esmagadora que a havia acordado na manhã de domingo. Se tivesse que enfrentar uma vida com aquela dor, ela achava que se mataria.

— E não é o Alan — sussurrou enquanto andava na direção do celeiro, com a porta aberta e o telhado torto ameaçador. — Ele disse que não levantaria a mão contra ele.

Que importância tem pra você?, sussurrou a voz chata.

Ela se importava porque não queria magoar Alan. Estava com raiva dele, sim, estava *furiosa* com ele, mas isso não queria dizer que ela tinha que se rebaixar ao nível dele, que tinha que *o* tratar como ele a tinha tratado.

Mas, Polly... você já pensou...

Não. *Não!*

Ela pregaria uma peça em Ace Merrill, e ela não se importava nem um pouco com Ace; nunca o tinha visto, só o conhecia de reputação. A peça era em Ace, mas...

Mas Alan, que mandara Ace Merrill para Shawshank, entrava em algum lugar. Seu coração lhe dizia isso.

E ela tinha como sair fora daquilo? Poderia, mesmo que quisesse? Agora era o Kelton também. O sr. Gaunt não falou exatamente que a notícia do que tinha acontecido com seu filho se espalharia pela cidade se ela não fizesse o que ele mandou... mas deu a entender. Ela não suportaria que isso acontecesse.

*Mas uma mulher não tem direito ao seu orgulho? Quando tudo se foi, ela não tem direito ao menos a isso, a moeda sem a qual a carteira fica totalmente vazia?*

Sim. E sim. E sim.

O sr. Gaunt lhe disse que ela encontraria a ferramenta de que precisaria no celeiro; então, Polly saiu andando lentamente naquela direção.

*Vá para onde quiser, mas vá viva, Trisha,* dissera tia Evvie. *Não seja um fantasma.*

Mas agora, ao entrar no celeiro dos Camber por portas penduradas e paralisadas no trilho enferrujado, ela *se sentia* um fantasma. Nunca tinha se sentido tanto um fantasma. O *azka* se moveu entre seus seios... sozinho agora. Alguma coisa dentro. Uma coisa viva. Ela não gostava, mas gostava menos ainda da ideia do que aconteceria se aquela coisa morresse.

Ela faria o que o sr. Gaunt mandou, ao menos daquela vez, cortaria todos os laços com Alan Pangborn (fora um erro desde o começo, ela via agora, via com clareza) e guardaria seu passado para si. Por que não?

Afinal, era uma coisa tão pequena.

## 2

A pá estava exatamente onde ele disse que estaria, encostada em uma parede sob um raio de sol poeirento. Polly pegou o cabo liso e gasto.

De repente, ela pareceu ouvir um rosnado baixo e ronronado das sombras profundas do celeiro, como se o são-bernardo raivoso que matou Big George Bannerman e provocou a morte de Tad Trenton ainda estivesse lá dentro, ressurgido do mundo dos mortos e mais malvado do que nunca. Seus braços ficaram arrepiados, e Polly saiu do celeiro correndo. O pátio não era lá muito alegre, não com aquela casa vazia olhando de cara feia para ela, mas era melhor do que o celeiro.

*O que estou fazendo aqui?*, perguntou sua mente novamente com um lamento, e foi a voz da tia Evvie que respondeu: *Virando um fantasma. É isso que você está fazendo. Você está virando um fantasma.*

Polly fechou bem os olhos.

— Para! — sussurrou ela com voz feroz. — Só *para!*

*Isso mesmo*, disse Leland Gaunt. *Além do mais, qual é o problema? É só uma piadinha inofensiva. E se fosse acontecer alguma coisa séria por causa dela — e não vai, claro, mas só imaginando, só pelo bem do argumento, que fosse acontecer —, de quem seria a culpa?*

— Do Alan — sussurrou ela. Seus olhos se reviraram nervosamente, e suas mãos se fecharam e se abriram com ansiedade entre os seios. — Se ele estivesse aqui para conversar... se não tivesse cortado laços comigo ao xeretar coisas que não são da conta dele...

A vozinha tentou falar de novo, mas Leland Gaunt a interrompeu antes que pudesse dizer qualquer coisa.

*Certo de novo*, disse Gaunt. *Quanto ao que você está fazendo aqui, Polly, a resposta a isso é bem simples: você está pagando. É isso que você está fazendo, e só* isso. *Não tem nada a ver com fantasmas. E lembre-se disso, porque é o aspecto mais simples e mais maravilhoso do comércio: depois que se paga por algo, a coisa pertence a você. Você não esperava que uma coisa tão maravilhosa fosse barata, esperava? Mas quando você terminar de pagar, é sua. Você vai ter todo o direito sobre o artigo pelo qual pagou. Agora você vai ficar aí parada ouvindo essas vozes velhas e assustadas o dia inteiro ou vai fazer o que veio fazer?*

Polly abriu os olhos de novo. O *azka* pendia imóvel na ponta da corrente. Se tinha se movido, e ela não tinha mais tanta certeza disso, agora tinha parado. A casa era só uma casa, vazia por tempo demais e mostrando sinais inevitáveis de abandono. As janelas não eram olhos, mas buracos que ficaram sem vidro por causa de aventuras de garotos com pedras. Se ela ouviu alguma coisa no celeiro, e não tinha mais certeza se tinha ouvido mesmo, foi só o som de madeira se expandindo no calor incomum de outubro.

Seus pais estavam mortos. Seu doce garotinho estava morto. E o cachorro que dominara aquele pátio de forma tão terrível e completa por três dias e noites de verão onze anos antes estava morto.

Fantasmas não existiam.

— Nem mesmo eu — disse ela, e começou a contornar o celeiro.


## 3


*Quando chegar nos fundos do celeiro*, dissera o sr. Gaunt, *você vai ver os restos de um antigo trailer*. Ela viu; um Air-Flow de laterais prateadas, quase escondido por solidagos e emaranhados altos de girassóis tardios.

*Você vai ver uma pedra grande achatada na ponta esquerda do trailer.*

Ela a encontrou com facilidade. Era grande como uma pedra de caminho de jardim.

*Mova a pedra e cave. Depois de uns sessenta centímetros, você vai encontrar uma lata de Crisco.*

Polly jogou a pedra para o lado e começou a cavar. Menos de cinto minutos depois, a ponta da pá bateu na lata. Ela deixou a pá de lado e cavou na terra solta com as mãos, rompendo a teia leve de raízes com os dedos. Um minuto depois, estava segurando a lata de Crisco. Estava enferrujada, mas intacta. O rótulo podre se soltou, e ela viu no verso uma receita de bolo surpresa de abacaxi (a lista de ingredientes estava obstruída por uma mancha preta de mofo), junto com um cupom de Bisquick que vencera em 1969. Ela enfiou os dedos embaixo da tampa da lata e a soltou. O bafo de ar que escapou da lata provocou uma careta e fez com que ela levasse a cabeça para trás por um momento. Aquela voz tentou perguntar uma última vez o que ela estava fazendo ali, mas Polly a calou.

Ela olhou dentro da lata e viu o que o sr. Gaunt disse que ela veria: um bolinho de selos de fidelidade Gold Bond e várias fotografias desbotadas de uma mulher fazendo sexo com um collie.

Ela pegou essas coisas, as enfiou no bolso e limpou os dedos bruscamente na perna da calça. Lavaria as mãos assim que pudesse. Prometeu a si mesma que faria isso. Tocar naquelas coisas que ficaram por tanto tempo embaixo da terra a fez se sentir suja.

Do outro bolso ela tirou um envelope comercial lacrado. Na frente, em letras de fôrma datilografadas, havia o seguinte:

MENSAGEM PARA O INTRÉPIDO CAÇADOR DE TESOUROS

Polly colocou o envelope na lata, fechou a tampa e a jogou de volta no buraco. Usou a pá para preencher o buraco, trabalhando rapidamente, sem cuidado. Só queria sair dali agora.

Quando terminou, ela saiu andando rapidamente. A pá ela jogou no mato alto. Não tinha intenção de levá-la de volta ao celeiro, por mais mundana que pudesse ser a explicação do som que ela ouviu.

Quando chegou ao carro, ela abriu primeiro a porta do passageiro e depois o porta-luvas. Remexeu nos papéis lá dentro até encontrar uma caixa de fósforos. Ela precisou tentar três vezes para obter uma pequena chama. A dor tinha sumido quase completamente das mãos, mas elas estavam tremendo tanto que ela tentou acender os três primeiros com força demais, quebrando os palitos.

Quando o quarto fósforo se acendeu, ela o segurou entre os dois dedos da mão direita, a chama quase invisível no sol quente da tarde, e pegou a pilha suja de selos e as fotos nojentas no bolso da calça jeans. Encostou a chama nos papéis e segurou o fósforo até ter certeza de que estava pegando fogo. Em seguida, jogou o fósforo de lado e virou os papéis para baixo para que o fogo pegasse. A mulher estava subnutrida e com olhos fundos. O cachorro parecia sarnento e inteligente o suficiente para estar constrangido. Foi um alívio ver a superfície da única foto que ela conseguia ver formar bolhas e ficar marrom. Quando as fotos começaram a se enrugar, ela largou o montinho em chamas na terra onde uma mulher tinha surrado até a morte um outro cachorro, um são-bernardo, com um bastão de beisebol.

As chamas cresceram. A pequena pilha de selos e fotos se encolheu rapidamente, virando cinzas pretas. As chamas murcharam, se apagaram... e assim que isso aconteceu, o vento soprou de repente pela imobilidade do dia, destruindo o amontoado de cinzas em flocos. Giraram para cima em um funil que Polly acompanhou com olhos subitamente arregalados e assustados. De onde exatamente tinha vindo aquele sopro de vento?

*Ah, por favor! Você não pode parar de ser tão...*

Naquele momento, o som de rosnado, grave, como um motor ligado, surgiu dentro da escuridão quente do celeiro de novo. Não foi sua imaginação e não foi uma tábua estalando.

Foi um *cachorro.*

Polly olhou nessa direção, com medo, e viu dois círculos vermelhos afundados de luz espiando-a da escuridão.

Ela correu em volta do carro, batendo o quadril com força na lateral direita do capô na pressa, entrou, fechou as janelas e trancou as portas. Girou a chave na ignição. O motor estalou... mas não ligou.

*Ninguém sabe onde eu estou,* ela percebeu. *Ninguém além do sr. Gaunt... e ele não revelaria.*

Por um momento, ela se imaginou presa lá, como Donna Trenton e seu filho ficaram. Mas o motor ganhou vida de repente, e ela saiu de ré com tanta rapidez que quase jogou o carro na vala na lateral da estrada. Ela tirou a ré e seguiu para a cidade o mais rápido que ousava dirigir.

Tinha esquecido que queria lavar as mãos.

4

Ace Merrill saiu da cama na mesma hora que Brian Rusk estava estourando a própria cabeça a cinquenta quilômetros de distância.

Ele foi ao banheiro, tirando a cueca suja no caminho, e urinou por um século. Levantou um braço e cheirou a axila. Olhou para o chuveiro, mas acabou desistindo. Tinha um grande dia pela frente. O chuveiro podia esperar.

Saiu do banheiro sem se dar ao trabalho de dar descarga (*se está amarelo é porque é belo* era uma parte integral da filosofia de Ace) e foi direto para a cômoda, onde o resto do pó do sr. Gaunt esperava em cima de um espelhinho de barbear. Era da melhor qualidade, não incomodava o nariz, mas fazia maravilhas para a cabeça. Também estava quase acabando. Ace precisou de muito pó motivador na noite anterior, como o sr. Gaunt dissera, mas tinha o palpite de que havia mais de onde aquele viera.

Ace usou a carteira de habilitação para formar duas linhas. Cheirou-as com uma nota de cinco dólares enrolada, e algo que parecia um míssil disparou na cabeça dele.

— Bum! — gritou Ace Merrill, fazendo sua melhor imitação de Warner Wolf. — Vamos ao videoteipe!

Ele puxou uma calça jeans surrada pelos quadris nus e vestiu uma camiseta Harley-Davidson. É o que todos os caçadores de tesouros estilosos estão usando este ano, pensou ele, e riu loucamente. Nossa, que cocaína boa!

Estava indo para a porta quando viu o que tinha conseguido na noite anterior e lembrou que pretendia ligar para Nat Copeland, em Portsmouth. Ele voltou para o quarto, remexeu nas roupas emboladas na gaveta de cima da cômoda e acabou encontrando um caderno de telefones velho. Voltou para a cozinha, se sentou e ligou para o número que tinha. Ele duvidava que fosse conseguir falar com Nat, mas valia a pena tentar. A cocaína zumbia e girava na sua cabeça, mas ele já sentia a onda começando a diminuir. Uma cabeça cheia de cocaína era capaz de transformar alguém em um novo homem. O único problema era que a primeira coisa que o novo homem queria era mais, e o suprimento de Ace tinha acabado.

— Oi? — disse uma voz cansada no ouvido dele, e Ace se deu conta de que tinha dado sorte novamente, sua sorte estava a toda.

— Nat! — exclamou ele.

— Quem está falando?

— *Eu*, amigão! *Eu!*

— Ace? É você?

— O próprio! Como você está, velho Natty?

— Já estive melhor. — Nat não pareceu tão feliz de receber a ligação do velho colega de oficina de Shawshank. — O que você quer, Ace?

— É assim que se fala com os amigos? — perguntou Ace com reprovação. Ele prendeu o telefone entre o ouvido e o ombro e puxou um par de latas enferrujadas para perto.

Uma delas saíra da terra atrás da antiga casa Treblehorn e a outra de um buraco no porão da velha fazenda dos Master, que pegara fogo quando Ace tinha dez anos. A primeira lata continha só quatro livretos de selos verdes S & H e vários montinhos de cupons de cigarro Raleigh, presos com elásticos. A segunda continha algumas folhas de selos de troca e seis rolinhos de moedas de um centavo. Mas não pareciam moedas comuns de um centavo.

Eram brancas.

— Talvez eu só queira fazer contato — provocou Ace. — Sabe como é, ver como andam as coisas, saber como anda seu suprimento de KY. Coisas assim.

— O que você quer, Ace? — repetiu Nat Copeland com cautela.

Ace tirou um dos rolos de moedas da lata velha de Crisco. O papel tinha desbotado do roxo original para um rosa aguado. Ele colocou duas moedas de um centavo na mão e olhou com curiosidade. Se alguém saberia algo sobre essas coisas, esse alguém era Nat Copeland.

Ele já tinha sido dono de uma loja em Kittery chamada Moedas e Colecionáveis Copeland. Também tinha uma coleção particular de moedas, uma das melhores da Nova Inglaterra, ao menos de acordo com o próprio Nat. Mas ele também descobrira as maravilhas da cocaína. Nos quatro ou cinco anos após essa descoberta, ele foi se desfazendo de cada item da coleção para transformar em pó. Em 1985, a polícia, respondendo a um alarme silencioso na loja de moedas Long John Silver, em Portland, encontrou Nat Copeland na salinha dos fundos, enfiando dólares de prata Lady Liberty em uma bolsa de camurça. Ace e ele se conheceram pouco depois.

— Bom, eu *tinha* uma pergunta, agora que você falou.

— Uma pergunta? Só isso?

— Só isso, velho amigo.

— Tudo bem. — A voz de Nat relaxou um pouquinho. — Fala. Eu não tenho o dia todo.

— Certo. Tão ocupado! Tem lugares pra ir e gente pra comer, não é, Natty? — Ele riu como louco. Não foi só o pó; foi o *dia*. Ele só chegou em casa quando amanheceu, a cocaína que ele tinha cheirado o manteve acordado até quase dez da manhã apesar das persianas fechadas e do cansaço físico, e ele ainda se sentia pronto para comer barras de aço e cuspir pregos. E por que não? Por que *não*, porra? Ele estava à beira da fortuna. Ele sabia, sentia em cada fibra.

— Ace, tem mesmo alguma pergunta dentro desse troço que você chama de cabeça ou você só ligou pra me perturbar?

— Não, eu não liguei pra te perturbar. Se você for sincero comigo, Natty, eu talvez consiga um pó de primeira pra *você*. De *primeira*.

— É mesmo? — A voz de Nat Copeland perdeu o tom desafiador na mesma hora. Ficou baixa, quase impressionada. — Você está de sacanagem, Ace?

— O melhor pó que já experimentei, Natty Bumppo, meu amigo.

— Dá pra me botar na jogada?

— Com certeza — disse Ace, sem a menor intenção de fazer isso. Ele tinha tirado mais três ou quatro das moedas estranhas do rolo velho e desbotado. Agora, fez uma linha reta com o dedo. — Mas você tem que me fazer um favor.

— Pode falar.

— O que você sabe sobre moedas de um centavo brancas?

Houve uma pausa do outro lado da linha.

— Moedas brancas? — perguntou Nat, cauteloso. — Você está falando de moedas de um centavo de *aço*?

— Não sei do que estou falando. Você é o colecionador de moedas, não eu.

— Olhe as datas. Veja se são dos anos entre 1941 e 1945.

Ace virou as moedas. Uma era de 1941; quatro eram de 1943; a última era de 1944.

— São. São, sim. Quanto valem, Nat? — Ele tentou disfarçar a ansiedade na voz, mas não conseguiu completamente.

— Não muito uma a uma, mas bem mais do que moedas de um centavo comuns. Talvez duas pratas cada. Se forem sc.

— O que é isso?

— Sem circulação. Em perfeitas condições. Você tem muitas, Ace?

— Uma boa quantidade, uma boa quantidade, Natty, meu amigo. — Mas ele estava decepcionado. Tinha seis rolos, trezentas moedas, e as que ele estava olhando não pareciam estar em boas condições. Não estavam muito gastas, mas estavam longe de serem brilhosas e novinhas. Seiscentos dólares, oitocentos no máximo. Não era o que se poderia chamar de tirar a sorte grande.

— Bom, traz aqui pra eu dar uma olhada — disse Nat. — Consigo o melhor valor nelas. — Ele hesitou e acrescentou: — E traz um pouco do tal pó junto.

— Vou pensar nisso — disse Ace.

— Ei, Ace! Não desliga!

— Vai se foder, Natty — respondeu Ace, e desligou.

Ele ficou sentado onde estava por um momento, refletindo sobre as moedas e as duas latas enferrujadas. Havia algo de estranho naquilo tudo. Selos inúteis e seiscentos dólares em moedas de um centavo de aço. O que isso dá?

Essa é a merda, pensou Ace. Não dá nada. Onde está a grana? Onde está o maldito TESOURO?

Ele se afastou da mesa, foi até o quarto e cheirou o restinho de pó que o sr. Gaunt tinha lhe dado. Quando saiu, estava com o livro e o mapa e sentindo-se consideravelmente mais animado. Dava alguma coisa. Dava sim. Agora que a cabeça estava melhor, ele via.

Afinal, havia muitas cruzes naquele mapa. Ele tinha encontrado dois tesouros exatamente onde as cruzes sugeriam que estariam, cada um marcado com uma pedra grande e achatada. Cruzes + pedras achatadas = tesouro enterrado. Parecia que Pop estava mais doido na velhice do que as pessoas da cidade achavam, que tinha um probleminha para diferenciar diamantes de pedras no final, mas as coisas grandes, como ouro, dinheiro, talvez até papéis negociáveis, tinham que estar em *algum lugar*, debaixo de uma ou mais daquelas pedras achatadas.

Ele tinha *provado* isso. Seu tio tinha enterrado coisas de *valor*, não só pilhas de selos mofados. Na velha fazenda dos Master, ele encontrou seis rolos de moedas de aço que valiam pelo menos seiscentos dólares. Não era muito... mas era um indicativo.

— Está por aí — disse Ace baixinho. Seus olhos cintilavam loucamente. — Está por aí, em um dos outros sete buracos. Ou em dois. Ou em três.

Ele *sabia*.

Ele pegou o mapa de papel pardo dentro do livro e passou o dedo de uma cruz para a seguinte, se perguntando se alguns eram mais prováveis do que outros. Seu dedo parou na antiga casa de Joe Camber. Era o único local que tinha duas cruzes próximas. O dedo começou a se mover lentamente entre uma e outra.

Joe Camber morreu em uma tragédia que levou três outras vidas. Sua esposa e o filho estavam fora na ocasião. De férias. Gente como os Camber não costumava sair de férias, mas Charity Camber tinha ganhado um dinheiro na loteria estadual, pelo que Ace lembrava. Ele tentou lembrar mais, mas tudo estava confuso em sua mente. Ele tinha problemas para resolver na época, e muitos.

O que a sra. Camber fez quando ela e o filho voltaram de viagem e descobriram que Joe — um sujeitinho de merda, de acordo com tudo que Ace tinha ouvido — estava morto e enterrado? Saíram do estado, não foi? E a propriedade? Pode ser que ela quisesse vender rapidamente. Em Castle Rock, um nome se destacava de todos os outros quando a questão era vender algo correndo; esse nome era Reginald Marion "Pop" Merrill. Ela tinha ido falar com ele? Ele teria oferecido uma ninharia, era como ele negociava, mas, se ela estivesse ansiosa o suficiente para se mudar, uma ninharia poderia ter sido o suficiente. Em outras palavras, a casa dos Camber talvez também pertencesse a Pop na época que ele morreu.

Essa possibilidade se transformou em certeza na mente de Ace momentos depois que surgiu.

— A casa dos Camber — disse ele. — Aposto que está lá! Eu *sei* que está lá! Milhares de dólares! Talvez *dezenas* de milhares! Meu Deus do céu!

Ele pegou o mapa e o guardou no livro. Em seguida, quase correndo, foi até o Chevy que o sr. Gaunt lhe emprestara.

Uma pergunta ainda o incomodava: se Pop realmente *sabia* a diferença entre diamantes e pedras, por que se dera ao trabalho de enterrar selos?

Ace afastou a pergunta da mente com impaciência e pegou a estrada para Castle Rock.

## 5

Danforth Keeton chegou em casa, em Castle View, na hora que Ace estava saindo para a área mais rural da cidade. Buster ainda estava algemado à maçaneta do Cadillac, mas seu humor era de euforia selvagem. Ele tinha passado os dois anos anteriores lutando contra sombras, e as sombras estavam ganhando. Tinha chegado ao ponto de ele começar a temer estar ficando maluco... e isso, claro, era exatamente em que Eles queriam que ele acreditasse.

Ele viu várias "antenas parabólicas" no caminho da rua Principal até sua casa, em View. Já tinha reparado nelas e se perguntado se não podiam ser parte do que estava acontecendo na cidade. Agora, tinha certeza. Não eram "antenas parabólicas". Eram perturbadores de mente. Talvez não estivessem *todas* voltadas para a casa dele, mas era certo que as que não estivessem estariam voltadas para as poucas outras pessoas como ele, que entendiam que uma conspiração monstruosa estava em andamento.

Buster parou na entrada de casa e apertou o botão do controle remoto da garagem preso no quebra-sol. A porta começou a subir, mas ele sentiu uma pontada brutal de dor na cabeça no mesmo instante. Entendeu que *isso* também era parte do problema: Eles tinham substituído seu *verdadeiro* controle remoto da garagem por outra coisa, uma coisa que disparava raios ruins na cabeça dele ao mesmo tempo que abria a porta.

Ele puxou o quebra-sol e o jogou pela janela antes de entrar na garagem.

Buster desligou a ignição, abriu a porta e saiu. A algema o prendia à porta com a eficiência de uma coleira. Havia ferramentas penduradas em ganchos na parede, mas estavam fora do seu alcance. Buster se inclinou para dentro do carro e começou a tocar a buzina.

## 6

Myrtle Keeton, que tivera sua própria tarefa naquela tarde, estava deitada na cama no andar de cima em um cochilo leve e agitado quando a buzina começou a soar. Sentou-se ereta, os olhos saltando de pavor.

— *Eu fiz!* — disse ela, ofegante. — Fiz o que você me mandou, agora me deixa em paz!

Ela percebeu que estava sonhando, que o sr. Gaunt não estava lá, e soltou o ar em um suspiro longo e trêmulo.

*BIIII! BIIIIII! BIIIIIIIIIIIIIIIII!*

Parecia a buzina do Cadillac. Ela pegou a boneca deitada ao seu lado na cama, a linda boneca que ela tinha comprado na loja do sr. Gaunt, e a abraçou para se consolar. Tinha feito uma coisa naquela tarde, uma coisa que uma parte escondida e assustada dela achava que era ruim, uma coisa *muito* ruim, e desde então a boneca tinha se tornado indescritivelmente importante para ela. O preço, o sr. Gaunt poderia dizer, sempre incrementa o valor... ao menos aos olhos do comprador.

*BIIIIIIIIIIIIIIIII!*

*Era* a buzina do Cadillac. Por que Danforth estava na garagem tocando a buzina? Ela achava que era melhor ir ver.

— Mas é melhor que ele não faça nada com a minha boneca — disse em voz baixa. Ela a colocou com cuidado nas sombras na lateral da cama. — É melhor que não, porque esse é meu limite.

Myrtle era uma das muitas pessoas que tinham visitado a Artigos Indispensáveis naquele dia, só mais um nome com uma marca ao lado na lista do sr. Gaunt. Ela foi, como muitos outros, porque o sr. Gaunt *mandou* que fosse. Tinha recebido a mensagem de uma forma que seu marido entenderia perfeitamente: ouviu-a em sua cabeça.

O sr. Gaunt lhe disse que tinha chegado a hora de terminar de pagar pela boneca... se Myrtle quisesse mesmo ficar com ela, claro. Ela tinha que levar uma caixa de metal e uma carta lacrada até o Salão das Filhas de Isabella, ao lado da igreja Nossa Senhora das Águas Serenas. A caixa tinha grades em todos os lados, menos embaixo. Ela ouviu um tique-taque baixo dentro. Tentou olhar por uma das grades redondas, que pareciam alto-falantes num rádio antiquado, mas só conseguiu ver um objeto vago em formato de cubo. E, na verdade, ela nem se esforçou tanto para ver. Parecia melhor, mais seguro, não saber.

Havia um carro no estacionamento da pequena igreja quando Myrtle, que estava a pé, chegou. Mas o salão paroquial estava vazio. Ela espiou por cima do aviso colado na janela na parte de cima da porta só para ter certeza e leu o aviso.

REUNIÃO DAS FILHAS DE ISABELLA

NA TERÇA ÀS 19H

NOS AJUDEM A PLANEJAR A "NOITE DO CASSINO"!

Myrtle entrou. À esquerda havia uma pilha de compartimentos coloridos encostados na parede; era onde as crianças da creche deixavam o almoço e onde as crianças da escola dominical deixavam seus vários desenhos e trabalhos. Myrtle recebeu a ordem de deixar o objeto em um dos compartimentos, e foi isso que fez. Coube certinho. Na frente do aposento ficava a mesa da presidente, com a bandeira americana à esquerda e uma faixa exibindo o Menino Jesus de Praga à direita. A mesa já estava preparada para a reunião da noite, com canetas, lápis, listas de participação na Noite do Cassino e, no meio, o planejamento da presidente. Myrtle colocou o envelope que o sr. Gaunt lhe deu embaixo dessa folha, para que Betsy Vigue, a presidente das Filhas de Isabella daquele ano, visse assim que pegasse o planejamento.

LEIA ISTO AGORA MESMO, SUA PUTA DO PAPA

estava datilografado na frente do envelope em maiúsculas.

Com o coração disparado no peito e a pressão arterial na lua, Myrtle saiu pé ante pé do Salão das Filhas de Isabella. Parou do lado de fora por um momento, a mão sobre os seios fartos, tentando recuperar o fôlego.

E viu alguém sair correndo do Salão dos Cavaleiros de Colombo atrás da igreja.

Era June Gavineaux. Ela parecia sentir tanto medo e culpa quanto Myrtle. Correu pelos degraus de madeira até o estacionamento tão rápido que quase caiu e seguiu depressa até o carro estacionado, os saltos baixos estalando bruscamente no asfalto.

Ela olhou para a frente, viu Myrtle e empalideceu. Mas então olhou com mais atenção para o rosto de Myrtle… e entendeu.

— Você também? — perguntou ela com voz baixa. Um sorriso estranho, ao mesmo tempo alegre e nauseado, surgiu no rosto dela. Era a expressão de uma criança normalmente comportada que, por motivos que nem ela mesma entendia, colocou um rato na gaveta da professora favorita.

Myrtle sentiu um sorriso de resposta do mesmo tipo surgir no rosto. Mas tentou disfarçar.

— Pelo amor de Deus! Não sei de que você está falando!

— Sabe, sim. — June olhou ao redor rapidamente, mas as duas mulheres tinham aquele canto daquela tarde estranha só para elas. — O sr. Gaunt.

Myrtle assentiu e sentiu as bochechas corarem de forma intensa e estranha.

— O que você comprou? — perguntou June.

— Uma boneca. O que *você* comprou?

— Um vaso. O vaso cloisonné mais lindo do mundo.

— O que você fez?

Sorrindo timidamente, June perguntou de volta:

— O que *você* fez?

— Deixa pra lá. — Myrtle olhou na direção do Salão das Filhas de Isabella e fungou. — Não importa mesmo. São só católicos.

— Isso mesmo — respondeu June (que era católica não praticante). Ela foi para o carro. Myrtle não pediu carona e June Gavineaux não ofereceu. Myrtle saiu andando rapidamente do estacionamento. Não olhou quando June passou no Saturn branco. Myrtle só queria chegar em casa, tirar um cochilo abraçada com a linda boneca e esquecer o que tinha feito.

Ela estava descobrindo agora que isso não seria tão fácil quanto esperava.


# 7


*BIIIIIIIIIIIIIIIIIBIIIIIIIIIIIIIIIIIIIBIIIIIIIIIIIIIIIIIII!*

Buster afundou a palma da mão na buzina e segurou. O som explodiu nos ouvidos dele. Onde *estava* aquela vaca?

Finalmente, a porta entre a garagem e a cozinha se abriu. Myrtle mostrou a cabeça pela passagem. Seus olhos estavam grandes e assustados.

— Ah, finalmente — disse Buster, soltando a buzina. — Achei que você tinha morrido na privada.

— Danforth? Qual é o problema?

— Nada. As coisas estão melhores agora do que estiveram nos últimos dois anos. Só preciso de uma ajudinha, só isso.

Myrtle não se mexeu.

— Mulher, traga essa bunda gorda aqui!

Ela não queria ir, ele a assustava. Mas o hábito era antigo e profundo e difícil de ignorar. Ela foi até onde ele estava, no espacinho atrás da porta aberta do carro. Foi andando devagar, os chinelos arrastando no piso de concreto de uma forma que fez Buster trincar os dentes.

Ela viu a algema e arregalou os olhos.

— Danforth, o que *houve*?

— Nada que eu não possa resolver. Me passa aquela serra, Myrt. A que está na parede. Não, pensando melhor, deixa a serra pra lá agora. Me dá a chave de fenda grande. E o martelo.

Ela começou a se afastar dele, as mãos subindo para o peito e se juntando ali em um nó ansioso. Rápido como uma cobra, movendo-se antes que ela pudesse sair do seu alcance, Buster esticou a mão pela janela aberta e a segurou pelo cabelo.

— *Ai!* — gritou ela, segurando inutilmente no pulso dele. — *Danforth, ai! AIIII!*

Buster a puxou para perto, o rosto contraído numa careta horrível. Duas veias grandes pulsavam em sua testa. Ele sentiu a mão dela batendo no punho dele da mesma forma que sentiria a asa de um passarinho.

— *Pega o que eu mandar!* — gritou ele, e puxou a cabeça dela para a frente. Bateu-a no alto da porta aberta uma, duas, três vezes. — *Você nasceu burra ou ficou assim com o tempo? Pega, pega, pega!*

— *Danforth, você está me machucando!*

— *Isso mesmo!* — gritou ele em resposta, e bateu com a cabeça dela mais uma vez no alto da porta aberta do Cadillac, com bem mais força agora. A pele da testa dela se abriu e um sangue ralo começou a escorrer pelo lado esquerdo do rosto. — *Você vai fazer o que eu mandei, mulher?*

— *Vou! Vou! Vou!*

— Que bom. — Ele relaxou a mão no cabelo dela. — Agora, me dá a chave de fenda grande e o martelo. E não tente nenhuma gracinha.

Ela balançou o braço na direção da parede.

— Eu não alcanço.

Ele se inclinou para a frente e esticou o braço um pouco, permitindo que ela desse um passo na direção da parede onde estavam as ferramentas. Manteve os dedos enrolados com firmeza no cabelo enquanto ela tateava. Gotas de sangue do tamanho de moedinhas pingavam e caíam entre os chinelos dela.

Myrtle pegou as ferramentas, e Danforth sacudiu a cabeça dela bruscamente, como um terrier poderia sacudir um rato morto.

— Não essa, sua burra. Isso aí é uma furadeira. Eu pedi furadeira? *Hein?*

— Mas, Danforth... *AI!* Não estou *enxergando!*

— Você deve estar querendo que eu te solte. Pra poder correr pra dentro de casa e ligar pra Eles, não é?

— Não sei de que você está falando!

— Ah, não. Você é um cordeirinho tão inocente. Foi apenas um acidente você me tirar de casa no domingo pra que o filho da puta do policial pudesse espalhar aqueles papéis mentirosos pela casa toda. É nisso que você quer que eu acredite?

Ela olhou para ele por entre os fios de cabelo. O sangue havia formado gotículas nos cílios dela.

— Mas... mas, Danforth... *você me* convidou pra sair no domingo. Disse...

Ele puxou o cabelo dela. Myrtle gritou.

— Pega o que eu mandei. A gente pode discutir isso depois.

Ela tateou pela parede de novo, a cabeça baixa, o cabelo (exceto pela mecha na mão de Buster) caindo no rosto. Os dedos tocaram na chave de fenda grande.

— Essa mesma — disse ele. — Vamos tentar o segundo objeto, que tal?

Ela mexeu as mãos mais um pouco e finalmente seus dedos agitados tocaram na borracha que cobria o cabo do martelo Craftsman.

— Ótimo. Agora, dá aqui.

Ela tirou o martelo do suporte na parede, e Buster a puxou de volta. Soltou o cabelo dela, pronto para pegá-lo de novo se ela desse sinal de correr. Myrtle não fez nada. Estava com medo. Só queria poder subir de novo e se aninhar à linda boneca para dormir. Sentia vontade de dormir para sempre.

Ele pegou as ferramentas das mãos frouxas dela. Colocou a ponta da chave de fenda junto à maçaneta e bateu no alto dela com o martelo várias vezes. Na quarta batida, a maçaneta se soltou. Buster puxou a algema por ela e largou a maçaneta e a chave de fenda no chão. Foi mexer primeiro no botão que fechava a porta da garagem. Em seguida, quando estava descendo ruidosamente, ele foi para cima de Myrtle com o martelo na mão.

— Você dormiu com ele, Myrtle? — perguntou ele baixinho.

— O quê? — Ela olhou para ele com olhos apáticos e embotados.

Buster começou a bater com a cabeça do martelo na palma da mão. Fez um som suave e abafado: *tchuck! Tchuck! Tchuck!*

— Você dormiu com ele depois que vocês dois penduraram as folhas rosa por toda a casa?

Ela olhou para ele sem entender, e Buster tinha esquecido que ela estava com ele no Maurice quando Ridgewick entrou na casa e fez aquilo.

— Buster, de que você está fal…

Ele parou e arregalou os olhos.

— *De que você me chamou?*

A apatia sumiu dos olhos dela. Ela começou a recuar, encolhendo os ombros para se proteger. Atrás deles, a porta da garagem terminou de fechar. Agora, os únicos sons na garagem eram os movimentos de pés e o estalo suave da corrente da algema pendurada.

— Desculpe — sussurrou ela. — Desculpe, Danforth.

Ela se virou e correu para a porta da cozinha.

Ele a pegou a três passos da porta, mais uma vez usando o cabelo para puxá-la.

— *De que* você me chamou? — gritou ele, e ergueu o martelo.

Ela levantou os olhos para acompanhar o movimento.

— *Danforth, não, por favor!*

— *De que você me chamou? De que você me chamou?*

Ele ficou gritando sem parar, e cada vez que fazia a pergunta, pontuava com aquele som suave de carne: *tchuck! Tchuck! Tchuck!*

8

Ace foi até o pátio dos Camber às cinco horas. Enfiou o mapa do tesouro no bolso de trás e abriu o porta-malas. Pegou a picareta e a pá que o sr. Gaunt oferecera tão atenciosamente e andou até a varanda torta e tomada pelo mato que seguia pela lateral da casa. Tirou o mapa do bolso e se sentou nos degraus para examiná-lo. Os efeitos de curto prazo da cocaína tinham passado, mas seu coração ainda batia bruscamente no peito. Ele tinha descoberto que caçar tesouros também era um estimulante.

Ele olhou ao redor para o pátio coberto de mato, o celeiro bambo, os amontoados de girassóis. Não é muito, mas acho que vai ser aqui, mesmo assim. O lugar onde vou deixar os Irmãos Corson para trás para sempre e ficar rico no processo. É aqui... uma parte ou tudo. Bem aqui. Estou sentindo.

Mas era mais do que um sentimento. Ele *ouvia* o dinheiro cantando baixinho. Cantando de debaixo da terra. Não só dezenas de milhares, mas centenas de milhares. Talvez até um milhão.

— Um milhão de dólares — sussurrou Ace com voz baixa e engasgada, e se inclinou sobre o mapa.

Cinco minutos depois, ele estava procurando pelo lado oeste da casa dos Camber. Depois de uma boa caminhada na direção dos fundos, ele encontrou o que estava procurando: uma pedra grande e achatada, quase escondida pelo mato alto. Pegou-a, jogou-a de lado e começou a cavar freneticamente. Menos de dois minutos mais tarde, houve um baque abafado quando a pá bateu em metal enferrujado. Ace caiu de joelhos, remexendo na terra como um cachorro procurando um osso enterrado, e um minuto depois estava tirando a lata de tinta Sherwin-Williams enterrada lá.

Muitos dedicados usuários de cocaína também são dedicados roedores de unhas, e Ace não era exceção. Ele não tinha unhas para abrir a lata e não conseguiu soltar a tampa. A tinta em volta da borda tinha secado em uma cola obstinada. Com um grunhido de frustração e raiva, Ace pegou o canivete, enfiou a ponta debaixo da tampa e a levantou. Olhou dentro da lata, ansioso.

Cédulas!

Montes e montes de cédulas!

Com um grito, ele as pegou, tirou da lata... e viu que sua ansiedade o tinha enganado. Eram só mais selos de troca. Selos Red Ball desta vez, um tipo que só era válido ao sul da linha Mason-Dixon... e só até 1964, quando a empresa deixou de atuar.

— *Puta que pariu!* — gritou Ace. Ele jogou os selos longe. Os montinhos se desenrolaram e começaram a se espalhar na brisa leve e quente que soprava. Alguns ficaram presos no mato, como bandeirinhas. — *Viado! Filho da puta! Escroto!*

Ele remexeu na lata, até a virou para ver se havia algo grudado no fundo, mas não encontrou nada. Jogou longe, ficou olhando por um momento, correu até lá e a chutou como uma bola de futebol.

Ele procurou o mapa no bolso de novo. Houve um segundo de pânico, quando ele teve medo de não estar lá, de ter perdido, mas só o tinha empurrado até o fundo na ansiedade de começar a trabalhar. Ele puxou o mapa e olhou. A outra cruz ficava atrás do celeiro... e de repente uma ideia maravilhosa surgiu em sua mente, iluminando a escuridão furiosa que havia lá como um foguete de Quatro de Julho.

A lata que ele tinha acabado de cavar era um engodo! Pop podia ter achado que alguém perceberia que ele tinha marcado as coisas que enterrou com pedras achatadas. Por isso, plantou umas iscas ali na casa dos Camber. Só por garantia. Um caçador que encontrasse um buraco sem um tesouro de verdade jamais imaginaria que havia *outro* tesouro, bem ali, na mesma propriedade, mas em um lugar mais distante...

— A não ser que tivesse o mapa — sussurrou Ace. — Como *eu* tenho.

Ele pegou a picareta e a pá e correu para o celeiro, suando, os olhos arregalados, o cabelo grisalho grudado nas laterais da cabeça.

9

Ele viu o trailer Air-Flow velho e correu na direção dele. Estava quase lá quando seu pé tropeçou em alguma coisa e ele caiu de cara no chão. Levantou-se em um momento e olhou ao redor. Viu em que tinha tropeçado.

Era uma pá. Com terra fresca na ponta.

Uma sensação ruim começou a crescer em Ace; uma sensação muito ruim. Começou na barriga e se espalhou pelo peito e pelas bolas. Seus lábios se afastaram dos dentes lentamente, em um rosnado feio.

Ele se levantou e viu a pedra caída ali perto, o lado sujo para cima. Tinha sido jogada de lado. Alguém tinha chegado lá primeiro... e não muito tempo antes, pelo que parecia. Alguém tinha chegado primeiro ao tesouro.

— Não — sussurrou ele. A palavra escorregou da boca repuxada como uma gota de sangue contaminado ou saliva infectada. — *Não!*

Não muito longe da pá e da pedra virada, Ace viu uma pilha de terra solta que tinha sido jogada com indiferença de volta no buraco. Ignorando suas ferramentas e a pá que o ladrão deixara, Ace caiu de joelhos de novo e começou a cavar o buraco com as mãos. Em pouco tempo, encontrou a lata de Crisco.

Ele a pegou e abriu a tampa.

Não havia nada dentro além de um envelope branco.

Ace o pegou e abriu. Duas coisas caíram de dentro: uma folha de papel dobrado e um envelope menor. Ace ignorou o segundo envelope e abriu o papel. Era um bilhete datilografado. Seu queixo caiu quando ele leu seu nome no alto da folha.

Prezado Ace,

Não tenho como ter certeza de que você vai encontrar isto, mas não é proibido ter esperanças. Te mandar para Shawshank foi legal, mas isso está sendo melhor ainda. Eu queria poder ver sua cara quando você terminar de ler!

Pouco depois que te mandei para lá, fui visitar o Pop. Fiz visitas frequentes, mensais, na verdade. Tínhamos um acordo: ele me dava cem pratas por mês e eu deixava que ele fizesse seus empréstimos ilegais. Tudo muito civilizado. Na metade de um desses encontros, ele pediu licença para ir ao banheiro — "Foi alguma coisa que eu comi", disse ele. Ha-ha! Aproveitei a oportunidade para espiar na escrivaninha dele, que tinha ficado destrancada. Ele não era de ser descuidado assim, mas acho que ele ficou com medo de sujar a calça se não fosse correndo passar um tempo sentado no trono. Rá!

Só encontrei uma coisa interessante, mas já valeu a pena. Parecia um mapa. Havia muitas cruzes nele, mas uma das cruzes, a que marcava este local, estava em vermelho. Guardei o mapa no lugar antes que o Pop voltasse. Ele nunca soube que eu vi. Eu vim aqui logo depois que ele morreu e peguei essa lata de Crisco. Havia mais de duzentos mil dólares dentro, Ace. Mas não se preocupe, decidi "compartilhar de forma justa" e vou deixar aqui exatamente o que você merece.

Bem-vindo de volta à cidade, Acé-Falo!

Atenciosamente,

Alan Pangborn

Xerife do Condado de Castle

P.S.: Uma dica, Ace: agora que você ficou sabendo, "engole o choro" e esquece tudo. Você sabe o que dizem, achado não é roubado. Se você tentar me procurar atrás do dinheiro do seu tio, vou abrir um cu novo em você e enfiar sua cabeça dentro.

Acredite em mim quanto a isso.

A.P.

Ace deixou a folha de papel cair dos dedos inertes e abriu o segundo envelope.

Uma única nota de um dólar caiu de dentro.

*Decidi "compartilhar de forma justa" e vou deixar aqui exatamente o que você merece.*

— Seu *filho da mãe* pulguento — sussurrou Ace, e pegou a nota de um dólar com dedos trêmulos.

*Bem-vindo de volta à cidade, Acé-Falo!*

— Seu *FILHO DE UMA PUTA!* — gritou Ace tão alto que sentiu alguma coisa na garganta quase arrebentar. O eco voltou baixinho:... *puta... puta... puta...*

Ele começou a rasgar a nota de um dólar, mas forçou seus dedos a relaxarem. Hã-hã. Não mesmo.

Ele ia guardar a nota. O filho da puta queria o dinheiro do Pop, é? Roubou o que pertencia por direito ao último parente vivo do Pop, é? Bom, tudo bem. Ótimo. *Maravilha.* Mas ele teria que ficar com *tudo.* E Ace pretendia cuidar para que o xerife tivesse tudo mesmo. Então, depois que arrancasse os testículos do saco de pus com o canivete, ele pretendia enfiar aquela nota de um dólar no buraco ensanguentado onde eles ficavam.

— Você quer o dinheiro, chefe? — perguntou Ace com voz suave e reflexiva. — Tudo bem. Tudo bem. Não tem problema. Não... tem... problema... nenhum.

Ele se levantou e foi andando na direção do carro em uma versão rígida e oscilante de seu gingado habitual.

Quando chegou lá, ele estava quase correndo.

# PARTE TRÊS
# TUDO TEM QUE ACABAR

# DEZENOVE

1

Às quinze para as seis, o crepúsculo foi chegando em Castle Rock; nuvens de tempestade surgiram no horizonte, ao sul. Estrondos baixos e distantes soavam sobre os bosques e campos naquela direção. As nuvens se moviam na direção da cidade, crescendo ao se aproximarem. As luzes das ruas, controladas por uma célula fotoelétrica principal, se acenderam meia hora antes do horário normal para aquela época do ano.

A rua Principal estava uma confusão caótica. Tinha sido ocupada por veículos da Polícia Estadual e vans de noticiário de televisão. Chamadas de rádio estalavam e se misturavam no ar quente e parado. Técnicos de televisão espalhavam cabos e gritavam com as pessoas, em geral crianças, que tropeçavam nas partes soltas antes que eles pudessem grudá-las no asfalto com fita adesiva. Fotógrafos de quatro jornais diários ocupavam a frente das barricadas diante do Prédio Municipal e tiravam fotos que apareceriam na primeira página no dia seguinte. Alguns moradores da cidade (surpreendentemente poucos, se alguém tivesse se dado ao trabalho de prestar atenção nisso) só olhavam. Um correspondente de televisão estava no brilho de uma lâmpada de grande intensidade gravando sua matéria com o Prédio Municipal ao fundo.

— Uma onda de violência sem sentido açoitou Castle Rock esta tarde — começou ele, e parou. — *Açoitou?* — perguntou ele a si mesmo com repulsa. — Merda, vamos começar tudo de novo.

À esquerda dele, um repórter de outra emissora estava observando a equipe se preparar para o que seria uma transmissão ao vivo em menos de vinte minutos. Mais observadores tinham sido atraídos pelos rostos familiares dos correspondentes do que pelas barricadas, onde não havia nada para ver desde que dois atendentes da ambulância de emergência tiraram o infeliz Lester Pratt do prédio em um saco preto, o colocaram nos fundos da ambulância e foram embora.

A outra parte da rua Principal, longe das luzes azuis das viaturas da Polícia Estadual e das luzes fortes dos canais de televisão, estava quase deserta.

*Quase.*

De vez em quando, um carro ou picape parava em uma das vagas inclinadas na frente da Artigos Indispensáveis. De vez em quando, um pedestre ia até a loja nova, onde as luzes estavam apagadas e a persiana estava fechada na porta sob o toldo. De vez em quando, um dos observadores na rua Principal se afastava do grupo e andava pela rua, passava pelo terreno baldio onde antes ficava a Emporium Galorium, passava pela Sempre Costurando, fechada e escura, e ia até a loja nova.

Ninguém reparou nesse fluxo de visitantes; nem a polícia, nem as equipes de câmeras, nem os correspondentes, nem a maioria dos observadores. As pessoas estavam olhando para a CENA DO CRIME, de costas para o lugar onde, a menos de trezentos metros, o crime ainda estava acontecendo.

Se algum observador desinteressado *estivesse* de olho na Artigos Indispensáveis, detectaria rapidamente um padrão. Os visitantes se aproximavam. Os visitantes viam a placa na janela, que dizia

FECHADO POR TEMPO INDETERMINADO.

Os visitantes davam um passo para trás, com expressões idênticas de frustração e consternação no rosto; pareciam magoados, como viciados descobrindo que o traficante não estava onde tinha prometido estar. *O que faço agora?*, suas expressões diziam. A maioria dava um passo à frente para ler a placa de novo, como se um segundo escrutínio, mais detalhado, pudesse mudar a mensagem.

Alguns entraram nos carros e foram embora ou andaram até o Prédio Municipal para olhar o show gratuito, com expressões atordoadas e vagamente decepcionadas. Mas, no rosto da maioria, uma expressão de compreensão repentina surgia. Pareciam alguém que tinha acabado de entender um conceito básico, como a forma de elaborar frases simples ou reduzir um par de frações ao menor denominador comum.

Essas pessoas iam até a esquina, até a viela de serviço atrás das lojas da rua Principal, a viela onde Ace tinha estacionado o Tucker Talisman na noite anterior.

Doze metros depois, um raio de luz amarela passava por uma porta aberta e caía no concreto. Essa luz foi ficando mais forte conforme o dia foi virando noite. Havia uma sombra no centro desse raio de luz, como uma silhueta cortada de um véu de luto. A sombra pertencia, claro, a Leland Gaunt.

Ele tinha colocado uma mesa na porta. Em cima havia uma caixa de charutos Roi-Tan. Ele guardava o dinheiro que os clientes entregavam lá dentro e tirava o troco. Esses clientes se aproximavam com hesitação, em alguns casos até com medo, mas todos tinham uma coisa em comum: eram pessoas com raiva e muito ressentimento. Algumas, não muitas, davam meia-volta antes de chegarem ao balcão improvisado do sr. Gaunt. Poucas saíam correndo, com os olhos enlouquecidos de homens e mulheres que viram um demônio terrível lambendo os beiços nas sombras. Mas a maioria ficava para fazer negócio. E, enquanto o sr. Gaunt debatia com eles, tratando esse comércio de porta dos fundos como uma distração divertida no fim de um longo dia, as pessoas relaxavam.

O sr. Gaunt gostou da loja, mas nunca se sentiu tão à vontade por trás de uma placa de vidro e debaixo de um teto como se sentia ali, quase a céu aberto, com as primeiras brisas da tempestade que se aproximava agitando seu cabelo. A loja, com as luzes de qualidade em trilhos no teto, era boa... mas aquilo era melhor. Era *sempre* melhor.

Ele tinha começado seus negócios muitos anos antes, como vendedor ambulante que carregava a mercadoria nas costas, um ambulante que costumava chegar quando a escuridão caía e sempre sumia na manhã seguinte, deixando sangue, horror e infelicidade para trás. Anos depois, na Europa, quando a Peste dizimava e as carroças de mortos circulavam, ele foi de cidade em cidade e país em país em uma carroça puxada por um cavalo branco magro com olhos ardentes horríveis e uma língua preta como o coração de um assassino. Ele vendia as mercadorias da traseira da carroça... e ia embora antes que os clientes, que pagavam com moedinhas surradas ou até com escambo, pudessem descobrir o que *realmente* tinham comprado.

Os tempos mudaram; os métodos mudaram; os rostos também. Mas quando os rostos estavam necessitados, eles eram sempre iguais, rostos de ovelhas que tinham perdido o pastor, e era com esse tipo de comércio que ele ficava mais à vontade. Era o mais parecido com o do ambulante de antigamente, parado não atrás de um balcão chique com uma registradora Sweda ao lado, mas atrás de uma mesa de madeira simples, tirando troco de uma caixa de charutos e vendendo o mesmo artigo sem parar.

Os bens que tinham atraído os residentes de Castle Rock (as pérolas negras, as relíquias sagradas, os objetos de vidro carnival, os cachimbos, os gibis antigos, os cards de beisebol, os caleidoscópios) tinham sumido, todos. O sr. Gaunt estava agora fazendo seu *verdadeiro* negócio, e, no fim das contas, o verdadeiro negócio era sempre o mesmo. O artigo indispensável tinha mudado

519

ao longo dos anos, assim como todo o resto, mas essas mudanças eram superficiais, coberturas de sabores diferentes no mesmo bolo escuro e amargo.

No final, o sr. Gaunt sempre vendia armas... e as pessoas sempre compravam.

— Ora, obrigado, sr. Warburton! — disse o sr. Gaunt.

Ele pegou a nota de cinco dólares da mão do zelador negro e devolveu uma nota de um e uma das pistolas automáticas que Ace tinha ido buscar em Boston.

— Obrigado, srta. Milliken!

Ele pegou uma nota de dez e devolveu oito dólares.

Ele cobrava o que as pessoas podiam pagar, nem um centavo a mais, nem um centavo a menos. Cada um conforme suas possibilidades, esse era o lema do sr. Gaunt, e não importava quais eram as necessidades, porque todos eram necessitados de artigos indispensáveis, e ele tinha ido lá preencher seus vazios e aliviar suas dores.

— Que bom vê-lo, sr. Emerson!

Ah, era tão bom, tão bom fazer negócio como antigamente. E os negócios nunca tinham sido tão bons.

2

Alan Pangborn não estava em Castle Rock. Enquanto os repórteres e a Polícia Estadual se reuniam em uma ponta da rua Principal e Leland Gaunt conduzia sua liquidação de estoque na outra ponta, Alan estava sentado na estação de enfermagem da Ala Blumer no Northern Cumberland Hospital em Bridgton.

A Ala Blumer era pequena, só tinha catorze quartos de pacientes, mas o que lhe faltava em tamanho era compensado em cores. As paredes dos quartos dos pacientes eram pontadas em tons primários vibrantes. Havia um móbile no teto da estação de enfermagem, os pássaros pendurados nele girando e voando graciosamente em volta do eixo central.

Alan estava sentado em frente a um mural enorme que exibia uma variedade de rimas infantis. Uma seção do mural mostrava um homem inclinado por cima de uma mesa, entregando uma coisa para um garotinho, um caipira, que parecia assustado e fascinado. Algo naquela imagem afetou Alan, e um trecho da rima infantil surgiu como um sussurro em sua mente:

Simple Simon conheceu um confeiteiro
Indo para a feira.
"Simple Simon", disse o confeiteiro,
"venha provar meus doces!"

Um arrepio se espalhou pelos braços de Alan, uma aspereza com gotas de suor frio. Ele não sabia dizer o motivo, e isso pareceu perfeitamente normal. Nunca na vida ele tinha se sentido tão abalado, assustado e confuso como naquele momento. Alguma coisa além de sua capacidade de compreensão estava acontecendo em Castle Rock. Ficara aparente só no final daquela tarde, quando tudo pareceu explodir ao mesmo tempo, mas tinha começado dias, talvez até uma semana antes. Ele não sabia o que era, mas sabia que Nettie Cobb e Wilma Jerzyck tinham sido só os primeiros sinais.

E ele estava com muito medo de que as coisas ainda estivessem em progresso enquanto ele estava sentado ali, com Simple Simon e o confeiteiro.

Uma enfermeira, srta. Hendrie, de acordo com a plaquinha no peito, andou pelo corredor com solas de borracha que chiavam baixinho, contornando graciosamente os brinquedos espalhados no caminho. Quando Alan chegou, umas seis crianças, algumas com gesso ou tipoia, algumas com a falta parcial de cabelo que ele associava com tratamentos de quimioterapia, estavam brincando no salão, trocando blocos e caminhões, gritando amigavelmente umas com as outras. Agora, era hora do jantar, e elas tinham ido para o refeitório ou de volta para o quarto.

— Como ele está? — perguntou Alan para a srta. Hendrie.

— Nenhuma mudança. — Ela olhou para Alan com uma expressão calma que continha um elemento de hostilidade. — Está dormindo. Ele *tem* que estar dormindo. Sofreu um grande choque.

— O que você soube dos pais dele?

— Nós ligamos para o trabalho do pai em South Paris. Ele tem um emprego de instalação em New Hamsphire à tarde. Já foi para casa, pelo que eu soube, e será informado quando chegar. Ele deve chegar aqui lá pelas nove, eu acho, mas é claro que é impossível saber.

— E a mãe?

— Não sei — disse a srta. Hendrie. A hostilidade estava mais aparente agora, mas não era mais direcionada a Alan. — Não fiz essa ligação. Só sei o que vejo: ela não está aqui. Esse garotinho viu o irmão cometer suicídio com uma espingarda, e apesar de ter acontecido em casa, a mãe não está aqui ainda. Você vai ter que me dar licença agora. Tenho que reabastecer o carrinho de remédios.

— Claro — murmurou Alan. Ele a viu se afastar e se levantou da cadeira.
— Srta. Hendrie?

Ela se virou para ele. Seus olhos ainda estavam calmos, mas as sobrancelhas erguidas demonstravam irritação.

— Srta. Hendrie, eu realmente preciso falar com Sean Rusk. Acho que preciso falar com ele mais do que você imagina.

— Ah, é? — A voz dela estava fria.

— Tem uma coisa... — De repente, Alan pensou em Polly, e sua voz falhou. Ele limpou a garganta e insistiu. — Tem uma coisa acontecendo na minha cidade. O suicídio de Brian Rusk é só parte disso, acredito. E também acredito que Sean Rusk possa ter a chave para o resto de tudo.

— Xerife Pangborn, Sean Rusk só tem sete anos. E se ele *sabe* de alguma coisa, por que não tem outros policiais aqui?

Outros policiais, pensou ele. O que ela quer dizer é policiais *qualificados*. Policiais que não entrevistam garotos de onze anos e os mandam para casa para cometerem suicídio na garagem.

— Porque eles estão ocupados — respondeu Alan —, e porque não conhecem a cidade como eu.

— Entendi. — Ela se virou para se afastar.

— Srta. Hendrie.

— Xerife, temos pouca gente esta noite e estou muito oc...

— Brian Rusk não foi a única fatalidade de Castle Rock hoje. Houve pelo menos três outras. Outro homem, dono da taverna local, foi levado para o hospital em Norway com trauma por tiro. Ele talvez sobreviva, mas a situação está delicada pelas próximas trinta e seis horas. E tenho um palpite de que as mortes não acabaram.

Ele conseguiu capturar a atenção dela com isso.

— Você acredita que Sean Rusk sabe alguma coisa sobre isso?

— Ele talvez saiba por que o irmão se matou. Se souber, isso pode levar ao resto. Se ele acordar, você pode me chamar?

Ela hesitou e disse:

— Isso depende do estado mental dele quando acordar, xerife. Não vou permitir que você piore a condição de um garotinho histérico, independentemente do que esteja acontecendo na sua cidade.

— Entendo.

— Entende? Que bom. — Ela olhou para ele com uma expressão que dizia *Fique sentado aí e não me dê trabalho, então*, e voltou para trás do balcão alto. Ela se sentou, e ele ouviu-a colocando frascos e caixas no carrinho de remédios.

Alan se levantou, foi até o telefone público na parede e ligou para o número de Polly de novo. E novamente tocou sem parar. Ele ligou para a Sempre Costurando, foi atendido pela secretária eletrônica e desligou. Voltou para a cadeira, se sentou e olhou mais um pouco para o mural.

Você se esqueceu de me fazer uma pergunta, srta. Hendrie, pensou Alan. Esqueceu-se de perguntar por que estou aqui se tem tanta coisa acontecendo no condado que fui eleito para preservar e proteger. Esqueceu-se de perguntar por que não estou liderando a investigação enquanto um policial menos essencial, como o velho Seat Thomas, por exemplo, fica aqui, esperando Sean Rusk acordar. Esqueceu-se de perguntar essas coisas, srta. Hendrie, e eu tenho um segredo. Estou *feliz* de você ter se esquecido. Esse é o segredo.

A resposta para essas perguntas era tão simples quanto humilhante. Exceto em Portland e Bangor, assassinato não pertence ao posto do xerife, mas à Polícia Estadual. Henry Payton fez vista grossa para aquilo na investigação do duelo de Nettie e Wilma, mas não estava mais fazendo isso. Não podia. Representantes de todos os jornais e emissoras de televisão do sul do Maine agora estavam em Castle Rock ou a caminho. Os colegas de todo o estado se juntariam a eles em pouco tempo… e, se aquilo não tivesse mesmo acabado, como Alan desconfiava, mais pessoas da imprensa do sul se juntariam a eles.

Essa era a realidade simples da situação, mas não mudava o que Alan sentia. Ele se sentia como um arremessador que não consegue cumprir sua função e é mandado para o banco de reservas pelo treinador. Era uma merda de sentimento. Ele ficou sentado na frente do Simple Simon e novamente começou a repassar a lista.

Lester Pratt, morto. Ele foi até o posto do xerife em um frenesi de ciúmes e atacou John LaPointe. Aparentemente, fora por causa da namorada, apesar de John ter dito a Alan antes de a ambulância chegar que ele não saía com Sally Ratcliffe havia mais de um ano.

— Eu só a vi e falei com ela algumas vezes na rua, mas ela me ignorou na maioria delas. Ela achava que eu ia para o inferno. — Ele tocou no nariz quebrado e fez uma careta. — Agora, estou com a sensação de que vou *mesmo*.

John estava hospitalizado em Norway, com o nariz quebrado, o maxilar fraturado e possíveis lesões internas.

Sheila Brigham também estava no hospital. Choque.

Hugh Priest e Billy Tupper estavam mortos. Essa notícia chegou na hora que Sheila estava começando a desmoronar. A ligação veio de um entregador, que tivera o bom senso de ligar para a ambulância antes de ligar para o xerife.

O homem estava quase tão histérico quando Sheila Brigham, e Alan não o culpava. Ele já estava se sentindo bem histérico àquelas alturas.

Henry Beaufort estava em condição crítica, como resultado de múltiplos tiros.

Norris Ridgewick estava desaparecido... e, por algum motivo, isso era o pior.

Alan olhou ao redor em busca dele depois que recebeu a ligação do entregador, mas Norris tinha sumido. Alan supôs na hora que ele devia ter ido para fora para prender formalmente Danforth e que voltaria com o Conselheiro Municipal atrás, mas os eventos logo deixaram claro que ninguém tinha prendido Keeton. Alan desconfiava que os estaduais o prenderiam se o encontrassem enquanto estivessem investigando outra coisa, mas, se não fosse assim, não. Eles tinham coisas mais importantes a fazer. Enquanto isso, Norris estava desaparecido. Onde quer que estivesse, tinha ido a pé; quando Alan saiu da cidade, o fusca de Norris ainda estava caído de lado no meio da rua Principal.

As testemunhas disseram que Buster entrou no Cadillac pela janela e saiu dirigindo. A única pessoa que tentou o impedir pagou caro. Scott Garson estava hospitalizado no Northern Cumberland com um maxilar quebrado, um malar quebrado, um pulso quebrado e três dedos quebrados. Podia ter sido pior. Os observadores disseram que Buster tentou atropelar o homem deitado na rua.

Lenny Partridge, com a clavícula quebrada e só Deus sabia quantas costelas quebradas, também estava em algum lugar dali. Andy Clutterbuck chegou com a notícia desse novo desastre enquanto Alan ainda estava tentando compreender o fato de que o Conselheiro Municipal principal da cidade era agora um fugitivo da justiça algemado a um grande Cadillac vermelho. Hugh Priest aparentemente parou Lenny, o jogou do outro lado da estrada e saiu dirigindo no carro do coroa. Alan achava que eles encontrariam o carro de Lenny no estacionamento do Tigre Meloso, pois foi lá que Hugh bateu as botas.

E, claro, havia Brian Rusk, que comeu uma bala na tenra idade de onze anos. Clut mal tinha começado a contar a história quando o telefone tocou de novo. Sheila já tinha ido embora, e Alan atendeu e ouviu a voz de um garotinho histérico gritando; Sean Rusk, que discara o número que estava no adesivo laranja ao lado do telefone da cozinha.

No total, ambulâncias de emergência e unidades de resgate de quatro cidades diferentes fizeram paradas vespertinas em Castle Rock.

Agora, sentado de costas para Simple Simon e o confeiteiro, observando os pássaros de plástico voando em volta do eixo, Alan se voltou novamente para Hugh e Lenny Partridge. O confronto deles não foi o maior a acontecer em Castle Rock hoje, mas era um dos mais estranhos… e Alan sentia que uma chave para aquela situação podia estar escondida naquela estranheza.

— Por que o Hugh não foi no carro dele se estava a fim de ir atrás do Henry Beaufort? — perguntou Alan a Clut, passando as mãos pelo cabelo que já estava desgrenhado. — Por que pegar a lata-velha do Lenny?

— Porque o Buick do Hugh estava com os quatro pneus arriados. Parecia que alguém tinha cortado com uma faca. — Clut deu de ombros e olhou com inquietação para a bagunça que o posto do xerife tinha se tornado. — Talvez ele tenha achado que foi Henry Beaufort quem fez aquilo.

Sim, pensou Alan agora. Era possível. Era maluquice, mas era mais maluquice do que Wilma Jerzyck achar que Nettie Cobb tinha jogado lama nos lençóis dela e depois atirado pedras nas janelas da casa dela? Mais maluquice do que Nettie achar que Wilma tinha matado seu cachorro?

Antes que ele tivesse chance de perguntar mais coisas a Clut, Henry Payton chegou e disse para Alan da forma mais gentil que pôde que estava assumindo o caso. Alan assentiu.

— Tem uma coisa que você precisa descobrir, Henry, o mais rápido possível.

— O que é, Alan? — perguntou Henry, mas Alan percebeu com uma sensação horrível que Henry só estava ouvindo com metade da atenção. Seu velho amigo, o primeiro amigo de verdade que Alan fizera na comunidade da aplicação da lei depois que conquistou o emprego de xerife, e um amigo muito valioso, já estava se concentrando em outras coisas. Como empregaria suas forças, considerando a área ampla afetada pelos incidentes, devia ser uma das principais.

— Você precisa descobrir se Henry Beaufort estava com raiva do Hugh Priest, assim como o Hugh estava dele. Você não pode perguntar agora, eu soube que ele está inconsciente, mas quando ele acordar…

— Pode deixar — disse Henry, e bateu no ombro de Alan. — Pode deixar. — Ele ergueu a voz: — Brooks! Morrison! Aqui!

Alan o viu se afastar e pensou em ir atrás. Em segurá-lo e *fazê-lo* ouvir. Mas não fez isso, porque Henry e Hugh e Lester e John e até Wilma e Nettie estavam começando a perder todas as sensações de verdadeira importância para ele. Os mortos estavam mortos; os feridos estavam sendo cuidados; os crimes tinham sido cometidos.

Só que Alan tinha uma desconfiança horrível e crescente de que o verdadeiro crime ainda estava acontecendo.

Quando Henry se afastou para falar com seus homens, Alan chamou Clut novamente. O policial veio com as mãos enfiadas nos bolsos e expressão morosa no rosto.

525

— Fomos substituídos, Alan — disse ele. — Tirados de cena. *Caramba*!

— Não completamente — disse Alan, esperando transmitir a sensação de que realmente acreditava nisso. — Você vai ser minha ligação aqui, Clut.

— Aonde você vai?

— À casa dos Rusk.

Mas quando chegou lá, Brian e Sean Rusk não estavam. A ambulância que estava cuidando do infeliz Scott Garson tinha passado lá para buscar Sean; eles estavam a caminho do Northern Cumberland Hospital. O segundo rabecão de Harry Samuels, um antigo Lincoln convertido, tinha buscado Brian Rusk e o levaria para Oxford, para aguardar a autópsia. O melhor rabecão de Harry, o que ele chamava de "carro da empresa", já tinha partido para o mesmo lugar com Hugh e Billy Tupper.

Alan pensou: Os corpos vão ser empilhados como lenha naquele necrotério pequenininho.

Foi quando chegou à casa dos Rusk que Alan se deu conta, tanto nas entranhas quanto na cabeça, do quanto ele tinha sido tirado da jogada. Dois dos homens de Henry chegaram lá antes dele e deixaram claro que Alan podia ficar por perto desde que não tentasse meter a colher. Ele ficou parado na porta da cozinha por um momento, observando, se sentindo tão útil quanto uma terceira rodinha em um patinete elétrico. As reações de Cora Rusk foram lentas, quase dopadas. Alan achou que podia ser choque, ou talvez os atendentes da ambulância que estavam transportando o filho dela que estava vivo para o hospital tivessem dado um calmante de misericórdia antes de irem embora. Ela o lembrava sinistramente da aparência de Norris quando saiu pela janela do fusca virado. Fosse por causa de um tranquilizante ou por choque, os detetives não conseguiram tirar muita coisa dela. Ela não estava chorando, mas também não estava conseguindo se concentrar o suficiente nas perguntas a ponto de dar respostas úteis. Não sabia de nada, ela disse; estava no andar de cima, cochilando. Pobre Brian, ela ficava dizendo. Pobre, pobre Brian. Mas ela expressava esse sentimento em uma cantilena que Alan achou sinistra, e ficava brincando com óculos de sol que estavam ao seu lado na mesa da cozinha. Uma das hastes tinha sido remendada com fita adesiva, e uma das lentes estava rachada.

Alan saiu repugnado e foi para onde estava agora, o hospital.

Então, ele se levantou e foi até o telefone público no corredor do saguão principal. Tentou ligar para Polly de novo, não obteve resposta e ligou para o posto do xerife. A voz que atendeu rosnou "Polícia Estadual", e Alan sentiu uma onda infantil de ciúmes. Ele se identificou e pediu para falar com Clut. Depois de uma espera de quase cinco minutos, Clut atendeu.

— Desculpa, Alan. Deixaram o telefone aqui em cima da mesa. Por sorte, eu vim verificar, senão você ainda estaria esperando. Esse pessoal da estadual não está nem aí pra gente.

— Não se preocupe com isso, Clut. Alguém já pegou Keeton?

— Bom... não sei como dizer isso, Alan, mas...

Alan sentiu uma queda no fundo do estômago e fechou os olhos. Ele estava certo; não tinha acabado.

— Conta logo. Esquece o protocolo.

— Buster, quer dizer, o Danforth, foi pra casa e usou uma chave de fenda pra arrancar a maçaneta do Cadillac. Você sabe, onde ele estava algemado.

— Eu sei — concordou Alan. Seus olhos ainda estavam fechados.

— Bom... ele matou a esposa, Alan. Com um martelo. Não foi um policial estadual que a encontrou, porque eles não estavam interessados no Buster até vinte minutos atrás. Foi o Seat Thomas. Ele passou pela casa do Buster pra verificar. Relatou o que encontrou e voltou pra cá não tem nem cinco minutos. Está com dores no peito, ele disse, e não estou surpreso. Ele disse que o Buster destruiu a cara dela. Disse que tinha sangue e cabelo em toda parte. Tem um pelotão de policiais do Payton lá em View agora. Deixei Seat no seu escritório. Achei que era melhor ele se sentar antes de cair no chão.

— Jesus Cristo, Clut. Leva ele pro Ray Van Allen, e rápido. Ele tem sessenta e dois anos e fumou a vida toda.

— Ray foi pra Oxford, Alan. Está tentando ajudar os médicos a salvarem Henry Beaufort.

— O ajudante dele, então... como é o nome dele? Frankel. Everett Frankel.

— Não está. Tentei ligar pro consultório e pra casa dele.

— Bom, o que a esposa dele diz?

— Ev é solteiro, Alan.

— Ah, Cristo. — Alguém tinha pichado no telefone. Dizia *Não se preocupe, seja feliz.* Alan considerou isso com amargura.

— Posso levá-lo ao hospital eu mesmo — ofereceu Clut.

— Preciso de você onde está. Os repórteres e o pessoal da televisão apareceram?

— Apareceram. Está lotado aqui.

— Bom, dá uma olhada no Seat assim que terminarmos a conversa. Se ele não estiver melhor, faz o seguinte: sai do posto, pega um repórter que pareça meio inteligente, promove ele a policial e mande ele levar o Seat para o Northern Cumberland.

— Tudo bem. — Clut hesitou, mas acabou falando: — Eu queria ir até a casa dos Keeton, mas a Polícia Estadual... não me deixa entrar na cena do crime! Que tal isso, Alan? Os filhos da mãe não deixam um policial do condado na cena do crime!

— Conheço a sensação. Também não gosto muito. Mas eles estão fazendo o trabalho deles. Você consegue ver o Seat de onde está, Clut?

— Consigo.

— E aí? Ele está vivo?

— Está sentado atrás da sua mesa, fumando um cigarro e olhando a revista *Rural Law Enforcement* do mês.

— Certo — disse Alan. Estava com vontade de rir ou chorar ou as duas coisas ao mesmo tempo. — Faz sentido. Polly Chalmers ligou, Clut?

— N… Espere um minuto, tem o registro aqui. Achei que tinha sumido. Ela ligou, Alan. Antes das três e meia.

Alan fez uma careta.

— Eu sei dessa ligação. Alguma coisa depois?

— Não que eu possa ver aqui, mas isso não quer dizer muita coisa. Sem a Sheila e com esses malditos Cães Estaduais aqui, quem pode ter certeza?

— Obrigado, Clut. Tem mais alguma coisa que eu deveria saber?

— Sim, umas coisinhas.

— Manda.

— Pegaram a arma que o Hugh usou pra atirar no Henry, mas o David Friedman da balística da Polícia Estadual diz que não sabe qual é. É um tipo de pistola automática, mas o cara disse que nunca viu uma daquelas.

— Tem certeza de que era o David Friedman? — perguntou Alan.

— Friedman, sim, esse era o nome do cara.

— Ele *tem* que saber. Dave Friedman é uma *Bíblia do Atirador* ambulante.

— Mas não sabe. Eu estava com ele enquanto ele conversava com seu amigo Payton. Ele disse que se parece um pouco com uma Mauser alemã, mas não tinha as marcas normais e o deslizamento era diferente. Acho que mandaram pra Augusta com um monte de outras provas.

— O que mais?

— Encontraram um bilhete anônimo no pátio do Henry Beaufort. Estava amassado ao lado do carro… sabe aquele T-Bird clássico dele? Também estava vandalizado. Igual ao do Hugh.

Alan se sentiu como se uma mão macia e grande tivesse batido na cara dele.

— O que dizia, Clut?

— Só um minuto. — Ele ouviu o som baixo de Clut virando as páginas do caderninho. — Aqui está. "*Nunca mais* me negue bebida e se recuse a devolver a chave do meu carro, seu *sapo* maldito!"

— *Sapo?*

— É o que diz. — Clut riu com nervosismo. — "Nunca mais" e "sapo" estão com linhas embaixo.

— Você disse que o carro foi vandalizado?

— Isso mesmo. Os pneus cortados, igual ao do Hugh. E um arranhão comprido pela lateral do lado do passageiro. Horrível.

— Certo. Tenho uma coisa pra você fazer. Vá até a barbearia e até o salão de bilhar se precisar. Descubra quem Henry expulsou do bar nesta semana ou na anterior.

— Mas a Polícia Estadual...

— Que se *foda* a Polícia Estadual! — disse Alan com intensidade. — A cidade é *nossa*. Nós sabemos a quem perguntar e onde encontrar as pessoas. Você quer me dizer que não consegue encontrar alguém que saiba essa história em uns cinco minutos?

— Claro que não. Vi Charlie Fortin quando voltei de Castle Hill, conversando com um grupo de caras na frente da loja Western Auto. Se Henry estava com problemas com alguém, Charlie vai saber quem foi. O Tigre é a segunda casa do Charlie.

— Sim, mas a Polícia Estadual foi interrogar ele?

— Bom... não.

— Não. Então *você* interroga. Mas acho que nós dois já sabemos a resposta, não sabemos?

— Hugh Priest — disse Clut.

— Faz total sentido pra mim — disse Alan. Ele pensou: Isso talvez não seja tão diferente do primeiro palpite de Henry Payton, afinal.

— Tudo bem, Alan. Vou fazer isso.

— E me liga assim que tiver certeza. Na *mesma hora*. — Ele deu o número para Clut e o fez repetir, para ter certeza de que tinha sido copiado corretamente.

— Pode deixar — disse Clut, e disse com um tom furioso: — O que está acontecendo, Alan? Caramba, *o que está acontecendo aqui?*

— Não sei. — Alan se sentia muito velho, muito cansado... e com muita raiva. Não mais com raiva de Payton por afastá-lo do caso, mas com raiva de quem quer que fosse responsável por aquele show horrível. E ele tinha cada vez mais certeza de que, quando eles chegassem ao fundo da história, acabariam descobrindo que um único agente tinha trabalhado o tempo todo. Wilma e Nettie. Henry e Hugh. Lester e John. Alguém os carregara como pacotes de explosivo. — Não sei, Clut, mas vamos descobrir.

Ele desligou e ligou para o número de Polly de novo. Seu desespero para consertar as coisas com ela, para entender o que tinha acontecido para deixá-la tão furiosa com ele, estava passando. O sentimento que tinha começado a surgir no lugar era ainda menos reconfortante: um medo profundo e não direcionado; uma sensação crescente de que ela estava em perigo.

Trim, trim, trim… mas sem resposta.

*Polly, eu te amo e nós precisamos conversar. Por favor, atende o telefone. Polly, eu te amo e nós precisamos conversar. Por favor, atende o telefone. Polly, eu te amo…*

A litania se repetiu na cabeça dele como um brinquedo de corda. Ele queria ligar para Clut e pedir que desse uma olhada nela, antes de fazer qualquer outra coisa, mas não podia. Seria errado caso outros explosivos estivessem esperando para explodir em The Rock.

Sim, mas Alan… e se Polly for um deles?

Esse pensamento despertou uma associação que estava escondida, mas ele não conseguiu agarrá-la antes que saísse flutuando para longe.

Alan desligou o telefone lentamente, colocando o fone no gancho no meio de um toque.


3


Polly não aguentava mais. Ela rolou de lado, esticou a mão para o telefone… mas ele parou no meio de um toque.

Que bom, pensou ela. Mas era bom mesmo?

Ela estava deitada na cama, ouvindo o som dos trovões que se aproximavam. Estava quente no andar de cima, tão quente quanto em meados de julho, mas abrir as janelas não era uma opção, porque ela pedira a Dave Phillips, um dos operários e faz-tudo da cidade, para colocar suas janelas e portas de tempestade na semana anterior. Assim, ela tirou a calça jeans velha e a camiseta que havia usado para ir ao campo e colocou tudo bem dobrado na cadeira junto à porta. Agora, estava deitada na cama de roupa de baixo, querendo cochilar um pouco antes de se levantar e tomar banho, mas sem conseguir adormecer.

Uma parte do problema eram as sirenes, mas a parte maior era Alan; o que Alan tinha feito. Ela não conseguia compreender aquela traição grotesca de tudo em que ela acreditara e de tudo em que ela confiara, mas também não conseguia escapar disso. Sua mente se voltava para outra coisa (as sirenes, por exemplo, e como elas pareciam anunciar o fim do mundo), mas de repente

530

voltava, o fato de ele ter agido pelas costas dela, de ter *xeretado*. Era como ser cutucada pela ponta cheia de farpas de uma tábua num lugar macio e secreto.

Ah, Alan, como você pôde?, ela perguntou a ele e a si mesma novamente.

A voz que respondeu a surpreendeu. Era a voz de tia Evvie, e por baixo da falta seca de sentimentos que sempre foi o jeito dela, Polly sentiu uma raiva poderosa e inquietante.

*Se você tivesse contado a verdade desde o começo, garota, ele não teria precisado.*

Polly se sentou rapidamente. Era uma voz perturbadora, sim, e a coisa mais perturbadora nela era o fato de que era sua *própria* voz. Tia Evvie estava morta havia muitos anos. Aquele era seu subconsciente, usando tia Evvie para expressar sua raiva da forma como um ventríloquo tímido poderia usar a marionete para convidar uma garota bonita para sair e...

*Pare, garota... Eu não falei uma vez que esta cidade é cheia de fantasmas? Talvez seja* eu. *Talvez seja.*

Polly soltou um choramingo agudo e assustado e apertou a mão sobre a boca.

*Ou talvez não. No final, não importa muito quem é, importa? A pergunta é a seguinte, Trisha: quem pecou primeiro? Quem mentiu primeiro? Quem encobriu primeiro? Quem jogou a primeira pedra?*

— Isso não é justo! — gritou Polly no quarto quente, e olhou para seu reflexo assustado de olhos arregalados no espelho do quarto. Esperou que a voz de tia Evvie voltasse, e, quando não voltou, ela se deitou lentamente.

Talvez ela *tivesse* mesmo pecado primeiro, se omitir parte da verdade e contar algumas mentirinhas fosse pecar. Talvez ela *tivesse* encoberto primeiro. Mas isso dava a Alan o direito de abrir uma investigação sobre ela, da forma como um oficial da lei poderia abrir uma investigação sobre um criminoso conhecido? Dava a ele o direito de botar o nome dela em um comunicado policial interestadual... ou mandar fazer um rastreio dela, se era assim que chamava... ou... ou...

*Deixa pra lá, Polly, sussurrou uma voz, uma que ela conhecia bem. Pare de se torturar pelo que foi um comportamento bem adequado da sua parte. Afinal, você ouviu a culpa na voz dele, não ouviu?*

— Ouvi! — murmurou ela com ferocidade no travesseiro. — Isso mesmo, eu *ouvi*! Que tal isso, tia Evvie? — Não houve resposta... só um incômodo estranho e leve

(*a pergunta é a seguinte, Trisha*)

em sua mente subconsciente. Como se ela tivesse esquecido alguma coisa, deixado alguma coisa de fora

(*quer uma balinha, Trisha*)

da equação.

Polly rolou de lado inquieta, e o *azka* caiu sobre o volume de um dos seios. Ela ouviu alguma coisa dentro arranhar delicadamente a parede prateada da prisão.

Não, pensou Polly, é só uma coisa se movendo. Uma coisa inerte. Essa ideia de que tem uma coisa viva aí dentro... é sua imaginação.

*Arranha-arranha-arranha.*

A bola prateada balançou de leve entre o bojo de algodão branco do sutiã e o lençol da cama.

*Arranha-arranha-arranha.*

*Essa coisa está viva, Trisha,* disse tia Evvie. *Essa coisa está viva e você sabe disso.*

Não seja boba, disse Polly para ela, se virando para o outro lado. Como poderia haver uma criatura lá dentro? Talvez conseguisse respirar pelos buraquinhos, mas o que comeria?

*Talvez,* respondeu tia Evvie com uma implacabilidade suave, *esteja comendo VOCÊ, Trisha.*

— Polly — murmurou ela. — Meu nome é *Polly.*

Desta vez, o incômodo no subconsciente foi mais forte, um tanto alarmante, e por um momento ela quase conseguiu capturar a informação. Mas o telefone começou a tocar de novo. Ela ofegou e se sentou, o rosto com uma expressão de consternação cansada. O orgulho e a vontade estavam em guerra ali.

*Fala com ele, Trisha. Que mal pode fazer? Melhor ainda, escuta o que ele tem para dizer. Você não escutou muito antes, não é?*

Eu não quero falar com ele. Não depois do que ele fez.

*Mas você ainda o ama.*

Sim, era verdade. O problema é que agora ela também o odiava.

A voz de tia Evvie se ergueu mais uma vez, vociferando com raiva na mente dela. *Você quer ser um fantasma a vida toda, Trisha? Qual é o seu problema, garota?*

Polly esticou a mão para pegar o telefone com um gesto de decisão fingida. Sua mão, ágil e sem dor, hesitou perto do aparelho. Porque talvez *não fosse* Alan. Talvez fosse o sr. Gaunt. Talvez o sr. Gaunt quisesse dizer que ainda não tinha terminado com ela, que ela ainda não tinha terminado de pagar.

Ela fez outro movimento na direção do telefone; desta vez, as pontas dos dedos tocaram no plástico. Mas puxou a mão de volta. Sua mão segurou a outra e elas se uniram em uma bola nervosa na barriga. Ela estava com medo da voz morta de tia Evvie, do que tinha feito à tarde, do que o sr. Gaunt (ou

Alan!) poderia contar à cidade sobre seu filho morto, do que a confusão de sirenes e carros em disparada podia significar.

No entanto, mais do que todas essas coisas, ela tinha descoberto que estava com medo de Leland Gaunt. Sentia como se alguém a tivesse amarrado ao badalo de um sino de ferro enorme, um sino que ao mesmo tempo a ensurdeceria, a deixaria louca e a esmagaria se começasse a tocar.

O telefone ficou em silêncio.

Lá fora, outra sirene começou a tocar, e quando estava se afastando na direção da ponte Tin, um novo trovão ribombou. Dessa vez mais perto.

*Tira isso*, a voz da tia Evvie sussurrou. *Tira, querida. Você consegue; o poder dele é sobre a necessidade, não sobre a vontade. Tira. Quebra o controle que tem sobre você.*

Mas ela estava olhando para o telefone e lembrando da noite (tinha sido menos de uma semana antes?) em que tentou pegá-lo e bateu nele com os dedos e o derrubou no chão. Ela se lembrou da dor que subiu pelo braço como um rato faminto com dentes quebrados. Não podia voltar para aquilo. Simplesmente não podia.

Podia?

*Tem uma coisa horrível acontecendo em The Rock hoje*, disse tia Evvie. *Você quer acordar amanhã e ter que descobrir o quanto foi SUA culpa? Essa é mesmo uma conta que você quer fazer, Trisha?*

— Você não entende — gemeu ela. — Não foi com Alan, foi com Ace! Ace Merrill! E ele merece o que acontecer com ele!

A voz implacável da tia Evvie voltou: *Então você também merece, querida. Você também.*

<br>

4

Às seis e vinte daquela tarde de terça-feira, quando as nuvens de tempestade se aproximaram e a escuridão sobrepujou o crepúsculo, o oficial da Polícia Estadual que tinha substituído Sheila Brigham no atendimento saiu para a área das celas do posto do xerife. Ele desviou da grande área, em forma mais ou menos de losango, marcada com uma fita de CENA DO CRIME, e foi correndo até onde estava Henry Payton.

Payton parecia desgrenhado e infeliz. Tinha passado os cinco minutos anteriores com as damas e cavalheiros da imprensa, e sentia-se como sempre ficava depois de um confronto daqueles: como se tivesse sido coberto de mel e obrigado a rolar em uma grande pilha de merda de hiena infestada de formigas. Sua declaração não tinha sido tão bem preparada, nem indiscutivelmente vaga, como ele gostaria. O pessoal da televisão tinha forçado a barra. Queriam fazer atualizações ao vivo durante o período de seis a seis e meia, quando o noticiário local era transmitido, achavam que *tinham* que fazer, e se ele não oferecesse nada, era capaz de o crucificarem no das onze. Quase o tinham crucificado de qualquer jeito. Em toda sua carreira, aquele foi o momento em que ele chegou mais perto de admitir que não tinha a menor ideia. Ele não saiu da coletiva improvisada; fugiu dela.

Payton se viu desejando ter ouvido Alan com mais atenção. Quando chegou, parecia que o trabalho era essencialmente controle de danos. Agora ele se questionava, porque houve *outro* assassinato depois que ele assumiu o caso... de uma mulher chamada Myrtle Keeton. O marido dela ainda estava à solta, provavelmente fugindo para as colinas, mas possivelmente ainda saltitando com alegria por aquela cidadezinha sinistra. Um homem que matou a esposa com um martelo. Basicamente um psicopata, em outras palavras.

O problema era que ele não *conhecia* aquelas pessoas. Alan e seus policiais conheciam, mas Alan e Ridgewick não estavam lá. LaPointe estava no hospital, provavelmente torcendo para os médicos conseguirem deixar seu nariz reto de novo. Ele olhou em volta procurando Clutterbuck e não ficou surpreso de ver que ele também tinha desaparecido.

*Você quer, Henry?*, ele ouviu Alan dizer dentro da sua cabeça. *Tudo bem. Pode ficar. E, no que diz respeito a suspeitos, que tal tentar a lista telefônica?*

— Tenente Payton? Tenente Payton! — Era o policial do atendimento.

— O quê? — rosnou Henry.

— Estou com o dr. Van Allen no rádio. Ele quer falar com você.

— Sobre o quê?

— Ele não quis dizer. Só disse que *tinha* que falar com você.

Henry Payton entrou na sala de atendimento sentindo-se mais e mais como um garoto andando de bicicleta sem freios descendo uma colina íngreme com um penhasco de um lado, uma parede de pedra do outro e uma matilha de lobos famintos com caras de repórteres atrás.

Ele pegou o microfone.

— Aqui é Payton, câmbio.

— Tenente Payton, aqui é o dr. Van Allen. O legista do condado. — A voz soou oca e distante, quebrada ocasionalmente por explosões de estática. Era a tempestade que se aproximava, Henry sabia. Mais diversão para a galerinha da pesada.

— Sim, eu sei quem você é. Você levou o sr. Beaufort para Oxford. Como ele está, câmbio?

— Ele está...

*Chiado estalo ruído.*

— A transmissão está quebrada, dr. Van Allen — disse Henry, falando o mais pacientemente que conseguiu. — Temos o que parece ser uma tempestade elétrica de primeira classe a caminho daqui. Por favor, repita. Câmbio.

— Morto! — gritou o dr. Van Allen num intervalo de estática. — Ele morreu na ambulância, mas não acreditamos que tenha sido o trauma do tiro que o matou. Deu para entender? *Nós não acreditamos que esse paciente morreu do trauma do tiro.* O cérebro dele primeiro passou por um edema típico que depois se rompeu. O diagnóstico mais provável é de que uma substância tóxica, uma substância *extremamente* tóxica, foi introduzida no sangue dele quando ele levou o tiro. Essa mesma substância parece ter feito o coração dele explodir. Literalmente. Por favor, responda.

*Ah, Jesus*, pensou Henry Payton. Ele puxou a gravata, desabotoou o colarinho e apertou o botão de transmissão.

— Mensagem recebida, dr. Van Allen, mas admito que não entendi nada. Câmbio.

— A toxina provavelmente estava nas balas da arma disparada contra ele. A infecção parece se espalhar lentamente no começo e ganhar velocidade depois. Temos duas áreas claras em forma de leque de introdução, o ferimento na bochecha e o ferimento no peito. É muito importante...

*Chiado estalo ruído.*

— ... com ela? Câmbio?

— Repita, dr. Van Allen. — Henry desejou que o homem tivesse simplesmente usado o telefone. — Por favor, repita, câmbio.

— *Quem está com a arma?* — gritou Van Allen. — *Câmbio!*

— David Friedman. Da balística. Ele a levou para Augusta. Câmbio.

— Ele teria descarregado a arma primeiro? Câmbio.

— Sim. É procedimento padrão. Câmbio.

— Era um revólver ou uma automática, tenente Payton? Essa informação é imprescindível agora. Câmbio.

— Automática. Câmbio.

— Ele descarregaria o pente? Câmbio.

— Faria isso em Augusta. — Payton se sentou pesadamente na cadeira do atendimento. De repente, sentiu que precisava dar uma boa cagada. — Câmbio.

— Não! Não, ele não pode! *Ele não pode fazer isso!* Entendido?

— Entendido. Vou deixar uma mensagem no laboratório de balística, dizendo que é para ele deixar as malditas balas no maldito pente até resolvermos essa merda toda. — Ele sentiu um prazer infantil ao perceber que isso estava se espalhando pelo mundo... e se perguntou quantos repórteres lá na frente o estariam monitorando com rádios amadores. — Escute, dr. Van Allen, nós não devíamos estar falando sobre isso no rádio. Câmbio.

— O aspecto de relações públicas não importa — respondeu Van Allen com rispidez. — Estamos falando da *vida* de um homem aqui, tenente Payton; tentei ligar pelo telefone e não consegui. Diga para seu homem, Friedman, para examinar as próprias mãos com atenção em busca de arranhões, pequenos cortes, até mesmo uma cutícula machucada. Se ele tiver o menor rompimento de pele nas mãos, ele tem que ir para o hospital mais próximo *imediatamente*. Não tenho como saber se a merda com que estamos lidando estava também no estojo, além da bala em si. E não é o tipo de coisa com a qual ele vá querer se arriscar. Essa coisa é *mortal*. Câmbio.

— Entendido — Henry se ouviu dizer. Ele desejou estar em qualquer lugar, menos ali; mas, como *estava*, desejou que Alan Pangborn estivesse ao seu lado. Desde que chegara em Castle Rock, ele se sentia cada vez mais como um carro atolado na lama. — O que *é*? Câmbio.

— Ainda não sabemos. Não é curare, porque não houve paralisia antes do final. Além do mais, o curare é relativamente indolor, e o sr. Beaufort sofreu muito. Tudo o que sabemos até agora é que começou lentamente e passou a se deslocar como um trem desgovernado. Câmbio.

— *Só isso?* Câmbio.

— Jesus Cristo — reclamou Ray Van Allen. — Não está bom? Câmbio.

— Sim. Acho que está. Câmbio.

— Fique feliz...

*Chiado, estalo, ruído.*

— Repita, dr. Van Allen. Repita. Câmbio.

Pelo oceano crescente de estática, ele ouviu o dr. Van Allen dizer:

— Fique feliz de estar com a arma apreendida. De não ter que se preocupar com ela provocar mais danos. Câmbio.

— Isso *mesmo*, amigão. Câmbio, desligo.

## 5

Cora Rusk virou na rua Principal e andou lentamente na direção da Artigos Indispensáveis. Passou por uma van Ford Econoline amarela com WPTD CHANNEL 5 ACTION NEWS na lateral, mas não viu Danforth "Buster" Keeton olhando para ela sem piscar pela janela do motorista. Ela provavelmente não o teria reconhecido, de qualquer modo; Buster tinha se tornado um novo homem, por assim dizer. E mesmo se ela o tivesse visto e reconhecido, não significaria nada para Cora. Ela tinha seus próprios problemas e suas próprias dores. Mais do que tudo, tinha sua própria raiva. E nada disso dizia respeito ao filho morto.

Em uma das mãos, Cora Rusk estava segurando óculos de sol quebrados.

Pareceu que a polícia a interrogaria para sempre... ou pelo menos até ela ficar louca. *Vão embora!*, ela queria gritar para eles. *Parem de me fazer tantas perguntas idiotas sobre o Brian! Prendam ele se ele estiver encrencado, o pai dele resolve, ele só serve para resolver coisas, mas me deixem em paz! Tenho um encontro com o Rei e não posso deixá-lo esperando!*

Em certo momento, ela viu o xerife Pangborn parado na porta entre a cozinha e a varanda dos fundos, os braços cruzados sobre o peito, e esteve à beira de gritar isso, achando que *ele* entenderia. Ele não era como os outros; era da cidade, saberia sobre a Artigos Indispensáveis, teria comprado seu próprio artigo especial lá, ele entenderia.

Só que o sr. Gaunt falou na cabeça dela naquela hora, tão calmo e sensato como sempre. *Não, Cora, não fale com ele. Ele não entenderia. Ele não é como você. Ele não é um consumidor inteligente. Diga que você quer ir para o hospital ver seu outro garoto. Isso vai fazer você se livrar deles, ao menos por um tempo. Depois disso, não vai importar.*

Cora disse exatamente isso, e funcionou como mágica. Ela até conseguiu soltar uma ou duas lágrimas, pensando não em Brian mas em como Elvis devia estar triste, vagando por Graceland sem ela. Pobre Rei perdido!

Eles foram embora, mas ainda havia dois ou três na garagem. Cora não sabia o que eles estavam fazendo e nem o que podiam querer lá fora, mas não se importava. Ela pegou os óculos de sol mágicos na mesa e correu escada acima. Quando entrou no quarto, tirou o roupão, se deitou na cama e os colocou.

Novamente, ela estava em Graceland. Alívio, expectativa e um tesão incrível tomaram conta dela.

Ela subiu a escadaria curva, fresca e nua, até o corredor de cima, cheio de tapeçarias da selva e tão amplo quanto uma rodovia. Andou até a porta dupla no final, os pés descalços sussurrando no tapete fofo. Viu os dedos se esticarem e se fecharem na maçaneta. Abriu as portas, revelando o quarto do Rei, um quarto todo preto e branco, com paredes pretas, um tapete branco peludo, cortinas pretas nas janelas, costura branca na colcha preta. A única exceção era o teto, pintado de azul-escuro com mil estrelas elétricas cintilantes.

Ela olhou para a cama e foi nessa hora que foi tomada de horror.

O Rei estava na cama, mas o Rei não estava sozinho.

Sentada em cima dele, montando-o como um pônei, estava Myra Evans. Ela virou a cabeça e olhou para Cora quando as portas se abriram. O Rei só ficava olhando para Myra, piscando os olhos azuis lindos e sonolentos.

— Myra! — exclamou Cora. — O que você está fazendo aqui?

— Bem — disse Myra com arrogância —, com certeza não vim para passar aspirador de pó.

Cora ofegou, com dificuldade de respirar, totalmente perplexa.

— Bom… bom… bom… *macacos me mordam!* — gritou ela, a voz se erguendo com a volta do fôlego.

— Então vai *procurar* os macacos — disse Myra, movendo os quadris com mais rapidez — e aproveita e tira esses óculos de sol idiotas. São ridículos. Sai daqui. Volta pra Castle Rock. Estamos ocupados… não estamos, E?

— Isso meeeesmo, dociiiinho — disse o Rei. — Ocupados como dois pombinhos no tapete.

O horror virou fúria, e a paralisia de Cora passou de repente. Ela correu para cima da dita amiga, querendo arrancar seus olhos traiçoeiros do rosto. Mas quando levantou a garra para fazer isso, Myra esticou a mão, sem perder nenhum movimento dos quadris, e arrancou os óculos escuros de Cora.

Cora apertou os olhos, surpresa… e quando os abriu, estava deitada na própria cama. Os óculos estavam no chão, as duas lentes estilhaçadas.

— *Não* — gemeu Cora, pulando da cama. Ela queria gritar, mas uma voz interior, que não era a dela, avisou que a polícia na garagem ouviria se ela gritasse e viria correndo. — Não, por favor, não por favor, *por favooooor…*

Ela tentou encaixar os pedaços das lentes quebradas no aro dourado, mas foi impossível. Estavam quebradas. Quebradas por aquela piranha perversa. Quebradas por sua *amiga*, Myra Evans. Sua *amiga* que acabou encontrando o caminho de Graceland, sua *amiga* que, agora mesmo, enquanto Cora tentava consertar um artefato valioso que estava irremediavelmente quebrado, estava fazendo amor com o Rei.

Cora olhou para cima. Seus olhos se tornaram fendas pretas cintilantes.

— Vou acabar com *ela* — sussurrou ela com voz rouca. — Vamos ver se não vou.

# 6

Ela leu a placa na janelinha da Artigos Indispensáveis, parou por um momento, pensando, e contornou a loja até a viela dos fundos. Passou por Francine Pelletier, que estava saindo da viela e guardando alguma coisa na bolsa. Cora nem olhou para ela.

Na metade da viela, ela viu o sr. Gaunt de pé atrás de uma mesa de madeira atravessada na porta aberta dos fundos da loja, como uma barricada.

—Ah, Cora! — exclamou ele. — Eu estava imaginando quando você viria.

—Aquela *vaca*! — gritou Cora. — Aquela piranha vagabunda traidora!

— Perdão, Cora — disse o sr. Gaunt com uma polidez urbana —, mas você parece ter deixado uns botões abertos. — Ele apontou com um dos dedos estranhos e longos para a frente do vestido.

Cora tinha vestido a primeira coisa que encontrou no armário e só conseguiu fechar o botão de cima. Abaixo dele, o vestido estava aberto até os pelos ondulados do seu púbis. A barriga, avantajada pelos muitos bolinhos, biscoitos e cerejas cobertas de chocolate durante *Santa Barbara* (e todas as outras novelas e programas), fazia uma curva suave para fora.

—Quem liga? — disse Cora com rispidez.

—Não eu — concordou o sr. Gaunt serenamente. — Como posso ajudar?

—Aquela vaca está trepando com o Rei. Ela quebrou meus óculos de sol. Eu quero matar ela.

—*Quer* — disse o sr. Gaunt, erguendo as sobrancelhas. — Bom, não posso dizer que não entendo, Cora, porque entendo. Pode ser que uma mulher capaz de roubar o homem de outra mulher mereça viver. Eu não emitiria opinião sobre o assunto; sou comerciante a vida toda e sei bem pouco sobre as questões do coração. Mas uma mulher capaz de quebrar o bem mais precioso de outra mulher, deliberadamente... bom, isso é uma coisa bem mais séria. Você concorda?

Ela começou a sorrir. Foi um sorriso rígido. Um sorriso implacável. Um sorriso desprovido de qualquer sanidade.

—Concordo pra caralho — disse Cora Rusk.

O sr. Gaunt se virou por um momento. Quando voltou a olhar para Cora, estava segurando uma pistola automática em uma das mãos.

—Você estaria procurando algo assim? — perguntou ele.

# VINTE

1

Depois que Buster acabou com Myrtle, ele entrou em um estado profundo de fuga dissociativa. Todo o seu senso de propósito desapareceu. Ele pensava Neles, a cidade toda estava cheia Deles, mas em vez da raiva clara e justa que a ideia gerara minutos antes, ele agora sentia cansaço e depressão. Estava com uma dor de cabeça latejante. O braço e as costas doíam pelos golpes com o martelo.

Ele olhou para baixo e viu que ainda o estava segurando. Abriu a mão e o martelo caiu no linóleo da cozinha, deixando uma mancha de sangue. Ele ficou olhando para a mancha por quase um minuto inteiro com uma espécie de atenção idiota. Parecia um desenho do rosto de seu pai desenhado em sangue.

Ele andou pela sala e entrou no escritório, esfregando o ombro e o braço no caminho. A corrente da algema tilintava de forma enlouquecedora. Ele abriu a porta do armário, caiu de joelhos, entrou embaixo das roupas penduradas na frente e puxou a caixa com os cavalos na frente. Saiu de costas do armário, desajeitado (a algema prendeu em um dos sapatos de Myrtle, e ele o jogou no fundo do armário com um xingamento mal-humorado), levou a caixa até a escrivaninha e se sentou com ela na frente. Em vez de empolgação, ele só sentiu tristeza. O Bilhete da Vitória era maravilhoso, sim, mas de que adiantaria agora? Não importava se ele devolvesse o dinheiro ou não. Ele tinha assassinado a própria esposa. Ela sem dúvida mereceu, mas *Eles* não veriam assim. Eles o jogariam com alegria na cela mais profunda e escura da Penitenciária Shawshank que pudessem encontrar e jogariam a chave fora.

Ele viu que tinha deixado manchas grandes de sangue na tampa da caixa e olhou para si mesmo. Pela primeira vez, reparou que estava coberto de sangue. Seus antebraços grossos pareciam pertencer a um açougueiro. A depressão o envolveu novamente em uma onda suave e negra. Eles o tinham vencido... certo. Mas ele escaparia Deles. Escaparia Deles mesmo assim.

Ele se levantou, cansado até a alma, e subiu a escada devagar. Foi tirando a roupa no caminho, deixou os sapatos na sala e a calça no pé da escada e se sentou na metade do caminho para tirar as meias. Até elas estavam ensanguentadas. A camisa foi a mais difícil; tirar uma camisa usando algema era trabalho do diabo.

Quase vinte minutos se passaram entre o assassinato da sra. Keeton e a caminhada de Buster até o chuveiro. Ele poderia ter sido preso sem dificuldades em quase qualquer momento naquele período... mas, na rua Principal, a transição de autoridade estava acontecendo, o posto do xerife estava um caos e o paradeiro de Danforth "Buster" Keeton não parecia muito importante.

Depois que se secou com a toalha, ele vestiu roupas limpas, uma calça e uma camiseta — pois não tinha energia para lutar novamente com mangas compridas —, e desceu para o escritório. Buster se sentou na cadeira e olhou para o Bilhete da Vitória de novo, torcendo para sua depressão acabar sendo uma coisa efêmera, para que algo da alegria anterior voltasse. Mas a foto na caixa parecia ter desbotado, ficado sem vida. A cor mais forte em evidência era uma mancha do sangue de Myrtle no flanco do cavalo dois.

Ele tirou a tampa e olhou dentro. Ficou chocado de ver que os cavalinhos de metal estavam caídos tristemente para todos os lados. As cores também tinham desbotado. Um pedaço de mola quebrada aparecia no buraco onde se enfiava a chave para dar corda na máquina.

Alguém entrou aqui!, sua mente gritou. Alguém mexeu nisso! Um Deles! *Me* destruir não foi o suficiente! Eles tinham que estragar meu jogo também!

Mas uma voz mais profunda, talvez a voz fraca da sanidade, sussurrou que isso não era verdade. *Estava assim desde o começo*, sussurrou a voz. *Você só não percebeu.*

Ele voltou para o armário com a intenção de pegar a arma. Era hora de usá-la. Ele a estava procurando quando o telefone tocou. Buster atendeu lentamente, sabendo quem era do outro lado.

E não se decepcionou.

2

— Oi, Dan — disse o sr. Gaunt. — Como está você nesta bela tarde?

— Péssimo — disse Buster com voz desanimada e arrastada. — O mundo virou de cabeça pra baixo. Vou me matar.

— Ah, é? — O sr. Gaunt pareceu meio decepcionado, mas só isso.

— Nada está bom. Nem o jogo que você me vendeu está bom.

— Ah, duvido muito disso — respondeu o sr. Gaunt com um toque de aspereza na voz. — Eu verifico todas as minhas mercadorias com cuidado, sr. Keeton. Muito cuidado mesmo. Por que você não olha de novo?

Buster olhou, e o que viu o surpreendeu. Os cavalos estavam eretos nas pistas. Cada camada parecia recém-pintada e brilhava. Até os olhos pareciam soltar fagulhas. A pista de corrida de metal estava verde brilhante e marrom verão. *A pista parece veloz*, pensou ele, sonhador, e seus olhos se desviaram para a tampa.

Ou seus olhos, afetados pela depressão, o tinham enganado, ou as cores lá tinham ganhado profundidade de uma forma incrível nos poucos segundos desde que o telefone tocara. Agora era o sangue de Myrtle que ele quase não conseguia ver. Estava secando e ficando marrom.

— Meu Deus! — sussurrou ele.

— E então? — perguntou o sr. Gaunt. — E aí, Dan? Estou errado? Se estiver, você precisa adiar seu suicídio ao menos pelo tempo de devolver sua compra e receber o seu dinheiro de volta. Eu defendo minha mercadoria. Preciso fazer isso, sabe. Tenho minha reputação a proteger, e essa é uma proposta que levo muito a sério em um mundo onde há bilhões Deles e só um de mim.

— Não... não! É... é *lindo*.

— Então você se enganou? — persistiu o sr. Gaunt.

— Eu... acho que sim.

— Você *admite* que se enganou?

— Eu... sim.

— Que bom — disse o sr. Gaunt. A voz perdeu a rispidez. — Então fique à vontade, vá em frente e se mate. Se bem que devo admitir que estou decepcionado. Achei que finalmente tinha encontrado um homem com coragem suficiente pra me ajudar a dar uma surra Neles. Acho que você é garganta, como os outros. — O sr. Gaunt suspirou. Foi o suspiro de um homem que percebe que não viu uma luz no fim do túnel, afinal.

Uma coisa estranha estava acontecendo com Buster Keeton. Ele sentiu sua vitalidade e seu propósito voltando. Suas cores interiores pareceram se apurar, se intensificar de novo.

— Quer dizer que não é tarde demais?

— Você deve ter pulado a aula de poesia para iniciantes. Nunca é tarde para procurar um novo mundo. Não se você é um homem de coragem. Ora, eu tinha tudo preparado pra você, sr. Keeton. Estava contando com você, sabe.

— Eu gostava mais de Dan — disse Buster, quase tímido.

— Tudo bem. Dan. Você está mesmo determinado a escolher uma saída tão covarde da vida?

— Não! — exclamou Buster. — É que... eu pensei: de que adianta? Eles são tantos.

— Três bons homens podem fazer um baita estrago, Dan.

— Três? Você disse *três*?

— Sim... tem outro de nós. Uma outra pessoa que vê o perigo, que entende o que Eles estão tramando.

— Quem? — perguntou Buster com ansiedade. — Quem?

— No seu devido tempo — disse o sr. Gaunt —, mas agora, o tempo urge. Eles vão atrás de você.

Buster olhou pela janela do escritório com os olhos apertados de um furão que sente o cheiro de perigo no vento. A rua estava vazia, mas só naquele momento. Ele Os sentia, sentia que Eles estavam se reunindo contra ele.

— O que devo fazer?

— Então você está no meu time? — perguntou o sr. Gaunt. — *Posso* contar com você, afinal?

— Pode!

— Até o fim?

— Até o inferno congelar ou você mandar!

— Que bom. Escute com atenção, Dan. — E enquanto o sr. Gaunt falava e Buster ouvia, entrando gradualmente naquele estado hipnótico que o sr. Gaunt parecia poder induzir sempre que quisesse, os primeiros ribombares da tempestade que se aproximava começaram a sacudir o ar lá fora.

3

Cinco minutos depois, Buster saiu de casa. Tinha vestido um paletó leve por cima da camiseta e enfiado a mão da algema em um dos bolsos. Na metade do quarteirão, ele encontrou uma van estacionada junto ao meio-fio, exatamente onde o sr. Gaunt dissera que a encontraria. Era amarela, garantia de que a maioria dos passantes olharia para a cor e não para o motorista. Era quase sem janelas e os dois lados tinham a marca de uma estação de televisão de Portland.

Buster deu uma olhada rápida e cuidadosa para os dois lados e então entrou. O sr. Gaunt tinha dito que a chave estaria embaixo do assento. Estava mesmo. No banco do passageiro havia uma sacola de compras de papel. Dentro dela, Buster encontrou uma peruca loura, um par de óculos com aro de metal estilo yuppie e uma garrafinha de vidro.

Ele colocou a peruca com uma certa apreensão; era longa e desgrenhada e parecia o escalpo de um cantor de rock morto. Mas quando se olhou no retrovisor da van, ficou impressionado com o quanto caiu bem. Fez com que ele parecesse bem mais jovem. *Bem* mais jovem. As lentes dos óculos de yuppie eram de vidro e mudaram sua aparência (ao menos na opinião dele) ainda mais do que a peruca. Fizeram com que ele parecesse inteligente, como Harrison Ford em *A costa do mosquito*. Ele ficou se observando, fascinado. De repente, parecia ter trinta e poucos anos em vez de cinquenta e dois, parecia um homem que podia muito bem trabalhar para uma emissora de televisão. Não como correspondente de notícias, nada glamouroso assim, mas talvez câmera ou até produtor.

Ele abriu a tampa da garrafa e fez uma careta; a substância dentro tinha cheiro de bateria de trator derretida. Filetes de fumaça saíram da boca da garrafa. *Tenho que tomar cuidado com isso*, pensou Buster. *Tenho que tomar muito cuidado.*

Ele prendeu a ponta solta da algema embaixo da coxa direita e esticou a corrente. E então derramou um pouco do conteúdo da garrafa na corrente abaixo do aro no punho, tomando cuidado para não deixar o líquido escuro e viscoso pingar na pele. O aço começou a soltar fumaça e borbulhar na mesma hora. Algumas gotas caíram no tapete de borracha, que também começou a borbulhar. Subiram fumaça e um cheiro horrível de coisa frita. Depois de alguns momentos, Buster puxou o aro vazio de debaixo da coxa, prendeu os dedos nele e puxou com força. A corrente se partiu como papel e ele a jogou no chão. Ainda estava com um aro no pulso, mas podia viver com isso; a corrente e o outro aro pendurado eram a parte insuportável. Ele enfiou a chave na ignição, ligou o motor e saiu dirigindo.

Menos de três minutos depois, uma viatura do xerife do condado de Castle dirigida por Seaton Thomas parou na porta da casa de Keeton, e Seat descobriu Myrtle Keeton caída metade na garagem e metade na cozinha. Pouco tempo depois, quatro unidades da Polícia Estadual se juntaram a ele. Os policiais reviraram a casa de cima a baixo, procurando Buster ou algum sinal de para onde ele poderia ter ido. Ninguém olhou duas vezes para o jogo na escrivaninha do escritório. Era velho, sujo e estava claramente quebrado. Parecia uma coisa saída do sótão de um parente pobre.

# 4

Eddie Warburton, o zelador do Prédio Municipal, estava furioso com Sonny Jackett havia mais de dois anos. Nos dois dias anteriores, a raiva tinha virado uma fúria cega.

Quando o câmbio do lindo Honda Civic de Eddie ficou ruim no verão de 1989, Eddie não quis levá-lo à concessionária Honda mais próxima. Isso envolveria um valor alto de reboque. Já era uma merda que o defeito só tivesse aparecido três semanas depois que a garantia expirou. Por isso, ele procurou Sonny Jackett primeiro e perguntou se ele tinha experiência com carros estrangeiros.

Sonny disse que tinha. Falou com aquele jeito expansivo e condescendente que a maioria dos ianques do interiorzão tinha na hora de falar com Eddie. *Não temos preconceito, garoto*, esse tom dizia. *Aqui é o Norte, sabe. Não compartilhamos daquela merda sulista. CLARO que você é crioulo, qualquer um vê isso, mas isso não quer dizer nada para nós. Preto, amarelo, branco ou verde, a gente trata todo mundo igual. Pode trazer o carro.*

Sonny consertou o câmbio do Honda, mas a conta foi de cem dólares a mais do que Sonny disse que seria, e eles quase entraram no soco por causa disso uma noite no Tigre. E aí, o *advogado* de Sonny (ianques ou qualquer branco, na experiência de Eddie Warburton, sempre tinham *advogados*) ligou para Eddie e disse que Sonny o levaria ao tribunal de pequenas causas. Eddie acabou com cinquenta dólares a menos por aquela pequena experiência, e o incêndio no sistema elétrico do Honda aconteceu cinco meses depois. O carro estava no estacionamento do Prédio Municipal. Alguém gritou chamando Eddie, mas quando ele chegou lá fora com um extintor de incêndio, o interior do carro já estava tomado por fogo amarelo. Foi perda total.

Ele se perguntou depois disso se Sonny Jackett tinha causado aquele incêndio. O investigador do seguro disse que foi um acidente genuíno provocado por curto-circuito… o tipo de coisa que era de uma em um milhão. Mas o que o sujeito sabia? Provavelmente nada, e, além do mais, não era o dinheiro *dele*. Não que o seguro fosse suficiente para cobrir o investimento de Eddie.

E agora, ele sabia. Tinha certeza.

Naquele dia, ele tinha recebido um pacote pelo correio. Os objetos dentro foram extremamente esclarecedores: uma série de grampos jacaré empretecidos, uma fotografia velha e manuseada e um bilhete.

Os grampos eram do tipo que podiam ser usados para iniciar um incêndio elétrico. Era só tirar a capa do par certo de fios nos lugares certos, prender os grampos e pronto.

A fotografia mostrava Sonny e vários amigos brancos, os sujeitos que sempre estavam sentados em cadeiras de cozinha no escritório do posto de gasolina quando se ia lá. Mas o local não era o Sunoco do Sonny; era o Ferro-velho Robicheau, na Estrada Municipal 5. Os caras estavam na frente do Civic queimado de Eddie, bebendo cerveja, rindo... e comendo pedaços de melancia.

O bilhete era curto e direto: *Querido crioulo: se meter comigo foi um erro horrível.*

Primeiro, Eddie se perguntou por que Sonny enviaria um bilhete daqueles (apesar de não o ter relacionado com a carta que ele mesmo tinha colocado no buraco de cartas de Polly Chalmers a pedido do sr. Gaunt). Decidiu que foi porque Sonny era ainda mais burro e cruel do que a maioria dos caipiras. Ainda assim... se a questão ainda estava incomodando Sonny, por que ele esperou tanto tempo para voltar ao assunto? No entanto, quanto mais pensava sobre o que tinha acontecido,

(*Querido crioulo*)

menos a pergunta parecia importar. O bilhete e os grampos jacaré pretos e a velha fotografia subiram à cabeça e ficaram zumbindo lá como uma nuvem de mosquitos famintos.

Mais cedo naquela mesma noite, ele tinha comprado uma arma do sr. Gaunt.

As luzes fluorescentes do escritório do posto Sunoco criavam um trapézio branco de luz no asfalto do lado de fora quando Eddie chegou, dirigindo o Olds usado que substituíra o Civic. Ele saiu, uma das mãos no bolso da jaqueta, segurando a arma.

Ele parou do lado de fora por um minuto e olhou para dentro. Sonny estava sentado atrás da registradora, em uma cadeira de plástico inclinada, apoiada nas pernas de trás. Eddie só conseguia ver o alto do boné de Sonny por cima do jornal aberto. Estava lendo jornal. Claro. Homens brancos sempre tinham *advogados*, e depois de um dia sacaneando negros como Eddie, eles sempre se sentavam nos escritórios, inclinavam a cadeira para trás e liam o jornal.

Homens brancos arrombados, com as porras dos *advogados* e as porras dos *jornais*.

Eddie tirou a pistola automática do bolso e entrou. Uma parte dele que andava adormecida acordou de repente e gritou alarmada que ele não devia fazer aquilo, que era um erro. Mas a voz não importava. Não importava porque, de repente, Eddie não parecia estar dentro de si mesmo. Ele parecia um espírito pairando acima de seu ombro, observando tudo acontecer. Um demônio maligno tinha assumido o controle.

— Tenho uma coisa pra você, seu filho da puta golpista. — Eddie ouviu sua boca dizer isso e viu seu dedo puxar o gatilho da automática duas vezes. Dois círculos pretos pequenos apareceram em uma manchete que dizia APROVAÇÃO DE MCKERNAN DISPARA. Sonny Jackett gritou e estrebuchou. As pernas traseiras da cadeira inclinada deslizaram e ele caiu no chão, com sangue encharcando o macacão... só que o nome bordado no macacão em dourado era RICKY. Não era Sonny, mas sim Ricky Bissonette.

— Ah, merda! — gritou Eddie. — Atirei no ianque errado!

— Oi, Eddie — cumprimentou Sonny Jackett atrás dele. — Que bom que eu estava cagando, né?

Eddie começou a se virar. Três balas da pistola automática que Sonny tinha comprado do sr. Gaunt no fim da tarde entraram na altura da lombar, pulverizando sua espinha, antes que ele desse metade da meia-volta.

Ele ficou olhando, os olhos arregalados e impotentes, quando Sonny se inclinou na direção dele. A boca da arma que Sonny segurava era grande como a boca de um túnel e escura como a eternidade. Acima dela, o rosto de Sonny estava pálido e firme. Uma mancha de graxa descia por uma bochecha.

— Planejar roubar meu novo jogo de chaves de roda não foi seu erro — disse Sonny enquanto encostava o cano da automática no meio da testa de Eddie Warburton. — Escrever e me *contar* que ia fazer isso... *esse* foi seu erro.

Uma luz branca intensa, a luz da compreensão, de repente se acendeu na mente de Eddie. *Agora* ele se lembrou da carta que colocara no buraco de cartas da Chalmers e se viu capaz de ligar esse ato com o bilhete que tinha recebido e com o que Sonny estava mencionando e juntar as peças do quebra-cabeça.

— Escuta! — sussurrou ele. — Você tem que me ouvir, Jackett, nós fomos feitos de otários, nós dois. Nós...

— Tchau, neguinho — disse Sonny, e puxou o gatilho.

Sonny olhou fixamente para o que restava de Eddie Warburton por quase um minuto, se perguntando se deveria ter ouvido o que Eddie tinha a dizer. Decidiu que a resposta era não. O que um sujeito tão burro a ponto de enviar um bilhete daqueles teria a dizer que poderia ter importância?

Sonny se levantou, entrou no escritório e passou por cima das pernas de Ricky Bissonette. Abriu o cofre e tirou as chaves de roda ajustáveis que o sr. Gaunt tinha vendido para ele. Ainda estava olhando para elas, pegando cada uma, mexendo nelas com amor e guardando no estojo de volta quando a Polícia Estadual chegou para prendê-lo.

# 5

*Estacione na esquina da Birch com a Principal*, dissera o sr. Gaunt para Buster no telefone, *e espere. Vou enviar alguém até você.*

Buster seguiu as instruções ao pé da letra. Tinha visto muita movimentação na boca da viela dos fundos de onde estava, um quarteirão antes; quase todos os seus amigos e vizinhos, ao que lhe parecia, tinham algum negócio a fazer com o sr. Gaunt naquela noite. Dez minutos antes, aquela tal da Rusk tinha entrado lá com o vestido desabotoado, parecendo algo saído de um pesadelo.

Menos de cinco minutos depois de ela sair guardando alguma coisa no bolso do vestido (que ainda estava desabotoado, e dava para ver muita coisa, mas quem em sã consciência, se perguntou Buster, ia querer olhar?), houve vários tiros vindos de um ponto mais distante na rua Principal. Buster não tinha certeza, mas achava que tinham vindo do posto Sunoco.

Viaturas da Polícia Estadual dispararam pela rua Principal vindas do Prédio Municipal, as luzes azuis piscando, espalhando repórteres como pombos. Com ou sem disfarce, Buster decidiu que seria prudente passar para a parte de trás da van por um tempo.

Os carros da Polícia Estadual passaram com uma barulheira, e as luzes azuis caíram em uma coisa encostada nas portas dos fundos da van: uma bolsa verde de lona. Curioso, Buster desfez o nó que a amarrava, abriu a boca da bolsa e olhou dentro.

Havia uma caixa por cima de tudo. Buster a tirou e viu que o resto da bolsa estava cheia de relógios. Relógios Hotpoint. Havia mais de vinte. A superfície branca lisa olhava para ele como os olhos sem pupila da Little Orphan Annie. Ele abriu a caixa que tinha tirado de dentro da bolsa e viu que estava cheia de grampos jacaré, do tipo que eletricistas usavam às vezes para fazer conexões rápidas.

Buster franziu a testa... e, de repente, sua mente viu um formulário, um de liberação de verbas de Castle Rock, para ser preciso. Datilografadas no espaço para *Bens e/ou serviços a serem providenciados* estavam as seguintes palavras: 16 CAIXAS DE DINAMITE.

Sentado na parte de trás da van, Buster começou a sorrir. Mas logo começou a gargalhar. Do lado de fora, um trovão soou. Uma língua de relâmpago saiu lambendo da barriga de uma nuvem e caiu no riacho Castle.

Buster continuou rindo. Riu até a van tremer.

— Eles! — gritou ele, rindo. — Ah, cara, temos uma coisa pra Eles! Temos *mesmo!*

# 6

Henry Payton, que tinha ido para Castle Rock para aliviar a carga nas costas do xerife Pangborn, parou na porta do escritório do posto Sunoco com a boca aberta. Agora eles tinham mais dois homens mortos. Um era branco e um era negro, mas ambos estavam mortos.

Um terceiro homem, o dono do posto, de acordo com o nome no macacão, estava sentado no chão perto do cofre aberto com uma caixa suja de aço aninhada nos braços como se fosse um bebê. Ao lado dele, no chão, havia uma pistola automática. Ao olhar para ela, Henry sentiu um elevador descer pelas suas entranhas. Era idêntica à que Hugh Priest usara para atirar em Henry Beaufort.

— Olha — disse um dos policiais atrás de Henry com voz baixa e surpresa. — Tem outra.

Henry virou a cabeça para olhar e ouviu os tendões do pescoço estalarem. Uma outra arma, uma terceira pistola automática, estava caída perto da mão esticada do sujeito negro.

— Não encostem nelas — disse ele para os outros policiais. — Nem cheguem perto.

Ele passou por cima da poça de sangue, segurou Sonny Jackett pela lapela do macacão e o colocou de pé. Sonny não resistiu, mas agarrou a caixa de aço com mais força contra o peito.

— O que aconteceu aqui? — gritou Henry na cara dele. — O que foi que aconteceu aqui?

Sonny fez um gesto na direção de Eddie Warburton, usando o cotovelo para não precisar soltar a caixa.

— Ele veio. Estava com uma arma. Estava maluco. Dá pra ver que ele estava maluco. Olha o que ele fez com o Ricky. Ele achou que o Ricky era eu. Queria roubar minhas chaves de roda. Olha.

Sonny sorriu e inclinou a caixa para Henry ver a confusão de pedaços enferrujados lá dentro.

— Eu não podia deixar, podia? Afinal... são *minhas*. Eu paguei e são *minhas*.

Henry abriu a boca para dizer alguma coisa. Não tinha ideia do que seria, mas o som nunca saiu. Antes que ele pudesse dizer a primeira palavra, houve mais tiros, desta vez vindo de Castle View.

## 7

Lenore Potter parou ao lado do corpo de Stephanie Bonsaint com uma pistola automática fumegante na mão. O corpo caiu em um canteiro de flores atrás da casa, o único que aquela vaca vingativa e cruel não tinha arrancado nas duas idas anteriores até lá.

— Você não devia ter voltado — disse Lenore.

Ela nunca tinha disparado uma arma na vida e agora tinha matado uma mulher... mas a única coisa que sentia era uma exultação sombria. A mulher estava na propriedade dela, destruindo seu jardim (Lenore esperou até que a vaca começasse; *sua* mãe não tinha criado nenhuma boba), e ela agiu no seu direito. *Perfeitamente* no seu direito.

— Lenore? — chamou seu marido. Ele se inclinou pela janela do banheiro do andar de cima com creme de barbear no rosto. A voz estava alarmada. — Lenore, o que está acontecendo?

— Eu atirei numa invasora — disse Lenore calmamente, sem olhar ao redor. Colocou o pé debaixo do corpo e o levantou. Sentir o dedo do pé afundar no lado mole da vaca Bonsaint lhe deu um prazer cruel repentino. — É Stephanie Bon...

O corpo rolou. Não era Stephanie Bonsaint. Era a esposa boazinha do policial.

Ela tinha atirado em Melissa Clutterbuck.

De repente, o *calava* de Lenore Potter não ficou azul, nem roxo, nem magenta. Foi direto para um preto denso.

## 8

Alan Pangborn ficou sentado olhando para as mãos, para além delas, para uma escuridão tão sombria que só podia ser sentida. Passou pela sua cabeça que podia ter perdido Polly naquela tarde, não só por um tempo, até o mal-entendido ser resolvido, mas para sempre. E aquilo o deixaria com uns trinta e cinco anos de tempo para matar.

Ele ouviu um movimento baixo e olhou rapidamente. Era a srta. Hendrie. Ela parecia nervosa, mas também parecia ter tomado uma decisão.

— O garoto Rusk está se mexendo — disse ela. — Não acordou, deram um tranquilizante e ele não vai acordar *de verdade* por um tempo, mas ele *está* se mexendo.

— Está? — perguntou Alan baixinho e esperou.

A srta. Hendrie mordeu o lábio e seguiu em frente.

— Está. Eu o deixaria vê-lo se pudesse, xerife Pangborn, mas não posso. Você entende, não é? Eu sei que você está com problemas na sua cidade, mas esse garoto só tem sete anos.

— Sim.

— Vou ao refeitório tomar um chá. A sra. Evans está atrasada, ela sempre chega atrasada, mas vai estar aqui em um ou dois minutos. Se você fosse até o quarto de Sean Rusk, o quarto nove, logo depois de eu sair, ela provavelmente nem saberia que você esteve lá. Entendeu?

— Entendi — disse Alan, agradecido.

— As visitas só acontecem às oito, e se você *estivesse* no quarto dele, ela provavelmente não repararia. Claro que, se reparasse, você diria que eu segui as diretivas do hospital e não aceitei sua admissão. Que você entrou escondido quando a estação de enfermagem estava temporariamente vazia. Não diria?

— Diria. Claro que diria.

— Você poderia ir embora pela escada do outro lado do corredor. Isso se você entrasse no quarto de Sean Rusk. Mas eu falei pra você não fazer isso, claro.

Alan se levantou e deu um beijo na bochecha dela no impulso.

A srta. Hendrie corou.

— Obrigado — disse Alan.

— Por quê? Eu não fiz nada. Vou tomar meu chá agora. Fique sentadinho aqui até eu sair, xerife.

Alan se sentou, obediente. Ficou sentado com a cabeça apoiada entre o Simple Simon e o confeiteiro até a porta dupla ter se fechado quase toda depois que a srta. Hendrie passou. Ele se levantou e andou silenciosamente pelo corredor colorido, com os brinquedos e quebra-cabeças espalhados, até o quarto 9.

9

Sean Rusk pareceu totalmente desperto aos olhos de Alan.

Aquela era a ala pediátrica e a cama onde ele estava era pequena, mas ele ainda parecia perdido nela. Seu corpo formava um pequeno volume embaixo da coberta, o que fazia com que ele parecesse uma cabeça cortada apoiada em um travesseiro branco. Seu rosto estava muito pálido. Havia sombras roxas, quase tão escuras quanto hematomas, embaixo dos olhos dele, que encaravam

Alan com uma calma falta de surpresa. Um cacho de cabelo escuro caía no meio da testa como uma vírgula.

Alan pegou a cadeira perto da janela e a levou até a lateral da cama, onde as barras tinham sido erguidas para impedir que Sean caísse. O garoto não virou a cabeça, mas seus olhos se moveram para acompanhá-lo.

— Oi, Sean — disse Alan calmamente. — Como você está se sentindo?

— Minha garganta está seca — disse Sean em um sussurro rouco.

Havia uma jarra de água e dois copos na mesa ao lado da cama. Alan serviu um copo de água e se inclinou com ele por cima das barras da cama hospitalar.

Sean tentou se sentar e não conseguiu. Caiu no travesseiro com um pequeno suspiro que destroçou o coração de Alan. Sua mente se voltou para o próprio filho, o pobre e amaldiçoado Todd. Enquanto apoiava a mão embaixo do pescoço de Sean Rusk para ajudá-lo a se sentar, ele teve um momento infernal de lembrança. Viu Todd parado ao lado do Scout naquele dia, retribuindo o aceno de Alan, e no olho da memória uma espécie de luz nacarada parecia cair sobre a cabeça de Todd, iluminando cada linha e feição que ele tanto amava.

Sua mão tremeu. Um pouco de água escorreu pela frente da camisola de hospital que Sean estava usando.

— Desculpa.

— Tudo bem — respondeu Sean no mesmo sussurro rouco, e bebeu com avidez. Ele quase esvaziou o copo. E arrotou.

Alan o deitou com cuidado. Sean parecia um pouco mais alerta agora, mas ainda não havia brilho em seus olhos. Alan pensou que nunca tinha visto um garotinho que parecesse tão horrivelmente sozinho, e sua mente tentou reativar novamente aquela imagem final de Todd.

Ele a afastou. Havia trabalho a ser feito ali. Era um trabalho desagradável e incrivelmente delicado, mas ele sentia cada vez mais que era um trabalho desesperadamente importante. Independentemente do que poderia estar acontecendo em Castle Rock naquele momento, ele sentiu uma certeza cada vez maior de que ao menos parte das respostas estava ali, atrás daquela testa pálida e dos olhos tristes e sem brilho.

Alan olhou ao redor e forçou um sorriso.

— Que quarto sem graça — comentou.

— É — disse Sean com a voz baixa e rouca. — Um saco mesmo.

— Acho que umas flores dariam uma certa vida a ele — disse Alan, e passou a mão direita na frente do antebraço esquerdo, puxando habilmente o buquê dobrável do esconderijo embaixo da pulseira do relógio.

Ele sabia que estava abusando da sorte, mas tinha decidido de impulso tentar mesmo assim. Mas quase se arrependeu. Duas flores de papel de seda rasgaram quando ele puxou o aro e abriu o buquê. Ele ouviu a mola fazer um ruído cansado. Seria a performance final daquela versão do truque das flores dobráveis, mas Alan *conseguiu* mesmo assim... por pouco. E Sean, diferentemente do irmão, ficou claramente feliz e satisfeito, apesar do seu estado mental e das drogas inseridas no seu organismo.

— *Que legal!* Como você fez isso?

— Foi só um pouco de mágica... Quer? — Ele esticou o braço para colocar o buquê de flores de papel de seda na jarra de água.

— Não. São só de papel. E estão rasgadas em algumas partes. — Sean pensou nisso, aparentemente concluiu que pareceu ingrato e acrescentou: — Mas é um truque bem legal. Você consegue fazer desaparecerem?

Duvido, filho, pensou Alan. Em voz alta, disse:

— Vou tentar.

Ele esticou o buquê para que Sean visse com clareza, curvou a mão direita de leve e o puxou de volta. Fez esse movimento bem mais devagar do que o habitual em respeito ao estado lamentável do objeto, e ficou surpreso e impressionado com o resultado. Em vez de sumir como de costume, as flores dobráveis pareceram desaparecer como fumaça no punho levemente fechado. Ele sentiu a mola frouxa e cansada tentar travar e emperrar, mas no fim decidir cooperar uma última vez.

— Irado — disse Sean com respeito, e Alan concordou internamente. Era uma variação maravilhosa do truque que ele usava para encantar estudantes havia anos, mas ele duvidava de que pudesse ser feito com uma versão nova do truque das flores dobráveis. Uma mola novinha tornaria uma passagem lenta e sonhadora impossível.

— Obrigado — disse ele, e guardou o buquê de flores embaixo da pulseira do relógio pela última vez. — Se você não quer flores, que tal uma moeda pra máquina de Coca?

Alan se inclinou para a frente e tirou casualmente uma moeda de vinte e cinco centavos do nariz de Sean. O garoto sorriu.

— Ops, esqueci. A Coca custa setenta e cinco centavos agora, não é? Inflação. Ah, tudo bem. — Ele tirou uma moeda da boca de Sean e encontrou uma terceira na própria orelha. O sorriso de Sean murchou um pouco, e Alan soube que tinha que falar logo. Ele colocou as três moedas na mesa ao lado da cama. — Pra quando você estiver se sentindo melhor.

— Obrigado, moço.

— De nada, Sean.

— Cadê meu pai? — perguntou Sean. Sua voz estava levemente mais forte agora.

A pergunta pareceu estranha para Alan. Ele esperaria que Sean perguntasse primeiro sobre a mãe. Afinal, o garoto só tinha sete anos.

— Ele vai chegar daqui a pouco, Sean.

— Espero que chegue. Eu quero ele.

— Eu sei. — Alan fez uma pausa e disse: — Sua mãe também vem daqui a pouco.

Sean pensou nisso e balançou a cabeça de forma lenta e deliberada. A fronha fez um ruído baixo quando ele fez isso.

— Não vai, não. Ela está ocupada.

— Ocupada demais pra vir te ver?

— É. Ela está muito ocupada. A mamãe está visitando o Rei. É por isso que eu não posso mais entrar no quarto dela. Ela fecha a porta, coloca os óculos e visita o Rei.

Alan tinha visto a sra. Rusk responder aos policiais estaduais que foram interrogá-la. A voz lenta e desconectada. Um par de óculos de sol na mesa ao lado. Ela não conseguia largá-los; uma das mãos ficava tocando nos óculos quase o tempo todo. Ela puxava a mão de volta, como se tivesse medo de que alguém reparasse, mas, depois de alguns segundos, a mão voltava a tocar neles, parecendo ter vontade própria. Na ocasião, ele achou que ela estava sofrendo de choque ou sob influência de um tranquilizante. Agora, ficou na dúvida. Também estava na dúvida se deveria perguntar a Sean sobre Brian ou seguir aquele novo caminho. Ou os dois caminhos eram o mesmo?

— Você não é mágico de verdade — observou Sean. — É da polícia, não é?

— Aham.

— Você é da Polícia Estadual, com aquele carro azul que anda bem rápido?

— Não, sou xerife do condado. Ando com um carro marrom com uma estrela do lado, e o carro vai bem rápido, mas hoje estou com meu carro velho que sempre esqueço de trocar. — Alan sorriu. — É muito lerdo.

Isso gerou um certo interesse.

— Por que você não está com seu carro marrom da polícia?

Para não assustar Jill Mislaburski nem seu irmão, pensou Alan. Não sei sobre a Jill, mas acho que não deu muito certo com o Brian.

— Não lembro — disse ele. — O dia foi longo.

— Você é um xerife tipo em *Os jovens pistoleiros*?

— Aham. Acho que sim. Mais ou menos igual.

554

— Eu e o Brian alugamos o filme e assistimos. Foi muito maneiro. A gente queria ver *Os jovens pistoleiros II* quando saiu no The Magic Lantern no verão passado, mas a mamãe não deixou porque disse que era impróprio pra menores de dezessete anos. A gente não pode ver filmes impróprios pra menores de dezessete anos, mas às vezes nosso pai deixa a gente ver em casa, no videocassete. Eu e o Brian gostamos muito de *Os jovens pistoleiros.* — Sean fez uma pausa e seus olhos ficaram sombrios. — Mas isso foi antes do Brian comprar o card.

— Que card?

Pela primeira vez, uma emoção verdadeira surgiu nos olhos de Sean. Era pavor.

— O card de beisebol. O grande card especial de beisebol.

— Ah, é? — Alan pensou no cooler Playmate e nos cards de beisebol (para trocar, Brian dissera) dentro dele. — Brian gostava de cards de beisebol, Sean?

— Gostava. Foi assim que *ele* pegou o Brian. Acho que ele deve usar coisas diferentes pra pegar gente diferente.

Alan se inclinou para a frente.

— Quem, Sean? *Quem* pegou ele?

— O Brian se matou. Eu vi. Foi na garagem.

— Eu sei. Eu sinto muito.

— Saiu uma coisa nojenta da cabeça dele. Não foi só sangue. Foi uma gosma. Era amarela.

Alan não conseguiu pensar em nada para dizer. Seu coração estava batendo lenta e pesadamente no peito, a boca seca como um deserto, o estômago embrulhado. O nome do filho soou na cabeça dele como um sino funerário tocado por mãos idiotas no meio da noite.

— Eu queria que ele não tivesse feito aquilo — disse Sean. Sua voz estava estranhamente calma, mas agora uma lágrima surgiu em cada olho, crescendo e descendo pelas bochechas lisas. — A gente não vai poder ver *Os jovens pistoleiros II* quando sair em videocassete. Vou ter que ver sozinho, e não vai ser divertido sem o Brian fazendo aquelas piadas idiotas. Eu sei que não vai.

— Você amava seu irmão, não é? — disse Alan com voz rouca. Ele enfiou a mão entre as barras. A mão de Sean Rusk foi até a dele e se fechou com força. Estava quente. E era pequena. Muito pequena.

— Amava. O Brian queria jogar no Red Sox quando crescesse. Disse que ia aprender a arremessar a curva do peixe morto, como Mike Boddicker. Agora, ele nunca vai fazer isso. Ele me disse pra não chegar perto, senão ia me sujar. Eu fiquei com medo. Não foi como num filme. Era só a nossa *garagem.*

555

— Eu sei — disse Alan. Ele se lembrou do carro de Annie. Das janelas estilhaçadas. Do sangue nos bancos em grandes poças pretas. Aquilo também não foi um filme. Alan começou a chorar. — Eu sei, filho.

— Ele me pediu pra prometer, e eu prometi e vou cumprir. Vou cumprir a promessa pro resto da vida.

— O que você prometeu, filho?

Alan secou o rosto com a mão livre, mas as lágrimas não paravam de cair. O garoto estava deitado na frente dele, a pele quase tão branca quanto o travesseiro no qual a cabeça estava apoiada; tinha visto o irmão cometer suicídio, tinha visto o cérebro atingir a parede da garagem como catarro, e onde estava a mãe? Visitando o Rei, dissera ele. *Ela fecha a porta, coloca os óculos e visita o Rei.*

— O que você prometeu, filho?

— Eu tentei jurar pelo nome da mamãe, mas Brian não deixou. Ele disse que eu tinha que jurar pelo meu nome. Porque ele pegou ela também. Brian disse que ele pega todo mundo que jura pelo nome de outra pessoa. Então, eu jurei pelo meu nome, como ele queria, mas Brian fez a arma fazer bum mesmo assim. — Sean estava chorando mais agora, mas olhou com sinceridade para Alan em meio às lágrimas. — Não era só sangue, sr. Xerife. Tinha outra coisa. Uma coisa *amarela.*

Alan apertou a mão dele.

— Eu sei, Sean. O que seu irmão quis que você prometesse?

— Pode ser que o Brian não vá para o céu se eu contar.

— Vai, sim. *Eu* prometo. E eu sou xerife.

— Xerifes quebram promessas?

— Eles nunca quebram promessas feitas pra garotinhos no hospital. Xerifes não *podem* quebrar promessas pra garotos assim.

— Eles vão para o inferno se quebrarem?

— Vão. Isso mesmo. Eles vão para o inferno se quebrarem.

— Você jura que o Brian vai para o céu se eu contar? Você jura pelo seu próprio nome?

— Pelo meu próprio nome.

— Tudo bem. Ele me fez prometer que eu nunca iria até a loja nova onde ele comprou o grande card especial de beisebol. Ele achava que era o Sandy Koufax naquele card, mas não era. Era um outro jogador. Era velho e estava sujo, mas acho que o Brian não sabia. — Sean parou por um momento para pensar e continuou falando com a voz estranhamente calma. — Ele chegou em casa um dia com lama nas mangas da camisa. Lavou a lama toda e depois eu ouvi ele chorando no quarto.

Os lençóis, pensou Alan. Os lençóis da Wilma. *Foi o Brian.*

— O Brian disse que a Artigos Indispensáveis é um lugar venenoso e que *ele* é um homem venenoso e que eu nunca devia ir lá.

— O Brian *disse* isso? Ele *disse* Artigos Indispensáveis?

— Disse.

— Sean… — Ele fez uma pausa e pensou. Fagulhas elétricas estavam disparando pelo corpo dele, em todas as partes, tremendo e pulando em pontinhos azuis.

— O quê?

— Sua… sua mãe comprou os óculos de sol na Artigos Indispensáveis?

— Sim.

— Ela falou que comprou?

— Não. Mas eu sei que comprou. Ela usa os óculos e é assim que visita o Rei.

— Que Rei, Sean? Você sabe que Rei é esse?

Sean olhou para Alan como se ele fosse maluco.

— Elvis. *Ele* é o Rei.

— Elvis — murmurou Alan. — Claro, quem mais?

— Eu quero o meu pai.

— Eu sei, querido. Só mais umas perguntas e te deixo em paz. Aí você pode voltar a dormir e, quando acordar, seu pai vai estar aqui. — Ao menos era o que ele esperava. — Sean, Brian disse quem era o homem venenoso?

— Disse. O sr. Gaunt. O dono da loja. *Ele* é o homem venenoso.

Agora, sua mente se voltou para Polly; Polly no enterro, dizendo *acho que foi só questão de finalmente encontrar o médico certo… O dr. Gaunt. O dr. Leland Gaunt.*

Ele a viu segurando a bola de prata que tinha comprado na Artigos Indispensáveis para ele ver… mas cobrindo-a de forma protetora quando ele esticou a mão para tocar. Houve uma expressão no rosto dela naquele momento que ele não reconheceu como dela. Uma expressão de desconfiança e possessividade. Mais tarde, ela falou com uma voz estridente, trêmula e cheia de lágrimas, que também não era nem um pouco a cara dela: *É difícil descobrir que o rosto que você achava que amava é só uma máscara… Como você pôde agir pelas minhas costas?… Como pôde?*

— O que você disse pra ela? — murmurou ele. Não percebeu que tinha agarrado a coberta da cama de hospital e que a estava torcendo lentamente na mão fechada. — O que você disse pra ela? E como fez com que ela acreditasse?

— Sr. Xerife? Está tudo bem?

Alan se obrigou a abrir a mão.

— Sim, tudo bem. Você tem certeza de que o Brian disse que era o sr. Gaunt, não tem, Sean?

— Tenho.

— Obrigado. — Alan se inclinou sobre as barras, segurou a mão de Sean e deu um beijo na bochecha fria e pálida. — Obrigado por conversar comigo. — Ele soltou a mão do garoto e se levantou.

Durante a semana anterior, houve um item da sua agenda que ele não conseguira cumprir: uma visita de cortesia ao novo comerciante de Castle Rock. Não era nada de mais; só um oi simpático, boas-vindas à cidade e um esclarecimento rápido sobre qual era o procedimento em caso de problema. Ele pretendia fazer a visita, até passou lá uma vez, mas simplesmente não aconteceu. E naquele dia, quando o comportamento de Polly começou a fazê-lo questionar se o sr. Gaunt era honesto, a merda bateu *mesmo* no ventilador e ele tinha ido parar lá, a mais de trinta quilômetros de distância.

*Ele está me mantendo longe? Ficou me mantendo longe o tempo todo?*

A ideia deveria parecer ridícula, mas naquele quarto silencioso e escuro não pareceu nada ridícula.

De repente, ele precisava voltar. Precisava voltar o mais rápido possível.

— Sr. Xerife?

Alan olhou para Sean.

— Brian disse outra coisa também.

— Disse? O que foi, Sean?

— Brian disse que o sr. Gaunt não era um homem.

10

Alan andou pelo corredor na direção da porta com a placa de SAÍDA em cima o mais silenciosamente que pôde, esperando ser parado por um grito de desafio da substituta da srta. Hendrie a qualquer momento. Mas a única pessoa que falou com ele foi uma garotinha. Ela estava parada na porta do quarto, o cabelo louro preso em tranças caídas pela frente da camisola de flanela rosa desbotada. Ela segurava um cobertor. Seu favorito, pelo aspecto surrado. Seus pés estavam descalços, as fitas nas pontas das tranças estavam tortas, e seus olhos estavam enormes no rosto abatido. Era um rosto que sabia mais sobre dor do que o rosto de qualquer criança deveria saber.

— Você tem uma arma — anunciou ela.

— Tenho.

— Meu pai tem uma arma.

— Tem?

— Tem. É maior do que a sua. É maior do que o mundo. Você é o bicho-
-papão?

— Não, querida — disse ele, e pensou: acho que talvez o bicho-papão esteja na minha cidade hoje.

Ele passou pela porta no final do corredor, desceu a escada e passou por
outra porta para o fim de um crepúsculo tão abafado quanto o de qualquer
noite de verão. Andou apressado pelo estacionamento, mas sem correr. Trovões soavam a oeste, vindos da direção de Castle Rock.

Ele abriu a porta do motorista do carro, entrou e puxou o comunicador
do rádio.

— Unidade um para base. Câmbio.

A única resposta foi uma explosão de estática.

Maldita tempestade.

*Talvez o bicho-papão tenha encomendado uma tempestade especial*, sussurrou uma voz dentro dele. Alan sorriu com os lábios apertados.

Ele tentou de novo, obteve a mesma resposta e tentou a Polícia Estadual
em Oxford. Eles atenderam com som alto e claro. O atendimento disse que
havia uma grande tempestade elétrica nas vizinhanças de Castle Rock e que a
comunicação estava ruim. Nem os telefones pareciam estar funcionando
quando eles precisavam.

— Bom, fale com Henry Payton e diga para ele tomar sob custódia um
homem chamado Leland Gaunt. Como testemunha será suficiente por enquanto. É *Gaunt*, com G de George. Entendeu? Câmbio.

— Entendi, xerife. Gaunt, com G de George. Câmbio.

— Diga que acredito que Gaunt seja cúmplice dos assassinatos de Nettie
Cobb e Wilma Jerzyck. Câmbio.

— Entendido. Câmbio.

— Câmbio e desligo.

Ele colocou o comunicador no lugar, ligou o motor e foi na direção de The
Rock. Nos arredores de Bridgton, entrou no estacionamento de uma loja Red
Apple e usou o telefone para ligar para seu escritório. Ouviu dois cliques, e
uma voz gravada disse que o número estava temporariamente fora de serviço.

Ele desligou e voltou para o carro. Desta vez, saiu correndo. Antes de deixar o estacionamento e pegar a rodovia 117, ele ligou a luz portátil da polícia e
a prendeu em cima do carro de novo. Quando estava um quilômetro na estrada, o Ford trêmulo e reclamão já estava a cento e vinte quilômetros por hora.

## 11

Ace Merrill e a escuridão total voltaram para Castle Rock juntos.

Ele dirigiu o Chevy Celebrity pela ponte do riacho Castle enquanto trovões ribombavam para todos os lados no céu acima e relâmpagos atacavam a terra. Ele estava dirigindo de janelas abertas; ainda não havia chuva caindo e o ar estava denso como xarope.

Ele estava sujo e cansado e furioso. Tinha ido a três outros locais do mapa apesar do bilhete, sem conseguir acreditar no que tinha acontecido, sem conseguir acreditar que aquilo *podia* ter acontecido. Ele não conseguia acreditar que tinha sido enganado. Em cada ponto ele encontrou uma pedra achatada e uma lata enterrada. Duas continham mais rolos de selos sujos. A última, no terreno pantanoso atrás da Fazenda Strout, só continha uma caneta esferográfica velha. Havia uma mulher com um penteado dos anos 40 desenhada na caneta. Estava usando um maiô estilo anos 40 também. Quando a caneta era erguida, o maiô desaparecia.

Que tesouro.

Ace voltou dirigindo para Castle Rock a toda a velocidade, os olhos enlouquecidos e a calça jeans molhada de água do pântano até os joelhos, com apenas um objetivo: matar Alan Pangborn. Depois, ele simplesmente fugiria para a Costa Oeste, coisa que já devia ter feito muito tempo antes. Ele talvez conseguisse um pouco do dinheiro com Pangborn; talvez não conseguisse nada. De qualquer modo, uma coisa era certa: aquele filho da puta ia morrer, e ia morrer *sofrendo*.

Ainda a cinco quilômetros da ponte, ele se deu conta de que não tinha arma. Pretendia pegar uma das automáticas na caixa na garagem de Cambridge, mas aí o maldito gravador tinha começado a tocar, dando um susto enorme nele. Mas ele sabia onde estavam.

Ah, sabia.

Ele atravessou a ponte... e parou no cruzamento da rua Principal com a alameda Watermill, embora a preferencial fosse sua.

— Que *porra* é essa? — murmurou ele.

Uma parte da rua Principal estava uma confusão de viaturas da Polícia Estadual, luzes azuis piscando, vans de televisão e pequenos amontoados de pessoas. A maior parte da agitação estava concentrada em volta do Prédio Municipal. Era quase como se as autoridades da cidade tivessem decidido fazer uma festa de rua no improviso.

Ace não queria saber o que tinha acontecido; a cidade toda podia secar e sumir, na opinião dele. Mas ele queria Pangborn, queria arrancar o escalpo da porra do xerife e pendurar no cinto, e como poderia fazer isso com o que pareciam ser todos os policiais estaduais do Maine parados em frente ao posto do xerife?

A resposta veio na mesma hora. *O sr. Gaunt vai saber. O sr. Gaunt tem a artilharia e vai ter as respostas para isso. Vá ver o sr. Gaunt.*

Ele olhou para o espelho e viu mais luzes azuis no alto da subida mais próxima do outro lado da ponte. Mais policiais chegando. Que porra aconteceu aqui à tarde?, ele se perguntou de novo, mas era uma pergunta que poderia ser respondida outra hora... ou nunca, se tivesse que ser assim. Enquanto isso, ele tinha coisas a resolver, e a primeira delas era sumir antes que os policiais que estavam chegando se aproximassem da traseira dele.

Ace virou à esquerda na alameda Watermill e entrou na rua Cedar, à direita, desviando da área do centro antes de voltar para a rua Principal. Parou no sinal por um momento e olhou para o amontoado de luzes azuis no pé da colina. Em seguida, parou na frente da Artigos Indispensáveis.

Ele saiu do carro, atravessou a rua e leu a placa na porta. Por um momento, ficou decepcionado, porque não era só da arma que ele precisava, mas também de um pouco do pó do sr. Gaunt, e então se lembrou da entrada de serviço na viela. Andou até a esquina, sem reparar na van amarela estacionada vinte ou trinta metros à frente, nem no homem sentado dentro (Buster estava no banco do passageiro agora) o observando.

Ao entrar na viela, ele esbarrou em um homem usando boné de tweed puxado na testa.

— Ei, olha por onde anda, cara — disse Ace.

O homem de boné de tweed ergueu a cabeça, mostrou os dentes para Ace e rosnou. Na mesma hora, tirou uma automática do bolso e apontou na direção de Ace.

— Não se meta comigo, meu amigo, a não ser que queira um pouco disso aqui.

Ace levantou as mãos e deu um passo para trás. Não estava com medo; estava totalmente atônito.

— Eu não, sr. Nelson. Me deixa fora disso.

— Certo — disse o homem de boné de tweed. — Você viu aquele arrombado do Jewett?

— Hã... o da escola primária?

— Isso, é. Tem algum outro Jewett na cidade? Cai na real, pelo amor de Deus!

— Eu acabei de chegar — disse Ace, cauteloso. — Não vi ninguém, sr. Nelson.

— Bom, vou encontrar ele, e ele vai lamentar quando eu o encontrar. Ele matou meu papagaio e cagou na minha mãe. — George T. Nelson apertou os olhos e acrescentou: — É uma boa noite pra ficar fora do meu caminho.

Ace não discutiu.

O sr. Nelson enfiou a arma no bolso e desapareceu na esquina, andando com os passos determinados de quem está realmente furioso. Ace ficou onde estava por um momento, as mãos ainda erguidas. O sr. Nelson dava as oficinas de madeira e metal no ensino médio. Ace sempre achou que ele era um daqueles caras que não teriam coragem de bater numa mosca se pousasse no olho dele, mas talvez tivesse que mudar de opinião sobre isso. Além do mais, Ace reconheceu a arma. Tinha que reconhecer mesmo; trouxera uma caixa cheia delas de Boston na noite anterior.

12

— Ace! — disse o sr. Gaunt. — Você chegou bem na hora.

— Preciso de uma arma — disse Ace. — E também de mais um pouco daquele pó de alto nível, se você tiver.

— Sim, sim... na hora certa. Tudo na hora certa. Me ajude com esta mesa, Ace.

— Vou matar o Pangborn. Ele roubou meu tesouro e vou matar ele.

O sr. Gaunt olhou para Ace com o olhar firme e amarelado de um gato observando um rato... e, naquele momento, Ace *se sentia* um rato.

— Não desperdice meu tempo me contando coisas que já sei — disse ele. — Se você quer minha ajuda, Ace, *me* ajude.

Ace pegou um lado da mesa e eles a carregaram para dentro da loja. O sr. Gaunt se inclinou e pegou uma placa que estava encostada na parede.

AGORA ESTÁ *MESMO* FECHADO,

dizia. Ele a colocou na janelinha da porta e desceu a persiana. Estava girando o ferrolho quando Ace se deu conta de que não havia nada lá para segurar a placa, nem cola, nem fita adesiva, nada. Mas a plaquinha ficou no lugar mesmo assim.

Ele viu as caixas que continham as pistolas automáticas e os pentes de munição antes. Só havia três armas e três pentes.

— Meu Deus do céu! Onde foram parar?

— Os negócios estão bons esta noite, Ace — disse o sr. Gaunt, esfregando as mãos de dedos longos. — Muito bons. E vão ficar melhores ainda. Tenho um trabalho pra você.

— Eu já *falei*. O xerife roubou meu...

Leland Gaunt estava em cima dele antes que Ace o visse se mexer. As mãos longas e feias o seguraram pela frente da camisa e o ergueram no ar como se ele fosse feito de penas. Um grito sobressaltado escapou de sua boca. As mãos que o seguravam pareciam de ferro. O sr. Gaunt o levantou bem alto, e Ace se viu de repente olhando para aquele rosto ardente e infernal tendo apenas uma ideia vaga de como tinha ido parar ali. Mesmo no extremo de seu terror repentino, ele reparou que havia fumaça, ou talvez fosse vapor, saindo das orelhas e narinas do sr. Gaunt. Ele parecia um dragão humano.

— *Você não me fala NADA!* — gritou o sr. Gaunt para ele. Sua língua escapou por entre os dentes grandes e tortos, e Ace viu que tinha ponta dupla, como a língua de uma cobra. — *Sou eu que falo TUDO! Cala a boca quando estiver na companhia dos mais velhos e superiores, Ace! Cala a boca e escuta! CALA A BOCA E ESCUTA!*

Ele girou Ace duas vezes acima da cabeça como um lutador de parque de diversões girando o oponente no ar e o jogou na parede mais distante. A cabeça de Ace bateu no gesso. Uma explosão de fogos de artifício aconteceu no centro do cérebro dele. Quando sua visão voltou a focalizar, ele viu Leland Gaunt inclinado em sua direção. Seu rosto era um horror de olhos e dentes e vapor.

— *Não!* — gritou Ace. — *Não, sr. Gaunt, por favor! NÃO!*

As mãos tinham se tornado garras, as unhas crescendo longas e afiadas em um momento... *ou eram assim o tempo todo?*, balbuciou sua mente. *Talvez fossem assim o tempo todo e você que não viu.*

Essas unhas cortaram o tecido da camisa de Ace como navalhas, e Ace foi puxado de volta para perto do rosto fumegante.

— Está pronto pra escutar, Ace? — perguntou o sr. Gaunt. Baforadas de vapor quente queimavam as bochechas e boca de Ace a cada palavra. — Está pronto ou devo furar sua barriga inútil e acabar logo com tudo?

— Sim! — disse ele aos soluços. — Quer dizer, *não!* Eu vou escutar!

— Você vai ser um bom empregadinho e vai cumprir minhas ordens?

— *Vou!*

— Sabe o que vai acontecer se não for?

— *Sei! Sei! Sei!*

— Você é nojento, Ace — disse o sr. Gaunt. — Gosto disso numa pessoa.

— Ele jogou Ace contra a parede. Ace deslizou até ficar numa posição ajoelhada desajeitada, ofegando e chorando. Olhou para o chão. Estava com medo de olhar diretamente para o rosto do monstro.

— Se você pensar em ir contra minhas vontades, Ace, vou cuidar pra que você faça uma turnê dos infernos. Você vai ter o xerife, não se preocupe. Mas, no momento, ele está fora da cidade. Agora, levante-se.

Ace se levantou lentamente. Sua cabeça estava latejando; sua camiseta estava cortada em tiras.

— Quero perguntar uma coisa. — O sr. Gaunt estava recomposto e sorrindo de novo, sem nem um fio de cabelo fora do lugar. — Você gosta desta cidadezinha? Ama esta cidadezinha? Guarda fotos dela nas paredes do seu barraco de merda, pra lembrar desse charme rústico nos dias em que as coisas ficam feias?

— Porra, não — disse Ace com voz oscilante. Sua voz subiu e desceu com os batimentos do coração. Ele precisou de um grande esforço para ficar de pé. As pernas pareciam feitas de espaguete. Apoiou as costas na parede, olhando para o sr. Gaunt com cautela.

— Você ficaria surpreso se eu dissesse que quero que você exploda este burgozinho de merda da face da Terra enquanto você espera a volta do xerife?

— Eu... não sei o que essa palavra quer dizer — disse Ace com nervosismo.

— Não estou surpreso. Mas acho que você entende o que *quero dizer*, Ace. Não entende?

Ace pensou. Pensou em uma época, muitos anos antes, em que quatro crianças catarrentas enganaram ele e seus amigos (Ace *tinha* amigos naquela época, ou pelo menos algo razoavelmente parecido com isso) para não conseguirem uma coisa que Ace queria. Eles pegaram um dos catarrentos, Gordie LaChance, e deram uma surra nele, mas não importou. Agora, LaChance era um escritor famoso que morava em outra parte do estado e provavelmente limpava a bunda com notas de dez dólares. De alguma forma, os catarrentos venceram, e as coisas nunca mais foram as mesmas para Ace depois disso. Foi quando sua sorte virou. Portas que tinham sido abertas para ele começaram a se fechar, uma a uma. Aos poucos, ele começou a perceber que não era um rei e que Castle Rock não era seu reino. Se é que tinha existido, seu reinado começou a acabar naquele fim de semana do Dia do Trabalho quando ele tinha dezesseis anos e os catarrentos enganaram ele e seus amigos para não conseguirem o que era deles por direito. Quando Ace finalmente tinha idade suficiente para beber legalmente no Tigre Meloso, ele tinha passado de rei a soldado sem farda, se esgueirando por território inimigo.

— Eu *odeio* essa porra deste buraco — disse ele para Leland Gaunt.

— Que bom. Muito bom. Tenho um amigo, ele está estacionado na rua, que vai te ajudar a resolver isso, Ace. Você vai ter o xerife… e vai ter a cidade toda também. Parece uma boa ideia? — Ele tinha capturado o olhar de Ace com o seu. Ace estava parado na frente dele com a camiseta em farrapos e começou a sorrir. Sua cabeça não estava mais doendo.

— Parece. Parece fantástica.

O sr. Gaunt enfiou a mão no bolso do paletó e tirou um saco plástico de sanduíche cheio de pó branco. E entregou para Ace.

— Tem trabalho a ser feito, Ace.

Ace pegou o saco plástico, mas foi para os olhos do sr. Gaunt que ficou olhando, bem fundo.

— Que bom — declarou ele. — Estou pronto.

13

Buster viu o último homem que ele tinha visto entrar na viela dos fundos voltar. A camiseta do cara estava toda rasgada e ele carregava uma caixa. Na cintura da calça jeans dele havia duas coronhas de pistolas automáticas.

Buster recuou repentinamente alarmado quando o homem, que agora reconhecia como John "Ace" Merrill, andou diretamente até a van e colocou a caixa no chão.

Ace bateu no vidro.

— Abre a porta de trás, cara — disse ele. — Temos trabalho a fazer.

Buster abriu a janela.

— Sai daqui. Sai, rufião! Senão vou chamar a polícia.

— Boa sorte, caralho — grunhiu Ace.

Ele tirou uma das pistolas da cintura da calça. Buster ficou tenso, mas Ace a enfiou pela janela pela coronha. Buster olhou, sem entender.

— Pega — disse Ace com impaciência — e abre a porta de trás. Se você não sabe quem me enviou, você é mais burro do que parece. — Ele esticou a outra mão e tocou na peruca. — Adorei seu cabelo — disse ele com um sorrisinho. — Simplesmente maravilhoso.

— Para com isso — disse Buster, mas a raiva e o ultraje tinham sumido de sua voz. *Três bons homens podem fazer um baita estrago*, dissera o sr. Gaunt. *Vou mandar alguém até você.*

Mas Ace? Ace *Merrill*? Ele era um *criminoso*!

— Olha — disse Ace —, se você quiser discutir os planos com o sr. Gaunt, acho que ele talvez ainda esteja lá dentro. Mas, como você pode ver — ele balançou a mão na direção das tiras da camiseta penduradas sobre seu peito e barriga —, o humor dele não está muito bom.

— Você vai me ajudar a me livrar Deles? — perguntou Buster.

— Isso mesmo — disse Ace. — Nós vamos transformar esta cidade em churrasquinho bem-passado. — Ele pegou a caixa. — Se bem que não sei como podemos provocar danos só com uma caixa de explosivos. Ele disse que você saberia a resposta para essa pergunta.

Buster tinha começado a sorrir. Ele se levantou, foi para a parte de trás da van e abriu a porta.

— Acho que tenho. Entre, sr. Merrill. Temos coisas a fazer.

— Onde?

— No estacionamento dos serviços públicos, pra começar. — Buster ainda estava sorrindo.

# VINTE E UM

1

O reverendo William Rose, que havia pisado pela primeira vez no púlpito da Igreja Batista Unida de Castle Rock em maio de 1983, era um fanático da mais alta categoria; não havia a menor dúvida quanto a isso. Infelizmente, ele também era energético, às vezes espirituoso de um jeito estranho e cruel, e extremamente popular com sua congregação. Seu primeiro sermão como líder do rebanho batista foi um sinal do que estava por vir. Chamou-se "Por que os católicos estão destinados ao inferno". Ele manteve essa linha, extremamente popular com sua congregação, depois disso. Os católicos, informou ele, eram criaturas blasfemas e mal orientadas que adoravam não Jesus, mas a mulher escolhida para gerá-Lo. Era surpresa eles terem tanta tendência a errar em outros assuntos?

Ele explicou para o rebanho que os católicos aperfeiçoaram a ciência da tortura durante a Inquisição; que os inquisidores queimaram os *verdadeiros* fiéis no que ele chamava de Fogueira Fumegante até o final do século XIX, quando os heroicos protestantes (a maioria batista) os fizeram parar; que quarenta papas diferentes ao longo da história conheceram as próprias mães e irmãs e até as filhas ilegítimas em conjunção carnal profana; que o Vaticano tinha sido construído com o ouro dos mártires protestantes e das nações pilhadas.

Esse tipo de falação ignorante não era novidade para a Igreja católica, que tinha aguentado heresias similares por centenas de anos. Muitos padres não se incomodaram e até fizeram piada. Mas o padre John Brigham não era do tipo que deixava passar. Pelo contrário. Sendo um irlandês mal-humorado e de pernas tortas, Brigham era um daqueles sujeitos sem humor que não suporta tolos, principalmente tolos meio gagos no estilo do reverendo Rose.

Ele aguentou a provocação de Rose aos católicos em silêncio por quase um ano até finalmente soltar o verbo no próprio púlpito. Sua homilia, nada contida, chamou-se "Os pecados do reverendo Willie". Nele, caracterizou o ministro batista como "um babaca cantador de salmos que acha que Billy Graham anda sobre água e que Billy Sunday está no lado direito do Deus To-do-Poderoso".

Naquele mesmo domingo, o reverendo Rose e quatro dos seus diáconos mais corpulentos fizeram uma visita ao padre Brigham. Eles disseram que estavam chocados e com raiva das coisas caluniosas que o padre Brigham dissera.

— Você tem muita coragem se veio mandar que *eu* pegue mais leve — disse o padre Brigham — depois de uma manhã inteira dizendo para seus fiéis que eu sirvo à Prostituta da Babilônia.

As bochechas normalmente pálidas do reverendo Rose ficaram rosadas rapidamente e o rubor se espalhou pela cabeça parcialmente careca. Ele *nunca* tinha dito nada sobre a Prostituta da Babilônia, declarou ele para o padre Brigham, mas *tinha* mencionado a Prostituta de Roma várias vezes, e se a carapuça servia, ora, era melhor que o padre Brigham a vestisse de uma vez.

O padre Brigham saiu pela porta da frente da casa paroquial com os punhos fechados.

— Se você quiser discutir isso lá fora, meu amigo, é só mandar sua unidadezinha da Gestapo aqui ficar de fora e podemos conversar o quanto você quiser.

O reverendo Rose, que era oito centímetros mais alto do que o padre Brigham, mas talvez dez quilos mais magro, deu um passo para trás com uma careta de desprezo.

— Eu não sujaria minhas mãos — disse ele.

Um dos diáconos era Don Hemphill. Ele era mais alto *e* mais forte do que o padre combativo.

— *Eu* discuto com você, se você quiser — disse ele. — Vou limpar a calçada com sua *bunda* irlandesa amante do papa.

Dois dos outros diáconos, que sabiam que Don era mesmo capaz disso, o seguraram na hora certa... mas, depois disso, a rivalidade estava estabelecida.

Até outubro, tudo foi basicamente discreto: piadas étnicas e conversas maliciosas nos grupos de damas e cavalheiros das duas igrejas, provocações no parquinho da escola entre crianças das duas facções e, mais do que tudo, granadas retóricas jogadas de púlpito em púlpito aos domingos, aquele dia de paz em que, como a história ensina, a maioria das guerras realmente começa. De vez em quando havia incidentes mais feios, ovos jogados no salão da igreja batista durante um baile do grupo jovem, e uma vez uma pedra foi arremessada pela janela da casa paroquial, mas foi sobretudo uma guerra de palavras.

Como todas as guerras, tinha momentos mais agitados e fases de calmaria, mas uma raiva cada vez mais profunda estava latente desde o dia em que as Filhas de Isabella anunciaram seus planos para a Noite do Cassino. Quando o reverendo Rose recebeu o famoso cartão endereçado ao "Rato Baitista Idiota", já devia ser tarde demais para evitar algum tipo de confronto; a grosseria exagerada do recado só pareceu garantir que, quando o confronto acontecesse, seria impressionante. A fogueira estava montada; só faltava alguém riscar um fósforo e a acender.

Se alguém subestimou fatalmente a volatilidade da situação, esse alguém foi o padre Brigham. Ele sabia que seu colega batista não gostaria da ideia da Noite do Cassino, mas não entendia o quanto o conceito de jogos apoiados pela igreja enfurecia e ofendia o pastor batista. Ele não sabia que o pai de Steamboat Willie tinha sido um apostador compulsivo que abandonou a família nas muitas ocasiões em que a febre da jogatina tomou conta dele, nem que o homem acabou dando um tiro em si mesmo na sala dos fundos de um salão de dança depois de uma noite de perdas no jogo. E a verdade desagradável sobre o padre Brigham era a seguinte: provavelmente não teria feito nenhuma diferença para ele se soubesse.

O reverendo Rose mobilizou suas forças. Os batistas começaram com uma campanha de cartas de Abaixo a Noite do Cassino para o *Call* de Castle Rock (Wanda Hemphill, esposa de Don, escreveu a maior parte delas) e depois fizeram os pôsteres de OS DADOS E O DIABO. Betsy Vigue, presidente da Noite do Cassino e Grande Regente da unidade local das Filhas de Isabella, organizou o contra-ataque. Nas três semanas anteriores, o *Call* se expandiu para dezesseis páginas para lidar com o debate resultante (que era mais uma gritaria do que uma exposição racional de pontos de vista diferentes). Mais pôsteres foram espalhados; e foram arrancados com a mesma rapidez. Um editorial pedindo moderação dos dois lados foi ignorado. Alguns dos participantes estavam se divertindo; até que era legal ficar no meio de uma tempestade em copo d'água daquelas. Mas, mais para o fim, Steamboat Willie não estava se divertindo, nem o padre Brigham.

— Odeio aquele merdinha hipócrita! — explodiu Brigham para um surpreso Albert Gendron no dia em que Albert levou para ele a famosa carta do "ESCUTE BEM, HIPÓCRITA COMEDOR DE PEIXE", que tinha encontrado grudada na porta do consultório dentário.

— Imagine aquele filho de prostituta acusar bons batistas de uma coisa dessas! — comentou com desprezo o reverendo Rose para igualmente surpresos Norman Harper e Don Hemphill. Isso foi no Dia de Colombo, depois de uma ligação do padre Brigham. O padre tentou ler a carta para o reverendo Rose; o reverendo se recusou a ouvir (um gesto apropriado, na visão dos seus diáconos).

Norman Harper, um homem dez quilos mais pesado e quase tão alto quanto Albert Gendron, ficou perturbado com o tom agudo e quase histérico da voz de Rose, mas não falou nada.

— Vou dizer o que é isso — trovejou ele. — O velho padre irlandês ficou meio nervoso por causa do cartão que você recebeu no presbitério, Bill, só isso. Percebeu que estava indo longe demais. Ele acha que se disser que um dos homens dele recebeu uma carta com o mesmo tipo de imundície, a culpa vai se espalhar.

— Mas não vai dar certo! — a voz de Rose soou ainda mais aguda. — Ninguém da minha congregação participaria de tamanha imundície! *Ninguém!* — A voz dele falhou na última palavra. Suas mãos estavam se abrindo e fechando convulsivamente. Norman e Don trocaram um olhar rápido e inquieto. Eles tinham discutido sobre aquele tipo de comportamento, que estava ficando mais e mais comum no reverendo Rose, em várias ocasiões nas semanas anteriores. A questão da Noite do Cassino estava acabando com o Bill. Os dois homens tinham medo de ele ter um colapso nervoso antes que a situação finalmente se resolvesse.

— Não se agite — disse Don em tom tranquilizador. — Nós sabemos toda a verdade, Bill.

— Sim! — exclamou o reverendo Rose, fixando o olhar trêmulo e líquido nos dois. — Sim, *vocês* sabem… vocês dois. E eu… *eu* sei! Mas e o resto da cidade? *Eles* sabem?

Nem Norman e nem Don puderam responder a essa pergunta.

— Espero que alguém acabe com a raça daquele adorador de ídolos! — gritou o reverendo Rose, fechando os punhos e os sacudindo com impotência. — Com a raça dele! Eu pagaria pra ver isso! Pagaria bem!

Na segunda-feira, o padre Brigham ligou para várias pessoas, pedindo que os interessados na "atmosfera atual de repressão religiosa em Castle Rock" passassem na casa paroquial para uma reunião curta naquela noite. Tantas pessoas apareceram que a reunião teve que ser transferida para o salão dos Cavaleiros de Colombo, ao lado.

Brigham começou falando sobre a carta que Albert Gendron encontrara na porta do consultório, a carta que alegava ter sido escrita pelos Homens Batistas Preocupados de Castle Rock, e relatou a desagradável conversa telefônica com o reverendo Rose. Quando contou ao grupo que Rose alegou ter recebido um bilhete obsceno também, um bilhete supostamente enviado pelos Homens *Católicos* Preocupados de Castle Rock, houve uma agitação entre o grupo… de choque primeiro, depois de raiva.

— O sujeito é um mentiroso! — gritou alguém no fundo do salão.

O padre Brigham pareceu assentir e balançar a cabeça negativamente ao mesmo tempo.

— Talvez, Sam, mas essa não é a verdadeira questão. Ele é louco e acho que *essa* é a questão.

Um silêncio pensativo e preocupado veio em seguida, mas o padre Brigham teve uma sensação de alívio quase palpável, mesmo assim. *Louco*: era a primeira vez que ele dizia a palavra em voz alta, embora estivesse na cabeça dele havia três anos.

— Eu não quero ser impedido por um louco religioso — prosseguiu o padre Brigham. — Nossa Noite do Cassino é inofensiva e saudável, independentemente do que o reverendo Steamboat Willie possa pensar. Mas como ele foi ficando cada vez mais estridente e menos estável, acho que devíamos votar. Se você for a favor de cancelar a Noite do Cassino, de se curvar a essa pressão em nome da segurança, é melhor se manifestar.

A votação para fazer a Noite do Cassino como planejado foi unânime.

O padre Brigham assentiu, satisfeito. E olhou para Betsy Vigue.

— Você vai fazer uma reunião de planejamento amanhã à noite, não é, Betsy?

— Sim, padre.

— Então eu gostaria de sugerir que nós, homens, nos reunamos aqui, no salão dos Cavaleiros de Colombo, no mesmo horário.

Albert Gendron, um homem ponderado que demorava a ficar com raiva e depois demorava a superar a raiva, se levantou lentamente e se empertigou. Pescoços se inclinaram para acompanhar o movimento.

— Você está sugerindo que os idiotas batistas podem tentar incomodar as mulheres, padre?

— Não, não, de jeito nenhum — respondeu o padre Brigham. — Mas acho que pode ser inteligente discutirmos planos para garantir que a Noite do Cassino transcorra tranquilamente...

— Guardas? — perguntou outra pessoa com entusiasmo. — Guardas, padre?

— Bom... olhos e ouvidos — disse o padre Brigham, não deixando dúvida nenhuma de que era de guardas que ele estava falando. — E se nos reunirmos na noite de terça, enquanto as mulheres estiverem em reunião, estaremos aqui só para o caso de *haver* confusão.

Portanto, enquanto as Filhas de Isabella se reuniam no prédio de um lado do estacionamento, os homens católicos se reuniam no prédio do outro lado. E, do outro lado da cidade, o reverendo William Rose tinha convocado uma reunião no mesmo horário para discutir a mais recente calúnia católica e para planejar cartazes e a organização de manifestantes na Noite do Cassino.

Os vários alarmes e chegadas em The Rock naquele fim de tarde não atrapalharam muito a frequência dessas reuniões; as pessoas em volta do Prédio Municipal com a aproximação da tempestade eram na maioria pessoas neutras na grande controvérsia da Noite do Cassino. Quanto ao envolvimento de católicos e batistas na agitação toda, uns assassinatos não chegavam nem perto de um bom conflito sagrado. Porque, afinal, outras coisas ficavam em segundo plano quando a questão era religião.

2

Mais de setenta pessoas apareceram na quarta reunião do que o reverendo Rose chamou de Soldados Cristãos Batistas Antijogatina de Castle Rock. Foi um número excelente; a frequência tinha diminuído muito na última reunião, mas os boatos do cartão obsceno entregue no presbitério fizeram com que subisse de novo. A quantidade de gente aliviou o reverendo Rose, mas ele ficou ao mesmo tempo decepcionado e intrigado ao perceber que Don Hemphill não estava presente. Don tinha prometido que iria, e ele era seu forte braço direito.

Rose olhou para o relógio e viu que já haviam se passado cinco minutos das sete; não dava tempo de ligar para o mercado e ver se Don tinha esquecido. Todo mundo que ia já tinha chegado, e ele queria começar enquanto a indignação e a curiosidade estavam no alto. Ele deu mais um minuto a Hemphill, então subiu no púlpito e levantou os braços magrelos em um gesto de boas-vindas. Sua congregação, quase todos de roupa de trabalho, ocupava os bancos e se sentava nos laterais.

— Vamos começar essa tarefa como todas as grandes tarefas começam — disse o reverendo Rose em voz baixa. — Vamos baixar a cabeça em oração.

Eles baixaram a cabeça, e foi nessa hora que a porta do vestíbulo se abriu atrás deles com a força de um tiro. Algumas mulheres gritaram e vários homens ficaram de pé.

Era Don. Ele era o açougueiro do próprio mercado e ainda estava com o avental branco sujo de sangue. O rosto estava vermelho como um tomate. Os olhos enlouquecidos vertiam água. Havia catarro secando no nariz, no lábio superior e nas rugas ao lado da boca.

Além disso, ele estava fedendo.

Don cheirava como um bando de gambás jogados em uma bacia de enxofre, borrifados com bosta fresca de vaca e finalmente soltos para correr em pânico em uma sala fechada. O cheiro chegava antes dele; deixava um rastro atrás dele, mas, mais do que tudo, o cheiro o envolvia como uma nuvem pestilenta. Mulheres se afastaram do corredor e pegaram seus lenços quando ele passou cambaleando com o avental balançando na frente e a camisa branca para fora da calça balançando atrás. As poucas crianças presentes começaram a chorar. Homens soltaram gritos que misturavam repulsa e surpresa.

— Don! — gritou o reverendo Rose com uma voz arrogante e surpresa. Seus braços ainda estavam erguidos, mas quando Don Hemphill se aproximou do púlpito, Rose os baixou e colocou involuntariamente uma das mãos sobre o nariz e a boca. Ele achou que talvez fosse vomitar. Era o fedor mais absurdo que ele já tinha sentido. — O que... o que aconteceu?

— Aconteceu? — rugiu Don Hemphill. — *Aconteceu?* Vou dizer o que aconteceu! Vou contar a vocês *todos* o que aconteceu!

Ele se virou para a congregação, e, apesar do fedor que se agarrava a ele e emanava dele, todos ficaram imóveis quando seus olhos furiosos e enlouquecidos pousaram neles.

— Os filhos da puta jogaram uma bomba fedorenta no meu mercado, foi isso que aconteceu! Não havia mais de seis pessoas lá porque eu tinha colocado uma placa avisando que ia fechar cedo, graças a Deus por isso, mas o estoque está destruído! Tudo! Quarenta mil dólares em mercadorias! Estragadas! Não sei o que os filhos da mãe usaram, mas vai ficar fedendo durante *dias*!

— Quem? — perguntou o reverendo Rose, receoso. — Quem fez isso, Don?

Don Hemphill enfiou a mão no bolso do avental. Tirou uma faixa preta com um pedaço branco e uma pilha de folhetos. A faixa era uma gola romana. Ele mostrou para todo mundo.

— *QUEM VOCÊS ACHAM?* — gritou ele. — *Meu mercado! Minha mercadoria! Foi tudo para o inferno, e quem vocês acham que foi?*

Ele jogou os folhetos nos membros perplexos dos Soldados Cristãos Batistas Antijogatina de Castle Rock. Separaram-se no ar e caíram como confete. Alguns dos presentes esticaram as mãos e pegaram folhetos. Eram todos iguais; mostravam um grupo de homens e mulheres rindo em volta de uma roleta.

É SÓ DIVERSÃO!

dizia o texto acima da imagem. E abaixo:

JUNTE-SE A NÓS NA "NOITE DO CASSINO"
NO SALÃO DOS CAVALEIROS DE COLOMBO
31 DE OUTUBRO DE 1991
EM BENEFÍCIO DO FUNDO DE OPERÁRIOS CATÓLICOS

— Onde você encontrou esses panfletos, Don? — perguntou Len Milliken com voz trovejante e ameaçadora. — E essa gola?

— Deixaram logo depois da porta de entrada — disse Don —, pouco antes de tudo dar...

A porta do vestíbulo fez outro estrondo, fazendo todo mundo pular, mas desta vez não foi se abrindo, mas fechando.

— Esperamos que vocês gostem do cheiro, suas bichas batistas! — alguém gritou. Em seguida, veio uma explosão de gargalhadas agudas e horríveis.

A congregação olhou para o reverendo William Rose com expressão assustada. Ele olhou para a congregação igualmente assustado. E foi nessa hora que a caixa escondida dentro do coral de repente começou a chiar. Assim como a caixa colocada no Salão das Filhas de Isabella pela falecida Myrtle Keeton, aquela (colocada por Sonny Jackett, agora também falecido) continha um timer que ficou tiquetaqueando a tarde toda.

Nuvens de um fedor incrivelmente potente começaram a sair das grades nas laterais da caixa.

Na Igreja Batista Unida de Castle Rock, a diversão estava apenas começando.

3

Babs Miller andou pela lateral do Salão das Filhas de Isabella, ficando paralisada cada vez que a luz branca-azulada de um relâmpago cortava o céu. Ela estava com um pé de cabra em uma das mãos e uma das automáticas do sr. Gaunt na outra. A caixa de música que tinha comprado na Artigos Indispensáveis estava em um bolso do sobretudo masculino que usava, e se alguém tentasse roubá-la, a pessoa teria que comer uns trinta gramas de chumbo.

574

Quem ia querer fazer uma coisa tão baixa, cruel e malvada? Quem ia querer roubar a caixa de música antes que Babs pudesse descobrir que melodia ela tocava?

Bom, pensou ela, vamos dizer assim: espero que Cyndi Rose Martin não apareça na minha frente hoje. Se aparecer, ela nunca mais vai aparecer em *lugar nenhum*, ao menos deste lado do inferno. O que ela acha que eu sou? Burra?

Enquanto isso, ela tinha um pequeno truque a executar. Uma peça a pregar. A pedido do sr. Gaunt, claro.

*Você conhece Betsy Vigue?*, perguntara o sr. Gaunt. *Conhece, não é?*

Claro que ela conhecia. Ela conhecia Betsy desde a escola, quando elas costumavam ser monitoras de corredor juntas e amigas inseparáveis.

*Que bom. Olhe pela janela. Ela vai se sentar. Vai pegar um pedaço de papel e vai ver uma coisa embaixo.*

*O quê?*, perguntara Babs, curiosa.

*Isso não importa. Se você espera encontrar a chave que destrava a caixa de música, é melhor calar a boca e apurar os ouvidos. Entendeu, querida?*

Ela tinha entendido. E também tinha entendido outra coisa. O sr. Gaunt era um homem assustador às vezes. Um homem *muito* assustador.

*Ela vai pegar a coisa que vai encontrar. Vai examinar essa coisa. Vai começar a abrir. A essa altura, você deve estar junto à porta do prédio. Espere até todo mundo olhar para o lado esquerdo nos fundos do salão.*

Babs queria perguntar por que as pessoas fariam isso, mas decidiu que era melhor não.

*Quando se virarem para olhar, você vai enfiar a parte bifurcada do pé de cabra embaixo da maçaneta. Apoie a outra ponta no chão. Coloque com firmeza.*

*E quando eu grito?*, perguntara Babs.

*Você vai saber. Todos vão ficar com cara de quem levou uma borrifada de pimenta no rabo. Você lembra o que tem que gritar, Babs?*

Ela lembrava. Parecia uma peça cruel de pregar em Betsy Vigue, com quem ela andava de mãos dadas até a escola, mas também parecia inofensiva (bom... *meio* inofensiva), e elas não eram mais crianças, ela e a garotinha que ela chamava de Betty La-La por algum motivo; tudo aquilo fazia muito tempo. E, como o sr. Gaunt observara, ninguém atribuiria a ela. Por que fariam isso? Babs e seu marido eram, afinal, adventistas do Sétimo Dia, e, no que dizia respeito a *ela*, os católicos e os batistas mereciam o que tivessem, inclusive Betty La-La.

Um relâmpago brilhou. Babs ficou paralisada, depois correu até uma janela perto da porta e espiou para ter certeza de que Betsy ainda não tinha se sentado à mesa na frente do salão.

E as primeiras gotas de chuva hesitantes da poderosa tempestade começaram a cair em volta dela.

4

O fedor que começou a tomar conta da igreja batista foi como o fedor que emanava de Don Hemphill... mas mil vezes pior.

— *Ah, merda!* — rugiu Dan. Ele tinha esquecido completamente onde estava, mas, mesmo que tivesse lembrado, provavelmente não mudaria o linguajar. — *Colocaram uma aqui também! Pra fora! Pra fora! Todo mundo pra fora!*

— *Andem!* — gritou Nan Roberts com o barítono da hora do rush na lanchonete. — *Andem! Saiam daqui, pessoal!*

Todos viam de onde estava vindo o fedor; uma fumaça amarelada densa saía da amurada do coral e passava pelos recortes em losango nos painéis baixos. A porta lateral ficava embaixo do balcão do coral, mas ninguém pensou em ir naquela direção. Um fedor forte daqueles podia matar... mas primeiro seus globos oculares saltariam, seu cabelo cairia e seu cu se fecharia em puro horror.

Os Soldados Cristãos Batistas Antijogatina de Castle Rock se tornaram um exército determinado em menos de cinco segundos. Foram correndo na direção do vestíbulo no fundo da igreja, gritando e sufocando. Um dos bancos foi virado e caiu no chão com um estrondo. O pé de Deborah Johnstone ficou preso embaixo dele, e Norman Harper bateu nela de lado quando ela estava tentando se soltar. Deborah caiu e houve um estalo alto quando seu tornozelo quebrou. Ela berrou de dor, o pé ainda preso embaixo do banco, mas seus gritos passaram despercebidos no meio de tantos outros.

O reverendo Rose era quem estava mais perto do coral, e o fedor envolveu sua cabeça como uma máscara grande e fedorenta. *Esse é o cheiro dos católicos queimando no inferno,* pensou ele com confusão, e pulou do púlpito. Caiu em cima da barriga de Deborah Johnstone com os dois pés, e os gritos dela viraram um chiado longo e engasgado que sumiu quando ela desmaiou. O reverendo Rose, sem perceber que tinha deixado uma de suas paroquianas mais fiéis inconsciente, foi correndo na direção dos fundos da igreja.

Os que chegaram à porta do vestíbulo primeiro descobriram que não havia escapatória por aquele caminho; as portas tinham sido travadas de alguma forma. Antes que pudessem dar meia-volta, os líderes do proposto êxodo foram esmagados contra as portas trancadas pelos que vinham atrás.

Gritos, rugidos de raiva e xingamentos furiosos se espalharam pelo ar. E quando a chuva começou lá fora, os vômitos começaram lá dentro.

# 5

Betsy Vigue assumiu sua posição na cadeira de presidente entre a bandeira americana e a faixa do Menino Jesus de Praga. Bateu com os dedos na mesa pedindo ordem, e as mulheres, um total de quarenta, começaram a se sentar. Do lado de fora, um trovão ribombou no céu. Houve gritinhos e risadas nervosas.

— Peço ordem para esta reunião da Filhas de Isabella — disse Betsy, e pegou o planejamento. — Vamos começar, como sempre, lendo…

Ela parou. Havia um envelope branco na mesa. Estava embaixo do seu planejamento. As palavras datilografadas pareciam saltar aos seus olhos.

LEIA ISTO AGORA MESMO, SUA PUTA DO PAPA

Eles, pensou ela. Os batistas. Aquelas pessoas feias, cruéis, mesquinhas.

— Betsy? — perguntou Naomi Jessup. — Algum problema?

— Não sei — respondeu ela. — Acho que sim.

Ela abriu o envelope. Uma folha de papel caiu de dentro. A seguinte mensagem estava datilografada na folha:

ESSE É O CHEIRO DAS BOCETAS CATÓLICAS!

Um chiado começou a soar no canto posterior esquerdo do salão, um som de um cano de vapor sobrecarregado. Várias mulheres exclamaram e se viraram nessa direção. Um trovão ribombou alto, e desta vez os gritos foram genuínos.

Um vapor branco-amarelado estava saindo de um dos cubículos na lateral da sala. E de repente a pequena construção de um aposento só ficou tomada do pior cheiro que qualquer uma das mulheres já tinha sentido.

Betsy ficou de pé e derrubou a cadeira. Ela tinha acabado de abrir a boca (mas não tinha mais ideia do que pretendia dizer) quando uma voz de mulher lá fora gritou:

— *Isso é por causa da Noite do Cassino, suas vacas! Arrependam-se! Arrependam-se!*

Ela viu alguém do lado de fora da porta dos fundos antes que a nuvem fedorenta que saía do cubículo obscurecesse completamente a janela da porta… mas logo aquilo não importava mais. O fedor era insuportável.

O pandemônio explodiu. As Filhas de Isabella correram de um lado para o outro na sala enevoada e fedorenta como ovelhas loucas. Quando Antonia

Bissette foi empurrada para trás e quebrou o pescoço na beirada de aço da mesa da presidente, ninguém ouviu e nem reparou.

Lá fora, os trovões ribombavam e os relâmpagos brilhavam.

6

Os homens católicos no salão C de C tinham formado um círculo irregular em volta de Albert Gendron. Usando o bilhete que tinha encontrado grudado na porta do consultório como ponto de partida ("Ah, isso não é nada. Você devia ter visto quando…"), ele os estava presenteando com histórias horríveis e fascinantes de provocações a católicos e vinganças de católicos em Lewiston nos anos 30.

— Quando ele viu que aquele bando de crentes ignorantes tinha coberto os pés da Virgem Abençoada com bosta de vaca, ele pulou no carro e foi dirigindo…

Albert parou de falar de repente e prestou atenção.

— O que foi isso? — perguntou ele.

— Um trovão — disse Jack Pulaski. — Vai ser uma tempestade e tanto.

— Não… *isso* — disse Albert, e se levantou. — Parecem gritos.

O trovão diminuiu temporariamente, e no hiato todos eles ouviram: mulheres. Mulheres gritando.

Eles se viraram para o padre Brigham, que tinha se levantado da cadeira.

— Venham, homens. Vamos ver…

Nesse momento, veio o chiado e o fedor começou a sair dos fundos do salão na direção de onde os homens estavam reunidos. Uma janela se estilhaçou e uma pedra quicou loucamente pelo chão, que tinha sido polido ao longo dos anos por pés dançantes. Homens gritaram e pularam para longe. A pedra rolou até a parede mais distante, quicou mais uma vez e parou.

— *É o fogo do inferno dos batistas!* — gritou alguém lá fora. — *Não queremos jogatina em Castle Rock! Espalhem a notícia, comedores de freiras!*

A porta do saguão do salão também tinha sido bloqueada com um pé de cabra. Os homens chegaram nela e começaram a se amontoar.

— *Não!* — gritou o padre Brigham. Ele abriu caminho pelo fedor crescente até uma portinha lateral. — *Por aqui! POR AQUI!*

No começo, ninguém ouviu; no pânico, eles continuaram se amontoando junto à porta da frente imóvel do salão. Mas Albert Gendron esticou as mãos grandes e bateu duas cabeças, uma na outra.

— *Façam o que o padre manda!* — rugiu ele. — *Estão matando as mulheres!*

Albert abriu caminho pela multidão à força, e outros começaram a ir atrás dele. Eles seguiram em uma fila rudimentar e cambaleante pela névoa crescente, tossindo e xingando. Meade Rossignol não conseguiu mais controlar o estômago. Ele abriu a boca e vomitou o jantar nas costas amplas da camisa de Albert Gendron. Albert nem reparou.

O padre Brigham já estava cambaleando na direção dos degraus que levavam ao estacionamento e ao salão Filhas de Isabella do outro lado. Ele parou algumas vezes com ânsia de vômito. O fedor parecia grudar. Os homens foram atrás dele em uma procissão confusa, sem nem reparar na chuva, que tinha começado a cair com mais força.

Quando o padre Brigham estava na metade do curto lance de escada, um brilho de relâmpago mostrou o pé de cabra apoiado na porta do Salão das Filhas de Isabella. Um momento depois, uma janela do lado direito do prédio se estilhaçou para fora e as mulheres começaram a se jogar pelo buraco e a cair no gramado como grandes bonecas de pano que tinham aprendido a vomitar.

7

O reverendo Rose nunca chegou ao vestíbulo; havia gente demais amontoada na frente dele. Ele se virou, apertando o nariz, e cambaleou de volta para a igreja. Tentou gritar para os outros, mas, quando abriu a boca, o que saiu foi um jato de vômito. Seus pés se embolaram e ele caiu e bateu com a cabeça com força no alto de um banco. Tentou se levantar, mas não conseguiu. Mãos grandes, porém o seguraram pelas axilas e o puxaram para cima.

— Pela janela, reverendo! — gritou Nan Roberts. — Se joga!

— O vidro…

— O vidro não importa! Nós vamos sufocar aqui!

Ela o empurrou, e o reverendo Rose só teve tempo de colocar a mão sobre os olhos antes de destruir uma janela de vitral com a imagem de Cristo levando Suas ovelhas por uma colina da mesma cor de gelatina de limão. Ele voou pelo ar, bateu no gramado e quicou. A dentadura de cima pulou da boca e ele grunhiu.

Ele se sentou, ciente de repente da escuridão, da chuva… e do perfume abençoado do ar livre. Mas não teve tempo para saboreá-lo; Nan Roberts o pegou pelo cabelo e o puxou para que ficasse de pé.

— Venha, reverendo! — gritou ela.

Seu rosto, vislumbrado em um brilho branco-azulado de relâmpago, era o rosto retorcido de uma harpia. Ela ainda estava com o uniforme branco de raiom; ela sempre tivera o hábito de se vestir como mandava as garçonetes se vestirem, mas o volume dos seios estava agora coberto por uma mancha de vômito.

O reverendo Rose cambaleou ao lado dela, a cabeça baixa. Ele queria que ela soltasse seu cabelo, mas cada vez que tentava dizer isso, um trovão sufocava sua voz.

Alguns outros os seguiram pela janela quebrada, mas a maioria ainda estava amontoada do outro lado da porta do vestíbulo. Nan viu o motivo na mesma hora; dois pés de cabra tinham sido colocados embaixo das maçanetas. Ela os chutou longe bem na hora que um raio caiu na praça da cidade, acertando o coreto onde um jovem atormentado chamado Johnny Smith tinha descoberto o nome de um assassino. Agora, o vento começou a soprar mais forte, balançando as árvores contra o céu escuro e agitado.

Assim que os pés de cabra foram removidos, as portas se abriram; uma foi arrancada das dobradiças e caiu no canteiro de flores do lado esquerdo da escada. Uma multidão de batistas de olhos arregalados apareceu, tropeçando e caindo uns sobre os outros enquanto desciam pelos degraus da igreja. Eles estavam fedendo. Eles estavam chorando. Eles estavam tossindo. Eles estavam vomitando.

E eles estavam furiosos.

## 8

Os Cavaleiros de Colombo, liderados pelo padre Brigham, e as Filhas de Isabella, lideradas por Betsy Vigue, se juntaram no centro do estacionamento na hora que os céus se abriram e a chuva começou a cair aos baldes. Betsy procurou o padre Brigham e o abraçou, os olhos vermelhos vertendo lágrimas, o cabelo grudado no crânio em um capacete molhado e brilhante.

— Ainda tem gente lá dentro! — gritou ela. — Naomi Jessup... Tonia Bissette... Não sei quantas outras!

— Quem foi? — rugiu Albert Gendron. — Quem fez isso?

— *Ah, foram os batistas! Claro que foram!* — gritou Betsy, e começou a chorar na hora que um relâmpago cruzou o céu como um filamento de tungstênio branco e quente. — *Me chamaram de puta do papa! Foram os batistas! Os batistas! Foram os malditos batistas!*

O padre Brigham, enquanto isso, se soltou de Betsy e correu para a porta do Salão das Filhas de Isabella. Chutou o pé de cabra para o lado (a porta tinha se lascado em volta, em círculo) e a abriu. Três mulheres atordoadas e vomitando e uma nuvem de fumaça fedorenta saíram de dentro.

Em meio à fumaça, ele viu Antonia Bissette, a bela Tonia, que era tão rápida e inteligente com a agulha e sempre ansiosa para ajudar nos novos projetos da igreja. Ela estava deitada no chão perto da mesa da presidente, parcialmente escondida pela faixa virada mostrando o Menino Jesus de Praga. Naomi Jessup estava ajoelhada ao lado dela, chorando. A cabeça de Tonia estava virada num ângulo estranho e impossível. Seus olhos vidrados encaravam o teto. O fedor já não incomodava mais Antonia Bissette, que não tinha comprado nada do sr. Gaunt e nem tinha participado dos joguinhos dele.

Naomi viu o padre Brigham parado na porta, se levantou e cambaleou na direção dele. Na profundidade do choque, o cheiro da bomba de fedor também não parecia mais incomodá-la.

— Padre — gritou ela. — Padre, *por quê?* Por que eles fizeram isso? Era pra ser só diversão... era só isso. *Por quê?*

— Porque aquele homem é louco — disse o padre Brigham. Ele envolveu Naomi com os braços.

Ao lado dele, com uma voz ao mesmo tempo grave e mortal, Albert Gendron disse:

— Vamos pegá-los.


# 9

Os Soldados Cristãos Batistas Antijogatina de Castle Rock marcharam pela rua Harrington a partir da igreja batista na chuva torrencial com Don Hemphill, Nan Roberts, Norman Harper e William Rose na frente. Seus olhos eram órbitas vermelhas e furiosas em cavidades inchadas e irritadas. A maioria deles tinha vômito na calça, na camisa, nos sapatos ou nos três. O cheiro de ovo podre da bomba de fedor se agarrava a eles apesar da chuva forte, recusando-se a ser levado embora.

Um carro da Polícia Estadual parou no cruzamento da Harrington e da avenida Castle, que, oitocentos metros à frente, virava a Castle View. Um policial saiu e olhou para eles.

— Ei! Aonde vocês acham que vão? — gritou ele.

— Nós vamos dar uma surra em um bando de otários do papa, e se você souber o que é bom pra você, vai ficar fora do nosso caminho! — gritou Nan Roberts para ele.

De repente, Don Hemphill abriu a boca e começou a cantar com uma voz intensa de barítono.

— *Avante, soldados cristãos, marchando para a guerra...*

Outros se juntaram a ele. Em pouco tempo, toda a congregação estava cantando, e eles começaram a se mover mais rápido, não só andando, mas marchando no ritmo do hino. Seus rostos estavam pálidos e zangados e desprovidos de pensamentos quando eles começaram não só a cantar, mas a berrar as palavras. O reverendo Rose cantou junto, apesar de ter dificuldade sem a dentadura de cima.

— Cristo, o mestre real, lidera contra o inimigo; Avante na batalha, levando o nome ungido!

Agora, eles estavam quase correndo.

## 10

O policial Morris parou ao lado da porta do carro com o comunicador na mão, olhando para eles. Caía água em filetes da aba à prova d'água de seu chapéu.

— Responda, unidade dezesseis — disse a voz de Henry Payton, estalando no alto-falante.

— É melhor você mandar uns homens pra cá agora mesmo! — gritou Morris. Sua voz estava ao mesmo tempo assustada e empolgada. Ele era policial estadual havia menos de um ano. — Tem alguma coisa acontecendo! Alguma coisa ruim! Uma multidão de umas setenta pessoas acabou de passar por mim! Câmbio!

— Bom, o que estavam fazendo? — perguntou Payton. — Câmbio.

— Estavam cantando "Avante, soldados cristãos"! Câmbio.

— É você, Morris? Câmbio.

— Sim, senhor! Câmbio!

— Bom, até onde eu sei, policial Morris, ainda não existe lei contra cantar hinos religiosos, mesmo em uma chuva torrencial. Acredito que seja uma atividade idiota, mas não ilegal. Agora, só quero dizer isto uma vez: eu tenho quatro problemas diferentes nas mãos, não sei onde o xerife e os policiais dele estão *e não quero ser incomodado com trivialidades! Entendeu? Câmbio!*

O policial Morris engoliu em seco.

— Hã, sim, senhor, entendo, claro, mas uma pessoa do grupo, uma mulher, eu acho, disse que eles iam, hã, "dar uma surra em um bando de otários do papa", acho que foi assim que ela falou. Sei que isso não faz muito sentido, mas não gostei muito de como soou. — E Morris acrescentou timidamente: — Câmbio?

O silêncio foi tão longo que Morris ia chamar Payton de novo; a eletricidade no ar tornava a comunicação de rádio de longa distância impossível e até as conversas dentro da cidade difíceis. Mas então Payton falou com voz cansada e assustada.

— Ah. Ah, Jesus. Ah, meu Jesus de bicicletinha. O que está acontecendo aqui?

— Bom, a moça disse que eles iam...

— *Eu ouvi na primeira vez!* — gritou Payton, tão alto que a voz se distorceu e falhou. — Vá até a igreja católica! Se houver alguma coisa acontecendo, tente impedir, mas não se machuque. Repito, *não se machuque.* Vou enviar apoio assim que puder... se tiver algum. Vá agora! Câmbio!

— Hã, tenente Payton? Onde *fica* a igreja católica desta cidade?

— *Como é que eu vou saber?* — gritou Payton. — *Eu não frequento! Siga a multidão! Câmbio e desligo!*

Morris desligou o microfone. Não conseguia mais *ver* a multidão, mas ainda a ouvia entre os trovões. Ele colocou a viatura em movimento e foi atrás da cantoria.

<br>

## 11

O caminho que levava à porta da cozinha da casa de Myra Evans tinha pedras enfileiradas, todas pintadas em diversos tons pastel.

Cora Rusk pegou uma pedra azul e a jogou para o alto com a mão que não estava segurando a arma, para testar o peso. Tentou abrir a porta. Estava trancada, como ela esperava. Ela jogou a pedra contra o vidro e usou a coronha da pistola para tirar os estilhaços ainda presos à moldura. Em seguida, enfiou a mão, destrancou a porta e entrou. O cabelo estava grudado nas bochechas em mechas molhadas. O vestido ainda estava aberto, e gotas de água escorriam pelo volume dos seios sardentos.

Chuck Evans não estava em casa, mas Garfield, o gato angorá do casal, estava. Ele veio andando até a cozinha, miando, na esperança de ganhar comida, e Cora descontou nele. O gato voou em uma nuvem de sangue e pelo.

— Come *isso*, Garfield — disse Cora.

Ela andou através da fumaça da arma até o corredor. Começou a subir a escada. Sabia onde encontraria a piranha. Ela a encontraria na cama. Cora sabia disso tão bem quanto sabia seu próprio nome.

— Está mesmo na hora de ir pra cama. Ou é o que você quer acreditar, Myra, querida.

Cora estava sorrindo.


## 12


O padre Brigham e Albert Gendron lideravam o pelotão de católicos furiosos que descia a avenida Castle na direção da rua Harrington. Na metade do caminho, eles ouviram a cantoria. Os dois homens trocaram um olhar.

— Você acha que vamos conseguir ensinar uma canção nova a eles, Albert? — perguntou o padre Brigham suavemente.

— Acho que sim, padre — respondeu Albert.

— Vamos ensiná-los a cantar "Corri até chegar em casa"?

— Ótima canção, padre. Acho que até escória como eles consegue aprender essa.

Um relâmpago cortou o céu. Iluminou a avenida Castle com um brilho momentâneo e exibiu para os dois homens uma pequena multidão avançando colina acima na direção deles. Seus olhos brilharam, brancos e vazios, como os olhos de estátuas, na luz do relâmpago.

— Lá estão eles! — alguém gritou.

— Peguem os filhos da puta imundos! — gritou uma mulher.

— Vamos fazer uma limpeza — disse o padre John Brigham com alegria, e partiu para cima dos batistas.

— Amém, padre — disse Albert, correndo ao lado dele.

*Todos* começaram a correr nessa hora.

Quando o policial Morris dobrou a esquina, um novo raio cortou o céu em zigue-zague, derrubando um dos olmos antigos na beira do riacho Castle. No brilho, ele viu dois grupos correndo, um na direção do outro. Um grupo corria colina acima, o outro corria colina abaixo, e ambos gritavam por sangue. O policial Morris se viu de repente desejando ter dito que estava doente para faltar ao trabalho naquela tarde.

## 13

Cora abriu a porta do quarto de Chuck e Myra e viu exatamente o que esperava: a vaca deitada nua em uma cama de casal desarrumada que parecia ter passado por muita coisa ultimamente. Uma das mãos estava para trás, embaixo dos travesseiros. A outra segurava uma foto numa moldura. A foto estava entre as coxas gordas de Myra. Ela parecia estar se esfregando na foto. Seus olhos estavam parcialmente fechados em êxtase.

— Aaah, E! — gemia ela. — Aaaah, E! AAAAAAAAHHH EEEE-EEEEEEE!

Um ciúme horrorizado ardeu no coração de Cora e subiu pela garganta até que ela sentisse seu gosto amargo na boca.

— Ah, puta que pariu — sussurrou ela, e ergueu a automática.

Nessa hora, Myra olhou para ela, e Myra estava sorrindo. Ela tirou a mão de debaixo do travesseiro. Nela, também havia uma pistola automática.

— O sr. Gaunt *disse* que você viria, Cora — disse ela, e disparou.

Cora sentiu a bala passar ao lado da bochecha; ouviu-a bater no gesso no lado esquerdo da porta. Então disparou sua arma. Acertou o porta-retrato entre as pernas de Myra, estilhaçando o vidro e entrando na coxa dela.

Também deixou um buraco de bala no meio da testa do Elvis Presley.

— *Olha o que você fez!* — gritou Myra. — *Você atirou no Rei, sua vaca burra!*

Ela deu três tiros em Cora. Dois passaram longe, mas o terceiro acertou Cora no pescoço, empurrando-a para trás contra a parede em um spray de sangue rosa. Quando caiu de joelhos, ela disparou de novo. A bala abriu um buraco no joelho de Myra e a derrubou da cama. Cora caiu de cara no chão e a arma escorregou de sua mão.

*Vou me encontrar com você, Elvis*, ela tentou dizer, mas isso soava terrivelmente errado. Parecia só haver escuridão, e parecia não haver ninguém ali além dela.


## 14

Os batistas de Castle Rock, liderados pelo reverendo William Rose, e os católicos de Castle Rock, liderados pelo padre John Brigham, se encontraram perto do pé da colina Castle com um estalo quase audível. Não houve luta educada de socos, não houve regras; eles estavam ali para arrancar olhos e narizes. Possivelmente, para matar.

Albert Gendron, o dentista enorme que demorava para ficar com raiva, mas ficava terrível quando sua fúria era despertada, segurou Norman Harper pelas orelhas e puxou a testa do sujeito para a frente. Bateu com a própria testa ao mesmo tempo. Os crânios se chocaram com um som que parecia de louça num terremoto. Norman tremeu e caiu inerte. Albert o jogou de lado como um saco de roupa suja e pegou Bill Sayers, que vendia ferramentas na loja Western Auto. Bill desviou e deu um soco. Albert levou o soco na boca, cuspiu um dente e segurou Bill em um abraço de urso, apertando-o até ouvir uma costela quebrar. Bill começou a gritar. Albert o jogou do outro lado da rua, onde o policial Morris parou bem a tempo de não o atropelar.

O local agora era uma confusão de figuras lutando, socando, batendo, gritando. Elas derrubavam umas às outras, escorregavam na chuva, se levantavam, batiam e recebiam golpes. Os relâmpagos repentinos faziam com que parecesse que havia uma dança estranha acontecendo, na qual você jogava o parceiro na árvore mais próxima em vez de girá-lo ou dava uma joelhada na virilha em vez de dar passinhos para o lado.

Nan Roberts pegou Betsy Vigue pelas costas do vestido enquanto Betsy fazia tatuagens nas bochechas de Lucille Dunham com as unhas. Nan puxou Betsy, girou-a e enfiou dois dedos no nariz dela até o segundo nó dos dedos. Betsy soltou um grito nasal que parecia uma sirene quando Nan começou a sacudi-la com entusiasmo pelo nariz.

Frieda Pulaski bateu em Nan com sua bíblia de bolso. Nan caiu de joelhos. Seus dedos saíram do nariz de Betsy Vigue com um estalo audível. Quando ela tentou se levantar, Betsy chutou a cara dela e a derrubou no meio da rua.

— Sua puta, você bachucou o beu dariz!

Ela tentou dar um pisão na barriga de Nan, que segurou o pé dela, a girou e derrubou a antiga Betty La-La de cara na rua. Nan engatinhou até ela; Betsy estava esperando; um momento depois, as duas estavam rolando na rua, mordendo e arranhando.

— *PAREM!* — gritou o policial Morris, mas sua voz sumiu em meio a um trovão que sacudiu a rua toda.

Ele pegou a arma, apontou para o céu… mas, antes que pudesse disparar, alguém, só Deus sabe quem, atirou na virilha dele com um dos itens especiais de Leland Gaunt. O policial Morris caiu para trás sobre o capô da viatura e rolou para a rua, com as mãos no que restava de seu equipamento sexual, tentando gritar.

Era impossível dizer quantos dos combatentes tinham levado armas compradas com o sr. Gaunt naquele dia. Não muitos, e alguns dos que estavam armados perderam as automáticas na confusão de tentar escapar das bombas de fedor. Mas pelo menos mais quatro tiros foram disparados em sucessão rápida, tiros que foram desconsiderados na confusão de vozes gritando e trovões ribombando.

Len Milliken viu Jake Pulaski apontar uma das armas para Nan, que tinha permitido que Betsy escapasse e agora estava tentando sufocar Meade Rossignol. Len segurou o pulso de Jake e o virou para cima, na direção do céu tomado de relâmpagos, um segundo antes de a arma disparar. Em seguida, puxou o pulso de Jake e o quebrou no joelho como um pedaço de madeira. A arma caiu na rua molhada. Jake começou a gritar. Len deu um passo para trás e disse:

— Isso vai lhe ensinar a...

Ele não completou a frase, porque alguém escolheu aquele momento para enfiar a lâmina de um canivete em sua nuca, cortando sua medula espinhal no tronco encefálico.

Outras viaturas da polícia estavam chegando agora, as luzes azuis girando enlouquecidamente na escuridão molhada da chuva. Os combatentes não obedeceram aos gritos amplificados que os mandavam parar na mesma hora. Quando os policiais tentaram apartar as brigas, acabaram sendo puxados para a confusão.

Nan Roberts viu o padre Brigham, a maldita camisa preta rasgada nas costas. Ele segurava o reverendo Rose pela nuca com uma das mãos. A outra mão estava cerrada, batendo repetidamente no nariz do reverendo. Seu punho dava uma porrada, a mão que segurava a nuca do reverendo Rose recuava um pouco, mas logo ele colocava o reverendo Rose na posição de volta para o golpe seguinte.

Gritando com todo o fôlego, ignorando o policial estadual confuso que pedia, quase implorava, para que ela parasse e parasse *agora mesmo*, Nan jogou Meade Rossignol longe e partiu para cima do padre Brigham.

# VINTE E DOIS

1

A tempestade obrigou Alan a ir muito mais devagar, apesar de seu sentimento crescente de que o tempo tinha se tornado vital e amargamente importante e de que, se ele não voltasse logo para Castle Rock, talvez fosse melhor ficar longe para sempre. Ele se deu conta de que boa parte das informações de que precisava estava na mente dele o tempo todo, trancada por trás de uma porta firme. A porta tinha uma legenda clara, mas não ESCRITÓRIO DO PRESIDENTE nem SALA DO COMITÊ, muito menos PARTICULAR, NÃO ENTRE. A legenda impressa na porta da mente de Alan era ISSO NÃO FAZ SENTIDO. Para destrancá-la, ele só precisava da chave certa... a chave que Sean Rusk tinha lhe dado. E o que havia por trás daquela porta?

Ora, a Artigos Indispensáveis. E seu proprietário, o sr. Leland Gaunt.

Brian Rusk comprou um card de beisebol na Artigos Indispensáveis, e Brian estava morto. Nettie Cobb comprou um abajur na Artigos Indispensáveis, e *ela* estava morta também. Quantas outras pessoas de Castle Rock tinham ido até aquele poço e comprado água envenenada daquele homem venenoso? Norris: uma vara de pescar. Polly: um amuleto mágico. A mãe de Brian Rusk: um par de óculos vagabundos que tinha alguma relação com Elvis Presley. Até Ace Merrill: um livro velho. Alan estaria disposto a apostar que Hugh Priest também tinha feito uma compra... e Danforth Keeton...

Quantos outros? Quantos?

Ele parou do lado mais distante da ponte Tin quando um relâmpago atravessou o céu e partiu um dos olmos do outro lado do riacho Castle. Houve um estalo elétrico enorme e uma luz ofuscante. Alan colocou os braços na frente dos olhos, mas a imagem ficou impressa neles em azul enquanto o rádio soltava um ruído alto de estática e o olmo caía com grandiosidade no riacho.

Ele abaixou o braço e gritou quando o trovão explodiu diretamente acima, parecendo alto o suficiente para partir o mundo. Por um momento, seus olhos abalados não conseguiram identificar nada, e ele teve medo de que a árvore tivesse caído na ponte, bloqueando sua passagem para a cidade. Mas ele viu que só estava caída depois da estrutura enferrujada, coberta pela água correndo. Alan engrenou a viatura e fez a travessia. Ao atravessar, ele ouviu o vento, que agora já era uma ventania, sacudindo as peças da ponte. Foi um som sinistro e solitário.

A chuva caía no para-brisa do carro velho, transformando tudo à frente em uma alucinação trêmula. Quando Alan saiu da ponte e entrou na rua Principal no cruzamento com a alameda Watermill, a chuva ficou tão forte que os limpadores, mesmo na velocidade máxima, se tornaram inúteis. Ele abriu a janela, colocou a cabeça para fora e dirigiu assim. Ficou encharcado na mesma hora.

A área em torno do Prédio Municipal estava cheia de carros de polícia e vans da imprensa, mas também tinha uma aparência deserta estranha, como se as pessoas a quem pertenciam todos aqueles veículos tivessem sido teletransportadas de repente para o planeta Netuno por alienígenas maléficos. Alan viu alguns jornalistas espiando de dentro do abrigo das vans, e um policial estadual correu pela viela que levava ao estacionamento do Prédio Municipal, com chuva espirrando dos sapatos, mas isso foi tudo.

Três quarteirões depois, na direção da colina Castle, uma viatura da Polícia Estadual disparou pela rua Principal a toda a velocidade, seguindo para oeste pela rua Laurel. Um momento depois, outra viatura passou. Essa estava na rua Birch, indo na direção oposta da primeira. Aconteceu tão rápido, zip, que parecia coisa de um filme de comédia sobre trapalhadas da polícia. *Agarra-me se puderes*, talvez. Mas Alan não viu nada de engraçado. Deu a ele a impressão de uma ação sem objetivo, uma espécie de movimentação desconjuntada e em pânico. Ele teve a certeza repentina de que Henry Payton tinha perdido o controle do que estava acontecendo em Castle Rock... isso se já tivesse tido qualquer coisa além de uma ilusão de controle.

Ele achou que estivesse ouvindo gritos baixos vindos da direção da colina Castle. Com a chuva, os trovões e o vento forte, era difícil ter certeza, mas ele não achou que fosse sua imaginação. Como se para provar essa hipótese, um carro da Polícia Estadual saiu da viela ao lado do Prédio Municipal, faróis piscando e luzes de alerta girando, iluminando faixas prateadas de chuva, e foi naquela direção. Quase bateu em um carro enorme da wmtw.

Alan se lembrou de ter sentido no começo da semana que havia algo muito fora do lugar na cidadezinha; que havia coisas que ele não conseguia ver dando errado e que Castle Rock estava tremendo na beirada de uma confusão inimaginável. E agora a desordem tinha chegado, e tudo tinha sido planejado pelo homem

(*Brian disse que o sr. Gaunt não era um homem*)

que Alan nunca conseguira visitar.

Um grito soou na noite, agudo e penetrante. Foi seguido pelo som de vidro estilhaçando… e, de outro lugar, um tiro e uma explosão de risadas roucas e idiotas. Trovões ribombavam no céu como uma pilha de tábuas derrubadas.

Mas eu tenho tempo agora, pensou Alan. Sim. Muito tempo. Sr. Gaunt, acho que temos que nos cumprimentar, e acho que está mais do que na hora de você saber o que acontece com quem se mete com a minha cidade.

Ignorando os sons baixos de caos e violência que ouvia pela janela aberta, ignorando o Prédio Municipal onde Henry Payton supostamente coordenava as forças da lei e da ordem (ou tentava), Alan dirigiu pela rua Principal na direção da Artigos Indispensáveis.

Ao fazer isso, um violento raio branco-arroxeado cortou o céu como uma árvore elétrica, e enquanto o trovão estrondoso ainda rugia acima, todas as luzes de Castle Rock se apagaram.

2

O policial Norris Ridgewick, usando o uniforme que guardava para desfiles e outras ocasiões formais, estava no barracão ao lado da casinha que dividiu com a mãe até ela morrer de AVC no outono de 1986, a casa onde ele morava sozinho desde então. Ele estava de pé em um banco. Havia um pedaço pesado de corda amarrada e pendurada em uma das vigas no teto. Norris tinha enfiado a cabeça na forca e a estava apertando atrás da orelha direita quando o relâmpago piscou e as duas lâmpadas elétricas que iluminavam o barracão se apagaram.

Ainda assim, ele conseguia ver a vara de pescar Bazun encostada na parede ao lado da porta que levava à cozinha. Ele quis tanto aquela vara e acreditou que tinha sido muito barata, mas no final o preço foi alto demais. Alto demais para Norris conseguir pagar.

Sua casa ficava no lado superior da alameda Watermill, onde a alameda faz uma curva na direção da colina Castle e de Castle View. O vento estava certo e ele ouvia os sons da briga que ainda estava acontecendo lá: os gritos, os berros, os tiros ocasionais.

Sou responsável por isso, pensou ele. Não completamente, de jeito nenhum, mas parcialmente. Eu participei. Sou o motivo para Henry Beaufort estar ferido ou morrendo, talvez até já morto em Oxford. Sou o motivo para Hugh Priest estar no necrotério. Eu. O sujeito que sempre quis ser policial e ajudar as pessoas, o cara que queria isso desde que era pequeno. O burro, engraçado e desajeitado Norris Ridgewick, que achou que precisava de uma vara de pescar Bazun e que podia conseguir uma bem barato.

— Me desculpem pelo que eu fiz — disse Norris. — Não resolve nada, mas pelo menos tenho que dizer que sinto muito *mesmo*.

Ele se preparou para pular do banco e de repente uma nova voz falou dentro de sua cabeça. *Então por que você não tenta consertar, seu covarde?*

— Não posso — respondeu Norris. Um relâmpago piscou; sua sombra pulou loucamente na parede do abrigo, como se ele já estivesse fazendo a dança no ar. — É tarde demais.

*Então pelo menos dê uma olhada no objeto PELO QUAL você fez o que fez, in-sistiu a voz irritada. Você pode pelo menos fazer isso, não pode? Dê uma olhada! Dê uma BOA olhada!*

Outro relâmpago caiu. Norris olhou para a vara Bazun... e soltou um grito de agonia e descrença. Ele tremeu e quase derrubou o banco e se enforcou por acidente.

A Bazun elegante, tão fina e forte, não estava mais lá. Tinha sido substituída por uma vara de bambu suja e cheia de farpas, não mais do que um galho com um molinete Zebco infantil preso com um parafuso enferrujado.

— Alguém roubou! — gritou Norris. Todo seu ciúme amargo e sua cobiça paranoica voltaram com tudo, e ele sentiu que tinha que correr pelas ruas procurando o ladrão. Ele teria que matar todos, todo mundo na cidade, se fosse necessário, para pegar o cruel homem ou mulher responsável. — *ALGUÉM ROUBOU MINHA BAZUN!* — gritou ele de novo, oscilando sobre o banquinho.

*Não*, respondeu a voz zangada. *Sempre foi assim. O que foi roubado foram seus antolhos, os que você colocou em si mesmo, por vontade própria.*

— Não! — Mãos monstruosas pareciam estar segurando as laterais da cabeça de Norris; agora, estavam começando a apertar. — Não, não, *não!*

Mas o relâmpago piscou de novo, mostrando a ele a vara de bambu sujo onde a Bazun estava momentos antes. Ele a deixara ali para que fosse a última coisa que ele visse ao pular do banquinho. Ninguém tinha entrado; ninguém tinha mexido nela; consequentemente, a voz só podia estar certa.

*Sempre foi assim*, insistiu a voz zangada. *A única pergunta é a seguinte: você vai fazer alguma coisa ou vai fugir para a escuridão?*

Ele começou a mexer na corda em volta do pescoço e, naquele momento, sentiu que não estava sozinho no barracão. Naquele momento, sentiu cheiro de tabaco e de café e de uma colônia fraca, talvez Southern Gentleman: os cheiros do sr. Gaunt.

Ele perdeu o equilíbrio ou mãos furiosas e invisíveis o empurraram do banco. Um dos pés esbarrou nele quando ele oscilou para a frente e o derrubou.

O grito de Norris foi engasgado quando o nó se apertou. Uma das mãos agitadas encontrou a viga do teto e se segurou nela. Ele se ergueu um pouco e conseguiu afrouxar o aperto de leve. A outra mão mexia na corda. Ele sentia os fiapos espetando a garganta.

*Não é a palavra certa!*, ele ouviu o sr. Gaunt gritar com raiva. *Não é a palavra perfeita, seu caloteiro maldito!*

Ele não estava lá, não de verdade; Norris sabia que não tinha sido empurrado. Mas tinha certeza de que parte do sr. Gaunt *estava* ali mesmo assim... e o sr. Gaunt não estava satisfeito, porque não era para ser daquele jeito. Os otários não tinham que ver *nada*. Ao menos não até ser tarde demais para fazer diferença.

Ele puxou e enfiou a mão na corda, mas era como se o nó estivesse coberto de concreto. O braço que o estava sustentando tremeu muito. Seus pés se balançaram a menos de um metro do chão. Ele não conseguiria se segurar ali por muito tempo. Já era incrível que tivesse conseguido deixar uma folga na corda.

Finalmente, ele conseguiu enfiar dois dedos debaixo do nó e o puxar um pouco. Ele tirou a cabeça pelo aro de corda na mesma hora que uma câimbra horrível e entorpecente atingiu o braço que o sustentava. Ele caiu no chão chorando, segurando o braço dolorido contra o corpo. Um relâmpago caiu e transformou a saliva nos dentes expostos em arcos roxos de luz. Ele apagou nesse momento... não sabia por quanto tempo, mas a chuva ainda caía e os relâmpagos ainda piscavam quando sua mente voltou a si.

Ele ficou de pé e andou até a vara de pescar, ainda segurando o braço. A câimbra estava começando a passar agora, mas Norris continuava ofegante. Ele pegou a vara e a examinou com atenção e raiva.

Bambu. Um pedaço de bambu sujo, imundo. Não valia tudo; não valia *nada*.

O peito estreito de Norris engasgou com a respiração e ele deu um grito de vergonha e fúria. Na mesma hora, levantou o joelho e partiu a vara de pescar. Juntou os pedaços e os quebrou no meio. A sensação era horrível, ele os achou nojentos, como se estivessem cheios de germes. A sensação era de *fraude*. Ele jogou os pedaços de lado e eles caíram ao lado do banco virado como um bando de gravetos sem sentido.

— Pronto! — gritou ele. — Pronto! *Pronto! PRONTO!*

592

Os pensamentos de Norris se voltaram para o sr. Gaunt. O sr. Gaunt, com seu cabelo prateado e sua roupa de tweed e seu sorriso faminto e incômodo.

— Vou pegar você — sussurrou Norris Ridgewick. — Não sei o que vai acontecer depois, mas vou pegar você *de jeito.*

Ele foi até a porta, abriu e saiu na chuva torrencial. A unidade dois estava parada em frente. Ele curvou o corpo estilo Barney Fife no vento e foi até lá.

— Não sei o que você é, mas vou pegar você, seu filho da puta mentiroso e golpista.

Ele entrou na viatura e saiu de ré. A humilhação, a infelicidade e a raiva estavam guerreando em pé de igualdade no rosto dele. Quando desceu para a rua, ele virou para a esquerda e começou a dirigir na direção da Artigos Indispensáveis o mais rápido que ousou.

3

Polly Chalmers estava sonhando.

No sonho, ela entrava na Artigos Indispensáveis, mas a figura atrás do balcão não era Leland Gaunt; era a tia Evvie Chalmers. A tia Evvie estava usando seu melhor vestido azul com o xale azul, aquele com a borda vermelha. Entre seus dentes enormes e artificialmente regulares havia um cigarro Herbert Tareyton.

*Tia Evvie!*, exclamou Polly no sonho. Um prazer enorme e um alívio maior ainda, aquele alívio que só conhecemos em sonhos felizes e no momento em que acordamos dos horríveis, tomaram conta dela como uma luz. *Tia Evvie, você está viva!*

Mas a tia Evvie não demonstrou sinal de reconhecimento. *Compre o que quiser, moça,* disse a tia Evvie. *A propósito, seu nome era Polly ou Patricia? Não consigo lembrar.*

*Tia Evvie, você sabe meu nome. Sou Trisha. Sempre fui Trisha pra você.*

Tia Evvie não prestou atenção. *Seja qual for seu nome, temos um especial hoje. É queima de estoque.*

*Tia Evvie, o que você está fazendo aqui?*

*Aqui é* MEU LUGAR, *disse tia Evvie. Aqui é o lugar de todo mundo da cidade, srta. Dois Nomes. Na verdade, é o lugar de todo mundo no MUNDO, porque todo mundo adora uma barganha. Todo mundo ama ter uma coisa por nada… mesmo que custe tudo.*

A sensação boa sumiu de repente. Foi substituída por medo. Polly olhou para as estantes de vidro e viu frascos de líquido escuro marcados com TÔNI-

CO ELÉTRICO DO DR. GAUNT. Havia brinquedos de corda vagabundos que engasgavam com as engrenagens e cuspiam as molas depois da segunda vez que eram usados. Havia brinquedos sexuais grosseiros. Havia pequenos frascos do que parecia ser cocaína; tinham um rótulo que dizia PÓ POTENTE EXPLOSIVO DO DR. GAUNT. Havia uma abundância de aparatos vagabundos: vômito de cachorro de plástico, pó de mico, cigarros explosivos, campainhas que davam choque. Havia um par de óculos de raios X que supostamente permitiam que se enxergasse através de portas fechadas e de vestidos, mas na verdade só deixavam seus olhos com manchas em volta. Havia flores de plástico e baralhos marcados e garrafas de perfume barato com rótulos que diziam POÇÃO DO AMOR Nº 9 DO DR. GAUNT, TRANSFORMA FADIGA EM LUXÚRIA. As estantes eram um catálogo de coisas atemporais, de mau gosto e inúteis.

*O que você quiser, srta. Dois Nomes*, disse a tia Evvie.

*Por que você está me chamando assim, tia Evvie? Por favor... Você não me reconhece?*

*Garanto que tudo funciona. A única coisa que não garanto que funcione depois da liquidação é VOCÊ. Então, pode se aproximar e comprar, comprar, comprar.*

Agora ela olhou diretamente para Polly, que levou um golpe de pavor como se fosse uma facada. Ela viu compaixão nos olhos da tia Evvie, mas era uma compaixão terrível e impiedosa.

*Qual é seu nome, criança? Me parece que eu já soube.*

No sonho (e na cama), Polly começou a chorar.

*Alguma outra pessoa esqueceu seu nome?*, perguntou tia Evvie. *Queria saber. Parece que sim.*

*Tia Evvie, você está me assustando!*

*Você está se assustando, criança*, respondeu tia Evvie, olhando diretamente para Polly pela primeira vez. *Só lembre que, quando compra aqui, srta. Dois Nomes, você também está vendendo.*

*Mas eu preciso!*, exclamou Polly. Ela começou a chorar mais. *Minhas mãos...!*

*Sim, funciona, srta. Polly Frisco*, disse tia Evvie, e pegou um dos frascos marcados como TÔNICO ELÉTRICO DO DR. GAUNT. Ela o colocou na bancada, um frasco pequeno e achatado cheio de uma coisa que parecia lama. *Não pode fazer sua dor sumir, claro, nada pode fazer isso, mas pode efetuar uma transferência.*

*O que você quer dizer? Por que está me assustando?*

*Muda o local da sua artrite, srta. Dois Nomes. Em vez das mãos, a doença ataca seu coração.*

*Não!*

*Sim.*

*Não! Não! NÃO!*

*Sim. Ah, sim. E sua alma também. Mas você vai ter seu orgulho. Isso você vai manter, pelo menos. E uma mulher não tem direito ao seu orgulho? Quanto tudo se foi, coração, alma, até o homem que você ama, você vai ter isso, pequena srta. Polly Frisco, não vai? Você vai ter a moeda sem a qual a carteira ficaria totalmente vazia. Que isso seja seu consolo sombrio e amargo pelo resto da vida. Que sirva. Tem que servir, porque, se você ficar de olho no caminho pelo qual está seguindo, sem dúvida não haverá outro.*

*Pare, por favor, você não pode...*

## 4

— Parar — murmurou ela dormindo. — Por favor, pare. *Por favor.*

Ela rolou de lado. O *azka* tilintou de leve na corrente. Um relâmpago iluminou o céu e acertou o olmo da rua Castle, derrubando-o na água corrente enquanto Alan Pangborn estava atrás do volante do carro, atordoado pela luz.

O trovão seguinte acordou Polly. Seus olhos se abriram. Sua mão foi até o *azka* imediatamente e se fechou de forma protetora ao redor. A mão estava ágil; as juntas se moviam com a facilidade de bilhas encharcadas de graxa nova.

*Srta. Dois Nomes... pequena srta. Polly Frisco.*

— O que...? — Sua voz estava rouca, mas sua mente já estava clara e alerta, como se ela não tivesse estado dormindo, mas em um estado de pensamento tão profundo que era quase um transe. Havia alguma coisa na mente dela, alguma coisa do tamanho de uma baleia. Lá fora, um relâmpago piscou e cortou o céu como fogos roxos vibrantes.

*Alguma outra pessoa esqueceu seu nome?... Parece que sim.*

Ela esticou a mão até a mesa de cabeceira e ligou o abajur. Ao lado do telefone com teclas enormes do qual ela não precisava mais estava o envelope que ela encontrara caído no chão com o resto da correspondência quando voltou para casa à tarde. Ela tinha dobrado aquela carta horrível e enfiado dentro.

Em algum momento da noite, entre as explosões de trovão, ela pensou ter ouvido gente gritando. Polly ignorou o barulho; estava pensando no cuco, que botava o ovo no ninho de outro quando o dono estava fora. Quando a futura mãe volta, ela nota que uma coisa nova foi acrescentada? Claro que não; ela só aceita como sendo dela. Assim como Polly aceitara a maldita carta só porque estava no chão com dois catálogos e uma carta da Western Maine Cable TV.

Ela simplesmente a aceitou… mas *qualquer um* poderia jogar uma carta por um buraco de correspondência, não era?

— Srta. Dois Nomes — murmurou ela com voz consternada. — Pequena srta. Polly Frisco.

E essa era a questão, não era? A questão que seu subconsciente lembrou e o fez criar a tia Evvie para contar. Ela *era* srta. Polly Frisco.

Houve uma época em que era.

Ela pegou o envelope.

*Não!*, gritou uma voz, e era uma voz que ela conhecia bem. *Não toque nisso, Polly, não se você souber o que é bom para você!*

Uma dor sombria e forte como café velho surgiu em suas mãos.

*Não pode fazer sua dor sumir, claro, nada pode fazer isso, mas pode efetuar uma transferência.*

A coisa do tamanho de uma baleia estava subindo para a superfície. A voz do sr. Gaunt não podia impedi-la; nada podia impedi-la.

*VOCÊ pode impedir, Polly*, disse o sr. Gaunt. *Acredite, é necessário.*

Ela puxou a mão de volta antes de tocar na carta. Levou-a ao *azka* e se fechou sobre ele de forma protetora. Ela sentia alguma coisa dentro, uma coisa que tinha sido aquecida pelo calor dela, correndo freneticamente dentro do amuleto prateado oco, e uma repulsa tomou conta dela, deixando seu estômago fraco e frouxo e seu intestino podre.

Ela soltou o amuleto e levou a mão à carta novamente.

*Último aviso, Polly*, disse a voz do sr. Gaunt.

*Sim*, respondeu a voz da tia Evvie. *Acho que ele está falando sério, Trisha. Ele sempre gostou de mulheres orgulhosas, mas, quer saber? Acho que ele não tem muita utilidade para as que decidem abrir mão dele antes da queda. Acho que chegou a hora de você decidir de uma vez por todas qual é seu nome* de verdade.

Ela segurou o envelope, ignorou a pontada de aviso nas mãos e olhou para o endereço datilografado. Aquela carta, *suposta* carta, *suposta* fotocópia, tinha sido enviada para a "sra. Patricia Chalmers".

— Não — sussurrou ela. — Está errado. *Nome* errado. — Ela fechou a mão lenta e firmemente sobre a carta e a amassou. Uma dor tomou conta do seu punho, mas Polly a ignorou. Seus olhos estavam brilhosos, febris. — Eu sempre fui Polly em San Francisco. Era Polly pra todo mundo, *até para o Conselho Tutelar!*

Isso fora parte da tentativa dela de se desligar de todos os aspectos da antiga vida que achava que a tinha magoado tanto, sem nunca se permitir, nem nas piores noites, sonhar que a maioria dos ferimentos havia sido autoinfligida. Em San Francisco, não existia Trisha nem Patricia; só Polly. Ela preenchera os três formulários de Auxílio a Crianças Dependentes assim e assinara assim, como Polly Chalmers, sem inicial de nome do meio.

Se Alan *tivesse* escrito para o pessoal do Conselho Tutelar de San Francisco, ela achava que ele daria seu nome como Patricia, mas a busca por resultados não teria sido em vão? Sim, claro. Nem mesmo os endereços bateriam, porque o que ela escrevera no espaço de ENDEREÇO DA ÚLTIMA RESIDÊNCIA tantos anos antes fora o dos pais, do outro lado da cidade.

*E se Alan deu os dois nomes? Polly e Patricia?*

E se tivesse feito isso mesmo? Ela sabia o suficiente sobre o funcionamento das burocracias do governo para acreditar que não importava que nome ou nomes *Alan* tinha lhes dado; ao escrever para ela, a carta teria ido para o nome e endereço que eles tinham no arquivo. Polly tinha uma amiga de Oxford cuja correspondência da Universidade do Maine ainda era endereçada ao seu nome de solteira, apesar de ela estar casada havia vinte anos.

Mas aquele envelope foi endereçado a *Patricia* Chalmers, não Polly Chalmers. E quem em Castle Rock a tinha chamado de Patricia naquele dia mesmo?

A mesma pessoa que sabia que Nettie Cobb era na verdade Netitia Cobb. Seu bom amigo Leland Gaunt.

*Toda essa questão sobre os nomes é interessante*, disse tia Evvie de repente, *mas não é a mais importante. A questão mais importante é o homem... o seu homem. Ele é seu homem, não é? Mesmo agora. Você sabe que ele nunca agiria pela suas costas como a carta disse que ele fez. Não importa o nome que estava nela e nem o quanto podia parecer convincente... você* sabe *disso, não sabe?*

— Sei — sussurrou ela. — Eu conheço *ele*.

Ela tinha mesmo acreditado naquilo? Ou deixou suas dúvidas sobre a carta absurda e inacreditável de lado porque estava com medo, apavorada mesmo, de que Alan fosse ver a verdade horrível sobre o *azka* e a obrigar a fazer uma escolha entre ele ou o amuleto?

— Ah, não... isso é simples demais — sussurrou ela. — Você acreditou, sim. Só por metade de um dia, mas *acreditou*. Ah, Jesus. Ah, Jesus, o que eu fiz?

Ela jogou a carta amassada no chão com a expressão revoltada de uma mulher que acabou de perceber que está segurando um rato morto.

*Eu não falei o motivo da minha raiva; não dei a ele a chance de explicar; só... só acreditei. Por quê? Em nome de Deus, por quê?*

Ela sabia, claro. Foi o medo repentino e vergonhoso de que suas mentiras sobre a causa da morte de Kelton fossem descobertas, de que alguém suspeitasse da infelicidade de seus anos em San Francisco, de que sua culpa na morte do seu bebê fosse avaliada... e tudo isso pelo único homem no mundo cuja boa opinião ela queria e da qual precisava.

597

Mas isso não era tudo. Nem perto disso. O que pesou mais foi o orgulho... seu orgulho ferido, ultrajado, latejante, inchado e maligno. Orgulho, a moeda sem a qual sua carteira ficaria totalmente vazia. Ela acreditou porque tinha pânico da vergonha, uma vergonha nascida do orgulho.

*Eu sempre gostei de mulheres com orgulho de si mesmas.*

Uma onda horrível de dor surgiu nas mãos dela; Polly gemeu e as segurou contra o peito.

*Não é tarde demais, Polly*, disse o sr. Gaunt suavemente. *Não é tarde demais, nem agora.*

— *Ah, que se foda o orgulho!* — gritou Polly de repente na escuridão do quarto fechado e abafado, e arrancou o *azka* do pescoço. Ela o ergueu acima da cabeça no punho fechado, a corrente fina de prata balançando, e sentiu a superfície do amuleto se rachar como a casca de um ovo dentro de sua mão. — QUE SE FODA O ORGULHO!

A dor surgiu na mesma hora nas mãos dela, como um animal pequeno e faminto... mas ela soube naquele momento que a dor não era tão grande quanto ela temia; não era mesmo tão grande quanto ela temia. Ela soube com a mesma certeza com que soube que Alan nunca tinha escrito para o Conselho Tutelar de San Francisco para perguntar sobre ela.

— *QUE SE FODA O ORGULHO! QUE SE FODA! QUE SE FODA! QUE SE FODA!* — gritou ela, e jogou o *azka* do outro lado do quarto.

O objeto bateu na parede, quicou no chão e se abriu. Um relâmpago caiu, e ela viu duas perninhas peludas saindo pela rachadura. A rachadura se alargou, e o que saiu de dentro foi uma aranha pequena que foi correndo para o banheiro. Outro relâmpago caiu e imprimiu sua sombra alongada e oval no chão como uma tatuagem elétrica.

Polly pulou da cama e foi atrás. Tinha que matá-la, e rápido... porque, mesmo enquanto ela olhava, a aranha estava aumentando. Estava se alimentando do veneno que sugava do corpo dela, e agora que estava livre do espaço apertado, não dava para saber a que tamanho podia chegar.

Ela acendeu a luz do banheiro, e a lâmpada fluorescente acima da pia ganhou vida. Viu a aranha correndo na direção da banheira. Quando passou pela porta, era do tamanho de um besouro. Agora, estava do tamanho de um rato.

Quando ela entrou, a aranha se virou e correu na direção dela, com aqueles estalos horríveis das pernas nos azulejos. Ela teve tempo de pensar: Isso estava entre os meus seios, estava ENCOSTADO em mim, estava encostado em mim O TEMPO TODO...

O corpo da aranha era preto-amarronzado. Havia pequenos pelos nas pernas. Olhos opacos como rubis falsos a encaravam... e ela viu que havia duas presas saindo da boca como dentes curvos de vampiro. Havia um líquido transparente pingando dos dentes. No ponto onde as gotas batiam nos azulejos, só restavam pequenas crateras fumegantes.

Polly gritou e pegou o desentupidor que ficava ao lado da privada. Suas mãos reclamaram de dor, mas ela as fechou no cabo de madeira do desentupidor mesmo assim e bateu na aranha. O bicho recuou, uma das pernas agora quebrada e pendurada, torta e inútil. Polly foi atrás dela quando ela correu para a banheira.

Machucada ou não, a aranha ainda estava crescendo. Agora, tinha o tamanho de uma ratazana. A barriga inchada arrastava no chão, mas ela subiu pela cortina do chuveiro com uma estranha agilidade. As pernas faziam um som no plástico como gotinhas de água. Os aros tilintaram na barra de aço no alto.

Polly golpeou com o desentupidor como se fosse um bastão de beisebol, a cúpula pesada de borracha fazendo um ruído no ar, e acertou a coisa horrível de novo. A cúpula de borracha ocupava uma área grande, mas não era muito eficiente no contato. A cortina do chuveiro se curvou para dentro e a aranha caiu na banheira com um barulho suave.

Naquele momento, as luzes se apagaram.

Polly ficou parada na escuridão, o desentupidor na mão, e ouviu a aranha correndo. Um relâmpago caiu e ela viu as costas curvas e peludas aparecendo na beirada da banheira. A coisa que tinha saído do *azka*, o amuleto que era do tamanho de um dedal, estava do tamanho de um gato agora; a coisa que tinha se alimentado do sangue de seu coração enquanto afastava a dor das suas mãos.

*O envelope que deixei na antiga casa dos Camber... o que era?*

Sem o *azka* no pescoço, com a dor desperta e gritando nas mãos, ela não podia mais dizer para si mesma que não tinha nada a ver com o Alan.

As presas da aranha estalaram na beirada de porcelana da banheira. Parecia alguém batendo uma moeda deliberadamente em uma superfície rígida, querendo atenção. Os olhos mortos de boneca agora a olhavam pela beirada da banheira.

*É tarde demais*, aqueles olhos pareciam dizer. *Tarde demais para o Alan, tarde demais para você. Tarde demais para todo mundo.*

Polly partiu para cima da aranha.

— *O que você me fez fazer?* — gritou ela. — *O que você me fez fazer? Ah, seu monstro, O QUE VOCÊ ME FEZ FAZER?*

E a aranha se ergueu nas pernas traseiras, batendo com as patas da frente de forma obscena para se equilibrar e enfrentar seu ataque.

5

Ace Merrill começou a respeitar um pouco o coroa quando Keeton mostrou uma chave que abria o abrigo trancado com o losango vermelho símbolo de ALTOS EXPLOSIVOS na porta. Começou a respeitar um pouco mais quando sentiu o ar gelado, ouviu o ruído baixo e regular do ar-condicionado e viu as caixas empilhadas. Dinamite comercial. Muita dinamite comercial. Não era a mesma coisa que ter um arsenal cheio de mísseis Stinger, mas era perto o suficiente para um bom rock and roll. Ora, se era.

Havia uma lanterna poderosa no compartimento entre os assentos da frente da van, junto com um suprimento de outras ferramentas úteis, e agora — enquanto Alan se aproximava de Castle Rock de carro, enquanto Norris Ridgewick estava sentado na cozinha fazendo uma forca com um pedaço de corda de cânhamo firme, enquanto o sonho de Polly com tia Evvie chegava perto da conclusão — Ace passou a luz forte da lanterna de uma caixa a outra. Acima deles, a chuva batia no telhado do abrigo. Estava caindo com tanta força que Ace quase acreditou que estava de volta aos chuveiros da prisão.

— Vamos logo com isso — disse Buster com voz baixa e rouca.

— Só um minuto, pai — disse Ace. — Está na hora do intervalo.

Ele entregou a lanterna para Buster e pegou o saco plástico que o sr. Gaunt tinha lhe dado. Virou um pouco de cocaína na mão em concha e cheirou rapidamente.

— O que é isso? — perguntou Buster, desconfiado.

— Pó sul-americano, gostoso como batata.

— Hã. — Keeton riu. — Cocaína. Eles vendem cocaína.

Ace não precisou perguntar quem eram Eles. O coroa não falara de outra coisa no trajeto até ali, e Ace desconfiava que não falaria de outra coisa a noite toda.

— Não é verdade, pai — disse Ace. — Eles não vendem; Eles são os que querem tudo pra Eles. — Ele virou mais um pouco na base do polegar e esticou a mão. — Experimente e me diga se estou enganado.

Keeton olhou para ele com uma mistura de dúvida, curiosidade e desconfiança.

— Por que você fica me chamando de pai? Não tenho nem *idade* para ser seu pai.

— Bom, duvido que você tenha lido quadrinhos underground, mas tem um cara chamado R. Crumb — disse Ace. A cocaína estava agindo nele agora, acendendo todas as suas terminações nervosas. — Ele faz quadrinhos sobre um cara chamado Zippy. E, pra mim, você é igual ao pai do Zippy.

— Isso é bom? — perguntou Buster, desconfiado.

— Incrível — garantiu Ace. — Mas posso te chamar de sr. Keeton, se você preferir. — Ele fez uma pausa e acrescentou deliberadamente: — Como Eles fazem.

— Não — disse Buster na mesma hora —, tudo bem. Desde que não seja um insulto.

— De jeito nenhum — disse Ace. — Vai, experimenta. Um pouco *dessa* merda e você vai começar a cantar "Eu vou, eu vou, pra casa agora eu vou" até o amanhecer.

Buster olhou para ele com desconfiança novamente e cheirou a cocaína que Ace ofereceu. Ele tossiu, espirrou e levou a mão ao nariz. Os olhos lacrimejantes olhavam para Ace de forma ameaçadora.

— *Isso arde!*

— Só na primeira vez — garantiu Ace, alegre.

— Mas não estou sentindo nada. Vamos parar de enrolar e colocar essa dinamite na van.

— Isso aí, pai.

Eles levaram menos de dez minutos para carregar as caixas de dinamite. Depois de levarem a última, Buster falou:

— Acho que essa sua substância *faz* mesmo alguma coisa. Você pode me dar mais um pouco?

— Claro, pai. — Ace sorriu. — Vou querer também.

Eles cheiraram coca e voltaram para a cidade. Buster foi dirigindo, e agora começou a parecer não com o pai do Zippy, mas com o sr. Sapo no filme da Disney *O sapo maluco*. Um brilho novo e frenético tinha se acendido nos olhos do conselheiro. Foi incrível a rapidez com que a confusão sumiu da mente dele; ele agora se sentia capaz de entender tudo. Estavam em cima dele: cada plano, cada história, cada maquinação. Ele contou para Ace, sentado nos fundos da van com as pernas cruzadas, prendendo relógios Hotpoint em explosivos. No momento, pelo menos, Buster tinha se esquecido de Alan Pangborn, o líder Deles. Estava hipnotizado pela ideia de explodir Castle Rock, ou o máximo da cidade que conseguisse.

O respeito de Ace se tornou admiração. O velho era louco e Ace *gostava* de gente louca, sempre tinha gostado. Sentia-se à vontade com elas. E, como a maioria das pessoas na primeira viagem de cocaína, a mente do velho pai estava voando por outros planetas. Ele não conseguia calar a boca. Ace só precisava ficar dizendo "Aham" e "Isso mesmo, pai" e "Puta que pariu, pai".

Várias vezes ele quase chamou Keeton de sr. Sapo em vez de pai, mas se controlou a tempo. Chamar aquele cara de sr. Sapo teria sido péssima ideia.

Eles atravessaram a ponte Tin enquanto Alan ainda estava a cinco quilômetros dali e saíram na chuva torrencial. Ace encontrou um cobertor em um dos compartimentos embaixo dos bancos da van e o enrolou em cima de um pacote de dinamite e de um dos timers.

— Quer ajuda? — perguntou Buster, nervoso.

— É melhor você me deixar cuidar disso, pai. É capaz de você cair na porra do riacho, e eu teria que perder tempo pescando você de volta. Só fique de olhos abertos, tá?

— Pode deixar. Ace… por que a gente não cheira mais um pouco de cocaína primeiro?

— Agora não — disse Ace com indulgência, e bateu em um dos braços gordos de Buster. — Essa merda é quase pura. Você quer explodir?

— *Eu* não — disse Buster. — Todo o resto, sim, mas *eu* não. — Ele começou a rir como louco. Ace riu com ele.

— Está se divertindo hoje, né, pai?

Buster ficou impressionado de ver que era verdade. Sua depressão depois de Myrtle… depois do acidente de Myrtle… agora parecia ter anos de distância. Ele sentia que ele e seu excelente amigo Ace Merrill estavam com Eles bem onde queriam: na palma da mão coletiva dos dois.

— Com certeza — disse ele, e viu Ace deslizar pelo barranco molhado e gramado ao lado da ponte com o pacote de dinamite embrulhado no cobertor junto à barriga.

Estava relativamente seco embaixo da ponte; não que importasse, pois tanto a dinamite quanto os detonadores eram à prova d'água. Ace colocou o pacote no canto formado por duas vigas e prendeu o detonador à dinamite ligando os fios, cujas pontas já estavam expostas, com grande conveniência, em uma das bananas. Ele girou o mostrador branco do timer para 40. Começou a tiquetaquear.

Ele voltou e subiu pelo barranco escorregadio.

— E aí? — perguntou Buster, ansioso. — Vai explodir, você acha?

— Vai explodir — falou Ace com tranquilidade, e entrou na van. Estava totalmente encharcado, mas não se importou.

— E se Eles encontrarem? E se desconectarem antes…

— Pai. Escuta um minuto. Bota sua cabeça na porta e *escuta*.

Buster fez isso. Baixinho, entre ribombares de trovão, ele achou que ouvia gritos e berros. Em seguida, claramente, ouviu o estalo de um tiro de pistola.

— O sr. Gaunt está mantendo Eles ocupados — disse Ace. — Ele é um filho da puta inteligente. — Ele virou um pouco de cocaína na mão, cheirou e levou a mão ao nariz de Buster. — Aqui, pai. Hora de se divertir.

Buster inclinou a cabeça e cheirou.

Eles dirigiram para longe da ponte uns sete minutos antes de Alan Pangborn a atravessar. Embaixo, o timer passava pelo 30.


# 6


Ace Merrill e Danforth Keeton — também conhecido como Buster, pai do Zippy e sr. Sapo de *O sapo maluco* — dirigiram lentamente pela rua Principal na chuva torrencial como Papai Noel e seu ajudante, deixando pacotinhos aqui e ali. Viaturas da Polícia Estadual passaram por eles duas vezes, mas nenhum dos dois teve interesse no que parecia ser só mais uma van de televisão. Como Ace dissera, o sr. Gaunt estava mantendo todos Eles ocupados.

Eles deixaram um timer e cinco bananas de dinamite na porta da Funerária Samuels. A barbearia ficava ao lado. Ace enrolou um cobertor no braço e enfiou pelo painel de vidro na porta. Duvidava muito que a barbearia estivesse equipada com alarme… ou que a polícia se daria ao trabalho de responder, mesmo que estivesse. Buster lhe entregou uma bomba recém-preparada (eles estavam usando fios de um dos compartimentos da van para ligar os timers e os detonadores à dinamite) e Ace a jogou pelo buraco na porta. Eles viram cair na frente da cadeira número 1, o timer ligado marcando 25.

— Ninguém vai se barbear *aí* por um bom tempo, pai — sussurrou Ace, e Buster riu, sem fôlego.

Eles se separaram e Ace foi jogar um explosivo no Galaxia enquanto Buster enfiava outro na boca do vão de depósito noturno no banco. Quando eles voltaram para a van na chuva forte, um relâmpago cortou o céu. O olmo caiu no riacho Castle com um rugido alto. Eles ficaram parados na calçada por um momento, olhando naquela direção, os dois pensando se a dinamite debaixo da ponte tinha explodido uns vinte minutos mais cedo, mas não houve erupção de fogo.

— Acho que foi um relâmpago — disse Ace. — Deve ter acertado uma árvore. Vem.

Quando eles saíram do local, com Ace dirigindo agora, o carro de Alan passou por eles. Na chuva torrencial, nenhum dos dois reparou no outro.

Eles foram até a Lanchonete da Nan. Ace quebrou o vidro da porta com o cotovelo e eles deixaram a dinamite e o timer ativado, este marcado para vinte minutos, logo atrás da porta, perto da registradora. Quando eles estavam se afastando, um relâmpago incrivelmente forte caiu e todas as luzes das ruas se apagaram.

— É a energia! — gritou Buster com alegria. — Acabou a energia! Fantástico! Vamos para o Prédio Municipal! Vamos jogá-lo nas alturas!

— Pai, aquele local está cheio de policiais. Você não viu?

— Eles estão atrás do próprio rabo — disse Buster, impaciente. — E quando essas coisas começarem a explodir, eles vão correr com o dobro da velocidade. Além do mais, está escuro agora, e podemos entrar pelo fórum do outro lado. A chave mestra abre aquela porta também.

— Você tem as bolas de um tigre, pai. Sabia disso?

Buster deu um sorriso tenso.

— Você também, Ace. Você também.

## 7

Alan parou em uma das vagas inclinadas na frente da Artigos Indispensáveis, desligou o motor do carro e ficou sentado por um momento, olhando para a loja do sr. Gaunt. A placa no vidro agora dizia

VOCÊ DIZ OI EU DIGO TCHAU
TCHAU TCHAU
NÃO SEI POR QUE VOCÊ DIZ OI
EU DIGO TCHAU.

Um relâmpago brilhou como uma luz néon gigante, dando à janela a aparência de um olho vazio e morto.

Mas um instinto profundo de Alan sugeria que a Artigos Indispensáveis, embora fechada e silenciosa, talvez não estivesse vazia. O sr. Gaunt podia ter saído da cidade no meio de toda aquela confusão, sim; com a tempestade caindo e a polícia correndo por aí como galinhas sem cabeça, fazer isso não teria sido problema nenhum. Mas a imagem do sr. Gaunt que tinha se formado em sua mente no trajeto longo e difícil do hospital em Bridgton até Castle Rock era a do vilão do Batman, o Coringa. Alan achava que estava lidando com o tipo de homem que acharia instalar uma válvula de fluxo invertido de grande potência na privada de um amigo o ápice do humor. E um sujeito assim, o tipo de sujeito que deixaria tachinhas na sua cadeira ou enfiaria um fósforo aceso na sola do seu sapato só para rir, partiria antes que você se sentasse ou reparasse que suas meias estavam pegando fogo e as barras da calça estavam se incendiando? Claro que não. Que graça haveria nisso?

Acho que você ainda está aqui, pensou Alan. Acho que você quer ver toda a diversão. Não quer, seu filho da puta?

Ele ficou imóvel, olhando para a loja com o toldo verde, tentando imaginar a mente de um homem que daria início a uma série de eventos tão complexos e maldosos. Estava concentrado demais para reparar que o carro estacionado à esquerda era bem velho, embora com um design elegante e quase aerodinâmico. Era o Tucker Talisman do sr. Gaunt, na verdade.

Como você fez isso? Tem muitas coisas que quero saber, mas isso vai bastar por hoje. Como você *pôde* fazer isso? Como pôde aprender tanto sobre nós tão rápido?

*Brian disse que o sr. Gaunt não era um homem.*

Na luz do dia, Alan teria rido dessa ideia, assim como riu da ideia do poder sobrenatural de cura do amuleto de Polly. Mas hoje, na palma louca da tempestade, olhando para a vitrine que tinha se tornado um olho vazio, a ideia tinha um poder inegável e sombrio. Ele se lembrava do dia em que tinha ido à Artigos Indispensáveis com a intenção específica de encontrar e falar com o sr. Gaunt, e se lembrava da sensação estranha que tomara conta dele quando espiou pela janela com as mãos em concha nas laterais do rosto para reduzir a luminosidade. Ele sentiu que estava sendo observado, embora a loja estivesse claramente vazia. E não só isso; sentiu que o observador era maligno, cheio de ódio. O sentimento foi tão forte que, por um momento, ele confundiu seu próprio reflexo com o rosto desagradável (e meio transparente) de outra pessoa.

Como aquela sensação foi forte... muito forte.

Alan se lembrou de outra coisa, uma coisa que sua avó dizia quando ele era pequeno: *A voz do diabo é doce de ouvir.*

*Brian disse...*

Como o sr. Gaunt *conseguiu* esse conhecimento? E por que em nome de Deus ele se incomodaria com um lugar esquecido do mundo como Castle Rock?

*... que o sr. Gaunt não era um homem.*

Alan de repente se inclinou e procurou no chão do lado do passageiro do carro. Por um momento, achou que o que estava procurando tinha sumido, que tinha caído do carro em algum momento ao longo do dia, quando a porta do passageiro foi aberta. Mas então seus dedos tocaram na curva de metal. Tinha rolado para debaixo do assento, só isso. Ele puxou o objeto, o ergueu... e a voz da depressão, ausente desde que ele saíra do quarto de hospital de Sean Rusk (ou talvez Alan estivesse apenas ocupado demais para ouvir), falou com sua voz alta e perturbadoramente feliz.

*Oi, Alan! Olá! Andei ausente, desculpe por isso, mas voltei agora, tá? O que você tem aí? Uma lata de frutas secas? Não... é o que parece, mas não é o que é, certo? É a última pegadinha que o Todd comprou na Loja de Novidades de Auburn, não é? Uma lata falsa de frutas secas com uma cobra verde dentro, papel crepom em volta de uma mola. E quando ele a levou até você com os olhos brilhando e um sorriso grande e bobo no rosto, você disse para ele guardar essa bobeira, não foi? E quando a expressão dele se transformou, você fingiu não reparar. Você disse para ele... vamos ver. O que você disse para ele?*

— Que um tolo e seu dinheiro se separam rapidamente — disse Alan sem emoção na voz. Ele virou a lata nas mãos, olhando para ela, lembrando o rosto de Todd. — Foi isso que eu disse pra ele.

*Ahhh, iiiiiisso, concordou a voz. Como eu pude esquecer algo assim? Você quer falar sobre crueldade? Ora, ora! Que bom que você me lembrou! Que bom que você NOS lembrou, né? Só que Annie salvou a situação, ela disse para deixar ele. Ela disse... vamos ver. O que ela DISSE?*

— Ela disse que era meio engraçado, que Todd era como eu e que ele só seria jovem uma vez. — A voz de Alan estava rouca e trêmula. Ele tinha começado a chorar de novo, e por que não? Por que não chorar mais? A velha dor estava de volta, se retorcendo em seu coração como um trapo sujo.

*Dói, né?*, a voz da depressão, aquela voz culpada que se odiava perguntou com uma solidariedade que Alan (o *resto* de Alan) desconfiou ser totalmente falsa. *Dói muito, é como ter que viver em uma música country sobre um amor bom que apodreceu ou garotos bons que morreram. Nada que dói tanto assim pode fazer bem. Enfia de volta no porta-luvas, cara. Esquece. Semana que vem, quando essa loucura acabar, você pode trocar o carro com a lata de frutas secas ainda dentro. Por que não? É o tipo de pegadinha barata que só seria atrativa para uma criança ou para um homem como Gaunt. Esquece. Esquece...*

Alan interrompeu a voz no meio da falação. Ele nunca soube que conseguia fazer isso até aquele momento, e era bom saber, uma informação que poderia ser útil no futuro... se ele *tivesse* um futuro, claro. Olhou a lata com mais atenção, virando-a para lá e para cá, vendo de verdade pela primeira vez, não como uma lembrança melosa do filho perdido, mas como um objeto que era uma distração tão grande quanto sua varinha mágica oca, sua cartola de seda com o fundo falso e o truque da flor dobrável que ainda estava embaixo da pulseira do relógio.

Mágica… não era sobre isso que era essa coisa toda? Mágica malvada, claro; mágica calculada não para fazer as pessoas se surpreenderem e rirem, mas para as transformar em touros furiosos em ataque. Mas era mágica, mesmo assim. E qual era a base de toda magia? Distração. Era uma cobra de um metro e meio escondida dentro de uma lata de frutas secas… ou, pensou ele, com Polly em mente, é uma doença que parece cura.

Ele abriu a porta do carro e, quando saiu na chuva torrencial, ainda estava segurando a lata de frutas secas na mão esquerda. Agora que tinha recuado um pouco da atração perigosa dos sentimentos, ele se lembrou de sua oposição à compra do objeto com certa surpresa. Toda a vida, ele fora fascinado por mágica, e claro que ficaria encantado com o velho truque da cobra na lata quando criança. Então por que falara com Todd de forma tão grosseira quando o garoto quis comprar, depois fingira não ver que o garoto estava magoado? Foi inveja da juventude e do entusiasmo de Todd? Uma incapacidade de lembrar a maravilha das coisas simples? O quê?

Ele não sabia. Só sabia que era exatamente o tipo de truque que gente como o sr. Gaunt entenderia e ele queria se entender com ele agora.

Alan se inclinou para dentro do carro, pegou uma lanterna na pequena caixa de ferramentas no banco de trás, passou pela frente do Tucker Talisman do sr. Gaunt (ainda sem reparar nele) e entrou debaixo do toldo verde da Artigos Indispensáveis.

8

Bem, aqui estou. Aqui estou, finalmente.

O coração de Alan estava batendo com força, mas com firmeza no peito. Na mente, o rosto do filho e o da esposa e o de Sean Rusk pareciam ter se combinado. Ele olhou para a placa na vitrine de novo e tentou a porta. Estava trancada. Acima, o toldo de lona ondulou e estalou no vento.

Ele tinha enfiado a lata dentro da camisa. Agora, tocou nela com a mão direita e pareceu obter um consolo indescritível e perfeitamente real.

— Certo — murmurou ele. — Aqui vou eu, esteja você pronto ou não.

Ele virou a lanterna e usou o cabo para quebrar um buraco no vidro da porta. Preparou-se para o berro de um alarme, mas não houve nada. Ou Gaunt não o tinha ligado ou não *havia* alarme. Ele enfiou a mão pelo buraco irregular e tentou girar a maçaneta por dentro. Conseguiu, e pela primeira vez Alan Pangborn botou os pés dentro da Artigos Indispensáveis.

O cheiro foi a primeira coisa que ele sentiu; era intenso e velho e poeirento. Não era o cheiro de uma loja nova, mas de um lugar que ficara inabitado por meses ou até anos. Segurando a arma na mão direita, ele apontou a lanterna pelo ambiente com a esquerda. Iluminou o piso vazio, as paredes vazias e algumas estantes de vidro. As prateleiras estavam vazias, a mercadoria tinha sumido. Tudo estava coberto por uma camada grossa de poeira, intacta e sem marcas.

*Ninguém vem aqui há muito, muito tempo.*

Mas como isso era possível se ele vira gente entrando e saindo a semana toda?

*Porque ele não é um homem. Porque a voz do diabo é doce de ouvir.*

Ele deu mais dois passos, usando a lanterna para explorar o aposento vazio por zonas, inspirando a poeira seca de museu que pairava no ar. Olhou para trás e viu, em um brilho de relâmpago, as marcas dos próprios pés na poeira. Ele apontou a lanterna de volta para a loja, passou da direita para a esquerda pela estante do sr. Gaunt que também servia de balcão... e parou.

Havia um aparelho de videocassete lá, ao lado de uma televisão portátil Sony, dos modelos esportivos, redonda em vez de quadrada, com o corpo vermelho como um carro de bombeiros. O fio envolvia a televisão. E havia algo em cima do videocassete. Naquela luz, parecia um livro, mas Alan achava que não era isso.

Ele foi até lá e apontou a luz para a televisão primeiro. Estava coberta de uma camada grossa de poeira, assim como o chão e as estantes de vidro. O fio em volta dela era um cabo coaxial curto com um conector em cada ponta. Alan virou a lanterna para a coisa em cima do videocassete, a coisa que não era um livro, mas uma fita de vídeo em uma caixa preta sem nada escrito.

Um envelope branco poeirento estava ao lado. Na frente do envelope havia a mensagem:

ATENÇÃO XERIFE ALAN PANGBORN.

Ele deixou a arma e a lanterna no balcão de vidro, pegou o envelope, o abriu e tirou a única folha de papel que havia dentro. Pegou a lanterna e apontou o círculo forte de luz na mensagem datilografada curta.

Prezado xerife Pangborn,

Neste momento você já vai ter descoberto que sou um comerciante de um tipo especial — o tipo raro que realmente *tenta* ter "alguma coisa para todo mundo". Lamento nunca termos tido a chance de nos encontrar cara a cara, mas espero que você entenda que um encontro desses não teria sido sábio — ao menos do meu ponto de vista. Ha-ha! De qualquer modo, deixei uma coisinha que acho que vai lhe interessar muito. Isso *não* é um presente — não sou do tipo Papai Noel e acho que você vai concordar —, mas todo mundo na cidade me garantiu que você é um homem honrado, e acredito que você vai pagar o preço que peço. Esse preço inclui um pequeno serviço... um serviço que, no seu caso, é mais um bom ato do que uma pegadinha. Acredito que você vá concordar comigo, senhor.

Sei que você se perguntou muito sobre o que aconteceu nos últimos momentos de vida da sua esposa e do seu filho mais novo. Acredito que todas essas perguntas serão respondidas em breve.

Acredite que só lhe desejo o melhor, e que permaneço sendo

Seu fiel e obediente servo,

LELAND GAUNT

Alan colocou o papel no balcão lentamente.

— *Filho da mãe!* — murmurou ele.

Ele apontou a luz ao redor de novo e viu o fio do videocassete descendo do outro lado do balcão e terminando em um plugue no chão a vários metros da tomada mais próxima. O que não era problema, porque a energia tinha acabado mesmo.

Mas, quer saber?, pensou Alan. Acho que não importa. Acho que não importa nem um pouco. Acho que quando eu ligar os aparelhos e colocar a fita no videocassete, tudo vai funcionar direitinho. Porque não tem como ele ter causado as coisas que causou, nem como saber as coisas que sabe... não se ele for humano. A voz do diabo é doce de ouvir, Alan, e o que quer que você faça, você não deve olhar o que ele deixou para você.

Ainda assim, ele colocou a lanterna no balcão de novo e pegou o cabo coaxial. Examinou-o por um momento e se inclinou para plugá-lo no buraco correto na parte de trás da televisão. A lata tentou cair de dentro da camisa quando ele estava fazendo isso. Ele a pegou com uma das mãos ágeis antes que pudesse cair no chão e a colocou no vidro ao lado do videocassete.

## 9

Norris Ridgewick estava na metade do caminho da Artigos Indispensáveis quando decidiu que seria loucura (uma loucura bem maior do que o estado em que ele já estava, e isso já era coisa à beça) enfrentar Leland Gaunt sozinho.

Ele tirou o comunicador do suporte.

— Unidade dois para a base — disse ele. — Aqui é o Norris. Câmbio?

Ele soltou o botão. Não houve nada além de um ruído horrível de estática. O coração da tempestade estava diretamente acima de The Rock agora.

— Porra — xingou ele, e se virou para o Prédio Municipal. Alan talvez estivesse lá; se não estivesse, alguém lhe diria onde ele estava. Alan saberia o que fazer... e, mesmo que não soubesse, teria que ouvir sua confissão: ele tinha cortado os pneus do Hugh Priest e enviado o homem para a morte somente porque ele, Norris Ridgewick, queria ter uma vara de pescar Bazun como a de seu pai.

Ele chegou ao Prédio Municipal quando o timer embaixo da ponte marcava no 5 e estacionou diretamente atrás de uma van amarela. Uma van de televisão, ao que parecia.

Norris saiu na chuva torrencial e correu até o posto do xerife para procurar Alan.

## 10

Polly bateu com a cúpula do desentupidor do banheiro na aranha obscenamente erguida e desta vez o bicho não se encolheu. As patas peludas da frente agarraram o cabo, e as mãos de Polly explodiram em dor quando a aranha jogou o peso no objeto. Ela quase deixou o desentupidor cair e de repente a aranha estava subindo pelo cabo como um homem gordo em uma corda bamba.

Ela inspirou para gritar e as patas da frente da aranha caíram em seus ombros como os braços de um dançarino escabroso. Os olhos apáticos cor de rubi encararam os dela. A boca com presas se abriu e ela sentiu o bafo, um fedor de temperos amargos e carne podre.

Polly abriu a boca para gritar. A aranha enfiou uma das pernas em sua boca. Pelos duros, ásperos e repugnantes acariciaram seus dentes e sua língua. A aranha chiou ansiosamente.

Polly resistiu ao instinto de cuspir a coisa horrenda e pulsante. Soltou o desentupidor e agarrou a perna da aranha. Ao mesmo tempo, mordeu com força, usando toda a potência do maxilar. Algo estalou, como um pacote de pastilhas, e um gosto frio e amargo como chá velho preencheu sua boca. A aranha soltou um grito de dor e tentou recuar. Pelos deslizaram pelos punhos de Polly, mas ela apertou as mãos doloridas na perna da coisa de novo antes que pudesse fugir... e *torceu-a*, como uma mulher tentando arrancar a coxa de um peru. Houve um som seco, de algo se partindo. A aranha soltou outro grito de dor.

O bicho tentou correr. Cuspindo o líquido escuro e amargo que tinha enchido sua boca, sabendo que demoraria muito para que se livrasse completamente do gosto, Polly puxou a aranha de novo. Uma parte distante dela ficou impressionada com essa exibição de força, mas houve outra parte que entendeu perfeitamente. Ela estava com medo, estava repugnada... mas, mais do que tudo, estava com raiva.

*Eu fui usada*, pensou ela com incoerência. *Vendi a vida do Alan por isso! Por esse monstro!*

A aranha tentou mordê-la com as presas, mas as pernas de trás perderam o apoio no cabo do desentupidor, e ela teria caído... se Polly tivesse permitido que caísse.

Mas ela não permitiu. Segurou o corpo quente e inchado entre os antebraços e apertou. Ergueu a aranha, que se debateu acima dela, as pernas tremendo e batendo no rosto erguido de Polly. Líquido e sangue preto começaram a escorrer do corpo do bicho e pelos braços dela em filetes quentes.

— *CHEGA!* — berrou Polly. — *CHEGA, CHEGA, CHEGA!*

Ela arremessou a aranha. A coisa bateu na parede de azulejos atrás da banheira e se abriu em uma bola de ícor. Ficou grudada por um momento, presa no lugar pela gosma, e caiu na banheira com um baque úmido.

Polly segurou o desentupidor de novo e bateu na aranha. Começou a bater como uma mulher poderia bater em um rato com uma vassoura, mas não estava dando certo. A aranha só tremeu e tentou se afastar, as pernas raspando no tapete de borracha estampado de margaridas amarelas. Polly virou o desentupidor ao contrário e enfiou-o com toda força, usando o cabo como lança.

Ela acertou a coisa horrível e bizarra bem no meio e a empalou. Houve um som grotesco de soco e as entranhas da aranha se partiram e escorreram pelo tapete de borracha em um fluxo fedorento. Ela contorceu-se desesperadamente, encolhendo as pernas inutilmente em volta da estaca que Polly tinha enfiado em seu coração... e então, finalmente, acabou ficando imóvel.

Polly recuou, fechou os olhos e sentiu o mundo balançar. Estava começando a desmaiar quando o nome de Alan explodiu em sua mente como fogos de artifício. Ela cerrou as mãos e as uniu com força, os dedos dobrados de uma na outra. A dor foi intensa, repentina e enorme. O mundo voltou em um brilho frio.

Ela abriu os olhos, foi até a banheira e olhou dentro. Primeiro, achou que não havia nada lá. Mas, ao lado da ventosa de sucção do desentupidor, ela viu a aranha. Não era maior do que a unha do seu dedo mindinho e estava bem morta.

*O resto não aconteceu. Foi sua imaginação.*

— Porra *nenhuma*! — disse Polly com voz fraca e trêmula.

Mas a aranha não era o importante. *Alan* era o importante; Alan estava correndo um perigo terrível, e *ela* era o motivo disso. Ela tinha que encontrá-lo, e tinha que fazer isso antes que fosse tarde demais.

Se já não fosse tarde demais.

Ela iria para o posto do xerife. Alguém lá saberia onde...

*Não*, disse a voz da tia Evvie na mente dela. *Lá não. Se você for para lá, vai ser mesmo tarde demais. Você sabe para onde ir. Você sabe onde ele está.*

Sim.

Sim, claro que ela sabia.

Polly correu para a porta, e um pensamento confuso se debatia em sua mente como asas de uma mariposa: *Por favor, Deus, não deixe que ele compre nada. Ah, Deus, por favor, por favor, por favor, não deixe que ele compre nada.*

# VINTE E TRÊS

1

O relógio debaixo da ponte do riacho Castle, que era conhecida como ponte Tin para os residentes de Castle Rock desde tempos imemoriais, chegou ao 0 às 19h38 da noite de terça-feira, 15 de outubro no ano do Senhor de 1991. A pequena onda de eletricidade que era feita para tocar o alarme lambeu os fios desencapados que Ace tinha enrolado nos terminais da bateria de nove volts que fazia o dispositivo funcionar. O alarme *começou* a tocar, mas tanto ele quanto o resto do relógio foram engolidos um segundo depois em um brilho de luz, quando a eletricidade deflagrou o detonador e o detonador por sua vez engatilhou a dinamite.

Só umas poucas pessoas em Castle Rock confundiram a explosão de dinamite com um trovão. O trovão era uma artilharia pesada no céu; aquilo fora um estrondo de espingarda gigantesco. A parte sul da velha ponte, que era de ferro velho e enferrujado, voou para cima em uma bola de fogo. Subiu uns três metros no ar, virou uma rampa ligeiramente inclinada e caiu de volta com um ruído seco de cimento e um estrondo de metal voando. A parte norte da ponte se soltou, e a geringonça toda caiu torta no riacho, que agora tinha virado uma corredeira. A parte sul caiu no olmo derrubado pelo relâmpago.

Na avenida Castle, onde os católicos e os batistas, junto com uns dez policiais estaduais, ainda estavam envolvidos em um debate vigoroso, a briga parou por um momento. Todos os combatentes olharam para a rosa de fogo na parte da cidade onde ficava o riacho Castle. Albert Gendron e Phil Burgmeyer, que estavam trocando socos com grande ferocidade, ficaram agora lado a lado, olhando o brilho. Havia sangue escorrendo pela lateral do rosto de Albert, de um ferimento na têmpora, e a camisa de Phil estava quase toda rasgada.

Ali perto, Nan Roberts se agachou acima do padre Brigham como um grande (e, com o uniforme de garçonete de raiom, muito branco) abutre. Ela estava usando o cabelo para erguer a cabeça do bom padre e batê-la repetidamente no asfalto. O reverendo Rose estava caído ali perto, inconsciente como resultado dos atos do padre Brigham.

Henry Payton, que desde a hora em que chegara tinha perdido um dente (sem mencionar qualquer ilusão que ele já tivesse tido sobre harmonia religiosa nos Estados Unidos), parou em meio ao ato de puxar Tony Mislaburski de cima do diácono batista Fred Mellon.

*Todos* ficaram paralisados, como crianças brincando de estátua.

— Jesus Cristo, foi a ponte — murmurou Don Hemphill.

Henry Payton decidiu tirar proveito do momento. Jogou Tony Mislaburski de lado, colocou as mãos em volta da boca ferida e gritou:

— *Muito bem, pessoal! Aqui é a polícia! Estou mandando que vocês...*

Nesse momento, Nan Roberts ergueu a voz em um grito. Ela tinha passado muitos anos gritando ordens na cozinha da lanchonete e estava acostumada a ser ouvida, por mais barulhento que estivesse o local. Não foi competição; a voz dela soou mais alta do que a de Payton com facilidade.

— *OS MALDITOS CATÓLICOS ESTÃO USANDO DINAMITE!* — berrou ela.

Havia menos participantes agora, mas o que lhes faltava em quantidade era compensado com entusiasmo furioso.

Segundos depois do grito de Nan, a confusão recomeçou, agora se espalhando em uma dezena de pequenas brigas num trecho de cinquenta metros da avenida tomada pela chuva.

2

Norris Ridgewick entrou na sala do xerife momentos antes de a ponte explodir, gritando com todo o fôlego:

— *Cadê o xerife Pangborn? Tenho que encontrar o xerife P...*

Ele parou. Exceto por Seaton Thomas e um policial estadual que não parecia ter idade suficiente para tomar cerveja, o local estava deserto.

Onde *estava* todo mundo? Parecia que havia seis mil unidades da Polícia Estadual e outros veículos variados estacionados de qualquer jeito lá fora. Um deles era seu fusca, que poderia ganhar facilmente o prêmio de estacionamento caótico se isso existisse. Ainda estava caído de lado, onde Buster o tinha derrubado.

— Meu Deus! — gritou Norris. — Cadê todo mundo?

O policial estadual que ainda não parecia ter chegado à maioridade observou o uniforme de Norris e disse:

— Tem uma briga na rua aí acima, acho que os cristãos contra os canibais, alguma coisa desse tipo. Eu tenho que ficar monitorando o atendimento, mas nessa tempestade não consigo transmitir e nem receber nada. — Ele acrescentou morosamente: — Quem é você?

— Policial Ridgewick.

— Bom, sou Joe Price. Que tipo de cidade é esta aqui, policial? Todo mundo ficou louco de pedra.

Norris o ignorou e foi até Seaton Thomas. A pele de Seat estava cinza e ele respirava com dificuldade. Uma das mãos enrugadas estava apertada contra o peito.

— Seat, cadê o Alan?

— Sei lá — disse Seat, e olhou para Norris com olhos baços e assustados. — Tem uma coisa ruim acontecendo, Norris. Bem ruim. Em toda a cidade. Os telefones estão mudos e isso não devia acontecer, porque a maioria dos cabos é subterrânea agora. Mas, quer saber? Estou *feliz* de estarem mudos. Estou feliz porque não quero saber.

— Você devia estar no hospital — disse Norris, olhando para o homem mais velho com preocupação.

— Eu devia estar no Kansas — disse Seat com medo na voz. — Enquanto isso, vou ficar aqui sentado esperando passar. Não vai...

A ponte explodiu nesse momento, interrompendo-o; o grande ruído de tiro arranhou a noite como uma garra.

— *Meu Deus!* — Norris e Joe Price gritaram ao mesmo tempo.

— É — disse Seat Thomas com voz cansada, assustada, sofrida, nada surpresa. — Vão explodir a cidade, acho. Deve ser isso que vem agora.

De repente, algo chocante aconteceu: o homem idoso começou a chorar.

— Onde está Henry Payton? — gritou Norris com o policial Price, que o ignorou. Estava correndo para a porta para ver o que tinha explodido.

Norris lançou um olhar para Seaton Thomas, mas Seat estava olhando com expressão sombria para o nada, com lágrimas escorrendo pelo rosto e as mãos ainda apoiadas no centro do peito. Norris foi atrás do policial Joe Price e o encontrou no estacionamento do Prédio Municipal, onde Norris tinha dado a multa ao Cadillac vermelho de Buster Keaton mil anos antes. Um pilar de fogo se destacava na noite chuvosa, e no brilho os dois viram que a ponte do riacho Castle tinha caído. O sinal no fim da rua tinha sido derrubado.

— Mãe de Deus — disse o policial Price com voz reverente. — Estou feliz de não ser a *minha* cidade. — A luz do fogo tinha deixado suas bochechas vermelhas e os olhos ardentes.

O desespero de Norris para localizar Alan aumentou. Ele decidiu que era melhor voltar para a viatura e tentar encontrar Henry Payton primeiro; se havia uma briga acontecendo, não devia ser difícil. Alan talvez estivesse lá também.

Ele estava quase do outro lado da calçada quando um relâmpago lhe mostrou duas figuras dobrando a esquina do fórum ao lado do Prédio Municipal. Pareciam estar indo para a van amarela. Uma delas não dava para ter certeza, mas a outra, corpulenta e com as pernas meio tortas, era impossível de confundir. Era Danforth Keeton.

Norris Ridgewick deu dois passos para a direita e encostou na parede de tijolos na boca da viela. Puxou a arma de serviço. Ergueu-a na altura do ombro, o cano apontado para o céu chuvoso e gritou com todo o fôlego:

— *PAREM!*

3

Polly deu ré com o carro, ligou os limpadores de para-brisa e virou para a esquerda. A dor nas mãos estava agora acompanhada de uma ardência profunda e pesada nos braços, onde o muco da aranha caíra na pele. Tinha provocado algum tipo de envenenamento, e o veneno parecia estar penetrando sem parar. Mas não havia tempo para ela se preocupar com isso agora.

Ela estava se aproximando da placa de PARE na esquina da Watermill com a Principal quando a ponte explodiu. Ela fez uma careta por causa do ruído alto e ficou olhando por um momento, impressionada, para a chama forte que subiu do riacho Castle. Por um momento, viu a silhueta longa da ponte em si, toda feita de ângulos pretos na luz forte, mas logo ela foi engolida pelas chamas.

Polly virou à esquerda na rua Principal, na direção da Artigos Indispensáveis.

4

Houve uma época em que Alan Pangborn se dedicou a fazer filmes caseiros; ele não fazia ideia de quantas pessoas tinha entediado com aqueles filmes trêmulos, projetados em um lençol preso à parede da sala, mostrando seus filhos de fraldas andando com passos inseguros pela sala, Annie lhes dando banho, festas de aniversário, passeios de família. Em todos esses filmes, as pessoas acenavam e faziam caretas para a câmera. Era como se houvesse uma espécie de lei tácita:

quando alguém aponta uma câmera de filmar para você, você tem que acenar, fazer uma careta ou as duas coisas. Se não fizer isso, pode ser preso com acusação de indiferença de segundo grau, com a penalidade de até dez anos, tempo a ser cumprido assistindo a infinitos rolos de filmes caseiros trêmulos.

Cinco anos antes, ele tinha mudado para uma câmera de vídeo, que era mais barata e mais fácil... e em vez de entediar as pessoas por dez a quinze minutos, que era o tempo de duração de três ou quatro rolos de filme de oito milímetros, era possível fazer isso por horas, sem nem precisar colocar uma fita nova no aparelho.

Ele tirou aquela fita da caixa e olhou. Não havia etiqueta. Tudo bem, pensou ele. Sem problemas. Vou ter que descobrir sozinho o que tem aqui, não é? Ele levou a mão ao botão de ligar do videocassete... mas hesitou.

A mistura formada pelos rostos de Todd e Sean e sua esposa sumiu de repente; foi substituída pelo rosto pálido e chocado de Brian Rusk que Alan tinha visto à tarde.

*Você parece infeliz, Brian.*

*Sim, senhor.*

*Isso quer dizer que você ESTÁ infeliz?*

*Sim, senhor... e se você ligar esse botão, vai ficar infeliz também. Ele quer que você olhe, mas não como um favor para você. O sr. Gaunt não faz favores. Ele quer envenenar você, só isso. Como envenenou todo mundo.*

Mas ele *tinha* que olhar.

Seus dedos tocaram no botão, acariciando a forma quadrada e lisa. Ele parou e olhou em volta. Sim; Gaunt ainda estava ali. Em algum lugar. Alan o sentia; uma presença pesada, ameaçadora e bajuladora ao mesmo tempo. Ele pensou no bilhete que o sr. Gaunt tinha deixado. *Sei que você se perguntou muito sobre o que aconteceu nos últimos momentos de vida da sua esposa e do seu filho mais novo...*

*Não faça isso, xerife,* sussurrou Brian Rusk. Alan viu aquele rosto pálido, magoado, pré-suicida o encarando por cima do cooler na cesta da bicicleta, o cooler cheio de cards de beisebol. *Deixe o passado pra trás. É melhor assim. E ele mente; você SABE que ele mente.*

Sim. Ele sabia. Ele sabia disso.

Mas ele *tinha* que olhar.

O dedo de Alan apertou o botão.

A pequena luz verde se acendeu na mesma hora. O videocassete estava funcionando perfeitamente, com ou sem energia, como Alan sabia que aconteceria. Ele ligou a Sony vermelha e em um momento o brilho branco forte do canal 3 iluminou seu rosto com uma luz pálida. Alan apertou o botão de EJETAR e a abertura se projetou.

*Não faça isso*, sussurrou a voz de Brian Rusk de novo, mas Alan não escutou. Ele enfiou a fita, empurrou-a e ouviu os pequenos cliques mecânicos quando os cabeçotes se posicionavam. Em seguida, respirou fundo e apertou PLAY. A tela branca foi substituída por uma tela preta. Um momento depois, a tela ficou cinza e uma série de números apareceu: 8... 7... 6... 5... 4... 3... 2... X.

O que veio em seguida foi uma imagem trêmula e manual de uma estrada de interior. Ao fundo, meio fora de foco, mas ainda legível, havia uma placa. O que dizia era 117, mas Alan não precisava ler o número. Tinha passado por aquele trecho muitas vezes e o conhecia bem. Ele reconheceu o bosque de pinheiros logo depois do local onde a estrada fazia a curva; era o bosque onde o Scout batera, a frente amassada na maior das árvores em um abraço de metal.

Mas as árvores naquela imagem não tinham marcas do acidente, embora as marcas ainda estivessem visíveis para qualquer um que fosse lá olhar (ele tinha ido muitas vezes). Surpresa e terror penetraram nos ossos de Alan quando ele se deu conta, não só pelas superfícies intactas das árvores e da curva na estrada, mas por todas as configurações da paisagem e por todas as intuições de seu coração, que aquela fita de vídeo tinha sido feita no dia em que Annie e Todd morreram.

Ele ia ver acontecer.

Era impossível, mas era verdade. Ele ia ver sua esposa e seu filho se acidentarem à sua frente.

*Desligue!*, gritou Brian. *Desligue, ele é um homem venenoso e vende coisas venenosas! Desligue antes que seja tarde demais!*

Mas Alan não conseguiria fazer isso, da mesma forma que não conseguiria desacelerar os próprios batimentos só com o pensamento. Ele estava paralisado, congelado.

Agora, a câmera virou com um movimento trêmulo para a esquerda, na direção da estrada. Por um momento, não houve nada, e de repente houve um brilho de sol. Era o Scout. O Scout estava chegando. O Scout estava a caminho do pinheiro onde ele e as pessoas dentro dele encontrariam seu fim. O Scout estava se aproximando do seu ponto terminal na Terra. Não estava em alta velocidade; não estava se movendo de forma errática. Não havia sinal de que Annie tivesse perdido controle e nem que estivesse correndo o risco de perder.

Alan se inclinou para a frente ao lado do videocassete barulhento, o suor escorrendo pelas bochechas, o sangue latejando pesadamente nas têmporas. Ele sentiu a garganta travando.

Isso não é real. É armação. Ele arrumou um jeito de fazer. Não são eles; pode haver uma atriz e um jovem ator dentro *fingindo* ser eles, mas não são eles. Não podem ser.

Mas ele sabia que eram. Por que outro motivo seria possível ver imagens transmitidas por um videocassete para uma televisão que não estava na tomada, mas funcionava mesmo assim? Por que motivo além da verdade?

*Uma mentira!*, gritou a voz de Brian Rusk, mas estava distante e fácil de ignorar. *Uma mentira, xerife, uma mentira! UMA MENTIRA!*

Agora ele via a placa no Scout que se aproximava. Era 24 912V. A placa de Annie.

De repente, atrás do Scout, Alan viu outro brilho de luz refletida. Outro carro, se aproximando rápido, diminuindo a distância.

Lá fora, a ponte Tin explodiu com aquele som monstruoso. Alan não olhou naquela direção, nem ouviu o barulho. Toda a sua concentração estava fixada na tela da televisão Sony vermelha, onde Annie e Todd se aproximavam da árvore que estava entre eles e o resto da vida deles.

O carro atrás deles ia a cento e dez quilômetros por hora, talvez até cento e vinte. Quando o Scout se aproximou da posição do câmera, esse segundo carro, que nunca apareceu em relato nenhum, se aproximou do Scout. Annie aparentemente também viu; o Scout começou a acelerar, mas foi pouco. E foi tarde demais.

O segundo carro era um Dodge Challenger verde, rebaixado atrás para ficar com a frente erguida. Pelas janelas embaçadas, dava para ver de leve uma barra arqueada no teto por dentro. A traseira estava coberta de adesivos: HEARST, FUELLY, FRAM, QUAKER STATE... Apesar de a fita ser muda, Alan quase conseguiu ouvir o estalo e o estrondo do escapamento saindo pelos canos.

— *Ace!* — gritou ele com uma compreensão sofrida. Ace! Ace Merrill! Vingança! Claro! Por que ele nunca tinha pensado nisso antes?

O Scout passou na frente da câmera, que se virou para a direita para acompanhar. Por um momento, Alan conseguiu ver dentro e, sim; era Annie, com o lenço estampado que ela usava naquele dia preso no cabelo, e Todd, com sua camiseta do *Star Trek*. Todd estava olhando para o carro que vinha atrás. Annie estava olhando para o retrovisor. Não dava para ver o rosto dela, mas o corpo estava inclinado para a frente em posição tensa, os ombros repuxados e rígidos. Alan deu aquela última olhada breve para eles, a esposa e o filho, e parte dele se deu conta de que não queria vê-los assim sem haver chance de mudar o resultado; não queria ver o terror dos últimos momentos dos dois.

Mas não dava para parar agora.

O Challenger bateu no Scout. Não foi com força, mas Annie tinha acelerado e isso foi o suficiente. O Scout errou a curva e desviou para fora da estrada e foi na direção do bosque, onde o pinheiro enorme esperava.

— *NÃO!* — gritou Alan.

O Scout entrou na vala e saiu. Balançou-se em duas rodas, voltou para a estrada e bateu no tronco do pinheiro com um estrondo mudo. Uma boneca de pano com lenço estampado no cabelo voou pelo para-brisa, bateu em uma árvore e caiu na vegetação.

O Challenger verde parou na beira da estrada.

A porta do motorista se abriu.

Ace Merrill saiu.

Ele estava olhando para as ruínas do Scout, agora quase impossível de identificar no vapor que saía do radiador quebrado. Estava rindo.

— *NÃO!* — gritou Alan de novo, e empurrou o videocassete pela lateral do balcão de vidro com as duas mãos. Caiu no chão, mas não quebrou, e o cabo coaxial era longo demais e não se soltou. Uma linha de estática cortou a tela da televisão, mas só isso. Alan viu Ace voltando para dentro do carro, ainda rindo, e pegou a televisão vermelha, levantou-a acima da cabeça enquanto se virava parcialmente e a jogou na parede. Houve um brilho de luz, o estrondo seco e nada além do zumbido do videocassete com a fita ainda rolando dentro. Alan deu um chute nele, que caiu num silêncio misericordioso.

*Pega ele. Ele mora em Mechanic Falls.*

Essa voz era nova. Era fria e insana, mas tinha sua racionalidade impiedosa. A voz de Brian Rusk tinha sumido; agora, só havia aquela voz, repetindo as mesmas duas coisas sem parar.

*Pega ele. Ele mora em Mechanic Falls. Pega ele. Ele mora em Mechanic Falls. Pega ele. Pega ele. Pega ele.*

Do outro lado da rua houve mais duas explosões monstruosas, quando a barbearia e a Funerária Samuels explodiram quase no mesmo instante, cuspindo vidro e detritos pequenos para o céu e para a rua. Alan não reparou.

*Pega ele. Ele mora em Mechanic Falls.*

Ele pegou a lata de frutas secas sem pensar, segurando-a só porque era uma coisa que ele tinha levado para dentro e por isso devia levar para fora. Foi até a porta, bagunçando o rastro anterior de pegadas de forma incompreensível, e saiu da Artigos Indispensáveis. As explosões não significaram nada para ele. O buraco irregular e ardente na fileira de construções do lado mais distante da rua Principal não significou nada para ele. Os destroços de madeira e vidro e tijolos na rua não significaram nada para ele. Castle Rock e todas as pessoas que moravam lá, dentre elas Polly Chalmers, não significavam nada para ele. Ele tinha uma tarefa a cumprir em Mechanic Falls, a cinquenta quilômetros dali. *Isso* significava alguma coisa. Na verdade, significava *tudo*.

Alan foi até o lado do motorista do carro. Jogou a arma, a lanterna e a lata de frutas secas no banco. Em sua mente, suas mãos já estavam no pescoço de Ace Merrill, começando a apertar.

5

— *PAREM!* — gritou Norris de novo. — *PAREM ONDE ESTÃO!*

Ele estava pensando que era a maior sorte do mundo. Estava a menos de sessenta metros da cela onde pretendia colocar Dan Keeton por segurança. Quanto ao outro cara... bom, isso dependeria do que os dois andaram fazendo, não é? Eles não pareciam exatamente homens que estavam cuidando de doentes e consolando sofredores.

O policial Price olhou de Norris para os homens parados ao lado da placa antiquada que dizia FÓRUM DO CONDADO DE CASTLE. E olhou novamente para Norris. Ace e o pai do Zippy se olharam. Os dois desceram as mãos na direção das coronhas das armas que se destacavam na cintura da calça.

Norris tinha apontado a arma para o céu, como aprendera a fazer em situações como aquela. Agora, ainda seguindo o procedimento, ele segurou o pulso direito com a mão esquerda e mirou. Se os livros estivessem certos, eles não perceberiam que a arma estava apontada para o espaço entre os dois; cada um deles acreditaria que era para si que Norris apontava.

— Afastem as mãos das armas, meus amigos. *Agora!*

Buster e o companheiro trocaram outro olhar e levaram as mãos para a lateral do corpo.

Norris deu uma olhada na direção do policial.

— Você. Price. Quer me dar uma ajudinha aqui? Se você não estiver muito cansado, claro.

— O que você está *fazendo?* — perguntou Price. Ele pareceu preocupado e não querendo se envolver. As atividades noturnas, com a demolição da ponte para coroar, o tinham reduzido a um status de espectador. Aparentemente, ele não se sentia à vontade para retomar um papel mais ativo. As coisas tinham ficado muito sérias rápido demais.

— Prendendo esses dois trastes — disse Norris, ríspido. — O que está parecendo?

— Prende isso, cara — disse Ace e mostrou o dedo do meio para Norris. Buster soltou uma gargalhada alta e aguda.

Price olhou para eles com nervosismo e voltou o olhar perturbado para Norris.

— Hã... com que acusação?

O amigo de Buster riu.

Norris voltou a atenção total para os dois homens e ficou alarmado de ver que a posição de um em relação ao outro tinha mudado. Quando os abordou, eles estavam quase ombro a ombro. Agora, estavam a quase um metro e meio de distância e ainda se afastando.

— *Fiquem parados!* — berrou ele. Eles pararam e trocaram outro olhar. — *Aproximem-se de volta!*

Eles só ficaram parados na chuva, as mãos no ar, olhando para ele.

— *Estou prendendo os dois com acusação de porte ilegal de armas, pra começar!* — gritou Norris furioso para o policial Joe Price. — *Agora tira o dedo do cu e me dá uma ajuda!*

Isso chocou Price e o fez agir. Ele tentou tirar o revólver do coldre, descobriu que a tira de segurança ainda estava presa e começou a tentar abrir. Ainda estava tentando quando a barbearia e a funerária explodiram.

Buster, Norris e o policial Price olharam para a rua. Ace, não. Ele estava esperando aquele momento especial. Tirou a automática do cinto com a velocidade de um caubói de faroeste e atirou. A bala acertou o alto do ombro esquerdo de Norris, raspando no pulmão e quebrando a clavícula. Norris tinha dado um passo para longe da parede de tijolos quando reparou nos dois homens se afastando; agora, estava sendo jogado nela. Ace disparou de novo, abrindo uma cratera nos tijolos a dois centímetros da orelha de Norris. O ricochete fez um som como o de um inseto muito grande e muito furioso.

— *Ah, meu Deus!* — gritou o policial Price e começou a se esforçar mais para soltar a tira de segurança da arma.

— *Acerta aquele cara, pai!* — gritou Ace. Ele estava sorrindo. Disparou contra Norris de novo, e essa terceira bala fez um buraco quente no lado esquerdo do policial quando ele caiu de joelhos. Um relâmpago piscou no céu. Incrivelmente, Norris ainda ouvia tijolos e madeira das últimas explosões na rua.

O policial Price finalmente conseguiu liberar a arma. Estava pegando-a quando uma bala da automática que Keaton estava segurando arrancou a cabeça dele das sobrancelhas para cima. Price foi jogado longe, contra a parede de tijolos na viela.

622

Norris ergueu a arma mais uma vez. Parecia pesar cem quilos. Ainda a segurando com as duas mãos, ele mirou em Keeton. Buster era um alvo mais claro do que o amigo. O mais importante, Buster tinha acabado de matar um policial, e esse tipo de merda não passava em Castle Rock. Eles podiam ser caipiras, mas não eram *bárbaros*. Norris puxou o gatilho no mesmo momento em que Ace tentou atirar nele de novo.

O coice do revólver jogou Norris para trás. A bala de Ace voou pelo ar no local onde a cabeça dele estava meio segundo antes. Buster Keeton também voou para trás, as mãos na barriga. Escorria sangue entre os dedos.

Norris ficou caído contra a parede perto do policial Price, ofegando com dificuldade, uma das mãos no ombro ferido. *Meu Deus, que dia horrível*, pensou.

Ace apontou a automática para ele, mas pensou melhor, ao menos naquele momento. Foi até Buster e se apoiou em um joelho ao lado dele. Ao norte, o banco explodiu em um rugido de fogo e granito pulverizado. Ace nem olhou naquela direção. Moveu as mãos do pai para olhar melhor o ferimento. Lamentava que aquilo tivesse acontecido. Ele estava começando a gostar muito do pai.

—*Ah, como dói! Como dóóói!* — gritou Buster.

Ace tinha certeza de que doía. O pai tinha levado uma bala de 45 acima do umbigo. O buraco de entrada era do tamanho de uma cabeça de parafuso. Ace não precisava virá-lo para saber que o buraco de saída seria do tamanho de uma xícara de café, provavelmente com pedaços da coluna do pai aparecendo como decoração.

—*Dóóói! DÓÓÓÓÓÓÓÓÓI!* — gritou Buster na chuva.

—Dói mesmo. — Ace encostou o cano da automática na têmpora de Buster. — Que azar, pai. Vou te dar um analgésico.

Ele puxou o gatilho três vezes. O corpo de Buster deu um pulo e ficou imóvel.

Ace se levantou com a intenção de acabar com o maldito policial, isso se houvesse alguma coisa para acabar, quando uma arma rugiu e uma bala zuniu pelo ar a menos de trinta centímetros da sua cabeça. Ace olhou para a frente e viu outro policial na porta do posto do xerife que levava ao estacionamento. Esse parecia mais velho do que Deus. Estava atirando em Ace com uma das mãos enquanto a outra apertava o peito acima do coração.

A segunda tentativa de Seat Thomas acertou o chão ao lado de Ace, espirrando água lamacenta nas botas pesadas. O velho abutre não sabia atirar direito, mas Ace entendeu de repente que tinha que sair dali. Eles tinham colocado dinamite suficiente no fórum para explodir o prédio todo, tinham configurado o timer para cinco minutos, e ali estava ele, praticamente apoiado no prédio enquanto a porra do Matusalém tentava atirar nele.

Que a dinamite cuidasse dos dois.

Estava na hora de ver o sr. Gaunt.

Ace se levantou e correu para a rua. O policial velho disparou de novo, mas esse tiro nem chegou perto. Ace correu para trás da van amarela, mas nem tentou entrar nela. O Chevrolet Celebrity estava estacionado na Artigos Indispensáveis. Seria um ótimo carro de fuga. Mas primeiro ele pretendia encontrar o sr. Gaunt e receber seu pagamento. Ele merecia *alguma coisa*, e o sr. Gaunt com certeza lhe daria o que ele merecia.

Além do mais, ele tinha que encontrar um certo xerife ladrão.

— Vingança é um prato que se come frio — murmurou Ace, e correu pela rua Principal na direção da Artigos Indispensáveis.

6

Frank Jewett estava parado nos degraus do fórum quando finalmente viu o homem que vinha procurando. Já estava ali havia um tempo, e nenhuma das coisas acontecendo em Castle Rock naquela noite significou muito para ele. Nem os gritos e berros vindos da direção da colina Castle, nem Danforth Keeton e um Hell's Angels meio velho correndo pelos degraus do fórum uns cinco minutos antes, nem as explosões, nem os tiros mais recentes, desta vez logo depois da esquina, no estacionamento ao lado do posto do xerife. Frank tinha outros problemas para resolver e outras questões para acertar. Frank estava com um mandado de busca pessoal atrás do incrível velho "amigo", George T. Nelson.

E, caramba! Finalmente! Ali estava George T. Nelson em pessoa, em carne e osso, andando pela calçada na frente da escada do fórum! Exceto pela pistola automática enfiada na cintura da calça de poliéster sem cinto de George T. Nelson (e pelo fato de que ainda estava chovendo pra cacete), o sujeito poderia estar indo para um piquenique.

Passeando na chuva estava o Monsieur George T. Filho da Puta Nelson, caminhando na calçada, e o que o bilhete no escritório de Frank dizia? Ah, sim: *Lembre-se, dois mil na minha casa no máximo sete e quinze, senão você vai desejar ter nascido sem pau.* Frank olhou para o relógio, viu que estava mais perto de oito da noite do que de sete e quinze e decidiu que não tinha muita importância.

Ele ergueu a Llama espanhola de George T. Nelson e apontou para a cabeça do professor de carpintaria filho da puta que tinha provocado toda aquela confusão.

— NELSON! — gritou ele. — GEORGE NELSON! SE VIRA E OLHA PARA MIM, BABACA!

George T. Nelson se virou. Ele levou a mão à coronha da automática, mas a afastou quando viu que não havia saída. Colocou as mãos nos quadris e olhou para a escada do fórum, para Frank Jewett, que estava parado com chuva pingando do nariz, do queixo e do cano da arma roubada.

— Você vai atirar em mim? — perguntou George T. Nelson.

— Claro que vou! — rosnou Frank.

— Vai atirar em mim como se eu fosse um cachorro, é?

— Por que não? É o que você merece!

Para a surpresa de Frank, George T. Nelson estava sorrindo e assentindo.

— É, é bem isso que eu esperaria de um filho da mãe covarde que entra na casa de um amigo e mata um passarinho indefeso. *Exatamente* o que eu esperaria. Vai em frente, seu merda covarde quatro-olhos. Atira em mim e acaba logo com isso.

Um trovão ribombou no céu, mas Frank não ouviu. O banco explodiu dez segundos depois, e ele mal ouviu. Estava ocupado demais lutando com sua fúria… e sua surpresa. Surpresa com a afronta, a pura *afronta* do Monsieur George T. Filho da Puta Nelson.

Finalmente, Frank conseguiu tirar a trava da língua.

— Matei seu pássaro mesmo! Caguei na foto idiota da sua mãe mesmo! E o que *você* fez? O que *você* fez, George, além de cuidar pra que eu perdesse meu emprego e nunca mais desse aulas? Meu Deus, vou ter sorte se não for parar na cadeia! — Ele viu a injustiça disso em um brilho repentino e escuro de compreensão; foi como esfregar vinagre num ferimento recente. — Por que você não me procurou e *pediu* dinheiro se estava precisando? Por que não veio me pedir? *Nós poderíamos ter resolvido, seu filho da mãe burro!*

— Não sei de que você está falando! — gritou George T. Nelson. — Só sei que você tem coragem de matar um papagaiozinho, mas não tem coragem de me encarar numa briga justa!

— Não sabe de que… *não sabe de que estou falando?* — berrou Frank. O cano da arma oscilou para a frente e para trás. Ele não conseguia acreditar na cara de pau do homem abaixo dele na calçada; simplesmente não conseguia *acreditar*. Ficar parado ali com um pé na calçada e o outro praticamente na eternidade e *continuar mentindo…*

— Não! Não sei! Não tenho a menor ideia!

No extremo da fúria, Frank Jewett regrediu para uma resposta infantil a uma negação tão absurda e descarada:

— Mentiroso! Seu nariz vai crescer!

— Covarde! — retrucou George T. Nelson com rapidez. — Medroso! Assassino de papagaio!

— Chantagista!

— Doido! Guarda a arma, doido! Me encara de forma justa!

Frank sorriu para ele.

— *Justa!* Brigar de forma *justa*? O que você sabe sobre ser justo?

George T. Nelson levantou as mãos vazias e balançou os dedos para Frank.

— Mais do que você, aparentemente.

Frank abriu a boca para responder, mas nada saiu. Ele foi temporariamente silenciado pelas mãos vazias de George T. Nelson.

— Anda — disse George T. Nelson. — Guarda isso. Vamos fazer como fazem nos faroestes, Frank. Se você tiver coragem, claro. O mais veloz vence.

Frank pensou: Ora, por que não? Por que não?

Ele não tinha muitos motivos para viver, de qualquer modo, e mesmo que não fizesse mais nada, poderia ao menos mostrar ao velho "amigo" que não era covarde.

— Tudo bem — disse ele, e enfiou a Llama no cós da calça. Esticou as mãos na frente do corpo, um pouco acima da arma. — Como você quer fazer isso, Georginho?

George T. Nelson estava sorrindo.

— Você começa a descer a escada. Eu começo a subir. Quando o próximo trovão soar...

— Tudo bem. Tudo bem. Vamos nessa.

Frank Jewett começou a descer a escada. E George T. Nelson começou a subir.


# 7


Polly tinha acabado de ver o toldo verde da Artigos Indispensáveis à frente quando a funerária e a barbearia explodiram. O brilho e o estrondo foram enormes. Ela viu destroços voando do coração da explosão como asteroides em um filme de ficção científica e se abaixou por instinto. Foi bom ela ter feito isso; vários pedaços de madeira e a alavanca de aço inoxidável da lateral da cadeira número dois, a de Henry Gendron, entraram pelo para-brisa do Toyota dela. A alavanca fez um som estranho de zumbido faminto quanto voou pelo carro e saiu pela janela de trás. Os pedaços de vidro quebrado se espalharam pelo ar em uma nuvem ampla.

O Toyota, sem direção, bateu no meio-fio, acertou um hidrante e parou.

Polly se sentou, piscando, e olhou pelo buraco no para-brisa. Viu alguém saindo da Artigos Indispensáveis, correndo para um dos três carros estacionados na frente da loja. Na luz do fogo do outro lado da rua, ela reconheceu Alan com facilidade.

— *Alan!* — Ela gritou, mas Alan não se virou. Continuou em frente com determinação, como um robô.

Polly abriu a porta do carro e correu na direção de Alan, gritando o nome dele sem parar. De um ponto mais distante na rua veio uma sequência rápida de tiros. Alan não se virou na direção do som nem olhou para o fogaréu que momentos antes era a funerária e a barbearia. Parecia estar preso na sua própria sequência de atos, e Polly se deu conta de repente de que estava atrasada. Leland Gaunt o tinha afetado. Ele tinha comprado alguma coisa, afinal, e se ela não chegasse ao carro antes que ele embarcasse na caçada louca que o sr. Gaunt tinha determinado, ele simplesmente iria embora… e só Deus sabia o que poderia acontecer.

Ela correu mais rápido.

8

— Me ajuda — Norris disse para Seat Thomas, e passou o braço pelo pescoço de Seat. Ele conseguiu se levantar com dificuldade.

— Acho que acertei ele — disse Seat. Ele estava ofegando, mas a cor tinha voltado ao seu rosto.

— Que bom — disse Norris. Seu ombro estava pegando fogo… e a dor parecia estar penetrando mais fundo em sua carne o tempo todo, como se procurasse o coração. — Agora, me ajuda.

— Você vai ficar bem — disse Seaton. Em sua consternação por Norris, Seat tinha esquecido o medo de estar, em suas próprias palavras, sendo acometido por um ataque cardíaco. — Assim que eu te levar pra dentro…

— Não — ofegou Norris. — Viatura.

— *O quê?*

Norris virou a cabeça e encarou Thomas com uma expressão frenética e cheia de dor.

— Me coloca na minha viatura! Tenho que ir até a Artigos Indispensáveis!

Sim. Assim que as palavras saíram por sua boca, tudo pareceu se encaixar. A Artigos Indispensáveis era a loja onde ele comprara a vara de pescar Bazun. Era a loja em cuja direção o homem que tinha atirado nele saíra correndo. A Artigos Indispensáveis foi onde tudo começara; a Artigos Indispensáveis era onde tudo tinha que terminar.

O Galaxia explodiu, enchendo a rua Principal com um novo brilho. Uma máquina Double Dragon voou das ruínas, deu duas cambalhotas e caiu de cabeça para baixo na rua com um estrondo.

— Norris, você levou um tiro...

— *Claro que eu levei um tiro!* — gritou ele. Uma baba ensanguentada voou de seus lábios. — *Agora me leva pra viatura!*

— É má ideia, Norris...

— Não é, não — disse Norris com pesar. Ele virou a cabeça e cuspiu sangue. — É a *única* ideia. Agora, vem. Me ajuda.

Seat Thomas começou a levá-lo para a unidade dois.

9

Se Alan não tivesse olhado no retrovisor antes de dar ré para a rua, ele teria atropelado Polly e fecharia a noite esmagando a mulher que amava com os pneus de trás do seu carro velho. Ele não a reconheceu; ela era só uma mancha atrás do carro, uma forma de mulher delineada na frente do caldeirão de chamas do outro lado da rua. Ele meteu o pé no freio e, um momento depois, ela começou a bater na janela dele.

Alan a ignorou e começou a dar ré de novo. Não tinha tempo para os problemas da cidade; tinha os seus próprios. Eles que se matassem como animais idiotas se era o que queriam fazer. Ele ia para Mechanic Falls. Ia pegar o homem que tinha matado sua esposa e seu filho em vingança por míseros quatro anos em Shank.

Polly segurou a maçaneta e foi meio puxada e meio arrastada para a rua coberta de detritos. Apertou o botão abaixo, a mão explodindo em dor, e a porta se abriu com ela agarrada em desespero e os pés se arrastando quando Alan começou a virar o carro. A frente do veículo estava apontada para a rua Principal. Em sua dor e fúria, Alan ainda não tinha se dado conta de que não havia mais ponte para seguir por aquele caminho.

— Alan! — gritou ela. — Alan, para!

Ele ouviu. De alguma forma, chegou a ele apesar da chuva, dos trovões, do vento e dos estalos pesados e famintos do fogo. Apesar de sua compulsão.

Alan olhou para ela, e o coração de Polly se partiu com a expressão nos olhos dele. Parecia um homem flutuando em meio a um pesadelo.

— Polly? — perguntou ele com voz distante.

— Alan, você tem que parar!

Ela queria soltar a maçaneta, suas mãos estavam doendo muito, mas estava com medo de que, se soltasse, ele simplesmente saísse dirigindo e a deixasse ali, no meio da rua Principal.

Não... ela sabia que ele faria exatamente isso.

— Polly, eu tenho que ir. Sinto muito por você estar com raiva de mim, por você achar que eu fiz alguma coisa, mas nós vamos resolver. Mas eu tenho que ir...

— Não estou mais com raiva de você, Alan. Sei que não foi você. Foi ele, jogando um contra o outro, como ele fez com praticamente todo mundo aqui de Castle Rock. Porque é isso que ele faz. Entende, Alan? Está me ouvindo? É isso que ele faz! Agora, para! Desliga a porra do motor e me escuta!

— Eu tenho que ir, Polly. — A voz dele parecia estar vindo de longe. Do rádio, talvez. — Mas vou volt...

— Não vai, não! — gritou ela. De repente, estava furiosa com ele... furiosa com todos eles, as pessoas ávidas, assustadas, raivosas e consumistas da cidade, inclusive ela mesma. — Não vai voltar porque, se for embora agora, não vai haver nenhum lugar pra onde voltar!

O fliperama explodiu. Os detritos caíram em volta do carro de Alan, parado no meio da rua Principal. A mão direita talentosa de Alan se moveu, pegou a lata de frutas secas, como se em busca de consolo, e a segurou no colo.

Polly não reparou na explosão; ficou olhando para Alan com os olhos tomados de dor.

— Polly...

— Olha! — gritou ela de repente, e abriu a parte da frente da blusa. A água da chuva bateu nas curvas dos seios e brilhou na base do pescoço. — Olha, eu tirei... o amuleto! Já era! Agora, tira o seu, Alan! Se você for homem, tira o seu!

Ele estava tendo dificuldade de entendê-la das profundezas do pesadelo que o segurava, o pesadelo que o sr. Gaunt tinha tecido em volta dele como um casulo venenoso... e, em um momento de compreensão, Polly se deu conta de qual era esse pesadelo. De qual devia ser.

— Ele te contou o que aconteceu com Annie e Todd? — perguntou ela baixinho.

A cabeça de Alan se deslocou para trás de leve, como se ela tivesse dado um tapa nele, e Polly soube que tinha acertado na mosca.

— Claro que contou. Qual é a única coisa no mundo todo, a única coisa inútil, que você quer tanto que acha que é indispensável? *Esse* é o seu amuleto, Alan. Foi *isso* que ele colocou no seu pescoço.

Ela soltou a maçaneta e enfiou os dois braços no carro. O brilho da luz do teto caiu sobre eles. A pele estava escura, vermelha. Os braços estavam tão inchados que os cotovelos estavam se tornando covinhas inchadas.

— Tinha uma aranha dentro do meu — disse ela baixinho. — "A dona aranha subiu pela parede. Veio a chuva forte e a derrubou." Só uma aranha pequenininha. Mas cresceu. Se alimentou da minha dor e cresceu. Isso foi o que ela fez antes que eu a matasse e pegasse minha dor de volta. Eu queria tanto que a dor passasse, Alan. Era o que eu queria, mas não é *indispensável* que passe. Posso amar você e posso amar a vida e aguentar a dor ao mesmo tempo. Acho até que a dor pode tornar o resto melhor, assim como um bom cenário pode fazer um diamante parecer mais bonito.

— Polly...

— Claro que me envenenou — continuou ela, pensativa —, e acho que o veneno pode me matar se algo não for feito. Mas por que não? É justo. Difícil, mas justo. Comprei o veneno quando comprei o amuleto. Ele vendeu muitos amuletos naquela lojinha horrível na semana passada. O filho da mãe trabalha rápido, isso eu tenho que admitir. Veio a dona aranha subindo pela parede. Era isso que tinha no meu. O que tem no seu? Annie e Todd, não é? *Não é?*

— Polly, Ace Merrill matou minha esposa! Matou o *Todd!* Ele...

— *Não!* — gritou ela, e segurou o rosto dele com as mãos latejantes. — *Me escuta! Me entende! Alan, não é só a sua vida, você não vê? Ele faz você comprar de volta a sua doença e faz você pagar em dobro! Você ainda não entendeu isso? Não entendeu?*

Ele a encarou, boquiaberto... e, lentamente, fechou a boca. Uma expressão de surpresa intrigada surgiu no rosto dele.

— Espera. Tinha alguma coisa errada. Alguma coisa estava errada na fita que ele deixou pra mim. Não consigo...

— *Consegue*, Alan! O que quer que o filho da mãe tenha vendido pra você, estava errado! Assim como o nome na carta que ele deixou pra mim estava errado.

Ele a ouviu pela primeira vez.

— Que carta?

— Não tem importância agora. Se houver um depois, eu conto. A questão é que ele exagera. Eu acho que ele *sempre* exagera. Ele é tão cheio de orgulho que é surpreendente que não exploda. Alan, tente entender: Annie está *morta*, Todd está *morto*, e se você sair atrás do Ace Merrill enquanto a cidade está pegando fogo ao seu redor...

A mão de alguém surgiu acima do ombro de Polly. Um antebraço envolveu seu pescoço e a puxou para trás com rispidez. De repente, Ace Merrill estava parado atrás dela, segurando-a, apontando uma arma para ela e sorrindo para Alan por cima do ombro dela.

— Falando no diabo, moça — disse Ace, e ouviu...

10

... um trovão ribombar no céu.

Frank Jewett e seu bom "amigo" George T. Nelson estavam se encarando na escada do fórum como dois atiradores estranhos de óculos havia quase quatro minutos, os nervos vibrando como cordas de violino na oitava mais alta.

— *Yig!* — disse Frank, e pegou a automática enfiada na cintura da calça.

— *Awk!* — disse George T. Nelson, e pegou a dele.

Os dois sacaram as armas com sorrisos febris idênticos, sorrisos que pareciam grandes gritos sem som, e miraram. Seus dedos apertaram os gatilhos. Os sons se sobrepuseram de forma tão perfeita que pareceram um só. Um relâmpago piscou na hora que as duas balas voaram... e rasparam uma na outra na trajetória, desviando o suficiente para errar o que deveriam ter sido dois tiros à queima-roupa.

Frank Jewett sentiu uma movimentação de ar ao lado da têmpora esquerda.

George T. Nelson sentiu um ardor na lateral direita do pescoço.

Eles se encararam sem acreditar por cima das armas fumegantes.

— *Hã?* — disse George T. Nelson.

— *O quê?* — disse Frank Jewett.

Eles abriram sorrisos idênticos e incrédulos. George T. Nelson deu um passo hesitante para cima, na direção de Frank; Frank deu um passo hesitante para baixo, na direção de George. Em um ou dois momentos, eles talvez se abraçassem, a briga transformada em algo insignificante por aqueles dois pequenos disparos de eternidade... mas então o Prédio Municipal explodiu com um rugido que pareceu partir o mundo no meio, vaporizando os dois onde estavam.

## 11

Aquela explosão final fez todas as outras parecerem pequenas. Ace e Buster tinham colocado quarenta bananas de dinamite em dois pacotes de vinte no Prédio Municipal. Uma dessas bombas fora deixada na cadeira do juiz, no tribunal. Buster insistiu que eles colocassem a outra na mesa de Amanda Williams, na ala dos conselheiros.

— As mulheres não têm nada que se meter com política — explicou ele para Ace.

O som das explosões foi esmagador, e por um momento todas as janelas do maior prédio da cidade foram tomadas por uma luz violeta-alaranjada sobrenatural. Então o fogo saiu *pelas* janelas, *pelas* portas, *pela* ventilação, como braços implacáveis e musculosos. O telhado voou intacto, como uma espaçonave estranha, subindo em uma almofada de fogo e se estilhaçando em cem mil fragmentos.

No instante seguinte, o prédio em si explodiu em todas as direções, transformando aquele trecho da rua Principal em uma chuva de tijolos e vidro, onde nada maior do que uma barata poderia sobreviver. Dezenove homens e mulheres morreram na explosão, cinco deles da imprensa que tinham ido cobrir a bizarrice crescente em Castle Rock e acabaram se tornando parte da história dela.

Viaturas da polícia estadual e veículos da imprensa foram arremessados longe como brinquedos de cachorro. A van amarela que o sr. Gaunt tinha fornecido a Ace e Buster seguiu serenamente pela rua Principal três metros acima do chão, as rodas girando, as portas de trás penduradas pelas dobradiças tortas, ferramentas e timers caindo por elas. Virou para a esquerda em um furacão quente e caiu no escritório da Seguradora Dostie, esmagando máquinas de escrever e arquivos com o para-choque.

Um tremor parecido com o de um terremoto foi sentido no chão. Janelas de toda a cidade se estilhaçaram. Cata-ventos, que estavam apontando para o nordeste no vento da tempestade (que começava a passar agora, como se constrangida pela entrada desse avatar), começaram a girar como loucos. Vários saíram voando do suporte, e no dia seguinte um seria encontrado enfiado na porta da igreja batista, como uma flecha indígena agressiva.

Na avenida Castle, onde a maré da batalha estava virando decisivamente a favor dos católicos, a briga parou. Henry Payton estava parado ao lado da viatura, a arma pendurada junto ao joelho direito, e olhou para a bola de fogo no sul. Havia sangue escorrendo por suas bochechas, como lágrimas. O reverendo William Rose se sentou, viu o brilho monstruoso no horizonte e começou a desconfiar que o fim do mundo tinha chegado e que ele estava olhando agora para a Estrela Absinto. O padre John Brigham andou até ele em passos bêbados e cambaleantes. Seu nariz estava severamente torto para a esquerda e sua boca estava toda ensanguentada. Ele pensou em chutar a cabeça do reverendo Rose como uma bola de futebol americano, mas acabou só o ajudando a se levantar.

Em Castle View, Andy Clutterbuck nem olhou para cima. Estava sentado no degrau da frente da casa dos Potter, chorando e aninhando a esposa nos braços. Ainda faltavam dois anos para o mergulho bêbado no gelo do lago Castle que o mataria, mas estava no fim do último dia sóbrio de sua vida.

Na alameda Dell, Sally Ratcliffe estava no armário do quarto com uma pequena fila de insetos descendo a costura lateral do vestido. Ela soube do que aconteceu com Lester, entendeu que de alguma forma ela era culpada (ou *acreditava* que tinha entendido, e no final dava no mesmo), e se enforcou com a faixa do roupão felpudo. Uma das mãos estava enfiada no bolso do vestido. Nessa mão havia uma lasca de madeira. Estava preta de velhice e esponjosa de tão podre. Os cupins que a infestavam estavam saindo em busca de um lar novo e mais estável. Eles chegaram à barra do vestido de Sally e desceram pela perna até o chão.

Tijolos voaram pelo ar, transformando os prédios distantes do marco zero no que parecia o momento seguinte a uma barragem de artilharia. Os mais próximos ficaram parecendo raladores de queijo ou desabaram completamente.

A noite rugia como um leão com um dardo venenoso enfiado na garganta.

## 12

Seat Thomas, que estava dirigindo a viatura que Norris Ridgewick insistira para que eles pegassem, sentiu a traseira do carro subir de leve, como se erguido por uma mão gigante. Um momento depois, uma tempestade de tijolos envolveu o carro. Dois ou três penetraram no porta-malas. Um bateu no teto. Outro caiu no capô em um spray de poeira de tijolo da cor de sangue e escorregou até o chão.

— Meu Deus, Norris, a cidade toda está explodindo! — exclamou Seat com voz aguda.

— Só dirige — disse Norris.

Ele sentia como se estivesse pegando fogo; havia suor no rosto rosado e corado, escorrendo em gotas grandes. Ele desconfiava que Ace não o tinha ferido mortalmente, que só acertara de raspão nas duas vezes, mas ainda havia alguma coisa terrivelmente errada. Ele conseguia sentir algum tipo de doença penetrando na carne e sua visão ficava querendo oscilar. Ele se agarrou sombriamente à consciência. Conforme a febre foi aumentando, ele foi ficando cada vez mais seguro de que Alan precisava dele, e que se ele tivesse muita sorte e muita coragem talvez pudesse expiar o erro terrível que tinha iniciado ao cortar os pneus de Hugh.

À frente ele viu um pequeno grupo de pessoas na rua, perto do toldo verde da Artigos Indispensáveis. A coluna de fogo acima das ruínas do Prédio Municipal iluminava as figuras como um quadro, como atores em um palco. Ele viu o carro de Alan e o próprio Alan saindo de dentro. De frente para ele, as costas voltadas para a viatura na qual Norris Ridgewick e Seaton Thomas se aproximavam, estava um homem com uma arma. Ele segurava uma mulher à frente do corpo como um escudo. Norris não via o suficiente da mulher para identificar quem era, mas o homem que a mantinha como refém estava usando os restos destruídos de uma camiseta Harley-Davidson. Ele era o homem que tinha tentado matar Norris no Prédio Municipal, o homem que explodira a cabeça de Buster Keeton. Apesar de nunca tê-lo visto, Norris tinha quase certeza de que tinha dado de cara com o bad boy da cidade, Ace Merrill.

— Meu Deus do céu, Norris! Aquele é o *Alan!* O que está acontecendo agora?

Seja lá quem for o cara, ele não consegue nos ouvir chegando, pensou Norris. Não com tanto barulho. Se Alan não olhar para cá, não der a dica para esse merda...

A arma de serviço de Norris estava em seu colo. Ele abriu a janela do passageiro da viatura e ergueu a arma. O peso antes era de cem quilos? Agora pesava pelo menos o dobro disso.

— Vai devagar, Seat, o mais devagar que você puder. E quando eu bater com o pé em você, para o carro. Na mesma hora. Não precisa pensar demais.

— Com o *pé!* Como assim, com o p...

— Cala a boca, Seat — disse Norris com gentileza cansada. — Só lembra do que eu falei.

Norris se virou de lado, enfiou a cabeça e os ombros pela janela e agarrou a barra onde ficavam as luzes do teto da viatura. Lentamente, com dificuldade, ele se puxou para fora do carro até estar sentado na janela. Seu ombro berrava de dor, e sangue fresco começou a encharcar a camisa. Agora, eles estavam a menos de trinta metros das três pessoas na rua, e ele podia mirar diretamente por cima do teto no homem que segurava a mulher. Não podia atirar, ao menos ainda não, porque teria uma boa chance de acertá-la junto com ele. Mas se algum dos dois se movesse...

Foi o mais perto que Norris ousou ir. Ele bateu na perna de Seat com o pé. Seat parou a viatura delicadamente na rua coberta de tijolos e detritos.

Anda, rezou Norris. Um de vocês dois, se mexe. Não me importa qual, e só precisa ser um pouco, mas, por favor, por favor, se mexe.

Ele não reparou que a porta da Artigos Indispensáveis se abrira; sua concentração estava toda no homem com a arma e a refém. Também não viu o sr. Leland Gaunt sair da loja e parar embaixo do toldo verde.

### 13

— Aquele dinheiro era *meu*, seu escroto — gritou Ace para Alan —, e se você quiser essa puta de volta com todo o equipamento original, é melhor me dizer o que fez com ele!

Alan saiu do carro.

— Ace, não sei do que você está falando.

— Resposta errada! — gritou Ace. — Você sabe *exatamente* do que estou falando! O dinheiro do Pop! Nas latas! Se você quer essa puta de volta, me diz o que fez com ele! Essa proposta só é válida por tempo limitado, seu escroto!

Com o canto do olho, Alan percebeu movimento atrás, na rua Principal. Era uma viatura, ele achava que do condado, mas não ousava virar o rosto para conferir. Se Ace soubesse que estavam vindo por trás, ele tiraria a vida de Polly. Faria isso em menos tempo do que seria necessário para piscar.

Por isso, ele fixou a visão no rosto dela. Os olhos de Polly estavam cansados e cheios de dor... mas não estavam com medo.

Alan sentiu a sanidade voltar. Coisa engraçada, a sanidade. Quando era tirada, você não se dava conta. Não sentia sua partida. Só se dava conta mesmo quando era restaurada, como uma ave selvagem e rara que vivia e cantava dentro de você, não por decreto, mas por escolha.

— Ele errou — disse ele baixinho para Polly. — Gaunt errou na fita.

— *De que porra você está falando?* — A voz de Ace soou irregular, alterada pela cocaína. Ele apertou o cano da arma na têmpora de Polly.

De todos eles, só Alan viu a porta da Artigos Indispensáveis se abrir sorrateiramente, e ele não teria visto se não tivesse voltado o olhar de forma tão ostensiva para longe da viatura que estava se aproximando lentamente pela rua. Só Alan viu, como um fantasma no canto da visão, a figura alta sair, uma figura usando não um paletó esporte ou um paletó formal, mas um casacão preto de lã.

Um casaco de viagem.

Em uma das mãos, o sr. Gaunt estava segurando uma valise antiquada, do tipo que um baterista ou um caixeiro-viajante antigamente poderia usar para carregar suas mercadorias e suas amostras. Era feita de pele de hiena e não ficava parada. Inflava e crescia, inflava e crescia abaixo dos dedos brancos longos que seguravam a alça. E de dentro, como o som de um vento distante ou do grito fantasmagórico que se ouve em fios de alta-tensão, vinha o som baixo de gritos. Alan não ouviu esse som horrendo e perturbador com os ouvidos; pareceu ouvir com o coração e a mente.

Gaunt parou embaixo do toldo, de onde podia ver tanto a viatura que se aproximava quanto a cena ao lado do carro, e nos seus olhos havia uma expressão de irritação crescente... talvez até de preocupação.

Alan pensou: E ele não sabe que eu o vi. Tenho quase certeza disso. Por favor, Deus, que eu esteja certo.

14

Alan não respondeu a Ace. Só falou com Polly, apertando a mão na lata de frutas secas enquanto falava. Ace não tinha nem reparado na lata, ao que parecia, e provavelmente porque Alan não fez nenhuma tentativa de escondê-la.

— Annie não estava com o cinto de segurança naquele dia — disse Alan para Polly. — Eu já te contei isso?

— Eu... não lembro, Alan.

Atrás de Ace, Norris Ridgewick estava saindo com dificuldade pela janela da viatura.

— Foi por isso que ela voou pelo para-brisa. — Em um momento, eu vou ter que ir para cima de um dos dois, pensou ele. Ace ou o sr. Gaunt? Para que lado? *Qual deles?* — Foi isso que sempre questionei: por que ela não estava de cinto. Ela nem pensava no assunto, era um hábito automático. Mas ela não colocou o cinto naquele dia.

— *Última chance, policial!* — gritou Ace. — *Eu vou levar meu dinheiro ou vou levar essa puta aqui! Você escolhe!*

Alan continuou o ignorando.

— Mas, na fita, *o cinto estava preso* — disse Alan, e de repente ele *soube*. A informação surgiu no meio de sua mente como uma coluna prateada e evidente de fogo. — *Ainda estava preso E VOCÊ FEZ MERDA, SR. GAUNT!*

Alan se virou para a figura alta parada debaixo do toldo verde a dois metros e meio. Segurou a parte de cima da lata enquanto dava um único passo na direção do mais novo empreendedor de Castle Rock, e antes que Gaunt pudesse fazer qualquer coisa, antes que seus olhos pudessem fazer qualquer coisa além de começarem a se arregalar, Alan tirou a tampa da última brincadeira de Todd, a que Annie disse que era para deixar que ele comprasse porque ele só seria jovem uma vez.

A cobra pulou, mas desta vez não era de brincadeira.

Desta vez, era de verdade.

Só foi de verdade por alguns segundos, e Alan nunca soube se mais alguém viu, mas *Gaunt* viu; disso ele tinha certeza. Era longa, bem mais longa do que a cobra de papel crepom que tinha voado da lata uma semana antes, quando ele tirara a tampa no estacionamento do Prédio Municipal depois da viagem longa e solitária de volta de Portland. A pele brilhou com uma iridescência ondulante e o corpo era sarapintado de losangos vermelhos e pretos, como a pele de uma bela cascavel.

Seu maxilar se abriu ao acertar no ombro do casaco de Leland Gaunt, e Alan apertou os olhos contra o brilho ofuscante e cromado das presas. Ele viu a cabeça triangular mortal recuar e atacar o pescoço de Gaunt. Viu Gaunt pegá-la e apertá-la… mas, antes disso, as presas da cobra afundaram na pele dele, não uma vez, mas várias. A cabeça triangular ficou borrada no movimento de vaivém que parecia o da bobina de uma máquina de costura.

Gaunt gritou — Alan não sabia se de dor, fúria ou as duas coisas — e largou a valise para segurar a cobra com as duas mãos. Alan viu sua chance e pulou para a frente enquanto Gaunt levava a cobra agitada para longe do corpo e a jogava na calçada, junto aos pés calçados de botas. Quando caiu, voltou a ser o que era antes, só um brinquedo barato, um metro e meio de mola envolto em papel crepom verde desbotado, o tipo de brincadeira que só um garoto como Todd podia amar de verdade e só uma criatura como Gaunt podia apreciar de verdade.

Sangue escorria do pescoço de Gaunt em filetes finos de três pares de buracos. Ele limpou distraidamente com uma de suas estranhas mãos de dedos longos enquanto se inclinava para pegar a valise… e parou de repente. Inclinado assim, as pernas longas curvadas, o braço longo esticado, ele parecia uma xilogravura de Ichabod Crane. Mas o que ele estava tentando pegar não estava mais no lugar. A valise de pele de hiena com as laterais horrendas que pareciam respirar estava agora no asfalto, entre os pés de Alan. Ele a pegara quando o sr. Gaunt estava ocupado com a cobra, um movimento que fez com sua velocidade e destreza de costume.

Não havia dúvida sobre a expressão de Gaunt agora; uma combinação trovejante de fúria, ódio e surpresa descrente retorcia suas feições. O lábio superior se repuxou como o focinho de um cachorro, expondo fileiras de dentes irregulares. Agora, todos os dentes tinham pontas, como se tivessem sido lixados para a ocasião.

Ele levantou as mãos abertas e chiou:

— *Me devolve… é minha!*

Alan não sabia que Leland Gaunt tinha garantido a dezenas de residentes de Castle Rock, de Hugh Priest a Slopey Dodd, que não tinha o menor interesse em almas humanas, as pobres coisas enrugadas e minúsculas que elas eram. Se *soubesse* disso, Alan teria rido e observado que mentiras eram a mercadoria principal do sr. Gaunt. Ah, ele sabia o que havia na valise, sim. Sabia o que havia lá dentro, gritando como linhas de força em um vento forte e respirando como um velho assustado no leito de morte. Ele sabia muito bem.

O sr. Gaunt repuxou os lábios sobre os dentes em um sorriso macabro. Suas mãos horríveis se esticaram na direção de Alan.

— *Estou avisando, xerife, não se mete comigo. Não sou o tipo de homem com quem você vai querer se meter. Essa valise é minha, eu disse!*

— Acho que não, sr. Gaunt. Tenho a impressão de que o que há aqui dentro é propriedade roubada. Acho que é melhor…

Ace estava olhando para a transformação sutil e clara de comerciante em monstro, a boca aberta. O braço em volta do pescoço de Polly tinha relaxado um pouco, e ela viu sua chance. Ela virou a cabeça e enfiou os dentes até as gengivas no pulso de Ace Merrill. Ace a empurrou para longe sem pensar, e Polly caiu estatelada na rua. Ace apontou a arma para ela.

— *Sua puta!* — gritou ele.


## 15

— Pronto — murmurou Norris Ridgewick com gratidão.

Ele tinha apoiado o cano da arma de serviço em uma das barras de suporte das luzes. Agora, prendeu a respiração, prendeu o lábio inferior com o dente e apertou o gatilho. Ace Merrill foi jogado de repente por cima da mulher na rua — que era Polly Chalmers, e Norris teve tempo de pensar que deveria ter imaginado — com a parte de trás da cabeça se abrindo e voando em pedaços.

De repente, Norris sentiu que ia desmaiar.

Mas também se sentiu muito, muito abençoado.

## 16

Alan nem reparou no fim de Ace Merrill.

Nem Leland Gaunt.

Eles estavam se encarando, Gaunt na calçada, Alan parado ao lado do carro na rua com a horrível valise que respirava entre os pés.

Gaunt respirou fundo e fechou os olhos. Uma coisa passou pelo rosto dele, uma espécie de brilho. Quando ele abriu os olhos, havia algo parecido com o Leland Gaunt que havia enganado tantas pessoas de The Rock de volta: o encantador e cortês sr. Gaunt. Ele olhou para a cobra de papel caída na calçada, fez uma careta de repugnância e a chutou para a sarjeta. E olhou para Alan e esticou a mão.

— Por favor, xerife. Não vamos discutir. Está tarde e estou cansado. Você me quer fora da sua cidade e eu quero ir. Eu *vou*... assim que você me der o que é meu. E *é* meu, posso garantir.

— Que se dane sua garantia. Não acredito em você, meu amigo.

Gaunt olhou para Alan com impaciência e raiva.

— Essa bolsa e seu conteúdo pertencem a *mim*! Você não acredita em livre-comércio, xerife Pangborn? Você é o quê, comunista? Negociei cada uma das coisas que tem nessa valise! Obtive todas de forma justa. Se é recompensa que você quer, algum tipo de benefício, comissão, lucro, uma lasquinha do que é meu, como quiser chamar, eu entendo e pagarei com satisfação. Mas você tem que ver que é uma questão *comercial*, não legal...

— *Você trapaceou!* — gritou Polly. — *Você trapaceou e mentiu e enganou!*

Gaunt lançou a ela um olhar rancoroso e voltou a encarar Alan.

— Não fiz nada disso, sabe. Negociei como sempre faço. Mostro às pessoas o que tenho para vender... e deixo que elas decidam. Então... se você fizer a gentileza...

— Acho que vou ficar com ela — disse Alan com voz firme. Um sorrisinho, fino e afiado como um pedaço de gelo de novembro, surgiu nos lábios dele. — Vamos chamar de prova, certo?

— Infelizmente, você não pode fazer isso, xerife. — Gaunt desceu da calçada para a rua. Pontos de luz vermelha brilhavam em seus olhos. — Você pode morrer, mas não pode ficar com o que é meu. Não se eu quiser pegar. E eu quero. — Ele começou a andar na direção de Alan, os pontos vermelhos nos olhos se aprofundando. Ele deixou uma marca de bota em um pedaço cor de aveia do cérebro de Ace no caminho.

Alan sentiu seu estômago tentar dar um nó, mas não se moveu. Motivado por um instinto que não se esforçou para entender, ele colocou as mãos juntas na frente do farol esquerdo do carro. Cruzou-as, fez uma forma de pássaro, e começou a dobrar os pulsos rapidamente, para a frente e para trás.

Os pardais estão voando de novo, sr. Gaunt, pensou ele.

Uma sombra de pássaro grande e projetada, mais para falcão do que para pardal e perturbadoramente *realista* para uma sombra insubstancial, voou de repente na frente falsa da Artigos Indispensáveis. Gaunt viu com o canto do olho, se virou na direção da sombra, ofegou e recuou.

— Saia da cidade, meu amigo — disse Alan. Ele rearrumou as mãos, e agora um cachorro sombra grande, talvez um são-bernardo, se agachou na frente da Sempre Costurando no círculo criado pelo farol do carro. E em algum lugar ali perto, talvez por coincidência, talvez não, um cachorro começou a latir. E parecia grande.

Gaunt se virou na direção desse som. Estava parecendo meio perturbado agora e definitivamente aflito.

— Você tem sorte de eu estar te deixando ir — prosseguiu Alan. — Mas que acusação eu faria se precisasse? O roubo de almas pode estar no código legal de que cuidam o Brigham e o Rose, mas acho que não vou encontrar no meu. Ainda assim, aconselho-o a ir enquanto ainda pode.

— *Me dá minha bolsa!*

Alan o encarou, tentando parecer descrente e com desprezo enquanto o coração batia loucamente no peito.

— Você ainda não entendeu? Não percebeu? *Você perdeu.* Já esqueceu como lidar com isso?

Gaunt ficou olhando para Alan por um longo segundo e assentiu.

— Eu sabia que era melhor evitar você — disse ele. Parecia mais estar falando sozinho. — Sabia muito bem. Tudo bem. Você venceu. — Ele começou a se virar; Alan relaxou um pouco. — Eu vou…

Ele se virou, rápido como uma cobra, tão rápido que fez Alan parecer lento. Seu rosto tinha mudado de novo; o aspecto humano sumira completamente. Era o rosto de um demônio agora, com bochechas longas e marcas profundas e olhos caídos que ardiam com fogo laranja.

— *MAS NÃO SEM O QUE É MEU!* — gritou ele, e pulou para pegar a bolsa. Em algum lugar, próximo ou a mil quilômetros de distância, Polly berrou: — *Cuidado, Alan!*

Mas não havia tempo para tomar cuidado; o demônio, com o cheiro de uma mistura de enxofre e couro frito, estava em cima dele. Só havia tempo de agir ou tempo de morrer.

Alan passou a mão direita pelo interior do pulso esquerdo, procurando o aro elástico pequenininho embaixo da pulseira do relógio. Parte dele estava anunciando que isso nunca daria certo, nem outro milagre da transmutação o salvaria daquela vez, porque o truque das flores dobráveis estava acabado, estava...

Seu polegar entrou no aro.

O pequeno pacote de papel saiu do esconderijo.

Alan esticou a mão para a frente, soltando o aro pela última vez.

— *ABRACADABRA, SEU FILHO DA PUTA MENTIROSO!* — gritou ele, e o que surgiu de repente na mão dele não foi um buquê de flores, mas um buquê ardente de luz que iluminou aquele trecho da rua Principal com um brilho fabuloso e ondulante. Mas ele se deu conta de que as cores que subiam do punho em uma fonte incrível eram apenas uma cor, como todas as cores traduzidas por um prisma de vidro ou de um arco-íris no ar são de uma cor só. Ele sentiu uma onda de energia percorrer o braço, e por um momento foi tomado por um êxtase grande e incoerente:

*O branco! A chegada do branco!*

Gaunt uivou de dor e fúria e medo... mas não recuou. Talvez fosse como Alan tinha sugerido: havia tanto tempo que ele não perdia que ele tinha esquecido como era. Ele tentou mergulhar por baixo do buquê de luz cintilando por cima da mão fechada de Alan, e só por um momento seus dedos tocaram na alça da valise entre os pés de Alan.

De repente, um pé calçado num chinelinho surgiu: o pé de Polly. Ela pisou na mão de Gaunt.

— *Deixa isso aí!* — gritou ela.

Ele olhou para ela, rosnando... e Alan enfiou a mão cheia de luz na cara dele. O sr. Gaunt deu um longo e trêmulo grito de dor e medo e se moveu para trás com fogo azul dançando no cabelo. Os dedos brancos e compridos fizeram um esforço final de segurar a alça da valise, e desta vez foi Alan quem pisou neles.

— Estou dizendo pela última vez que é pra você ir embora — disse Alan com uma voz que não reconheceu como dele. Era forte demais, segura demais, poderosa demais. Ele entendia que provavelmente não tinha como pôr fim à coisa na frente dele, agachada com a mão curvada protegendo o rosto do espectro de luz, mas podia fazê-la ir embora. Naquela noite, o poder era dele... se ele ousasse usá-lo. Se ousasse se impor e ser verdadeiro. — E estou dizendo pela última vez que você vai sem isto.

— Eles vão morrer sem mim! — a coisa Gaunt gemeu. Agora, as mãos estavam entre as pernas; garras longas clicavam e estalavam nos detritos caídos na rua. — Cada *um* deles vai morrer sem mim, como plantas sem água no deserto. É isso que você quer? *É?*

Polly estava com Alan, encostada ao lado dele.

— Sim — disse ela friamente. — Melhor que morram aqui e agora, se é isso que tem que acontecer, do que sigam com você e vivam. Eles, *nós*, fizemos algumas coisas horríveis, mas esse preço é alto demais.

A coisa Gaunt chiou e agitou as garras contra eles.

Alan pegou a bolsa e recuou lentamente para a rua com Polly ao lado. Ergueu a fonte de flores-luz para que lançassem um brilho incrível e giratório sobre o sr. Gaunt e seu Tucker Talisman. Ele puxou ar para o peito, mais ar do que seu corpo já tinha contido antes, ao que parecia. E, quando falou, as palavras rugiram com uma voz potente que não era a dele.

— *SAI DAQUI, DEMÔNIO! VOCÊ ESTÁ EXPULSO DESTE LUGAR!*

A coisa Gaunt gritou como se queimada por água escaldante. O toldo verde da Artigos Indispensáveis explodiu em chamas e a vitrine quebrou para dentro, o vidro pulverizado em pequenos pedaços que pareciam diamantes. Acima da mão fechada de Alan, raios fortes de luz, azuis, vermelhos, verdes, alaranjados, roxos, se projetavam em todas as direções. Por um momento, uma estrela mínima e explosiva pareceu equilibrada na mão dele.

A valise de pele de hiena se abriu com um estalo podre, e as vozes presas e chorosas fugiram em um vapor que não foi visto, mas sentido por todos: Alan, Polly, Norris, Seaton.

Polly sentiu o veneno quente e profundo nos braços e no peito desaparecer.

O calor se acumulando lentamente em volta do coração de Norris se dissipou.

Em toda Castle Rock, armas e porretes foram abaixados; as pessoas se olharam com olhos surpresos de quem acabou de despertar de um sonho horrível.

E a chuva parou.

## 17

Ainda gritando, a coisa que tinha sido Leland Gaunt pulou e se arrastou pela calçada até o Tucker. Abriu a porta e entrou atrás do volante. O motor ganhou vida. Não era o som de um motor feito por mãos humanas. Uma língua comprida de fogo laranja saiu do escapamento. Os faróis se acenderam, e não eram de vidro vermelho, mas olhinhos horríveis, os olhos de diabretes cruéis.

Polly Chalmers gritou e virou o rosto para o ombro de Alan, mas ele não conseguiu parar de olhar. Alan estava fadado a ver e lembrar o que viu por toda a vida, assim como se lembraria das maravilhas da noite: a cobra de papel que se tornou momentaneamente real, as flores de papel que viraram um buquê de luz e uma reserva de energia.

Os três faróis estavam acesos. O Tucker deu ré para a rua, transformando o asfalto embaixo dos pneus em gosma. Os pneus cantaram ao fazerem uma curva para a direita, e apesar de não ter tocado no carro de Alan, o veículo voou para trás mesmo assim, como se repelido por um poderoso ímã. A frente do Talisman tinha começado a brilhar com uma luz branca enevoada, e embaixo do brilho parecia estar mudando e se reformulando.

O carro *berrou*, apontando na direção do caldeirão ardente que era o Prédio Municipal, para a confusão de carros e vans viradas e para o riacho que não era mais coberto por uma ponte. O motor rugiu em uma aceleração incrível, almas uivando em um frenesi discordante, e o brilho forte e enevoado começou a se espalhar para trás, envolvendo o carro.

Por um único momento, a coisa Gaunt olhou pela janela derretida e torta do motorista para Alan, parecendo marcá-lo para sempre com os olhos vermelhos e losângicos, e a boca se abriu em um rosnado.

E então o Tucker partiu.

Ganhou velocidade descendo a ladeira, e as mudanças também ganharam velocidade. O carro derreteu e se reorganizou. O teto recuou, as calotas brilhantes ficaram com espetos, os pneus ficaram simultaneamente mais altos e mais finos. Uma forma começou a se estender dos restos da grade frontal do Tucker. Era um cavalo preto com olhos tão vermelhos quanto os do sr. Gaunt, um cavalo envolto em uma mortalha leitosa de brilho, um cavalo cujos cascos tiravam fogo do asfalto e deixavam marcas fundas e fumegantes no meio da rua.

O Talisman tinha se tornado uma carruagem aberta com um anão corcunda sentado no assento alto. As botas do anão estavam apoiadas no para-lama, e a ponta com espiral para cima, como a ponta dos sapatos de um califa, parecia estar em chamas.

E as mudanças não tinham acabado. Quando a carruagem brilhosa foi na direção do fim da rua Principal, as laterais começaram a crescer; um teto de madeira com beirais surgiu daquela mortalha mutante. Uma janela apareceu. Os espetos nas rodas assumiram brilhos fantasmagóricos e coloridos quando as rodas em si, assim como os cascos do cavalo preto, subiram do chão.

O Talisman tinha se tornado uma carruagem; a carruagem agora se tornou uma carruagem de shows do tipo que poderia atravessar um país cem anos antes. Havia uma legenda na lateral, e Alan conseguiu ler com dificuldade.

CAVEAT EMPTOR

era o que dizia. "O risco é do comprador."

Cinco metros no ar e ainda subindo, a carroça passou pelas chamas que ainda subiam das ruínas do Prédio Municipal. Os cascos do cavalo preto galopavam em uma estrada invisível no céu, ainda espalhando fagulhas azuis e laranja. Subiu acima do riacho Castle, uma caixa luminosa no céu; passou por cima da ponte derrubada, caída na correnteza como o esqueleto de um dinossauro.

Uma nuvem de fumaça do casco do Prédio Municipal se espalhou pela rua Principal e, quando a fumaça sumiu, Leland Gaunt e sua carroça dos infernos tinham sumido também.

18

Alan levou Polly até a viatura que tinha levado Norris e Seaton do Prédio Municipal até lá. Norris ainda estava sentado na janela, agarrado às barras das luzes no teto. Ele estava fraco demais para descer sem cair.

Alan passou as mãos em volta da barriga de Norris (não que Norris, que parecia um varapau, tivesse muita barriga) e o ajudou a ficar de pé no chão.

— Norris?

— O quê, Alan? — Norris estava chorando.

— De agora em diante, pode trocar de roupa no banheiro sempre que quiser. Está bem?

Norris pareceu não ouvir.

Alan sentiu o sangue encharcando a camisa do policial.

— Qual é a gravidade do seu tiro?

— Não muita. Pelo menos, acho que não. Mas isso... — Ele movimentou a mão na direção da cidade, mostrando todos os incêndios e todos os destroços. — Tudo isso é *minha* culpa. Minha!

— Você está enganado — disse Polly.

— Você não entende! — O rosto de Norris era uma máscara retorcida de dor e vergonha. — Fui eu que cortei os pneus do Hugh Priest! Eu irritei ele!

— É, deve ter irritado. Você vai ter que viver com isso. Assim como fui eu que irritei o Ace Merrill, e eu vou ter que viver com *aquilo*. — Ela apontou na direção onde os católicos e os batistas estavam, caminhando em direções diferentes, sem que os poucos policiais atordoados que ainda estavam de pé os impedissem. Alguns dos guerreiros religiosos estavam caminhando sozinhos; alguns caminhavam em grupos. O padre Brigham parecia estar apoiando o reverendo Rose, e Nan Roberts passava o braço pela cintura de Henry Payton. — Mas quem *os* irritou, Norris? E a Wilma? E a Nettie? E todos os outros? Só posso dizer que, se você fez isso tudo sozinho, você deve ser um puta trabalhador.

Norris começou a chorar em soluços altos e angustiados.

— Eu lamento *tanto*.

— Eu também — disse Polly baixinho. — Meu coração está em pedaços.

Alan deu um abraço rápido em Norris e Polly e se inclinou no banco do passageiro da viatura do Seat.

— Como *você* está, amigão?

— Estou ótimo — disse Seat. Na verdade, ele parecia ansioso. Confuso, mas indócil. — Vocês parecem *bem* piores do que eu.

— Acho que é melhor levarmos o Norris para o hospital, Seat. Se você tiver espaço aí, vamos todos.

— Claro que tenho, Alan! Pode entrar! Qual hospital?

— Northern Cumberland. Tem um garotinho lá que quero visitar. Quero ver se o pai foi até lá.

— Alan, você também viu o que eu acho que vi? O carro daquele cara realmente virou uma carruagem e saiu voando pelo céu?

— Não sei, Seat — disse Alan. — E vou dizer a verdade, por Deus: eu nunca vou *querer* saber.

Henry Payton tinha acabado de chegar, e agora tocava no ombro de Alan. Seus olhos estavam chocados e estranhos, com a expressão de um homem que em pouco tempo faria grandes mudanças no modo de vida, no modo de pensar, ou nos dois.

— O que aconteceu, Alan? O que aconteceu de verdade nesta maldita cidade?

Foi Polly quem respondeu.

— Houve uma liquidação. A maior liquidação de queima de estoque que já se viu… mas, no final, alguns de nós decidimos não comprar nada.

Alan abriu a porta e ajudou Norris a se sentar no banco da frente. Depois, tocou no ombro de Polly.

— Vem. Vamos nessa. Norris está com dor e já perdeu muito sangue.

— Ei! — disse Henry. — Tenho muitas perguntas e…

— Guarda pra depois. — Alan entrou ao lado de Polly e fechou a porta. — Vamos conversar amanhã, mas agora acabou meu horário de serviço. Na verdade, acho que acabou meu serviço nesta cidade pra sempre. Fique satisfeito com isto: acabou. O que aconteceu em Castle Rock acabou.

— Mas…

Alan se inclinou para a frente e bateu no ombro ossudo de Seat.

— Vamos — disse ele baixinho. — E não poupe os cavalos.

Seat começou a dirigir pela rua Principal, indo para o norte. A viatura virou à esquerda na bifurcação e começou a subir a colina Castle na direção de Castle View. Quando eles chegaram no alto da colina, Alan e Polly se viraram para olhar a cidade, onde o fogo brilhava como rubis. Alan sentiu tristeza e perda e uma dor estranha e traída.

*A minha cidade*, pensou ele. *Era a minha cidade. Mas não é mais. Nunca mais.*

Eles se viraram para a frente no mesmo momento e acabaram olhando nos olhos um do outro.

— Você nunca vai saber — disse ela baixinho. — O que realmente aconteceu com Annie e Todd naquele dia… você nunca vai saber.

— E nem quero mais — disse Alan Pangborn. Ele beijou a bochecha dela de leve. — O lugar disso é na escuridão. Que a escuridão leve para longe.

Eles chegaram ao alto de View e pegaram a Route 119 do outro lado, e Castle Rock ficou para trás; a escuridão também a tinha levado para longe.

## VOCÊ JÁ ESTEVE AQUI

Claro que esteve. Com certeza. Eu nunca me esqueço de um rosto.

Venha aqui, aperte a minha mão! Tenho que lhe dizer uma coisa: eu te reconheci pelo jeito de andar antes mesmo de ver seu rosto direito. Você não poderia ter escolhido um dia melhor para voltar a Junction City, a melhor cidadezinha de Iowa, ao menos *deste* lado de Ames. Vai, pode rir; era uma piada.

Você pode ficar um pouco comigo? Aqui, neste banco perto do Memorial de Guerra está ótimo. O sol está quente e daqui dá para ver todo o centro. Só tome cuidado com as farpas, só isso; este banco está aqui desde que o mundo é mundo. Agora, olha ali. Não, um pouco mais para a direita. Para aquele prédio onde as janelas foram embaçadas. Ali era o escritório do Sam Peeble. Ele era corretor de imóveis, e era muito bom. Mas se casou com Naomi Higgins, de Proverbia, e eles partiram daqui, como os jovens quase sempre fazem agora.

Aquele lugar ficou vazio por mais de um ano; a economia anda péssima aqui desde que aquela coisa com o Oriente Médio começou, mas agora alguém finalmente vai aproveitar o lugar. Estão falando muita coisa sobre isso, preciso dizer. Mas você sabe como é; em um lugar como Junction City, onde as coisas não mudam muito de um ano para o outro, a abertura de uma loja nova é grande novidade. E não vai demorar, ao que parece; os últimos trabalhadores pegaram as ferramentas e foram embora na sexta. Agora, o que eu acho é...

Quem?

Ah, *ela!* Ora, ela é Irma Skillins. Ela era a diretora da Junction City High School, a primeira mulher diretora nesta parte do estado, pelo que eu soube. Ela se aposentou dois anos atrás, e parece que se aposentou de tudo ao mesmo tempo: Eastern Star, Daughters of the American Revolution, Junction City Players. Ela até abandonou o coral da igreja, pelo que eu soube. Imagino que parte do motivo seja o reumatismo; está bem ruim agora. Está vendo como ela se apoia na bengala? Quando uma pessoa fica assim, acho que faria qualquer coisa para ter um certo alívio.

Olha aquilo! Está olhando a loja nova com atenção, não está? Bom, por que não? Ela pode ser velha, mas não está morta, nem de perto. Além do mais, você sabe o que dizem; a curiosidade matou o gato, mas a satisfação o trouxe de volta.

Se consigo ler a placa? Claro que consigo! Comecei a usar óculos dois anos atrás, mas só para perto; minha visão para longe nunca esteve melhor. Diz INAUGURAÇÃO EM BREVE em cima e, debaixo disso, ORAÇÕES ATENDIDAS, UM NOVO TIPO DE LOJA. E a última linha... espere, está um pouco menor. A última linha diz: *Você não vai acreditar nos seus olhos!*. Mas acho que vou. Diz em Eclesiastes que não há nada de novo sob o sol, e acredito nisso piamente. Mas Irma vai voltar. No mínimo, vai querer dar uma boa olhada em quem decidiu botar aquele toldo vermelho berrante na frente do antigo escritório do Sam Peeble!

Eu talvez vá dar uma olhada lá dentro. Acho que a maioria das pessoas da cidade vai lá assim que der.

Nome interessante para uma loja, não é? Orações Atendidas. Só incita a curiosidade para o que tem dentro.

Ora, com um nome assim, pode ser qualquer coisa.

Qualquer coisa mesmo.

24 de outubro de 1988
28 de janeiro de 1991

# NOTA DA EDITORA

Ao ser publicado pela primeira vez, em 1991, o livro *Trocas macabras* foi anunciado como "a última história de Castle Rock". Nas décadas seguintes, esse slogan se provaria falso, uma vez que Stephen King retornou à sua cidade fictícia em outras obras, como *A pequena caixa de Gwendy* e *Ascensão*.

Descrita pela primeira vez no livro *A zona morta*, de 1979, Castle Rock foi construída ao longo dos anos com tanta riqueza de detalhes e naturalidade que muitos Leitores Fiéis passaram a acreditar que a pequena cidade do Maine de fato existia. Não existe, exceto em nossas imaginações e nas páginas de algumas das histórias mais surpreendentes e emocionantes do mestre do terror. Em 2018, a cidade e suas tramas também deram origem à série televisiva *Castle Rock*, da Hulu.

Pano de fundo de quatro romances, seis novelas (incluindo *Gwendy's Magic Feather*, de Richard Chizmar) e vários contos, Castle Rock é tanto um personagem quanto seus cidadãos e seus monstros. Passando por toda a obra de Stephen King, é possível localizá-la, descrevê-la, enxergá-la, assim como acompanhar como a cidade cresceu, mudou e se modernizou desde a década de 1970.

O mapa nas páginas seguintes é a visualização de uma Castle Rock suspensa no tempo, onde casas, comércios e ruas que aparecem em diferentes obras, de diferentes décadas, se encontram para montar um cenário completo. Elaborado a partir de uma pesquisa minuciosa, nossa Castle Rock ilustrada permanece sendo um mapa em construção, uma vez que, no futuro, outras histórias ainda podem ser escritas (que venham!) e novas geografias, reveladas.

# SOBRE O AUTOR

STEPHEN KING nasceu em Portland, no Maine, em 1947. Seu primeiro conto foi publicado vinte anos depois, na revista *Startling Mystery Stories*. Em 1971, ele começou a dar aulas e escrever à noite e nos fins de semana. Em 1973, publicou seu primeiro livro, *Carrie, a Estranha*, que se tornou best-seller e é considerado um clássico do terror. Desde então, King escreveu mais de cinquenta livros, alguns dos quais ficaram mundialmente famosos e deram origem a adaptações de sucesso, seja para o cinema, seja para a televisão, como *O iluminado, Sob a redoma, It, a Coisa, À espera de um milagre, A torre negra*, entre outros.

Em 2003, King recebeu a medalha de Eminente Contribuição às Letras Americanas da National Book Foundation e, em 2007, foi nomeado Grão-Mestre dos Escritores de Mistério dos Estados Unidos. Atualmente, ele mora em Bangor, no Maine, com a esposa, a escritora Tabitha King. Os dois são colaboradores frequentes de várias instituições de caridade, incluindo diversas bibliotecas.

1ª EDIÇÃO [2020] 3 reimpressões

ESTA OBRA FOI COMPOSTA POR OSMANE GARCIA FILHO EM WHITMAN
E IMPRESSA EM OFSETE PELA GEOGRÁFICA SOBRE PAPEL PÓLEN DA
SUZANO S.A. PARA A EDITORA SCHWARCZ EM MAIO DE 2024

A marca FSC® é a garantia de que a madeira utilizada na fabricação do papel deste livro provém de florestas que foram gerenciadas de maneira ambientalmente correta, socialmente justa e economicamente viável, além de outras fontes de origem controlada.